btb

Aus Freude am Lesen

btb

Buch

Katie McKenna soll in ihrem Heimatort, den sie vor vielen Jahren verlassen hat, die Leitung einer Klinik übernehmen. Doch offensichtlich will jemand sie unter allen Umständen loswerden: Sie erhält bedrohliche Anrufe, wird immer wieder von einem Obdachlosen belästigt, und auch in der Klinik gehen seltsame Dinge vor sich. Aber Katie lässt sich nicht beirren, sie stellt sich den Schatten ihrer Vergangenheit ...

Autorin

Marcia Rose arbeitete jahrelang in einem großen städtischen Krankenhaus in New York, wo sie auch ein preisgekröntes Magazin herausgab. Ihre Erfahrungen setzte sie später in mehreren Romanen um, die größtenteils im medizinischen Milieu spielen und in den USA ausnahmslos zu Bestsellern wurden.

Marcia Rose bei btb

Die Schamanin. Roman (72625)
Die Patriarchin. Roman (72854)
Das Haus der Geheimnisse. Roman (73168)
Im Haus des Vaters. Roman (73326)
Geliebter Unbekannter. Roman (73484)

Marcia Rose

Die Mildtätige

Roman

Übersetzt von Andrea Brandl

btb

FSC
Mixed Sources
Product group from well-managed
forests and other controlled sources

Cert no. GFA-COC-1223
www.fsc.org
© 1996 Forest Stewardship Council

Verlagsgruppe Random House FSC-DEU-0100
Das für dieses Buch verwendete FSC-zertifizierte Papier *Munken Print*
liefert Arctic Paper Munkedals AB, Schweden.

1. Auflage
Deutsche Erstveröffentlichung April 2007, btb Verlag
in der Verlagsgruppe Random House GmbH, München

Umschlaggestaltung: Design Team München
Umschlagcollage: Plainpicture
Satz: IBV Satz- und Datentechnik GmbH, Berlin
Druck und Einband: Clausen & Bosse, Leck
SR · Herstellung: AW
Printed in Germany
ISBN 978-3-442-73615-7

www.btb-verlag.de

1

»Dr. McKenna! Wachen Sie auf! Dr. McKenna!« Die eindringliche Stimme riss Kate McKenna unsanft aus dem Schlaf. Sie blinzelte in die Dunkelheit, noch immer desorientiert, gefangen in den letzten Fetzen ihres Traums. Das hier war nicht ihr Schlafzimmer in der West 86th Street. Wo *war* sie? Oh, Moment. In ihrem neuen Büro. Bei ihrer neuen Arbeitsstelle. Nicht mehr in New York, sondern, so unglaublich es auch erscheinen mochte, in ihrer alten Heimatstadt. In Waterfield – einem Ort, von dem sie geschworen hätte, niemals dorthin zurückzukehren. Wie viel Uhr war es? Mit einem leisen Stöhnen schwang sie die Beine über die Sofalehne.

Langsam kehrte sie ins Hier und Jetzt zurück: Sie hatte sich auf ihrem Ledersofa in die Richtlinien für die Behandlung von Psychiatriepatienten vertieft – nicht gerade der Inbegriff spannender Lektüre – und musste darüber eingeschlafen sein. Aber woher kam dieses leise Gefühl der Angst? Ihr Traum schien ziemlich unerfreulich gewesen zu sein.

»Tut mir leid, wenn ich Sie wecke, Kate, aber –« Die von der Nachtbeleuchtung erhellte Silhouette im Türrahmen gehörte Marian Morgenstern, ihrer Oberschwester. Wie Kate blieb Marian meistens lange, um sich um den endlosen Papierkram zu kümmern. »Nelson hämmert schon seit zehn Minuten an die Eingangstür und schreit nach der Chefin. Was soll ich tun?«

Kate stand auf und blinzelte gegen den Schlaf an. »Nelson. Was will er denn um diese Uhrzeit?« Sie bückte sich, um die Unterlagen aufzuheben, die ihr im Schlaf entglitten waren.

»Da er als eine Art Orakel gilt, bringt er vielleicht Neuigkeiten über unseren neuen Boss. Vielleicht weiß er etwas, das wir nicht wissen.«

»Und *wir* wissen weiß Gott überhaupt nichts«, bestätigte Kate. Beim Gedanken an das Memo, das an diesem Morgen auf ihren Schreibtisch geflattert war, tauschten sie einen viel sagenden Blick und lächelten gequält. In dem Schreiben, das mit einem nicht entzifferbaren Namen unterschrieben war (wahrscheinlich dem des neuen Leiters), wurden sie aufgefordert, sämtliche Unterlagen für eine Inspektion Ende der Woche bereitzuhalten.

»Wie hat der Vorstand es nur geschafft, unseren reizenden Dr. Carlyle einfach so ... verschwinden zu lassen? Vorletzten Donnerstag war er noch der Leiter der Anstalt, am selben Abend findet eine Vorstandssitzung statt und zack ... am Freitagmorgen ist er weg, ohne sich von uns zu verabschieden.«

»Stimmt.« Kate unterdrückte ein Gähnen. »Und innerhalb kürzester Zeit gibt es einen Ersatz.«

Wieder lächelte Marian sarkastisch. »Das behaupten sie zumindest. Wieso kommt er nicht einfach vorbei, um sich persönlich vorzustellen? Wer ist er überhaupt? Ich habe nie vorher von ihm gehört. Keiner hat das. Austin Davey!« Sie spie die Worte aus wie ein Schimpfwort.

»Wie ich diese geheimen Machenschaften hasse«, erklärte Kate. »Damit sollen alle eingeschüchtert werden. Und es funktioniert auch noch!«

»Sie haben ja so Recht.« Marian lachte. Sie konnte wohl allem eine lustige Seite abgewinnen. Das war aber nur eine der Eigenschaften, die sie zu einem echten Schatz machten. Sie schien stets da zu sein, wenn man sie brauchte, so wie jetzt ...

»Wie spät ist es eigentlich?«, fragte Kate gähnend. »Entschuldigen Sie.«

»Halb elf.«

»Meine Güte, was kann er nur wollen?« Nelson mochte psychotisch sein – verdammt, das war er allerdings. Aber er wusste genau, dass das Continuing Care Center um 18.30 Uhr schloss. Danach konnten sich die Patienten an die Crisis Intervention

Clinic wenden, die rund um die Uhr geöffnet hatte. Was um alles in seiner chaotischen, abgedrehten Welt konnte so wichtig sein?

»Ich nehme an, Sie haben ihn hereingebeten?« Kate stand auf.

»Natürlich. Aber Sie wissen ja, dass es ein Heidenakt ist, Nelson zum Hereinkommen zu bewegen. Ich hätte ja lieber zu ihm gesagt, er soll nach Hause gehen und morgen wiederkommen, aber er ist ziemlich aufgebracht und könnte womöglich einen Grund für sein Erscheinen haben. Nelson bekommt mehr mit, als ihm die meisten zutrauen. Er ist zwar geistesgestört, aber auf seine Weise trotzdem völlig klar im Kopf.« Als sie den Korridor entlang in Richtung Eingangshalle gingen, hörten sie lautes Hämmern an der Tür, begleitet von unartikuliertem Heulen. Marian presste sich die Hände auf die Ohren. »Au. Sie sollten lieber nachsehen, was er will, bevor wir den Ausschuss am Hals haben.«

Sie tauschten einen grimmigen Blick. Seit der Eröffnung vor gerade einmal sechs Monaten wurde das Continuing Care Center vom Großteil der Bevölkerung Waterfield gehasst und gefürchtet. Trotz seiner freundlich gestrichenen Wände und der renovierten Fassade, trotz der Blumenbeete vor dem Haus und der positiven Meldungen, mit denen sie die örtliche Presse versorgt hatten ... niemand in dieser Stadt wollte ein neues Ambulanzzentrum für psychisch Kranke haben. Die Stadt hatte auch für Hillside, das eigentliche psychiatrische Krankenhaus, wenig übrig, aber da dort viele Einheimische Arbeit gefunden hatten und sich das Hospital diskret all jener Familienmitglieder annahm, für die man sich sonst vielleicht geschämt hätte, wurde es stillschweigend geduldet.

Die Anstalt war schon seit den Achtzigerjahren des 19. Jahrhunderts Teil von Waterfield, sodass die Leute ihr gegenüber eine Art Blindheit entwickelt hatten. Die Einheimischen schienen sie auf dem Hügel, wo sie die Stadt überragte, nicht mehr zu bemerken, und alle taten so, als hätten sie keine Angst vor den Patienten, die darin untergebracht waren, auch wenn das nicht wirklich stimmte. Die wichtigsten Mitglieder der Gemeinde saßen im Kuratorium und sorgten dafür, dass jede Unannehmlichkeit im Zusammenhang mit Hillside eilig unter den Teppich gekehrt wurde und in Vergessenheit geriet. Bei der neuen Einrichtung jedoch war es ein wenig anders. Das neue Zentrum befand sich mitten in der Stadt, und hier kümmerte man sich lediglich um ambulante Patienten, die sich somit nicht in sicherer Verwahrung befanden, sondern für alle Welt sichtbar waren. Die anständigen Bürger von Waterfield waren außer sich vor Wut, weil sie sich als »Deponie für jeden Geisteskranken des Landes« vorkamen, wie es vergangene Woche in einem der vielen Leserbriefe im *Waterfield Chronicle* geheißen hatte.

Kate machte sich inzwischen nicht einmal mehr die Mühe, sie zu lesen. Sonya Dubroff, die Verwaltungsmanagerin-Bindestrich-Rezeptionistin-Bindestrich-Hausmutter der Klinik sammelte sämtliche Artikel und legte sie ihr jeden Tag auf den Schreibtisch. Auch ohne sie gelesen zu haben, wusste Kate, dass das Continuing Care Center unerwünscht war und dass der Bürgerausschuss, gegründet und geleitet von Gail Fortunato, der Bürgermeisterin der Stadt, wild entschlossen war, sie zu vertreiben.

Mal ehrlich, dachte Kate, *kann ich irgendjemandem einen Vorwurf daraus machen, dass er Hillside und seine beiden Ableger hasst?* Sie hatte beinahe ihr ganzes Leben hier verbracht. Sie wusste besser als die meisten anderen, wie gewaltig der Schatten des Hillside Mental Hospital war, den er über alles und jeden warf. Die Anstalt saß auf dem Quarry Hill wie eine riesige Festung aus dunklem Sandstein – mit ihren obligatorischen Wachtürmen, den mit Zinnen versehenen Mauern und zahlreichen kleineren Nebengebäuden. Ein Burggraben und eine Zugbrücke waren das Einzige, was dem Komplex fehlte, um ein perfektes Feudalschloss abzugeben. Mit seiner Lage auf dem Hügel und dem Fluss, der sich darum schlängelte, war Hillside ein steter Beweis für die Existenz der Irren, wie sie in der Stadt bezeichnet wurden. Aber auch die psychisch Kranken hatten Rechte. Leider! Die Tage, in denen man sie vor den Augen der

Gesellschaft versteckt hatte, waren vorbei. Sie verdienten, dass man sich um sie kümmerte – sogar mitten in der Stadt, wo jeder sie sehen konnte.

Doch ein Nelson, der mitten in der Nacht vor der Haustür stand und jaulte, war in dieser Situation alles andere als hilfreich. »Ich komme ja schon!«, rief sie und fuhr sich mit den Fingern durch ihr dichtes, lockiges Haar, während sie auf die große Doppeltür zuging, aufschloss und nach draußen trat.

Nelson lebte auf der Straße – im Eingang des alten Bankgebäudes neben dem Zentrum. Schätzungsweise litt er unter paranoider Schizophrenie, benahm sich aber sehr anständig. Er sprach ... nun ja, zumindest benutzte er mehrsilbige Wörter, die manchmal sogar einen Sinn ergaben. Er konnte Gedichte rezitieren und verbreitete, er schreibe an einem Buch, das *alles* enthüllen würde. Und, wie sie in ihrer ersten Arbeitswoche erfahren hatte, er wurde von vielen Leuten hier als eine Art Guru betrachtet. Oder sogar als Prophet!

Sie arbeitete seit über zehn Jahren als Ärztin für Psychiatrie und fand es reichlich merkwürdig, dass die Angst der Menschen vor psychischen Erkrankungen selbst im 21. Jahrhundert noch immer so groß war, dass sie sie entweder ablehnten, leugneten oder als magisches Phänomen vergötterten. Nelsons Ruf als eine Art Seher war wahrscheinlich der Grund, weshalb seine Gegenwart hingenommen wurde – wenn auch nicht unbedingt mit Begeisterung –, zumindest verlangte niemand seine sofortige Verbannung in eine andere Stadt oder, besser noch, in einen anderen Bundesstaat. Nelson war es vermutlich nicht bewusst, aber damit hatte er all den anderen psychisch Kranken in der Gegend unglaublich viel voraus.

Kate sog die laue Mailuft ein. Das war einer der Vorzüge ihrer Heimatstadt: Der Frühling roch nach Frühling, und nachts konnte man sogar die Sterne am Himmel sehen. Aber wo steckte Nelson? Sie ging die Treppe hinunter und schaute sich auf der Straße nach ihm um. Nichts. Das machte er oft – erst aus heiterem Himmel auftauchen und dann verschwinden. Sie ging ein Stück den Block entlang und genoss die friedliche Stille. Es war gut, wieder hier zu sein. Oder? Doch, es *musste* einfach gut sein, schließlich hatte sie einen Zweijahresvertrag abgeschlossen.

»Ich weiß genau, wer Sie sind, Kate McKenna!« Erschrocken fuhr sie zusammen. Ihr Herz hämmerte.

»Nelson, schäm dich, eine Dame so zu erschrecken!«

Beim Klang der Stimme fuhr Kate herum. »Wer sind Sie?«, fragte sie mit scharfer Stimme, in der Verärgerung und, ja, wahrscheinlich auch ein Anflug von Angst mitschwangen.

Mit beschwichtigend erhobenen Händen kam der Mann vorsichtig auf sie zu. »Tut mir leid. Ich bin genauso schlimm wie Nelson. Aber hey, ich gehöre zu den Guten, ganz ehrlich. Ich heiße ... heiliger Strohsack, Katie Spector, bist du das?«

»Entschuldigung, aber kennen wir uns? Oh.« Der Mann war noch ein Stück nach vorn getreten und stand nun im Licht der Straßenlaterne. Natürlich kannte sie ihn. Sie hätte ihn an der Stimme wiedererkennen müssen. Sie klappte den Mund auf, hatte aber keine Ahnung, was sie zu ihm sagen sollte. Also schwieg sie. Barry Manheim. Er hatte seit dem College zugelegt. Inzwischen erinnerte nichts mehr an den mageren Teenager von damals, und sein lockiges Haar sah aus, als hätte er sich in die Hände eines guten Friseurs begeben. Er trug keinen Ehering – sie sollte sich schämen, überhaupt darauf geachtet zu haben. Außerdem hatte es ohnehin nichts zu bedeuten. Ihr Exmann hatte sich stets geweigert, einen Ehering zu tragen. Nach einer Weile hatte auch sie ihren Ring abgelegt.

Barrys Haar war immer noch dunkel, und in seinen Augen erkannte sie das vertraute Blitzen. Selbst im trügerischen Licht der Straßenlaterne in einigen Metern Entfernung bemerkte sie, dass er sie musterte. Frechheit! Doch war Barry nicht immer forsch gewesen? Früher hatte sie diese Eigenschaft sehr anziehend gefunden.

»Ich darf doch annehmen, dass es immer noch Katie Spector ist«, fügte er hinzu, während sich seine dunklen Augen auf ihre Hand richteten. Instinktiv wollte sie sie hinter ihrem Rücken verbergen, hielt jedoch mitten in der Bewegung inne. Er hatte schon immer die Fähigkeit besessen, ihre Gedanken zu lesen. Lachend sagte er: »Ich sehe keinen Ehering.«

»Ich bin geschieden.«

»Tut mir leid.«

»Das muss es nicht. Ich heiße Kate McKenna. Dr. Kate McKenna.«

»Die leitende Psychiaterin von ...« Er nickte in Richtung Klinik. »Ja. Ich habe gerade eine Story über dich redigiert. Dr. Kate McKenna, Leiterin des Ambulanzzentrums, das unsere gesamte Innenstadt verschandelt, die noch immer mit den Folgen der wirtschaftlichen Krisen kämpft et cetera et cetera. Aber es stand nirgendwo etwas von der ›geborenen Caterina Spector‹, der einzigen Tochter unseres geliebten Doc Spector, der bedauerlicherweise –«

»Story? Was für eine Story?«

»Feature. Zeitung. Ich bin Chefredakteur des *Chronicle,* Katie.« Er verzog das Gesicht zu einem schiefen Grinsen. »Ich bin dein Erzfeind, fürchte ich.«

»Genau das wolltest du doch immer.«

»Dein Erzfeind sein? Ganz im Gegenteil, wenn du dich erinnern willst.«

Sie würde sich nicht von seinem Charme einwickeln lassen. »Nein, eine Kleinstadt-Tageszeitung herausgeben.«

»Ah. Entschuldige. Freust du dich, wieder hier zu sein?«

»Ich bin mir nicht ganz sicher. Alles hat sich so verändert. Einschließlich meinem Boss, scheint es«, fügte sie nach einer kurzen Pause hinzu. Chefredakteur des Lokalblatts ... vielleicht wusste er ja etwas, was sie nicht wusste.

»Ah. Euer neuer Boss ... der geheimnisvolle Austin Davey. Der Vorstand hat ihn unter Verschluss gehalten, und selbst jetzt ist aus niemandem etwas herauszukriegen. Ich soll morgen im Laufe des Tages eine Pressemitteilung bekommen. Alles, was ich weiß, ist, dass man ihn angeheuert hat, um Kosten einzusparen.«

»Das heißt, um die Patientenleistungen herunterzufahren.«

»Ja, wahrscheinlich. Ich schätze, dich als Ärztin wird das

nicht freuen, aber du wirst hier auf wenig Sympathie stoßen, fürchte ich. Man hat uns versprochen, dass das Hillside irgendwann leer sein wird. Aber der gute Gouverneur hat nie erwähnt, dass die Patienten stattdessen hierher, mitten ins Zentrum verfrachtet werden, das wir gerade mühsam wieder in Schwung zu bringen versuchen. Aber wie auch immer. Du bist neu hier und kannst nicht wissen, was sich hier abgespielt hat. Du bist in einen Wirbelsturm geraten, der sich nicht mehr aufhalten lässt ...« Er lachte – so wie früher immer. »Und ich habe dir noch gar nicht gratuliert – zu deiner Stellung als Oberboss hier und dazu, dass du Ärztin geworden bist. Es ist dir wirklich gut gelungen abzutauchen, Katie. Nach dem College schien keiner zu wissen, was aus dir geworden ist.« Seine Stimme wurde eine Spur weicher. »Ich freue mich wirklich, dass du Ärztin geworden bist«, sagte er. »Und hier bin ich. Ich bin dir zu Hilfe geeilt, weil ich dachte, dass Nelson dir Angst einjagt«, fügte er in etwas unbeschwerterem Tonfall hinzu.

Wie geschickt er das Thema gewechselt hatte! »Er hat mir tatsächlich Angst eingejagt«, sagte sie. »Für einen kurzen Augenblick. Und es war sehr nett von dir, einem Mädchen in Not zu Hilfe zu eilen.«

Er grinste sie an. Er war attraktiv. Natürlich war er das! Schließlich war er schon ein attraktiver Jugendlicher gewesen. »Hey, Nelson«, rief er. »Wolltest du nicht mit der Frau Doktor reden? Wieso kommst du nicht raus, damit wir dich sehen können?«

»Meine Botschaften sind nur für sie bestimmt«, drang die Stimme aus der Dunkelheit zu ihnen herüber.

»Hab schon verstanden. Ich sollte mich sowieso auf den Nachhauseweg machen. Es war nett, mit dir zu plaudern, Katie.« Er grinste sie an und wandte sich zum Gehen. »Lies die Story über die Klinik in der Zeitung. Vielleicht gibst du mir ja irgendwann ein Interview? Damit die Leute deine Seite der Geschichte erfahren.«

Vielleicht ja, vielleicht aber auch nicht, dachte sie und sah ihm nach. Sie und Barry hatten einander einmal sehr nahegestanden.

Es wäre so einfach, zu verzeihen und zu vergessen. Aber es gab Dinge, die konnte man nicht verzeihen. Barry Manheim hatte sie im Stich gelassen, als sie ihn sehr, sehr gebraucht hatte. Also ... keine Versöhnung und keine neue dicke Freundschaft.

»Nelson?« Es dauerte einen Moment, bis sie ihn im Schatten ausmachen konnte. Er stand da, stocksteif, höchstens zehn Meter von ihr entfernt, den Rücken gegen die Hauswand gepresst. Nur die Augen bewegten sich hektisch hin und her. Sein Alter war schwer zu schätzen. Haare und Bart waren ergraut, doch seine Haltung war noch immer kerzengerade, und selbst unter den zahlreichen Kleiderschichten war seine stämmige, vielleicht sogar muskulöse Statur zu erkennen. Ihm fehlten etliche Zähne und die linke Hand, dennoch wirkte er kräftig.

»Wichtige Angelegenheit, Doktor.« Langsam kam er auf sie zu, ohne die verwaiste Straße aus den Augen zu lassen. »Sie haben mir Dinge erzählt, die Sie wissen sollten.«

»Wer hat Ihnen etwas erzählt?«

Er lachte. »Sie verraten natürlich nicht, wer sie wirklich sind! Aber sie machen neue, hervorragende Sender ... etwa so groß wie ein Salzkorn. Nachts können sie hören, wie ich mich bewege, und spielen mir ihre Aufnahmen vor.«

»Und was sagen Ihnen diese Aufnahmen, Nelson?«

Seine Stimme wurde eine Spur schärfer. »Wenn Sie mir nicht glauben, untersuchen Sie doch meine Ohren. Dort geben sie sie hinein.«

»Ich glaube Ihnen, Nelson. Ich muss nur wissen, was die Stimmen sagen.«

Nelson trat in die Mitte des Bürgersteigs und baute sich vor ihr auf. Er stemmte die Hände in die Hüften und musterte sie verächtlich. »Keine Stimmen, Doktor. Das sage ich euch Typen doch die ganze Zeit. Ich höre keine Stimmen. Es sind Regierungsaufnahmen.« Er wandte sich ab. Sie wollte die Verbindung zu ihm nicht verlieren, solange er in Redelaune war. So etwas kam bei Psychotikern nicht allzu häufig vor. Und vielleicht konnte sie ihn dazu bewegen, ins Haus zu kommen und zu duschen. Oder sie einen Blick auf die »Sender« in seinen Ohren werfen zu lassen. Vielleicht konnte sie ihn sogar davon überzeugen, seine Medikamente zu nehmen, die er zwar ständig mit sich herumtrug, aber, soweit sie es beurteilen konnte, nie in den Mund steckte.

»Und was sagen diese Aufnahmen?«

Nelson kam etwas näher, senkte die Stimme und sah sich argwöhnisch um. »Einer Ihrer Mitarbeiter hat nichts Gutes im Sinn«, flüsterte er.

»Wissen Sie, wer es ist?«

»Das haben sie mir nicht verraten. Jemand, der in einen anderen Körper schlüpft. Vielleicht aber auch in eine andere Seele. Das weiß ich nicht genau.«

»Wir kümmern uns darum.« Kate unterdrückte ein Gähnen. Sie war durchaus bereit zu glauben, dass Nelson manchmal Dinge sah und hörte, die andere Leute nicht wahrnehmen konnten. Aber in einen anderen Körper oder eine andere Seele schlüpfen – also bitte!

Er musste die Ablehnung in ihrer Stimme bemerkt haben. »Jemand ist hinter Ihnen her, Dr. McKenna. Jemand, der Sie bestrafen will. Die Sünden der Väter, wissen Sie. Aber auch der Doc kann Sie nicht retten, fürchte ich.«

Kate starrte ihn an. Man hatte ihr erzählt, dass Nelson schon seit Jahren in dieser Nische im Hauseingang lebte. Aber sie war seit dem College-Abschluss nicht mehr hier, und das war lange vor seinem Auftauchen gewesen. Woher wusste er, dass der Doc ihr Vater war? Er wusste viel zu viel über sie. Welcher Mann verbarg sich unter dem dichten Bart und der unleugbaren Schizophrenie?

»Soll ich die Polizei einschalten? Verfolgt mich diese Person?«

»Oh, Herrgott, Doktor, benutzen Sie Ihren Verstand. Ich rede nicht von einem Stalker. Hier geht es um einen VIP – very important poison...« Er kicherte über sein Wortspiel. »Sehen Sie sich vor. Seien Sie vorsichtig.«

»Wollen Sie mir sagen, wer es ist?«

»Ich bitte Sie, Dr. McKenna, glauben Sie im Ernst, ich kaufe

Ihnen ab, dass Sie nicht wissen, wer es ist? Ich bin sicher, eine der anderen Frauen da drin...« Er nickte in Richtung Klinik. »Eine Ihrer Gefährtinnen, von denen ich viele, ja, sogar hunderte, gezählt habe, hat Sie bereits gewarnt. In ihrer eigenen Sprache, die sie den Männern nicht beibringen wollen! Damit sie hinter unserem Rücken die Welt regieren können!« Seine Stimme war lauter geworden, und sein Gesicht hatte eine tiefe Röte angenommen. Kate trat einen Schritt auf ihn zu – ein großer Fehler, stellte sie fest, als er abrupt zurückwich, sich umwandte und den Block hinunterlief, ehe er mit der Dunkelheit verschmolz. Er war überraschend schnell.

Nachdem Kate ein oder zwei Minuten auf der Straße gewartet hatte, ob er es sich doch noch anders überlegte, gab sie auf und ging wieder hinein. Sie sehnte sich nach Schlaf, war aber zugleich von einer seltsamen Ruhelosigkeit erfüllt. Wie viel von dem, was Nelson gesagt hatte, konnte sie glauben? Seine Gedankengänge waren vollkommen wirr. Aber das bedeutete noch lange nicht, dass er nicht bestimmte Dinge hören und sehen konnte. Aber wäre er denn ein glaubwürdiger Zeuge?

Marian kam ihr mit ihrer Handtasche und einer Aktenmappe über der Schulter entgegen. »Für heute reicht es«, erklärte sie. »Ich gehe jetzt ins Bett. Was wollte Nelson?«

Kate erzählte ihr von Nelsons Warnung. »Wer könnte es auf mich abgesehen haben?«, fragte sie. »Dass sie das Zentrum geschlossen sehen wollen, kann ich verstehen. Aber dass jemand etwas gegen mich persönlich hat? Ich bin doch gerade erst zurückgekommen! Er muss sich das einbilden«, schloss sie.

Marian hob eine Braue. »Tja ... wir haben das Personal tatsächlich vernachlässigt. Donna war gestern in Tränen aufgelöst, weil die Abrechnung nicht gestimmt hat und sie den Fehler nicht finden kann.« Donna Silvestri war die Buchhalterin, ein reizendes, schüchternes Mädchen mit einem Hasengesicht, auf dem stets ein Ausdruck des Erstaunens lag. Es war nicht weiter überraschend zu hören, dass sie wegen eines Rechenfehlers in Tränen ausgebrochen war. Donna hatte ziemlich nahe am Wasser gebaut. Eigentlich schien sie viel zu empfindsam zu sein, um in einer psychiatrischen

Klinik zu arbeiten, aber wie alle anderen Mitarbeiter war auch sie schon hier gewesen, bevor Kate ihre Stelle angetreten hatte. Fast alle, die von der Anstalt in die Innenstadt versetzt worden waren, gingen ähnlichen Tätigkeiten nach wie zuvor. Die Verkleinerung der Einrichtung war weniger schmerzhaft, weil man den Mitarbeitern einen Job in der neuen Klinik zumindest anbieten konnte. Dr. Carlyle war es gelungen, das Personal zu halten. Warum also hatte man ihn gehen lassen? Und wo war er?

»Okay, vielleicht klaut ja jemand. Medikamente und Drogen gibt es hier weiß Gott genug. Ich kümmere mich gleich morgen früh darum. Und ich rede auch mit Donna und beruhige sie. Aber bestimmt schwebe ich nicht in akuter Gefahr. Es sei denn, dieser Neue ist ein Killer.«

»Vielleicht nicht im eigentlichen Sinne des Wortes. Aber ich habe gehört, dass er einen Abschluss in Betriebswirtschaft hat und ein Erbsenzähler ist«, erwiderte Marian. »Zuletzt war er am Cadman Memorial Hospital in New York, wo man ganz begeistert von ihm war, weil er die Kosten für die Ambulanten deutlich gesenkt hat ...« Sie verdrehte die Augen. Jeder, der in einem Krankenhaus arbeitete, wusste, dass mit »Ambulanten« all die armen Patienten ohne Krankenversicherung gemeint waren. Also würde Dr. Davey wohl dafür sorgen, dass die Ärzte nach dem Prinzip »Notversorgung und dann raus mit ihnen« vorgingen. Kate hatte in ihrem letzten Job mit diesem Menschenschlag zu tun gehabt. Heutzutage traf man sie überall an. Carlyle dagegen war ein solcher Goldschatz gewesen ... Sie hatte gedacht, dass sie hier endlich die Chance bekäme, Menschen helfen zu können, ohne dass ständig jemand nur den Profit im Auge hatte.

»Verdammt.«

»Ja, ich habe kein besonders gutes Gefühl, was diesen Kerl betrifft.«

»Vielleicht ist er doch nicht so schlimm«, meinte Kate, obwohl sie ihren eigenen Worten nicht glaubte. Dr. Carlyle war keiner dieser Manager-Typen gewesen, und sie hatten sich so gut verstanden. Wer wusste, was ihnen jetzt ins Haus stand?

Marian rückte die beiden Taschen auf ihrer Schulter zurecht.

»Wie Scarlett schon sagte: ›Darüber denke ich morgen nach‹.« Sie wandte sich zum Gehen. »Gehen Sie nach Hause, Doktor. Es ist schon spät. Sehen Sie zu, dass Sie etwas Schlaf bekommen.«

Gehorsam sammelte Kate ihre Sachen ein und schloss die Tür zu ihrem Büro ab. Doch sie fragte sich, ob sie wohl Schlaf finden konnte. Sie war völlig aufgedreht. Erstens war da der geheimnisvolle neue Boss, dann Barry Manheim – nach all den Jahren – und schließlich Nelson mit seinen düsteren Prophezeiungen, dass sie bald in großen Schwierigkeiten stecken würde.

Zügig ging sie die Straße entlang – nicht aus Furcht, verfolgt zu werden, sondern weil die verlassene Innenstadt nichts Sehenswertes bot. Nach zwei Häuserblocks änderte sich das Straßenbild wie durch Zauberhand. Statt der halb leer stehenden Bürogebäude und der kleinen Geschäfte, die ums Überleben kämpften, säumten nun große viktorianische Wohnhäuser beide Straßenseiten. Dies war der Anfang des Universitätsviertels, eine Oase aus Bäumen und Sträuchern und mit der altmodischen Eleganz an der Schwelle zu urbanem Niedergang. Kate war hier aufgewachsen und zur Schule gegangen, hatte auf der Straße Himmel und Hölle gespielt, das College besucht, sich das erste Mal verliebt. Aber hier war sie auch unglücklich und verängstigt gewesen, eine Mitwisserin des Geheimnisses ihrer Familie.

Vor ihrem Haus blieb sie stehen. Es war dasselbe, in dem sie alle gelebt hatten, ihre Eltern, ihr Bruder und sie – ihr Vater hatte es ihr per Testament vererbt. Es war ein großes viktorianisches Gebäude mit einem runden Turm auf der einen und einem großen Panoramafenster auf der anderen Seite, umgeben von weitläufigen Veranden. Die Eingangstür hatte Bleiglasfüllung. Das Turmzimmer mit den Buntglasfenstern war ihr Refugium gewesen. Viele Stunden hatte sie darin verbracht, zusammengerollt auf einer der mit abgenutzten Samtkissen gepolsterten Sitzbänke am Fenster gekauert, tief in irgendein Buch versunken. Als sie hier gelebt hatte, war das Haus weiß gestrichen und mit grünen Fenstereinfassungen versehen gewesen, aber irgendwann, nachdem alle fort waren, hatte der Doc einen Restaurator engagiert, der ihm seinen Jahrhundertwendeglanz wieder zurückgeben sollte. Damals hatte das Haus seine Fassade aus verschiedenen Blautönen mit ziegelroten Akzenten erhalten. Sie wusste, dass sie es eigentlich mögen sollte, doch sie tat es nicht.

Eine lange Ziegelauffahrt im Fischgrätmuster führte an den riesigen alten Ahornbäumen vorbei zur Veranda mit der breiten Holztreppe, zu deren beiden Seiten gerade die Iris blühten. Selbst in der Dunkelheit – sie hatte vergessen, die Zeitschaltuhr für die Veranda zu stellen – fand sie den Weg mühelos. Neben der Eingangstür hing die alte Metallschaukel, die selbst bei der leisesten Brise quietschte, und von der Decke baumelten Blumenampeln. Was für ein reizendes Haus, mochte man als Betrachter denken.

Doch ihre Gefühle waren gemischt, was die Rückkehr in dieses Haus betraf. Ihr war klar, dass sie es jederzeit verkaufen könnte – unmittelbar nach ihrem Einzug hatte sie einen Anruf von einem Immobilienmakler namens Ben Vandenburg erhalten. Aber noch war sie nicht bereit, einen Verkauf in Erwägung zu ziehen.

»Ich bin gerade erst eingezogen.«

»Ja, das weiß ich«, hatte er sie mit seiner vollen, tiefen Stimme beschwichtigt. »Und es tut mir leid, wenn ich ein wenig voreilig bin, aber mein ... jemand hat mir erzählt, Sie wollen verkaufen. Tut mir leid. Ich schicke Ihnen trotzdem meine Visitenkarte. Nur für alle Fälle.« *Jemand hatte es ihm erzählt.* Jemand, der sich an all die pikanten Details aus dem Leben der Spectors und an ihre Skandale erinnerte. Das könnte jeder hier sein. So war das nun mal in einer Kleinstadt. Warum also hatte sie sich entschlossen, wieder zurückzukommen? Warum hatte sie das Haus nicht zum Verkauf angeboten, wie sie es hätte tun sollen, und einen Job weit, weit weg von hier angenommen? Ach, was sollte das! Sie war hier, mehr gab es dazu nicht zu sagen. Sie war eine erwachsene Frau. Aber was auch immer auf sie zukam, sie würde sich ihm stellen.

Sie hatte den Schlüssel bereits ins Schloss gesteckt, als ihr ein Gedanke kam. In Waterfield wusste doch jeder über alles Bescheid. Was für ein Dummkopf sie doch war! Barry wollte sie nicht erkannt haben? Er wollte nicht gewusst haben, dass Katie Spector inzwischen Dr. Kate McKenna war? Blödsinn! Er war der verdammte Chefredakteur der verdammten Tageszeitung hier. Er wusste alles! Weshalb dann dieses Spielchen zwischen ihnen? Eine Mischung aus Verärgerung und Verlegenheit erfasste sie. Warum konnte er nicht ehrlich zu ihr sein? Nun, sie würde sich jedenfalls kein zweites Mal zum Narren halten lassen.

Sie öffnete die Haustür und wurde vom einladenden Geruch von Limonenöl begrüßt. Die Streifentapete, die weißen Simse, die Holzbank an der langen Wand, die alten Haken für Hüte und Mäntel ... alles vertraut und dennoch ... Dieses Haus war voller Geister, und nicht alle waren ihr wohlgesinnt.

Sie ging in die Küche, die auf den Garten hinter dem Haus hinausging. Sie brauchte etwas zu trinken. Das rote Lämpchen am Anrufbeantworter blinkte hektisch. Wer um alles in der Welt könnte sie angerufen haben? Sie schenkte sich ein Glas Wein ein und drückte die Abspieltaste.

Die Stimme war leise, schwach, wie die eines kranken kleinen Mädchens. »Hier ist Mommy, Liebling. Ich rufe an, um dich zu warnen. Sei vorsichtig, dieses Haus ist verflucht.« Es ertönte ein Klicken, dann herrschte Stille. Sie hatte das Gefühl, es wäre keinerlei Luft mehr in ihren Lungen. *Es ist nur ein Streich. Nur ein dummer Streich.* Doch sie wusste, dass es mehr war. Natürlich war das nicht ihre Mutter gewesen. Ihre Mutter war tot. Und es war auch kein Geist. Sie hatte ihre Mutter nie »Mommy« genannt. *Niemals.* Angela hätte das nie zugelassen. Es musste eine reale Person sein, jemand, der ihr Angst machen wollte. Aber *wer*? Und warum? Sie nahm einen großen Schluck von ihrem Wein und versuchte, sich zu beruhigen.

Es wäre schön, wenn sie mit Luke Montour darüber reden könnte. Luke war der medizinische Assistent in der Klinik und der ruhigste, geistig klarste Mensch, den sie kannte. Dass er zufällig groß und schlank war und das gebräunte, zerfurchte sympathische Gesicht eines Naturburschen besaß, schadete auch nicht gerade. Doch dieser seltsame Telefonanruf war ein wenig zu persönlich, um mit einem Kollegen darüber zu reden, und eigentlich kannte sie ihn auch nicht besonders gut. War es nicht eher seltsam, dass sie ausgerechnet jetzt an ihn dachte? Sie vermisste Conor nicht, nein, ihr Exmann fehlte ihr weiß Gott nicht. Stattdessen bräuchte sie eher einen Mann zum Reden, vielleicht auch eine Schulter zum Anlehnen, wenn sie abends allein nach Hause kam und seltsame Botschaften vorfand. Als hätte Conor ihr jemals Trost spenden können.

Sie war zu unruhig, um sich ins Bett zu kuscheln oder sich vor den Fernseher zu setzen, also ging sie im Haus umher, wild entschlossen, sämtliche negativen Gedanken aus ihrem Kopf zu verbannen. Sie würde ihren Wein genießen und nicht an ihre Feinde denken, weder an die realen noch an die imaginären. Sie würde nicht an die Klinik und den neuen Boss denken. Kate setzte sich an den großen, auf Hochglanz polierten Mahagoni-Esstisch, sprang aber gleich wieder auf und wanderte weiter durchs Haus. Sie sollte es wirklich verkaufen. Es war viel zu groß für eine alleinstehende Frau. Ihr Rundgang endete im Wohnzimmer, wo sie die Bilder an den Wänden gerade rückte, die Kissen aufschüttelte und die Lampen an- und ausschaltete, ohne etwas zu sehen.

Es war zwecklos. Sie schaffte es nicht, ihre düsteren Gedanken abzuschütteln. Dieser neue Boss hatte angeordnet, dass ihm ihre Krankenblätter zur Überprüfung vorgelegt werden sollten! Waren die Aufseher nicht mit der Abschaffung der Sklaverei ausgestorben? Sie würde Hillside wissen lassen müssen, wie sie darüber dachte. Ihr war klar, dass sie starrköpfig ... vielleicht auch ein klein wenig streitlustig sein konnte. Aber als Leiterin des Continuing Care Center, wofür sie ihr Gehalt bezog, brauchte sie ganz bestimmt keinen Verwaltungsheini, der weder genug von Psychiatrie noch von Medizin verstand, um ihre Entscheidungen unter die Lupe zu nehmen und in Frage zu stellen!

Sie nahm noch einen großen Schluck aus ihrem Weinglas und beschloss, sich nicht verrückt machen zu lassen. Sie kannte diesen Kerl noch nicht einmal. Vielleicht war Austin Davey ja nett, vernünftig und intelligent. Sie trat vor das Panoramafenster und ließ sich auf die gepolsterte Bank sinken, die einen Blick auf die verlassene Straße bot. Um diese Zeit herrschte kein Verkehr mehr. Wahrscheinlich lag die gesamte Stadt bereits im Tiefschlaf.

Bestimmt war es nicht ratsam, die Klappe allzu weit aufzureißen. Das hatte sie schon mehrmals in Schwierigkeiten gebracht. Schätzungsweise hatte sie auch ihrem losen Mundwerk das Ende ihrer sechsjährigen Ehe mit Conor McKenna zu verdanken. Hätten sie sich nicht getrennt, wäre sie jetzt nicht hier, an diesem Ort, an den sie niemals mehr zurückkehren wollte. Sie wäre nicht hier und stieße nicht an jeder Ecke auf Überreste ihres alten Lebens – alte Freunde, alte Geschichten und, ja, alte Liebschaften.

Sie bereute ihre Scheidung nicht. Allein war sie besser dran. Conor war Kontrollfanatiker und stets zutiefst erschüttert gewesen, wenn sie sich ihm widersetzt hatte. Das war das Wort, das er immer benutzt hatte: sich widersetzen. Als wäre sie ein aufsässiges Kind. Sie war Medizinstudentin, als sie sich kennen gelernt hatten. Und natürlich ließ sich eine Frau, die ehrgeizig und mutig genug war, ein Medizinstudium zu absolvieren, nicht widerstandslos versklaven. Das hätte ihm klar sein müssen. Sie hätte aber auch wissen müssen, dass ein engagierter Arzt, der fast 20 Jahre älter war als sie und daran gewöhnt, Anweisungen zu erteilen, nicht gut auf Widerworte reagieren würde. Sie wünschte nur, er hätte die Scheidung nicht zu einer so hässlichen Angelegenheit gemacht.

Ach, es war sinnlos, wieder und wieder die Dinge durchzukauen, die sie so unglücklich gemacht hatten! Wichtig war doch nur, dass sie endgültig über ihren Exmann hinweg war. Und nun tauchte Barry Manheim auf der Bildfläche auf, schmeichlerisch und freundlich, als hätte er sie damals nicht wie ein Stück Dreck auf die Straße befördert. Doch auch über ihn wollte sie jetzt nicht nachdenken. Sie würde über nichts und niemanden nachdenken – schon gar nicht über unheimliche Telefonanrufe. Sie goss ihr Glas noch einmal voll und hob es an die Lippen. *Auf die Zukunft!* Was sie auch bringen mochte, möge sie erfreulicher sein als die Vergangenheit!

2

Über Nacht schlug das Wetter um. Als Kate aufwachte, hingen dunkle Wolken am Himmel, und schwere Regentropfen perlten an den Fenstern hinab. Kein einziger Vogel war an den Futterkugeln in den Bäumen zu sehen. Es sah aus, als hätte die ganze Welt ihre Farbe verloren. Sie hasste den verhangenen Himmel und die erbarmungslos gedrückte Stimmung von Regentagen. Bei schlechtem Wetter hatte sie stets den Eindruck gehabt, als würde sich auch der Zustand ihrer Mutter verschlechtern. Aber ihre Mutter war nicht mehr Teil ihres Lebens, warum also dachte sie ständig an sie?

Es musste am Haus liegen. Dies war immer Angela Spectors Haus gewesen, ein Spiegelbild ihres quirligen, lebendigen Wesens. Und auch ihrer Krankheit. Angela war Halbitalienerin und Halbjüdin, halb eine wunderbare Frau und mehr als nur halb verrückt. Nach all den Jahren war ihre Anwesenheit immer noch zu spüren. Kate schüttelte den Kopf, um die Schatten der Vergangenheit zu vertreiben, und richtete ihre Gedanken auf das, was sie anziehen wollte. Schwarz, beschloss sie, ein geschäftsmäßiges Kostüm mit einer roten Bluse ... perfekt. Als sie im Badezimmer stand und sich das Gesicht eincremte, erreichte sie der köstliche Duft von frisch gebrühtem Kaffee. Ihre neue Kaffeemaschine schaltete sich von allein an. Die reinste Zauberei!

Sie sah in den Spiegel. Die Ähnlichkeit zwischen ihr und ihrer Mutter war auffallend. Die hohen Wangenknochen, der breite Mund, die leicht schräg stehenden Augen, die dichten Locken. Nur hatte sie denselben hellen, sommersprossigen Teint wie der

Doc. Wenn sie nicht Acht gab, konnte sie leicht fahl wirken. Ein Hauch Rouge auf die Wangen, ein wenig Wimperntusche und – voilà – eine ganz neue Frau schaute ihr aus dem Spiegel entgegen, die sehr professionell und beinahe wach aussah.

Ihr Frühstück bestand aus Toast, Orangensaft und – was am allerwichtigsten war – Kaffee. Nach wenigen Schlucken spürte sie bereits, wie die Energie durch ihren Körper strömte.

Sie stellte das schmutzige Geschirr in die Spüle, stopfte ihre Unterlagen in die Aktentasche, griff nach ihrem knallroten Regenmantel und einem Schirm und war bereit, dem feuchten, düsteren Tag entgegenzutreten und sich auf ihre Arbeit und die Mitarbeiter einzulassen, die sie noch nicht besonders gut kannte und bei denen sie sich nach wie vor nicht sicher war, wo sie standen. Sie wünschte, sie hätte ihre Ärzte selbst einstellen können, doch bei ihrem ersten Vorstellungsgespräch war das gesamte Personal bereits engagiert gewesen.

»Ist es nicht üblich, zuerst den Direktor einzustellen?«, hatte sie Dr. Carlyle gefragt.

»Ja, natürlich, Dr. McKenna, aber unter diesen Umständen ... Es tut mir wirklich leid. Ich hoffe, es hält Sie nicht davon ab, die Stelle anzunehmen. Sie scheinen mir die perfekte Kandidatin zu sein.« Sein Lächeln war so hoffnungsvoll gewesen, und sie hatte sich so danach gesehnt, New York und ihrer gescheiterten Ehe den Rücken zu kehren. Also hatte sie sein Lächeln erwidert. »Nein, ich bin sehr interessiert an der Stelle.«

Marian Morgenstern hatte sie herumgeführt und ihr alles über die Ambulanzklinik erzählt. Kate bemühte sich, ihr aufmerksam zuzuhören, während sie auf den richtigen Augenblick wartete, um ein oder zwei Fragen zu stellen. Doch es ergab sich keine Gesprächspause, und Kate wollte schon aufgeben, als Marian meinte: »Ich muss Ihnen etwas sagen ... bevor Sie Ihre Entscheidung treffen. Nein, nein, es ist nichts Schlimmes, bitte sehen Sie mich nicht so an. Tut mir leid, das war ungeschickt von mir.«

Und dann berichtete sie Kate, dass man bereits einen Leiter engagiert hatte, einen Mann in den Vierzigern mit einem Doktortitel in Medizin und einer Privatpraxis in einem Bostoner

Vorort. Er hatte schon früher unter Dr. Carlyle gearbeitet, und die beiden hatten gemeinsam einige Artikel veröffentlicht. »Das ist der Grund, weshalb Dr. Carlyle Dr. Armstrong ... sehr zugetan war. Er war begeistert von der Idee, dass sein Protegé hier anfangen würde.« Sie hielt inne und stieß einen tiefen Seufzer aus. »Aber Dr. Armstrong hatte einen Autounfall. Ein Frontalzusammenstoß mit einem Betrunkenen.«

»Oh Gott, wie entsetzlich.«

»Ja, grauenhaft. Und die Art, wie es passiert ist! Dieser Idiot fuhr in der falschen Richtung auf den Highway. Es war ein Albtraum! Dr. Armstrong, seine Frau und die beiden Kinder – alle tot!«

»Und der betrunkene Fahrer?«, fragte Kate voller Zorn.

»Er kam auch ums Leben. Was gut für ihn ist, weil jeder, der von dieser Geschichte gehört hat, ihn am liebsten umgebracht hätte. Dr. Carlyle spricht nicht gern darüber, was Sie bestimmt verstehen. Aber es wäre nicht fair, es Ihnen zu verschweigen.«

»Also wieder mal zweite Wahl«, bemerkte Kate und lachte.

»Oh, bitte, so dürfen Sie das nicht sehen. Wir hatten die Position gar nicht ausgeschrieben, weil Armstrong bereits zugesagt hatte. Sie sind unsere erste Wahl aus Dutzenden Bewerbern, glauben Sie mir.«

»Tut mir leid. Das hätte ich nicht sagen dürfen. Ich habe mich erst kürzlich scheiden lassen und neige gelegentlich dazu, mich selbst zu bemitleiden.«

»Das verstehe ich gut«, sagte Marian und warf ihr einen Blick über die Schulter zu. »Ich habe auch meine ... Beziehungsprobleme gehabt. So etwas kann ziemlich übel für das Selbstwertgefühl sein.«

Kate sah zu, wie die Schwester zügig die Stufen hinunterlief, ohne dass ihre Schritte ein Geräusch verursachten. Es sah aus, als schwebe sie – kaum vorstellbar bei ihrem Körperbau. Sie war groß und grobknochig, mit rosigen Wangen und dickem, grauen Haar, das zu einem Bob frisiert war. Falls sie Make-up trug, war es sehr dezent. Sie sah gut aus und schien ruhig und beherrscht zu sein, was für eine Schwester ja noch wichtiger war.

Kate trottete die Stufen hinter Marian hinunter und trat in die Eingangshalle, wo sie stehen blieb. »Werde ich Probleme mit den Mitarbeitern bekommen? Falls ich die Stelle kriege, meine ich natürlich.«

»Ich glaube schon, dass Sie die Stelle bekommen werden. Bisher war noch niemand so weit wie Sie. Und es sollte keine Probleme geben. Es ist ja nicht so, dass Dr. Armstrong von allen geliebt worden wäre. Niemand hat ihn gekannt, deshalb werden Sie nicht gegen irgendwelche Geister ankämpfen müssen.« Sie lächelte. Kate erwiderte das Lächeln. In diesem Moment wusste sie, dass sie die Stelle annehmen würde, falls sie sie bekäme.

Und nun war sie hier und hatte alle Hände voll zu tun. Ihre Arbeit war ziemlich anstrengend, aber sie war entschlossen, so vielen Patienten wie möglich zu helfen, während sie sich daneben um die Führung ihrer Mitarbeiter kümmerte und versuchte, die Bewohner von Waterfield dazu zu bringen, ihre Meinung über die neue Klinik zu ändern.

An diesem Morgen kam es aber erst einmal darauf an, zur Arbeit zu gelangen, ohne völlig durchnässt zu werden. Sie hatte Mühe, den schmutzigen Wasserfontänen auszuweichen, die die vorbeifahrenden Fahrzeuge aufspritzen ließen, wenn sie durch die Pfützen preschten. Die Autos fuhren viel zu schnell durch ihre Straße, fand sie. Ihrer Meinung nach war es völlig unerheblich, dass dies die Hauptverbindung zum Fluss war. Es war ein Wohngebiet mit Geschwindigkeitsbegrenzung, worauf zahlreiche Schilder hinwiesen, doch niemand hielt sich daran. Die wenigen Fußgänger, die so früh am Morgen unterwegs waren, gingen mit gesenkten Köpfen, hochgezogenen Schultern und Regenschirmen vor den Gesichtern die Straße entlang. Genauso wie sie.

Gegenüber der Klinik blieb sie abrupt stehen. Die breite Doppeltür stand offen, und zwei stämmige Arbeiter in grünen Overalls trugen eines ihrer Krankenbetten heraus.

»Hey! Warten Sie! Was machen Sie da?«, schrie sie, so laut sie konnte, doch sie reagierten nicht auf sie. Sie wollte über die Straße laufen, doch das durchdringende Dröhnen einer Hupe ließ sie erschrocken zurückweichen. Ein riesiger Geländewagen schoss an ihr vorbei, sodass eine Fontäne Schmutzwasser aufspritzte. Verdammt! Wozu brauchten die Leute eigentlich diese Riesenkisten? Es war, als würde die Welt mit einem Mal von diesen Dingern überrollt werden. Man konnte nicht über sie hinwegblicken, sah nicht an ihnen vorbei, und nachts blendeten ihre gleißend hellen Scheinwerfer jeden im Rückspiegel, der das Pech hatte, vor ihnen zu fahren. Aber ... Jetzt erblickte sie zwei weitere Männer, die noch ein Bett nach draußen schleppten. Was taten die da eigentlich?

Sie sah auf die Straße. Verkehr in beiden Richtungen. Aber sie musste auf die andere Seite. Es würde wohl kaum jemand eine Frau überfahren. Entschlossen streckte sie den Arm aus und reckte ihren schwarzen Schirm wie einen Schild nach vorn, ohne weiter nach links oder rechts zu sehen.

Sofort ertönte ein wütendes Hupkonzert, dem sie jedoch keine Beachtung schenkte. Sie erreichte die andere Straßenseite unversehrt und stürzte auf die Männer zu. »Hey! Lassen Sie das! Das sind meine Betten!«

Endlich reagierte einer der Männer. »Halt, Dom!«, rief er. Sie ließen das Bett sinken, sodass eine Seite auf der Treppe hing, die andere auf den Gehsteig ragte.

»Wer ist hier zuständig?«, fragte sie. »Und was tun Sie hier überhaupt?«

»Ich schätze, ich bin das. Mike Malone. Wir bringen die Betten raus.«

»Das sehe ich«, blaffte Kate ihn an. »Sie können sie gleich wieder hineintragen. Wir haben Patienten, die sie vielleicht brauchen«, fügte sie in einem etwas versöhnlicheren Tonfall hinzu.

Der Mann zuckte die Schultern, griff in seinen Overall und zog ein gefaltetes Blatt Papier heraus. »Hier ist mein Auftrag. Von ganz oben. Sehen Sie selbst.«

Sie überflog das Blatt. Es war die eindeutige Anweisung, drei Betten aus der Ambulanzklinik zu entfernen, und sie trug dieselbe nicht entzifferbare Unterschrift wie das Memo. Es musste sich um Austin Daveys Unterschrift handeln. Sie starrte auf das Blatt, ohne die Buchstaben zu erkennen, während sich ihre Gedanken überschlugen. Sie waren eine ambulante Einrichtung, in der es nicht erlaubt war, Patienten über Nacht aufzunehmen. Aber manchmal gab es in Hillside keine freien Betten, und mitunter war ein Patient so außer sich, dass er ruhiggestellt werden musste. Die Mehrzahl ihrer Patienten litt ohnehin unter Wahrnehmungsstörungen, und es war nur eine Frage der Zeit, bis sie jemanden bekämen, der verwirrt war *und* unter Wahnvorstellungen litt. Man konnte die Leute doch nicht einfach wieder auf die Straße schicken und zusehen, wie sie über den Haufen gefahren wurden! Also hatte sie dafür gesorgt, dass drei »Tagesbetten« in den Gruppentherapieräumen aufgestellt wurden.

»Diese Betten sind wichtig für die Sicherheit unserer Patienten«, erklärte sie.

»Erzählen Sie das nicht mir, Lady. Ich mache nur, was der Boss sagt.«

»Frau Doktor, wenn Sie nichts dagegen haben. Ich bin Dr. McKenna, die Direktorin dieser Klinik.«

»Tut mir leid, Doc.«

Sie sahen einander in die Augen, und ihr fiel auf, dass sein Blick keineswegs unfreundlich war. »Tragen Sie das Bett wieder hinein, ja?«

»Hören Sie, La... Entschuldigung, Doktor. Ich habe meine Anweisungen.«

»Tja, Ihre Anweisungen werden warten müssen, bis ich der Sache nachgegangen bin. Bitte tragen Sie das Bett wieder zurück. Es wird ja ganz nass. Ich übernehme die Verantwortung.«

Mike Malone gab auf. »Sie müssen hier unterschreiben ...« Sie kritzelte ihre Unterschrift auf das Papier. Erneutes Schulterzucken, gefolgt von einem Lächeln. »Wo sollen wir sie hinbringen?«

»Dorthin, wo Sie sie abgeholt haben. Und zwar *alle*. Bitte«, fügte sie hinzu. Es war schließlich nicht seine Schuld.

Was für ein Tagesanfang! Sie war so wütend auf Mr. Austin

Davey, dass sie sich nicht einmal über die Patienten aufregte, die sich vor dem Gebäude herumdrückten und rauchten wie die Schlote, ohne auf den strömenden Regen zu achten. Vor jeder psychiatrischen Klinik, die sie kannte, standen die Leute und rauchten, denn aus irgendeinem Grund schienen psychisch Kranke rauchen zu *müssen*. Außerdem war ihr klar, dass kein Argument sie davon abhalten würde. Wenn es den armen geplagten Teufeln also einen Moment der Freude bereitete, warum sollte sie es ihnen verbieten?

Sie folgte den Männern mit den Betten in die Eingangshalle, wo sich bereits ein Zuschauergrüppchen eingefunden hatte, um das Hin und Her der Betten zu verfolgen – unter ihnen auch ihr Vertreter Dr. William Bannerman. Der blonde Mann überragte all die anderen um einige Zentimeter.

»Wer hat diesen Typen erlaubt, die Betten wegzuschleppen?« Sie starrte Bannerman an, der sie mit seinen großen blauen Augen flehend ansah. Er schien alles daran zu setzen, ja nicht anzuecken. »Weiß irgendjemand, was hier los ist?«

Unverständliches Stimmengewirr erhob sich.

»Jemand muss doch mitbekommen haben, dass die Betten davongetragen wurden! Dr. Bannerman?«

»Ich war hinten«, verteidigte er sich eilig. »Die Polizei hat diesen Obdachlosen gebracht ... Bruno ... und er war in einer ziemlich üblen Verfassung. Ich habe ihn mit nach hinten genommen. Als die Arbeiter wissen wollten, ob in diesen Betten jemand *schläft*, habe ich Nein gesagt. Ich dachte, sie schieben sie nur beiseite, und nicht, dass sie sie wegbringen ... außerdem war ich ziemlich beschäftigt. Bruno war in Kampflaune.«

»Und ich dachte, wenn sie an Sonya vorbeigekommen sind, müssen sie ja eine Erlaubnis haben«, erklärte Naomi Jackson, eine der Schwestern, und verdrehte die Augen, was allgemeines Gelächter auslöste. Sonya Dubroff misstraute jedem und war berüchtigt für ihre beharrlichen, argwöhnischen Fragen. Niemand kam so einfach an ihrem Schalter vorbei. Sonya hätte im Büro des Präsidenten oben in Hillside angerufen und Malone und seine Männer so lange warten lassen, bis sie sicher war, dass es in Ordnung ging. Wie waren sie also an ihr vorbeigekommen?

»Sonya war auf der Toilette«, sagte jemand und beantwortete damit Kates unausgesprochene Frage. Es war sinnlos, sich deshalb jetzt aufzuregen. Es war vorbei, und sie hatte wieder alles im Griff.

»Ab sofort«, erklärte sie, »halten wir jeden Fremden, den wir hier sehen, auf und fragen, was er will. Keine Vermutungen.« Sie warf Bannermann einen Blick zu und ertappte ihn, wie er ins Leere starrte. »Habe ich mich klar ausgedrückt?« Allgemeine Zustimmung. »Okay. Zurück an die Arbeit. Dr. Bannerman, einen Moment noch bitte.«

Für den Bruchteil einer Sekunde sah er ärgerlich aus. Doch dieser Ausdruck war so schnell verflogen, dass sie nicht sicher war, ob sie ihn sich vielleicht nur eingebildet hatte. Sie machte keine Anstalten, zu ihm hinüberzugehen. Er hatte die Angewohnheit, stets zu dicht vor einen zu treten und einen mit seinen großen blauen Augen zu fixieren, ohne die Intimsphäre anderer zu achten. Allgemein galt er als gut aussehend, auch wenn sie es nicht so empfand. Für ihren Geschmack war er ein wenig zu gut gepolstert, und seine runden rosigen Wangen hatten etwas Mädchenhaftes. Er gehörte zu den Menschen, die keine Sexualität zu besitzen schienen. *Pillsbury-Männchen,* fiel ihr bei seinem Anblick ein. Aber die Schwestern liebten ihn. Er galt als umgänglich und behandelte sie nicht wie Handlanger. Und es hieß, er könne gut mit den Patienten umgehen, was das Wichtigste war.

Er beugte sich vor und hob die Hände in einer flehenden Geste. Große, weiche Hände. »Unschuldig, Kate. Es ist eben einfach passiert. Sonya hat mich gebeten, die Lobby im Auge zu behalten. Aber als Bruno kam ... na ja ... ich hoffe, Sie sind nicht sauer.« Er schenkte ihr ein schmeichelndes Lächeln. »*Dr. McKenna,* wenn Sie nichts dagegen haben«, hätte sie ihm am liebsten an den Kopf geworfen. Doch dies hier war eine kleine, familiäre Klinik – Dr. Carlyles Worte –, und Bannerman war ihr Stellvertreter. Welche Rolle spielte es also, wie er sie nannte?

»Ich bin nicht sauer, und ich verstehe auch, dass Ihnen der Patient wichtiger war, aber halten Sie es wirklich für klug, die Eingangshalle zu verlassen, ohne dass ein anderer Mitarbeiter aufpasst?«

»Haben Sie Bruno jemals erlebt, wenn er schlechte Laune hat? In diesem Moment konnte ich nur über eines nachdenken – dass er mich nicht umbringt.« Er musterte sie bekümmert. »Wir haben einfach nicht genug Personal.«

»Dr. Bannerman –« Sie unterbrach sich, als ihr klar wurde, dass er ohnehin vom Thema ablenken würde. Niemals würde er einen Fehler zugeben. Das sprach nicht für ihn, vor allem nicht, wenn er weiterhin für sie arbeiten wollte.

»Und was ich Ihnen noch sagen wollte. Das Ativan ist fast aufgebraucht. Und mit Haldol und Demerol sind wir auch knapp. Außerdem ist mein Aspirinvorrat verschwunden, was ziemlich merkwürdig ist, weil wir nicht besonders viel davon brauchen.« Er holte tief Luft. »Ich habe eine Liste zusammengestellt, die ich Ihnen geben wollte. Ich glaube, jemand klaut Medikamente aus dem Schrank. Obwohl er immer verschlossen sein sollte.«

»Einer der Mitarbeiter?« Nelsons Worte kamen ihr wieder in den Sinn.

»Ich sage es nicht gern, aber wer sollte es sonst sein? Ich bringe Ihnen die Liste im Lauf des Vormittags vorbei. Und ich halte den Bestand weiter im Auge.«

»Danke, das könnte helfen. Aber könnten wir jetzt wieder zu den drei Betten zurückkommen, die weggetragen werden konnten, ohne dass jemand nach dem Grund gefragt hat?«

Bannerman holte tief Luft. »Okay. Als ich Bruno in einen der Sessel in der Lobby verfrachtet hatte und wieder zurückkam, läutete das Telefon ... Es war ein privater Anruf, den ich aber annehmen musste. Mein Vater. Der richtige Dr. Bannerman.« Er zuckte entschuldigend die Schultern.

»Ihr Vater ist auch Arzt?« Sie fragte sich, warum ihr das nicht aufgefallen war, als sie sich seine Personalakte angesehen hatte.

»Leiter der Herzchirurgie am Cadman Memorial in New York ... Brooklyn.«

»Und Sie wollten nicht in seine Fußstapfen als Chirurg treten?«

»Ich sehe nicht gern Blut. Und um fünf Uhr morgens zu arbeiten anfangen... *bitte*!«

»Ja«, meinte sie unverbindlich. Hatte nicht kürzlich jemand das Cadman Memorial erwähnt? In diesem Moment fiel es ihr wieder ein. Marian. Gestern Abend. »Das Cadman Memorial. Unser neuer Präsident kommt von dort. Austin Davey. Kennen Sie ihn?«

»Mein Vater ist ein großer Bewunderer von ihm«, antwortete er trocken. »Und ich vermute, es beruht auf Gegenseitigkeit. Die beiden spielen zusammen Tennis.«

Schweigen breitete sich zwischen ihnen aus. Sie ging jede Wette ein, dass er Austin Davey nicht leiden konnte. Ebenso wenig wie seinen Vater. »Tja«, meinte sie mit einem Blick auf ihre Uhr, ohne zu sehen, was sie anzeigte. »Zeit anzufangen. Die Patienten warten.« Sie wandte sich um und trat in den Korridor.

»Das mit den Betten tut mir leid, Kate«, rief er ihr nach. »Aber ich konnte es ja nicht wissen.« Sie winkte ihm zu, ohne sich umzudrehen.

Als sie nach rechts in den Haupttrakt des Gebäudes einbog, dachte sie zum x-ten Mal darüber nach, wie jämmerlich man beim Versuch, dieses Gebäude in ein Krankenhaus zu verwandeln, versagt hatte. Das Haus war zu Beginn des 20. Jahrhunderts als Sportstätte gebaut worden und besaß all die großartigen architektonischen Besonderheiten dieser Ära – hohe Decken, die es unmöglich machten, die Räume anständig zu heizen, Marmorböden, die an Regentagen wie diesem rutschig wurden, üppig verzierte Geländer und Mauervorsprünge, die den Staub wie ein Magnet anzogen. Beim Betreten bot sich ein höchst beeindruckender Anblick: Über eine breite Treppe gelangte man zu der riesigen, hölzernen Doppeltür, flankiert von hohen, verzierten Säulen, hinter denen sich die Eingangshalle öffnete. Der Eingangsbereich war ebenfalls mit symmetrisch angeordneten Säulen ausgestattet und so hoch, dass die Schritte im Raum hallten. Inmitten all der altmodischen Pracht waren moderne fluoreszierende Leuchten installiert und Gipsfaserwände eingezogen worden. Sehr schizoid, dachte sie. Und hässlich. Man hätte das Gebäude zweifellos sinnvoller gestalten können, auch wenn die Zeit gedrängt hatte.

Das Gebäude bestand aus zwei Flügeln. Der größere der beiden befand sich auf der rechten Seite des Eingangs und beherbergte die Büros der Ärzte und Schwestern, Waschräume und diverse Behandlungsräume und außerdem die Vorratsschränke für Medikamente und sonstige Utensilien. Die Therapie- und Konferenzräume befanden sich im ersten Stock. Das Direktionsbüro – ihr eigenes – war im linken Flügel untergebracht. Es bestand aus mehreren Räumen, die sie eigentlich nicht brauchte, sowie einem großen Konferenzzimmer und zwei oder drei Büros für die Buchhaltung und andere Verwaltungsmitarbeiter. Dies war Donna Silvestris Reich. Im ersten Stock gab es ein Labyrinth aus weiteren Räumen. Einer davon war als eine Art Aufenthaltsraum mit einer großen Kaffeemaschine, einer Kochplatte und mehreren, mit Vinyl bezogenen Stühlen eingerichtet worden. Die anderen dienten als Büros für die Case Manager. Kate hielt es für unnötig, das Direktionsbüro von den anderen zu trennen, während ihre Mitarbeiter alle zusammen im anderen Flügel untergebracht waren. Sie verabscheute es, die Leute ständig in ihren Flügel zu zitieren, mit dem Resultat, dass sie stattdessen ständig hin und her laufen musste, was ihr ebenso wenig gefiel. Außerdem erschwerte ihr dieses Arrangement, die Abläufe im Haus im Auge zu behalten.

Ein großer, halbmondförmiger Tisch aus poliertem Holz – wahrscheinlich eines der wenigen ursprünglichen Möbelstücke hier – diente als Empfangstisch. Er war umgeben von niedrigen Metallaktenschränken, neben denen sich die Telefonzentrale befand. Dahinter waren bonbonfarbene Vinylsofas und Sessel zu einem halben Dutzend Sitzgruppen zusammengestellt, von denen jede mit einem eigenen gestreiften Teppichboden ausgestattet war. Kate fand es eher traurig, den Wartebereich als eine Reihe von Wohnzimmern erscheinen zu lassen, aber man hatte ihr versichert, dies sei ein gänzlich neuer Ansatz, von dem die Patienten begeistert seien. Vielleicht stimmte das, vielleicht auch nicht. Die Mehrzahl der Patienten hier hatte vermutlich ohnehin keine Augen für ihre Umgebung.

Heute hing ein feuchter, dumpfer Geruch in der Halle, und trotz der großzügigen Deckenbeleuchtung wirkte alles grau und düster. Vielleicht lag es aber auch nur an ihrer getrübten Stimmung.

Es warteten bereits fünf oder sechs Patienten ... nein, keine *Patienten,* wie sie in einem der Memos aus der Anstalt letzte Woche gelesen hatte. *Konsumenten.* So sollten Patienten neuerdings bezeichnet werden. Als verfügte die Klinik über Regale, in denen sich Kisten mit den modernsten Therapien und Gläser mit Medikamenten türmten. Vor nicht allzu langer Zeit waren die Patienten noch *Kunden* genannt worden. Ständig dieses Theater um die korrekte Bezeichnung! Menschen, um die Ärzte sich kümmerten, hießen nun einmal *Patienten.* Was war so verkehrt daran? *Oh Mann,* dachte sie. *Ich habe wieder einmal bewiesen, dass ich kein Team-Mensch bin.* Dafür war sie eine verdammt gute Psychiaterin. Was psychische Erkrankungen betraf, hatte sie weiß Gott genug Erfahrung. Es war sehr angenehm, der Leiter der Klinik zu sein, und sie hoffte, dass ihr genügend Zeit bliebe, um auch Patienten zu behandeln. Dr. Carlyle hatte sie gewarnt, die administrativen Arbeiten könnten ihre gesamte Zeit in Anspruch nehmen. »Aber dafür gibt es so manche Entschädigung, meine Liebe.«

Sie ließ den Blick durch den Wartebereich schweifen. Inzwischen kannte sie die meisten Patienten, die regelmäßig kamen, aber es gab auch immer Neulinge. Psychiatrie-Patienten machten sich entweder extrem rar, so wie Nelson, oder sie tauchten ständig auf. Darlene Ormond gehörte zu Letzteren. Sie kauerte vornübergebeugt auf einem der Stühle, rauchte – was verboten war, aber Darlene scherte sich nicht um Verbote –, wippte rhythmisch mit dem Fuß und murmelte leise vor sich hin oder stieß entnervte Seufzer aus. Im nächsten Moment sprang sie auf und ging ruhelos im Raum auf und ab. Oder sie tanzte zur Musik in ihrem Kopf. Darlene konnte höchst streitlustig und aufbrausend sein – wenn sie nicht gerade völlig apathisch war. Sie litt unter einer bipolaren Störung, was sie jedoch nicht wahrhaben wollte – mit dem Ergebnis, dass sie ihre Medikamente nur selten einnahm, weil sie der Meinung war, sie seien nicht richtig für sie.

Und dann war da noch Gilda, eine weitere Stammpatientin. Gilda war schätzungsweise in den Fünfzigern, vielleicht auch älter, und hatte langes, zerzaustes graues Haar. Sie war schizophren und hielt sich die meiste Zeit für Rita Hayworth, die die Rolle der Gilda im gleichnamigen Hollywood-Klassiker spielte. Gilda nahm ihre Medikamente nur dann, wenn jemand vor ihr stand und dafür sorgte, dass sie es tat. Ihr richtiger Name war entweder Rita Navarone oder Rita Hicks, vielleicht auch beides. Sie hatte eine Sozialversicherungskarte bei sich, die vor vielen Jahren auf eine gewisse Rita Hicks aus New York ausgestellt worden war, doch als sie das erste Mal als psychiatrische Patientin registriert worden war, hatte sie den Namen Rita Navarone angegeben. Vielleicht war die verwahrloste alte Frau einmal ein hübsches Mädchen gewesen. Vielleicht hatte sie einen Ehemann gehabt. Oder war im Showgeschäft tätig. Sie erzählte jedes Mal eine andere Geschichte, wenn sie mit ihr sprachen.

Im Augenblick stand sie mit dem Gesicht zur Wand im hinteren Teil des Raums, gestikulierte und redete mit leiser, monotoner Stimme vor sich hin. Seit kurzem hatten ihre Wahrnehmungsstörungen beträchtlich zugenommen. Letzte Woche hatte sie Vera, ihrer behandelnden Ärztin, erzählt, ihre Stimmen seien zurückgekehrt. Heute hatte sie sich von den anderen Abwesenden im Raum abgewandt, in der fälschlichen Annahme, dass niemand ihr seltsames Verhalten bemerkte.

Neben ihr saß ein Mädchen, das Kate noch nie vorher gesehen hatte. Sie war sehr jung, hochschwanger und starrte ins Leere. Ihr Haar sah aus, als wäre es seit Wochen nicht mehr gewaschen worden. Und allem Anschein nach hatte sie auch kaum etwas gegessen. Kate fragte sich, wie sie wohl hergekommen war. Hatte sie jemand hier abgeliefert? Aber es war niemand zu sehen, keine Begleitperson. Sie würde Vera Ilitch bitten, sich um sie zu kümmern. Kate setzte ihren Rundgang durch den Wartebereich fort, um zu sehen, wer Hilfe brauchte, und um nach vertrauten Gesichtern Ausschau zu halten. Insbesondere nach Nelson, obwohl sie wusste, dass er so gut wie nie vorbeikam.

Auf einem der Sofas hatte sich ein junger Mann zusammengekauert, den sie schon einmal gesehen hatte. Aber nicht hier. Wo sonst? Wahrscheinlich auf der Straße, wo er sich ein Bett aus einem Karton gebaut hatte. Er schlief. Der Regen hatte ihn wahrscheinlich hereingetrieben. Sie würden ihn sich ansehen und herausfinden, was sie für ihn tun könnten. Dr. Bannerman würde das übernehmen. Und Pete war auch gekommen. Pete war mittleren Alters ... vielleicht auch jünger. Es war schwer zu sagen bei psychisch Kranken, da die Krankheit sie auszuzehren und schrumpfen zu lassen schien. Pete war zaundürr und zappelig. Er saß auf der äußersten Kante eines Stuhls, während seine Augen ruhelos durch den Raum schossen und sein Fuß nervös wippte. Er weigerte sich, Kate in die Augen zu sehen. Das tat er niemals. Sie wünschte, er könnte ihr Patient sein. Vielleicht gelänge es ihr ja, zu ihm durchzudringen und ihn dazu zu bewegen, sich ein wenig mit ihr zu unterhalten. Aber ihr Terminkalender ließ es im Moment nicht zu, sich um mehr als die allerneuesten Zugänge zu kümmern. Noch nicht. Sie beendete ihre Runde. Ziemlich viele Patienten an einem so abscheulichen Tag! Aber kein Nelson.

Wie gewohnt erledigte Sonya mehrere Aufgaben auf einmal. Sie sprach leise in den Telefonhörer, drückte irgendwelche Knöpfe, um Gespräche zu verbinden, begrüßte Besucher, kümmerte sich um irgendwelche Unterlagen, gab Anweisungen und redete mit Patienten. Dennoch erblickte sie Kate sofort.

»Dr. McKenna!«, rief sie und klemmte sich den Hörer zwischen Schulter und Ohr. »Einen Moment, bitte.« Ihre Stimme klang freundlich, trotzdem signalisierten ihre Augen, dass Kate sich beeilen solle. Sonya war eine ausgeschlafene und stets wachsame Person. Kate ging auf ihren Schreibtisch zu, doch Gilda schien den Namen ihrer Lieblingsärztin, Kate, gehört zu haben.

»Doc! Hey, Doc«, rief sie und schlitterte in ihren zerschlissenen Hausschuhen, die sie sommers wie winters, bei Regen oder Sonnenschein trug, über den Fußboden. Die Verbände, mit denen sie erst wenige Tage zuvor die offenen Geschwüre an ihren Beinen versorgt hatten, waren völlig verschmutzt. Gilda schlief auf der Straße. Ihr Lieblingsplatz war das große, warme Lüftungsgitter vor dem Sears-Kaufhaus. Sie sieht irgendwie dicker aus, fand Kate. Und dann dämmerte es ihr. Gilda trug mindestens drei Schichten aus Röcken, Hosen und Pullovern und darüber eine vor Schmutz starrende, riesige alte Männerjacke aus Tweed.

»Guten Morgen, Gilda. Wie geht es Ihnen?«, fragte sie und gab Sonya mit einer kurzen Geste zu verstehen, sie sei gleich bei ihr. Als hätte Sonya diesen Hinweis gebraucht.

»Gott sei Dank sind Sie da, Doc. Ich habe solchen Hunger. Ich hab seit Dienstag nichts mehr gegessen.«

»Heute ist Dienstag, Gilda.«

»Dann eben ... seit Sonntag.« Abrupt riss sie den Kopf herum. »Still. Niemand hat dich nach deiner Meinung gefragt!«, zischte sie.

»Wir besorgen Ihnen etwas. Zu wem kommen Sie heute?«

»Zu Shelby, diesem reizenden Mädchen. Ich glaube, sie hat mich gestern nicht gefunden.« Shelby Cohen war ihre Case Managerin. Die Case Manager mussten sich häufig auf die Suche nach ihren Schützlingen machen, dafür sorgen, dass sie ihre Medikamente nahmen und in die Obdachlosenheime gingen, in denen sie angemeldet waren. Die Mehrzahl der Kirchen und Synagogen betrieben Heime, was gut war, da die Krankenhausbetten für Psychiatriepatienten mit alarmierender Geschwindigkeit reduziert wurden. Die Entfernung der Betten an diesem Morgen war lediglich eine andere Art gewesen, den psychisch Kranken »Los, verschwindet« zu sagen. Und was dachten die Politiker, wohin all ihre Wähler verschwanden? Nach Nimmerland mit Peter Pan? Und dann beschwerten sie sich über den »widerlichen Anblick auf unseren Straßen und Gehsteigen«, wie irgendjemand – sprich, Barry – es letzte Woche im Leitartikel des hiesigen Käseblatts bezeichnet hatte. Widerlich. Gäbe es keine privaten Heime, würden die Obdachlosen auf den Straßen sterben. *Das* wäre ein widerlicher Anblick!

Gilda ging natürlich niemals in ein Obdachlosenheim. Sie war sicher, dass die anderen Frauen dort AIDS oder Läuse oder sogar beides hatten. Shelby zufolge zog Gilda es vor, im Freien zu schlafen, wie schlecht das Wetter auch sein mochte. Es war ein Wunder, dass sie bereit war, überhaupt einen Fuß in die Ambulanzklinik zu setzen. Sie mochte keine, wie sie es nannte, Menschenmassen – für ihre Begriffe alles, was über zwei Personen hinausging.

»Weiß Shelby, dass Sie hier sind?«

»Zehn Uhr, hat sie gesagt. Zehn Uhr.«

»Tja, es ist erst kurz nach neun, Gilda. Warum bitten Sie Sonya nicht, Shelby anzurufen?«

»Sonya? Wer ist Sonya?«

»Die Empfangsdame.«

Gildas Stimme verebbte zu einem Flüstern, und sie sah sich hektisch um. »Mit der rede ich nicht. Sie ist eine russische Spionin, Doc.«

»Das glaube ich nicht. Aber dann lassen Sie mich Shelby anrufen.«

»Nein. Ich komme später noch mal vorbei. Hier drin wird es sowieso zu voll.«

»Nein, Gilda, warten Sie. Ich bringe Ihnen eine Tasse Kaffee und ein Sandwich. Draußen regnet es in Strömen.«

»Ich komme schon klar, ich kann ja zwischen den Regentropfen durchgehen.« Es war erstaunlich, wie schnell Gilda sich trotz ihrer Körperfülle und ihrer Hausschuhe bewegen konnte. Kate überlegte, ob sie einen der Wachmänner rufen sollte, um sie abzufangen, doch aus Erfahrung wusste sie, dass Gilda sich wie ein wildes Tier gebärdete, die Krallen ausfuhr und Gift und Galle spie, wenn sie in die Ecke gedrängt wurde. Genau das brauchten sie noch. Dann könnte Kate den Leitartikel gleich selbst schreiben. Ja, warum eigentlich *keinen* Leitartikel schreiben? Oder wenigstens einen Brief an den Herausgeber. Warum warten, bis *er* angriff? Sie würde sich daran setzen, sobald sie ihre Vormittagsarbeit erledigt hatte. Sie fühlte sich sofort besser, als hätte sie etwas ganz Besonderes erreicht.

Also. Was stand an? Das schwangere Mädchen saß immer noch da und starrte mit leerem Blick vor sich hin. Vera anpiepsen, dachte Kate. Und da war noch etwas ... ach ja, Sonya, die ihr mit Blicken zu verstehen gab, dass irgendetwas im Busch war. Eilig ging sie zu ihr hinüber.

»Sonya. Was ist los?«

Die Empfangsdame beugte sich vor. »Er ist vor ein paar Minuten in Ihr Büro gegangen«, sagte sie leise.

»Wer ist in mein Büro gegangen?«

»Der neue... *uh-oh.*« Das rote Alarmlämpchen begann zu leuchten. Ärger. »Dr. William«, erklärte Sonya knapp. »Darlene ist gerade zu ihm reingegangen.«

»Da drüben sitzt eine Neue«, meinte Kate und schlug den Weg zu ihrem Büro ein. »Nehmen Sie sie auf, ja? Und sorgen Sie dafür, dass Dr. Ilitch sie sich ansieht.« Der neue *uh-oh* würde warten müssen.

Sowie sie um die Ecke bog, hörte sie Darlenes schrille Stimme. »Scheiß auf Sie, Dr. Bannerman! Ich nehm das Gift nicht! Sie wollen mich nur umbringen, weil ich eine Freundin von Yassir Arafat bin! Aber ich krieg Sie schon!« Kate verfiel in Trab.

William Bannerman war ziemlich gut gebaut, aber Darlene war eine regelrechte Naturgewalt. Sie war auf seinen Schreibtisch geklettert und hatte sich auf ihn gestürzt, während er versuchte, sie von sich zu schieben. Waren das seine Hände, die um ihren Hals lagen?

»*Was geht hier vor?*«, fragte Kate mit lauter, offizieller Stimme. Erschrocken fuhren die beiden Kontrahenten zusammen und sahen sie an. Darlenes Gesicht war verzerrt, und sie hatte die Zähne gebleckt. Ebenso wie William Bannerman. In derselben Sekunde war der verbissene Ausdruck von ihren Gesichtern verschwunden.

»Ich will nur meine Medizin, Dr. McKenna«, jammerte Darlene. »Die richtige Medizin für mich. Sie wissen doch, dass ich Risperdal kriege. Geben Sie mir einfach das Risperdal, dann ist alles in Ordnung.« Ohne das geringste Anzeichen von Verlegenheit kletterte sie mit dem Hintern voran von Dr. Bannermans Schreibtisch und ließ sich auf den Boden fallen.

»Darlene«, sagte Kate. »Sie wissen doch, dass Sie kein Risperdal bekommen. Das würde Sie nur krank machen.«

»Aber ich brauche es. Ich bin schizophren, alle wissen das. Aber der da«, fuhr sie mit einer knappen Kopfbewegung in Bannermans Richtung fort, »behauptet, ich sei bipolar. Und was das heißt, wissen Sie ja wohl! Manisch-depressiv! Der spinnt doch! Ich bin nicht irre! Ich bin keine durchgeknallte Irre, die den Mond anheult!«

»Vielleicht sollten Sie das mit Ihrem Case Manager besprechen, Darlene. Franca weiß bestimmt genau, was Sie brauchen, oder nicht?«

»Franca! Sie hasst mich! Sie hasst mich, und das wissen Sie ganz genau, Dr. McKenna! Sie ist diejenige, die Ihnen erzählt hat, dass ich nicht schizophren bin.« Ihre Stimme brach, und sie sah sich um, als vermute sie Spione. »Sie verbreitet überall Lügen über mich!«

»Ich glaube, Sie wissen selbst, dass Sie nicht schizophren sind, Darlene. Wenn Sie ehrlich sind, verabscheuen Sie es sogar, schizophren zu sein«, erklärte Kate mit sanfter Stimme.

»Entschuldigen Sie mal, ich werde doch wohl wissen, wer ich bin und was ich bin!«

»Welche Medikation wollte Dr. Bannerman Ihnen geben?«

»Lithium! Können Sie das fassen? Ich will mein Risperdal! Wenn ich es nicht kriege, wende ich mich an die Behörden.«

»Sie haben noch nie Risperdal bekommen, Darlene. Ich habe eine vollständige Übersicht über all Ihre Medikamente. Wollen Sie sie mal sehen?« Bannerman schob ihr eine dicke Akte zu. Seine Stimme war weich wie geschlagene Sahne. Man würde nie darauf kommen, dass seine Hände sich noch vor wenigen Minuten um ihre Kehle geschlossen hatten. So war es doch? Kate war sich nicht ganz sicher. »Sie werden sehen …«

»Ich werde Sie in der Hölle wieder*sehen*, Sie so genannter Doktor. Dort und nirgendwo anders! Da werden wir gemeinsam schmoren!« Darlene fuhr herum und machte Anstalten, das Büro zu verlassen, doch Kate vertrat ihr den Weg und streckte die Hand aus. Darlene schlug sie beiseite und drängte sich zur Tür hinaus, wobei sie jedes Schimpfwort hinausschrie, das ihr gerade in den Sinn kam. Und ihr Repertoire war beeindruckend.

Kate und Bannerman tauschten einen Blick. »Franca hat mich gewarnt«, sagte er seufzend. »Darlenes letzte... Aktion ist, dass sie behauptet, es ginge ihr bestimmt besser, wenn wir ihr nur ihr Risperdal geben würden. Wie die nur auf diese Ideen kommen –«

»William, ich bitte Sie. Das wissen Sie doch. Sie entstehen in ihren armen kranken Gehirnen.« Sie hielt inne und musterte ihn. Inzwischen schien er nicht mehr im Mindesten aufgebracht zu sein. Vielleicht hatte sie ihr Eindruck getrogen ... Aber sie würde ihn im Auge behalten. »Wir werden Franca davon erzählen müssen«, sagte sie. »Wollen Sie sie anrufen?«

»Von mir aus.« Bannerman hob den Hörer ab und wählte eine Durchwahl. Einen Moment später hatte er Franca L'Arezzo am Apparat. »Ja, das Übliche«, sagte er verärgert. »Irgendwelches Gefasel, dass sie ihre Medikamente nicht nehmen will ... ja, ich weiß, ich weiß. Aber Sie müssen sie aufstöbern. Ich möchte sie heute Nachmittag in einer Gruppensitzung haben, und zwar in einem halbwegs normalen Zustand. Ja, Ihnen auch.« Mit einem bellenden Lachen legte er auf und presste die Lippen aufeinander.

Kate konnte sich durchaus vorstellen, dass Franca kein Blatt vor den Mund genommen hatte. Franca ließ sich »von keinem irgendwelchen Scheiß erzählen«, wie sie es gern ausdrückte. Sie war eine stämmige dunkelhäutige Frau mit dichten, schwarzen Brauen und einem Blick, der Wasser zum Kochen bringen konnte. Alle hier fürchteten sich ein klein wenig vor ihr, denn Franca befand sich auf einer Mission und war wild entschlossen, psychische Erkrankungen auf diesem Planeten auszurotten. Und sie ließ keinen Zweifel daran aufkommen, dass sie niemand davon abhalten würde. Wäre sie nicht ein solches Arbeitstier und bereit, sämtliche schwierigen Fälle zu übernehmen, wäre sie wahrscheinlich längst gefeuert worden.

Franca war Mutter eines bemerkenswert begabten Sohnes, der mit 14 oder 15 Jahren an schwerer Schizophrenie erkrankt war. Damals hatte Franca all ihre Zeit darauf verwendet, eine geeignete Behandlungsmöglichkeit für ihn zu finden, und war von Arzt zu Arzt gelaufen, von Krankenhaus zu Krankenhaus, von einer Kirche zur nächsten. Anthony hatte sich gegen all ihre Bemühungen gesträubt. Er sei nicht krank, ihm fehle nichts. *Sie* sei verrückt und in Wahrheit nicht seine Mutter, sondern eine Abgesandte des Teufels. Francas Ehemann zog sich immer mehr zurück. Anfangs gelang es ihm nicht, über seinen Sohn zu reden. Dann konnte er nicht länger mit ihm reden. Schließlich sah er ihn nicht einmal mehr an. Und dann, eines Morgens, verließ er das Haus und kam nie wieder zurück.

Franca hielt durch, selbst als Anthony das Wohnzimmer in Brand steckte, von zu Hause weglief, all ihre Kreditkarten mitnahm und hemmungslos Gebrauch davon machte. Sie hielt durch, bis er sie eines Tages beschuldigte, sie vergifte sein Essen, und ihr an den Kopf warf, was er in die Finger bekam – Töpfe, Pfannen, Silberbesteck, Messer, Teller, Zimmerpflanzen und sogar die Küchenstühle. Er brach ihr zwei Rippen, schnitt sie in die Wange und schlug ihr ein blaues Auge. An diesem Tag, erzählte sie Kate, hatte sie die Hoffnung aufgegeben, dass Anthony wieder gesund werden würde. Sie hatte die Polizei gerufen, die ihn mitgenommen hatte, während er die ganze Zeit gebrüllt und gedroht hatte, zurückzukommen und sie umzubringen. Anthony war noch immer »auf dem Berg«, wie die Leute in Waterfield sagten, in der geschlossenen Abteilung der Anstalt. Mittlerweile war er 32.

Als Anthony für immer ins Hillside Hospital gebracht worden war, hatte Franca einen Schwur vor Gott geleistet: Sie würde ihren Abschluss machen und alles daran setzen, dass die psychisch Kranken wieder gesund wurden. Und sie wollte verdammt sein, wenn irgendjemand sie davon abhielt. Sie war die beste Case Managerin von allen. Aber selbst der ineffizienteste von ihnen arbeitete wie ein Pferd und fühlte sich für das Wohl der ihm anvertrauten Patienten verantwortlich. Eines stand fest: Franca würde ihre Patientin finden, und Darlene würde ihre Medikamente bekommen. Wie alle anderen hatte auch Darlene ein klein wenig Angst vor Franca. *Ganz so verrückt ist sie doch nicht,* dachte Kate und gestattete sich ein Lächeln.

»Ja, Franca ist ... schwierig«, sagte sie zu Bannerman. »Manchmal ist sie unmöglich. Aber sie ist unglaublich gut.«

»Ja, ja, schon okay. Sie kann sagen, was sie will, mir macht das nichts aus.« Schulterzucken. »Wenn Sie mich jetzt entschuldigen würden. Ich habe eine Gruppensitzung. Konfliktlösung.« Er lachte auf. »Auch wenn ich nicht weiß, warum wir uns die Mühe überhaupt machen.«

»Wir machen uns die Mühe, weil wir Ärzte sind und sie Patienten«, erklärte Kate zuckersüß.

»Natürlich. Aber meinten Sie nicht *Konsumenten*?«

»Ich ertrage dieses Wort nicht. Es nimmt ihnen ihre Menschlichkeit. Mein Gott, sind sie mit ihrer Krankheit nicht schon genug gestraft?«

»Wir haben sie schließlich nicht krank gemacht.« Eine typische Dr.-Will-Antwort. Es gab nichts, was in seinen Verantwortungsbereich fiel oder seine Schuld war. Vor ein paar Wochen hatte sie ihn zu sich gerufen und ihn gebeten, ihr seine kryptischen Anweisungen an die Schwestern ein wenig genauer zu erläutern. Wie üblich hatte er sie mit seinen blauen Augen angestarrt. »Wenn Sie sie nicht verstehen, wieso kommen Sie dann nicht zu mir und fragen mich«, hatte er erwidert. *Nein, Doktor,* hätte sie am liebsten erwidert. *Wenn andere ständig Schwierigkeiten haben, Sie zu verstehen, sollten Sie sich deutlicher ausdrücken.* Warum hatte sie das nicht gesagt? Warum hatte sie überhaupt nichts gesagt? Irgendetwas? Sonst war sie doch auch nicht auf den Mund gefallen. Andererseits war sie noch nie irgendwo der Boss gewesen. Deshalb war es wohl klüger, den Ball ein wenig flach zu halten.

»Tun Sie einfach Ihr Bestes, Doktor. Und legen Sie mir eine Aufnahmekopie der Sitzung so schnell wie möglich auf den

Tisch, okay?« Das war ein weiterer wunder Punkt. Alles im Ambulanzzentrum wurde aufgezeichnet. Die Patienten wussten das, es war absolut legal, aber Kate gefiel es trotzdem nicht. Auf diese Weise lagen die Worte stets auf der Lauer, bereit, über die Lippen zu kommen und zuzubeißen, wenn man am wenigsten damit rechnete.

Sie durchquerte den Eingangsbereich und ließ ihren Blick über die Sitzgelegenheiten schweifen. Mitch Washington, einer der Case Manager, saß neben dem schwangeren Mädchen und redete mit ihr. Sie sah immer noch ziemlich mitgenommen aus, hörte aber zu und nickte von Zeit zu Zeit, wenn er etwas sagte. Der schlafende junge Mann hatte sich nicht gerührt ... er konnte warten. Sie würde ihn schlafen lassen. Vielleicht war er die ganze Nacht durch die Straßen gewandert. Zwei oder drei weitere Personen saßen zusammengesunken auf den Stühlen. Wahrscheinlich warteten sie auf den Beginn einer Gruppentherapie oder Kursstunde.

Eine Bewegung neben Sonyas Schreibtisch zog ihre Aufmerksamkeit an. Paulie DeSanto, ein ziemlich neuer Patient im Teenageralter, ging sichtlich erregt im Raum auf und ab, während sein Vater versuchte, ihn zum Hinsetzen zu bewegen.

»Langsam, Paulie. Weißt du noch, worüber wir vorhin geredet haben? Langsam, wie John Paine.«

»Nicht John Paine, du Scheißer. Kriegst du überhaupt nichts richtig hin? John WAYNE.« Die Stimme des Jungen war hoch und schrill, und Kate sah, dass er die Hände zu Fäusten geballt hatte. Eilig ging sie zu den beiden hinüber, um den Jungen zu beruhigen. *Zwei rechnen miteinander ab*, murmelte sie vor sich hin, bemüht, der Situation etwas Erheiterndes abzugewinnen, obwohl sie eigentlich ein wenig nervös war. Sie berührte ihre Wange an der Stelle, wo sie ein zorniger Patient vergangene Woche mit seinem Handrücken verletzt hatte, der einen Ring mit einem riesigen Totenkopf am Finger trug. Der Kratzer war fast vollständig verblasst, die Erinnerung jedoch nicht.

»Paulie«, rief sie, als begrüßte sie einen alten Freund. »Wie schön, dich heute Morgen hier zu sehen.«

Erschrocken unterbrach der Junge sein Gezeter und drehte sich um. »Ich bin nicht verrückt«, sagte er. »Ich bin krank, das ist alles.«

»Stimmt. Also, was ist das Problem, erzähl's mir.«

»Das PROBLEM«, erklärte er, wobei seine Stimme erneut anschwoll, »ist, dass mein verrückter alter Herr mich ständig in dieses IRRENHAUS schleppt.«

»Das hier ist keine Anstalt, Paulie, sondern eine ambulante Klinik. Das ist ein großer Unterschied. Bist du wegen einer Gruppentherapie hier? Oder zum Kunstunterricht?«

Er dachte nach. »Pop, soll ich –«, fuhr er in völlig verändertem Tonfall fort.

Ein breites Lächeln erhellte seine verkniffenen Züge. »Hey, sieh mal, wer da ist.«

Luke Montour, der medizinische Assistent, kam auf sie zu und begrüßte sie lächelnd. »Morgen, Paulie«, meinte er gedehnt und schlug mit dem Jungen ab. »Mr. DeSanto, Dr. McKenna«, sagte er knapp. »Ich dachte doch, ich hätte deine Stimme gehört, Mann. Du bist hier, weil du deine Medikamente gecheckt haben willst, hab ich Recht? Klar. Ich kümmere mich darum. Lass mal sehen, ich glaube, du bist heute bei der Gruppe in Raum B ... cool. Tja, du kommst genau richtig, Paulie. Wenn Sie uns jetzt bitte entschuldigen würden.« Er sprach in einem weichen, cowboyartigen Tonfall, den er bei ganz bestimmten Patienten einsetzte, um sie zu beruhigen. Bei Paulie DeSanto funktionierte er jedenfalls ganz hervorragend. Der ließ sich widerstandslos von Luke in Raum B bringen, wo das Seminar zur Aggressionsbewältigung stattfand – das konnte er gut gebrauchen.

Kate sah den beiden nach. Sie war unendlich dankbar für Luke Montours Anwesenheit. Er war umgänglich und ließ sich nie aus der Ruhe bringen. Seine Lässigkeit rief manchmal den Anschein hervor, als schlafe er halb. Aber das täuschte. Er war hellwach und bekam alles mit. Sie ertappte sich dabei, dass sie immer wieder den Kontakt zu ihm suchte, manchmal auch nur, um ein wenig zu plaudern. Aber sie sollte vorsichtiger sein. Mitunter gingen sie auf einen Drink ins The Elephant, die

Lieblingskneipe vieler Krankenhausmitarbeiter ein Stück den Block hinunter. Die neugierigen Blicke und das Flüstern hinter vorgehaltener Hand waren ihr nicht entgangen. Kleinstadt!

Sie spürte eine Hand auf ihrem Arm und wandte sich um. »Was ist mit ihm passiert, Doc? Was ist mit meinem Sohn? Vor zwei Jahren war er noch ein Einserkandidat in der Schule und hatte das Stipendium für die Wesleyan so gut wie in der Tasche. Die Wesleyan, Dr. McKenna! Und sehen Sie ihn sich heute an!«, sagte Mr. DeSanto.

»Es ist sehr schmerzlich, mit anzusehen, wie jemand, den man liebt, psychisch erkrankt. *Glauben Sie mir, Mr. DeSanto, ich weiß es nur zu gut. Es frisst das Leben dieses kranken Menschen auf, und es frisst auch das Leben der Angehörigen auf.«*

«Wird es ihm denn irgendwann wieder besser gehen – das ist es, was ich wissen will. Wird er jemals wieder so werden wie vorher?«

»Wenn Sie dafür sorgen, dass er seine Medikamente regelmäßig nimmt, Mr. DeSanto, kann er ein ganz normales Leben führen.« Sie wusste, dass das nicht die Antwort auf seine Frage war, doch mehr konnte sie nicht für ihn tun.

»So wie er vorher war? Wird mein Junge jemals aufs College gehen können?«

»Könnte sein. Es gibt hervorragende neue Medikamente ...«

»Sie weichen mir aus, Doktor. Wie alle Ärzte.«

»Wir weichen Ihnen nicht aus, Mr. DeSanto. Die Wahrheit ist, dass wir bei psychischen Erkrankungen keine hundertprozentigen Voraussagen machen können. Wir können nur unser Bestes geben.«

»Was ist Ihr Bestes, Doktor? Wieso sagen Sie mir nicht einfach die Wahrheit? Es gibt kein Bestes, es gibt überhaupt nichts. Er ist verloren. Wieso können Sie es nicht einfach aussprechen?« Die Stimme des Mannes brach. Er wandte den Kopf und ging mit einer wegwerfenden Handbewegung eilig davon.

Sie wünschte, sie könnte ein Wunder für ihn tun. Sie würde mit Paulies Betreuer und mit Luke sprechen, und vielleicht ließ sich sein Vater überreden, an einem Gruppenseminar teilzunehmen. Vielleicht war *Wenn der Geist eines geliebten Menschen erkrankt* das Richtige für ihn. Manchmal half es, sein Leid mit anderen zu teilen. Das Traurige war, dass er Recht hatte. Den Sohn, den er gekannt hatte und auf den er so stolz gewesen war, gab es nicht mehr. Die Psychose hatte ihn für immer entfernt.

In diesem Augenblick fiel ihr Sonyas Bemerkung ein, jemand sei in ihr Büro gegangen. Auf dem Weg zu ihrem Schreibtisch rief ihr die Empfangsdame noch etwas zu, doch Kate winkte nur zurück, ohne stehen zu bleiben. »Ich weiß, ich weiß.«

Die Tür war geschlossen. Seltsam. Sie riss sie auf und erstarrte. Ein Mann saß mit gesenktem Kopf an ihrem Schreibtisch und blätterte in den Akten. Einen Augenblick lang betrachtete sie fassungslos das Szenario. Gerade griff er nach einem der gerahmten Fotos und starrte es an.

»Entschuldigung!«, sagte sie laut. Der Mann hob langsam den Kopf, und sie sah in ein zusammengekniffenes unergründliches Augenpaar.

»Ah, Dr. McKenna. Endlich.« Er machte keine Anstalten, von ihrem abgenutzten Lederschreibtischstuhl, der früher in Docs Arbeitszimmer gestanden hatte, aufzustehen. Dieser Stuhl hatte eine ganz besondere Bedeutung für sie.

»Wieso sind Sie in meinem Büro, sitzen an meinem Schreibtisch und wühlen in meinen persönlichen Unterlagen? Ich kenne Sie nicht einmal!«

»Bitte, Doktor, kein Grund, gleich theatralisch zu werden«, konterte er sachlich. »Ich habe nicht in Ihren Unterlagen gewühlt, sondern mir nur ein Foto angesehen. Sie? Und Ihr Bruder? Ihr Freund? Ehemann? Jedenfalls ein gut aussehender junger Mann.«

»Mein Bruder«, erwiderte sie steif. »Und jetzt sagen Sie mir bitte, wer Sie sind und was Sie wollen.« *Und dann verschwinden Sie*, fügte sie im Stillen hinzu. Sie ahnte, dass ihr nichts von dem, was dieser Mann zu sagen hatte, gefallen würde.

3

Einen Augenblick lang starrten sie einander schweigend an, wie zwei Kinder, die wetteiferten, wer als Erster blinzelte. Dann stand er auf und deutete eine Verbeugung an, die schmalen Lippen zu einer Art Lächeln verzogen. »Ich muss mich entschuldigen, aber ich konnte nicht widerstehen. Das ist allem Anschein nach ein alter Stuhl, der sehr geliebt wurde. Kalbsleder. Heute wird so etwas nicht mehr hergestellt. Ein wunderschönes Exemplar. Ein Erbstück?«

»Er hat meinem Vater gehört. Sie haben meine Frage nicht beantwortet. Sie sind –«, wiederholte sie, obwohl sie bereits ahnte, wen sie vor sich hatte.

Er trat hinter dem Schreibtisch hervor und spreizte die Finger, als wollte er sagen: *Sehen Sie, ich habe nichts genommen.* Er war eher klein, und sein wohl proportionierter Körper steckte in einem gut geschnittenen hellgrauen Anzug mit schmalen Revers. Er hatte kleine Hände mit kurzen Fingern und eisgraues, glatt nach hinten gekämmtes Haar mit einem V-förmig in die Stirn reichenden Ansatz.

»Vielleicht haben Sie mich nicht erwartet, Dr. McKenna. Obwohl Dr. Carlyle mir versichert hat ... wie auch immer. Ich entschuldige mich in aller Form, in Ihre Privatsphäre eingedrungen zu sein. Ich glaube, so drückt man das heutzutage aus.« Wieder verzog sich sein Mund zu diesem eisigen Lächeln. »Ich bin Austin Davey. Eigentlich Doktor Davey, ich habe einen Titel in Wirtschaftswissenschaften, aber in einem Krankenhaus wäre das vermutlich zu verwirrend, glauben Sie nicht auch?« Das

Lächeln wurde eine Spur breiter, und seine kleinen Augen glitzerten. »Ich bin hergekommen, um mich vorzustellen, und wenn ich mich auf Ihren Stuhl gesetzt habe, lag es nur daran, dass ich fast eine halbe Stunde auf Sie warten musste. Aber lassen wir das und fangen noch mal von vorn an, okay?« Er streckte die Hand aus. »Freut mich, Sie kennen zu lernen, Dr. McKenna.«

Seine Hand war so kalt und glatt wie sein Benehmen. Sie zwang sich zu einem Lächeln. »Freut mich«, sagte sie, obwohl es nicht stimmte. In seinen zusammengekniffenen Augen lag ein amüsierter Ausdruck, als wüsste er genau, was sie dachte. »Ich konnte nicht pünktlich hier sein, weil ich Sie gar nicht erwartet habe. Hatten Sie einen Termin vereinbart? Ein Memo geschickt? Ich habe nicht –«

»Das spielt doch jetzt keine Rolle mehr«, meinte er. »Kommen wir zur Sache. Da wir beide neu hier sind, sollten wir uns bei den Händen nehmen und uns gegenseitig zu einer effizienten Zusammenarbeit führen, denken Sie nicht auch?«

Sie starrte ihn an. *Bei den Händen nehmen und gegenseitig führen?* Hatte er irgendwelche Drogen genommen?

Wortlos ging sie um ihren Schreibtisch herum, zog den Stuhl hervor und setzte sich. Davey musterte sie ausdruckslos. »Ich würde mir gern Ihre Patientenakten ansehen. Diese Klinik braucht dringend Aufsicht.«

»Da Sie ja kein Arzt sind, ist Ihnen vielleicht nicht bewusst, dass Patienteninformationen ein sehr heikles Thema sind, besonders in einer psychiatrischen Klinik. Jedenfalls hat Dr. Carlyle mir versichert, dass wir Ärzte eigenständig arbeiten können.«

»Als ich engagiert wurde, hieß es im Vorstand, man wünsche sich eine Art ... Aufsichtsperson. Nein, nein, das ist ein zu hässliches Wort. Sollte es ein Problem mit der Patientenvertraulichkeit geben, verzichte ich auf die Durchsicht der Akten, zumindest für den Moment. Sie ... Darf ich mich setzen?« Ohne ihre Antwort abzuwarten, zog er einen Stuhl heran, setzte sich und beugte sich nach vorn, eine Hand auf ihrem Schreibtisch.

»Danke, schon besser. Wo war ich? Ach ja, der Vorstand. Ihnen ist im Hinblick auf die beiden ambulanten Einrichtungen, nun ja, nicht ganz wohl.«

»*Nicht ganz wohl*?«

»Sie müssen verstehen«, fuhr er in einem Tonfall fort, als erkläre er jemandem etwas allseits Bekanntes. »Sie sind nicht vor Ort. Da das Krisenzentrum und Ihre Ambulanzklinik hier unten so weit von der eigentlichen Anstalt entfernt sind, fürchten einige der Vorstände, die beiden Einrichtungen könnten außer Kontrolle geraten.«

»Entschuldigen Sie«, sagte Kate, die allmählich die Geduld verlor. »Wir reden hier von zwei hochprofessionellen Einrichtungen, die durchaus in der Lage sind, den an sie gestellten Anforderungen gerecht zu werden.«

Davey schürzte seine schmalen Lippen. »Mag sein. *Zweifellos*, sollte ich wohl sagen. Aber die Wahrnehmung des Vorstands ist, dass die psychiatrische Anstalt in dieser Konstellation von ihren eigenen ambulanten Behandlungsmöglichkeiten ausgeschlossen ist.«

»Diese beiden Ambulanzzentren gibt es seit ... wie lange? Sechs Monate? Das reicht wohl kaum aus, um die Lage objektiv beurteilen zu können. Und Dr. Carlyle glaubte ...«

»Ja. Dr. Carlyle. Ein brillanter Mann mit den besten Absichten – da bin ich ganz sicher. Ein Herz aus Gold. Ein Retter der Welt. Aber vielleicht etwas übereifrig? Ohne Rücksicht auf die Kosten jedem helfen zu wollen – sehr löblich, keine Frage.« Mit einem Mal lag ein stählerner Unterton in seiner Stimme. »Er hat Millionen für die Eröffnung dieser Einrichtungen ausgegeben. Er war bereit, Haus und Hof zu verschenken, meine liebe Dr. McKenna. Und genau das ist der Grund, weshalb man mich geholt und ihn freigestellt hat.«

Kate sah aus dem Fenster und zählte bis zehn. »Verstehe«, sagte sie schließlich. »Geld. Ja, natürlich. Darum geht es ja in der Medizin von heute, hab ich Recht? Das A und O.«

»Ganz genau. Die moderne Medizin ist gezwungen, darauf zu achten, wofür sie ihre Ressourcen verwendet. Deshalb muss ich Sie im Zaum halten. Noch so ein unschöner Ausdruck. Ich entschuldige mich dafür.«

Ja, klar. Sie sah ihn mit – wie sie hoffte – freundlicher Miene an. »Dürfte ich vielleicht erfahren, was genau Sie vorhatten, als Sie heute früh hergekommen sind, um mit mir zu reden? Außer Einblick in die Patientenunterlagen zu nehmen.«

»In erster Linie, Dr. McKenna, wollte ich mich mit Ihnen und Ihren Ärzten und Mitarbeitern – auch den Schwestern, denke ich – zusammensetzen, um über die Patientenstruktur, Eindämmungsmaßnahmen, Kosteneffizienz und derartige Dinge zu reden. Wir sollten über unsere Ziele nachdenken, meinen Sie nicht auch? Und sehen, ob wir uns in die richtige Richtung bewegen. Innerhalb der nächsten Woche ... ist Ihnen das recht? Nächsten Dienstag? Hervorragend. Ich lasse Ihnen ein entsprechendes Memo zukommen – diesmal persönlich zu Ihren Händen.« Wieder bedachte er sie mit einem frostigen Lächeln, stand auf und ging.

Kate blieb sitzen und starrte ins Leere. Da waren sie, die gefürchteten Worte – *Patientenstruktur, Eindämmung* und *Kosteneffizienz*. Was nur eines bedeutete: weniger aufgenommene Patienten, weniger Behandlungsstunden und weniger Therapien, die den Kranken halfen, sich in ihrer Umwelt zurechtzufinden. Und – daran bestand kein Zweifel – weniger Patientenbetten. Sie musste doch etwas dagegen tun können! Dieser schreckliche Kerl würde bei jeder Entscheidung das letzte Wort haben. Er würde ihr Ambulanzzentrum zu einem Schatten dessen verblassen lassen, was es sein sollte. Und was würde dann aus diesen desorientierten, zerzausten armen Seelen werden, die das Zentrum als ... nun ja, vielleicht nicht als Heimat betrachteten, aber zumindest als einen Ort, von dem sie sich Schutz und Hilfe erwarteten und der ihnen mit viel Glück zu einem halbwegs normalen Leben verhalf.

Sie wurde wütend. Für wen zum Teufel hielt sich dieser Kerl eigentlich? Offenbar für den Präsidenten des Krankenhauses! Trotzdem konnte er doch nicht ankommen und alles umkrempeln, oder? Natürlich konnte er das. Und das gerade jetzt, wo ihre Anspannung nachgelassen und sie sich ein wenig sicherer mit ihrer Aufgabe, das Zentrum zu leiten, gefühlt hatte. Sie hatte gedacht, wenn sie ihre Sache gut machte, würde es auch kein so großes Problem sein, wieder dorthin zurückgekehrt zu sein, wo all die Geister ihrer Vergangenheit lebten. Und jetzt das. In ihren Gedanken hörte sie sich wieder und wieder darlegen, inwiefern die Pflege von psychisch kranken Menschen komplexer war, als es eine Gewinn- und Verlustdarstellung wiederzugeben vermochte.

Sie griff nach dem Hörer und wählte eine Nummer. »Ich brauche Ihr Gehirn. Können wir uns im Elephant treffen? Jetzt gleich? Okay, um elf.«

Elf Uhr vormittags saßen so gut wie keine Gäste im Elephant. Luke Montour lümmelte auf einer Sitzbank in der hintersten Nische, sodass seine langen Beine mit den Cowboystiefeln in den Gang ragten, und kaute lässig auf einem Zahnstocher herum. Zwei junge Schwestern aus der Anstalt, die auf ihren Kaffee zum Mitnehmen warteten, linsten zu ihm hinüber und kicherten. Luke kam bei Frauen gut an. Doch zu Kates Erstaunen schien er sich dessen nicht bewusst zu sein. Er war so sensibel und behutsam im Umgang mit den Patienten – Eigenschaften, die besonders psychisch Kranke dringend brauchten, aber die ihnen so gut wie nie entgegengebracht wurden. Eigenschaften, die eigentlich jedem gut täten. Er war so empfänglich für die Gefühle anderer Menschen ... Wie konnte ihm entgehen, welche Wirkung er auf Frauen besaß?

Sie setzte sich auf die Bank ihm gegenüber. »Wissen Sie etwas über diesen Nazi, den sie uns auf den Hals gehetzt haben?«

»Ich freue mich auch, Sie zu sehen.«

»Tut mir leid. Hi, Luke, und eines kann ich Ihnen versichern – ich freue mich *wirklich*, Sie zu sehen. Entschuldigen Sie mein schlechtes Benehmen, aber ich bin stocksauer. Haben Sie ihn schon kennen gelernt? Austin Davey? Was für ein arroganter Fatzke! Ein absoluter Widerling! Wissen Sie irgendetwas über ihn?« Luke schien über alles und jeden Bescheid zu wissen. Die Leute erzählten ihm alles. Auch Kate würde das am liebsten tun, wie sie überrascht feststellte.

»Davey ist Geschäftsmann, und offenbar hat er versprochen, weniger Betten zu belegen und höhere Gewinne zu machen. Die Vorstandsmitglieder müssen glauben, sie seien gestorben und bereits im Himmel.«

»Aber ... wenn er die Betten räumt, tauchen die Patienten doch wieder auf der Straße auf ... oder im Krisenzentrum oder vor unserer Tür.«

»Tja, ich denke nicht, dass er diese Seite erwähnt hat. Dafür glaube ich mich zu erinnern, dass er etwas von Kostendämmung in den Ambulanzzentren gesagt hat.«

»Mit anderen Worten: Man zwingt uns, sie nach sechs Therapiestunden rauszuschmeißen und uns einen Dreck darum zu scheren, was aus ihnen wird.«

»So ist es.«

Sie starrten einander an. »Wir sind am Arsch«, stellte Kate fest.

»Dr. McKenna, was für eine Ausdrucksweise! Aber, ja, er wird uns die Schuld in die Schuhe schieben, wenn sie vor unserer Tür Schlange stehen oder sich im Cambridge Park herumtreiben. Oder wenn sie auf der Straße sterben und dort eine Schweinerei anrichten.«

Die Kellnerin stellte zwei Becher Kaffee auf den Tisch, sie sahen kurz auf und bedankten sich mit einem Murmeln. Kate nippte an ihrem Kaffee, der so lausig schmeckte wie immer. Wäre sie nicht so süchtig nach Koffein, würde sie auf Tee umsteigen.

»Er hat mir erzählt, sie hätten beschlossen, die beiden Ambulanzzentren bräuchten ... eine Art Aufsichtsperson. Können Sie sich das vorstellen? Sie wissen, was das bedeutet: regelmäßige Berichte, alles in vierfacher Ausfertigung, keine Entscheidung ohne grünes Licht von oben.« Angespannt fuhr sie sich mit den Fingern durchs Haar. »Er war so was von arrogant, Luke, hat mich ständig höhnisch angegrinst. So hat mich seit ... keine Ahnung, wie lange ... niemand mehr angegrinst. Er war herablassend und ist mir ziemlich auf die Pelle gerückt. Wieso stehen sie im Zweifelsfall nicht erst einmal auf unserer Seite? Es gibt uns doch erst seit kurzem.«

»Tja, Kate, könnte sein, dass er Carlyle nicht mochte oder eigenes Personal hat, das er einschleusen will. Oder er glaubt nicht, dass Ambulanzkliniken funktionieren. Oder er hat Angst vor Verrückten. Vielleicht schüchtert er seine Mitmenschen auch nur gern ein. Ich habe gehört, oben in Hillside hassen sie ihn jetzt schon ... alle außer dem Vorstand, und der Vorstand muss ja auch nicht mit ihm zusammenarbeiten.«

»Von mir kriegt er jedenfalls nur das Allernotwendigste. Und wenn es sein muss, gehe ich selbst zum Vorstand.«

»Kate, seien Sie vorsichtig, ja? Ich weiß, dass Sie Ihre Probleme mit Autoritäten haben und –«

»Das habe ich nicht. Ich will nur mit Respekt behandelt werden.«

»Sie *haben* ein Autoritätsproblem, meine liebe Frau Doktor. Ja, ja, und viele nennen Sie auch Kate, die Coole, aber ich lasse mich nicht so einfach täuschen. Sie kochen innerlich. Da brauchen Sie mich gar nicht so böse anzusehen.«

»Ich sage Ihnen etwas – ich hatte einen Bruder. Einen älteren. Und wenn Sie glauben, man hätte uns auch nur annähernd gleich behandelt ... Ehrlich gesagt war ich sogar klüger als er, es ist nur niemandem aufgefallen.«

Er musterte sie mit einem schiefen Lächeln. »Ach ja? Einen älteren Bruder? Ist er auch Psychiater?«

Einen Moment lang bedauerte sie, das Thema zur Sprache gebracht zu haben. »Nein. Er ist von der Schule geflogen und ... hat die Kurve gekratzt. Er ist einfach verschwunden. Ich habe nie wieder etwas von ihm gehört.«

»Meine Güte, Kate, das tut mir leid. Und Sie haben keine Ahnung, wo er ist?«

»Nein, aber er hat sich jeden Cent von mir geborgt, den er kriegen konnte, bevor er sich aus dem Staub gemacht hat. Und meinen Wagen. Ciao Carlo, ciao VW, ciao zweihundert Mäuse!« Sie zwang sich zu einem Lachen, doch es hörte sich gezwungen und fremd an, deshalb täuschte sie einen Hustenanfall vor.

Luke legte eine Hand auf ihre. »Ich habe gehört, unser neuer Präsident hat einen kleinen Minderwertigkeitskomplex, weil er kein Arzt ist. Vielleicht beruhigt er sich ja, wenn Sie ein bisschen mit den Wimpern klimpern und nett zu ihm sind.« Er betrachtete sie. Er hatte graue, tief in den Höhlen liegende Augen, die nie auszuweichen, sondern stets ruhig auf sein Gegenüber gerichtet zu sein schienen.

»Alles klar. Ich warte eine Weile ab, wie schlimm es mit ihm wird. Aber ich hatte schon früher mit Männern wie ihm zu tun. Ich kenne diesen Typus.«

Er verzog das Gesicht zu einem trägen Lächeln. Luke war Mohikaner und im kanadischen Reservat in Kahnawake zur Welt gekommen. Sein Vater war nach Brooklyn gegangen, als Luke noch ein Baby war, um einen Job als Stahlarbeiter im Hochbau anzunehmen, wie seine Brüder und Cousins. Früher hatten tausende Mohikaner in Brooklyn gelebt, am Bau der Wolkenkratzer mitgearbeitet und sich mühelos in den luftigen Höhen bewegt. Sie war überrascht, als Luke ihr davon erzählte. Trotz seines markanten Gesichts mit den ausgeprägten Wangenknochen sah er in ihren Augen überhaupt nicht wie ein Indianer aus. »Ich sollte ein T-Shirt tragen, auf dem ›*So* sieht ein Indianer aus‹ steht«, hatte er gesagt. Und obwohl er dabei gelächelt hatte, war sie beschämt über ihre mangelnde Sensibilität gewesen.

»Ich gehe jede Wette ein, dass Sie Davey bändigen und ihn dazu bringen, dass er Ihnen aus der Hand frisst. Soweit ich weiß, lechzt er nach Komplimenten, besonders über seine Kleidung.«

»Luke, woher wissen Sie nur immer all diese Dinge?«

»Wir Indianer haben ständig ein Ohr am Boden und hören allen möglichen Klatsch. Aber jetzt erzählen Sie mir, weshalb Barry Manheim so interessiert zu uns herübersieht.«

Sie wandte sich nicht um. »Ich ... er ist ein alter Freund. Aus meiner düsteren Vergangenheit.«

»Romantisches Interesse?«

»Wie kommen Sie denn darauf?« Ihre Stimme klang schärfer als beabsichtigt.

»Whoa, Lady. Ich wollte nur Konversation machen.«

»Wie es der Zufall so will ... ja, wir haben eine gemeinsame Geschichte. Ich kann ihn nicht leiden.«

»Ich denke nicht, dass er das weiß, denn er kommt mit einem fetten Grinsen im Gesicht auf uns zu.«

»Toll! Nur zu Ihrer Information, Sie haben auch ein fettes Grinsen im Gesicht.«

»Ich hoffe nur darauf, dass die Funken sprühen, das ist alles.«

»Es werden keine F-... oh, hallo, Barry.«

»Kate, Luke. Was sagt ihr zu dem neuen Präsidenten? Was für eine Überraschung, was?«

»Eigentlich nicht«, meinte Kate. »Wir wussten alle, dass ein neuer kommt.«

»Niemand hat sich die Mühe gemacht, die lokale Presse zu informieren, was nicht nett ist. Wir haben uns doch erst gestern Abend unterhalten, und du hast nichts verlauten lassen, Kate. Das finde ich ziemlich unfreundlich.«

»Ich kannte nur seinen Namen. Und jetzt weiß ich auch nicht viel mehr über ihn.«

»Schwer zu glauben. Eine Direktorin, die von nichts weiß?«

»Ganz genau. Man hat uns im Unklaren gelassen. Hast du nicht irgendwelche Schnüffler in deiner Redaktion, die du auf ihn ansetzen kannst? Ich habe nichts für dich, ehrlich.« Selbst in ihren eigenen Ohren klangen die Worte hohl.

»Meine Güte, Kate, all diese Veränderungen. Und noch dazu in einer Einrichtung, der die Bevölkerung sowieso nicht traut! Kannst du den Leuten einen Vorwurf daraus machen, dass sie wissen wollen, was los ist? Insbesondere die hiesige Zeitung, ein anerkanntes, seriöses Presseorgan. Ich bitte dich.«

Sie durfte nicht vergessen, dass er ihr Feind war. Er hatte Briefe und Leitartikel veröffentlicht, in denen die Schließung ihrer Klinik gefordert worden war. Wenn es nach ihm ginge, wäre sie arbeitslos.

»Tut mir leid, Barry«, erklärte sie knapp. »Im Moment ist alles ein wenig chaotisch, und niemand weiß genau, was passieren wird. Ich melde mich bei dir, wenn ich etwas erfahre, und du erzählst mir, wenn du irgendetwas herausfindest, okay?«

»Und ich dachte ... na ja, egal.«

Was? Er dachte, dass ich um der alten Zeiten willen mein Herz auf der Zunge trage und ihm alles erzähle, was er hören will? Konnte es wirklich sein, dass er nicht mehr wusste, wie schändlich er sie verraten hatte? Glaubte er, es zählte nicht mehr, weil es vor so langer Zeit passiert war?

»Aber du weißt, dass am Donnerstag ein Termin ...«

Wann wurde sie endlich in den Kreis der Erlauchten aufgenommen? »Was für ein Termin?«

»Ich schätze, Gail hat noch nicht bei dir angerufen. Unsere Frau Bürgermeister möchte darüber sprechen, wie wir dafür sorgen können, dass sich die Lage in der Innenstadt entspannt ... dass die Verr-... die psychisch gestörten Patienten nicht länger in unseren Straßen und im Park –«

»Verrückte, wolltest du sagen, hab ich Recht? Oh ja, das wolltest du. Mein Gott, Barry, ich glaube es nicht! Dir ist schon klar, dass die Ambulanzklinik keine Erlaubnis hat, die Patienten von den Straßen und aus dem Park zu holen, oder? Wir dürfen niemanden beherbergen, nicht einmal für eine Nacht. Wir sind eine Ambulanzklinik. Ich kann nicht glauben, dass Gail das nicht weiß! Ich ... ach, vergiss es!« Sie hätte schwören können, dass beide Männer grinsten, beschloss jedoch, es zu ignorieren. Sie holte tief Luft. »Ich werde ganz bestimmt zu dem Termin am Donnerstag kommen. Mit dem größten Vergnügen.«

Sie nahm an, dass Barry sich verabschieden würde – was gab es schon noch zu sagen? –, aber nein. Er sah sie an. »Kate, es tut mir leid, dass mir um ein Haar etwas herausgerutscht ist. Aber ich hoffe, du gehst sehr behutsam mit der Bürgermeisterin um. Sie kann ziemlich feindselig sein.«

»Das weiß ich noch aus der Schule. Sie würde alles tun, um Aufmerksamkeit zu bekommen, soweit ich mich erinnere.«

»Sei einfach vorsichtig. Es ist nicht gut, sie auf dem falschen Fuß zu erwischen.«

»Ich werde takt- und respektvoll sein, keine Angst.«

»Okay, sei ruhig sarkastisch. Das konntest du schon immer gut. Aber vergiss nicht, was ich gesagt habe.« Er machte auf dem Absatz kehrt, ging hinaus und schlug die Tür des Elephant hinter sich zu. Es hatte eine Zeit gegeben, wo sie verrückt nach ihm war, aber damals war sie noch ein junges Mädchen gewesen, deshalb zählte es vielleicht nicht. Vielleicht zählte nichts von diesen alten College-Geschichten. Aber ihr war klar, dass das Unsinn war. Alles zählte.

Jeder in der Stadt hatte gewusst, dass sie damals mehr als beste Freunde waren. Niemand hatte je versucht, sich zwischen sie zu drängen, nicht einmal Angela, die die meisten Freundschaften erfolgreich gesprengt hatte. Katie und Barry, Barry und Katie. Sie hatten einander alles erzählt, absolut alles. Mit sieben oder acht hatten sie Blutsbrüderschaft geschlossen. Wessen Idee war das eigentlich? Vermutlich seine. Waren Blutsbrüderschaften nicht das ganz große Ding in Jungenbüchern? Jedenfalls hatten sie es beide damals für eine tolle Idee gehalten. Sie hatte mit einer Nadel zuerst in ihre eigene und dann in Barrys Fingerspitze gestochen. Dann hatten sie ihre Finger aneinandergehalten und den feierlichen Schwur geleistet. Der stammte von Barry – er hatte schon immer besser mit Worten umgehen können als sie. Er hatte die Nase kraus gezogen und die Augen zusammengekniffen, wie immer, wenn er intensiv über etwas nachdachte. Und dann waren die Worte über seine Lippen gekommen: »Wir schwören feierlich – schwören bei unserer Ehre, dass wir keine Geheimnisse voreinander haben, keine Lügen erzählen, keinen Kameraden verraten, solange wir leben. Amen.« Es war so schön, dass ihr die Tränen in die Augen traten. *Keine Geheimnisse, keine Lügen, kein Verrat*. Niemand würde einen solchen Schwur jemals brechen, hatte sie damals gedacht.

Doch er hatte es getan, als sie auf dem College waren. Er hatte ihre Freundschaft auf die schlimmste Weise verraten, indem er eine dumme Lüge wiederholt und sich geweigert hatte, sie zurückzunehmen.

»Doc war in seinem Arbeitszimmer, bei verschlossener Tür, nach der Sprechstunde. Mit einer Frau. Jemand, der dort war, hat es mir erzählt«, hatte er starrsinnig erklärt. »Jemand, der niemals lügen würde. Deshalb weiß ich, dass es wahr ist.«

»Du hättest es nicht herumerzählen dürfen!«

»Woher willst du wissen, dass ich es war? Ich sage ja nur, wenn es stimmt, dann stimmt es auch.«

Aber es konnte einfach nicht stimmen! Nicht Doc! Er würde niemals seine Frau betrügen, nicht einmal Angela. »Wer war sie?«, hatte sie gefragt. »Und wer hat es dir erzählt? Du musst es mir sagen!«

Aber er wollte es ihr nicht verraten. »Du machst eine Dummheit.«

»Nein, tue ich nicht.«

»Oh, Kate, du weißt doch, dass du es tun würdest. Du solltest mal dein Gesicht sehen. Du bist außer dir vor Wut und würdest keine Sekunde zögern, jemanden fertigzumachen. Ich kenne dich.«

»Das würde ich nicht! Und jetzt sag es, verdammt noch mal!«

»Ich kann nicht, Katie. Ich bin es dieser Person schuldig, die strengste Vertraulichkeit von mir verlangt. Wer würde mir sonst jemals wieder vertrauen und etwas erzählen?«

Aber wir reden hier von meiner Mutter ... und von meinem Daddy! Wen kümmert es, ob dir andere Leute irgendwelche schmutzigen Lügen anvertrauen? Sie hatte die Worte nie ausgesprochen. Auf seinem Gesicht hatte ein Ausdruck gelegen, der sagte: *Ich habe Recht, du nicht, mehr gibt es dazu nicht zu sagen.* Nichts würde ihn von seinem Entschluss abbringen. Dieser verdammte Barry! Das Vertrauen eines anderen konnte er nicht verraten, ihre Freundschaft hingegen schon.

Seltsam, dass es ihr noch nie aufgefallen war, aber war das nicht oft der Grund, weshalb Journalisten sogar ins Gefängnis gingen? Ihre Quellen durften auf keinen Fall preisgegeben werden, sie waren heilig. Als bestünde so etwas wie ärztliche Schweigepflicht für sie.

»Einen Dollar für Ihre Gedanken.«

Die Stimme riss sie ins Hier und Jetzt zurück. Ihr schwaches Lachen klang nicht allzu überzeugend. »Ich habe an Barry Manheim und mich gedacht und an die Zeit, als wir noch Kinder waren. Wir waren beste Freunde und haben sogar Blutsbrüderschaft geschlossen ... können Sie sich das vorstellen? Gott, wie lange all das her ist!«

»So ist es – Kindheit. Sehr lange.« Sie wartete, dass er fortfuhr, etwas von sich erzählte. Niemand wusste viel über Luke, nur dass er gut mit kranken Menschen umgehen konnte, besonders mit Kindern, und dass er zu den Mitarbeitern von Hillside gehörte, die versetzt worden waren. Und dass er mit *Ärzte ohne Grenzen* in Afrika oder Bosnien oder sonst einem vom Krieg gebeutelten Gebiet gewesen war. Aber er sagte nichts, sondern lächelte nur. »Ich weiß gar nicht, wie er auf die Idee kommt, dass Sie sarkastisch sind. Mir ist das noch nie aufgefallen.« Sie lachten beide, dann legte er das Geld für den Kaffee auf den Tisch. »Dr. Carlyle ist sehr schnell verschwunden. Er hat sich noch nicht einmal verabschiedet. Ich will ja nicht melodramatisch sein, aber hat irgendjemand mit ihm gesprochen? Weiß jemand, wo er ist? Ich würde ihn gern anrufen.«

Ein Schauder lief ihr über den Rücken. »Sie wollen doch nicht sagen ... glauben Sie etwa, dass ihm etwas zugestoßen ist?«

»Wer zum Teufel kann das schon wissen, Kate. Das hier ist eine private Institution, und sie können machen, was ihnen verdammt noch mal in den Sinn kommt. Aber wieso hat er sich nicht von uns verabschiedet? Das kommt mir seltsam vor.«

»Lassen Sie uns zurück in mein Büro gehen und ein paar Leute anrufen. Ich hasse Unklarheiten. Obwohl ich mir ziemlich sicher bin, dass es eine vernünftige Erklärung für sein Verschwinden gibt«, sagte sie. Doch so sicher war sie sich gar nicht, und es erschien ihr mit einem Mal schrecklich wichtig, der Sache auf den Grund zu gehen.

4

Als sie die Eingangshalle durchquert hatten, war sie völlig außer Atem. Mit Luke Schritt zu halten, wenn er es eilig hatte, war nicht ganz einfach. In ihrem Büro fiel ihr auf, dass sie an Sonya vorbeigegangen war, ohne zu ihr hinüber oder sich im Raum umgesehen zu haben, ob alles in Ordnung war. Egal. Der Anruf würde nicht lange dauern. Sie drückte die Kurzwahltaste von Carlyles Haus. Keine Antwort. Kein Anrufbeantworter. »*Verquerer und verquerer*, wie Alice sagen würde«, bemerkte sie stirnrunzelnd. Luke, der auf einem Stuhl saß und die Füße auf ihren Schreibtisch gelegt hatte, nickte.

Dann fiel ihr Carlyles Wochenendhaus auf Locust Island ein, auf einer kleinen Insel mitten im Fluss, die lediglich per Boot erreichbar war. »Die Insel ist ein Geschenk, das der König zu Beginn des 18. Jahrhunderts der Familie meiner Frau für irgendeinen Gefallen gemacht hat«, hatte Dr. Carlyle ihr einmal mit einem schiefen Grinsen erzählt. »Eine Loyalitätsgabe, die wahrscheinlich eine Menge wert war. Nicht dass heute noch viel von dem Geld in der Familie da wäre, aber zumindest blicken sie auf eine lange Geschichte zurück. Wollen Sie meinen Rat hören, Kate? Heiraten Sie nie in eine Familie mit Geschichte ein. Es kann ziemlich anstrengend sein. Und die Steuern sind verdammt hoch.«

»Wissen Sie den Mädchennamen seiner Frau?«, fragte sie Luke, der sie verblüfft ansah.

»Nein. Wie kommen Sie denn darauf?«

»Vielleicht ist er in ihrem Wochenendhaus ... auf Locust Island, ich glaube, das Haus *ist* sogar Locust Island. Außer ihrem gibt es keine anderen Häuser dort. Aber ich habe die Nummer nicht, und wahrscheinlich ist es auf den Namen seiner Frau beziehungsweise den ihrer Familie eingetragen. Ich kann mich aber nicht mehr erinnern, wie sie hieß. Eigentlich sollte sollte ich es wissen, schließlich bin ich hier aufgewachsen. Es ist eine alteingesessene Familie. *War-* nein, irgendetwas mit *Ran-*. Wieso fällt es mir denn nicht ein? Scheint, als würden mit jeder Minute mehr meiner Gehirnzellen absterben.«

»Es wird Ihnen schon einfallen. Wir finden bestimmt jemanden, der den Namen kennt. Wir finden diese Nummer heraus. Hey, cool bleiben, ja?«, sagte er beim Anblick ihrer frustrierten Miene.

»Verdammt, ich hasse es, wenn mir etwas beim besten Willen nicht einfallen will! Es gibt mir das Gefühl, als wäre ich nicht bei Verstand.«

»Sie sind bei Verstand, also hören Sie auf damit. Sie sind nicht Ihre –« Er unterbrach sich.

»Nicht meine Mutter? *Das* brauchen Sie mir nicht zu sagen.« Sie zwang sich zu einem sarkastischen Lachen. Um das Telefon zu bedienen, hatte sie sich über ihren Schreibtisch gebeugt, doch nun holte sie tief Luft, kam um den Tisch herum und ließ sich auf ihren Schreibtischstuhl fallen.

»Oh, sehen Sie. Eine Nachricht.« Das rote Lämpchen auf ihrem Telefon hatte sie gar nicht bemerkt. Sie drückte die Abspieltaste und wandte sich ab, um auf die regennasse Straße hinauszusehen. Eines Tages, kurz nach ihrer Ankunft, als sie bei einem Bier die Krankenakten durchgegangen waren, hatte sie Luke von Angela erzählt. Na ja ... nicht jedes Detail. Alles über Angela zu erzählen würde ein halbes Leben in Anspruch nehmen. Aber sie hatte erwähnt, dass ihre Mutter Patientin im Hillside gewesen war. Er hatte genickt und für eine Sekunde den Blick abgewandt, damit sie nicht mitbekam, dass er es bereits wusste. *Natürlich* wusste er es. Anstalten waren ein Eldorado für Klatsch. Und selbst nach all den Jahren war Angie Spector immer noch für eine spannende Geschichte gut.

Mit einem Mal war der Raum erfüllt von einem harschen Flüstern, das sie zusammenfahren ließ und ihren Puls zum Rasen brachte. »Caterina. Pass auf, wo du hintrittst.« Was zum Teufel ... Und dann ertönte ein Summen und der Piepton, der das Ende der Nachricht anzeigte. »10.02 Uhr«, erklärte die mechanische Ansage. Gleich darauf hörten sie die honigsüße Stimme von Sally Delafield, der Sekretärin der Bürgermeisterin, die Kate zu einem Termin am kommenden Donnerstag einlud. Kate streckte die Hand aus und schaltete den Anrufbeantworter ab. Ihr Herz raste.

»Was war das denn?«, fragte Luke.

»Wenn Sie nicht Sally meinen ... Nein, ich sehe, dass Sie das nicht tun. Keine Ahnung.«

»Haben Sie die Stimme erkannt?«

»Kann jemand ein Flüstern erkennen?«

»Ich meine ja nur ...«

»Tut mir leid. Ich schätze, das Ganze nimmt mich mehr mit, als ich dachte. Es ist mir ziemlich schwergefallen, hierher zurückzukommen. Mir war nicht klar ... aber es war dumm von mir, dass ich es mir nicht klar gemacht hatte. Warum bin ich denn damals so schnell von hier weggegangen?«

»Sie brauchen sich keine Vorwürfe zu machen, Kate. Wir alle wollen nach Hause zurück – was und wo dieses Zuhause auch sein mag. Und dann stellen wir fest ... na ja, dass wir das nicht können. Nichts ist so, wie wir es in Erinnerung haben«, fügte er in einem leicht veränderten Tonfall hinzu. »Und es gibt immer eine oder zwei üble Überraschungen.«

»Wie ein unheimliches Flüstern.« Mittlerweile gelang es ihr zu lächeln. »Ich habe nicht nach diesem Job gesucht. Eines Tages rief mich ein Headhunter an, und alles schien so einfach zu sein. Ich musste nur meinen Lebenslauf hinschicken, und die Sache war perfekt.« Sie schüttelte den Kopf. »Und hier bin ich, in dem Haus, in dem ich aufgewachsen bin! Das schreit doch förmlich nach Problemen, oder?«

Luke lachte auf. »Wahrscheinlich fanden Sie die Idee gut. Sie kehren nach Hause zurück, als erfolgreiche Ärztin. Sie haben ein tolles Haus, sind der Boss hier und führen die Familientradition fort.« Er lachte wieder, diesmal jedoch herzlicher. »Sie wissen gar nicht, wie oft vom Doc gesprochen wurde, als ich noch oben in Hillside gearbeitet habe, über Dinge, die er gesagt und getan hat. Er war verdammt beliebt dort oben.«

Doc. Ihr Daddy. *Verdammt beliebt* traf es ganz genau. »In der Stadt gab es sogar einen Doc-Spector-Tag, ihm zu Ehren, nachdem er ... Verdammt, ich weiß nicht einmal, wie ich es ausdrücken soll! War es ein Unfall? Hat er Selbstmord begangen? Niemand sagt etwas dazu. Sie haben ihn alle viel zu sehr geliebt. Er ist mit seinem Boot rausgefahren und einfach nicht mehr zurückgekommen. Seine Leiche wurde nie gefunden. Und das bedeutet, dass ich immer noch hoffe ... Ach, natürlich ist er tot. Er würde doch nicht einfach weggehen – davonschwimmen oder was auch immer –, ohne jemandem etwas zu sagen ... ohne *mir* etwas zu sagen. Das würde er nicht tun!«

»Es ist wirklich hart, wenn man seine Toten nicht begraben kann«, sagte Luke mit ruhiger, besänftigender Stimme. »Man kann sich nicht bewusst machen, dass derjenige fort ist. Ich hatte einmal einen Freund, der in der Wüste umgekommen ist. Sie haben seine Leiche nie gefunden, und noch Jahre danach habe ich ihn immer wieder gesehen, wie er auf der Straße an mir vorbeiging oder vorbeifuhr. Und dann wurde mir klar, hey, verdammt, das kann er nicht sein! Er wäre heute doch viel älter!«

»War das bei *Ärzte ohne Grenzen*?«

»Nein, damals habe ich in einem Reservat gearbeitet. Natürlich nicht in meinem eigenen, das wäre zu einfach gewesen. In Four Courners, dem Navajo-Reservat.« Er lachte freudlos. »Als ich mich bei MSF gemeldet habe – wie wir die *Medecins sans Frontières* nennen –, wurde Dritte-Welt-Erfahrung verlangt. Es stellte sich heraus, dass der Kampf gegen Armut, Alkoholismus und Depressionen in einem Indianerreservat genau das Richtige war. Zum Glück haben sie mich genommen.«

Er hielt einen Augenblick inne. »Mein Freund ... hat sich zu Tode getrunken. Er ist in die Wüste hinausgegangen, hat das

Bewusstsein verloren und ist in der Hitze an Dehydrierung gestorben. Dann haben ihn schätzungsweise die Kojoten erwischt. Das war der Tag, an dem ich wusste, dass ich gehen muss. Wenn nicht, würde mich dieser Job früher oder später umbringen.«

Wie ruhig er klang, als empfände er nicht die geringste Trauer. Vielleicht konnte Luke ihr diese Technik ja beibringen. In diesem Moment schien plötzlich etwas seine Aufmerksamkeit zu erregen, denn er richtete sich auf seinem Stuhl auf. »Hey, sehen Sie mal da. Nelson. Er ist ganz nass. Vielleicht kommt er ja herein.«

Eilig standen sie auf und verließen Kates Büro. »Reynolds«, sagte Kate, als sie die Halle durchquerten. »Dr. Carlyles Frau. Ihr Mädchenname ist Reynolds.« Luke blieb stehen und sah sie fragend an. »Später«, sagte er.

Nelson hatte sich in seine Lieblingsnische zurückgezogen. Er war nass bis auf die Haut und schien nicht überrascht über ihr Auftauchen zu sein. »Sie haben mir gesagt, dass Sie kommen, und da sind Sie.«

»Da sind wir«, bestätigte Luke. »Haben sie Ihnen auch gesagt, dass wir Sie bitten würden hereinzukommen, um sich aufzuwärmen und trockene Sachen anzuziehen?«

Nelson blickte unter seinen dichten Augenbrauen zu ihm hoch. »Sie sind kein Gedankenleser, Doktor. Nicht wie *sie* –« Er nickte in Kates Richtung.

»Nelson, ich kann keine Gedanken lesen, sondern bin nur –«

»Ich nehme an, Sie erkennen Ironie, wenn Sie ihr begegnen, Dr. Kate. Ich weiß, dass Sie nur eine gewöhnliche Psychiaterin sind, wie alle hier, die darauf warten, die Leute mit Pillen vollstopfen zu dürfen ...« Er lachte. »Oh, der Wein mit der Pille ist in dem Kelch mit dem Elch, der Becher mit dem Fächer hat den Wein gut und rein«, rezitierte er.

Kate starrte ihn an, während sie spürte, wie ein eisiger Schauder von ihrem Schädel abwärts über ihr Rückgrat kroch. Nelson gab nicht nur eine perfekte Imitation von Danny Kaye aus *Der Hofnarr* zum Besten, sondern klang genauso wie ihr Bruder Carlo, wenn er Danny Kaye imitierte. Angela hatte eine ganze

Sammlung von Kaye-Aufnahmen besessen, alte Vinylplatten, keine CDs oder Kassetten, die es damals noch nicht gegeben hatte. Die kleine Katie und Carlito waren begeistert von den Späßen des Komikers gewesen, hatten alle Lieder auswendig gekonnt und sie ständig gesungen – selbst beim Abendessen, wo Singen strengstens verboten war. Doc war Danny Kayes clevere Wortspiele recht schnell leid gewesen, doch Angela hatte die Imitationen der Kinder klug und reizend gefunden.

Es gab nicht allzu viele Menschen ihres Alters, die so viele Gedichte von Sylvia Fine, Danny Kayes Frau und Autorin vieler seiner Werke, auswendig konnten. Sie stammten aus der Ära ihrer Mutter. Doch sie kannte jedes *shtick* von Kaye, einschließlich all seiner Filme, und Nelson beherrschte das Wortspiel perfekt – bis hin zu den abrupten Wechseln vom Bariton zum Sopran und den hohen schrillen Trillertönen. Bildete sie es sich ein, oder lächelte Nelson ihr tatsächlich kaum merklich zu? Ein *unsichtbares* Lächeln, korrigierte sie. Nelson lächelte nie, sondern war stets todernst. Deshalb war es wohl reines Wunschdenken, dass sich unter diesem Bart, den zerlumpten Kleidern und der Krankheit vielleicht ihr großer Bruder verbarg.

Andererseits – wo zum Teufel war Carlo? Menschen verschwanden doch nicht einfach vom Erdboden, ohne die geringste Spur zu hinterlassen. Das Problem war nur, dass genau das die ganze Zeit passierte. Warum sonst waren all die verschwommenen Fotos von Vermissten, von lächelnden Kindern, auf den Milchkartons aufgedruckt? Vielleicht war es ihr Schicksal, dass Menschen um sie herum sich einfach in Luft auflösten. Ihr Bruder, ihr Vater, ihr Boss – ganz zu schweigen von ihrer Mutter, die in gewisser Weise immer fort gewesen war.

»Nelson, bitte, kommen Sie herein. Luke sorgt dafür, dass Sie eine schöne warme Dusche bekommen. Wir besorgen Ihnen trockene Kleider und vielleicht einen Regenmantel ... ja, in der Kleiderkiste habe ich einen wasserdichten Poncho gesehen. Wie wäre es damit?«

Zu ihrer Überraschung stimmte er widerspruchslos zu. Nelson war gern sauber ... nun ja, in gewisser Weise. Offenbar gab es einen Menschen in der Stadt, dem er traute, ein Kunstprofessor am College, der unweit der Klinik in der Water Sreet lebte. In unregelmäßigen Abständen tauchte Nelson dort auf und bat darum, die Dusche benutzen zu dürfen. Der Professor war Bildhauer. Carlo hatte sich in seiner Freizeit ebenfalls mit Bildhauerei beschäftigt.

Doch sobald sie die Halle betraten, wurde ihre Aufmerksamkeit auf eine schlanke, bis auf die Knochen nasse Frau gelenkt, die sich über den Empfangstresen beugte und Sonya anschrie. »Ich bin eine kranke Frau! Was ist nur mit euch allen los? Sie haben mir das Herz herausgeschnitten, solange ich geschlafen habe, und jetzt haben sie es *aufgegessen*! Sehen Sie doch! Sehen Sie doch hin, verdammt noch mal! Deshalb bin ich hier! Ich brauche einen Arzt! Sie werden mir meinen Körper wegnehmen, Stück für Stück, sodass bald nichts mehr von mir üüüübrig iiiiist!« Bei den letzten Worten war sie in Geheul ausgebrochen.

Als Kate zum Tresen stürzte, sah sie, dass die Leute im Warteraum, Patienten und Familienangehörige, von ihren Stühlen aufgestanden waren und das Ganze mit der faszinierten Neugier einer Horde Schaulustiger beim Anblick einer Naturkatastrophe beobachteten. Sonya war vollkommen ruhig. Sie ließ sich nie aus der Ruhe bringen, weshalb sie so perfekt für diesen Job geeignet war. Und die Frau – ein junges Mädchen, wie sich herausstellte, deren Haar klatschnass an ihren Schläfen klebte – weinte. Ihre Augen waren gerötet, die Lider geschwollen, und ihre Nase lief, sodass sie sie alle paar Minuten mit dem Jackenärmel abwischen musste.

Als sie innehielt, um Atem zu schöpfen, sah sie sich hektisch um. Kate erstarrte. Angela!, schoss ihr durch den Kopf, und ihr Herz schlug schneller. Dann blinzelte sie und sah noch einmal hin. Natürlich war es nicht Angela, aber die Ähnlichkeit war frappierend. Die Frau sah wunderschön aus, das heißt, sie *hätte* wunderschön ausgesehen, wären da nicht dieses hysterisch verzerrte Gesicht und ihre unübersehbare Verwirrung gewesen. Sie hatte dasselbe dicke, gelockte Haar, dieselben hohen Wangenknochen und dieselben großen Augen mit dem trägen Blick.

Aber sie sah nicht wie Angela aus, zumindest nicht, wenn man ein zweites Mal hinsah.

In diesem Moment bemerkte sie Kate. Sie hielt inne und musterte sie eingehender.

»Sind Sie Ärztin? Bitte sagen Sie mir, dass Sie Ärztin sind.«

»Ja, ich bin Ärztin. Wie kann ich helfen?«

Zu ihrem Erstaunen trat die Frau auf sie zu und ließ sich gegen sie sinken, sodass Kate unter dem Gewicht ihres Körpers ins Straucheln geriet. »Helfen Sie mir, helfen Sie mir«, stammelte sie.

»Bitte, Miss ...« Es nützte nichts. Sie musste warten, bis der emotionale Ausbruch abgeebbt war. Doch obwohl die junge Frau halb verhungert aussah, war sie unglaublich schwer. Luke war mit Nelson verschwunden, um zu verhindern, dass sie zwei hysterische Patienten am Hals hatten. »Bitte«, bat Kate. »Setzen wir uns hin, sonst fallen wir noch beide um.«

Die Frau hob ihr gerötetes, tränennasses Gesicht. »Es tut mir leid«, sagte sie mit ziemlich normal klingender Stimme, während sie sich die Tränen abwischte. »Sie ... Sie müssen mir zuhören. Sie *müssen* einfach. Ich bin mit meinem Latein am Ende.«

Dieses Phänomen kam immer wieder vor – dieses Schwanken zwischen geistiger Klarheit und völliger Verwirrung innerhalb weniger Sekunden. »Das werde ich. Versprochen. Aber wir sollten irgendwo hingehen, wo es etwas ruhiger ist.« Eugene, einer der stämmigen Wachmänner, war unbemerkt neben sie getreten. Kate warf ihm einen Blick zu, worauf er sich zurückzog, aber trotzdem in greifbarer Nähe blieb.

»Dann helfen Sie mir also?« Die Züge der jungen Frau erhellten sich. Sie schniefte und wischte sich über die Augen, wobei sie die Tränen- und Schmutzspuren noch mehr verschmierte. *Sie ist noch ein Kind*, bemerkte Kate. *Keine Frau, sondern noch ein richtiges Kind.*

»Ja, natürlich helfe ich dir, so gut ich kann. Hier ...« Sie griff in die Schachtel mit den Papiertaschentüchern auf Sonyas Schreibtisch und zog eines heraus. »Wisch dir die Augen ab und putz dir die Nase. Wie heißt du?«

»Prinzessin Linda. Prinzessin Linda Cathcart.«

»Tja, Prinzessin Linda ... Darf ich dich Linda nennen?« Das Mädchen neigte majestätisch den Kopf.

»Gut. Wieso kommst du nicht mit mir, damit wir uns unterhalten können.«

Linda Cathcart sah sich argwöhnisch um. »Ich glaube ... ich will lieber hierbleiben. Wo Leute sind.« Sie senkte die Stimme zu einem Flüstern. »Falls sie kommen.«

»Sie?« Dumme Frage – ihr war klar, wer »sie« waren. Die unsichtbaren Stimmen, die im Kopf dieses armen Geschöpfs herumgeisterten und sie mit boshaften Vorschlägen, Beleidigungen und hässlichen Botschaften quälten. *Wir haben dein Herz genommen, Linda, und es gegessen. Kein Herz mehr für dich, Mädchen!* Wahrscheinlich gemeines Gelächter. Wie gut sie sich noch an Angela erinnern konnte, die sich über die bösen Späße der Stimmen in ihrem Kopf beschwert hatte. »Schmutzige Huren!«, hatte sie geschimpft. »Behaltet eure widerlichen Bosheiten und Fiesheiten für euch!« Sie hatte zahlreiche neue Worte erfunden.

»*Sie* müssen sie doch sehen!«, erklärte Linda Cathcart mit leiser Stimme, während ihr Blick nervös umherschweifte. »Sie sind Psychiaterin. Ich kann sie nicht sehen, weil ich krank bin«, fuhr sie ernst fort. »Vielleicht haben sie auch meine Augen genommen, einen Teil davon, glaube ich. Weil sie da sind. Ganz ehrlich. Ich drehe mich um, so schnell ich kann, aber sie sind zu schnell für mich. Oder sie sind unsichtbar.«

»Sie sind sehr schwer auszumachen. Ich verstehe. Setzen wir uns doch.« Kate sah sich nach einer ruhigen Ecke um. »Da drüben. Auf diese beiden blauen Stühle.« Behutsam legte sie den Arm um Lindas Schultern und führte sie zu den Stühlen.

»Und Sie helfen mir?«

»Natürlich.«

»Ich brauche ein Bett. Ich muss in die Anstalt.« Das war ein Fortschritt gegenüber vielen anderen Patienten hier, die leugneten, überhaupt krank zu sein, und sich vehement weigerten, einen Fuß in eine Klinik zu setzen, selbst wenn sie es bereits getan hatten.

»Welche Anstalt, Linda?«

»Wieso? Hillside, wohin sonst.«

»Du warst also schon mal dort?«

»Oh ja, schon oft. Oft. Und im New Garfield und im Harmony House und ... es fällt mir gerade nicht mehr ein. Aber in vielen. Sogar in sehr, sehr vielen.« Sie wandte abrupt den Kopf ab, während sich ihr Körper versteifte und sich ihre Lippen bewegten, ohne dass ein Laut über sie drang. Die Stimmen.

»Komm, setzen wir uns, Linda. Ich kann mir deine Krankenunterlagen aus Hillside kommen lassen. Wer war dein Arzt dort?«

Linda gab keine Antwort. Sie war viel zu sehr damit beschäftigt, die Dämonen in Schach zu halten, die sie quälten. Kate dachte fieberhaft nach. Sie würde in Hillside anrufen und fragen, welche Medikamente Linda nehmen sollte. Außerdem war es wichtig, dass sie herausfand, in welcher Anstalt sie zuletzt behandelt worden war. In der Zwischenzeit würde sie Bannerman anrufen und dafür sorgen, dass er sich um den Papierkram kümmerte. Diese Prinzessin musste dringend therapiert werden und brauchte ihre Medikamente und die Unterstützung durch eine Gruppe. Es sei denn ... Wieso nahm sie Linda nicht selbst als Patientin? Sie sollte zumindest eine Hand voll eigene Patienten haben, und dieses Mädchen hier hatte sich an sie gewandt.

»Dr. Sheila Carpenter«, erklärte Linda Cathcart in diesem Moment bockig. »Sie hat mich rausgeschmissen. Hat gemeint, ich sei ein böses Mädchen, und meine Zeit sei um! Ich bin heute hingegangen – oder gestern, vielleicht war es auch letzte Woche. Aber sie haben mich nicht reingelassen, diese Mistkerle!«

»Linda, ich bin sicher, du hast etwas missverstanden –«

»Sie etwa auch, Sie Miststück? Ich brauche Hilfe, und Sie widersprechen mir? Geben Sie mir ein Bett. Ich brauche ein Bett, verdammt noch mal!«

Kate beugte sich vor. »Linda, das hier ist eine Ambulanzklinik. Wir haben keine Betten.« *Wieso gibst du ihr nicht ein Sedativum und lässt sie in einem der Notbetten schlafen, solange du ihre Akten zusammensuchst?*, schoss es ihr durch den Kopf. »Aber warte hier. Geh nicht weg. Ich denke, ich kann ein Bett für dich finden. Versprichst du mir, dass du mit einem der Ärzte redest? Man wird dir etwas geben, damit du schlafen kannst. Machst du das?« Mit ihrer freien Hand piepte sie Bannerman an. Er würde genügen müssen, solange sie die Unterlagen des Mädchens aus der Klinik besorgte, in der sie zuletzt behandelt worden war.

Wieder Tränen. »Ich tue alles. Ich habe solche Angst –«

»Angst? Wovor denn, Linda?«

»Vor nichts. Ich weiß nicht. Meine Lippen sind versiegelt.« Sie presste die Lippen aufeinander.

In diesem Moment kam William Bannerman auf sie zugeeilt.

»Siehst du, Linda, hier kommt Dr. Bannerman. Er wird mit dir reden und dir helfen ... Wir alle werden dir helfen.« Sie versuchte, dem Mädchen in die Augen zu sehen, doch die wandte den Kopf ab. »Dr. Bannerman, das ist Linda Cathcart, Prinzessin Linda Cathcart. Sie fühlt sich nicht gut und braucht ein Bett.«

»Aber wir –«

»Linda war in Hillside und einigen anderen Einrichtungen, Will. Ich muss ihre Unterlagen zusammensuchen, damit wir einen Therapieplan und die notwendigen Medikamente für sie zusammenstellen können. Sie wird meine Patientin. Aber vielleicht könnten Sie ihr etwas geben, damit sie sich beruhigt und ein wenig schlafen kann. Sie kann eines der Notbetten haben.« Kate warf ihm einen eindringlichen Blick zu.

»Halten Sie das für klug? Die Betten zu benutzen?« Es hätte sie nicht überrascht, wenn er besorgt die Hände geknetet hätte.

»Dr. Bannerman, diese Frau braucht unsere Hilfe. Sobald ich weiß, welche Medikamente –«

»Stelazine«, warf Linda mit klarer und geschäftsmäßiger Stimme ein. »Manchmal auch Haldol, aber mir ist Stelazine lieber.« Stelazine war eines der älteren Antipsychotika. Bestimmt hatte man ihr etwas Besseres als dieses Medikament gegeben.

»Du bekommst, was auch immer du brauchst, Linda. Aber jetzt bringen wir dich erst einmal ins Bett, okay?« Das Mädchen nickte. »Also, bitte geh mit Dr. Bannerman. Ich rufe in Hillside an und sehe zu, was ich in Erfahrung bringen kann. Nein, nein, ich sage das nicht nur, sondern helfe dir wirklich.« Kate sprach die letzten Worte betont langsam aus, während sie versuchte, mit Linda Blickkontakt herzustellen, doch die Augen des Mädchens huschten bereits wieder ängstlich durch den Raum.

Bannerman rührte sich nicht vom Fleck. Er hatte die Lippen zu einer festen Linie zusammengepresst.

»Dr. Bannerman, bringen Sie Linda nach hinten und geben ihr 15 Milligramm Ambien, damit sie einschlafen kann.«

»Dr. McKenna, sie werden der Sache nachgehen. Über kurz oder lang werden sie fragen, wieso diese Betten immer noch hier stehen. Wenn sie uns erwischen –«

»Tun Sie einfach, was ich sage, okay?«

»Die Regeln sind eindeutig. Eine Ambulanzklinik darf keine Patienten über Nacht aufnehmen und –«

»Ich versuche, anderswo ein Bett für sie zu besorgen, aber wenn es mir nicht gelingt ... Ich will auch nicht, dass sie über Nacht hierbleibt.« Sie wartete, doch er stand noch immer reglos vor ihr. »Ich will nicht den Boss heraushängen, aber mir bleibt keine andere Wahl. Sie tun jetzt, was ich sage – ohne Widerrede.«

Er stieß einen tiefen Seufzer aus, gehorchte aber. Er nahm sogar Lindas Arm und redete leise mit ihr. Er mochte halsstarrig sein, aber am Ende hatte sie sich trotzdem durchgesetzt.

In ihrem Büro wählte sie die Nummer der Aufnahme in Hillside und redete mit der stellvertretenden Leiterin. »Oh ja, ihre königliche Hoheit«, sagte die Frau. »Linda ist von Zeit zu Zeit bei uns. Wieso?«

»Sie ist zu uns gekommen und hat um Hilfe gebeten. Sie scheint dekompensiert zu sein. Und zwar beträchtlich.«

»Erzählen Sie mir etwas Neues. Sie lässt nie ihre Rezepte verlängern.«

»Glauben Sie ernsthaft, sie ist in der Lage, irgendetwas im Auge zu behalten? Regelmäßig in eine Apotheke zu gehen?«

»Sie ist ja auch von allein in die Klinik gekommen, oder?« Tiefer Seufzer. »Die Sache ist die, ihre Krankenversicherung gewährte ihr einen sechstägigen Aufenthalt hier, das war's.«

»Aber sechs Tage reichen nicht –«

»Natürlich nicht, aber wir haben keine andere Wahl, Dr. McKenna.«

»Was, wenn ich sie mit einer Empfehlung zu Ihnen nach oben schicke, ihr ein Bett für sechs Wochen zur Verfügung zu stellen?«

»Entschuldigen Sie, wenn ich lache«, erklärte die stellvertretende Leiterin, obwohl nicht einmal ein Hauch von Belustigung in ihrer Stimme lag. »Wir haben hier eine Warteliste von ... Moment ... genau, 768 Patienten. Für 150 Betten.«

»Was schlagen Sie also vor?« Was für ein System, das die Patienten an die letzte Stelle setzte.

»Sie ist von allein gekommen. Geben Sie ihr Medikamente und ein Rezept und beten Sie.«

Zähl bist zehn, Kate. Auf Italienisch. Uno, due, tre... »Aber sie muss doch eine Mutter und einen Vater haben. Sie ist noch ein halbes Kind. Wo wohnen sie?«

»Oh, viel Glück mit denen. Die wollen Sie nicht ernsthaft kennen lernen. Die Mutter glaubt, Linda sei von einem Dämon besessen ... Sie wissen schon, wie in *Der Exorzist*.«

Lindas Eltern waren der Wahrheit ziemlich nahe, nur dass ihre Dämonen nicht metaphysischer Herkunft waren. »Geben Sie mir trotzdem ihre Adresse. Mal sehen, ob ich sie dazu bringen kann herzukommen.« Sie notierte sich Adresse und Telefonnummer, legte auf und wählte erneut.

Die Mutter, Lydia Cathcart, meldete sich.

Kate stellte sich vor. »Ihre Tochter Linda ist hier bei uns in der Ambulanzklinik und –«

»Ambulanzklinik? Was will sie denn dort?«

»Wir sind das ambulante Betreuungszentrum für psychische Erkrankungen und Teil des Hillside Hospital. Linda ist vor ein paar Minuten hier aufgetaucht und hat um Hilfe gebeten.«

»Phh! *Der* können Sie nicht helfen. Nur Gott, unser Herr kann sie läutern. Sie ist unrein, dieses Mädchen. Sie trägt den Teufel in sich. Und sie redet mit ihm!«

»Mrs. Cathcart, Linda leidet unter einer Krankheit, einem

chemischen Ungleichgewicht im Gehirn. Mit den richtigen Medikamenten kann sie –«

»Haben Sie nicht gehört, was ich gesagt habe? Linda ist die Hure des Teufels. Seit sie eine Frau geworden ist. Luzifer ist gekommen und hat –«, ihre Stimme wurde zu einem heiseren Flüstern, »- hat sie genommen. Ich habe gehört, wie sie mit ihm geflüstert hat, wie sie sich im Bett gewälzt hat. Widerlich!«

Toll! »Mrs. Cathcart, Linda hört Stimmen –«

»Dann wissen Sie ja schon alles. Wieso kommen Sie damit auch noch zu mir?«

Geduld, Geduld. »Ihre Tochter leidet an einer psychischen Erkrankung, Mrs. Cathcart. Sie braucht sie, uns alle, damit es ihr bald wieder besser geht.«

»Meine Tochter ist besessen, Doktor. Ihr wird es nicht bald besser gehen! Ich habe sie aus dem Haus geworfen, bevor sie uns alle zerstören kann, und wenn ich Ihnen einen Rat geben soll, Doktor, dann sollten Sie dasselbe tun!« Klick. Freizeichen. Die arme Linda.

Kate wählte Bannermans Kurzwahl. Sein Telefon läutete und läutete und läutete. Verdammt, allmählich ging er ihr auf die Nerven. Sie ging jede Wette ein, dass er mit Absicht nicht abhob. Doch bevor sie in sein Büro gehen konnte, kam er ihr auf halbem Weg durch die Eingangshalle mit einem Regenmantel in der Hand entgegen und steuerte auf die Tür zu. Er machte keine Anstalten, seine Schritte zu verlangsamen, also vertrat sie ihm den Weg.

»Und, wie kommen wir voran, Doktor?«, fragte sie.

Seine Miene war wie immer ausdruckslos. »Vorankommen? Inwiefern?«

»Mit Linda Cathcart. Die Prinzessin.«

»Oh, ich habe ihr eine Einheit Haldol und ein Rezept gegeben.«

»Sie haben *was*??? Habe ich nicht ausdrücklich angeordnet, dass Sie ihr Ambien geben und sie in eines der Notbetten legen sollen? Was zum Teufel haben Sie sich dabei gedacht?«

»Wir haben die Patientin doch noch nie gesehen, und sie kam

ohne Überweisung zu uns«, erklärte er ihr, ohne Anstalten zu machen, ihre Frage zu beantworten.

»Ich habe versprochen, ihr zu helfen. Sie haben sie von Pontius zu Pilatus geschickt, und ich wollte mich darum kümmern, dass sie in einem Therapieprogramm aufgenommen wird.« Zu ihrem Leidwesen spürte sie, wie sich ihre Augen mit Tränen füllten, und blinzelte hastig dagegen an. »Sie haben sie gehen lassen, ohne dass ihr geholfen wird ... *wieder.* Und Sie haben sich meinen ausdrücklichen Anordnungen widersetzt. Bei Gott, ich sollte – ich sollte –«

»Sie schreien, und alle sehen schon her.«

Sie senkte ihre Stimme zu einem Flüstern. »Die anderen interessieren mich nicht. Mich interessiert nur eines – ihr unprofessionelles Benehmen. Wie konnten Sie nur? Dieses Mädchen ist zu uns gekommen, weil sie Hilfe braucht. Sie ist in einer entsetzlichen Verfassung. Sie könnte weiß Gott was dort draußen anstellen. Was haben Sie sich nur dabei gedacht?«

»Ihre Einstellung gefällt mir nicht, Dr. McKenna.«

»Jetzt hören Sie mir mal zu – Sie haben meine Anweisungen ignoriert. Sie haben eine verwirrte und aufgebrachte Patientin weggeschickt. Wissen Sie was? Eigentlich sollte ich Sie feuern!«

»Versuchen Sie's doch«, gab er mit hochrotem Gesicht zurück.

Das hier führte zu nichts. Sie sollte damit aufhören, außerdem – wem wäre damit schon geholfen? Er hatte es sowieso vermasselt. Sie holte tief Luft, um sich zu beruhigen.

»Dr. Bannerman. Will. Wir sind in erster Linie für unsere Patienten hier – die sehr verwirrt und verletzlich sind. Glauben Sie nicht auch –«

»Hast du zufällig eine Minute Zeit für mich?«, hörte sie eine vertraute Stimme hinter sich.

Barry Manheim. Sie fuhr herum. »Was für eine Art, sich einfach anzuschleichen«, sagte sie.

»Ich habe mich nicht angeschlichen. Ich wollte dich besuchen und habe deine Stimme gehört, also bin ich herübergekommen.« Er sah sie mit Unschuldsmiene an.

»Wir haben hier eine private Unterredung.«

Barry hob die Hände. »Tut mir leid, aber für einen Reporter wie mich sah es nach einem Streitgespräch aus. Und habe ich da nicht gerade gehört, dass Dr. Bannerman, ich zitiere, eine *verwirrte, aufgebrachte Patientin* weggeschickt hat, ohne ihr zu helfen?«

»Man hat ihr geholfen«, blaffte Bannerman ihn an. »Ich habe ihr Medikamente gegeben. Und ein Rezept. Ich *habe* ihr geholfen! Und wissen Sie was? Es kümmert sie noch nicht mal, was wir für sie tun. Soll ich Ihnen sagen, was ich denke? Ich denke, die meisten von denen *wollen* nicht einmal, dass ihnen geholfen wird.

»Dr. Bannerman«, sagte Kate ruhig, aber mit unüberhörbarer Schärfe in der Stimme. »Sie wissen, dass wir es mit kranken Menschen zu tun haben, nicht mit unartigen Kindern. Unsere Aufgabe ist es, uns um sie zu kümmern. Das ist der Grund, weshalb wir hier sind.«

»Wir sind hier, weil Hillside einen Ort braucht, wo sie ihre Probleme abladen können. Die da oben kümmert es doch genauso wenig!«

»Barry«, sagte Kate knapp. »Ich will nichts von all dem in deiner Zeitung lesen. Bitte. Es ist eine Bagatelle, wirklich, und ich möchte nicht erleben, dass es unnötig aufgebauscht wird.«

»Ich werde nichts darüber schreiben«, versprach er. »Aber falls es dir nicht aufgefallen sein sollte, du hattest in den letzten zehn Minuten Publikum. Der Vorfall wird sich herumsprechen – auch ohne mein Zutun.«

»Wenn du mich jetzt entschuldigen würdest. Ich habe eine Klinik zu leiten.« Sie wandte sich um und deutete auf die anderen Patienten und Familienangehörigen, die sich in der Halle herumdrückten und so taten, als hätten sie nichts mitbekommen. »Okay, Leute. Hier gibt es nichts zu sehen. Bitte setzen Sie sich alle wieder.«

»Kate, lass mich –«, fing Barry an.

»Still«, sagte sie im Flüsterton. »Kein Wort mehr.« Sie durchquerte die Lobby und schlug den Weg zu ihrem Büro ein. Ihre

Gedanken überschlugen sich. Als Erstes galt es, Linda Cathcart zu finden und sie zurückzubringen ... falls sie überhaupt jemanden in ihre Nähe ließ. Sie konnte überall sein, auch am Fluss. Es würde nicht einfach werden, und Kate wollte die Polizei nicht rufen. Noch nicht. Wenn sie Linda bis zum Abend nicht gefunden hätte, würde sie sie einschalten, in der Zwischenzeit würde sie herausfinden, welcher Sozialarbeiter frei war, um mit der Suche zu beginnen. In – sie sah auf ihre Uhr – zwölf Minuten hatte sie einen Termin mit einem Patienten und dessen Familie. Als sie in ihr Büro eilte und die Tür hinter sich schloss, fragte sie sich, ob sie Linda Cathcart tatsächlich als Patientin nehmen sollte – falls sie sie aufstöberten und sie bereit war, zurückzukommen und sich behandeln zu lassen. Und falls ihr auf der Straße nichts zugestoßen war. Wie viel von ihrer Sorge um das Mädchen war beruflicher Natur und wie viel die Sehnsucht, sich der Person anzunehmen, die sie so lebhaft an ihre Mutter erinnerte? Das war eindeutig *nicht* professionell. Sie wünschte, Luke wäre hier, um mit ihm darüber zu reden.

Sonya rief sie an, um ihr zu sagen, dass der Patient mit seinen Eltern hier sei, und ob sie sie hereinschicken dürfe.

»Ich hole sie gleich ab, Sonya«, sagte sie und schob die Gedanken an Linda Cathcart – und an Angela – beiseite.

5

Am nächsten Morgen, mitten in einer Personalbesprechung, ertönte ein fernes Rumpeln. Alle Anwesenden horchten auf. Donner? Schweres Gerät? Nein, zu regelmäßig, zu rhythmisch. Wütendes Stimmengewirr, das wieder und wieder dieselben Worte schrie. *Natürlich. Eine Demonstration.* Der militante Ton war nicht zu überhören. Und der Lärm kam näher. Kate schüttelte verärgert den Kopf. Als hätten sie nicht schon genug Probleme am Hals.

Linda Cathcart war noch immer verschwunden. Sie hatten sie in keinem der üblichen Verstecke aufstöbern können: unter der Brücke, hinter der Friedhofskapelle, im Park. Sie war auch nicht nach Hillside gegangen, um sich dort wieder aufnehmen zu lassen, wie Kate insgeheim gehofft hatte. Jimmy Friedman, einer der Sozialarbeiter, der auf Ausreißer spezialisiert war und wusste, wo sie sich am liebsten verkrochen, war am Vorabend um halb neun zurückgekommen und hatte den Kopf geschüttelt. Sie hatte ihn nach Hause geschickt. Gegen zehn hatte auch sie ihre Arbeit beendet und war nach Hause gefahren. Sie hatte eine halbe Flasche Merlot getrunken und war in der Hoffnung auf einen traumlosen Schlaf ins Bett gefallen. Heute Morgen hatte sie sich an keinen Traum erinnern können, was sie als gutes Zeichen wertete. Und sie fühlte sich gut – sogar fast normal, was auch immer das bedeuten mochte.

Die Parade, wenn man es so bezeichnen wollte, kam rasch näher, und der Lärm schwoll an. Kate beschloss, sie so lange wie möglich zu ignorieren. Es gab eine Menge zu besprechen. Sie und die drei Case Manager waren dabei, sich gegenseitig über ihre Behandlungsprogramme auf den letzten Stand zu bringen. Die Therapieprogramme, in denen Behandlungsziele gesetzt und Kurse und Therapiestunden festgelegt wurden, sollten eigentlich endgültig sein, mussten aber von Zeit zu Zeit verändert und aktualisiert werden. Der Zustand der psychisch Kranken war niemals konstant, was bedeutete, dass die Case Manager ständig die Verfassung, Stimmungen und vor allen Dingen den Aufenthaltsort ihrer Patienten im Auge behalten mussten.

Franca L'Arezzo hatte sich um das schwangere Mädchen gekümmert, deren Namen sie noch immer nicht wussten. »Ich weiß nicht, ob sie zurückgeblieben, krank oder einfach nur starrköpfig ist, aber ich kriege kein vernünftiges Wort aus ihr heraus. Sie behauptet steif und fest, sie heiße Stupid, also ›dumm‹. ›Stupid‹, sage ich also zu ihr. ›Das ist doch kein Name. Nein, Schätzchen, kommen Sie schon, wie heißen Sie wirklich?‹ Und wissen Sie, was sie darauf antwortet? ›Sie nennen mich aber Stupid.‹« Franca schüttelte den Kopf. »Ich habe noch nicht mal eine Ahnung, ob sie psychisch krank ist, weil ich noch nie eine psychisch Kranke erlebt habe, die sich so verhält. Deshalb lass ich sie hoch nach Hillside bringen, damit sie sie komplett durchchecken, einschließlich Drogenscreening, man weiß ja nie, und ich vereinbare einen Termin beim Gynäkologen. Sie rufen mich an, wenn sie fertig sind.«

Der Kassettenrekorder war angeschaltet, aber Kate machte sich trotzdem Notizen. »Seltsam. Ich frage mich ... Mir kommt sie mager vor, Franca. Vielleicht muss sie zwangsernährt werden?«

»Könnte sein. Heute Nachmittag weiß ich mehr. Das hoffe ich zumindest.« Franca traute niemandem in der Klinik zu, dass er seinen Job anständig erledigte. Kate lächelte sie an. »Noch etwas?«

»Sieht so aus, als hätte Gilda ihre Medikamente nicht genommen, was aber nichts Neues ist. Ich wünschte, wir könnten die Patienten eine Weile hierbehalten, nur eine Zeit lang, damit sie wieder halbwegs auf die Reihe kommen.«

»Amen«, warf Mitch Washington ein. »Wünschen wir uns das nicht alle? Wer um alles in der Welt ist auf die glorreiche Idee gekommen, dass psychisch Kranke in der Lage sind, für sich selbst zu sorgen! Aber egal, bei mir sieht es folgendermaßen aus ...« Eilig ging er die Liste seiner Patienten durch. Mitch war sehr groß, sehnig und sah nicht aus wie 38. Auf der Highschool und auf dem College war er ein erstklassiger Basketballspieler gewesen. Aber seine Leidenschaft sei nicht groß genug gewesen, um sich für eine Profikarriere zu entscheiden, hatte er Kate erzählt. Bei ihrer ersten Begegnung hatte er sich vorgebeugt und sie mit seinen dunklen Augen fixiert. »Sie, die Trainer, wollten immer alles von mir. Ständig. Aber ich habe nicht eingesehen, dass ich mich für ein Spiel umbringe, verstehen Sie? Ein *Spiel*. Ziemlich komisch für einen Schwarzen, was?«

Kate hatte gelacht. »Komisch für einen *Mann*, Mitch.«

»Die anderen glauben alle, ich sei schwul. Muss wohl so sein, oder? Weil ich so was wie eine Krankenschwester bin und mich um Psychos kümmere. Oooohhh!« Er verdrehte die Augen. »So was machen doch nur Mädchen. Meine Mama, na ja, sie war ein bisschen daneben, aber sie hat zu den Wiedergeborenen gehört, deshalb dachte sie, die Stimmen wären Engel oder Jesus persönlich. Sie hat sich geweigert, zu einem Psychiater zu gehen. Das hätte sie nie im Leben getan. Sie *mochte* die Stimmen in ihrem Kopf.« Mit einem bitteren Lächeln hatte er den Kopf geschüttelt.

»Wie kam sie zurecht?«, hatte Kate gefragt.

»Oh, nicht gut, Dr. McKenna. Die Nachbarn fanden es nicht besonders toll, wenn sie um drei Uhr morgens bei voller Lautstärke zu Jesus sprach, wenn Sie wissen, was ich meine. Wir haben in Brooklyn gewohnt, und sie sollte ins Kings County eingewiesen werden, aber als die Pfleger kamen, um sie abzuholen, hat sie sich entschuldigt, ist ins Nebenzimmer gegangen und aus dem Fenster gesprungen. Sieben Stockwerke hoch. Sie war sofort tot. Und vielleicht war es sogar besser so.« Er hatte innegehalten und den Kopf gesenkt, dann hatte er aufgesehen und sie angelächelt. »Jetzt wissen Sie, warum ich hier arbeite und mich um ›Psychos‹ kümmere, Dr. McKenna. Ich war einfach daran gewöhnt.«

Mitch ist gut, sogar sehr gut, dachte Kate, als sie ihn ansah, aber trotzdem fehlte ihm die Leidenschaft, der Drang, über sich selbst hinauszuwachsen. Er erledigte seinen Job, dann ging er nach Hause und ließ alles hinter sich. Andererseits war es vielleicht nicht das Schlechteste.

Er las seinen Bericht über Paulie DeSanto vor, ehe er den Kopf schüttelte und sich unterbrach. »Wieso strengen wir uns so an, Dr. McKenna?«, platzte er heraus. »Paulie ist so krank, dass er nicht mitkriegt, was jemand sagt ... zumindest kein realer Mensch. Und er glaubt, es gehe ihm gut, also wirft er seine Medikamente weg und schwänzt die Therapiestunden. Wir kriegen nur den Abfall, den Bodensatz! Wir sind der letzte Ausweg der Kränksten unter den Kranken. Sie wollen ein Behandlungsziel für Paulie DeSanto? Kann mir irgendeiner sagen, was ein Behandlungsziel für ihn sein kann? Für den Rest seines Lebens in einem Loch wie Westwind eingesperrt zu sein? Ist es das, wofür wir arbeiten? Denn auf mich hört er nicht, also wird er auch nichts tun, was ihm guttut.« Er verstummte und saß da, heftig atmend, als hätte er einen Dauerlauf hinter sich.

Die Stille füllte den Raum. Dieser Ausbruch war völlig überraschend gekommen, fast wie ein Schock. »Trotz seiner Abwehrhaltung glaube ich, dass Sie Paulie durchaus helfen können, Mitch. Er mag Sie, und das ist –« Kate wurde von dem Lärm unterbrochen, als der Demonstrationszug das Gebäude erreicht hatte und vor ihrem Bürofenster Stellung bezog. Die Menge war noch lauter als zuvor, obwohl Kate es nicht für möglich gehalten hätte. Und da sie nicht dieselben Parolen im Chor brüllten, war nicht klar erkennbar, worüber sie sich beschwerten.

Anfangs hatten sich die Anwesenden bemüht, die Störung nicht zur Kenntnis zu nehmen, was jedoch mit jeder Minute schwieriger wurde. »Shelby«, sagte Kate zur dritten Case Managerin, einer Rothaarigen mit Kleinmädchenstimme. »Wir würden alle gern Ihren Bericht hören, besonders was Sie über Linda Cathcart herausgefunden haben, aber – bitte entschuldigen Sie mich.« Offenbar piepte Sonya sie die ganze Zeit an. Als Kate zum Hörer griff, klang die Stimme der Empfangsdame atemlos. »Sie müssen raus auf Straße, Dr. McKenna. Leute machen große Parade. Viel Geschrei.« Sonya musste ziemlich aufgebracht sein, denn wann immer sie etwas irritierte, fiel sie in ihren russischen Akzent und ihren lückenhaften Satzbau zurück.

»Es scheint eine Art Demonstration zu sein«, erklärte Kate den Anwesenden. »Falls es Ihnen noch nicht aufgefallen ist.« Allgemeines Lächeln. »Ich gehe jetzt hinaus. Es ist mein Kopf, den sie haben wollen. Sie gehen wieder an die Arbeit.« Die Teammitglieder erhoben sich. »Und hört mal, Leute, wenn einer von Ihnen zufällig auf die Straße geht ... keine Konfrontationen. *Keine*!«

Der Regen hatte aufgehört, aber der Himmel war noch immer bedrohlich grau, und es war ziemlich kühl. Kate zitterte und wünschte, sie hätte ihren Regenmantel übergezogen. Die große Demonstration bestand aus etwa einem Dutzend Leuten in Regenkluft, die vor der Klinik auf und ab marschierten und trotz ihrer mickrigen Anzahl einen beachtlichen Lärm verursachten. Einige hatten Schilder dabei, offensichtlich in aller Eile von Hand beschrift und an Besenstielen und Holzstöcken befestigt. **Außen hui, innen pfui**, stand auf einem der Schilder. **Frei herumlaufende Patienten gefährden unsere Gesundheit**, hieß es auf einem anderen. SCHLIESST DAS CCC! HEUTE!, prangte in Großbuchstaben auf einem weiteren. Die Demonstranten reckten wütend die Schilder – *fast wie Waffen*, dachte Kate.

Einer der Demonstranten war kein Geringerer als Paulie DeSanto, der in den »Irre nach Hause! Irre nach Hause!«-Chor eingestimmt hatte. Sie fragte sich, wo sein Vater war, der doch sonst stets an den Fersen seines Sohnes klebte. »Irre nach Hause!«, schrie Paulie grinsend und schwenkte die Arme. Offenbar war ihm nicht ganz klar, dass er einer der Besagten war. Um ihn würde sie sich später kümmern. Sie ließ die Demonstranten eine oder zwei Minuten gewähren, ehe sie sich zwischen sie schob. »Hallo! Hallo! Ich bin Dr. McKenna, die Direktorin der Ambulanzklinik. Was ist hier das Problem?«

»Sie wissen verdammt genau, was das Problem ist, Dr. McKenna!« Ein untersetzter Mann mit dunkelrotem Gesicht – *hoher Blutdruck, er muss auf sein Temperament und sein Gewicht achten*, dachte sie reflexartig – starrte sie finster an. »Die Ärzte hier sind genauso wie die oben auf dem Berg. Einfach alle laufen lassen! Lassen wir sie eben durch die Gegend rennen und unsere Kinder abschlachten! Und das sind wir endgültig leid!«

Rufe wie »Ja, genau« und »Zeig's ihr, Bob« wurden ringsum laut.

Sie fixierte Bob. »Jemand aus dieser Klinik hat Kinder abgeschlachtet? Und ich habe nichts davon erfahren? Warum hat die Polizei uns nicht darüber informiert?«, fragte sie.

Trotzig schob Bob die Unterlippe vor. »Na ja ... noch nicht. Noch haben sie es nicht getan ... aber das *werden* sie!« Weitere Zustimmungsrufe.

»Denken Sie an einen bestimmten Patienten, Mr. –?«

»Slattery. Robert Slattery, Bauunternehmer. Ich zahle Steuern in dieser Stadt, also habe ich auch Rechte!«

»Das haben Sie, Mr. Slattery. Ist jemand –« Sie unterbrach sich, als gleißendes Licht hinter ihr aufflackerte und sie blendete. Sie fuhr herum und sah zwei Fotografen mit gezückten Kameras vor sich, flankiert von einer Reihe mit Digitalkameras bewaffneter Privatleute, die allem Anschein nach auf eine dramatische Szene hofften. Sie bedeutete ihnen zu verschwinden, wenn auch ohne Erfolg.

»Alle wissen, dass sie verrückt ist! Sie hat mit dem Teufel geschlafen!« Das war Paulie, der schwer atmete und dessen Augen vor Aufregung leuchteten.

Also war Linda Cathcart der Grund für diesen Aufruhr. Wer zum Teufel könnte es auch sonst sein? Dieser verdammte Barry! Seine *Story*, das war alles, worum es ihm ging.

»Wenn Sie Linda Cathcart meinen«, rief sie der Menge zu, »kann ich Ihnen versichern, dass sie keine Gefahr darstellt. Höchstens für sich selbst. Im Moment ist ein Sozialarbeiter unterwegs und sucht sie. Wir werden sie finden und uns um sie kümmern.«

»Das haben sie letztes Mal auch behauptet!«, schrie eine Frau, worauf die Gruppe wild durcheinander brüllte. Kate wusste nur zu gut, was mit »letztes Mal« gemeint war. Meine Güte, es war so viele Jahre her. Ein Patient war bei einem Ausflug geflohen. Würden sie diesen Vorfall denn nie vergessen? Doch sie selbst hatte es ebenso wenig getan.

»Letztes Mal war ich noch nicht verantwortlich für die Klinik«, erklärte Kate in gemessenem Tonfall. »Aber jetzt bin ich da. Und ich sorge dafür, dass sich jemand darum kümmert. Sie haben mein Wort –« Große Regentropfen klatschten auf ihren unbedeckten Kopf. »Es fängt wieder an zu regnen. Nass zu werden und sich zu erkälten hilft niemandem weiter. Bitte gehen Sie jetzt wieder nach Hause. Mr. Slattery kann gern heute Abend um sechs Uhr zu mir ins Büro kommen, dann informiere ich ihn über den letzten Stand der Dinge. Ist das ein faires Angebot?«

Allgemeines Murren, doch Slattery hätte nicht erfreuter sein können. »Äh, ja, ja, ist es!«, erklärte er, sorgsam darauf bedacht, ein Lächeln zu unterdrücken, während er vor Stolz schier platzte. »Danke, Doktor. Okay, Leute, lassen wir's gut sein.«

Die Menge verlief sich allmählich – alle, bis auf Paulie, der stehen blieb und nicht wusste, was er tun sollte.

»Paulie«, sagte Kate sanft, »wo ist dein Vater?«

»Ich hab ihn verloren ... irgendwo unterwegs hab ich ihn verloren. Wo ist mein Dad?« Seine Augen füllten sich mit Tränen.

Kate trat näher und legte ihm behutsam den Arm um die knochigen Schultern. »Wieso kommst du nicht mit hinein? Vielleicht möchtest du dich ja gern ein wenig mit mir unterhalten? Oder mit Mitch?«

»Nicht mit Mitch«, erklärte er. »Mitch ist gemein zu mir!« Seine Jeans und sein Sweatshirt waren nass, und er zitterte vor Kälte.

»Dann eben mit Luke. Würdest du gern mit Luke reden?« Der Junge quittierte den Vorschlag mit einem seligen Lächeln.

»Komm mit, ich rufe Luke an und sorge dafür, dass du eine heiße Schokolade bekommst.« Eigentlich hätte sie ihm gern ein paar Fragen zur Demonstration gestellt, aber er würde ihr nichts

Aufschlussreiches darüber erzählen können. Für ihn hatte es einfach aufregend ausgesehen, deshalb hatte er sich ihnen angeschlossen. Sie waren höchstens zehn Schritte gegangen, als sie seinen Vater rufen hörte, der panisch die Straße entlangkam.

»Es geht ihm gut, Mr. DeSanto, alles ist in Ordnung mit ihm«, rief sie, doch keine Beteuerung dieser Welt könnte Paulies Vater *davon* überzeugen.

»Paulie! Wo warst du? Was hast du dir dabei gedacht? Danke, dass Sie ihn gefunden haben, Dr. McKenna. Ich habe mich höchstens eine Minute umgedreht – ich musste eine Münze in den Automaten stecken ... und schon war er verschwunden! Paulie, das kannst du doch nicht machen!«

»Wag es ja nicht, mich zu schlagen, du alter Mistsack!«

Kate schob sich zwischen die beiden. »Komm, Paulie, Luke will dich bestimmt sehen!«, erklärte sie laut. Allein die Erwähnung von Lukes Namen genügte, um den Jungen zu besänftigen. Die drei gingen ins Haus. Eilig wählte sie Lukes Nummer und bat ihn, so schnell wie möglich in die Eingangshalle zu kommen. »Paulie«, sagte sie nur. »Völlig überdreht.«

»Bin schon unterwegs. Er wird bei der Musiktherapie erwartet. Ich komme und bringe ihn hin.«

Sie erzählte den beiden, Luke sei bereits auf dem Weg, und ging in ihr Büro. Sie würde irgendetwas wegen Paulies Weigerung, seinem Case Manager zu vertrauen, unternehmen müssen. Es war sicher nur ein weiterer Versuch des Jungen, andere zu manipulieren. Mitch konnte hervorragend mit Teenagern umgehen, und anfangs war Paulie gut mit ihm zurechtgekommen. Zu dritt sollten sie in der Lage sein, sich etwas einfallen zu lassen.

Auf dem Weg in ihr Büro hielt Sonya sie auf. »Ein Anruf für Sie, Dr. Kate. Die Bürgermeisterin. Sie sagt, es sei wichtig.«

»Ich nehme das Gespräch in meinem Büro an.« *Was ist jetzt wieder los*?, fragte sie sich.

Sie griff nach dem Hörer, innerlich gerüstet für das nächste Problem. Doch als sie sich mit ihrem Namen meldete, drangen statt der forschen Stimme der Bürgermeisterin sanfte Klänge an ihr Ohr, dann eine Stimme, die erklärte, sie solle am Apparat bleiben, da Frau Bürgermeister mit ihr zu sprechen wünsche, gefolgt von neuerlicher Konservenmusik. Wenn es so verdammt wichtig war, wo war sie dann?

»Dr. McKenna«, hörte sie schließlich die kampflustige Stimme der Bürgermeisterin. »Ich möchte einen Termin einberufen. In einer halben Stunde in meinem Büro. Kommen Sie. Bitte«, fügte sie hinzu, als Kate nicht sofort reagierte, obwohl ihr Tonfall alles andere als nach einer freundlichen Einladung klang.

»Und bei diesem Termin geht es um –«

»Um eine Ihrer Patientinnen. Eine gefährliche Patientin. Gott sei Dank ist sie im Gefängnis und kann niemandem mehr etwas tun!«

»Im Gefängnis! Aber das ist ... lächerlich ... entsetzlich ... das ist –«

»Ich habe jetzt keine Zeit für so etwas, Dr. McKenna. Wir werden alles besprechen, wenn Sie hier sind. Ich hoffe doch, ich kann auf Ihre Kooperation zählen?«

»Keine Sorge, ich komme«, erwiderte Kate und legte auf. Was sie betraf, konnte Gail Fortunato auf überhaupt nichts zählen. Keine Zeit für Kates Einwände? Tja, das würde sie noch sehen.

Im Büro der Bürgermeisterin, einem großen und beeindruckenden Raum im Rathaus, drängten sich bereits etliche Menschen. Kate, die fünf Minuten zu früh dran war, hatte gedacht, sie gehöre zu den Ersten, stattdessen zählte sie unübersehbar zu den Letzten. Sie sah sich um und erkannte einige der Demonstranten wieder, und dort drüben stand Barry, flankiert von zwei Fotografen, neben ihm einige andere, die sie vom Sehen kannte. Polizisten? Oder, Gott bewahre, Anwälte? Und der Stadtrat, alle acht Mitglieder.

Gail Fortunato saß auf der Kante ihres Mahagonischreibtisches – vermutlich, um den Anwesenden einen Blick auf ihre langen, schlanken Beine zu gestatten. Sie trug ein hochgeschlossenes dunkelblaues Strickkleid mit langen Ärmeln, das sich weich an jede Kurve ihres Körpers schmiegte – und davon gab es einige. Gail hatte schon immer auf die Sex-Karte gesetzt – seit der siebten Klasse. Was etwas seltsam war, weil sie im Grunde eine kühle, grausame, ja, geradezu maskuline Person war. Sie werde niemals wütend, sondern rechne immer sofort ab, war einer ihrer Lieblingssprüche. Und das stimmte. Niemand wagte es, Gail gegen sich aufzubringen. Kate fragte sich, wie sie es geschafft hatte, gewählt zu werden.

Die Bürgermeisterin wandte den Kopf und musterte Kate. »Ah. Dr. McKenna. Endlich. Also können wir anfangen.«

Kate warf einen demonstrativen Blick auf ihre Uhr. Sie wusste, was Gail damit andeuten wollte. Tja, sie war nicht zu spät gekommen, also würde sie sich auch nicht davon einschüchtern lassen.

»Sie sind die Letzte, Dr. McKenna«, erklärte die Bürgermeisterin freundlich. »Und die Wichtigste.«

»Tatsächlich.« *Und ich dachte, du wärst das.*

»Wir sind hier, weil wir gemeinsam – nein. Wieso kommen wir nicht gleich zur Sache? Gut, ich übernehme das.« Es war so typisch für sie, das Ruder an sich zu reißen. »Vielleicht können Sie uns erklären, warum diese gefährliche Patientin – Linda Cathcart, wenn ich mich recht entsinne – mit einem Rezept und einem *Schönen Tag noch* weggeschickt wurde, nachdem Sie bei Ihnen in der Klinik war?«

»Sagten Sie gerade, *Schönen Tag noch*?«

Die Bürgermeisterin winkte ab und lachte kurz. »Na schön, vielleicht haben Sie ihr nicht gerade einen schönen Tag gewünscht, aber Sie haben eine tobende Geisteskranke mit einem Blatt Papier auf die Straße hinausgeschickt. Denn genau das ist ein Rezept, ein Fetzen Papier mit irgendwelchem Gekritzel darauf, aber keine Wunderkur.« Ärgerliches Gemurmel brandete im Raum auf.

»Einen Moment, bitte. Wir haben sie nicht *einfach* –«

»Wir haben Zeugen dafür. Wir wissen, dass einer Ihrer Mitarbeiter darauf bestanden hat, dass sie geht, und diese –«

»Wenn Sie das Mädchen noch einmal als tobende Geisteskranke bezeichnen, Frau Bürgermeister, werde ich ihren Eltern raten, Sie wegen übler Nachrede zu verklagen.« Kate hielt inne und rang um ihre Fassung. Genau das brauchte sie heute noch: ihre Selbstbeherrschung vor dem Herausgeber der Tageszeitung und zwei seiner Fotografen zu verlieren.

»Bestimmt ...«, fuhr sie fort und sah sich im Raum um, sah in sämtliche Gesichter außer in Barrys. In der hinteren Ecke des Raums stand jemand von WHTC mit einer kleinen Videokamera in der Hand. Also würden sie in den Sechs-Uhr-Nachrichten über dieses Zusammentreffen berichten. Wo zum Teufel war Austin Davey? Sollte der neue Anstaltspräsident nicht hier sein? Und dann sah sie ihn. Er stand in der Ecke nahe der Tür, so unauffällig, wie ein Mann in einem 2000-Dollar-Anzug sein konnte. »Bestimmt sind wir alle zu intelligent und gebildet, um ein armes krankes Mädchen zu dämonisieren, das noch nie einer Fliege etwas zuleide getan hat. Linda Cathcart ist psychisch krank, ja, und, ja, es ist ein Fehler passiert. Sie wurde wieder nach Hause geschickt. Das hätte nicht passieren dürfen. Aber sie stellt für niemanden hier in dieser Stadt eine Gefahr dar, höchstens für sich selbst.«

»Können Sie uns das versprechen, Dr. McKenna?«, fragte Gail über das Gemurmel im Raum hinweg. »Wenn ja, dann tun Sie das bitte. Sie sind sich also absolut sicher, dass diese Linda nicht Amok laufen wird?«

»Absolut sicher? Nein, natürlich nicht. Aber nach meiner Expertenmeinung –«

Eine sorgfältig gezupfte Braue hob sich. »Expertenmeinung? Mag sein, Doktor. Trotzdem sind Sie möglicherweise ein wenig ... befangen? Wegen Ihrer eigenen Geschichte?«

»Meine eigene Geschichte ist Privatsache und hat nichts mit meiner Professionalität zu tun«, gab Kate ruhig zurück und sah Gail in die Augen. Die Unverfrorenheit dieser Frau!

Zu ihrer Verblüffung meldete sich Austin Davey zu Wort. »Wir sollten dafür sorgen, dass eine gewisse Höflichkeit hier gewahrt bleibt, Frau Bürgermeister.«

Zwei rosa Flecke erschienen auf Gails Wangen. »Selbstverständlich«, blaffte sie. »Aber ich bin sicher, wir wollen etwas mehr Sicherheit als nur Dr. McKennas *Meinung*. Sie sind neu in Waterfield, Mr. Davey, deshalb ist Ihnen vielleicht nicht klar, dass die anderen Anwesenden sich nur allzu gut an die letzte Gelegenheit erinnern, als sich die psychisch Kranken unter die Bevölkerung mischen durften.«

Kate fragte sich, ob die Bürgermeisterin selbst die Demonstration initiiert hatte, indem sie die Leute an die Volksfest-Tragödie von damals erinnert hatte. Egal. Kate war klar, worauf das Ganze hinauslief. Als Nächstes würde jemand das Argument »Aber die Patienten der Ambulanz leben doch gar nicht dort, sondern gehen ein und aus« anbringen, worauf Gail triumphierend »Genau das ist ja der Grund, warum wir diese Ambulanzklinik schließen wollen« sagen könnte.

»Was hat Miss Cathcart denn getan, dass sie verhaftet wurde?«, fragte Kate schnell.

»Ahh ...« Gail Fortunato glitt von der Schreibtischkante, wobei sie ein Maximum ihrer wohlgeformten Beine enthüllte. »Die Patientin – Miss Cathcart – hat mit einem Ziegelstein die Scheibe von Zavod's, einem Bekleidungsgeschäft, eingeworfen. Sie war völlig außer sich, redete wirres Zeug und musste von drei Polizeibeamten festgehalten werden.«

»Entschuldigen Sie, aber eines erscheint mir wichtig zu wissen. Was war in dem Schaufenster zu sehen?«

Sämtliche Köpfe fuhren zu ihr herum. Sie sah förmlich die Fragezeichen in der Luft hängen. Gail gab einem Assistenten ein Zeichen, worauf dieser mit einem Blatt Papier in der Hand an ihre Seite eilte. Sie warf einen Blick darauf. »Es war für die Sammelaktion des Roten Kreuzes nächste Woche dekoriert. Flüchtlinge ... Soldaten.« Sie sah erneut auf das Blatt Papier. »Ich schätze, das Ganze war darauf angelegt, Mitleid für die Opfer des Krieges in ... äh ... Übersee zu erregen.«

»Ich will nicht sagen, dass das ihr Benehmen entschuldigt, keineswegs. Aber Lindas Bewusstsein ist in höchstem Maß getrübt. Sie ist hochintelligent, kann manchmal aber nicht zwischen realen und inszenierten Dingen unterscheiden. Oder denen, die in ihrem Kopf sind. Sie hatte uns um ein Bett gebeten, ein Bett, das wir ihr nicht zur Verfügung stellen dürfen, obwohl wir sie gern für ein paar Stunden bei uns behalten hätten, und als Dr. B., äh, als der Fehler unterlief, hat sie die Ablehnung zweifellos als einen weiteren Verrat betrachtet. Sie muss sehr wütend gewesen sein. Ich schätze, sie glaubte, das, was sie im Schaufenster von Zavod's gesehen hat, sei real, und deshalb hat sie, nun ja, nach Kräften geholfen. Sie muss gedacht haben, die Schaufensterpuppen seien echte Menschen –«

»Sie hat sich ihrer Festnahme verweigert, Dr. McKenna. Und zwar gewaltsam. Sie hat Officer White *gebissen.*«

»Es steht völlig außer Frage, dass Linda Cathcart unter Wahnvorstellungen leidet und krank ist. Ich sagte ja gerade, dass sie manchmal die Realität nicht –«

»Sie hat gedroht, die Polizeibeamten umzubringen. Und zwar sehr konkret.«

»Sie ist psychotisch. Sie gehört in eine Klinik.«

»Ganz unserer Meinung, Dr. McKenna. Und warum ist diese Frau, diese gefährliche psychotische Kranke dann nicht in einer Klinik?«

Kate ließ sich ein, zwei Sekunden Zeit mit ihrer Antwort, um sicherzugehen, dass alle sie hörten. »Linda Cathcart ist nicht in einer Klinik, weil Hillside sich weigert, sie aufzunehmen.« Sie hätte nur zu gern gewusst, ob Barry sich Notizen machte, doch sie würde ihm die Genugtuung nicht verschaffen und sich zu ihm umdrehen. Sie sah Austin Davey, der mit vor der Brust gekreuzten Armen reglos in seiner Ecke stand. Er beugte sich vor und klappte den Mund auf, als sich ihre Augen begegneten. Er trat zurück, ohne den Blick von ihr zu wenden. *Er will sehen, wie ich mit der Situation umgehe,* dachte sie. Vielleicht war er ja doch nicht der kaltblütige Manager-Typ, für den sie ihn gehalten hatte.

»Wenn Hillside sie nicht aufnehmen will«, warf ein korpulenter Mann ein, den sie nicht kannte, »ist sie ja vielleicht doch nicht so krank, wie sie tut.« Er sah sich triumphierend um.

»Na, hören Sie mal«, erklärte sie und starrte ihn durchdringend an, »natürlich ist sie krank. Sie ist schizophren.«

»Schizophrenie! Schizophrenie!«, rief eine Frau mit krausem

roten Haar. »Etwas anderes bekommt man heutzutage nicht mehr zu hören. Jeder Massenmörder, jeder Kerl, der sich vor einen Zug wirft, alle haben eine gespaltene Persönlichkeit! Wir sind diese Ausreden leid.«

»Warum sollten wir eine schizophrene Irre frei in der Stadt herumlaufen lassen?«

Allgemeiner Protest erhob sich im Raum. »Die Anstalt hat Miss Cathcart nicht aufgenommen, weil ihre Krankenkasse nur eine Behandlung über sechs Tage gewährt. Sie braucht aber wesentlich mehr«, erklärte Kate nachdrücklich.

»Dann lassen Sie sie doch die Anstalt selbst bezahlen, damit sie mehr bekommt.«

»Ja! Man kann die Steuerzahler nicht zwingen, für jeden durchgeknallten Irren im Bundesstaat aufzukommen!«

»Sie erobern unsere Stadt! Überall wo man hinsieht, begegnet man ihnen!«

»Und dieser eine Kerl ... dieser Prophet! Er lebt praktisch in Ihrem Haus!«

Kate starrte diese anständigen Bürger an, die so wütend und aufgebracht waren, und fragte sich, ob sie sie darauf hinweisen sollte, dass Steuern nichts mit der Krankenversicherung zu tun hatten. Sollte sie ihnen erklären, dass Schizophrenie nicht dasselbe war wie eine gespaltene Persönlichkeit? Nein, denn niemand würde ihr zuhören. Niemand *wollte* ihr zuhören. Alle waren viel zu beschäftigt damit, sich aufzuspielen.

»Sie brauchen sich vor Linda Cathcart nicht zu fürchten«, erklärte sie beharrlich. »Sie ist absolut harmlos.«

Gail Fortunato hob die Hand, worauf es schlagartig still im Raum wurde, und kniff die Augen zusammen. »Viele von uns können sich noch gut genug daran erinnern, dass eine solche Aussage nicht unbedingt stimmen muss, Dr. McKenna«, erklärte sie zuckersüß.

Kate erstarrte vor Wut. In ihren Ohren rauschte es. Hatte Gail es tatsächlich gewagt? Oh ja, das hatte sie. Ihre Augen waren auf Kate gerichtet, provozierten sie, wie sie es immer getan hatte.

1985. Das Abschlussjahr auf der Highschool. Ein schöner

Frühlingstag, klar und freundlich. Kate und ihre Freunde waren ausgelassen – ausgelassen über ihren Status als Schüler der Abschlussklasse, über die Verheißung des bevorstehenden Sommers, das College und dann ... Wer konnte das schon sagen? Wen kümmerte es? All das war noch viel zu weit weg. Sie saß im Geschichtskurs, und Professor Smith faselte über den Völkerbund oder die Vereinten Nationen oder sonst etwas Langweiliges. Sie und Barry tauschten Zettelchen über die Pizza-Party aus, die für den nächsten Abend geplant war. Die großen Fenster im Klassenzimmer standen weit offen, sodass die Rufe der Spieler eines Softballspiels und gleich darauf der Sirene eines Polizeiautos oder eines Krankenwagens herübergeweht wurden. Der Duft nach Gras hing in der Luft. Der Direktor betrat den Raum und sagte leise etwas zu Smith, was den Schülern die Gelegenheit bot, miteinander zu flüstern.

Doch Kate bemerkte, dass die Blicke der beiden Männer immer wieder in ihre Richtung schossen, ehe sie sie wieder abwandten. Kalte Angst breitete sich in ihr aus. Was war passiert? Steckte Carlo schon wieder in der Klemme? Das passierte ständig. Aber diesmal mussten es ernsthafte Schwierigkeiten sein, wie das Gesicht des Direktors vermuten ließ. Es war blass, wie versteinert, ungläubig. Sie starrte die beiden Männer an, ohne sie zu sehen – es war, als wäre ihr Gehirn mit einem Mal völlig leer.

Mr. Smith schlug mit der Hand auf sein Pult, worauf die Geräusche erstarben. »Mr. Madison hat eine wichtige Mitteilung zu machen.«

Kate wusste noch genau, was der Direktor gesagt hatte. Am deutlichsten erinnerte sie sich jedoch daran, wie sich sämtliche Blicke auf sie gerichtet hatten. Eine Gruppe Hillside-Patienten war zu einem Ausflug in die Stadt gebracht worden, wo ein kleiner Rummelplatz auf dem ehemaligen Fußballfeld aufgebaut war. Für die Patienten sollte der Ausflug eine Belohnung sein. Doch eine Patientin hatte ein Kind entführt und war mit ihm geflüchtet. Polizei und Feuerwehr suchten bereits nach den beiden. Alle sollten bleiben, wo sie waren, sämtliche Aktivitäten nach dem Unterricht waren gestrichen, und nach der siebten

Stunde sollten alle auf dem direkten Weg nach Hause gehen und sich keinesfalls draußen herumtreiben.

»Nein, es kann nicht Angela gewesen sein!«, hätte Kate am liebsten gerufen. »Meine Mutter würde niemals jemanden entführen!« Aber ihre Brust war wie zugeschnürt vor Angst, denn warum sonst sollten die beiden Männer sie ständig ansehen? Es musste ihre Mutter gewesen sein. Wer sonst? Einen Moment lang war ihr schwindlig, als sie sich des Schweigens im Klassenzimmer bewusst wurde. Sie brachte es kaum über sich, sich umzusehen, trotzdem tat sie es. Die meisten Kinder sahen verlegen nach unten. Alle außer Gail Fortunato, die sie mit unverhohlener Neugier anstarrte. Ebenso wie Barry, nur dass er die Augen niederschlug, als sich ihre Blicke begegneten. Oh Gott, auch er dachte, dass Angela die Entführerin war.

Sie stürzte davon, aus dem Klassenzimmer und dem Schulgebäude, durch sämtliche Hinterhöfe, in die Praxis ihres Vaters. Im Wartezimmer saßen Patienten, die in alten *National-Geographic*-Ausgaben blätterten. Sie sahen auf und lächelten ihr zu, als sie laut an die Tür zum Behandlungszimmer hämmerte, durch die Olive gewöhnlich trat und »Der Nächste, bitte« rief. Aber sie konnte nicht warten, bis Olive erschien. Nicht wenn Angela vielleicht einen kleinen Jungen entführt hatte. Oh Gott, hatten sie alle nur darauf gewartet, dass eines Tages so etwas passieren würde?

»Olive, ich muss mit dem Doc reden. Es ist sehr, sehr wichtig!«, erklärte sie der überraschten Arzthelferin. Olive sah zu den wartenden Patienten hinüber, ehe sie Kate ins Zimmer zog und die Tür hinter ihr schloss.

»Nur eine Minute. Ich sage ihm, dass du da bist.«

Doc kam aus dem Labor im hinteren Teil der Praxis und trocknete sich die Hände ab. Bei ihrem Anblick blieb er abrupt stehen. »Was ist passiert?«

Die Worte sprudelten über ihre Lippen, als sie ihm schilderte, was vorgefallen war.

Der Griff seiner Hand auf ihrer Schulter verstärkte sich. »Haben sie gesagt, dass sie es war? Haben sie den Namen gesagt?«

»Nein. Aber sie haben mich dauernd angesehen –«

»Diese Idioten! Kate, sie wissen nicht, wer es war. Falls ... falls sie es war, hätten sie mich doch sofort angerufen. Eine Frau ist weggelaufen, und wahrscheinlich sind sie immer noch dabei herauszufinden, wer fehlt. Wir wissen nicht, wer es ist, hast du mich verstanden? Wir. Wissen. Es. Nicht. Und bis dahin werden wir ganz ruhig bleiben, ganz ruhig, verstehst du mich, Katie?«

»Aber, Daddy, solltest du nicht in Hillside anrufen? Oder lass uns zum Rummelplatz gehen und sie suchen.«

»Hast du all die Patienten gesehen, die auf mich warten, Katie? Sie verlassen sich darauf, dass ich mich um sie kümmere. Ich werde nicht einfach Hals über Kopf davonlaufen. Nicht, solange ich nichts Genaueres weiß. Und«, fügte er mit einem forschenden Blick in ihre Augen nachdrücklich hinzu, »du genauso wenig. Ich meine es ernst, Katie. Kein Theater. Und wenn du weinen musst, bevor du weißt, ob es überhaupt etwas zu weinen gibt, wirst du die Hintertür benutzen müssen. Ich lasse nicht zu, dass du dich vor meinen Patienten so benimmst.«

Er wandte sich ab, als jemand lautstark an die Tür des Behandlungsraums klopfte, ehe sie abrupt aufgerissen wurde und zwei atemlose Polizisten vor ihnen standen. »Doc! Doc! Sie müssen mitkommen! Eine der Ver..., eine der Patientinnen aus Hillside ist mit einem kleinen Jungen davongelaufen und sitzt jetzt auf einem Dach mit ihm. Sie behauptet, er sei ihr kleiner Junge, und sie würde ihn nicht wieder gehen lassen. Sie droht zu springen!«

Doc wurde blass, dennoch zögerte er nicht, sondern schnappte seine Arzttasche. »Katie, geh nach Hause, hörst du? Geh nach Hause. Olive, du verschiebst die Termine und entschuldigst dich in meinem Namen.« Er legte nicht einmal den weißen Arztkittel und das Stethoskop ab, das um seinen Hals baumelte, sondern stürmte mit den Polizisten zur Tür hinaus. »Tut mir leid, Leute, ein Notfall!«, rief er, ehe die Eingangstür hinter ihnen ins Schloss fiel.

Kate stand stocksteif da, als könne sie sich auf diese Weise unsichtbar machen. Nach Hause gehen? Nein. Ihr Herz hämmerte.

Sie wusste, der Doc wusste, und auch Olive wusste, dass Angela der festen Überzeugung war, ihr sei ein Kind gestohlen worden, das nun irgendwo darauf wartete, von ihr gerettet zu werden. Möglicherweise hatte sie diesen kleinen Jungen genommen und versucht, ihn nach Hause zu tragen, doch es mussten ihr zu viele Leute nachgelaufen sein und nach ihr gerufen haben, sodass sie die Kontrolle verloren hatte. Menschenansammlungen machten sie grundsätzlich nervös. Vermutlich hätte sie ihn abgesetzt oder sogar fallen lassen. Aber auf ein Dach geklettert? Angela litt unter Höhenangst, panischer Höhenangst. Es ergab keinen Sinn. Trotzdem ... Sie hatte den Ausdruck in Docs Augen gesehen, diesen angespannten, besorgten Ausdruck. Auch er dachte, dass Angela das Kind hatte. All die Jahre hatten sie alles daran gesetzt, die schlimmen Dinge unter Verschluss zu halten, innerhalb der Familie, innerhalb des Hauses. Und nun sickerte es durch. Im privaten Arbeitszimmer ihres Vaters läutete das Telefon, läutete und läutete, bis es plötzlich aufhörte.

Kate schlang die Arme um ihren Oberkörper. Ihr Magen schmerzte. »Bitte, Mommy, nein«, betete sie, ehe sie innehielt. Angela erlaubte keine Babysprache. »Du nennst mich beim Vornamen«, hatte sie immer gesagt.

Doch ihr Gebet, wenn es denn eines gewesen war, wurde nicht erhört. Olive betrat den Behandlungsraum, schloss die Tür, lehnte sich mit dem Rücken dagegen und sah sie traurig an.

»Was?«, sagte Kate, während sich eine eisige Hand um ihr Herz legte. »*Was ist?*«

Olives Stimme war viel zu sanft. »Geh nach Hause, Katie, wie dein Vater gesagt hat. Hast du jemanden, den du anrufen kannst, damit du Gesellschaft hast?«

Normalerweise hätte sie Barry angerufen, aber sie war sich nicht sicher, wie er reagieren würde. Das Geheimnis war gelüftet, und mit einem Mal war die Welt ein vollkommen anderer Ort, voller Fallen und tückischer Gruben.

»Nein. Aber das macht nichts. Ich komme schon klar«, log sie und ging zur Hintertür.

»Katie –«

»Was?«

»Nichts.«

»Da ist doch etwas. Bitte sag es mir, Olive. Diese Ungewissheit ist entsetzlich.«

Olive stieß einen Seufzer aus, während sich ihr hübsches, freundliches Gesicht verzog. »Deine Mutter ... dein Vater hat gerade angerufen. Sie ... oh, Kate, es tut mir so leid. Sie haben deine Mutter gefunden. Mit dem kleinen Jungen in den Armen.«

»Auf einem *Dach*?«

Olivia sah sie überrascht an. »Auf einem Dach? Nein, nein, deine Mutter würde nie im Leben auf ein Dach steigen, Katie, das weißt du doch. Sie hat auf dem Boden gesessen, mit ...«

»Hat sie ihm wehgetan?«

»Er ist ... ich fürchte, er ist tot.«

»Angela hat ihn getötet? Sie hat ihn getötet?« Sie begann zu zittern und brach in Tränen aus.

»Kate, Kate, beruhige dich. Ich bin sicher, deine Mutter hat das nicht getan. Der Doc sagt, es kann einfach nicht sein. Sie behauptet zwar ständig, sie sei schuld, aber er bleibt bei ihr, solange die Ermittlungen andauern. Deshalb könnte es eine Weile dauern, bis er nach Hause kommt, und ich will nicht, dass du dir Sorgen machst. Ich rufe die Patienten an, die einen Termin für später hatten, dann schließe ich ab und komme rüber, wenn du willst.«

»Nein, vielen Dank. Es geht mir gut.« Warum sagte sie das? Sie war weit entfernt davon, dass es ihr gut ging. Sie spürte, wie ihre Eingeweide rumorten, als breche sie jeden Moment auseinander. Unter Aufbietung ihres gesamten Willens zwang sie sich zu lächeln, ruhig zur Hintertür zu gehen und sie leise hinter sich zu schließen. Erst als sie zu Hause war, oben in ihrem Turmzimmer, brach sie entsetzt in Tränen aus.

Erwartungsvolle Stille erfüllte Gails Büro. Worauf warteten sie? Was sollte sie ihrer Meinung nach tun?

»Wäre eine gefährliche Patientin aus der Klinik geflohen, Gail, säße ich jetzt nicht hier«, erklärte sie mit stählerner Stimme. »Ich würde nach der Patientin suchen. Persönlich. Aber wie Sie sehen, bin ich hier.« Sie ließ den Blick durch den Raum schweifen. »Ich weiß nicht, was Sie damit andeuten –«

»Ich will damit andeuten, Kate«, schoss Gail nicht minder scharf zurück, »Sie könnten ebenso gut die Tatsache vertuschen, dass Sie zugelassen haben, dass eine gefährliche Patientin die Klinik verlässt.«

»Und warum sollte ich das tun?«

»Vielleicht weil Sie in einem solchen Fall zu befangen sind, um objektiv zu sein, Dr. McKenna. Zu nahe an diesem Thema und zu nahe an Ihren Erinnerungen. An Ihre Mutter, vielleicht.«

Die Anwesenden schnappten kollektiv nach Luft. Oh Gott, wussten alle hier von Angela? Kannte jeder jedes verdammte Detail über ihre Familie und ihr Leben? »Meine Mutter war psychisch krank, ja, aber sie war nicht gefährlich. Und sie hat nie jemandem etwas getan. Benutzen Sie die Krankheit meiner Mutter, um mich einzuschüchtern, Frau Bürgermeister? So sieht es nämlich aus. Mir ist klar, dass die Bevölkerung besorgt ist bei der Vorstellung, dass eine labile Frau da draußen herumgeistert. Aber zufällig irren Sie sich, Frau Bürgermeister. So wie sich die Leute 1985 geirrt haben, als alle glaubten, meine Mutter hätte ein Kind getötet. *Wie Sie ja selbst wissen*«, fügte sie nachdrücklich hinzu. »Wie Sie verdammt genau wissen, Frau Bürgermeister. Meine Mutter war eine kranke Frau, die unter Wahnvorstellungen litt, aber eine andere Frau hat das Kind getötet und ist dann geflüchtet, um sich das Leben zu nehmen. Meine Mutter war den beiden nachgelaufen, um den Jungen zu retten, aber sie kam zu spät, und die Polizei fand sie, wie sie das tote Kind in den Armen wiegte. Warum um alles in der Welt zerren Sie jetzt diese alte Geschichte ans Tageslicht, Frau Bürgermeister? Sie können sich doch bestimmt vorstellen, welchen Schmerz das Ganze mir und meiner Familie damals bereitet hat. Was soll das bringen – außer vielleicht, mich damit unter Druck zu setzen. So sehr, dass ich die Klinik schließe, meinen

Sie? Vergessen Sie's.« Ihre Stimme war immer lauter geworden und schien den gesamten Raum zu erfüllen. Sie bemerkte, dass sich niemand rührte. Alle Augen waren auf sie gerichtet, alle lauschten ihr. »Das Ambulanzzentrum hilft den Menschen, die sich nicht selbst helfen können, und was mich betrifft, werde ich es nicht schließen, wie sehr die Ignoranz und Hysterie auch geschürt und auf die Straße getragen wird.«

Austin Daveys weiche, zivilisierte Stimme durchbrach die Stille. »Wir wollen gewiss keine alten Geschichten aufwühlen ... Das käme einer Hexenjagd gleich. Und das wollen wir doch nicht, oder, Frau Bürgermeister?« Er wandte sich Kate zu. »Bitte entschuldigen Sie, Dr. McKenna. Aber es wäre wohl ratsam, die Sicherheitsmaßnahmen in der Klinik zu verschärfen, meinen Sie nicht auch? Und vielleicht ein ernstes Wort mit dem Arzt zu reden, der Miss ... äh, die Patientin weggeschickt hat? Das ist nie klug, zumindest nicht bei psychisch Kranken, oder? Sie sind schließlich alles andere als, nun ja, gehorsam, wenn ich es recht sehe. Ich bin sicher, Frau Bürgermeister, wir können uns darauf verlassen, dass Dr. McKenna für Ordnung in ihren Reihen sorgt, stimmt's, Doktor?«

Es dauerte einen Moment, bis Kate aufging, dass er auf ihrer Seite stand – okay, gewissermaßen. Bestimmt würde er von ihr verlangen, Bannerman vor die Tür zu setzen und nicht nur »ein ernstes Wort mit ihm zu reden«.

»Stimmt«, bestätigte sie. »Ich werde mich sofort darum kümmern. In der Zwischenzeit könnten Sie, Mr. Davey, ihr vielleicht ein Bett in Hillside besorgen?« Er neigte leicht den Kopf. War das ein Ja? Zumindest ein Vielleicht. Sie würde ihn jedenfalls noch einmal darauf ansprechen.

»Wir sind noch nicht fertig hier«, erklärte Gail knapp. »Und man hat uns im Vorfeld Versprechungen gemacht, unsere Straßen und Parks von psychisch Kranken zu befreien. Diese Stadt ist es leid –«

Nun ergriff Barry das Wort. »Diese Stadt hat nichts für Lynchaktionen übrig, nicht einmal für verbale. Ich denke, wir haben genug gehört.« Kate bemerkte, dass Gail nicht auf seinen

Einwurf gefasst gewesen war. Sie warf ihm einen durchdringenden Blick zu, den er jedoch ignorierte. Waren Gail und Barry mehr als Freunde? Ein erschreckender Gedanke. Aber warum sollten sie nicht zusammen sein? Sie waren beide Singles, beide Kontrollfanatiker und konnten in beruflicher Hinsicht zweifellos voneinander profitieren. Das ideale Power-Paar! »Ich denke, wir sollten uns jetzt alle beruhigen und wieder an die Arbeit gehen«, fügte Barry hinzu. »Wir werden alle Beteiligten befragen und in der morgigen Ausgabe die ganze Geschichte veröffentlichen. Dr. McKenna, darf ich vielleicht mit Ihnen anfangen?«

»Mit mir anfangen?«

»Ein Interview. Geben Sie mir ein Interview?«

»Ja, natürlich.« Sie blinzelte, als sich die Kameras auf sie richteten.

»Jetzt?«

»Ich – ja. Jetzt. Draußen. Fünf Minuten.«

Die Atmosphäre im Raum war spürbar weniger feindselig als vor ... wie viel Zeit war inzwischen vergangen? Gerade einmal 20 Minuten. Der Bürgermeisterin war es gelungen, sich selbst ins Aus zu manövrieren. Natürlich stand die arme Linda noch immer unter Arrest. Kate würde mit Austin Davey über ein Bett für sie reden müssen. Sie sah sich im Raum um, doch er war verschwunden. Also zog sie ihr Mobiltelefon aus der Tasche und wählte seine Nummer in Hillside, wo sie ihm die Nachricht hinterließ, er möge sie anrufen, sobald er wieder dort angekommen sei. Sie hätte die Angelegenheit lieber persönlich mit ihm besprochen, aber was blieb ihr anderes übrig?

Als Nächstes wählte sie die Nummer der Ambulanzklinik. Als Sonya abhob, bat sie sie, den Betreuer zu finden, der auf der Suche nach Linda war. »Sie ist verhaftet worden.«

»Verhaftet! Mein Gott, was sie hat getan?«

»Nein, nein, nichts Schlimmes. Niemand wurde verletzt. Sie hat nur einen Ziegelstein ins Schaufenster von Zavod's geworfen. Ich erzähle es Ihnen, wenn ich zurück bin, Sonya. Bitte informieren Sie jetzt die anderen, okay? Ich will nicht unnötig Zeit mit der Suche nach ihr vergeuden. Und ...« Ein Gedanke schoss ihr durch den Kopf. »Hat sich Dr. Carlyle gemeldet? Oder seine Frau?«

»Nein, Dr. McKenna. Was soll ich ihm sagen, wenn er anruft?«

Ja, was? »Dass ich ihn sprechen möchte. Ich bin bald zurück.«

Wieder sah sie sich um. Das Büro leerte sich zusehends, und die anfängliche Anspannung schien vollends verflogen zu sein. Die Leute unterhielten sich und schienen sich wieder ihren Angelegenheiten zuzuwenden.

Nur Gail nicht, wie Kate bemerkte. Sie sah sie, nein, *starrte* sie mit zusammengepressten Lippen und zu zornigen Schlitzen verengten Augen an. Die Feindseligkeit, die von ihr ausging, ließ Kate innehalten. Für einen Augenblick begegneten sich ihre Blicke, ehe Gail den Kopf in den Nacken warf und ihr den Rücken zukehrte. Wie seltsam. Was könnte in Gail vorgehen, das sie ein derartiges Verhalten an den Tag legen ließ? Aber was auch immer, es war es nicht wert, jetzt darüber nachzudenken. Sie musste zur Polizei und Linda aus dem Gefängnis holen.

6

Es wird nicht so einfach sein, die feindselige, kampflustige Miene der Bürgermeisterin aus ihren Gedanken zu verbannen, stellte Kate fest, als sie das Rathaus eilig verließ. *Vor wem oder was läufst du denn davon?*, schalt sie sich. *Es geht doch nur um Gail Fortunato. Die kleine Gail, die als Teenager unter Akne litt und stotterte.* Oh ja, sogar schon in der Grundschule war sie ein kleines gemeines Miststück. Eine Schlange. Als Gail Kate einmal zu Hause besucht hatte, musste sie das Badezimmer aufsuchen, doch statt ins Spielzimmer im hinteren Teil des Hauses zurückzukehren – es war die ehemalige Butlerkammer neben der Küche, wo Lorelei, ihre damalige Köchin, die Kinder im Auge behalten konnte – war sie überall herumgeschlichen und hatte alles ausspioniert. Danach hatte sie überall herumerzählt, Katies Mommie habe mit dem Fernseher gesprochen, »obwohl er gar nicht angeschaltet war«.

Sie hatten Gail nie wieder eingeladen, das hatte selbst der Doc eingesehen, obwohl Carmine Fortunato ein wichtiger Bauunternehmer mit politischen Ambitionen und vielen einflussreichen Freunden war. Er hatte sich einige Male zur Bürgermeisterwahl aufstellen lassen, doch es war ihm nie gelungen, gewählt zu werden. Nun hatte es seine kleine Tochter geschafft und die Familienehre gerettet. Heute war sie Bürgermeisterin von Waterfield, und was kam dann? Frauen gelang heutzutage häufig der Sprung ins Parlament. Kate konnte sich Gail durchaus als Gouverneurin vorstellen. Schlimmer als der momentane Amtsinhaber konnte sie auch nicht sein. Nein, das stimmte nicht, das konnte sie durchaus. Der derzeitige Gouverneur war faul und ängstlich, Gail hingegen war ehrgeizig und würde sich durch nichts von dem abbringen lassen, was sie sich in den Kopf gesetzt hatte. Und sie war gehässig. Aber warum wendete sie sich ausgerechnet gegen Kate? *Ich bin Ärztin,* rätselte sie, *keine Politikerin. Ich stehe ihr nicht im Weg. Oder doch?*

Sie würde Barry danach fragen müssen, der zweifellos über alles informiert war, was in der Stadt vor sich ging. Damals, als Gail den Klatsch über Angela verbreitet hatte, war Barry ihr zu Hilfe geeilt und hatte gegenüber den anderen Kindern behauptet, Gail habe das nur erfunden. Natürlich stimmte das nicht, aber in dieser Zeit war Barry noch süß und loyal gewesen. Ein echter Freund.

»Kate, bitte warte! Bitte!« Wenn man vom Teufel sprach ... Leicht atemlos erschien er neben ihr.

»Hey, Katie, die Szene da drin tut mir wirklich leid.«

»Es war nicht deine Idee, Barry, sondern die der Bürgermeisterin. Was hat sie für ein Problem? Oh, warte, sag's nicht. Es ist etwas Persönliches, stimmt's? Sie hasst die Ambulanzklinik, und sie ist sauer auf die Anstalt, weil sie sie angelogen haben. Sie haben ihr versprochen, sie würden die Verrückten aus dem Ort wegschicken, stattdessen haben sie sie in die Innenstadt verfrachtet. In gewisser Weise kann ich ihr nicht mal einen Vorwurf machen. Aber ist ihr noch nie aufgefallen, dass sich Fliegen besser mit Honig anlocken lassen als mit Essig?«

»Honig war noch nie Gails Ding«, erwiderte er belustigt, »falls du dich nicht erinnern kannst. Sie ist auf einer Mission, und die besteht darin, die Patienten aus der Innenstadt zu schaffen. Ist das denn so unvernünftig? Waterfield hat mit einem riesigen Schuldenberg und enormer Abwanderung der Geschäfte aus der Innenstadt zu kämpfen. Eine Klinik für psychisch Kranke ist ... na ja, nicht gerade sexy, oder? Nicht besonders reizvoll für neue Firmenansiedlungen. Der Gouverneur hat ihr mehr oder weniger Versprechungen gemacht. Na ja, eigentlich sollte ich das nicht sagen, weil ich nicht alle Details kenne.«

Das bezweifle ich, dachte sie. »Oh, also ist sie auch auf den

Gouverneur sauer. Prima. Aber warum musste sie Angela ins Spiel bringen? Ich meine, meine Mutter ist *tot*, Herrgott noch mal!«

»Ja, das war völlig unnötig.«

»Es war grob, gedankenlos und hatte nichts mit der Sache zu tun. Und wenn es auch einen Fall von psychischer Erkrankung in meiner Familie gab! Na und? Damit sollte ich doch eigentlich die ideale Ansprechpartnerin für diese Patienten sein. Sie wollte mich bloßstellen, das ist alles«, sagte Kate. »Ich habe das Gefühl, dass es um etwas Persönliches geht.« Mittlerweile standen sie auf der Straße. »Barry, ist das etwa unser Interview?«

»Natürlich nicht, nur eine Unterhaltung. Ich würde dich nicht reinlegen, Kate.«

»Ich weiß, ich habe dir fünf Minuten versprochen – aber jetzt sollte ich mich auf den Weg zur Polizei machen und sehen, was dort los ist. Die arme Linda, sie hat doch niemanden.«

»Ich begleite dich.«

»Zusammen mit deinem Fotografen?«

»Nein, ich allein, als besorgter Bürger.« Er hielt inne. »Ich will ganz ehrlich sein. Möglicherweise wartet schon ein Fotograf dort. Und ein Reporter. Aber ich will dir wirklich nur helfen, Kate. Ich will, dass wir wieder Freunde sind. Bitte.«

»Natürlich kannst du mich begleiten.« Ihr Mobiltelefon läutete, und sie kramte es aus ihrer Tasche. »Dr. McKenna.«

Es war Marian Morgenstern. »Auf dem Polizeirevier geht es ein wenig drunter und drüber, Doktor. Sie sollten sich lieber beeilen.«

»Drunter und drüber?«

»Wir haben den Sozialdienst über Linda Cathcart informiert ...«

»Und?« Sie beschleunigte ihre Schritte.

»Was macht das Sozialamt normalerweise?«

»Sie ziehen voreilige Schlüsse.«

»Genau.«

»Ich bin schon unterwegs.« Sie wandte sich Barry zu. »Tut mir leid, es gibt ein Problem, um das ich mich allein kümmern muss. Danke für deine Hilfe, Barry. Wirklich.«

Aber er ließ sich nicht abschütteln und blieb an ihrer Seite, den ganzen Häuserblock entlang bis zum neuen modernen Polizeirevier. Na ja, zumindest von außen sah das Gebäude modern aus, von innen unterschied es sich kaum von allen anderen Revieren – dieselbe düstere und beängstigende Atmosphäre. Der Sergeant am Empfangstresen nickte Barry zu, ehe er Kate freundlich begrüßte. »Ich schätze, Sie wollen zu Ihrer Patientin, Dr. McKenna.«

Verblüfft nickte sie. »Das stimmt. Woher –«

»Mrs. Morgenstern hat mich bereits informiert. Ihr Mädchen ... spricht gerade mit Sally Wolf von der Rechtsberatung und Amanda Lewis vom Sozialen Dienst.«

»Sie sitzt also nicht in einer Gefängniszelle?«

»Na ja, natürlich haben wir sie eingesperrt. Aber nicht lange. Sie hat Angst, nehme ich an, aber inzwischen wirft sie wenigstens nicht mehr mit Gegenständen um sich. Sally Wolf kann gut mit Leuten wie ihr umgehen. Gehen Sie einfach geradeaus, durch die Tür dort drüben. Sie finden sie am Ende des Korridors. Äh ... Sie nicht, Barry. Tut mir leid. Keine Presse, hat Sally gesagt. Das galt auch für das Mädchen von WHTC. Sie habe ich auch weggeschickt. Sie wissen ja, wie diese Anwälte sind ...«

Barry nahm es wie ein Mann auf, lächelnd und mit einem Achselzucken, obwohl er leicht enttäuscht aussah. »Ich nehme an, Les, der Fotograf und das Mädchen, das bei ihm war, sind in die Redaktion zurückgefahren? Okay. Ich rufe dich an, Kate. Du schuldest mir noch ein Interview.« Sie winkte ihm kurz zu, ohne sich umzudrehen, und ging den Korridor hinunter.

Der Raum am Ende des Ganges verströmte die Atmosphäre, die so typisch für öffentliche Gebäude ist – klaustrophobisch, mit freudlos grünen Wänden und Metalltischen und -schränken. Linda saß am Ende eines langen Tisches, flankiert von zwei Frauen. Sie hatte die Augen fest zugekniffen und die Hände auf der Tischplatte ineinanderverkrallt. Kate vermutete, dass es sich bei der älteren Frau mit dem kurz geschnittenen grauen Haar und dem hellgrauen Kostüm um die Anwältin handelte. Also musste die bemerkenswert attraktive Schwarze in dem roten

Kleid Amanda Lewis sein. Ein junger Polizist stand in entspannter Haltung, aber wachsamen Auges neben ihnen.

Beide Frauen wandten sich um, als Kate die Tür öffnete. Linda blieb stocksteif sitzen, bis Sally Wolf sagte: »Sie müssen Dr. McKenna sein. Gut. Wir haben schon auf Sie gewartet.« In diesem Moment schlug Linda die Augen auf, sah Kate an und fing an zu weinen, mit weit geöffnetem Mund wie ein kleines Mädchen.

Kate eilte zu ihr, kniete sich neben ihren Stuhl und legte ihr eine Hand auf den Arm. »Keine Sorge, Linda, es wird alles gut. Wir werden uns um dich kümmern.«

»Sie stecken mich ins Gefängnis!«

»Sie haben es sich anders überlegt, Linda«, sagte die Anwältin. »Sie haben dich doch rausgelassen, oder nicht? Und du musst nicht wieder zurück.« Sie wandte sich an Kate. »Der Manager des Ladens hat von einer Strafanzeige abgesehen, nachdem er die ... äh ... Umstände mitbekommen hatte. Und Sergeant Raymond war so nett, uns diesen Raum zur Verfügung zu stellen, bis wir so weit sind.«

Also war der nette Polizeibeamte Bill Raymond, ein weiterer Schulfreund aus der Waterfield High. Sie konnte sich kaum noch erinnern, wie er als Teenager ausgesehen hatte. Ständig stieß sie hier auf ihre Vergangenheit, und langsam fragte sie sich, wie oft sie es noch nicht einmal mitbekommen hatte.

»Miss Cathcart – Linda – hat mir erzählt, sie hätte keine Familie, Doktor«, erklärte Amanda Lewis mit spröder, entschiedener Sozialarbeiterstimme, die man diesen Leuten in ihren Kursen auf dem College beizubringen schien. »Stimmt das? Sie ist noch sehr jung, um ganz auf sich gestellt zu sein.«

»Das stimmt, aber was ihre Familie betrifft – ich habe mit ihrer Mutter gesprochen. Sie ist nicht bereit, Verantwortung für ihre Tochter zu übernehmen, wenn man es so ausdrücken will. Also heißt das wohl, dass sie tatsächlich keine Familie hat.«

»In diesem Fall sind wir gezwungen, einen Platz in Westwind für sie zu finden.«

»Ach ja? Wer sagt das?«, fragte Kate scharf.

»Die Bürgermeisterin hat angeordnet –«

»Die Bürgermeisterin? Angeordnet? Mit welchem Recht?«

»Wir haben es hier mit einem mittellosen Mädchen zu tun, die zudem noch eine Gefahr für die Gemeinde darstellt.« Wie seltsam, dass diese harschen, pedantischen Worte aus dem Mund einer wahren Sexgöttin kamen.

»Moment mal –«, schaltete sich Sally Wolf ein.

»Wer hat Ihnen das denn erzählt?«, empörte sich Kate in derselben Sekunde.

»Die Bürgermeisterin hat mich hergeschickt, damit ich mich um diese ... Angelegenheit kümmere. Dafür, Doktor, ist der Sozialdienst für gewöhnlich da. Die Bürgermeisterin hat die schriftliche –«

»Wenn Sie nichts dagegen haben, würde ich mir dieses Schriftstück gerne ansehen.«

Die Anwältin warf Amanda Lewis einen verärgerten Blick zu. »Zu schade, Dr. McKenna. Miss Lewis und ich wollten eigentlich hier auf Sie warten, um die Situation zu besprechen. Ich hatte keine Ahnung, dass die Angelegenheit bereits, nun ja, *erledigt* ist.«

»Ich habe das Recht zu tun, was getan werden muss«, erklärte Amanda Lewis starrköpfig. Linda begann wieder zu schluchzen.

»Und Sie glauben, Linda nach Westwind zu verfrachten, sei das, ›was getan werden muss‹?«

»Es besteht kein Grund, in diesem Ton mit mir zu reden, Doktor.«

»Ist Westwind nicht die Einrichtung, die sie sowieso schließen wollen?«

»Sie nennen es den Vorhof zur Hölle«, murmelte Sally Wolf. »Und man droht ständig, die Anstalt zu schließen. Aber irgendwie wird sie doch immer weitergeführt.«

Linda gab ein Wimmern von sich.

»Wir tun unser Bestes. Es gibt keinen Grund, dem Mädchen Angst zu machen«, erklärte Amanda streng.

»Sie haben Recht. Es tut mir leid. Ich weiß, dass Sie Ihr Bestes tun«, lenkte die Anwältin ein.

»Wir alle tun das«, erklärte Kate, »und wissen Sie was? Normalerweise geht es in die Hose, hab ich Recht?«

»Nun, mir sind die Hände gebunden, Dr. McKenna«, sagte die Sozialarbeiterin, und diesmal klang es so, als sei ihr Bedauern aufrichtig.

»Mir aber nicht. Gibt es denn kein Motelzimmer, wo sie sicher ist? Ich bin ihre Ärztin und nehme sie in meine Obhut, egal was die Bürgermeisterin sagt. Ich werde die Verantwortung für sie übernehmen und ihr die Medikamente geben, die sie braucht. Wenn sie sie regelmäßig nimmt, geht es ihr gut, das verspreche ich. Ich werde dafür sorgen, dass jemand ein paar Tage bei ihr bleibt, bis sie stabil ist. Und wenn ich niemanden finden kann, tue ich es selbst. Sie ist keine Kriminelle, sondern leidet unter Schizophrenie. Sie ist krank, begreifen Sie das? *Krank.* Wie jemand mit Krebs oder Diabetes. Definitiv nicht bösartig oder vollkommen außer Kontrolle.«

»Ich weiß, was Schizophrenie bedeutet. Aber lassen Sie uns realistisch bleiben. Mir ist klar, dass Sie dieses Mädchen in Ihre Obhut nehmen wollen. Aber wie lange können Sie das verantworten? Und dann ist sie wieder auf der Straße, und es passiert vielleicht wieder etwas?« Miss Lewis presste die Lippen zusammen. »Ich brauche Ihnen wohl nicht zu sagen, wie die Leute über derartige Vorfälle denken.«

»Nein«, stimmte Kate zu, ehe sie sich an Sally Wolf wandte. »Wie sieht die rechtliche Seite aus?«

»Keine ersichtlichen Mittel, keine Familie ...«

»Keine Familie, die hinter ihr steht«, warf Kate ein.

»Das stimmt. Und sie ist als spontan gewalttätig bekannt ...« Seufzend hob Sally die Hände. »Mit dem Gerichtsbeschluss, den Sie gerade gesehen haben, wird sie in die Obhut des Sozialamts übergeben.«

Plötzlich beugte sich Linda vor. »Ich kann dort nicht hingehen«, sagte sie mit ernster Miene. »Ich war schon einmal da, und es war entsetzlich. Die Leute stehlen. Dort sind Frauen, die nie schlafen, sondern die ganze Nacht herumlaufen und fluchen und schreien. Ich weiß, dass ich einen Fehler gemacht habe, und ich habe keine Ahnung, was mich dazu getrieben hat, aber ich kann nicht in dieses Heim gehen. Dr. McKenna! Es tut mir leid, dass ich weggelaufen bin! Es tut mir leid, ich will auch ganz brav sein!« Sie begann wieder zu schluchzen.

»Sehen Sie?«, sagte Kate zu der Sozialarbeiterin. »Sie ist noch ein *Kind*! Und erzählen Sie mir nicht, sie sei über 16 und damit erwachsen! Ich bin es allmählich leid, dass die Leute sich ständig hinter irgendwelchen Bestimmungen verstecken.«

Sally Wolf erhob sich abrupt. »Hey, Linda, gehen wir zum Automaten und holen dir einen Schokoriegel.«

»Kommen Sie mit?«

»Natürlich.« Sally warf Kate einen Blick zu. Sie schien wohl zu glauben, ohne Lindas Anwesenheit kämen sie vielleicht besser weiter. Durchaus möglich.

Als die beiden gegangen waren, wandte Kate sich wieder an die Sozialarbeiterin. »Es tut mir leid, Miss Lewis. Mir ist klar, dass dieses Durcheinander nichts mit Ihnen zu tun hat. Seit ich hier bin, habe ich mit etlichen Bestimmungen und Regelungen zu kämpfen, die offenbar verhindern sollen, dass ich Patienten behandle, wie ich es eigentlich tun sollte.«

»Da erzählen Sie mir nichts Neues!« Amanda Lewis entspannte sich ein wenig und beugte sich vor. »Sehen Sie, Doktor, die junge Frau liegt mir wirklich am Herzen, ehrlich. Sie ist noch so jung und so hübsch, und es ist entsetzlich, dass diese Krankheit sie in den Fängen hat. Sie ist keineswegs völlig außer Kontrolle, sondern zeitweise absolut vernünftig. Und dann, auf einmal –«

»Und dann ist sie auf einmal in ihrem eigenen Universum, wo die Stimmen ihr schreckliche Dinge sagen. Ja, es ist eine Katastrophe.« Seufzend knetete Kate ihren Nacken, in der Hoffnung, die Anspannung würde sich lösen.

»Sie sollten es mal mit einer Massage versuchen, Dr. McKenna. Bei mir hat das wahre Wunder gewirkt. Wir arbeiten beide in Jobs, die einem einen steifen Nacken und Rückenschmerzen bescheren.« Sie lachte auf. »Der Frust ...«

»In diesem Fall sollten Sie meine Haltung doch verstehen können. Sie kennen Westwind. Es ist grauenhaft, wie ich gehört habe. Wenn wir Linda dorthin stecken, wird sie völlig durchdrehen. Oder katatonisch werden. Ich habe wirklich ein schlechtes Gewissen. Linda hätte in der Klinik bleiben sollen, bis ihre Medikamente greifen, aber einer meiner Ärzte ... äh ... hat es übersehen, sagen wir mal so.«

»Er hat es vergeigt, meinen Sie.«

»Genau. Und ich kann nicht zulassen, dass seine Inkompetenz Lindas Hilfe im Weg steht. Das geht nicht!«

»Aber da sie niemanden hat ... Die Bürgermeisterin hat diesen Gerichtsbeschluss unterschrieben und sie unter unsere Pflegschaft gestellt. Dagegen kann ich nicht viel tun.«

Aus einem Impuls heraus zog Kate ihr Scheckbuch aus der Tasche. »Ich werde einfach ein Zimmer für eine Woche im Dew Drop Inn mieten. Wie viel kostet das?«, hörte sie sich sagen.

»Dr. McKenna, wir können nicht gestatten –«

»Oh doch, das können Sie. Ich bin ganz sicher, dass Sie das können. Sie sind immer noch für den Fall zuständig. Sie können sagen, dass Lindas Ärztin ihr ein neues Medikament geben will und – keine Ahnung – eine Woche braucht, um zu sehen, wie es anschlägt. Bei der Zusammenkunft im Rathaus gerade eben hat sich der Anstaltspräsident bereit erklärt, ein Bett für sie zu suchen. Sobald dieses Bett zur Verfügung steht, kann sie aus dem Motel ausziehen und nach Hillside gebracht werden. Ist das nicht besser als Westwind? Gibt es ein Dokument, das ich unterschreiben muss, um die Verantwortung für Linda zu übernehmen? Bestimmt bin ich die bessere Lösung als ein Richter, der sie noch nie gesehen hat. Und ich bin sicher, dass sich Miss Wolf an den Richter wenden wird. Können wir nicht einmal das Richtige tun, statt uns stur an die Bestimmungen zu halten?«

»Wirklich, Doktor, ich weiß nicht –«

»Bitte«, bat Kate. »Mit dem Sozialamt biege ich das schon hin. Sagen Sie mir einfach, wen ich anrufen soll.«

»Gütiger Himmel, ich muss den Verstand verloren haben ... okay, versuchen wir es. Sind Sie sicher, dass Sie ein Bett für Linda finden?«

»Der Präsident von Hillside hat es mir versprochen.« War das nicht vielleicht ein wenig übertrieben? »Haben Sie Miss Wolfs Handynummer? Gut, geben Sie sie mir.« Sie drückte die Tasten, die Amanda ihr sagte.

»Bitte kommen Sie wieder herein«, sagte sie fast fröhlich in den Hörer. »Wir hatten eine Idee, Miss Lewis und ich.« In ihrem Kopf begann der Plan bereits Formen anzunehmen. Amanda Lewis sah immer noch säuerlich drein, aber sie würde sich schon damit abfinden. Kate war sicher, dass die Sozialarbeiterin das Herz am richtigen Fleck hatte. Sie würde sich selbst um Lindas Fall kümmern, denn Bannerman war nicht zu trauen. Nicht mehr. Sie würde sich seinen Vertrag ansehen, um zu überlgen, wie teuer es werden würde, sich von ihm zu trennen. Sie würde Linda in der Ambulanzklinik aufnehmen und ihr die entsprechenden Medikamente verordnen – bei Gott, sie würde sie in eines der Notbetten verfrachten und sie morgen früh ins Dew Drop Inn bringen, wo sie in Sicherheit war. Vielleicht erklärte Shelby sich bereit, eine Nacht bei ihr zu bleiben, während Kate mit Austin Davey wegen des Bettes sprach.

Zusammen brachten die drei Frauen Linda in die Ambulanzklinik zurück, während Linda ihnen unter Tränen dankte. »Kommt meine Mommy her und holt mich?«, fragte sie irgendwann mit einer Kleinmädchenstimme, die Kate einen Schauer über den Rücken jagte. »Ich war ein böses Mädchen, aber vielleicht kommt sie ja, nimmt mich in den Arm und gibt mir einen Kuss –« Sie unterbrach sich. »Halt die Klappe, Miststück!«, fauchte sie.

Wortlos beschleunigten die Frauen ihre Schritte. Kate ließ die anderen ein Stück vorgehen und wählte Sonyas Nummer. »Wir bringen eine Patientin. Sagen Sie Marian, sie soll sich bereithalten. Und sagen Sie Dr. Ilitch Bescheid.« Eilig gab sie die Namen und Dosierung der Medikamente durch. »Dr. Ilitch kann die Medikamente besorgen.«

»Okay«, sagte Sonya und legte auf, während Kate zu den anderen aufschloss. Linda sagte nichts mehr, doch ihre Lippen bewegten sich unablässig. Sie ging neben ihnen her, ohne allzu sehr zu schlurfen, was höchst hilfreich war.

»Komm, Linda«, sagte Kate beruhigend, als sie die Klinik erreichten, und schob sie die Treppe hinauf. »Wir sorgen dafür, dass es dir gleich besser geht.« Sie warf der Sozialarbeiterin einen Hilfe suchenden Blick zu, doch Amanda weigerte sich, in ihre Richtung zu sehen. Ihr war noch immer nicht ganz wohl bei dieser Sache, vermutete Kate.

Marian erwartete sie bereits in der Lobby und übernahm energisch das Ruder. *Was haben wir eigentlich getan, bevor es Mobiltelefone gab?*, fragte sich Kate. »Ich habe ein leckeres Mittagessen für dich, Linda«, erklärte Marian in ihrer gewohnt pragmatischen Art. »Komm. Bist du müde? Möchtest du vielleicht ein kleines Nickerchen machen?« Sie wandte sich an Kate. »Risperdol?«, formte sie lautlos mit den Lippen. Kate nickte. Oh, eine professionelle, intelligente Schwester! Marian legte den Arm um Lindas Schultern, zog sie eng an sich und führte sie hinaus. Die drei Frauen hörten die lauten Schluchzer des Mädchens und Marians beruhigende Stimme.

Was würden sie nur ohne Marian Morgenstern anfangen? Die restliche Belegschaft war im Komplettpaket von Hillside hierher verfrachtet worden, doch Marian hatte explizit darum gebeten, in die Ambulanzklinik versetzt zu werden – obwohl sie eine bedeutende Stelle in der Anstalt innehatte, wie Kate erfahren hatte.

Als Oberschwester des Parnell Pavillon – einem Nebengebäude der Anstalt, in der die schlimmsten Fälle von den restlichen Insassen und voneinander isoliert untergebracht waren – musste Marian beinahe grenzenlose Macht besessen und, was noch wichtiger war, beinahe grenzenlosen Respekt genossen haben. Natürlich gingen die Ärzte in Parnell täglich ein und aus, aber in Wahrheit war sie der Boss, diejenige, die wusste, was vor sich ging. Die Ärzte hatten sich stets an Marian gewandt, ehe sie sich die Patienten anschauten, wie Kate mittlerweile wusste. Marian Morgenstern hatte den Ruf, klug und unerschütterlich zu sein und mit ihren Schützlingen – die häufig reichlich wirr waren – mitfühlend umzugehen, ohne dabei allzu weich zu sein. Ein strenger Blick von Marian, hieß es, könnte einen an der

Schwelle zur Gewalttätigkeit stehenden Patienten beschwichtigen, und mit ihrer Berührung hatte sie selbst die hysterischsten Kandidaten wieder auf den Boden der Realität zurückgeholt. Es schien, als spürten die Patienten ihre tief verwurzelte Güte. Sie vertrauten ihr. Und das tat auch Kate.

Sobald sie etwas Zeit hätte, würde sie Marian zum Essen einladen, um sie besser kennen zu lernen. Sie hatten sich ein-, zweimal zum Mittagessen getroffen, doch ihre Unterhaltung hatte sich vorwiegend um Patienten, Fälle und irgendwelche Probleme gedreht. Nichts Persönliches. Kate hatte den Eindruck, als sei Marian in dieser Hinsicht ziemlich zurückhaltend, andererseits verhielt sie sich selbst genauso.

Beim Anblick von Marian und Linda, die sich gegen die stämmige Gestalt der Schwester lehnte, konnte sie nur hoffen, dass Vera Ilitch ebenfalls nett zu Linda war. Vera war kein sehr gefühlvoller, warmherziger Mensch. Stattdessen trat sie den Patienten sachlich und distanziert gegenüber, was die geistig Klaren, die wie gewöhnliche Menschen behandelt werden wollten, durchaus zu schätzen wussten. Aber wie sie mit einer paranoiden Schizophrenen zurechtkommen würde, die nach ihrer Mommy verlangte ... Doch welche Wahl hatte sie schon? Bannerman kam jedenfalls nicht infrage. Was stimmte nur mit diesem Mann nicht? Allem Anschein nach neigte er zur Selbstzerstörung. Sie durfte nicht vergessen, Donna Silvestri seinen Vertrag heraussuchen zu lassen.

Kate wandte sich der Sozialarbeiterin und der Anwältin zu. »So ist sie besser dran, wirklich.« Sie bemerkte, dass sie versuchte, Amanda Lewis auf ihre Seite zu bringen, sich mit ihr anzufreunden, stellte jedoch fest, dass es nicht funktionierte. Die drei Frauen verabschiedeten sich voneinander, und Kates Gedanken wanderten zu anderen Dingen.

Sie nahm die rosa Telefonnotizen von Sonya entgegen – vielleicht war ja auch eine von Davey darunter – und ging in ihr Büro. Die erste Nachricht entlockte ihr ein Stöhnen. Der Termin mit dem Psychiatrie-Ausschuss in Hillside. Sie sah auf die Uhr. Zu spät. Wahrscheinlich war das Meeting fast vorbei. Nicht dass sie etwas versäumt hätte – endloses Geschwafel, Listen über neue staatliche oder lokale Verordnungen und Bestimmungen zur Behandlung psychisch Kranker, langwierige Diskussionen über die jüngsten Änderungen. Nichts, was nicht auch per Mail oder Memo erledigt werden könnte. Sie hatte hunderte derartige Meetings hinter sich und wusste, dass sie nichts als Zeitverschwendung waren. Aber sie hätte es trotzdem nicht vergessen dürfen. Nun würde sie anrufen und vor Dr. Leonard Wasserman, dem Vorsitzenden des Ausschusses und einem überheblichen, selbstherrlichen alten Mistkerl, zu Kreuze kriechen müssen. Er würde sie erst vom Haken lassen, nachdem er ihr eine Gardinenpredigt gehalten und sie »junge Dame« genannt hatte, als wäre sie ein Schulmädchen und er der große Meister. Sie kannte ihn noch aus früheren Zeiten, als ihre Mutter Patientin in Hillside gewesen war. Und bestimmt hatte er Austin Davey angerufen und sich bei ihm beschwert. Na gut, wenn sie zweimal zu Kreuze kriechen musste, würde sie auch das tun.

Was stand sonst noch an? Eilig ging sie die Telefonnotizen durch. Ein Psychologie-Magazin, das einen Artikel haben wollte; eine Erinnerung, dass ein Buchhalter vorbeikäme, der die Versicherungsunterlagen durchsehen wollte; außerdem hatte Donna Silvestri angerufen. DRINGEND, SAGT SIE hatte Sonya in Großbuchstaben auf dem Zettel notiert. Vielleicht sollte sie ja in Donnas kleines Büro am Ende des Korridors gehen und sehen, was sie wollte. Bei dieser Gelegenheit könnte sie auch gleich Bannermans Vertrag mitnehmen. Beim Anblick der nächsten Nachricht blieb sie wie angewurzelt stehen. Ihr Herz klopfte heftig. Auf dem Zettel stand keine von Sonyas russisch eingefärbten Nachrichten, sondern schwarze Blockbuchstaben DU GLAUBST NIEMAND KENNT DIE WAHRHEIT ÜBER LAUREL KING, ABER ICH KENNE SIE. DIE SÜNDEN DER VÄTER GEHEN IMMER WEITER.

Laurel King. Wie lange hatte sie nicht mehr an diesen Namen gedacht? Jahrelang hatte sie versucht, ihn aus ihrem Gedächtnis zu verbannen. Mit Erfolg. Der Unfall war Angelas letzter Fehler gewesen, der größte Fehler – den sie abgestritten hatte, immer wieder, kreischend und tobend, bis sie in Hillside eingeliefert worden war. Verdammt, es war sinnlos, an Angela zu denken. Angela war tot.

Wer hatte ihr diese bösartige Nachricht hinterlassen? Jemand hier im Haus, jemand, der hier arbeitete, einer der Patienten? Es musste jemand sein, der ziemlich regelmäßig in der Ambulanzklinik ein und aus ging; jemand, der unbemerkt einen Zettel unter den Stapel schieben konnte; jemand, der wusste, wo Sonya die Nachrichten für sie aufbewahrte. Aber wer? Jemand, der sie hasste, oder ihre Familie. Und warum die Sünden der Väter? Doc hatte hier als Held gegolten. Immer.

Sie riss sich zusammen. Es war irgendein kranker Unsinn, sonst nichts. Sie ließ sich keine Angst einjagen. Außerdem war die Nachricht völlig idiotisch. Jeder kannte die Wahrheit über Laurel Kings Tod, der schon so viele Jahre zurücklag.

Angela, die möglicherweise unter Wahnvorstellungen gelitten hatte, aufgedreht vom Tanzen gewesen war oder high vom Marihuana, das sie auf der Veranda des Riverwind Country Club gekauft hatte, wie man munkelte, hatte darauf bestanden, trotz des strömenden Regens selbst nach Hause zu fahren. Alle hatten ihr glockenhelles Lachen gehört, als sie mit den Wagenschlüsseln geklimpert hatte und um Doc herumgetänzelt war. »Oh, Liebling, stell dich nicht so an. Ich finde den Weg doch blind«, hatte sie zum Doc gesagt, und alle wussten, dass man sich besser nicht mit Angela Spector anlegte, wenn sie einen ihrer Anfälle hatte. Innerhalb einer Sekunde konnte ihre Stimmung umschlagen.

Irgendwo auf der kurvenreichen Straße war sie auf die Gegenfahrbahn geraten und halb in den Straßengraben gefahren, wobei sie Laurel King und Bob Silvestri mitriss, die sich lachend und knutschend zu Fuß auf dem Heimweg von einer Party befanden. Die Polizei meinte, Laurel hätte wahrscheinlich nichts von dem Aufprall mitbekommen. Es hieß, Angela habe noch immer reglos hinter dem Steuer gesessen, als keine fünf Minuten später ein Streifenwagen mit Blaulicht vorbeigekommen sei. An den Wochenenden fuhr die Polizei regelmäßig in der Gegend Patrouille, nur um sicherzugehen, dass niemand in alkoholisiertem Zustand fuhr oder wegen eines Techtelmechtels in Schwierigkeiten geriet. Doc kümmerte sich um Bobby, der sich ein Bein gebrochen hatte. Beide Männer weinten, hieß es. Und Laurel King, ein neunzehnjähriges Mädchen, war tot. Kurz darauf wurde Bobby zu Doc in die Praxis gebracht, um eine Schiene angelegt zu bekommen. Laurel wurde mit dem Leichenwagen zum Hope Funeral Home auf der Main Street überführt, und Angela war wieder in Hillside, wo sie zeterte und tobte und darauf bestand, sie sei nicht gefahren. Sie war so außer sich, dass sie sediert werden musste.

Das war damals eine schreckliche, angespannte Zeit. Der Staatsanwalt befragte Doc, die Nachbarn und alle im Country Club. Hatte Angela getrunken? Doc bestand darauf, dass Angela niemals trank, wenn sie ausgingen. Er gestattete es nicht. Als die Polizisten sie aufforderten, mit dem Zeigefinger ihre Nase zu berühren, gelang es ihr mühelos, auch wenn sie die ganze Zeit dabei kicherte. Auf einer geraden Linie entlangzugehen – das war etwas anderes. Sie wollte einfach nur tanzen. Doch der Pfleger und der junge Arzt, die sie im Krankenwagen wegbrachten, schworen, dass ihr Atem nicht nach Alkohol gerochen habe. Außerdem brauchte sie keinen Alkohol, um berauscht zu sein, zu kichern und mit der Band im Club zu singen, erklärte Doc. Und alle, die Angela kannten, waren derselben Meinung. Am Ende lautete die Entscheidung, dass es ein tragischer Unfall gewesen war, kein Fall von Alkohol am Steuer, was als Verbrechen geahndet worden wäre. Nur ein schrecklicher Unfall in einer dunklen Regennacht.

Fast die ganze Stadt nahm an Laurels Begräbnis teil. Doc und die Kinder mussten ebenfalls hingehen. Carlo kümmerte es nicht – ihn kümmerte praktisch überhaupt nichts. Er war in Yale von der Uni geflogen und tat so, als wäre das Ganze ein großer Witz. Doch Kate litt entsetzlich unter den Blicken. Sie wusste, was alle dachten. *Ihre Mutter hat Laurel King getötet.* Als sie Carlo davon erzählte, lachte er nur. »Die haben doch nur gedacht: ›Hoffentlich hört der Pfarrer bald auf zu quatschen, ich muss aufs Klo.‹ Das habe zumindest *ich* gedacht, Kat, und wenn ich es gedacht habe, dann wird es doch den anderen genauso gegangen sein.« Sie verließ sein Zimmer. Jeder Versuch, mit ihm zu reden, war sinnlos. Sie hatte eigentlich vorgehabt, ihn zum Autokauf mitzunehmen – Dad hatte ihr für ihr erstes Collegejahr einen Wagen versprochen, wenn sie es schaffte, weiterhin auf der Liste der besten Studenten zu bleiben. Aber jetzt konnte sie nicht mehr auf ihren Bruder zählen. Er war einfach unmöglich!

Es hatte eine Zeitlang gedauert, bis die Leute in der Stadt aufhörten, über Laurel zu reden. Aber das Ganze war schließlich als Unfall deklariert worden – ohne irgendwelche Geheimnisse, nichts, womit Kate nach all den Jahren gedroht werden könnte. Der Doc hatte den Vorfall bei der polizeilichen Untersuchung beschrieben und später einen Offenen Brief an den *Waterfield Chronicle* geschickt. Darin übernahm er die volle Verantwortung für die Tragödie. Er hätte nie zulassen dürfen, dass seine Frau am Steuer saß, da sie bekannt für ihre schnelle Fahrweise und ihre Risikobereitschaft war. Wenn die Kings ihn gerichtlich belangen wollten, könne er ihnen keinen Vorwurf daraus machen.

Natürlich taten sie das nicht. Doc war ... na ja, eben Doc. Er behandelte praktisch jeden hier, war bei allen beliebt. Und niemand warf ihm etwas vor, denn jeder wusste, dass sein eigenes Leben mit einer Frau, die nicht ganz richtig im Kopf war, eine Tragödie war. Jedenfalls hatte der Doc, wie Kate später erfahren hatte, den Kings eine beträchtliche Summe überwiesen. Er hätte es einfach tun *müssen*, es sei unmöglich gewesen, es *nicht* zu tun, hatte er später erklärt. Alle in der Stadt waren der Meinung: so ein guter Mann, und mit einer solchen Last geschlagen.

Hat jemals einer an uns gedacht? Zwei Kinder, die sich innerlich ständig auf die nächste unschöne Überraschung gefasst machen mussten? Der Gedanke schob sich ungewollt in ihr Bewusstsein, und sie verdrängte ihn eilig. So schlimm war es nun auch wieder nicht gewesen, außerdem hatte Carlo sich die ganze Zeit benommen, als wäre ihm all das völlig egal. Er hatte sich durchs Leben laviert und alles mit einem läppischen Kommentar abgetan. Vielleicht hatte es ihn tatsächlich nicht berührt. Klar. Mit Carlo war alles in Ordnung gewesen, alles bestens. Er war nur so zum Spaß verschwunden und seitdem wie vom Erdboden verschluckt.

Doch genug jetzt. Das so genannte Geheimnis um Laurel King – und um Carlo – würde warten müssen. Als Erstes musste sie klären, was Donna dieses Mal aus dem Konzept brachte. Kate holte tief Luft, fuhr sich mit den Fingern durchs Haar und ging den Korridor entlang.

Donnas Büro war ein kleiner Raum von knapp vier mal vier Metern voller Aktenschränken und der erste von fünf oder sechs Räumen, in denen die Verwaltung untergebracht war – die Buchhaltung, eine Abteilung, die sich um die Abrechnungen mit den Krankenkassen kümmerte, die EDV und der Hausmeisterservice. Donna war die Büroleiterin, worüber Kate nur staunen konnte. Wer um alles in der Welt hatte sie dazu gemacht? Sie war klein, verschreckt und ängstlich, mit hellen, fast immer rotgeränderten Augen, als weine sie ständig. Das genaue Gegenteil der idealen Person, die den bunten Haufen der Angestellten hier unter Kontrolle halten würde. Sie schienen sie zwar zu mögen – zumindest hatte sich noch niemand über sie beschwert –, aber bei Donna war immer irgendetwas nicht in Ordnung. Wenn man ihr glaubte, war die Welt ein seltsamer, verworrener Ort, an dem leblose Gegenstände ein geheimes Eigenleben führten. Manchmal klang sie wie Alice im Wunderland.

Natürlich hatte sie ein wenig Recht. Die eine oder andere unangenehme Kleinigkeit kam schon vor. Habseligkeiten verschwanden. Manchmal tauchten sie wieder auf, manchmal nicht. Wichtige Unterlagen gingen verloren, nur um später im falschen Aktenschrank wiedergefunden zu werden. Essenspakete im Kühlschrank wurden durch Tüten mit Abfall ersetzt. Merkwürdige, ärgerliche Dinge. Lästige Bagatellen, um die sich Kate ihrer Meinung nach wirklich nicht kümmern konnte. Trotzdem – sollte in einer Klinik, in der man sich um das Wohl mitunter recht absonderlicher Menschen kümmerte, nicht jedem ungewöhnlichen Vorfall nachgegangen werden? Nun ja, deshalb war sie ja hergekommen.

Donna stand über einen Aktenschrank gebeugt und stöhnte leise – sie litt unter diversen Schmerzen und Zipperlein, die sich jedoch trotz eingehender Untersuchung nicht genauer definieren ließen. Sie schien etwas zu suchen. »Komm schon«, sagte sie mit leiser, angespannter Stimme. »Ich weiß doch, dass du da bist. Vor einer Stunde hatte ich dich noch. Ich weiß, dass du hier bist, verdammt noch mal!« Sie hielt abrupt inne, weil sie offenbar spürte, dass jemand hinter ihr stand, richtete sich auf und sah Kate verschämt an. »Ich ... ich ... tut mir leid, Dr. McKenna, ich rede nicht immer mit meinen Akten. Es ist nur –«

»Ach, Donna. Das tun wir doch alle. Jeder hasst es, wenn Dinge einfach ... verschwinden.«

»Oh, das tun sie, Dr. McKenna. Ich dachte aber, es geht nur mir so. Wenn ich manchmal morgens komme, könnte ich schwören, dass nichts dort ist, wo ich es am Tag vorher hingelegt hatte. Aber das ist doch lächerlich, oder?«

»Sie wollten mich sprechen. Es war dringend, glaube ich«, sagte Kate geduldig.

»Dringend ... dringend ... oh, ja. Darüber wollte ich mit Ihnen reden, Dr. McKenna!« Ihre Augen füllten sich mit Tränen. »Linda Cathcart ... ihre Akte. Es war alles drin, jeder Aufenthalt hier oder oben in Hillside, sämtliche Überweisungen, die Therapiesitzungen und –«

»Ja?«

»Sie ist weg! Ich habe überall danach gesucht!« Nun flossen die Tränen.

»Donna, bitte, beruhigen Sie sich doch. Holen Sie jemanden aus der Buchhaltung, der Ihnen bei der Suche helfen kann. Sie werden sie schon finden. Sie muss doch hier sein.«

»Nein, ist sie nicht! Ich habe wieder und wieder danach gesucht!« Sie schniefte und sah sich hektisch in dem kleinen Raum um. »Wo sollte sie denn sein?«

»Donna, haben Sie jemanden gebeten –« Kate wurde unterbrochen, als eine der Buchhalterinnen mit einer dicken Akte im Türrahmen erschien und sie Donna entgegenstreckte.

»Ich habe keine Ahnung, wie das hier in meine Schublade kommt, aber als ich nach meinen Halstabletten gesucht habe … ich hoffe, Sie haben nicht schon wie verrückt danach gesucht.«

Donna riss ihr mit einer fast wütenden Geste die Akte aus der Hand. »Ja, rein zufällig *habe* ich wie verrückt …« Sie musterte die Frau mit zusammengekniffenen Augen. »Haben Sie denn nicht mitbekommen, dass ich überall danach gefragt habe?«

»Ich hatte die Kopfhörer auf und Musik gehört. Entschuldigen Sie, wenn ich Sie unterbrochen habe, Dr. McKenna.« Die Frau verschwand.

»Donna, glauben Sie … Ich meine, vielleicht arbeiten Sie etwas zu hart. Manchmal, wenn ich zu viele Dinge auf einmal erledigen will, lege ich auch Sachen irgendwohin und kann mich nicht mehr erinnern –«

»Mit mir ist alles in Ordnung! Absolut alles! Jemand hier ist …«

»Ja?«

»Nein. Nichts. Gar nichts, wirklich. Es sind nur meine Nerven.«

»Wenn ich Ihnen etwas zur Beruhigung Ihrer Nerven verschreibe, nehmen Sie es dann?«, fragte Kate sanft.

Donnas Blick huschte hin und her, um Kate nicht ansehen zu müssen. »Na schön«, murmelte sie.

»Kommen Sie zu mir ins Büro, wenn Sie eine Minute Zeit haben, dann gebe ich Ihnen ein Rezept.« Sie blieb kurz im Türrahmen stehen, doch Donna schwieg beharrlich. »Okay«, meinte Kate und hastete zurück in ihr Büro. Etwas stimmte mit Donna nicht. Aber was?

Oh Gott, jetzt hatte sie Bannermans Akte vergessen. Doch die Gedanken an die Akte und an Donna waren schlagartig erledigt, als sie Barry Manheim auf dem Besucherstuhl in ihrem Büro sitzen sah.

Bevor sie fragen konnte, was er hier zu suchen hatte, stand er auf und hob die Hände. »Tut mir leid, ich habe dem russischen

Drachen am Empfang gesagt, ich sei ein alter Freund. Eigentlich bin ich ja auch, obwohl ... egal ... Sie glaubte, du wärest in deinem Büro, und hat sogar hier angerufen und – wow, da ist sie ja!« Er grinste, als Sonya hereingestürmt kam. »Doktor, er ohne Erlaubnis rein, ich rufe Sie an, aber er plötzlich weg und –«

Barry sollte sich gefälligst an die Regeln halten. Aber er war Journalist, und Journalisten hielten sich nie an Regeln, diese Lektion hatte sie gelernt. Aber Sonya war völlig irritiert.

»Schon gut, Sonya. Ich habe Mr. Manheim erwartet. Ich wusste nur nicht, wann er kommen würde.« Wieso denn eigentlich diese Lüge?

»Sie mir so was immer sagen, Doktor. Wie soll ich meinen Job machen, wenn ich nichts wissen?«

»Sie haben Recht, das war nicht richtig von mir. Aber Mr. Manheim ist wirklich ein alter Freund, deshalb geht es in Ordnung.« Sonya warf ihr einen beleidigten Blick zu und hastete zurück an ihren Schreibtisch.

Barry grinste von einem Ohr zum anderen wie ein unartiger Schuljunge. »Ja, ja, sehr witzig, Barry«, schimpfte Kate. »Ehrlich, so etwas kannst du nicht machen. Nein, hör auf zu lachen, ich meine es ernst.«

Er räusperte sich. »Eigentlich bin ich ganz offiziell hier, Kate. Erstens möchte ich nach wie vor meine fünf Minuten mit dir, um zu hören, wie du darüber denkst, dass der Gesetzgeber psychisch Kranke im Stich lässt.«

Er musterte sie vorsichtig, doch sie stimmte ihm zu. Die Reduzierung der Betten in psychiatrischen Einrichtungen mochte für die Allgemeinheit nach einem Fortschritt und einer enormen Kostenersparnis für den Staat aussehen, in Wahrheit jedoch bedeutete es nichts anderes, als die Schwächsten der Schwachen im Stich zu lassen. »Klar. Welche fünf Minuten hättest du gern?«

»Wie wäre es mit den nächsten?«

Sie sprachen in aller Ruhe über das Problem und darüber, wie sie als Leiterin des Ambulanzzentrums gedachte, die Situation in den Griff zu bekommen. Sie achtete sorgsam darauf, keine Versprechungen zu machen, während sie einige neue, viel versprechende Ideen darlegte. Barry hatte seinen kleinen Kassettenrekorder eingeschaltet, machte sich aber trotzdem auf seinem Taschencomputer Notizen. Bislang hatte er ihr keine einzige dieser peinlichen Fragen gestellt, die jede Antwort automatisch wie eine Rechtfertigung klingen ließen.

»Ich möchte gern vorher sehen, was du drucken wirst, Barry, um sicherzugehen, dass es auch korrekt wiedergegeben ist. Du weißt ebenso gut wie ich, dass ein oder zwei vertauschte Wörter einen enormen Unterschied machen können.«

»Gut. Du bekommst den Entwurf heute um halb sechs.« Er grinste. »Versprichst du mir, dass du hier bist?«

»Das werde ich, keine Sorge. Ich habe um sechs einen Termin mit Bob Slattery.«

»Dem Bauunternehmer? Weshalb das denn? Vergiss es, ich habe nicht danach gefragt. Jetzt zum zweiten Grund, weshalb ich hier bin. Ich möchte eine meiner besten Reporterinnen, Nancy O'Neil, mit einer Reportage über die Arbeit der Krankenschwestern beauftragen. Die Schwesternschule hat eine Reihe von Anzeigen bei uns geschaltet, weil sie Nachwuchsprobleme haben. Die Mädchen wollen offenbar nicht mehr Florence Nightingale sein. Deshalb dachte ich, eine Geschichte, die die Schwestern als Heldinnen darstellt, könnte hilfreich sein. Spricht etwas dagegen?«, fragte er mit einem Anfall von Selbstgefälligkeit.

Sie dachte einen Moment darüber nach. »Soweit ich sehen kann, nicht.«

»Hervorragend. Natürlich möchte ich mit Marian Morgenstern anfangen. Sie ist sehr beliebt, oder sollte ich lieber sagen, sie wird von allen respektiert. Und sie arbeitet seit einer Ewigkeit für Hillside.«

»Wieso nicht ›beliebt‹?«

»Oh, ich wollte damit nichts Negatives sagen, Kate. Es ist nur – keine Ahnung, Marian hat diesen altmodischen neuenglischen Charakter. Sie bleibt lieber für sich. Ich wüsste nicht, dass sie irgendwelche engen Freunde hat. Bekannte, ja, viele. Und Kollegen. Aber echte Freundinnen? Davon hat noch nie jemand gehört. Es gab Gerüchte, sie hätte einen Liebhaber, der, ich zitiere, ein hohes Tier in Hillside sei, aber auch darüber weiß niemand etwas Genaues. Sie ist eine höchst interessante Frau. Es heißt, sie könnte zu jedem Patienten durchdringen, selbst zu den schwersten Fällen. Du erinnerst dich bestimmt noch an – aha, wenn man vom Teufel spricht. Oder sollte ich lieber ›vom Engel‹ sagen?«

Kate drehte sich um und sah Marian im Türrahmen stehen. »Hi«, sagte sie, »ich habe Sie gar nicht kommen hören.«

»Schwesternschuhe. Ich wollte Sie über ein paar Dinge auf den aktuellen Stand bringen, aber wie ich sehe, sind Sie beschäftigt.«

»Wir sind fertig. Barry möchte gern jungen Menschen näherbringen, was für ein großartiger Job die Krankenpflege ist, und plant deshalb eine Serie über die Arbeit von Schwestern.«

»Die mit Ihnen anfangen soll, Miss Morgenstern«, fügte Barry hinzu.

»Ich bin nicht sicher, ob ich –«

Doch Barry war bereits aufgestanden, hatte ihr den Arm um die Schultern gelegt und begann, leise und eindringlich auf sie einzureden. Marian lachte, ließ sich jedoch von ihm wegführen und wandte nur noch einmal kurz den Kopf. »Ich komme später noch mal, Doktor.«

»Ich auch«, setzte Barry hinzu. »Und ich bringe meinen Artikel mit, um mir Dr. McKennas Einverständnis zu holen. Und dann gehe ich mit ihr zu Lenny's, wo es die berühmten gekochten Hamburger gibt, bevor ich sie nach Hause begleite.« Er zwinkerte Kate zu, ehe die beiden verschwanden.

Ach ja?, dachte Kate. *Aber wieso eigentlich nicht*? Lenny Ogdens gekochte Burger hatten sie durch ihre gesamte Kindheit und Jugend begleitet. In dieser Stadt gab es kein Entrinnen vor ihren Erinnerungen. Sie waren überall – hier unten in der Stadt, oben auf dem Hügel, in den großen, zugigen Zimmern und den hohen, gewölbten Gängen von Hillside. Und insbesondere in dem alten großen viktorianischen Haus auf der Main Street, wo das Telefon läutete und sich eine gespenstische Stimme meldete und wo die Schatten ihrer Kindheit selbst in den hellsten Ecken lauerten.

Wieso also nicht mit einem alten Jugendfreund ausgehen und etwas essen, von dem sie gegenüber ihren Freunden in New York behaupten würde, sie hätte noch nie im Leben davon gehört, statt in das leere, widerhallende Haus ihrer Eltern zurückzukehren. Wieso sich eigentlich nicht ein bisschen amüsieren?

7

Da gehen wir also gemeinsam die Main Street entlang zu mir nach Hause. Ich und mein alter Freund, mein guter alter Freund aus Kindertagen. Es fühlte sich irreal an. Wie viele Male waren sie diese Straße entlanggeschlendert, hatten geplaudert, sich geneckt, sich gegenseitig angestoßen, gekichert, waren um die Wette gelaufen. Mit neun ... mit vierzehn ... mit zwanzig. Und jetzt waren sie wieder hier, allerdings nicht länger gute Freunde, ja, noch nicht einmal mehr Freunde. Und dennoch in gewisser Weise verbunden. Kate registrierte, dass Barry sie anschaute, blickte jedoch weiter geradeaus. Sie wollte ihn nicht ansehen, wollte nicht, dass er versuchte einzulenken. Sie wusste genau, warum sie sich auf dieses Abendessen eingelassen hatte – Einsamkeit, vermischt mit Wehmut. Aber warum um alles in der Welt hatte sie zugelassen, dass er sie nach dem Essen nach Hause begleitete? Warum die Gefühle wieder ans Tageslicht zerren, die lieber in Vergessenheit bleiben sollten?

Der Regen hatte längst aufgehört. Die Wolken verzogen sich im fahlen Licht der Dämmerung und gaben den Blick auf blassblaue, von goldenen Strahlen erhellte Fetzen des Himmels frei. Kate blieb auf dem Gehsteig vor dem Haus stehen, doch Barry trat einfach in die Einfahrt und ging weiter. Sie folgte ihm. Auf der Verandatreppe blieb er stehen, schüttelte den Kopf und lächelte.

»Die alte Schaukel«, sagte er.

»Die noch immer schwingt, nach all den Jahren.«

»Meine Güte, ich weiß noch –« Er unterbrach sich und schluckte, als wären ihm die Worte im Hals steckengeblieben.

»Angela. Ja, ist schon gut. Du kannst ihren Namen ruhig aussprechen«, sagte sie. »Sie spukt hier nicht herum«, hätte sie am liebsten hinzugefügt, war sich aber nicht sicher, ob das stimmte.

»Oh Gott, es tut mir leid, Kate. Ich wollte nicht –«

»Ich weiß. Sie hat oft hier gesessen ...« Ja, das hatte sie getan, sich hin und her gewiegt und leise irgendwelche Lieder gesungen. Oder sie hatte, wenn sie tief in ihren Wahnvorstellungen verstrickt gewesen war, den Passanten mit gereckter Faust irgendwelche Flüche und Beleidigungen nachgeschrien. »Wo ist mein Kind?«, hatte sie aus voller Kehle gebrüllt. »Was habt ihr mit ihm gemacht? Wieso habt ihr ihn mir weggenommen?« Dann hatte sie zu heulen und zu schluchzen begonnen, bis Mrs. Thomas oder Mrs. Ottavio oder wer auch immer im Haus gewesen war, sich um sie kümmerte und mit einem Obstsaft in einem Martiniglas auf die Veranda trat. Der Glaube, einen Drink in der Hand zu halten, hatte Angela stets besänftigt. Zumindest hatte es sie zum Schweigen gebracht.

Soweit Kate wusste, hatte es kein verlorenes Kind gegeben. Es existierte nur im armen, verwirrten Kopf ihrer Mutter. Nach Kates Geburt hatte sie keine Kinder mehr bekommen. Und als Kate drei Monate alt war, erlitt Angela ihren ersten großen Zusammenbruch. Sie lief von einem Zimmer ins nächste, weinte, schrie, die Kinder könnten ihre Gedanken lesen, und sie könne hören, wie sie einander Lügen über sie erzählten.

Die Säuglingsschwester schnappte die kleine Katie und Carlo, der damals im Krabbelalter war, und lief mit den beiden Kindern in Docs Praxis. Die Patienten im Wartezimmer beäugten das Trio neugierig, als die Schwester laut an die Tür zum Allerheiligsten klopfte. »Sagen Sie dem Doktor, dass er schnell nach Hause kommen muss, Olive. Es stimmt etwas nicht«, rief sie, worauf die Patienten leise und ohne Widerrede aufstanden und gingen.

Angelas Fantasie von einem gestohlenen Kind tauchte von da an immer wieder auf. Als Kate und Carlo Teenager waren, saß Angela oft auf der Veranda und weinte um ... ja, worum hatte sie geweint? Um sich selbst? Kate zog sich dann in ihr Turmzimmer zurück und drehte die Musik so laut auf, dass sie den Kummer ihrer Mutter übertönte. Warum war das geliebte Kind, um das sie weinte, eigentlich immer ein Junge?

»Kate, es tut mir wirklich leid, ich wollte keine schmerzlichen Erinnerungen hervorrufen.«

»Kein Problem. Es geht mir gut.« Es entstand eine verlegene Pause. »Möchtest du einen Drink?«

»Klar.«

Sie ließ ihn auf der Veranda stehen und floh ins Haus, in die Küche, wo sie sich mit der Zubereitung von zwei Wodka Gimlets beschäftigte. Ihr Termin mit Bob Slattery war genauso verlaufen, wie sie es sich erhofft hatte. Er hatte nur eine Gelegenheit gesucht, seinem Unmut Luft zu machen, und am Ende war er bereit gewesen, ihr zuzuhören. Vielleicht würde sie mit Barry darüber reden: Ihr war alles willkommen, was ihrer Unterhaltung über die guten – und die schlechten – alten Zeiten ein Ende bereitete. Doch als sie mit einem breiten Grinsen und einem großen Martiniglas in jeder Hand auf die Veranda zurückkam, nahm er den Gesprächsfaden augenblicklich wieder auf.

»Es tut mir leid, Katie, aber wieder hier zu sein ... keine Ahnung ... das ist, als würde alles wieder hochkommen. Weißt du, was aus Carlo geworden ist?«

Sie reichte ihm sein Glas und nippte an ihrem eigenen. »Nein. Ich weiß nicht, was aus ihm geworden ist. Er ist einfach *gegangen* –« Beim letzten Wort bebte ihre Stimme, und sie senkte den Kopf, um ihn nicht ansehen zu müssen. Allem Anschein nach schwächte ihre lange gemeinsame Geschichte ihre Widerstandskraft. Doch sie durfte es nicht zulassen, nicht einmal bei ihm. Ganz besonders nicht bei ihm.

»Ich trete heute Abend in ein Fettnäpfchen nach dem anderen, und ich entschuldige mich dafür. Es ist nur ... verdammt, du warst nicht hier, aber deine Familie. Du warst das größte Rätsel der ganzen Stadt. Denn auch *du* bist einfach ›gegangen‹. Als du weg warst, hatte der Doc diesen seltsamen Ausdruck im Gesicht. Ich meine, du hast verdammt genau gewusst, dass er keine Fragen hören wollte. Er wollte sie nicht beantworten, deshalb brauchte man sich gar nicht erst die Mühe zu machen, sie ihm zu stellen.«

Kate nahm einen großen Schluck aus ihrem Glas und lutschte einen der halb geschmolzenen Eiswürfel. »Ich bin abserviert worden, Barry. *Du* hast mich abserviert, um die Wahrheit zu sagen. Das ist der Grund, warum ich sofort nach dem Collegeabschluss weggegangen bin«, hätte sie am liebsten gesagt, besann sich jedoch eines Besseren. Es war klüger, jetzt nicht in dieses Wespennest zu stechen. »Noch einen Schluck?«, fragte sie stattdessen.

Er sah sie verblüfft an, reichte ihr jedoch sein Glas, und sie flüchtete erneut in die Küche. Nur dass er ihr diesmal folgte.

»Das Haus hat sich eigentlich gar nicht sehr verändert«, bemerkte er. »Es ist immer noch so elegant. Als Junge habe ich mir gewünscht, bei mir zu Hause sähe es genauso aus. Erinnerst du dich noch an das Haus meiner Eltern? Ziemlich schäbige Bude. Ich habe diesen billigen Vorstadtstil gehasst, und den Kerl, der es gebaut hat, hasse ich heute noch.«

Kate, die den Wodka gerade mit Limonensaft aufgefüllt hatte, drehte sich zu ihm um. »Wer war das denn? Er hat eine Menge dieser Billighäuser gebaut ... oh, tut mir leid.«

»Hey, das braucht es nicht. Es stimmt. Art Vandenburg, möge er *nicht* in Frieden ruhen. Diese Häuser waren die reinsten Bruchbuden.«

»Vandenburg, Vandenburg, diesen Namen habe ich schon mal gehört.«

»Natürlich hast du das. Ben Vandenburg, ein wahrer Immobilientycoon. Arts Sohn.« Er nippte an seinem Glas, das sie bis zum Rand gefüllt hatte. »Und der Freund der Bürgermeisterin.«

»Gails Freund!«

»Ja. Seit sieben oder acht Jahren schon.«

Nachdenklich trank sie einen Schluck. »*So* hat er also herausgefunden, dass ich wieder hier bin.« Sie lachte leise. »Ben Vandenburg hat mich angerufen, kaum dass ich eingezogen war.

Er behauptete, er hätte gehört, ich wolle das Haus verkaufen. ›Keine Sorge, ich sehe zu, dass sie im Handumdrehen wieder verschwunden ist, und du streichst eine schöne fette Provision ein‹, muss sie ihm versprochen haben.«

Lachend gingen sie wieder auf die Veranda hinaus, und diesmal nahm sie die beiden Flaschen gleich mit. Es war sinnlos, ständig hin und her zu laufen.

»Lach nicht«, sagte Barry. »Durchaus möglich, dass sie ihm erzählt hat, sie hätte vor, dich loszuwerden. Und abgesehen von allem anderen ist das Haus tatsächlich eine erstklassige Immobilie.«

»Abgesehen von allem anderen? Was meinst du damit?«

»Eigentlich gar nichts.« Er setzte sich auf die Schaukel. Sie gesellte sich zu ihm und stellte die beiden Flaschen auf dem breiten Geländer vor ihnen ab. »Nur ein Füllwort, ohne besondere Bedeutung.«

»Ich bitte dich, Barry, du verheimlichst mir etwas.«

»Ach ja? Und ich finde, du hättest nicht jede Frage abblocken müssen, die ich dir gestellt habe. Sie waren völlig unschuldig und rein privater Natur – nichts, was in die Zeitung kommen würde. Ist es das, was dir die ganze Zeit Sorgen bereitet?« Er nahm noch einen Schluck. »Ziemlich stramme Drinks, Frau Doktor.«

»Ehrlich gesagt«, meinte sie, »habe ich mir keine Sorgen gemacht, du könntest unsere ... alte Freundschaft benutzen, um eine Story zu bekommen.«

»Ja. Klar.« Er lächelte, um die Schärfe in seinem boshaften Tonfall ein wenig zu mildern. »Nur unter uns zwei Pfarrerstöchtern – ich warte schon die ganze Zeit gespannt darauf, was diese beiden, Gail und Vandenburg, mit der Stadt vorhaben. Er ist im Immobiliengeschäft, sie hat allerhand politische Macht. Ich bin sicher, sie will, dass er sich die Innenstadt unter den Nagel reißt und Waterfield in den strahlenden Stern amerikanischer Städte zurückverwandelt, der es einst war. Ich traue keinem der beiden über den Weg ... Und beide zusammen? Nicht auszudenken! Leider habe ich keinerlei Beweis für ihre Machenschaften. Noch nicht. Sie sind ein ziemlich ausgefuchstes Gespann.« Er hielt inne. »Weißt du«, fuhr er – für ihre Begriffe reichlich vorsichtig – fort, »dieser Termin heute in Gails Büro hat mir gar nicht gefallen. Sieh dir meinen Leitartikel in der morgigen Ausgabe an. Du liest doch unser Käseblatt, oder?«

»Sehr gewissenhaft. Ich werde deinen Leitartikel lesen. Kann ich daraus schließen, dass er mir gefallen wird?«

»Ich denke schon. Ich hoffe es zumindest.« Wieder nippte er an seinem Glas. »Also, Kate, weißt du *irgendetwas* über Carlito? Nur einen winzigen Hinweis? Irgendetwas? Vielleicht könnte ich dir helfen, ihn aufzuspüren. Ich bin schließlich Journalist. Und, meine Güte, immerhin waren wir alle doch mal Freunde. Er war mein Kumpel.«

»Tja, mein Kumpel war er auch. Früher.« Sie holte tief Luft und ließ sie langsam wieder entweichen. *Carlito*. Seit Jahren hatte sie nicht mehr an den Kosenamen ihres Bruders gedacht. Angela hatte ihn immer so genannt, bis ins Teenageralter. Natürlich hatte er sich in dieser Zeit verändert. Verändert! Das war wohl eine charmante Umschreibung für das, was mit Carlo geschehen war. »Ich kann dir nichts über ihn sagen, weil ich nichts über ihn weiß.«

Barry saß still neben ihr, lauschte und wartete, dass sie fortfuhr. Sie hatte ganz vergessen, was für ein guter Zuhörer er war. »Nicht einmal, warum er damals so plötzlich ins Internat geschickt worden ist?«, fragte er. Sie starrte auf ihren Schoß und überlegte, was sie sagen sollte, ohne etwas preiszugeben.

»Okay«, meinte er. »Okay, ich hab schon verstanden. Du willst nicht, dass ich es weiß. Das ist in Ordnung. Aber wo ist er jetzt? Weißt du das wirklich nicht? Keine Ahnung? Das ist entsetzlich ...«

Für den Bruchteil einer Sekunde überlegte Kate, ob sie ihm sagen sollte, was ihr im Kopf herumging – dass Nelson, der mysteriöse Verrückte, vielleicht ihr Bruder war. Doch dann besann sie sich eines Besseren. Es war gerade so behaglich – geradezu verführerisch –, mit einem Freund aus der Kindheit auf der Veranda ihres Elternhauses zu sitzen und in Erinnerungen zu schwelgen. Aber sie wusste doch gar nicht, wer Barry heute war. Je länger sie wieder hier lebte, umso hilfloser fühlte sie sich, unsicher, wer ihr Freund war und wer nicht.

Sie beschloss, das Thema zu wechseln. »Gail Fortunato. Wie gut kennst du sie?«

»Nicht besonders gut. Ich konnte sie schon in der Schule nicht leiden. Sie war zu klug und hat andere manipuliert. Aber sie ist Politikerin, Kate, und spielt eine Rolle in der Öffentlichkeit. Ich weiß nur das, was ihre PR-Leute zur Veröffentlichung freigeben. Woher sie ihren Abschluss hat, ihre vielen Wohltätigkeitsaktivitäten, in welchen Vorständen sie sitzt, bla bla bla ... Aber wie sie in Wahrheit ist? Keine Ahnung.«

»Immer noch klug und darauf aus, andere zu manipulieren, nehme ich an.«

»Kann sein. Ja, ganz bestimmt sogar. Und immer noch gemein.«

»Ich bin froh, dass es dir aufgefallen ist. Andererseits – wie hätte man es übersehen können? Warum geht sie so auf mich los?«, fragte Kate. »Weil sie die Innenstadt auf Vordermann bringen will? Das ist doch albern. Ich meine, es war nicht meine Idee, die beiden Zentren dort bauen zu lassen. Wo wir gerade dabei sind – wessen Idee war es überhaupt?«

»Dr. Carlyles, glaube ich.« Er hatte sich zurückgelehnt, ein Bein angezogen und auf der Schaukel abgestellt, doch nun ließ er es sinken und richtete sich auf. »Oh mein Gott.«

Sie wusste, dass er denselben Gedanken hatte wie sie. »Allerdings. Ist sie auch im Krankenhausvorstand?«

»Ja«, erklärte er mit angespannter Stimme.

»Glaubst du, sie war diejenige, die den Vorstand überredet hat, den sympathischen Dr. Carlyle vor die Tür zu setzen? Sag nichts – natürlich war sie es. Ich weiß nicht, wie sie es bewerkstelligt hat, aber sie hat es getan. Wo ist er? Barry, er ist verschwunden! Er ist weder in seinem Haus in Waterfield noch in seinem Wochenendhaus, und niemand hat etwas von ihm gehört. Wann immer ich mir vor Augen führe, dass er ohne ein Wort verschwunden ist, kriege ich Herzklopfen. Bin ich paranoid? Ich habe Angst, ihm könnte etwas zugestoßen sein. Aber das ist verrückt, oder? Das ist es doch?«

Barry griff nach ihrer Hand. »Natürlich ist das verrückt. Die Bürgermeisterin einer neuenglischen Kleinstadt wird wohl kaum einem reizenden und beliebten Doktor eins überbraten lassen, nur weil ihr eine seiner Ideen nicht gefällt.«

»Natürlich nicht«, flüsterte Kate. Sie sahen einander im düsteren Licht der Straßenlaternen an und brachen in schallendes Gelächter aus. »Natürlich würde sie das nicht tun«, wiederholte Kate, als sie wieder Luft bekam. »Meine Güte, genauso wie früher als Kinder, als wir im Garten campiert und uns gegenseitig Gespenstergeschichten erzählt haben.«

»Und solche Angst bekamen, dass wir nicht draußen schlafen konnten.«

Kate entzog ihm ihre Hand und griff nach ihrem Glas. »Noch einen Schluck?«

»Einen kleinen.«

Allmählich zeigte der Wodka Wirkung. Sie sollte lieber ihre Telefonate erledigen, bevor sie zu ausgelassen wurde und sie vergaß. Sie griff nach der Flasche. »Entschuldige«, sagte sie, »ich habe den ganzen Tag auf einen Anruf von Austin Davey gewartet. Wir haben uns so angeregt unterhalten, dass ich es beinahe vergessen hätte. Du schenkst ein, ich telefoniere.« Sie klappte ihr Handy auf und wählte ihre Büronummer. Es waren drei Nachrichten eingegangen, die letzte von Mr. Daveys Sekretärin. »Es tut mir sehr leid, Dr. McKenna. Mr. Davey hat alles versucht, um ein Bett freizubekommen, aber im Moment steht uns keines zur Verfügung. Vielleicht nächste Woche.«

»Verdammt.« Kate klappte abrupt das Telefon zu.

Barry, der einen Schuss Wodka in die Gläser goss, wandte sich um und hob fragend eine Braue.

»Nichts«, meinte sie. »Nur noch mehr bürokratische Wichtigtuerei. Ich bin sicher, sie könnten ein Bett für eine Patientin auftreiben, die es dringend braucht, aber das ist im Gesamtplan nicht vorgesehen – der zweifellos daraus besteht, Hillside vollends zu schließen –, also vergiss es!«

»Geht es um das Mädchen, das bei Zavod's die Scheibe eingeworfen hat?« Er reichte ihr ein volles Glas.

Sie ließ geräuschvoll den Atem entweichen. »Ja. Wenn man sie in einem Krankenhaus stabilisieren würde und sie die angemessene Pflege bekäme, wäre sie ... oh Gott, ich hasse dieses Wort ... *rettenswert*. Ich bin sicher, sie könnte ein ziemlich normales, befriedigendes Leben führen. Sie ist klug, sie ist hübsch – aber ihre Mutter ist fest davon überzeugt, dass sie von einem Dämon besessen ist, deshalb hat sie sie aus dem Haus geworfen. Das ist nicht zur Veröffentlichung gedacht.«

»Hey! Natürlich nicht.«

»Tut mir leid. Lass uns nicht über meine Arbeit reden.« Sie rang sich ein Lächeln ab.

»Auf die alten Zeiten?«, schlug Barry vor und hob sein Glas.

»Lieber auf die neuen«, gab sie zurück und bemerkte, dass er über ihre Schulter hinwegblickte. Als sie sich umdrehte, sah sie einige Passanten, die ihre Schritte verlangsamten und zur Veranda herübersahen. Zu ihnen beiden. »Barry, siehst du das? Sie starren uns an. Ich hatte ganz vergessen, wie unverschämt Leute in der Kleinstadt sein können.«

Er lachte. »Ja, ich habe sie gesehen. Obwohl ich bezweifle, dass sie uns um diese Uhrzeit und aus dieser Entfernung genau erkennen können. Es ist lange, lange her, seit auf dieser Veranda jemand gesehen wurde. Sie sind nur neugierig.«

»Neugierig. So kann man es auch bezeichnen.«

»Weißt du noch, als du fahren gelernt hast und der Wagen mitten auf der Main Street stehen geblieben ist?«, fragte Barry lachend.

»Das werde ich nie vergessen. Alle fuhren an mir vorbei, als wäre ich unsichtbar, und ich habe die ganze Straße nach irgendjemandem abgesucht, den ich kenne.«

»Am Ende hast du es aufgegeben und bist zu Fuß nach Hause gegangen.«

»Und als mein Vater zum Mittagessen kam, grinste er und meinte: ›Wie ich höre, bist du an der Ecke Main und River liegen geblieben.‹ Ein paar Männer waren bei ihm in der Praxis und hatten ihm von dem lustigen Vorfall erzählt – wie seine Tochter mitten auf der Straße gestanden hatte und nicht wusste, wie sie den Wagen wieder in Gang bekommen sollte. Daddy fand es unglaublich komisch, aber ich war außer mir vor Wut. Warum fanden alle das so lustig? Ich war 16. Und hat irgendeiner angehalten, um zu fragen, ob ich Hilfe brauche?«

»Ich schätze, es war spannender, dich schmoren zu lassen und deinem Daddy eine lustige Geschichte zu erzählen.«

»Oohh, selbst bei der Erinnerung daran werde ich noch wütend. Und noch dazu waren das nur Männer!«

Barry lachte und mixte sich noch einen Drink. »Komm schon, glaubst du etwa, Frauen seien besser? Selbst jetzt noch, bis zum heutigen Tag, sehe ich, wie die Vorhänge hochgezogen und dann wieder fallengelassen werden, wenn ich in meine alte Wohngegend komme, um meine Mutter zu besuchen. Jede Frau in unserem Block weiß dann, dass Barry Manheim seine Mom besucht, und ich wette jede Summe mit dir, dass sie auch genau wissen, wie viel Zeit seit dem letzten Besuch vergangen ist.«

»Natürlich!« Kate stimmte in sein Gelächter ein. Es fühlte sich gut an, mit jemandem zu lachen und ein paar nette gemeinsame Erinnerungen zu teilen. Barry hatte Recht: Sie war damals einfach aus Waterfield verschwunden. Mit der Absicht, nie wieder zurückzukommen. Zumindest hatte sie das damals gedacht. In New York kannten die Leute sie all die Jahre nur als die Frau, die sie schließlich aus sich gemacht hatte. Keine Vergangenheit, keine Biografie, keine Kindheit. Es war eine sehr einsame Zeit gewesen, das wurde ihr jetzt schlagartig bewusst. Sie sah Barry voller Wärme an. Er war ein sehr gut aussehender Mann. Früher war er ein magerer Junge gewesen, der ständig zu schnell aus seinen Hosenbeinen und Hemdsärmeln herauszuwachsen schien, doch er hatte sich prächtig entwickelt. Und er war noch immer ein angenehmer, gutmütiger Gesellschafter. Warum versuchte sie dann trotzdem, ihn auf Abstand zu halten?

Ihr Mobiltelefon läutete. Es war schon nach zehn. Hoffentlich war nichts mit Linda, die längst mit Marian an ihrer Seite im Notbett liegen und tief schlafen sollte.

»Alles ruhig, alles in Ordnung, Dr. McKenna«, sagte Marian. »Sie schläft wie ein Baby. Das Ambien tut, was es soll.«

»Hervorragend. Danke für den Anruf.«

»Ich wollte, dass Sie beruhigt zu Bett gehen können. Ich habe den Eindruck, Sie bekommen nicht genug Schlaf.«

»Da haben Sie allerdings Recht. Noch mal danke, Marian.«

Sie legten auf, und Kate wandte sich Barry zu. »Marian Morgenstern«, erklärte sie. »Was würde ich nur ohne sie tun? Sie ist so ruhig und verlässlich. Sie ist für Linda Cathcart zuständig, was bedeutet, dass wir alle heute Nacht ein bisschen Schlaf bekommen.«

»Außer Marian«, bemerkte Barry.

Sie erschrak. »Natürlich. Außer Marian. Tja, das tun wir alle füreinander, wenn es nötig ist.«

»Du weißt, wer Marian Morgenstern ist, oder?«

»Sie ist meine Oberschwester, die Carlyle engagiert hat. Er hat mir erzählt, dass sie aus Hillside in die Stadt versetzt werden wollte, auch wenn ich mir nicht vorstellen kann, weshalb. Sie hatte doch einen tollen Job dort oben.«

»Oh, ich kann es mir durchaus vorstellen ...«, erklärte Barry lächelnd.

»Ich habe keine Ahnung, worauf du hinauswillst«, sagte sie leicht verärgert. »Und ich wünschte –« Sie unterbrach sich, als ihr Mobiltelefon erneut läutete. Noch ein Anruf? Um diese Uhrzeit? Was war los? »Dr. McKenna«, sagte sie barsch.

»Cat! Cat, bist du's? Nach all den Jahren?« Ein raues Flüstern.

»Wer spricht da?« Die plötzliche Veränderung ihres Tonfalls ließ Barry aufhorchen. Er beugte sich vor.

»Cat, ich kann dich nicht verstehen, sie machen so großen Lärm. Hallo? Hallo?« Die Verbindung brach ab.

Sie drückte die *69, um die Nummer des Anrufers herauszufinden. Wenn dieser Witzbold abhob, würde er etwas zu hören bekommen. Doch nach dem zwölften Läuten legte sie unverrichteter Dinge auf und starrte in die Dunkelheit. Sie hatte Mühe, einen klaren Gedanken zu fassen.

»Kate, was ist los? Du siehst schrecklich aus.«

Sie schüttelte den Kopf, um die wirren Gedanken zu verscheuchen. »Nein, nichts. Es ist nichts. Falsch verbunden.«

»Komm schon, du bist mit einem Mal aschfahl geworden. Was war das? Ein Drohanruf?«

»Nein, nein, kein Drohanruf. Keine Drohung, sondern –«

»Sondern?«

Es war entsetzlich. Sie fühlte sich wie eine 14-Jährige – unsicher und verwirrt. Und sie hatte Angst. Sollte sie es ihm erzählen? Konnte sie ihm trauen? Konnte sie *irgendjemandem* trauen? Was, zum Teufel, war hier los?

»Sondern?«, beharrte Barry. »Das ist doch lächerlich, Kate. Wenn etwas Schlimmes passiert, sollten wir etwas dagegen unternehmen. Vielleicht die Polizei anrufen.«

»Das ist nicht nötig. Es hat nur jemand angerufen. Ich weiß nicht, wer es war. Die Stimme war sehr leise, aber es war eine Männerstimme. Er hat mich ... Cat genannt.«

»Cat! Aber niemand hat dich Cat genannt, außer –«

»Außer Carlo. Ich *glaube*, er war der Einzige. Vielleicht hat er mich einmal vor anderen so genannt, und jetzt erinnert sich derjenige daran. Und der Doc hat mich auch manchmal so genannt ...«

»Was hat der Mann gesagt?«

Sie stieß einen Seufzer aus. »Eigentlich nur, dass er mich nicht hören kann.«

»Was?«

»Genau. Er hat nichts Schlimmes gesagt. Nur irgendetwas davon, dass es lange her sei. Dann meinte er: ›Ich kann dich nicht verstehen‹, und plötzlich war die Leitung tot. Nichts Schlimmes oder Bedrohliches. Aber warum fühle ich mich dann bedroht?«

»Jemand versucht, dir Angst einzujagen.«

»Tja, dieser Jemand macht seine Sache verdammt gut. Aber, Barry, was ist, wenn es wirklich Carlo war? Was, wenn er hier irgendwo ist und niemand weiß, wer er ist? Wenn er einen Moment der Klarheit hatte und mit mir reden wollte?«

»Was meinst du mit ›einen Moment der Klarheit‹? Glaubst du etwa, er ist einer der –«

»Ich rede zu viel. Vergiss es. Ich weiß nicht, was ich damit gemeint habe. Er hat sich ziemlich merkwürdig benommen, bevor er von der Bildfläche verschwunden ist. Ich konnte ihn nicht dazu bewegen, überhaupt noch mit mir zu reden ...« Sie hatte das Gefühl, als plappere sie nur Unsinn. Könnte sie nur für ein paar Minuten den Mund halten, bliebe vielleicht doch ein winziger Teil der Geschichte ihrer Familie verborgen.

Barry öffnete den Mund und schloss ihn wieder. »Okay. Keine Fragen mehr.«

»Danke. Du hast ja keine Ahnung, wie es war, wieder zurückzukommen. Zu all diesen Erinnerungen und den Feindseligkeiten, und jetzt auch noch diese sonderbaren Vorfälle. Wie Dr. Carlyles Verschwinden ohne ein Wort, diese seltsamen Nachrichten ...« Sie verstummte. So viel zu ihrem Vorsatz, den Mund zu halten.

»Ich werde dich nicht länger um Erklärungen bitten«, sagte er nach einem Moment.

»Verdammt, heute Nachmittag habe ich eine Nachricht bekommen. Sie steckte zwischen meinen Telefonnotizen, in Großbuchstaben. Jemand hat mich an Laurel King erinnert, und es ging um die Sünden der Väter ...« Sie erschauerte.

Er legte ihr den Arm um die Schultern, und sie ließ es geschehen. »Jemand hat die Absicht, dich durcheinanderzubringen. Trotzdem glaube ich nicht, dass es die Bürgermeisterin ist. Ich weiß, dass sie ein ziemliches Biest sein kann, aber ich kann mir nicht vorstellen, dass sie so weit sinken und eine anonyme Hassbotschaft schreiben könnte.«

»Natürlich stammt sie nicht von Gail. Aber zufällig habe ich heute ihren Blick gesehen, und es lag eine solche Feindseligkeit darin. Auch ich hätte das nie im Leben gedacht.«

Lange Zeit schwiegen sie. »Ich hab's«, verkündete Barry leichthin.

»Was?«

»Sie ist immer noch sauer auf dich, weil du mich ihr weggenommen hast!«

»Hör auf!« Trotz allem musste sie lächeln.

»Nein, ich meine es ernst. Sie war damals wirklich stocksauer. Sie dachte, ich würde für immer mit ihr zusammenbleiben.«

»Barry, damals waren wir in der siebten Klasse.«

»Frau Bürgermeister vergisst niemals etwas, Katie.«

»Außerdem habe ich niemandem etwas weggenommen.«

»Ich weiß. Ich habe mich einfach in dich verliebt. Ich habe dich am anderen Ende des Schulhofs gesehen, am ersten Tag auf der Junior High, und mir blieb das Herz stehen«, sagte er mit etwas sanfterer Stimme, lehnte sich herüber und küsste sie. Ihr Verstand sagte ihr, sie sollte sich von ihm lösen, doch es fühlte sich so schön an.

Schließlich zog sie sich zurück. Sie fühlte sich ein wenig benommen. »Wow, Junge, Junge. Wir haben zu viel getrunken, und du weißt, wie nostalgisch und albern man wird, wenn man in den Erinnerungen an die guten alten Zeiten auf der Junior High schwelgt.«

Unbeirrt näherten sich seine Lippen suchend ihrem Mund. »Das ist doch jetzt egal«, murmelte er.

Sie schob ihn von sich. »Mir aber nicht. Barry, wir sind keine Teenager mehr. Ich bin Psychiaterin, du Zeitungsherausgeber, und wir haben beide eine Vergangenheit ...«

»Vielleicht bin ich nie über dich hinweggekommen.«

»Barry, es war ein wunderschöner Abend. Wir sollten ihn nicht verderben.«

»Kate, du hast meinen Kuss erwidert.«

»Mag sein, aber ich bin im Moment nicht daran interessiert, mich auf jemanden einzulassen.«

»Nicht mal auf deinen gut aussehenden indianischen Freund?«

»Ganz besonders nicht auf Luke Montour, wenn du ihn damit meinst. Er arbeitet für mich, Herrgott noch mal! Außerdem geht dich das nichts an.«

»Du hast Recht, du hast Recht. Wir haben zu viel getrunken, es ist mir herausgerutscht. Und ich habe dich aus einer spontanen Laune heraus geküsst. Ich entschuldige mich dafür und wünsche dir eine gute Nacht. Gute Nacht, Kate.« Er stand von der Schaukel auf, die quietschte und leicht hin und her schwang, hob die Hand und ging die Treppe hinunter.

Sie wartete darauf, dass er sich noch einmal umdrehte und zu ihr hochsah, vielleicht auch winkte. Aber er tat es nicht. Wenige Augenblicke später erhob auch sie sich, nahm die Flaschen und ging ins Haus. Als sie die Tür abschloss, fiel ihr auf, dass er nicht mehr dazu gekommen war, ihr zu erzählen, was er über Marian hatte sagen wollen. Sie nahm sich vor, ihn beim nächsten Mal danach zu fragen, während sie gähnend die Treppe hinauf in ihr Zimmer ging.

8

Am nächsten Tag hatte Shelby Linda noch vor der Mittagszeit aus der Klinik geschafft und ins Dew Drop Inn, eine kleine Frühstückspension an einer kaum befahrenen Straße am Fluss, gebracht. Die Straße hieß Shaw's Landing, was bedeutete, dass sich dort früher einmal ein Bootshaus und ein Dock befunden haben mussten. Doch heute war keine Spur mehr davon zu sehen, stattdessen gab es nichts als schmutziges Wasser, das über die Wasserpflanzen strömte, die zwischen den Felsbrocken im Flussbett emporwucherten. Das Dew Drop Inn war ein tristes, schäbiges Haus – aber unsichtbar. Die meisten Leute in der Stadt hatten vergessen, dass es überhaupt existierte. Und Linda war begeistert von ihrem praktisch eingerichteten Zimmer, sogar von den beiden durchgelegenen Einzelbetten. Sie weinte vor Freude über jedes Detail in dem Zimmer.

Kate hatte Schwester Norma McClure angewiesen, jeden Tag nach Linda zu sehen, um sicherzugehen, dass sie ihre Medikamente nahm, und zwar alle und zum richtigen Zeitpunkt. Norma ließ sich durch nichts von ihrer Aufgabe abbringen. Sie war Armeeschwester in Vietnam gewesen und ließ sich von niemandem dreinreden – es sei denn, es handelte sich um eine Anweisung von oben. Vor Vietnam hatte sie in einem großen katholischen Krankenhaus in Brooklyn gearbeitet und war somit mit der Befehlskette bestens vertraut.

Sobald Kate um zwei Uhr nachmittags frei hatte, fuhr sie ins Dew Drop, wo sie Linda schlafend vorfand. Das Mädchen hatte sich wie ein Kind zusammengerollt, und ihre Wange ruhte auf ihren gefalteten Händen. Shelby, die ständig bei ihr war, saß am Tisch und erledigte irgendwelchen Papierkram, den sie jedoch beiseitelegte, als Kate erschien. Die beiden gingen nach draußen. »Sie ist völlig erschöpft«, sagte Shelby. »Es würde mich nicht überraschen, wenn sie durchschläft, bis ein Bett in der Anstalt frei wird.«

Falls jemals eines frei wird, dachte Kate. »Wie ist ihre Stimmung?«

»Bislang ist sie heilfroh, von der Straße weg zu sein. Sie ist wirklich süß. Was geben Sie ihr?«

»Risperdol. Mal sehen, wie es anschlägt. Es gibt neuere Präparate, aber ich glaube, es wirkt gut bei ihr. Danke, dass Sie das tun, Shelby. Ich weiß, dass Sie eine Menge Arbeit haben.«

»Keine Sorge. Jimmy Friedman hat mir einiges abgenommen. Und es dauert ja nicht mehr lange, oder? Nur ein paar Tage.«

»Genau«, stimmte Kate zu. Sie sollte es dringend noch einmal bei Davey versuchen. Vielleicht war es ja noch früh genug, um ihn selbst an den Apparat zu bekommen. Doch sie war es so leid, ständig bei ihm anzurufen und jedes Mal belogen zu werden. Trotzdem stieg sie in ihren Wagen und wählte seine Kurzwahlnummer. Es tue ihr wahnsinnig leid, aber Mr. Davey sei bei einer Vorstandssitzung, die den restlichen Tag dauern könne, erklärte seine Sekretärin. Warum ging er ihr aus dem Weg? Sie wollte nicht weiter darüber nachdenken.

Als sie den Schlüssel ins Zündschloss steckte, ertappte sie sich dabei, wie ihre Gedanken zu Barry und dem Kuss auf der Veranda wanderten. Im Geiste ersetzte sie ihn durch Luke Montour, ehe sie sich scharf zur Ordnung rief. Was sollte denn *diese* Spinnerei?

Sie ließ den Motor an und beschloss, stattdessen über Barrys Leitartikel in der aktuellen Ausgabe nachzudenken. »Schäm dich, Waterfield«, hatte die Überschrift gelautet, gefolgt von einer scharfen Kritik an den Bewohnern der Stadt, einschließlich der Bürgermeisterin, bei der Zusammenkunft im Rathaus »jeden Funken Anstand und gesunden Menschenverstand vermissen lassen« zu haben. Was für eine Befriedigung! Kate hatte den Artikel aus reiner Freude gleich mehrmals gelesen. Lächelnd schaltete sie das Radio ein, suchte einen Oldies-Sender und stimmte in Frank Sinatras »My Way« ein, während sie vom Parkplatz fuhr.

Die folgenden beiden Tage arbeitete sie wie eine Besessene, kümmerte sich um Patienten, ging zu Meetings, sah bei den Gruppentherapiesitzungen vorbei und versuchte mehrfach, an Davey heranzukommen, ehe sie abends nach Hause fuhr und wie eine Tote ins Bett fiel. Barry rief mehrere Male an und hinterließ ihr eine Nachricht, doch sie reagierte nicht darauf. Sie wollte sich jetzt nicht mit ihm befassen. Sie konnte nicht sagen, wie sie sich fühlte, was ihn betraf, deshalb beschloss sie, lieber nicht darüber nachzudenken.

Dieser merkwürdige Anruf ließ sie jedoch nicht los ... diese heisere Stimme, die klang, als komme sie von einem anderen Planeten. Immer wieder schob sich die Erinnerung in ihr Bewusstsein, unverhofft, wie beschäftigt sie auch sein mochte, und jedes Mal beschlich sie ein Gefühl der Angst. Wer in der Stadt erinnerte sich daran, dass ihr Bruder sie vor all den Jahren Cat genannt hatte? Sie hatte den Namen nie gemocht, obwohl in ihrer Geburtsurkunde Caterina angegeben war. Sie hatte Carlo gesagt, sie könne die Abkürzung nicht leiden, aber Carlo zu bitten, etwas nicht zu tun, weil man es nicht mochte, war geradezu eine Einladung an ihn, seine Bemühungen zu verstärken.

Wann hatte sich ihr Bruder eigentlich in diese Nervensäge verwandelt? Sie erinnerte sich noch daran, dass sie als Kinder gern zusammen gespielt hatten. Vielleicht aber hatte auch er sich damals vor Angela gefürchtet und nur so getan, als liebe er seine Schwester, um zu verhindern, dass Angela sich aufregte und ausrastete. Angela hatte tausend Geschichten über ihre glückliche Familie erzählt, doch Kate konnte sich an kaum eine davon erinnern. Wer wusste, ob sie überhaupt gestimmt hatten. Eigentlich hatte sie Carlo gar nicht besonders gut gekannt. Ihr Bruder war immer schon rätselhaft gewesen. Als kleiner Junge war er ein bemerkenswertes Geschöpf – mit dichten, dunklen Locken und strahlend blauen Augen, aber launisch und unberechenbar. Manchmal war er ohne jede Vorwarnung ausgeflippt, hatte wüste Beschimpfungen von sich gegeben, wild um sich geschlagen oder mit Gegenständen geworfen.

Kate hatte noch heute eine Narbe am Knie. Er hatte sie auf Rollschuhen den Hügel hinuntergeschubst, und sie war auf den Kiesweg gestürzt. Es hatte keinerlei Grund gegeben, das zu tun. Sie waren getrennt voneinander gelaufen, um sicherer im Umgang mit den nagelneuen Rollschuhen zu werden. Der Stoß war aus heiterem Himmel gekommen und hatte sie so überrascht, dass sie ins Straucheln geraten und auf die Knie gefallen war. Im nächsten Augenblick war er bei ihr gewesen, hatte ihr aufgeholfen, sich entschuldigt, ihren Rücken getätschelt und sie den Hügel hinauf begleitet, sodass die Haushälterin sie nach Hause fahren und die Wunde mit Jodsalbe behandeln konnte. Doch selbst da hatte sie gewusst, dass sein Mitleid nur gespielt war.

Obwohl Carlo überaus reizend sein konnte, wenn er gute Laune hatte, war er nie einfach gewesen. Mit 13 war er ständig mürrisch, trotzig und unzugänglich oder machte sich über alles und jeden lustig. Doc schickte ihn auf ein Internat, über das er jedoch kein Wort verlauten ließ. »Es ist eine spezielle Schule für Jungs«, erklärte er Kate. »Carlo muss mit Jungen in seinem Alter zusammen sein. Und er braucht Disziplin.« Mehr sagte der Doc nicht dazu. Noch ein Geheimnis in einer Familie, die ohnehin schon genug davon hatte.

Natürlich fand sie heraus, wo Carlo war. Mittlerweile war sie sehr geschickt darin, einen Blick auf Rechnungen, Briefe und andere Unterlagen zu erhaschen, die sie eigentlich nicht sehen sollte. Er war in einer Schule für emotional gestörte Jugendliche in Maine. Aber was hatte er in dieser Schule wohl gelernt? Sie schickten nie Noten, sondern immer nur Rechnungen und die langen getippten Berichte, die Kate viel später in den Schubladen von Docs Schreibtisch gefunden hatte. In allen wurde hervorgehoben, was für ein brillanter Junge er sei, gefolgt von Schilderungen über unvermittelte Wutausbrüche, tagelanges Schweigen und die Suche nach ihm, wenn er verschwunden war, was ziemlich häufig vorkam. Einmal blieb er sogar eine ganze

Woche weg. Dann tauchte er eines Tages ohne Vorwarnung wieder auf und weigerte sich eisern zu erzählen, wo er gewesen war und was er getan hatte.

Niemand wusste, was man mit Carlo tun sollte. Am Ende schickten sie ihn wieder nach Hause. Der Doc meldete ihn auf der Waterfield High an, doch Carlo ließ sich nur unregelmäßig blicken. Kate fand nie heraus, welchen Deal es gab, aber Carlos unangekündigte Abwesenheit und sein ebenso unvermitteltes Auftauchen löste weder bei den Lehrern noch beim Direktor eine Reaktion aus. Er war wie ein vertrauter Geist, der auftauchte und wieder verschwand und seine Kurse absolvierte, scheinbar ohne jemals zu lernen. Er machte seinen Abschluss, erschien aber nicht bei der Verleihung der Urkunde. Er schrieb sich sogar in Yale ein. Auch bei den Collegekursen ließ er sich nur selten blicken, und am Ende ging er vom College ab oder wurde hinausgeworfen.

Im Sommer vor seinem Abschlussjahr auf der Highschool war er gereizt und zappelig. Sie und der Doc bemerkten es beide und tauschten besorgte Blicke, aber natürlich sprach keiner von ihnen darüber. In diesem Haus wurde nie etwas laut ausgesprochen. Manchmal läutete mitten in der Nacht das Telefon, und Kate beobachtete, wie der Doc in den Wagen stieg, um seinen Sohn einzusammeln, der sich wieder einmal irgendwo herumgetrieben hatte. Dann kam Angela plötzlich auf die Idee, Carlo sei ihr lange verlorenes Kind. Sie folgte ihm durchs Haus, um ihn zu küssen und zu umarmen, und bettelte ihn an, ihr zu verraten, wer ihn ihr weggenommen habe und wo er gewesen sei. An einem heißen Augusttag borgte er sich 200 Dollar und Kates Wagen – der Doc hatte sich geweigert, ihm einen zu kaufen, weil er so ein ungestümer Fahrer war –, und sie sahen ihn nie wieder.

Der Himmel war bewölkt und gelblich vor Hitze, als Kate am nächsten Tag zur Arbeit ging und sich bemühte, die irritierenden Gedanken an ihren Bruder abzuschütteln. Als sie die Straße vor der Klinik überquerte, stand Nelson plötzlich vor ihr. *Wie ein Omen*, dachte sie.

»Dr. Kate, ich habe eine Nachricht für Sie. Eine wichtige Nachricht. In Ihrem Büro sind heimliche Zwillinge.«

»Was genau meinen Sie damit?«

»Doktor, versuchen Sie, mit beiden Ohren zu horchen. Kann sein, dass es Zwillinge sind und dass es sogar noch mehr von ihnen gibt. Und ich glaube, sie wollen Ihnen schaden. Ich sage es Ihnen als Freund ... ein Freund mit Rat, ein Freund in Wort und Tat.«

»Haben Sie heute schon Ihre Medikamente genommen, Nelson?«

»Das geht Sie verdammt noch mal nichts an!« Sein grimmiger Gesichtsausdruck ließ sie zurückweichen.

»Medikamente gehen mich durchaus etwas an, Nelson. Ich bin Ärztin«, beharrte sie trotzdem.

Seine Miene änderte sich ebenso abrupt wie sein Tonfall. »Touché, Doktor. Sie haben vollkommen Recht. Es geht Sie etwas an. Manchmal vergesse ich Dinge.«

»Ob Sie Ihre Medikamente genommen haben oder nicht?«

»Genau das sage ich ja, und ich sage nie etwas, was ich nicht auch so meine! Ich bin schon den ganzen Morgen hier, um Sie zu warnen, und Sie haben nichts anderes im Kopf als meine verdammte Medizin! Tja, nie wieder. Auch Sie werden Teil meiner Klage sein.«

»Klage? Welche Klage denn, Nelson?«

»Ich klage auf unerlaubtes Eindringen durch Lärm ... ja, sie sind entschlossen, mich wach zu halten. Sie machen mitten in der Nacht Verkehrsgeräusche, manchmal schlagen sie auf Mülltonnen, oder sie rotten sich in den Büschen zusammen und lachen. Als ich noch ein Zuhause hatte, haben sie die ganze Nacht irgendwelche schweren Gegenstände an die Wand geworfen. Oh, ich weiß, was Sie jetzt denken. Sie denken, ich könnte ihnen folgen und herausfinden, wo sie ihren Hauptsitz haben. Aber das würde auf dasselbe hinauslaufen. Ich wäre wach, und das ist ihr *raison d'être*. Das, was sie wollen, verstehen Sie? Und jetzt ist jemand zu mir gekommen und hat mir die Nachricht von den vielen Zwillingen überbracht ... oder sogar noch mehr, ich weiß es nicht mehr, und das hat mich auch vom Schlafen abgehalten! Ich will keine Nachrichten mehr, die Sie betreffen. Mit Ihnen bin ich fertig, Doktor Kate!«

Er wandte sich zum Gehen. »Warten Sie! Nelson, warten Sie doch. Ich möchte Sie etwas fragen, etwas Wichtiges«, rief sie ihm nach.

»Sie auch? Ich bin nicht das Orakel von Delphi. Aber nur raus damit, meine Schwester. Was auch immer es sein mag.«

Schwester. Ein Schauder kroch über ihren Rücken. »Nelson, haben Sie mich neulich abends angerufen? Am Telefon?«

Er lachte. »Seien Sie nicht albern, Doktor Kate. Wenn ich Sie anrufen will, brauche ich kein Telefon.« Er tippte mit dem Finger an seinen Kopf. »Ich muss nur in Ihren Geist hineinsehen. Das konnte ich doch schon immer, wissen Sie.« Er winkte ihr kurz zu und ging davon, während sie wie angewurzelt stehen blieb. Angela hatte stets behauptet, sie könne ihre Gedanken lesen. Sie wisse immer, was sie und Carlo taten, selbst wenn sie schlafe, hatte sie gesagt. Und sie hatten es immer halb geglaubt ...

Kate riss sich zusammen und ging die Stufen zur Klinik hinauf. Wie lächerlich zu glauben, Nelson wiederhole die Drohung ihrer Mutter. Nelson litt unter Wahnvorstellungen, und eine von ihnen bestand aus der Überzeugung, in Resonanz mit der gesamten Menschheit zu stehen. Verblüfft hatte Kate festgestellt, dass es tatsächlich Leute in Waterfield gab, die ihn für eine Art Heiligen hielten und sich Rat suchend an ihn wandten. Rat! Wissenschaftler waren mittlerweile zu dem Schluss gelangt, dass das Orakel von Delphi entweder verrückt gewesen war oder unter Drogen gestanden hatte. Und die alten Griechen hatten fest an die zweifelhaften Prophezeiungen geglaubt.

Trotzdem fragte Kate sich, ob ihm irgendjemand etwas erzählt hatte, das eine Gefahr für sie darstellte. Er war nicht dumm und hatte wie die meisten Schizophrenen Momente der Klarheit und der Vernunft. Andererseits konnte es wohl kaum stimmen, dass die Leute sich gegen ihn verschworen hatten und ihn nachts wach hielten. Wie sollte sie also die Fantasie von der Realität unterscheiden?

Die rosa Telefonnotiz lag mitten auf ihrem Schreibtisch, was bedeutete, dass sie besonders wichtig sein musste. Beim Anblick des Namens, Austin Davey, keimte neue Hoffnung in ihr auf. Sie hatte ihn schon so oft angerufen, nur um jedes Mal erneut enttäuscht zu werden. Er war nie zu sprechen, und sie ging jede Wette ein, dass er ihr aus dem Weg ging. Es machte sie traurig. Und wütend. Ein Anstaltsbett. Wie schwer konnte das schon sein? Aber nun hatte er endlich auf ihre Anrufe reagiert. Dann las sie den Rest der Nachricht. Austin Davey wollte, dass sie ihn so schnell wie möglich in seinem Büro aufsuchte. Das klang nicht danach, als wäre ein Bett für ihre Patientin gefunden worden. Ganz und gar nicht. Verärgert knüllte sie den Zettel zusammen und warf ihn quer durch den Raum – und traf prompt Marian Morgenstern, die gerade zur Tür hereinkam.

»Hoppla. Tut mir leid.«

»Auf wen haben Sie denn gezielt?«

»Auf unseren Präsidenten. Davey.«

»Oh. Also haben Sie es schon gehört?«

Was war jetzt wieder los? »Was gehört?«

»Er hat von unserem Arrangement erfahren. Von Linda im Dew Drop Inn.«

»Na und? Es kostet ihn doch nichts.«

Marian warf ihr einen viel sagenden Blick zu. »Dr. McKenna, denken Sie nach. Er ist ein Mensch, der gern alles kontrolliert, stimmt's? Und Sie haben etwas getan, ohne ihn vorher um Erlaubnis zu bitten.«

»Ich schätze, darauf steht die Todesstrafe.«

»Es würde mich nicht überraschen.«

»Was ich gerade weggeworfen habe, war die Nachricht, dass ich so schnell wie möglich zu ihm kommen soll.«

»Ich bin sicher, er wird Ihnen die Hölle heißmachen. Ich wollte Sie warnen. Shelby ist mit sofortiger Wirkung die Verantwortung für ihre Patientin entzogen worden. Und zwar durch zwei Sicherheitsleute. Und eines kann ich Ihnen sagen – sie war nicht begeistert. Sie hat geschäumt vor Wut und wollte sogar kündigen, aber wenigstens das konnte ich ihr ausreden.«

»Danke. Ich schätze Shelby sehr. Sie ist ein Goldstück.«

»Allerdings.«

»Aber wie konnte sie eine Patientin mit zwei Sicherheitskräften allein lassen, die wahrscheinlich jeden psychisch Kranken für einen Killer halten? Das klingt nicht nach ihr.«

»Oh«, sagte Marian in einem Tonfall, der nichts Gutes verhieß, »sie sind nicht bei Linda geblieben ...«

»Sagen Sie mir bitte, dass es nicht so ist, wie ich denke.«

»Nein. Es *ist*, wie Sie denken. Wahrscheinlich wird sie genau in dieser Sekunde in Westwind aufgenommen.«

Kate wurde es schlagartig kalt, als wäre jeder Tropfen Blut aus ihrem Körper geflossen, und gleich darauf heiß. »Das kann er nicht machen! Sie ist meine Patientin, und er ... er ist noch nicht mal Arzt. Er ist ja nicht mal Schwesternhelferin, verdammt! Er ist *Buchhalter*, mehr nicht!«

»Er ist Präsident des Krankenhauses! Und unser Boss. Ich glaube, er hat Lindas grässliche Mutter dazu gebracht, die Papiere zu unterschreiben. Wahrscheinlich hätten wir Amanda Lewis besser ihre Arbeit machen lassen sollen –«

»Nein, das hätten wir nicht, und das wissen Sie auch! Wenn Linda Cathcart eine angemessene Pflege bekäme, könnte sie wahrscheinlich so etwas wie ein Leben führen. Aber so ...« Ihre Stimme erstarb, und ihre Schultern sackten herab. »Oh, Scheiße.«

»Allerdings«, pflichtete Marian bei und sah Kate eindringlich an. »Na ja, wenigstens sehen Sie jetzt besser aus als noch vor ein paar Minuten. Ich halte es für keine gute Idee, sich so aufgebracht zu zeigen. Zumindest nicht vor *ihm*.«

»Nein, nein, natürlich nicht. Sie haben Recht.« Sie holte mehrere Male tief Luft. »Ich werde mich innerlich wappnen und meine Gesichtszüge unter Kontrolle bringen, bevor ich die Höhle des Löwen betrete.«

Marian sah ihr in die Augen. »Und Sie wollen mir nicht zufällig sagen, warum Ihnen die Geschichte mit Linda so nahegeht?«

»Nein, das will ich nicht«, antwortete Kate. »Ich weiß es ehrlich gesagt nicht«, fügte sie etwas sanfter hinzu.

Marian lächelte ihr kurz zu. »Passen Sie auf sich auf«, sagte sie und ging, wobei sie um ein Haar mit Vera Ilitch zusammengeprallt wäre, die mit besorgter Miene im Türrahmen stand.

»Dr. McKenna, kann ich Sie sprechen?«

»Ich muss nach Hillside. Hat es etwas Zeit?«

»Nein, hat es nicht.«

»Okay, dann setzen Sie sich. Sie sehen ...«

Vera ließ ein kurzes, freudloses Lachen hören. »Wie auch immer ich aussehe, genauso fühle ich mich.« Sie saß kerzengerade da, legte die Hände in den Schoß und knetete nervös ihre Finger. »Das können Sie mir glauben.«

»Ja?«, fragte Kate nach einer Weile.

»Da ist dieser neue Patient. Er ist ohne Überweisung gekommen und meinte, er hätte Gewaltfantasien, und da ich gerade frei war, habe ich ihn übernommen. Dr. McKenna, er macht mich schrecklich nervös. Verzeihen Sie mir bitte, aber er ist wirklich verrückt!«

Kate musste sich ein Lachen verbeißen. »Genau solche Leute kommen nun mal zu uns, Vera.«

»Aber er ist so ... Er beschreibt alles bis ins letzte Detail ...« Sie erschauerte. »Er sagt, er hätte Angst, er könnte eine Frau in ihrem Wagen überfallen, mit ihr wegfahren und sie vergewaltigen. Dabei leckt er sich ständig über die Lippen und ... Oh Gott ... er bekommt eine Erektion dabei. Es ist so widerlich!« Sie wandte den Kopf ab. »Ich habe Angst vor ihm.«

»Hat er eine kriminelle Vorgeschichte? Hat er jemanden vergewaltigt?«

»Ich weiß es nicht, ich weiß es einfach nicht.« Vera beugte sich vor und schlang sich die Arme um den Oberkörper. »Aber ich weiß, dass er gefährlich ist! Wir *müssen* etwas unternehmen!«

»Vera, bitte, versuchen Sie doch, ruhig zu bleiben. Wir kümmern uns darum. Ich habe einen Anruf aus dem Büro des Präsidenten bekommen und muss los. Aber es wird nicht lange dauern. In der Zwischenzeit beißen Sie einfach die Zähne zusammen und erzählen niemandem davon. Wie heißt er?«

»Willard Fair. Er ist grauenhaft.«

»Ich weiß. Aber er ist ja wieder weg, und wenn Sie wollen, sorge ich dafür, dass Dr. Bannerman ihn übernimmt, wenn er zurückkommt. Oder wir schicken ihn zu Luke Montour.«

Sie musterte Vera. Sie war sehr attraktiv: groß, schlank, mit dunklem Teint und hohen Wangenknochen. Normalerweise machte sie einen kühlen und zurückhaltenden Eindruck. Sie lächelte nur selten und zeigte auch sonst kaum Emotionen. Doch nun war sie ein zitterndes Bündel Elend, das zusammengekauert auf ihrem Stuhl saß, und ihr Gesicht war von einem dünnen Schweißfilm bedeckt.

»Ich habe Sie noch nie so aufgebracht erlebt.«

»Na ja ...« Veras Stimme bebte. »Dann ist dies das erste Mal!«

»Warum gehen Sie nicht eine Weile raus und treffen sich mit einer Freundin zum Mittagessen oder so?«

»Wozu soll das gut sein?«

»Das gibt Ihnen Zeit, sich ein wenig zu beruhigen. Mir ist klar, dass Ihnen die Begegnung mit ihm an die Nieren gegangen ist, aber Sie müssen versuchen, sich nicht hineinzusteigern. Es ist nur seine Fantasie, wie grauenhaft sie auch sein mag.«

»Ich glaube, es ist mehr als reine Fantasie. Ich glaube ... ich glaube, er wird es tatsächlich tun. Er hat alles geplant.« Wieder erschauderte sie. »In sämtlichen Details ... Oh Gott! Ich glaube, er hat sogar eine ganz bestimmte Frau im Sinn, aber als ich ihn danach gefragt habe, hat er mich nur böse angegrinst und sich geweigert, mir ihren Namen zu verraten. Dr. Kate, ich glaube, er hat mich gemeint!«

»Vera«, sagte Kate so ruhig wie möglich, »er hat Sie vorher noch nie gesehen, und wenn er eine derartige Tat geplant hätte, wären Sie wohl kaum ein Teil davon. Okay, Sie gehen jetzt zum Mittagessen, und ich komme vorbei, sobald ich wieder zurück bin, okay? Mal sehen, ob ich etwas über ihn herausfinden kann.« Sie stand auf und nahm ihre Handtasche. Vera erhob sich ebenfalls und begleitete sie zur Tür. »Machen Sie sich keine Sorgen, Vera, regen Sie sich nicht auf. Wir kriegen das schon hin«, versicherte Kate und legte ihr eine Hand auf den Arm. »Wahrscheinlich hat er mit Absicht versucht, Sie aus dem Konzept zu bringen. Kann sein, dass er sich so seinen Kick verschafft.« Vera nickte wortlos und eilte in Richtung ihres Büros.

Vielleicht sollte ich mich mit Vera hinsetzen und ihr mehr Zeit geben, über alles zu reden, dachte Kate. Aber ihr war klar, dass sie einen Termin mit Austin Davey auf keinen Fall versäumen durfte. Sie stand schon jetzt auf seiner Abschussliste.

Sie fragte sich, ob sie nicht Marian zu Vera schicken sollte, damit diese mit ihr redete. Die Arme hatte den Großteil ihrer Familie irgendwo im ehemaligen Jugoslawien verloren. Aber Vera war eine erwachsene Frau und hatte den Krieg überlebt. Sie würde schon klarkommen – für den Augenblick blieb ihr keine andere Wahl. Seufzend suchte sie einige Unterlagen zusammen, über die Davey wahrscheinlich würde reden wollen, und stopfte sie in ihre Aktentasche.

Das Telefon läutete. Sie hielt kurz inne, ehe sie beschloss abzuheben. Es war Dr. David Fernandez, ein Hausarzt, der auch Arme und Obdachlose behandelte. Ein wirklich netter Mensch.

»Hallo, Dr. McKenna. Wie ich höre, hat sich ein Mann an Sie gewandt, ein Patient ohne Überweisung mit heftigen Gewaltfantasien.«

»Ja, das hat er getan. Heute Morgen erst. Woher wissen Sie –«

»Eine Ihrer Patientinnen hat gehört, wie er Ihre Empfangsdame angeschrien hat, und als sie ihn gesehen hat, ist sie rausgelaufen und hat mich sofort angerufen. Er hätte sie vergewaltigt, sagt sie.«

»Oh, Scheiße. Tut mir leid. Wann?«

»Vor einer Woche. Ist er noch da?«

»Nein, er ist weg. Wieso sitzt ein Vergewaltiger nicht im Gefängnis, und stattdessen kommt er ohne eine Überweisung hierher?«

»Er ist nicht ins Gefängnis gewandert, Doktor. Natürlich ist die Frau traumatisiert, aber wie es aussieht, hat sie noch viel größere Angst vor der Polizei. Sie hat ihn weder angezeigt noch jemandem davon erzählt. Nur mir, und das auch erst vor ein paar Minuten. Ich bin nicht sicher, ob ich ihr glauben soll. Ich meine, die meiste Zeit über leidet sie unter erheblichen Wahnvorstellungen. Aber sie hat mir erlaubt, sie kurz zu untersuchen, und ihre Vagina weist einige Spuren von Gewalteinwirkung auf, als könnte es tatsächlich wahr sein. In Obdachlosenasylen kommen Vergewaltigungen ziemlich häufig vor. Ich will nur nichts unternehmen, solange ich mir nicht sicher bin, verstehen Sie?«

»Absolut. Wie heißt sie?«

»Sie nennt sich Gilda.«

»Gilda? Ich kenne sie. Sie ist Patientin hier. Na ja, sie kommt immer wieder hier vorbei, auch wenn sie nie lange bleibt. Aber ... vergewaltigt? Sie haben sie doch gesehen, oder? Sie trägt mindestens drei Kleiderschichten übereinander. Mir ist nicht ganz klar, wie jemand ...«

»Sie sagt, sie hätte im Park geschlafen. Ich habe keine Ahnung, wie viel von ihrer Geschichte wahr ist, aber ich hatte den Eindruck ...«

»Nein, nein, ich bin froh, dass Sie anrufen. Ich kann mir zwar nicht vorstellen, dass es passiert ist, aber man weiß ja nie. Schließlich hat sie ihn wiedererkannt. Eine unserer Mitarbeiterinnen hat diesen Mann befragt. Sein Name ist Willard Fair, und er hat ihr von seinem Plan erzählt, eine Frau zu vergewaltigen und sie anschließend umzubringen. In irritierenden Details, wie es aussieht. Dr. Ilitch war sehr betroffen und hatte das Gefühl, er sei fest entschlossen, sein Vorhaben in die Tat umzusetzen, und zwar möglicherweise mit ihr als Opfer. Ich werde mit Gilda reden, sobald ich sie finde, was nicht immer ganz einfach ist. Aber ich habe das Gefühl, als wäre es wichtig, dass wir etwas unternehmen, auch wenn ich nicht genau weiß, was angesichts –«

»Ärztliche Schweigepflicht«, unterbrach er. »Natürlich. Wir dürfen nicht dagegen verstoßen. Tja, wenn ich irgendwie helfen kann ...«

»Danke, Dr. Fernandez, ich lasse es Sie wissen.«

Sie hielt den Telefonhörer umklammert und überlegte, was sie als Nächstes tun sollte. Gilda. Wenn sie in halbwegs brauchbarer Verfassung war, konnte sie ihr vielleicht ein paar Informationen entlocken. Shelby wusste manchmal, wo Gilda schlief. Vielleicht würde Gilda mit ihr reden. Kate wählte Shelbys Nummer, erklärte ihr kurz, worum es ging, und bat sie herauszufinden, wo Gilda war, und sie herzubringen, wenn es ging. Vielleicht wussten sie schon etwas mehr, wenn sie von ihrem Termin bei Davey zurückkam. Sie verließ ihr Büro.

Auf dem Weg zur Garage, wo ihr geliebter, brandneuer Honda, der sichtbare Beweis ihrer Unabhängigkeit, stand, ging sie bei Sonya vorbei und erklärte ihr, sie sei notfalls auf ihrem Mobiltelefon zu erreichen.

Sie verließ die Garage, bog nach rechts ab und fuhr auf die Hügel zu, die Waterfield auf drei Seiten umgaben. Auf dem höchsten davon thronte das Hauptgebäude des Hillside Hospital wie ein düsteres, transsilvanisches Schloss. Sie hatte es noch nie gemocht, wie die Anstalt das Panorama der Berge dominierte. Als sie die gewundenen Straßen des Wohngebiets am Hang erklomm, fiel ihr auf, dass sie die Zähne so fest zusammenbiss, bis ihr Kiefer schmerzte. Sie würde sich nur zu gern entspannen, wusste aber, dass das im Moment unmöglich war. Sie hasste jeden Meter, der sie näher an Hillside heranführte. Sie war so dankbar gewesen, dass ihr Vorstellungsgespräch mit Dr. Carlyle in der Klinik in der Innenstadt stattgefunden hatte. Wenn sie hierherkommen musste, tat sie es notgedrungen, aber nie, ohne gegen die leise Furcht in ihren Eingeweiden ankämpfen zu müssen.

Angela war hierhergebracht worden, viele Male, und mit jedem Mal war ihre Psychose noch ausgeprägter und ihr Verhalten noch unkontrollierbarer gewesen. Aber wie laut sie auch gekreischt und sich gegen die Pfleger gewehrt hatte, die sie wegbrachten, sie kam stets ruhig und friedlich wieder zurück – zumindest für Angelas Verhältnisse. Hillside war keine der üblichen Irrenanstalten. War man erst einmal hier, stellte man fest, wie elegant und schön es war. Es gab rund 40 Hektar Wiesen mit Teichen und Blumen- und Obstgärten, und dazwischen standen feudale, mit Efeu bewachsene Ziegelgebäude, umgeben von kurz geschnittenen Rasenflächen und altehrwürdigen Bäumen. Die Anlage sah aus wie ein Universitätscampus aus der Jahrhundertwende, und es gab sogar irgendwo ein altes Gewächshaus, das gänzlich aus Glas bestand, selbst die Türme und Bogenfenster, und in dem sich einst ein eigener Gärtner um die exotischen Pflanzen, tropischen Bäume und Orchideen gekümmert hatte. Mittlerweile war es, wie so viele Gebäude in Waterfield, baufällig, die Fensterscheiben waren zerstört und die Pflanzen längst verdorrt und überwuchert.

Als kleines Mädchen war sie oft zum Schwimmen und Eislaufen zum Teich gegangen. Jeder in Waterfield hatte das getan. Sie war sich nicht sicher, ob sich die Patienten damals unter die Besucher aus der Stadt gemischt hatten. Oft hatte der Doc ihr von den *wirklich* alten Zeiten erzählt. Als die Anstalt noch neu war, hatten sich alle Patienten außer den kränksten unter die Ärzte, Schwestern, Besucher und die Kinder gemischt, die hergebracht worden waren, um an der frischen Luft zu spielen.

Damals hatte es hier Gemüsegärten, Tiere auf den Weiden, eine Bäckerei, einen Tischler, einen Schneider und einen Friseur gegeben, und Patienten hatten an Vorträgen, Konzerten und Zeichenkursen teilnehmen können. »Wenn man einmal in Hillside war«, hatte der Doc immer gesagt, »gab es keinen Grund, wieder wegzugehen. Absolut keinen.«

Diese Tage gehörten natürlich längst der Vergangenheit an. War es nicht auch besser, Medikamente zu haben, die den Patienten gestatteten, der Anstalt den Rücken zu kehren und ein normales Leben zu führen? War es nicht besser, nicht mehr auf Zwangsjacken, Lobotomien, Gummizellen und Beruhigungsstühle in der Tradition von Benjamin Rush und all die anderen grausamen Utensilien zurückgreifen zu müssen? Es gab aber immer noch Dinge, die an frühere Zeiten erinnerten. Die Mehrzahl der Fenster bestand aus kleinen, in Stahlstreben gefassten Scheiben, die verhindern sollten, dass jemand in den Tod sprang, und es gab nach wie vor Fälle, in denen Fesseln notwendig waren. Aber heutzutage wussten die Ärzte viel mehr über die Behandlungsmöglichkeiten von psychisch Kranken. Aber manchmal musste sie sich schon fragen, ob es tatsächlich so war.

Sie stellte ihren Wagen neben dem Verwaltungsgebäude ab, ging hinein und zeigte ihren Ausweis vor. Dr. Carlyles Büro, sprich das Büro des Präsidenten, befand sich im Erdgeschoss am Ende eines Hauptkorridors. Als sie an der verglasten Cafeteria vorbeikam, fiel ihr ein Loch auf, vom dem aus sich ein Netz aus Sprüngen über die Scheibe zog. Ein Hausmeister war dabei, Klebestreifen zu befestigen, um zu verhindern, dass sich die Risse weiter ausbreiteten. Kate seufzte. Wahrscheinlich hatte einer der Patienten ein Tablett, einen schweren Topf oder gar sich selbst dagegen geworfen. So etwas kam fast jeden Tag vor. Selbst die besten Medikamente hatten ihre Grenzen.

Austin Davey erwartete sie bereits. Seine Sekretärin forderte sie auf hineinzugehen, und sowie sie über die Türschwelle trat, fing er an zu reden.

»Also wirklich, Dr. McKenna«, erklärte er wichtigtuerisch. »Wirklich! Sie haben die Grenzen Ihrer Aufgabe und Ihres Berufs eindeutig übertreten. Sie sind keine Anwältin, keine Sozialarbeiterin ... sondern Ärztin. Erinnern Sie sich noch dunkel daran?«

»Ich dachte immer«, konterte Kate kühl, »es sei Teil des Arztberufs, niemandem zu schaden, sondern Gutes zu tun. Wenn Sie auf Linda Cathcart anspielen, was Sie vermutlich tun, habe ich dafür gesorgt, dass ihr kein Schaden zugefügt wird. Zumindest habe ich es *versucht*«, fügte sie viel sagend hinzu.

»Sie haben, kurz gesagt, eigenmächtig Entscheidungen getroffen, die Ihnen nicht zustanden.« Kate bemerkte die zornige Röte auf seinem Gesicht.

»Entschuldigen Sie, Mr. Davey, aber nach meinem Verständnis ist ein Arzt dafür da, Entscheidungen zum Wohle des Patienten zu treffen. Diese Patientin ist ein hilfloses, psychisch krankes Mädchen ohne die geringste Unterstützung durch ihre Familie, einschließlich ihrer Mutter, Mr. Davey. Wenn ihre Mutter sich nicht angemessen um sie kümmert, dann tue ich es eben.«

Sie starrten einander finster an. Kate spürte ihr Herz klopfen, und aus irgendeinem Grund fühlte es sich gut an.

»Ganz im Gegenteil, Dr. McKenna, das werden Sie nicht tun.« Er stand von seinem ausladenden Schreibtischstuhl auf, stützte sich mit den Fingerknöcheln auf der auf Hochglanz polierten Tischplatte auf und beugte sich vor. »Sie sind für die Ambulanzklinik zuständig – auch wenn ich mir im Moment nicht sicher bin, wie lange das noch so sein wird –, und sie sind weder ein Racheengel noch eine Ersatzmutter, noch steht es Ihnen zu, jede verrückte Idee in die Tat umzusetzen, die Ihnen gerade in den Sinn kommt. Und es interessiert mich nicht im Geringsten, wer Ihr Vater war! Sie haben das Meeting des Psychiatrie-Ausschusses versäumt – ebenso wie ich, natürlich –, haben es aber nicht einmal für nötig befunden, Dr. Wasserman anzurufen und sich dafür zu entschuldigen. Er ist ziemlich wütend auf Sie. Und jetzt laufen Sie Amok, ohne auf die Regeln, Vorschriften oder irgendjemanden zu hören, der hier etwas zu sagen hat! Für Sie gelten keine Sondergesetze, Dr. McKenna! Sie haben einen Vertrag, der uns eine Menge Geld kosten würde, wenn wir ihn annullierten. Aber glauben Sie ja nicht, das bedeutet, dass Sie tun können, was Ihnen einfällt. Nach allem, was ich über Sie weiß, halte ich es sogar für möglich, dass Sie ... zu befangen sind, was diese Patientin betrifft.«

Sie starrte ihn an. Wie sie dieses schmallippige Lächeln verabscheute! Es war so blasiert und selbstgefällig. Was würde er wohl tun, wenn sie vor den Schreibtisch treten und ihm eine Ohrfeige verpassen würde? Aber natürlich würde sie das nicht tun. Er war ihr Vorgesetzter und würde zweifellos dafür sorgen, dass sie nirgendwo mehr einen Job bekam. Sie holte tief Luft. »Sie haben Linda aus dem Dew Drop Inn geholt, das ich übrigens von meinem eigenen Geld bezahlt habe, bis Sie ein Anstaltsbett für sie besorgen. Sie braucht dringend stationäre Behandlung, Dr. Davey, und darf nicht in dieses ... Lager abgeschoben werden. Ich kann nicht glauben, dass es nirgendwo in Hillside ein Bett für meine Patientin geben soll. Vielleicht erinnern Sie sich, dass ich Ihnen mehrfach Nachrichten dazu hinterlassen habe.«

»Ich habe mich nach Kräften bemüht«, erklärte Davey in etwas milderem Tonfall. »Der Vorstand hat uns gebeten, die Patientenzahl, sagen wir, im Rahmen zu halten. Ich habe versucht, sie irgendwo hineinzuquetschen, aber ...« Er unterbrach sich und hob resigniert die Hände.

»Vielleicht ist Ihnen Linda Cathcarts Krankengeschichte und Diagnose nicht klar. Denn wenn es so wäre, hätten Sie ganz bestimmt gewartet, bevor Sie sie nach Westwind schicken. Sie ist emotional höchst labil, und sie aus der Umgebung herauszureißen, in der sie sich sicher gefühlt hat ... tja, ich glaube, das war ein großer Fehler.«

»Ich hatte keinen Einfluss darauf. Der Richter hat entschieden, und Sie hatten keine Veranlassung, die Dinge selbst in die Hand zu nehmen, medizinische Indikation hin oder her! Linda Cathcart ist jetzt in Westwind, wo sie von Rechts wegen hingehört.«

»Nach allem, was ich weiß, gehört *niemand* nach Westwind. Es ist die reinste Hölle!«

Seine Augen wurden ebenso schmal wie seine Lippen. »Ich an Ihrer Stelle wäre ganz vorsichtig mit dem, was ich sage, Dr. McKenna, wo ich es sage und zu wem. Lassen Sie das den Falschen hören und ...« Er schnippte mit den Fingern, »schon haben wir eine Klage wegen Beleidigung am Hals.«

»Ich glaube, Sie meinen Verleumdung«, erklärte Kate zuckersüß.

»Beleidigung. Verleumdung. Was auch immer. Sie haben sich alles andere als gut mit mir gestellt, und die Bürgermeisterin ist auch nicht gut auf Sie zu sprechen. Passen Sie auf, was Sie tun, Dr. McKenna!«

Er ließ sich auf seinem Stuhl zurücksinken und zupfte seine perfekt sitzende Krawatte zurecht. »Ich nehme an, Sie werden feststellen, dass die Gerüchte über Westwind übertrieben sind. Soweit ich informiert bin, wird es anständig geführt, und die Familien der Patienten sind zufrieden. Mehr können wir doch nicht erwarten, oder? Ich bin sicher, Doktor, dass Sie von psychisch Kranken keine ... Vernunft erwarten. Natürlich gefällt es ihnen nicht, dass über sie bestimmt wird, und ich bezweifle, dass *irgendeine* Einrichtung ihre Zustimmung findet.« Er räusperte sich. »So. Im Übrigen hat Ihre Buchhaltung die Umsatzberichte der letzten Woche noch nicht vorgelegt.« Er kramte in irgendwelchen Unterlagen auf seinem Schreibtisch. »Und die der Woche davor auch nicht.« Er hob eine Braue.

»Zwei Wochen?« Sie war auf den abrupten Themenwechsel nicht gefasst gewesen und starrte ihn verblüfft an. Sie zeichnete jede Woche die Umsätze ab. Donna brachte ihr die Unterlagen ins Büro und wartete, bis Kate ihre Unterschrift daruntersetzte. »Ich ... ich weiß nicht, was damit passiert sein könnte. Ich sehe sie mir regelmäßig an und zeichne sie dann ab.«

»Sie sind aber nicht da. Die Finanzabteilung hat keinen Grund, irgendetwas zu erfinden. Ich weise Sie nur auf die Fakten hin. Vielleicht sollten Sie mit Ihrer Buchhaltung Rücksprache nehmen?«

»Natürlich. Es ist nur ... Wie konnte ...« In diesem Moment kam ihr ein Gedanke. »Warum hat man mich nicht schon in der ersten Woche informiert, als die Berichte gefehlt haben?«

Nun sah er überrascht drein. »Warum? Aber genau das ist doch passiert. Die Finanzabteilung hat eine Nachricht an die zuständige Abteilung geschickt, und Sie haben eine Kopie erhalten.«

Donna. Natürlich. Es war Donna. »Ich kümmere mich sofort darum«, versprach sie grimmig.

»Gut.« Wieder erschien das frostige Grinsen, das ein Lächeln sein sollte. »Und nun sind Sie entschuldigt.«

Kate wünschte sich nichts sehnlicher, als in die Stadt und in die Klinik zurückzufahren. Miss Silvestri würde ihr einiges erklären müssen.

Sie ließ den Wagen vor der Garage stehen und ging eilig auf das Klinikgebäude zu, wo sie zu ihrer Überraschung auf Nelson stieß, der sich mit Donna unterhielt. Ausgerechnet. Die beiden waren ins Gespräch vertieft. Und irgendetwas war ... anders an Donna. Sie trug dasselbe altbackene Kleid mit Blumenmuster und die abgelaufenen Clogs wie zuvor, doch ihre Haltung hatte etwas beinahe Herausforderndes an sich. Sie gestikulierte wild, warf den Kopf in den Nacken und lachte schallend. Sehr untypisch für sie. Sehr merkwürdig.

In diesem Moment sagte Nelson etwas, worauf Donna den Kopf wandte und Kate ansah. Ihre Augen weiteten sich, und sie kehrte eilig in das Klinikgebäude zurück. Am liebsten hätte Kate Nelson gefragt, worüber die beiden geredet hatten, ehe ihr bewusst wurde, wie albern diese Idee war.

Am Empfang drückte Sonya ihr den üblichen Stapel rosafarbener Telefonnachrichten in die Hand. Sie nahm sie entgegen, ohne einen Blick darauf zu werfen, und strebte den Korridor entlang zu Donnas winzigem Büro. Donna saß am Schreibtisch vor ihrem Bildschirm, auf dem Kate mehrere Zahlenkolonnen erkennen konnte, und hämmerte auf die Tastatur ein. Kate blieb im Türrahmen stehen. Sie war sicher, dass Donna ihre Anwesenheit bemerkt hatte. Sie räusperte sich. Noch immer trommelten die Finger auf die Tastatur.

»Donna!«

Donna wandte sich ihr mit einem breiten Lächeln zu. »Dr. Kate! Wie nett!«

»Nicht unbedingt.«

Ein verwirrter Blick. »Wie?«

»Nicht unbedingt nett, fürchte ich. Ich komme gerade aus dem Büro des Präsidenten, der mir erzählt hat, die Finanzabteilung hätte die Umsatzberichte der letzten beiden Wochen nicht bekommen. Ich habe die Berichte gesehen und abgezeichnet, also wo sind sie?«

»Woher zum Teufel soll ich das wissen?«

»*Entschuldigung*?« Kates Stimme war eisig.

Donna schmollte. »Na ja, ich habe sie abgeschickt. Ich muss sie geschickt haben, das tue ich doch immer, oder?«

»Und er sagt auch, dass man Sie beim ersten Mal um eine Erklärung gebeten hätte, auf die Sie jedoch nie reagiert hätten.« Donnas Miene blieb gelassen, fast ausdruckslos. Was war mit dieser Frau los?

»Tja, das ist mir ein echtes Rätsel, Dr. Kate. Aber ich suche später gern danach. Wenn Jim Taylor in der Finanzabteilung den Bericht aus irgendeinem Grund nicht bekommen hat, muss er ja irgendwo sein ... Sie wissen ja, wie das ist. Und wenn ich ihn finde, bringe ich ihn persönlich hoch. Was halten Sie davon?« Wieder ein strahlendes Lächeln.

Kate war sprachlos. Keine Entschuldigungen, kein verlegenes Kneten der Hände? Dies war nicht die Donna, die sie kannte. Obwohl kein Zweifel bestand, dass Donna Silvestri vor ihr saß.

»Aber erst, nachdem Sie sie zu mir gebracht haben. Ich will sichergehen, dass alles korrekt ist«, erklärte sie schließlich. »Und wenn Sie schon dabei sind, suchen Sie mir auch noch die Aufnahmeunterlagen und die Belegungspläne der letzten beiden Monate heraus. Aber beeilen Sie sich. Es muss sofort passieren. Und ich muss Sie warnen: Ihr Job steht auf dem Spiel.«

»Ich kümmere mich sofort darum, keine Sorge.« Sie schien nicht im Geringsten irritiert zu sein. Sehr seltsam. »Ich habe mich gefragt, Dr. Kate ... Kannten Sie Nelson schon, bevor ... ich meine, als Mädchen?«

Auf diese Frage war Kate nicht vorbereitet gewesen, und dennoch hatte sie in gewisser Weise geahnt, dass sie eines Tages kommen würde. »Nein, natürlich nicht«, antwortete sie und fragte sich, ob es wohl die Wahrheit war. »Zu dieser Zeit war er noch nicht in Waterfield. Warum fragen Sie?«

»Er scheint Sie ziemlich gut zu kennen, beziehungsweise er weiß offenbar eine Menge über Sie. Andererseits weiß Nelson eine Menge über alle hier.«

»Donna, Sie wissen, dass er –«

»Oh, klar, natürlich weiß ich, dass er krank ist. Trotzdem weiß er eine Menge, Dr. Kate. Wirklich. Er kann in die Zukunft sehen.«

»Und Sie wissen eine Menge über ihn, wie mir scheint. Auch irgendetwas über seinen Hintergrund?«

»Nicht viel, wie alle hier. Ich gebe ihm nur meistens einen Dollar am Tag, damit er sich etwas zu essen kaufen kann.«

»Ich hatte ja keine Ahnung ... Das ist sehr nett von Ihnen. Ich bin sicher, er weiß diese Hilfe zu schätzen.«

»Oh, machen Sie sich um Nelson keine Sorgen, Dr. Kate. Hier gibt es mehrere Leute, die ihm Geld für Essen geben. Und Ron Danforth im Fotoladen lässt ihn manchmal im Hinterzimmer die Dusche benutzen. Und da ist noch jemand, ein Bildhauer, dessen Namen ich vergessen habe. Hier gibt es einige, die sich um ihn kümmern. Weil er sehr, sehr weise ist. Und sehr, sehr klug.« Sie hielt einen kurzen Moment inne. »Ich bereite die Sachen für Eure Hoheit auf dem Hügel gleich vor.« Sie verdrehte die Augen. »Er hat sie im Handumdrehen auf dem Tisch. Das ist ein Versprechen, Dr. Kate.« Sie grinste und wandte sich wieder ihrer Arbeit zu.

Kate öffnete den Mund, um zu fragen, warum Nelson, wenn er in die Zukunft sehen konnte, Donna nicht verraten hatte, dass ihre Unterlagen nie in der Anstalt angekommen waren, besann sich jedoch eines Besseren. Im Geiste ging sie die Szene wieder und wieder durch. Was stimmte hier nicht? Tja, Donna so breit lächeln zu sehen war höchst ungewöhnlich, aber was war es noch?

Als sie ihr Büro betrat, fiel ihr auf, dass Donna sie Dr. Kate genannt hatte. *Dr. Kate?* Früher hatte sie nie gewagt, Kate beim Vornamen zu nennen. Sie war viel zu steif und konservativ für so etwas. Kate war stets »Dr. McKenna« gewesen. Wüsste sie es nicht besser, hätte Kate vermutet, dass Donna unter dem Einfluss irgendwelcher Drogen stand. Ihre Persönlichkeit schien sich um hundertachtzig Grad gewendet zu haben. War das möglich? Ja, unter bestimmten Umständen, auch wenn sie über einige davon lieber nicht nachdenken wollte. Etwas Seltsames ging mit Donna vor, und sie würde der Sache auf den Grund gehen.

9

Nachdenklich ging sie den Korridor entlang zu ihrem Büro. Höchst merkwürdig, das Ganze. Die Frau, mit der sie sich gerade unterhalten hatte, trug Donnas Kleider und hatte Donnas Gesicht, aber irgendwie *war* sie nicht wie Donna, nicht im Mindesten. *Ich bilde mir das doch nicht ein*, dachte Kate. *Oder doch?* Andererseits ... Wie war das möglich? Sie wählte Marians Nummer auf ihrem Mobiltelefon. »Fragen Sie mich bitte nicht, warum, aber lassen Sie sich irgendeine Ausrede einfallen, um bei Donna vorbeizusehen. In ihrem Büro«, sagte sie.

»Donna? Donna Silvestri?« Einen Augenblick lang klang Marian verwirrt, ehe sie augenblicklich hinzufügte: »Klar. Ich bin schon unterwegs.«

»Kommen Sie anschließend bitte bei mir im Büro vorbei, wir müssen reden.« *Ich meine,* ich *muss reden,* korrigierte sich Kate im Stillen. *Ich muss die Meinung von jemand anderem hören.*

Kaum hatte sie hinter ihrem Schreibtisch Platz genommen, kam Marian auf dem Weg zu Donnas Büro an ihrer geöffneten Tür vorbei und winkte ihr kurz zu. Kate machte sich daran, ihre Telefonnachrichten durchzusehen. Zwei von Barry, eine von Luke und eine von einer Mrs. Goodman aus Westwind.

Sie wählte Lukes Durchwahl. Nur sein Anrufbeantworter sprang an, doch allein der Klang seiner Stimme beruhigte sie. Sie hinterließ ihm, ob er nach dem Dienst Lust auf einen Drink im Elephant habe. Damit hatte sie die perfekte Ausrede parat, als sie Barry zurückrief. »Ich denke, wir sollten uns unterhalten, Kate. Wie wäre es mit heute Abend. Ich lade dich zu einem hübschen Abendessen beim Italiener ein und gebe sogar eine Flasche Chianti aus«, schlug er vor, worauf sie erklärte, es tue ihr leid, aber sie habe bereits etwas anderes vor. »Ganz ehrlich, Barry, ich finde nicht, dass wir uns unterhalten sollten – zumindest nicht über das, was du im Sinn hast.«

»Du leugnest also, was vorgefallen ist?«

»Nein, natürlich nicht, ich will es nur nicht weiter vorantreiben. Ich will nicht, dass *du* es weiter vorantreibst. Ich kann ... im Moment mit niemandem eine Beziehung führen. Es passiert einfach zu viel.«

»Ah, dann habe ich also zumindest eine Chance, wenn nicht mehr so viel passiert.«

Geduld und Stärke. »Lass uns einfach gute alte Freunde sein, okay, Barry?«

»Okay«, meinte er nach einer Weile gedehnt, »aber ich gebe nicht auf.«

Sie seufzte. »Oh, Barry. Bitte.«

»Okay, okay, okay«, sagte er – dreimal schnell nacheinander, so wie er es als Junge immer getan hatte. Die Erinnerung daran schnitt ihr ins Herz, wenn auch nur eine Sekunde lang, und sie legte auf, bevor noch etwas anderes ihr Herz berühren konnte. Marian klopfte an den Türrahmen und trat ein.

»Ich weiß nicht, wonach ich suchen sollte, aber Donna schien es gut zu gehen. Na ja, wie üblich eben. Sie kennen sie ja. Sie war aufgeregt und hektisch und hatte keine Ahnung, wie spät es ist. Aber für ihre Begriffe erschien sie mir völlig normal. Wieso? Was fehlt jetzt schon wieder?«

Kate bedeutete ihr, sich zu setzen, und beugte sich vor. »Marian«, sagte sie leise, »ich weiß, dass es verrückt klingt. Lassen Sie mich überlegen, wie ich es beschreiben soll. Als ich in ihr Büro kam, um mit ihr zu reden, war sie nicht wie die Donna, die wir kennen. Sie war völlig cool – fast frech. Ein paar Umsatzberichte sind nie in der Finanzabteilung in Hillside angekommen – ich weiß, ich weiß, das ist nichts Neues –, also bin ich zu ihr gegangen, um zu fragen, was damit passiert ist.«

»Sie meinen also, die neue Donna wusste es noch? Sie hat

sich umgedreht und genau die Papiere hervorgezogen, nach denen Sie gesucht haben?« Marian lächelte. »Das wäre allerdings ein Wunder.«

»Nein«, gab Kate zu. »Sie hat gesagt, sie müssten irgendwo sein. Aber sie war so selbstsicher. Und sie hat mich Doktor Kate genannt.«

Die Oberschwester runzelte die Stirn. »Sie hat Sie Doktor Kate genannt? Aber Donna würde nie derartige Vertraulichkeiten –«

»Ich weiß, ich weiß, und das ist alles, was ich in der Hand habe, Frau Richterin. Keine Fingerabdrücke, keine Tatwaffe, nur ein paar kleine Unstimmigkeiten. Ich dachte ... keine Ahnung, was ich dachte.«

»Drogen?«

»Das wäre eine naheliegende Vermutung, aber irgendwie kommt sie mir nicht high vor ... obwohl, in gewisser Weise schon. Sie war irgendwie so impulsiv. Meine Güte, was ich sage, klingt völlig unsinnig. Sie hat Sie nicht zufällig Maid Marian genannt, oder?«

Marian errötete. Offenbar hatte sie einen Verehrer, einen Pfleger oben in Hillside, der sie so nannte. Es war ein Geheimnis, aber wahrscheinlich wusste sowieso jeder Bescheid. »Nein, sie war wie immer. So korrekt wie gewohnt. Ich habe ihr irgendeine lahme Geschichte aufgetischt, ich hätte meine Patientenunterlagen zu Hause vergessen, und das hat sie mir abgekauft. Obwohl sowieso alles im Computer steht.« Marian zog ein Blatt Papier hervor. »Sie hat die Informationen abgerufen und für mich ausgedruckt. Dann hat sie hektisch nach einem Umschlag in der richtigen Größe gesucht, bis ich ihr das Papier aus der Hand genommen habe und wieder gegangen bin.«

Kate dachte einen Augenblick darüber nach, ehe sie einen tiefen Seufzer ausstieß. »Ich habe immer solche Angst, ich könnte irgendetwas erfinden, wissen Sie? Na ja, vielleicht nicht erfinden, sondern mir einbilden. Ich habe eine ziemlich rege Fantasie. Und je älter ich werde, umso größer wird meine Sorge, na ja, ich könnte so werden wie meine Mutter. Wobei die

Vorstellung, wie *meine Mutter* zu werden, etwas ganz besonders Beängstigendes hat.« Sie verzog das Gesicht zu einem, wie sie hoffte, sarkastischen Lächeln und bedauerte bereits, dass sie damit angefangen hatte. Aber Marian arbeitete seit so vielen Jahren in der Anstalt, dass sie zweifellos Bescheid wusste.

Marians Reaktion fiel völlig anders aus als erwartet. Sie neigte leicht den Kopf und betrachtete Kate mit dem Anflug eines Lächelns. »Sie erkennen mich immer noch nicht wieder, oder?«

»Wiedererkennen?«

»Von früher, meine ich. Als Sie noch ein Teenager waren. Egal«, meinte sie und winkte ab. »Ich sage es Ihnen einfach. Ich war, das heißt, in gewisser Weise bin ich es immer noch, Miss Avery.«

»Angelas Schwester! Im Pavillon. *Sie* sind Miss Avery? Aber sie ... ich meine –«

Marian lachte. »Ich weiß. Damals war ich noch sehr jung. Und sehr schlank.« Sie lächelte bescheiden. »Mir ist durchaus klar, warum Sie mich nicht erkannt haben. Ja, ich habe Ihre Mutter als Schwester betreut, als sie die letzten beiden Male eingewiesen wurde.«

»Miss Avery! Ich fasse es nicht! Nein, doch, natürlich tue ich das! Wenn ich Sie jetzt ansehe ... natürlich. Aber warum haben Sie denn nichts gesagt? Sie hat sie geliebt!«

Das Gesicht der Schwester verdüsterte sich für einen Moment, ehe sich ihre Züge wieder entspannten. »Ich war mir nicht sicher, wie schmerzlich die Erinnerung für Sie ist. Hätten Sie mich danach gefragt, hätte ich es Ihnen bestimmt gesagt. Aber ich wollte nicht unnötig alte Wunden aufreißen ...«

Plötzlich flammte eine Erinnerung in Kates Gedächtnis auf, ein flüchtiges Bild. *Dads Praxis. Niemand reagiert, als sie an der Vordertür läutet. Katie ist in der Stadt und muss zur Toilette. Normalerweise kommt sie dafür hierher. Selbst wenn die Sprechstunde schon vorüber ist, bleibt Dad gewöhnlich bis zum Abendessen hier. Sie geht ums Haus, weil sie die Hintertür benutzen will, aber als sie nach dem Türknauf greift, stellt sie fest, dass auch hier abgeschlossen ist. Sie sieht Schatten hinter den zugezogenen Jalousien. Sie klopft und ruft: »Daddy! ich bin's. Ich muss mal.«*

Eine Minute später schloss Daddy die Hintertür auf, begrüßte sie überschwänglich und redete wie ein Wasserfall auf sie ein. Sie glaubte, die Vordertür zu hören, ganz leise nur. Aber der Doc redete weiter auf sie ein, legte ihr den Arm um die Schultern und erklärte, er habe ein Nickerchen gemacht und nicht gestört werden wollen, deshalb habe er die Tür abgeschlossen. »Aber das gilt natürlich nicht für dich, meine Süße, also komm rein und geh zur Toilette oder was auch immer du sonst tun willst.«

Sie geht zur Toilette und weiß, dass irgendetwas nicht stimmt. Nein, das nicht, aber irgendetwas ist nicht so, wie es scheint. Ein Nickerchen? Der Doc? Aber eigentlich will sie lieber nicht darüber nachdenken, und als sie aus der Toilette tritt, hat sie den Vorfall bereits wieder vergessen.

Die aufflackernde Erinnerung oder was es auch gewesen sein mochte, verflüchtigte sich sofort wieder. Und was hatte das mit Marian Avery Morgenstern zu tun?

»Um mich brauchen Sie sich keine Sorgen zu machen, Marian, es geht mir gut. Sie wissen, dass ich in unserem alten Haus lebe, oder? Tja, wenn es einen Ort gibt, wo Angela herumspuken könnte, dann ist es wohl dieses Haus.«

»Und ist es so?«

»Nein«, log Kate und wandte den Blick ab.

»Gut.« Marian stand auf.

Kate sah auf. »Nein, Marian, bitte gehen Sie noch nicht. Ich habe so viele Fragen ... über meine Mutter. Als sie bei uns gelebt hat – wenn man es so nennen will –, war sie sehr oft, nun ja, nicht da. Sie wissen schon, was ich meine, sie war in ihrer eigenen Welt, wo alle sie zu drangsalieren schienen. Und manchmal war sie nur vage anwesend und ist wie ein Geist durchs Haus gewandert.«

»Die Medikamente ...«

»Ja, und auf einmal ist sie herumgelaufen, hat geschrien und alle beschimpft, sie hätten ihr Baby gestohlen oder was auch immer.« Sie hielt inne und spürte, wie die Erinnerung sie zu überwältigen drohte. Es war nicht einfach, über all das zu reden.

»Ja, sie ist nie darüber hinweggekommen«, meinte Marian.

»Was? Wollen Sie damit etwa sagen, dass es *gestimmt* hat? Es ist wirklich passiert, und wir haben nie davon erfahren? Carlo und ich, meine ich.«

»Wahr?«, fragte Marian verwirrt. »Ja. Obwohl ... oh, jetzt verstehe ich. Nein, es gab keine Entführung, nein. Sie hatte eine Abtreibung.«

»Eine Abtreibung? Wann? Und wo?«

»Sie wurde schwanger, als Sie, keine Ahnung, etwa acht Monate alt gewesen sein müssen. Ich kann mich nicht mehr genau erinnern.« Sie hielt inne und musterte Kate eindringlich, als versuche sie, ihre Gedanken zu lesen. »Sie wissen, dass sie kurz nach Ihrer Geburt den ersten schweren Zusammenbruch hatte. Nun ja, der Doc sagte damals, ihm sei klar geworden, dass sie besser keine weiteren Kinder bekommen sollte. Er hat sich die entsprechenden Unterschriften von den Anstaltspsychiatern geben lassen. Das war kein großes Problem, weil sie sie ja bereits behandelt hatten. Und dann ist er irgendwo mit ihr hingefahren, nach Mexiko oder Puerto Rico, und hat den Eingriff vornehmen lassen.«

»Und sie wussten, dass es ein Junge war?«

»Nein. Und falls doch, hätten sie es ihr nicht gesagt. Das hat sie erfunden.«

»Sie war also nicht komplett verrückt. Hören Sie, was ich da gerade sage? Sie war psychotisch. Weshalb bin ich also so froh darüber, dass wenigstens *etwas* real und nicht nur ihrer kranken Fantasie entsprungen war?«

»Weil sie Ihre Mutter war, Kate«, antwortete Marian sanft.

Kate starrte einen Moment lang aus dem Fenster, ohne jedoch etwas zu erkennen.

»Sie hat Sie geliebt. So gut sie konnte.«

Kate dachte einen Augenblick darüber nach. »Wahrscheinlich. Obwohl ich es erst bemerkt habe, als ich schon erwachsen war. Und in gewisser Weise hat es nicht einmal eine Rolle gespielt, was sie für mich empfindet. Bei uns zu Hause war einfach nichts ... normal. Sie hatte sehr wenig mit mir zu tun. Sie war so oft weg, entweder in der Anstalt oder in ihrer eigenen Welt. Aber ich hatte Freunde, und der Doc war ein wunderbarer Vater. Ich habe gelernt, damit umzugehen. Wie wir alle. Nach einem ihrer großen Ausbrüche herrschte wochenlang Ruhe. Sie blieb in ihrem Zimmer, und die Haushälterin brachte ihr die Mahlzeiten auf einem Tablett nach oben.« Kate lachte auf. »Oft flog gleich darauf das Tablett mit dem Essen zur Tür heraus.« Es gelang ihr, Marian mit dem Anflug eines Lächelns ins Gesicht zu sehen. »Auf diese Weise haben wir mehrere Haushälterinnen verloren.«

»Es muss schrecklich schwer für Sie gewesen sein, Kate.«

»Ja. Ja, das war es.« Sie holte tief Luft. »Aber was ich wissen will, ist ... Wie war sie? Als sie mit Ihnen zusammen war, meine ich. Doc hat immer gesagt, sie wären eine Freundin für sie geworden. Wie haben Sie das geschafft?«

»Ich weiß es nicht. Das heißt, *sie* hat es geschafft. Aus irgendeinem Grund hat sie mir vertraut.« Eine zarte Röte breitete sich auf Marians Wangen aus. »Sie hat sich sehr bemüht, die Stimmen zu ignorieren. Es war sehr schwer für Sie, Kate. Sie sagte, sie würden nie wirklich weggehen. Manchmal könne sie sie ausblenden, indem sie sich mit aller Kraft auf etwas anderes konzentriere, das Radio oder den Fernseher laut aufdrehe oder so.« Sie sah Kate in die Augen, und sie lächelten einander zu. Das war sehr oft vorgekommen – die Beatles, Frank Sinatra oder Jan Peerce, sie alle waren Angelas Lieblingsmusiker gewesen, deren Platten sie bei voller Lautstärke gehört hatte.

»Ich würde ihr zuhören, hat sie gesagt ... Sie könne hören, dass ich ihr lausche, was sie anrege, noch stärker zu versuchen, die Stimmen zu ignorieren.«

»Trotz der Medikamente gingen die Stimmen nicht weg?«

»Sie waren immer da, manchmal nur eine, manchmal ein ganzer Chor. Manchmal, sagte sie, würden sie sich gegenseitig anschreien, und dann müsse sie weinen. Aber eine Stimme gäbe es, die –«

»Ja?«, unterbrach Kate.

Marian streckte die Hand über die Tischplatte und legte sie auf Kates Arm. »Eine Stimme sei die Boss-Stimme, die ihr ständig schreckliche Dinge sagen würde.«

»Dass sie ein Kind hätte, das man ihr weggenommen hat«, sagte Kate mit tonloser Stimme.

»Unter anderem, ja. Das war die Stimme, der sie zu glauben gelernt hatte, und es war sehr schwer, ihr keine Beachtung zu schenken. Aber sie hat es versucht, Kate, manchmal so sehr ...« Marian hielt einen Moment inne und blinzelte. »Es muss sehr schwer für Sie sein, sich all das anzuhören. Selbst mir geht die Erinnerung daran an die Nieren.«

»Tut mir leid. Schätzungsweise bin ich immer davon ausgegangen, sie sei die Einzige gewesen, die leiden musste.«

»Ihr Vater war ständig besorgt um Sie. Darum, was Ihnen damit angetan wird. Für Ihren Bruder sei es anders, meinte er.«

»Der Doc ist verschwunden. Wissen Sie etwas darüber, Marian?« Die Worte klangen harscher als beabsichtigt, und Marian blinzelte verwirrt und schien nicht recht zu wissen, wie sie den abrupten Themenwechsel und den veränderten Tonfall einschätzen sollte.

»Ob ich – nein, natürlich nicht. Er ist ertrunken. Er ist trotz einer Sturmwarnung mit seinem Segelboot hinausgefahren. Das hätte er nicht tun sollen. Es stand alles in den Zeitungen.«

»Ja, ja, in den Zeitungen. Ich habe sie gelesen. Aber wie konnte das passieren? Er war ein erfahrener Segler und hätte nie eine Dummheit begangen, niemals. Er hat uns beiden Segeln beigebracht, alle Regeln, alle Sicherheitsmaßnahmen. Er war kein dummer Mann!« Kate bemerkte, dass ihre Stimme immer lauter geworden war.

»Kate. Bitte. Niemand hat das je behauptet. Aber er war ... durcheinander, traurig, vielleicht sogar deprimiert. Sie waren damals nicht hier. Manche Leute sagen, er hätte viel getrunken. Er sei nicht mehr er selbst gewesen. Oh, oberflächlich betrachtet war alles in Ordnung, und er schien derselbe alte Doc Spector zu sein. Die Stadt hat eine große Party für ihn veranstaltet, als er in den Ruhestand ging.«

»Ich war damals hier.«

»Ich habe Sie gesehen. Danach ... keine Ahnung, offenbar hat er sich völlig in sich zurückgezogen.«

»Tja«, meinte Kate nach einem Augenblick. »Genug der Erinnerungen für einen Tag.« Sie rang sich ein Lächeln ab. »Vielen Dank, dass Sie mir von Angela erzählt haben. Und vom Doc. Ich ... Es gibt so vieles, worüber ich mir nicht im Klaren bin. Sie waren mir eine große Hilfe.« Marian lächelte sie an und machte sich auf den Weg. »Ich sehe noch einmal nach Donna«, meinte sie, »um sicher zu sein, dass ich mir nichts eingebildet habe.« Das war eine Lüge. Sie dachte keine Sekunde lang, dass ihre Beobachtung Einbildung war. Aber was war los mit Donna? Das Einzige, was sie sich vorstellen konnte, war etwas, das sie sich nicht vorstellen *wollte.*

Kate ging noch einmal in Donnas Büro, ohne zu wissen, was sie erwarten sollte. Donna stand vor einem der Aktenschränke, zog Unterlagen heraus und warf sie zu Boden. »Verdammt, oh verdammt, ich weiß doch, wo ich sie hingetan habe ... Was machen die denn *hier*«, klagte sie laut. Dieselbe alte Donna.

Als Kate sich räusperte, fuhr Donna herum und errötete. »Oh, Dr. McKenna, tut mir schrecklich leid, ich wusste nicht, wo sie sind. Ich hätte –« Sie unterbrach sich und deutete auf die Akten auf dem Boden. »Ich bin sehr gewissenhaft beim Sortieren. Alles ist nach dem Alphabet geordnet. Aber jetzt ist alles durcheinander. *Ich erinnere mich aber nicht mehr daran, dass ich das getan habe. Das hätte ich niemals getan!*« Sie rang sichtlich um ihre Fassung. »Es tut mir leid, Dr. McKenna. Das ist mein Problem, und ich werde es lösen. Kann ich etwas für Sie tun?«

»Was ist aus *Dr. Kate* geworden?«

»Dr. Kate? Ich verstehe nicht ganz.« Sie runzelte die Stirn. »Wollen Sie, dass ich Sie Dr. Kate nenne, Dr. McKenna?«

»Nein, nein, schon gut. Nennen Sie mich so, wie es Ihnen am

liebsten ist.« Donna lächelte. »Ach ja, aber der eigentliche Grund für mein Kommen ... Die wöchentlichen Umsatzberichte?«

»Ja?«

»Wir haben gerade eben darüber gesprochen.«

Donnas Augen verrieten ihr, dass sie fieberhaft ihr Gedächtnis durchforstete. »Wir haben ... gerade darüber gesprochen ... okay. Was soll ich damit tun?« Sie fuhr sich mit der Zunge über die Lippen.

»Donna! Wir haben uns vorhin darüber unterhalten. Die Umsatzauflistungen von zwei Wochen sind nie in der Finanzabteilung in Hillside angekommen, und Mr. Davey verlangt danach.«

»Die der letzten beiden Wochen? Aber ich bin sicher, dass ich sie ins Ausgangskästchen gelegt habe. Es tut mir wahnsinnig leid, Dr. McKenna, ich weiß auch nicht, warum diese Dinge ständig passieren. Ich rufe sie auf, drucke sie noch mal aus und bringe sie selbst in die Finanzabteilung. Okay?« In ihren Augen schwammen Tränen.

Keine Spur von Arroganz, kein breites Lächeln, keine schnippischen Antworten mehr. Die abrupte Veränderung ihres Verhaltens war geradezu unheimlich. In diesem Moment läutete Kates Mobiltelefon, und sie entschuldigte sich. »In Ordnung, Donna. So schnell es geht, bitte.«

Es war Luke. Was für eine Erleichterung! »Hi«, sagte sie und schlug den Weg in ihr Büro ein. »Ich will bitte nichts Schlimmes oder Unheimliches hören.«

»Unheimlich!«, wiederholte er und lachte leise. »Wieso? Was ist los?«

»Das erzähle ich Ihnen, wenn wir uns sehen. Es ist ziemlich kompliziert. Haben Sie schon gehört, dass sie Linda Cathcart aus dem Motel geholt und nach Westwind verfrachtet haben?«

»Nein. Das sind schlechte Nachrichten.«

»Ich weiß, aber offenbar hat Davey die Mutter dazu gebracht, die Papiere zu unterschreiben. Wahrscheinlich hat er ihr versprochen, dass sie nie wieder einen Gedanken an ihre Tochter zu verschwenden braucht. Was ihr definitiv gelegen kam.«

»Ich nehme an, sie hat Angst vor ihrem Kind. Das ist bei vielen Leuten so. Sie können sich nicht richtig mit der Vorstellung abfinden, dass es eine Krankheit ist. Für sie sieht es eher wie das Werk des Teufels aus. Der Mensch, den sie gerade noch geliebt haben, ist auf einmal bösartig und benimmt sich seltsam. Arme Linda. Und arme Mama.«

»*Arme Mama*! So etwas würden Sie nicht sagen, wenn Sie schon mal mit Mama Cathcart gesprochen hätten. Ich bezweifle, dass sie sich auch nur einen Pfifferling um ihre Tochter schert. Sie will nur, dass Linda irgendwo verschwindet.«

»Tja«, meinte er gedehnt. »Wenn sie *das* will, bekommt sie es dort allemal, so viel steht fest.«

»Oh Gott, ich glaube, ich sollte hinfahren und sehen, was ich tun kann.«

»Ich komme mit. Wie wär's, wenn wir nachher eine Kleinigkeit essen, sagen wir, um sechs, und uns mit einem Drink stärken, während Sie mir von den unheimlichen Vorfällen erzählen. Anschließend können wir dann in Westwind vorbeisehen.«

Aus irgendeinem Grund erfüllte sie diese Aussicht mit einem Glücksgefühl. »Genau das machen wir«, sagte sie.

Die Stille im Elephant um sechs Uhr abends hatte ebenfalls etwas Unheimliches. Alle Nischen waren leer, die Bar verwaist. Die Schwestern und Pfleger aus Hillside hatten erst um sieben Uhr Schichtwechsel, die Therapeuten und Sozialarbeiter aus der Ambulanzklinik hingen in einer Darts-Bar unten am Fluss herum, und all die Verheirateten gingen nach Hause zu ihren Familien, zumindest hoffte sie das. Die Barkeeperin saß hinter dem Tresen und war in die neueste Ausgabe des *Chronicle* vertieft. Kein Stimmengewirr, kein lautes Gelächter, stattdessen drangen sanfte, beruhigende Jazzklänge aus der Stereoanlage.

Als Kate hereinkam, hatte Luke es sich bereits in einer Nische bequem gemacht. Er saß mit geschlossenen Augen da und hatte den Kopf in den Nacken gelegt. Erschrocken stellte sie fest, wie sehr er sie an ihren Vater erinnerte. Warum war ihr das noch nie aufgefallen? Beide waren groß und schlaksig mit markanten, knochigen Zügen und dichtem, glattem Haar. War das der Grund, weshalb sie sich so wohl in seiner Gegenwart fühlte? Er schlug die Augen auf und winkte ihr. Grinsend sah er zu, wie sie näher kam, und deutete mit einer pompösen Handbewegung auf die beiden großen beschlagenen Martini-Gläser auf dem Tisch, an denen kleine Tropfen abperlten.

»Oh, wie nett«, sagte sie, griff nach einem der Gläser und nippte daran, ehe sie auf die Bank rutschte. Der Drink war kühl, mit viel Gin. Köstlich. Schon nach dem ersten Schluck spürte sie, wie sie sich entspannte. »Sie sind ein Schatz«, sagte sie.

»Wie Frau Doktor es haben wollte?«, erkundigte er sich.

»Mmmm.« Sie genoss dieses leichte Prickeln, als sich die Anspannung hinter ihren Augen zu lösen begann. »Viel besser. Vielleicht kann ich jetzt sogar anfangen, ein wenig Klarheit in die Dinge zu bringen.«

»Das heißt, Sie haben noch mehr auf dem Herzen als Lindas Verlegung nach Westwind. Was ist passiert?« Er sah ihr in die Augen, ruhig und konzentriert. Es war schön, mit jemandem zu reden, der einzig und allein die Gegenwart verkörperte. Marian stand nicht länger auf der Liste dieser Menschen. Sie hatte sich als eine Person aus der Vergangenheit herausgestellt, die Kate so gern beiseiteschieben und vergessen wollte. Angelas Lieblingsschwester!

Seufzend nahm sie noch einen kleinen Schluck. »Wo soll ich anfangen? Erstens – wo ist Carlyle, und wieso hat niemand etwas von ihm gehört? Zweitens – ach, es ist so lächerlich...«

»Nein, ist es nicht.«

»Neulich abends hat mich jemand angerufen. Eine seltsame Stimme, die mich bei meinem Spitznamen nannte, den nur mein Bruder gekannt hat.«

»Bruder?«

»Mein Bruder Carlo. Er ist vor ein paar Jahren verschwunden.«

»Ah, also war der Spitzname von früher nicht herzerwärmend.«

»Nein, nicht gerade herzerwärmend«, stimmte sie leise lachend zu. »So könnte man es bezeichnen. Man könnte aber auch sagen, es war regelrecht unheimlich.«

»Das kann ich mir vorstellen. Und die Nachricht –«

»Es gab keine richtige Nachricht.« Eilig wechselte sie das Thema. »Aber das ist nicht das einzige Seltsame. Im Büro habe ich ein paar merkwürdige schriftliche Nachrichten bekommen. Auf unseren rosafarbenen Telefonnotizen. Außerdem werden ständig Akten verlegt, die Post aus der Ambulanz kommt nicht in Hillside an. Es ist, als hätten wir einen Poltergeist.«

Luke stieß ein belustigtes Schnauben aus, ehe seine Miene ernst wurde. »Sie meinen das ja tatsächlich so.«

»Ja, das tue ich. Nein, ich meine natürlich nicht wirklich, dass irgendwelche bösen Geister herumspuken. Aber...«

»Aber?«

»Ich will gar nicht auf all die Details eingehen, die Nelson über mich weiß. Dinge, die er eigentlich nicht wissen kann. Das jagt mir wirklich Angst ein. Ganz zu schweigen davon, dass er oft klingt wie ... egal, es ist nicht wichtig. Der Punkt ist nur, dass so viele seltsame Dinge passieren, und mit der Zeit summieren sie sich und gewinnen immer mehr an Bedeutung.« Sie seufzte und nahm einen weiteren Schluck. »Das Schlimmste daran ist, dass ich vermute, es ist jemand in der Klinik ...«

»Ein Patient? Oder jemand aus dem Mitarbeiterstab?«

»Wer weiß? Aber ich habe kaum ein Leben außerhalb der Klinik. Deshalb muss es jemand von dort sein. Und –« Sie unterbrach sich. Sie war drauf und dran gewesen, ihm von Donnas seltsamem Benehmen zu erzählen, aber das sollte sie wohl nicht tun. Noch nicht. Bisher hatte sie ja nur eine vage Ahnung. Abgesehen davon klang das Ganze schon verrückt genug.

»Und?«, hakte Luke nach.

»Reicht das noch nicht? Für mich ist es mehr als genug.« Sie lachte leicht. »Ich hätte nichts gegen ein zweites Glas einzuwenden.«

»Klar.« Er hob die Hand und gab Carla, die an der Bar saß und ins Leere starrte, ein Zeichen. Bis Carla mit den Gläsern kam, redeten sie nur über Belanglosigkeiten.

Luke hob sein Glas und trank Kate zu. »Zufällig habe ich auch eine unheimliche Geschichte zu erzählen.«

»Wirklich? Raus damit, ich will sicher sein können, dass ich nicht die Einzige bin.«

»Was meinen Sie? Dass Sie nicht die Einzige sind, die verrückt ist, oder die Einzige, der irgendwelche seltsamen Dinge passieren. War nur ein Witz, Doktor. Sie brauchen nicht so ängstlich dreinzuschauen.«

»Vor Ihnen habe ich keine Angst, Luke. Aber schießen Sie los.«

»Tja, etwa vor einer Woche war ich allein in meinem Büro und habe irgendwelchen Papierkram erledigt. Es war ziemlich spät, etwa halb acht, und ich hatte meinen CD-Player an. Gerade so laut, dass ich die Musik noch hören konnte. Nancy LaMott. Tolle Sängerin. Kabarettsongs, Broadway, solche Sachen. Reizende Stimme ...«

Er hielt inne und nahm einen Schluck. »Plötzlich war es ein Duett. Es hat ein, zwei Minuten gedauert, bis ich es gemerkt habe. Und als ich hochschaue, steht Donna vor mir. Ihr Haar hatte sie anders als sonst frisiert, sodass es ihr über ein Auge fiel. Und sie hatte sich die Bluse über die Schulter gezogen. Sie stand da, gegen den Türrahmen gelehnt, in einer ziemlich aufreizenden Haltung, die Hüften vorgeschoben, und sang mit Nancy LaMott im Duett ...« Er musterte sie eingehend. »Was ist los? Sie sind ja ganz blass.«

»Ich – ich bin nur überrascht, das ist alles. Was war das für ein Song?«, fragte sie, um das Thema zu wechseln.

»*That Old Devil Moon*«, antwortete Luke, als wäre die Frage völlig legitim. »Sie, also Nancy LaMott, hat ein Medley aus diesem Song und aus *No Moon at All* gemacht. Es ist etwas ganz Besonderes. Aber bestimmt interessiert Sie das überhaupt nicht. Donna kannte den Text auswendig, und sie sang gar nicht mal so übel. Ein wenig rauchig. Sie hat die zweite Stimme gesungen. Und was das eigentlich Seltsame daran war – es klang wirklich gut. Ich hatte ja keine Ahnung, dass sie Gesangsunterricht nimmt oder auch nur Interesse daran hat. Jedenfalls saß ich nur da und starrte sie an. Ich war so perplex, dass ich gar nichts sagen konnte.«

»Also haben Sie ihr zugehört.«

»Bis zum Ende des Songs, ja. Und dann sagte sie, bevor ich überhaupt den Mund aufmachen konnte: ›Na, Luke Montour, Lust zu tanzen? Ich tanze noch besser, als ich singe. Los, tanzen Sie mit mir.‹ Sie streckte die Arme nach mir aus und winkte mich mit dem Finger heran. Ich war völlig geschockt, weil es nicht Donnas Stimme war, sondern eine heisere, tiefe. *Sie schauspielert, sie probt für eine Rolle in einem Stück, sie ist betrunken, sie ist stoned*, schoss es mir durch den Kopf, aber nichts von all dem ergab einen Sinn.«

»Was haben Sie dann getan?«

»Ich sagte zu ihr: ›Ich arbeite, Donna.‹ Und sie antwortete: ›Donna! Was für ein dämlicher Name. Sie können mich Dominique nennen.‹ Und all das mit dieser sexy Stimme. Es war unglaublich! Sie schien es vollkommen ernst zu meinen. Also sagte ich: ›Okay, dann Dominique. Ich arbeite und kann jetzt nicht tanzen.‹ Darauf schmollte sie und meinte: ›Spielverderber. Na gut, dann gehe ich eben ins Fat Angelo's und such mir einen anderen Spielgefährten.‹ Worauf ich zu ihr sagte: ›Whoa, Donna ... Dominique ... wie auch immer Sie heißen mögen, dort wollen Sie doch wohl nicht ernsthaft hingehen. Das ist ein ziemlich übler Schuppen.‹ Sie warf den Kopf zurück wie ein Hollywood-Starlet aus den Fünfzigern – ich schwöre, das Ganze war völlig surreal – und antwortete: ›Diese Biker machen mir keine Angst. Und sie mögen Dominique. Sehr sogar.‹ Dann leckte sie sich über die Lippen – Sie wissen schon, ganz langsam und provokant. Und sie lachte ... regelrecht frech, muss ich sagen, drehte sich um und schlenderte davon. Und ich habe dagesessen, wie angewurzelt, und gedacht: ›Was war das denn?‹«

Kate nippte erneut an ihrem Drink. »Vielleicht nimmt sie heimlich Drogen«, sagte sie, während sie in Gedanken Donna vor sich sah, wie sie mit Nelson geplaudert, ihr Haar mit den Fingern aufgebauscht und sich in Pose geworfen hatte. Dominique?

»Vielleicht war sie betrunken oder stoned, aber ich habe keinen Alkohol gerochen. Und sie hatte auch nicht diese leeren Augen oder eine schleppende Sprechweise.«

Kate beschloss, mit ihrer Wahrheit herauszurücken. »Ich habe Donna zusammen mit Nelson gesehen, wie sie sich in sexy Posen geworfen und für sie ziemlich untypisch verhalten hat. Eher wie Dominique. Und heute erst ...« Sie schilderte ihm die merkwürdige Veränderung in Donnas Verhalten. »Ehrlich gesagt, glaube ich ...« Sie hielt inne.

»Wenn Sie denken, was ich vermute, dass Sie es denken, Kate, wäre ich sehr, sehr vorsichtig.«

»Ich werde keine vorschnellen Schlüsse ziehen, ganz bestimmt nicht. Außerdem ist es normalerweise nur eine Simulation.«

Luke rieb sich stirnrunzelnd das Kinn. »Das heißt nicht, dass es nicht existiert.«

»Es gibt aber eine Menge Psychiater, die der Meinung sind, dass es *nicht* existiert.« Sie fragte sich, wie lange sie noch von »es« sprechen konnten, ohne das Kind beim Namen nennen zu müssen.

In diesem Augenblick ging die Tür auf, und ein gutes Dutzend Schwestern und Praktikanten aus Hillside strömten lachend und plaudernd herein. Innerhalb kürzester Zeit wurden die jazzigen Klavierklänge durch lautes, rhythmisches Hämmern ersetzt.

»Kommen Sie«, schlug Luke vor, »gehen wir in die Pasta Bowl auf eine Portion Spaghetti, bevor wir uns auf den Weg nach Nimmer-Nimmerland machen. Eigentlich dachte ich, wir essen hier etwas, aber ich kenne diese Meute. Nicht lange, dann kommt ›Alice‹.« Er grinste. »Und das brauchen wir uns nicht anzutun.«

»Wieso, was ist ›Alice‹?«

»Ein sehr lauter und alberner Song, bei dem jeder in den Refrain einstimmt, ›*Alice? Alice? Who the f... is Alice?*‹. Die Jüngeren lieben es.«

Sie glitt von ihrer Bank. »Vielleicht möchte ich es ja mal hören.«

»Vertrauen Sie mir«, sagte er, legte ein paar Scheine auf den Tisch und nahm ihren Arm. »Das wollen Sie nicht.«

10

Damit es nicht zu spät wurde, beschlossen sie, direkt nach Westwind zu fahren, ohne vorher etwas zu essen. Sie wollten mit Mrs. Goodman oder wem auch sonst reden, der zuständig war. Von außen war Westwind mit seiner breiten Treppe und dem hohen dunklen Eichenportal ein recht imposantes Gebäude. Kate wusste, dass der Fluss irgendwo dahinter verlief. Eine enge Auffahrt führte zum Parkplatz hinter dem Haus, doch Luke stellte seinen Jeep direkt vor dem Gebäude ab, wo ein Schild mit der Aufschrift »Nur für Personal« stand, und schaltete den Motor aus.

»Hiermit erteile ich uns die Befugnis, hier zu parken«, erklärte er und stieg aus. Sie folgte ihm. Er schloss den Wagen ab, dann gingen sie gemeinsam die Vordertreppe hinauf. *Bitte hier läuten* stand auf einem Schild. Kate vermutete, dass ein Wachmann erscheinen und sie um ihre Ausweise bitten, zumindest aber eine Stimme sie über die Gegensprechanlage nach ihrem Namen fragen würde, doch nichts passierte. Stattdessen betätigte jemand den elektronischen Türöffner. Sie tauschten einen erstaunten Blick, drückten die Tür auf und betraten die Lobby.

Es war niemand zu sehen, auch der Empfangstresen war unbesetzt. Das Gebäude wirkte verlassen. Doch plötzlich drang Stimmengewirr von irgendwoher. Jemand schrie: »Ruhe! Ruhe! Zurücktreten, sonst bekommt gar keiner was!« Protest brandete auf, der immer lauter wurde.

»Was zum Teufel –«, stieß Kate hervor.

»Genau das habe ich auch gerade gedacht. Gehen wir.«

Eilig liefen sie am Empfangstresen vorbei und folgten der Geräuschkulisse, bis sie an einen großen Raum gelangten, bei dem es sich wohl um das Raucherzimmer handeln musste. Schaler Zigarettengeruch hing in der Luft, unter den sich der penetrante Gestank nach altem Schweiß und Urin mischte. In praktisch jeder Anstalt war das Raucherzimmer der beliebteste Raum. Aus irgendeinem Grund schienen psychisch Kranke ein unstillbares Verlangen nach Zigaretten zu haben. Ein uralter, an der Wand montierter Fernseher war auf volle Lautstärke eingestellt, doch niemand sah hin.

Der Raum bot einen erschreckenden Anblick – kahle, schmutzige Wände, ein verdreckter Boden, abgenutztes und ramponiertes Mobiliar, wacklige Holzbänke, ein paar armselige Küchenstühle und überall Abfall wie Zigarettenkippen, verstreute Asche, leere Schachteln von einem chinesischen Lieferservice und Plastiktassen. Kate bemerkte zwei oder drei Patienten, die zusammengesunken auf ihren Stühlen hingen, ein anderer kauerte in einer Ecke des Raums und wiegte sich rhythmisch vor und zurück, während er ungestüm gestikulierte.

Die Quelle des Lärms waren mehrere Dutzend Menschen, die sich um eine gequält wirkende junge Frau von Anfang zwanzig drängten, die hinter einem zerschrammten Holztresen stand und verzweifelt versuchte, Medikamente in kleinen Papptassen auszugeben. Einer der Männer schlug ihr die Tasse barsch aus der Hand. Die Tabletten fielen auf den Boden, worauf sich prompt einige der anderen darauf stürzten.

»Hört sofort auf, die Tabletten einzusammeln«, schrie das Mädchen. »Sie gehören ihm und könnten euch krank machen! Henry, du bekommst deine eigenen Medikamente, hörst du?«

»Scheiß auf dich«, blaffte der Mann.

»Verdammt, Henry, hör auf zu fluchen«, gab die Frau zurück. Kate bemerkte, dass einige Patienten das Warten leid geworden waren und gingen. »Sehen Sie Linda irgendwo?«, murmelte sie. Luke schüttelte den Kopf.

Als Nächste bekam eine Frau ihre Medikamente, die drei Baumwollkleider übereinander trug und deren struppiges Haar aussah, als hätte sie es mindestens seit drei Wochen nicht mehr gewaschen. Sie hatte Kate und Luke den Kopf zugewandt, ohne sie jedoch zu erkennen. Sie war vollkommen in sich gekehrt, und Kate beobachtete, wie sich ihre Lippen in stummem Selbstgespräch bewegten. Die junge Frau, die die Tabletten austeilte, rief mehrmals mit scharfer Stimme ihren Namen: Dolores. Schließlich drehte die Frau sich um.

»Hier. Deine Medikamente. Nimm sie.«

»Ich hab aber kein Wasser«, wandte Dolores ein.

»Nimm sie, Dolores, und mach keinen Aufstand, klar? Hier, in dieser Tasse sind sie. Lithium. Du weißt ja, wo der Wasserspender steht. Nimm sie einfach, okay?«

Kate konnte nicht länger zusehen. Eilig trat sie vor den Tresen. »Entschuldigung«, sagte sie. »Ich bin Dr. McKenna aus der Ambulanzklinik in der Stadt. Ich bin Psychiaterin. Sind Sie Schwester?«

»Nein«, antwortete die Frau mit gelangweilter Miene.

»Sozialarbeiterin?«

»Nein, ich bin Sachbearbeiterin.«

»Sachbearbeiterin? Haben Sie eine Ausbildung in der Pflege psychisch Kranker?«

»Nein. Aber ich bin befördert worden«, verkündete die junge Frau stolz. »Der Boss sagt, ich hab Köpfchen.«

»Ich bin sicher, das haben Sie, Miss ...«

»Miss Tanisha Bardwell, aber Sie können mich Tanisha nennen.«

»Tanisha, Sie sind sich darüber im Klaren, dass normalerweise eine Schwester die Medikamente ausgibt, ja? Eine Schwester oder sonst jemand mit einer Ausbildung in Krankenpflege.«

Tanisha errötete leicht, doch ihr Blick blieb fest. »Die gehen alle um fünf nach Hause«, sagte sie. »Ich bin die Einzige hier, außer den Wachleuten. Kann ja wohl nich' so schwer sein, die Tabletten in die Tassen zu tun.«

»Nun ja«, meinte Kate und bemühte sich, ihre Stimme ruhig klingen zu lassen, »schwer vielleicht nicht, aber Sie haben ihr die falschen Tabletten gegeben.«

Sie sah sie bestürzt an. »Die falschen?«

»Lithium ist ein Medikament für manisch-depressive Patienten, aber diese Frau hier ist schizophren. Es ist das verkehrte Medikament. Sie haben doch einen Verteilplan. Steht dort nicht, welcher Patient welches Medikament bekommen soll?«

»Ja. Lassen Sie mich mal sehen ...« Sie beugte sich über die Liste und blickte auf. »Hoppla. Da bin ich wohl in der Zeile verrutscht. Gib mir die Tasse wieder, Dolores, hörst du?«

»Sie gehört mir! Du kannst mich nicht zwingen!«

»Dolores, ich hab dir die falschen Tabletten gegeben, verdammt noch mal. Du willst die doch gar nich'!«

Dolores kicherte. »Doch, ich will die. Und ich behalt sie.« Sie tänzelte davon und grinste, wobei sie ihr lückenhaftes Gebiss entblößte.

»Fred!«, rief Tanisha, worauf wie aus dem Nichts ein stämmiger Schwarzer in einer Art Uniform erschien. »Nimm Dolores die Tabletten weg, bevor sie sich damit was antut.«

Wortlos stürzte Fred sich auf die Patientin und packte sie am Arm. Sie schrie auf, rückte die Tabletten jedoch widerstandslos heraus, wobei sie sich ängstlich duckte, als fürchte sie, er könnte sie schlagen, obwohl er nicht bedrohlich aussah. »Die Tabletten da sind für Shirley, Fred«, rief Tanisha ihm zu. Er ließ Dolores stehen und reichte die Tasse einer molligen Frau im roten Satinkleid mit einer Kunstpelzstola, die kokett den Kopf schief legte und mit den Wimpern klimperte – ein trauriger und geradezu grotesker Anblick, da ihr Gesicht schmutzverschmiert war und ihr schlecht gefärbtes Haar schlaff herunterhing.

»Sie machen mit den restlichen Patienten weiter«, wies Kate sie an. »Ich gebe Dolores ihr Medikament. Was bekommt sie?«

Tanisha blickte kurz auf die Liste. »Stelazine.«

»Stelazine!« Es war ein halbwegs brauchbares, aber veraltetes Medikament, das mittlerweile durch ein wesentlich effizienteres Präparat mit geringeren Nebenwirkungen ersetzt worden war. »Wie ist es mit Risperdal? Zypresxa?« Bei beiden Medikamenten handelte es sich um neuere, atypische Antipsychotika.

»Tut mir leid, aber da müssen Sie den Doktor fragen. Ich geb die Dinger nur aus. Aber ich glaub, wir kriegen kein Risperdal mehr. Ich glaub, sie haben gesagt, das ist zu teuer. Und von dem anderen Zeug hab ich noch nie was gehört.«

»Wie sieht es mit Haldol aus?« Tanisha sah sie verständnislos an. »Egal. Ich möchte mit der Direktorin sprechen. Wo ist ihr Büro?«

»Sie gehen alle um fünf nach Hause, wie ich gesagt hab.«

»Es gibt keinen diensthabenden Arzt?« Das war ein Skandal.

»Sie gehen alle um –«, wiederholte Tanisha geduldig.

»Um fünf Uhr. Ich weiß. Dann möchte ich eben den Namen und die Telefonnummer der Direktorin.«

»Na ja ... sie ist noch ziemlich neu, glaub ich. Sie hat Mr. Marcus ersetzt.«

»Ihr Name? Goodman?«

Tanisha behagte die Unterhaltung offenkundig nicht. »Ja, es ist Mrs. Goodman, und sie erlaubt uns nich', dass einer sie zu Hause anruft.«

»Was ist, wenn etwas passiert, irgendein Notfall?«, drang Lukes Stimme über Kates Schulter. Sie hatte beinahe vergessen, dass er da war.

»Dann rufen wir die Polizei. Die kommen immer.« Ein bekümmerter Unterton schlich sich in ihre Stimme. »Und wieso kommen Sie ausgerechnet jetzt? Ich meine, wo alle schon weg sind.«

Kate reichte Luke die Tasse mit den Stelazinen, worauf er zu Dolores hinüberging, leise etwas zu ihr sagte und sie von der Gruppe wegführte. Kate war sicher, dass er sie dazu bringen würde, das Medikament einzunehmen. Er konnte sehr gut starrsinnige Patienten zur Einsicht bringen. Sie würde Mrs. Goodmans Telefonnummer herausfinden, und wenn es das Letzte war, was sie tat. Aber die wichtigen Dinge zuerst.

»Ich bin Linda Cathcarts Psychiaterin, und Mr. Montour ist mein Assistent. Wir sind hergekommen, weil wir sicher sein wollten, dass es ihr gut geht.«

Wieder ein ausdrucksloser Blick. »Linda wer?«

»Linda Cathcart«, wiederholte Kate bemüht geduldig. »Sie ist heute Morgen eingeliefert worden.«

»Ach ja, jetzt weiß ich. Die Prinzessin.« Tanisha verzog das Gesicht. »Sie hat sich ziemlich aufgeführt, wie ich gehört hab. Hat geflucht und getreten. Mrs. Goodman hat sie in den Stillen Raum gebracht.«

Kate lief ein eisiger Schauer über den Rücken. »Dann möchten wir sie gern in diesem Stillen Raum besuchen.«

Das Mädchen schüttelte den Kopf. »Das geht nich'. Er ist abgeschlossen, und Mrs. Goodman hat die Schlüssel. Sie bleibt drin, bis die Chefin bereit und willens ist, sie wieder rauszulassen.«

Der letzte Satz klang, als plappere das Mädchen Mrs. Goodmans Worte nach wie ein Papagei. Großer Gott! Kate fragte sich, wie viel Erfahrung diese Frau wohl mit psychisch Kranken hatte. Eine verwirrte und aufgebrachte Patientin mutterseelenallein einzusperren ... undenkbar.

»Wir möchten trotzdem in den Stillen Raum gehen und nachsehen, ob es unserer Patientin gut geht.«

»Ich hab aber kein' Schlüssel, Doktor.«

»Gibt es ein Fenster, durch das wir hineinsehen können?«

»Ich denk schon«, kam die widerstrebende Antwort.

»Wo ist dieser Raum?«

»Oben. Im ersten Stock. Fred bringt Sie rauf.«

»Danke, aber es sieht so aus, als bräuchten Sie ihn hier unten. Wir finden es schon.«

»Es ist am Ende des Korridors, gegenüber der Treppe.« Kate und Luke wandten sich zum Gehen. »Entschuldigen Sie das Durcheinander«, rief sie ihnen nach.

»*Entschuldigen Sie das Durcheinander*!«, explodierte Kate, sobald sie außer Hörweite waren. »Wie eine Vorstadthausfrau, die unerwartet Besuch bekommt! Mein Gott, haben Sie jemals etwas so Widerwärtiges gesehen? Ich kann nicht fassen, dass sie erlauben –«

Luke nahm ihren Arm, worauf sie stehen blieb und sich ihm zuwandte. »Regen Sie sich nicht auf«, sagte er mit sanfter, aber eindringlicher Stimme. »Ja, ich habe so etwas schon mal gesehen, um Ihre Frage zu beantworten. Ich habe eine Menge gesehen, was genauso widerlich war wie das hier. Und ich rede hier nicht von Somalia oder Kroatien. Ich schätze, Sie haben noch nicht allzu viele Erwachsenenheime von innen gesehen.«

»Allerdings.«

»So ist es dort oft. Ziemlich schlimm. Aber jetzt müssen wir Linda Cathcart finden ...«

»Natürlich. Tut mir leid. Ich war einfach nicht darauf gefasst. Doch was für einen wunderbaren Ort habe ich mir eigentlich unter der ›Hölle‹ vorgestellt?« Sie lächelte Luke zu. »Aber es geht mir gut. Wirklich.« Er erwiderte das Lächeln.

»Okay, dann lassen Sie uns nach oben gehen.«

Die Treppe war schmutzig und von Abfall übersät. Mit jeder Stufe wurde der Gestank schlimmer. Der trostlose Korridor war nur schwach beleuchtet. Es schien keinen Ventilator zu geben, sodass ein stechender Geruch nach altem Schweiß, Urin, Exkrementen, schmutziger Bettwäsche und Gott weiß was sonst noch in der Luft hing. Zwei oder drei Patienten schlurften trotz der überall angebrachten Verbotsschilder mit Zigaretten in der Hand auf dem Gang auf und ab. Ein Mann in einer uringetränkten Pyjamahose saß auf dem Boden. Er hatte die Knie angezogen und die Arme darum geschlungen. »O Jesus, o heiliger Jesus, Herr«, stöhnte er. Niemand hier trug Schuhe.

»Was ist das hier?«, fragte Kate und hatte Mühe, ihre Stimme ruhig klingen zu lassen. »Der siebte Vorhof der Hölle?« Sie hielt sich schützend die Hand vor die Nase.

Luke beugte sich zu dem Mann in der Pyjamahose hinunter. »Kommen Sie«, sagte er und legte ihm die Hand auf die Schulter, »ich helfe Ihnen. Wir besorgen Ihnen ein paar frische Sachen.« Der Patient zeigte keinerlei Reaktion, absolut nichts, was darauf hindeutete, dass er ihn verstanden hatte. Luke wedelte mit der Hand vor seinen Augen. »Nichts«, stellte er fest und richtete sich wieder auf. »Wir sollten die Polizei rufen.« Er zog sein Mobiltelefon heraus.

»Nein, Luke, warten Sie. Tanisha hat gesagt, dass sie das machen. Ich will nicht, dass die Ambulanzklinik oder die Anstalt eine Klage an den Hals bekommen, weil wir uns unbefugt um einen der Insassen des Westwind gekümmert haben.«

»Ja. Klar. Dann können wir also dem armen Kerl hier nicht mal helfen!« Er sog scharf den Atem ein und ließ ihn geräuschvoll wieder entweichen. »Okay, kümmern wir uns darum, weswegen wir hier sind.«

»Wie denn? Bei all dem hier?« Sie konnte sich nicht erinnern, jemals so wütend gewesen zu sein. Wie musste jemand beschaffen sein, der zuließ, dass menschliche Wesen wie Tiere behandelt wurden – nein, nicht einmal wie Tiere, sondern schlimmer! Zweifellos widerfuhr den Tieren im Zoo eine bessere Behandlung als den armen, verletzlichen Geschöpfen hier.

»Wenn wir es nicht tun«, erklärte Luke, »wer soll ihnen dann helfen?«

»Versuchen wir, Linda zu finden«, sagte Kate knapp. »Das arme Kind! Ich will mir lieber nicht ausmalen, wie sie sich fühlt. Wenn ich herausfinde, wer dafür verantwortlich ist, werde ich denjenigen verklagen!«

»Kate, Lindas Mutter hat die Einweisungspapiere unterschrieben.«

»Dann verklage ich eben sie! Zumindest werde ich sie hierherbringen und ihr das hier zeigen.«

»Sie wissen doch, dass das nichts bringt.«

Mit energischen Schritten liefen sie den Gang entlang und sahen sich nach einer Tür mit einem kleinen Fenster um. Der Stille Raum befände sich gegenüber der Treppe, hatte Tanisha gesagt. Da war er. Das winzige Fenster war vergittert, und am unteren Teil der Tür war eine kleine Klappe eingebaut worden. »Dort schieben sie ihr das Essen hinein«, sagte Kate entsetzt. »Wie in einer Folterkammer aus dem Mittelalter.«

Abwechselnd versuchten sie, einen Blick durch das Fenster zu werfen, doch im Raum brannte kein Licht. Außerdem drangen gedämpfte Flüche, lautes Atmen, dumpfes, rhythmisches Poltern aus dem Treppenhaus hinter ihnen, sodass sie nichts hören konnten.

»Was zum Teufel ist hier los?« Luke wandte sich um und öffnete die Tür zum Treppenhaus.

»Hey, Mann, mach die Scheißtür zu, verdammt. Es zieht!« Gelächter.

Nur eine einzelne Glühbirne brannte im Treppenhaus, doch es war augenblicklich klar, was hier vor sich ging. Drei Paare waren mit verschiedenen sexuellen Handlungen beschäftigt. Der Mann, der gerufen hatte, stand mit heruntergelassener Hose vor einer Frau und rammte seinen Unterleib in sie. »Hey«, protestierte er noch einmal, ohne seine Bewegungen zu unterbrechen. Seine Partnerin – falls man sie so bezeichnen wollte – stand teilnahmslos, beinahe schlaff, mit geschlossenen Augen da.

»Okay, das reicht jetzt«, erklärte Luke im Befehlston. »Das verstößt gegen die Vorschriften, und das wissen Sie alle auch.«

»Wer zum Teufel bist du denn, dass du uns die Vorschriften erklären willst?« Eine Frau, die sich über das Geschlechtsteil eines Mannes gebeugt hatte, legte den Kopf in den Nacken und sah zu ihnen hoch, ehe sie sich wieder ihrer Tätigkeit zuwandte.

»Das gilt für alle!«, erklärte Luke und trat vor, um die Beteiligten voneinander zu trennen und sie die Treppe hinaufzuschieben. »Sie gehen jetzt in Ihre Zimmer zurück, sonst rufe ich die Polizei!«

»Mach das ruhig! Ich steh auf Bullen!«, kicherte die Frau, stieg jedoch die Stufen hinauf, sorgsam darauf bedacht, nicht in Lukes Nähe zu kommen.

Nur die junge Frau mit den geschlossenen Augen regte sich nicht. Als Kate ihr die Hand auf den Arm legte, schlug sie die Augen auf. »Ist es vorbei? Wo ist mein Geld? Hat er mir mein Geld dagelassen?«

»Tut mir leid«, sagte Kate. »Sie sind alle wieder in ihren Zimmern. Kommen Sie, ich helfe Ihnen und bringe Sie in Ihres.« Sie bemerkte, dass die Frau ein recht hübsches und fast sauberes Gesicht hatte.

»Ich hasse mein Zimmer. Meine Zimmergenossin hat ein Messer und droht ständig, dass sie irgendjemanden damit schneidet. Als ich jünger war, hab ich mich ziemlich oft selber geschnitten.

Aber sie ... Ich habe Angst, da reinzugehen. Ich warte lieber, bis sie eingeschlafen ist.«

»Haben Sie das der Direktorin gemeldet?«

Die Frau lachte bitter. »Soll das ein Witz sein? Goodman? Das kümmert die doch nicht. Und der vor ihr da war, war noch viel schlimmer. Ich hab das getan,« sie nickte in Richtung Treppe, »weil ich Geld verdienen muss. Sie geben mir Geld dafür. Ich spare es, um hier rauszukommen. Niemand weiß, wo ich es aufbewahre.«

»Warum sind Sie hier?«, fragte Kate, schob sie zur Treppe und auf den Korridor.

»Mein Vater war hinter mir her. Sie wissen schon, was ich meine ... Also bin ich mit dem Küchenmesser auf ihn losgegangen, deshalb haben sie mich wegbringen lassen. Er ist gestorben, wissen Sie. Sie hätten mich wegen Mord oder Totschlag verurteilt. Aber nicht, wenn ich verrückt bin. Ich bin froh, dass er tot ist. Und ich bin nicht verrückt. Aber ich mag keine Messer mehr!« Sie brach in Tränen aus. »Ich habe Angst vor ihnen!«

»Daraus kann ich Ihnen keinen Vorwurf machen«, sagte Kate sanft. »Natürlich haben Sie das. Ich bin Ärztin und werde gleich morgen früh mit Mrs. Goodman über die Zustände hier reden.« Sie hielt inne, ehe sie einen Vorstoß wagte. »Sie kommen mir ziemlich ...«

»Normal vor?«, meinte die junge Frau. »Ja, ich schätze, das bin ich.«

»Ich frage mich gerade, ob Sie nicht die neue Patientin für mich im Auge behalten könnten.«

»Die Prinzessin? Sie ist im Stillen Raum. Da kann niemand rein.«

»Können Sie durch die Tür mit ihr reden?« Die junge Frau nickte.

»Gut, wenn es Tag ist und Sie sehen können, ob sie ...« Kate hätte um ein Haar »lebt« gesagt, verkniff es sich jedoch in letzter Sekunde. »... wach ist, sagen Sie ihr bitte, dass sie nicht allein ist und dass Dr. McKenna alles daran setzen wird, um sie herauszuholen. Ich bin Dr. McKenna.«

»Ja, das habe ich mir schon gedacht.«

Langsam gingen sie den Korridor entlang, dicht gefolgt von Luke.

»Welches ist Ihr Zimmer?«, erkundigte sich Kate.

»24.«

Vor der Tür blieben sie stehen, und Luke öffnete sie. Der Raum war von gleißendem Licht erhellt, und auf einem der Betten – Kate bemerkte, dass es drei waren, obwohl nur zwei darin stehen dürften – kauerte eine Frau, die eine grobe Decke eng um sich geschlungen hatte. Auf dem zweiten Bett lag eine schlafende Frau. Die, die sie auf der Treppe gefunden hatten, schniefte und wischte sich mit dem Ärmel die Nase ab. Kate sah sich nach einer Schachtel Papiertaschentücher um, die es in dieser Umgebung mit den unbezogenen Betten und den rauen Decken natürlich nicht gab.

»Wie heißen Sie?«, fragte sie die junge Frau.

»Darcy. Darcy Gallant.«

»Glauben Sie, Sie kommen zurecht, Darcy? Wir müssen wieder gehen.«

»Klar. Das Leben hier ist hart. Ich tue, was ich tun muss, um zu überleben.« Sie deutete mit dem Kopf in Richtung Treppenhaus. »Machen Sie sich um mich keine Sorgen. Ich kriege vier Dollar pro Mal.«

»Vier Dollar.«

»Hier bekommen alle 120 Dollar pro Monat. Das macht vier Dollar am Tag. Sie zahlen mir alle dasselbe, auch die Arbeiter und die Wärter. Machen Sie sich keine Sorgen um mich, ich kriege mein Geld von Bruce. Und der zahlt immer. Ohne Moos nix los, das weiß er ganz genau.« Sie kicherte.

Kate, die nicht recht wusste, was sie darauf erwidern sollte, stand wie erstarrt da, bis Darcy sich mit einem munteren »Dann mal gute Nacht« von ihr verabschiedete, sich auf ihr Bett fallen ließ, die Decke hochzog und praktisch in derselben Sekunde eingeschlafen war.

Wie betäubt folgte Kate Luke nach draußen. Leise schloss er die Tür hinter sich und stieß einen geräuschvollen Seufzer aus. »Hier muss etwas unternommen werden.«

»Keine Sorge, das wird es«, versicherte sie ihm grimmig. »Sie können die Leute nicht so behandeln, das geht einfach nicht.«

»Ich weiß.«

Ohne ein weiteres Wort gingen sie wieder nach unten. Tanisha war noch immer damit beschäftigt, die Medikamente auszugeben, als Luke neben sie trat, ihr etwas ins Ohr sagte und nach oben deutete. »Oh, der!«, hörte Kate sie sagen. »Er pinkelt sich ständig an. Ich schick Fred hoch. He, Fred!«

Endlich standen sie vor der Tür. Sie stiegen in den Jeep, und Luke fuhr mit quietschenden Reifen los.

»Tut mir leid«, sagte er. »Aber mir hat dieser Laden auch ziemlich zugesetzt. So etwas in den Vereinigten Staaten von Amerika! Unfassbar!«

Kate gab einen zustimmenden Laut von sich. Sie saß angespannt auf dem Beifahrersitz und starrte blicklos aus dem Fenster, während sie versuchte, ihre Gedanken zu ordnen. Warum war sie so aufgewühlt? Sie hatte doch weiß Gott mehr als genug Erfahrung mit psychisch Kranken und all dem Hässlichen, das mit diesen Erkrankungen einherging. Sie war zutiefst erschüttert. Was war an diesem Heim, das sie so aus dem Gleichgewicht brachte? Am liebsten würde sie alle Insassen retten, sie aus diesem stinkenden Loch holen und an einen sicheren Ort bringen ... aber wohin? Verschwendeten sie alle – die Ärzte, Schwestern, Case Manager und Sozialarbeiter – nur ihre Zeit? Waren all ihre Bemühungen umsonst? Ein leiser Seufzer entrang sich ihrer Kehle.

»Was ist?«, fragte Luke mit scharfer Stimme und sah sie aufmerksam an.

»Nichts, nichts. Ich bin nur... Ach, nichts Wichtiges.«

Luke fuhr an den Straßenrand und schaltete den Motor ab. Überrascht stellte Kate fest, dass sie vor ihrem Haus standen. Wieso? »Ich dachte, wir gehen etwas essen.«

»Sie sind nicht in der Verfassung, in ein Restaurant zu gehen und etwas zu essen, Mädchen«, meinte Luke sanft.

Kate holte tief Luft. »Sie haben Recht«, erklärte sie leichthin. »Vielleicht hätte ich es sowieso nicht bei mir behalten.« Sie ließ ein trockenes Lachen hören, das in einen erstickten Husten umschlug, ehe sie in Tränen ausbrach. Augenblicklich wandte Luke sich ihr zu und schlang die Arme so fest um sie, wie es die Sicherheitsgurte gestatteten. Nach einer Weile löste er sich von ihr, öffnete mit einer einzigen Bewegung beide Gurte und zog sie an seine Brust, während er leise beruhigende Worte in ihr Haar murmelte.

Sie konnte nicht aufhören zu weinen. Wann immer sie glaubte, der Tränenstrom sei versiegt, holte sie tief Luft und versuchte zu sprechen. Sie sollte etwas Intelligentes von sich geben, doch stattdessen wurde sie von gequälten Schluchzern geschüttelt. Wo war nur all dieser Schmerz verborgen gewesen? Als der Sturm schließlich verebbte und sie wieder ungehindert atmen konnte, kam sie sich völlig idiotisch vor. Sie hatte doch stets die Kontrolle über sich – zumindest glaubte sie es – und jetzt so etwas! Sie blieb noch eine Weile sitzen, das Gesicht an Lukes Schulter vergraben ...

Schließlich löste sie sich von ihm und hob den Kopf, um etwas zu sagen, doch sein Mund lag bereits auf ihrem. Zuerst spürte sie seine weichen Lippen, und dann versank sie in ihm, bereitwillig, dankbar, freudig und mit all ihren Sinnen. Sie legte die Hand um seinen Hinterkopf und zog ihn näher heran, bis es sich anfühlte, als verschmelze sie mit ihm. Sich an ihn zu pressen, sich ihm zu öffnen fühlte sich so ... so unvermeidlich an. Unvermeidlich und richtig.

Nach einer Weile, die ihr wie eine Ewigkeit vorkam, hob er den Kopf und sah lächelnd auf sie herunter, während er ihr Haar glatt strich und die letzten Tränenspuren von ihren Wangen wischte. Seine Berührung war so sanft, dass sie erneut zu weinen anfing.

»Was ist? Küsse ich so schlecht?«

Sie lächelte. »Nein, du küsst ganz hervorragend.«

»Dann keine Tränen mehr, okay?«

»Das kann ich nicht versprechen. Ich weine schnell. Ob bei guten oder schlechten Nachrichten, aus Kummer oder vor Freude.«

»Okay, aber geht es dir einigermaßen gut?«

»Halbwegs.«

»Dann bringe ich dich jetzt zur Tür und sage Gute Nacht.«

Sie wich zurück. »Das tust du nicht!«

»Wie?«

»Du wirst mich zur Tür begleiten und mit mir nach drinnen und in mein Schlafzimmer gehen.«

»Ich würde nichts lieber tun, aber –«

»Kein Aber. Lass mich nicht darum betteln. Ich hasse es, Männer zu bitten, mit mir ins Bett zu gehen.«

Er seufzte und legte ihr eine Hand auf die Wange. »Das ist gar nicht notwendig. Obwohl es vielleicht nicht die allerklügste Entscheidung unseres Lebens ist. Gehen wir?« Seine Stimme klang ein wenig heiser.

»Ja«, stimmte sie zu. »Ja, wir gehen.«

Sein Arm lag um ihre Taille, als sie eilig die Verandatreppe hinaufstiegen. Sie fühlte sich leicht benommen, als hätte sie zu viel getrunken, und ihr Herz klopfte heftig. Es war so lange her, dass sie ... Nein, Moment, hatte sie sich überhaupt schon einmal so gefühlt? Sie fingerte mit dem Schlüssel herum und versuchte vergeblich, ihn ins Schloss zu stecken. Schließlich nahm er ihn ihr aus der Hand. »Ich glaube, das ist eine Aufgabe für einen Mann.« Lachend gingen sie die geschwungene Treppe nach oben. Kaum hatten sie das Schlafzimmer betreten, stürzten sie sich wie von Sinnen aufeinander, klammerten sich aneinander fest, küssten sich und stöhnten, während sie sich gegenseitig die Kleider vom Leib rissen und sich taumelnd zum Bett vorarbeiteten.

Das erste Mal war nach wenigen Minuten vorüber. »Zu schnell«, stöhnte Luke, als er über ihr zusammenbrach. »Tut mir leid. Meine Schuld. Zu große Vorfreude.« Sein Atem ging noch immer stoßweise.

»Vorfreude?«, neckte Kate. »Sind nicht gerade mal 20 Minuten seit unserem ersten Kuss vergangen?«

Er rollte sich zur Seite und zog sie in seine Arme. Ihre Körper schienen so gut, so mühelos zueinanderzufinden. »20 Minuten?

Oder vielleicht 20 Wochen?« Sie hob den Kopf und sah ihn fragend an. Er lächelte. »Ja, seit ich dir begegnet bin.«

»Du hast deine Gefühle gut verborgen.«

»Ich war eben der Ansicht, es sollte nichts zwischen uns sein, Kate. Wir sind Kollegen. Das ist ein Tabu.«

»Vorschriften sind dafür da, gebrochen zu werden«, erklärte sie, während ihr aufging, wie dumm diese Worte klangen. »Ich meine –«

»So empfinde ich das inzwischen auch. Im Moment kümmert es mich nicht im Geringsten, dass unser Verhalten total unprofessionell ist. Es fühlt sich einfach nur gut an.« Er küsste sie, zuerst zart, dann immer leidenschaftlicher, und wenige Augenblicke später liebten sie sich ein zweites Mal, diesmal langsamer und behutsamer. Wie wunderbar sich das anfühlte, war Kates letzter klare Gedanke, bevor sie von Woge um Woge bebender Erlösung mitgerissen wurde.

Als sie die Augen aufschlug, sickerte das düstere Licht der Dämmerung durchs Fenster, und die Vögel zwitscherten aufgeregt. Für einen Moment lag sie ganz still da und versuchte sich daran zu erinnern, wie sie hierhergekommen war. Luke! Sie stützte sich auf einen Ellbogen. Er lag nicht neben ihr. Als sie sich aufsetzte und zum Fußende des Bettes spähte, sah sie, dass ihre Kleider, die sie am Vorabend achtlos auf den Teppich hatte fallen lassen, sorgfältig zusammengelegt worden waren. Von seinen verstreuten Sachen war nichts mehr zu sehen. Er war gegangen, ohne einen Kuss, ohne ein Wort. Tränen der Enttäuschung traten ihr in die Augen.

Doch dann entdeckte sie die Karte auf dem Kissen neben ihr. Es war eine seiner Visitenkarten. »Wunderschöner Abend! Musste nach Hause, um mich zu rasieren etc. Leg dir einen Rasierapparat zu, Frau!«, stand auf der Rückseite. Sie lachte laut und drückte die kleine Karte an ihre Brust, und sie scherte sich keinen Pfifferling darum, ob ihr Benehmen albern war. Es schien, als sei das Glück auch für sie nun endlich in greifbare Nähe gerückt.

11

Als sie zu Fuß zur Ambulanzklinik ging, fühlte Kate sich beschwingt und voller Energie. Sie hatte eine leise Melodie auf den Lippen, von der sie nicht sagen konnte, woher sie kam. Das Leben schien ihr voller neuer Möglichkeiten zu stecken. Man wusste nie, ob nicht irgendwann etwas passierte, das alles von Grund auf veränderte. Der Himmel war strahlend blau, und die Baumwipfel wiegten sich in einer sanften Brise. Sie hatte sich mit besonderer Sorgfalt angezogen und sich mit ihrem Make-up viel Mühe gegeben. *Wie idiotisch*, schalt sie sich. *Du bist doch kein Teenager mehr*. Doch sie konnte nicht aufhören zu lächeln.

»Ist Mr. Montour noch nicht da?«, fragte sie, als sie an Sonyas Schreibtisch vorbeikam. Nein, noch nicht. *Auch gut*, dachte sie. Sie hatte eine Menge zu erledigen – angefangen mit dem Anruf bei Mrs. Goodman in Westwind. Sie musste Linda aus dieser grauenhaften Anstalt holen. Aber vorher musste sie noch mit Lindas Mutter reden. Vielleicht gelang es ihr ja, zu der Frau durchzudringen.

In diesem Moment fiel ihr Blick auf eine Art Bündel schmutziger Kleider, das auf einem der Doppelsessel in der Lobby lag. Aber es war keine schmutzige Wäsche, sondern ein Mensch, eine Frau, wie sie beim Näherkommen feststellte. Nein, vielmehr ein Mädchen, das sich in diversen Schichten zerlumpter Kleider zusammengerollt hatte und leise stöhnte.

»Miss? Miss?«, sagte Kate mit leiser, beruhigender Stimme und berührte ihre Schulter, die sich trotz der Kleiderschichten spitz und knochig anfühlte. Diese junge Frau war halb verhungert. »Bitte, wir wollen Ihnen helfen.« Sanft drehte sie den Körper zu sich.

Und dann sah sie, was hier los war. Das Mädchen blickte mit schmerzerfüllten Augen zu ihr hoch, und Kate erkannte sie. Es war die, die behauptet hatte, sie heiße Stupid. Und Stupid hatte eindeutig Wehen. Kate konnte die Kontraktionen ihres Bauches erkennen. Sie zog ihr Mobiltelefon heraus und wählte den Notruf. »Wir haben eine Frau mit Wehen hier. Sie ist in einem schrecklichen Zustand. Bitte schicken Sie einen Krankenwagen, und zwar schnell!« Ihre Stimme war fest, doch gleichzeitig so freundlich wie möglich. Sie hatte gelernt, dass auch nur die winzigste Unsicherheit in der Stimme Panik unter den Patienten auslösen konnte, von denen trotz der frühen Stunde bereits etliche im Wartezimmer saßen. Sie waren neugierig und schienen alles wahrzunehmen, was um sie herum vor sich ging. Kate spürte mindestens ein Dutzend Augenpaare, die auf sie und die junge Frau gerichtet waren.

Eilig rief sie Franca L'Arezzo, die zum Glück bereits da war. »Das Mädchen namens Stupid«, sagte Kate. »Sie liegt in den Wehen. Ich habe schon den Krankenwagen gerufen.« Franca brauchte keine weiteren Anweisungen. »Ich bin gleich da«, sagte sie. Wenige Minuten später erschien sie und durchquerte mit entschlossenen Schritten und ausdrucksloser Miene die Lobby. Doch das änderte sich beim Anblick des Mädchens, das, wenn auch nur kurz, ihre Patientin gewesen war.

»Okay, Dr. Kate. Ich kümmere mich um sie. Armes Baby, wo warst du denn? So kannst du doch dein Kind nicht behandeln ... und dich selber auch nicht ...« Sie wandte sich wieder an Kate. »Wir kommen schon zurecht. Da sind sie ja auch schon.« Sie deutete auf die Eingangstür, durch die zwei stämmige Männer vom Rettungsdienst mit einer Trage kamen.

Kate wandte sich zu den aufgeregten Patienten um. »Es ist alles in Ordnung, Leute. Eine Frau bekommt ihr Baby und wird ins Krankenhaus gebracht.« Stimmen brandeten auf, Köpfe fuhren herum, und einige kamen sogar neugierig näher. »Treten

Sie zurück, bitte, damit das Mädchen Platz hat«, rief Kate. Doch das Mädchen, das sich Stupid nannte, brauchte wesentlich mehr als nur Platz. Sie benötigte routinierte Hände, die sich um sie kümmerten, und eine anständige Portion Glück.

Wenig später hatten die beiden Männer vom Rettungsdienst das Mädchen auf die Trage verfrachtet und brachten sie zum Notarztwagen. Einer von ihnen stellte fest, sie wiege weniger als manches Kind. Als sie fort waren, kehrten die Wartenden allmählich wieder zu ihren Plätzen und ihren Kaffeebechern zurück.

Kate ging zu Sonya und berichtete ihr, was vorgefallen war. »Ich hoffe, mit dem Baby ist alles in Ordnung. Wie sie aussah, war sie wochenlang auf der Straße. Ohne etwas zu essen. Oh, was wollten Sie mir sagen?«

»Ich bete für Stupid und Baby. Keine Nachricht von Mr. Montour. Aber Mr. Manheim wartet auf Sie«, sagte Sonya. Barry? Was führte ihn so früh am Morgen her?

»Tut mir leid«, sagte er, als sie ihr Büro betrat, und hob die Hände. »Aber dein indianischer Freund ...«

»Du kannst ihn Mr. Montour nennen«, unterbrach sie ihn.

»Frieden, Katie, okay? Ich entschuldige mich dafür, dass ich einen Indianer als Indianer bezeichne. Gut, dann eben amerikanischer Ureinwohner. Er ist doch Mohikaner, oder? Ich wollte nicht respektlos klingen, wie du wissen solltest.«

»Und du bist hier, *weil* –«

»Luke Montour hat mich heute Morgen sehr früh angerufen und mir mitgeteilt, ihr wärt in Westwind auf einige schwerwiegende Probleme gestoßen.«

»Luke hat dich angerufen?«

»Weshalb erstaunt dich das so? Ich bin Chefredakteur der hiesigen Zeitung. Er dachte, ich könnte vielleicht einen Reporter hinschicken.«

»Und –?«

»Und rein zufällig war erst vor kurzem mein Lieblingsreporter, nämlich ich selbst, in dieser Hölle namens Westwind. Es ist allerdings schon etwas her.«

»Wie bist du reingekommen? Jemand muss dich doch erkannt haben.«

»Du glaubst gar nicht, wie anonym der Chefredakteur einer Tageszeitung ist. Ich besitze diverse Verkleidungen, einen falschen Bart, verschiedene Hüte ... Lach nicht, es stimmt. Ich frage nach einem Patienten – einem fiktiven, natürlich –, und wenn sie ihn oder sie auf der Liste nicht finden, bestehe ich darauf, einen Blick in die Gemeinschaftsräume zu werfen. Und was ich da gesehen habe, hat gereicht, um mich zum Kochen zu bringen. Ich habe vor, eine große Serie über Westwind zu veröffentlichen. Jeden Tag eine Folge auf der Titelseite. Meine beste Reporterin, Nancy O'Neil, hilft mir. Wenn wir mit Westwind fertig sind, knöpfen wir uns die anderen Erwachsenenheime in der Gegend vor. Wenn ich Hilfe von Leuten mit medizinischer Erfahrung bekommen könnte – das heißt, von dir und deinem In..., von dir und Luke Montour –, wäre das perfekt! Glaubst du, wir könnten zusammenarbeiten?«

Kate musterte ihn einen Augenblick lang, dann nickte sie, ging um ihren Schreibtisch herum und setzte sich. Ihre erste Therapiesitzung begann erst um zehn Uhr, und die Anrufe bei Mrs. Goodman und Mrs. Cathcart konnten noch ein paar Minuten warten. »Okay«, sagte sie. »Reden wir. Hat Luke dir erzählt, was wir gesehen haben? Dann weißt du ja, was dort los ist. Sag mir, was du weißt, und dann sehen wir, wie wir zusammenkommen.«

»Westwind ist als gemeinnützige Einrichtung für psychisch Kranke errichtet worden, und der Staat übernimmt einen bestimmten Betrag für die Pflege. Gedacht war es als eine Art offenes Heim, aber so weit kam es nie. Du siehst ja selbst, was daraus geworden ist – ein Auffangbecken für die ärmsten der armen Teufel. Es treibt einem die Tränen in die Augen.«

»Der Staat zahlt also dafür?« Kate dachte an die schwach beleuchteten, schmutzigen Korridore, den Mangel an Personal und die Aktivitäten im Treppenhaus. Wohin flossen die finanziellen Mittel?

»Ja, der Staat zahlt, und zwar drei Millionen Dollar im Jahr.«

»Drei Millionen! Aber dieses Heim ist eine einzige Katastrophe! Die Patienten bekommen meistens nicht die richtigen Medikamente. Ich habe es selbst gesehen!«

»Das stimmt, Kate, und genau das ist der Grund, weshalb ihr beide, du und Luke, euch mit mir zusammentun und diesem Elend ein Ende bereiten solltet.«

»Schließung, meinst du.«

»Natürlich.«

»Aber was wird dann aus all den Bewohnern? Wir müssen vorsichtig sein, Barry –« Sie hielt inne, als er in Gelächter ausbrach.

»Oh, Kate, wie wenig du über die düstere Welt der Lügen, Intrigen und Schikanen – auch bekannt als Heimindustrie – weißt. Wir brauchen nicht langsam vorzugehen. Sie werden ohnehin alles abblocken, was wir tun, und wir werden um jedes Fitzelchen Information kämpfen müssen. Man kann nur hoffen, dass keiner umkommt, solange wir versuchen, an sie ranzukommen.«

»Wie kann das so lange funktionieren, und niemand unternimmt etwas dagegen? Hier wird doch Steuergeld verschwendet! Warum sind die Leute nicht längst auf die Barrikaden gegangen? Wieso wurden die Betreiber nicht verhaftet?«

»Die Antwort auf deine erste Frage ist ganz einfach: Die Leute wissen nicht, was vor sich geht. Und genau da kommen wir, die Guten, ins Spiel. Wir müssen zunächst Klarheit haben, wer die Bösen sind, wenn wir sie drankriegen wollen. Das Ganze nennt sich Westwind Corporation, aber bei genauerem Hinsehen stellt sich heraus, dass die Westwind Corporation der Riverbank Ltd. gehört, die wiederum wahrscheinlich Teil eines größeren und noch undurchsichtigeren Konzerns ist. Ich werde versuchen, den Schleier dieser Konzernverzweigungen zu lüften«, sagte er, »aber –« Er zuckte die Schultern.

»Hat schon mal jemand versucht herauszufinden –« In diesem Augenblick läutete Kates Mobiltelefon. Sie bedeutete Barry zu warten. »Dr. McKenna.«

»So förmlich?« Lukes Stimme – warm und tief. Sie neigte den Kopf, um das Lächeln zu verbergen, das um ihre Mundwinkel spielte. »Und ich dachte, zwischen uns laufe etwas«, fuhr er leichthin fort. Sie warf einen Blick zu Barry hinüber, der sie anzustarren schien. Aber vielleicht betrachtete er auch nur irgendetwas hinter ihr. Sicherheitshalber drehte sie ihren Stuhl so, dass sie ihm den Rücken zukehrte.

»Ich bin gerade ... beschäftigt«, murmelte sie und kam sich wie eine Idiotin dabei vor.

»Oh. Tut mir leid.« Zu ihrem Bedauern klang seine Stimme sofort wieder geschäftsmäßig. »Wie wär's mit Mittagessen im Elephant?«

»Ehrlich gesagt ist im Moment ziemlich viel los, deshalb weiß ich nicht genau –«

»Okay. Wir sprechen uns später.« Er legte auf. *Das war aber nicht besonders freundlich. Andererseits habe ich wohl auch nicht gerade warm und einladend geklungen*. Leise Gewissensbisse regten sich in ihr. Vielleicht war es ja wirklich ein Fehler, ein Verhältnis mit einem Mann einzugehen, mit dem man zusammenarbeitete.

»Also, wo war ich stehen geblieben?«, sagte sie, wurde ernst und wendete sich wieder an Barry.

Er warf ihr einen unergründlichen Blick zu und hob eine Braue. »Ich glaube, du wolltest gerade fragen, ob schon einmal jemand versucht hat, etwas wegen Westwind zu unternehmen – und wegen der anderen, ähnlich geführten Heime. Ja. Natürlich. Familien von Patienten, Politiker, Staatsanwälte. Am Ende zahlt Westwind eine Geldbuße, verspricht, sich fortan zu bessern, und alles geht weiter wie bisher.«

»Keine Überprüfung? Niemand, der die Verantwortung übernimmt?«

»Na ja, vor ein paar Jahren hat der Gouverneur einige ... massive Veränderungen im System versprochen, die aber nie über den Vorstand hinausgekommen sind. Psychisch Kranke sind keine Wähler, Katie, und sie sind so furchtbar peinlich. Vielen wäre es am liebsten, der Erdboden würde sie verschlucken.«

»Wem sagst du das!« Sie hielt inne. »Aber es muss doch etwas geben, das wir tun können.«

»Natürlich gibt es etwas. Wür müssen das schmutzige Geheimnis ans Tageslicht zerren! Namen nennen und kein widerwärtiges Detail auslassen! Wenn es nach einem Skandal riecht, werden die Leute aufhorchen. Besonders wenn die Verantwortlichen hiesige ... äh ... Persönlichkeiten des öffentlichen Lebens sind.«

»Hiesige Pers... – wen meinst du damit, Barry?«

»Ich sage nichts, bevor ich ganz sicher bin. Komm schon, Katie, du weißt doch, dass ich es dir nicht sagen kann.«

Natürlich hatte er Recht. »Luke und ich werden mit dir zusammenarbeiten, um ans Licht zu bringen, wer für all das verantwortlich ist. Aber die Patienten müssen anonym bleiben.«

Er starrte nachdenklich ins Leere, dann lächelte er. »Klar. Wir könnten ihnen falsche Namen geben ... Aber ich wette, die meisten Bewohner von Westwind würden es sogar *begrüßen*, an die Öffentlichkeit zu treten. Darüber können wir uns später noch genauer unterhalten. Okay? Gut. Also, dann sind wir im Geschäft.« Er beugte sich vor und streckte die Hand aus. Sie ergriff sie und schüttelte sie. Die Geste erinnerte sie so sehr an die Pakte ihrer Kindheit, dass sie lächeln musste.

Er grinste ebenfalls. »Lass uns beim Mittagessen über unsere Pläne reden. Nur du und ich.« Er bemerkte ihr Zögern. »Es heißt, diejenigen, die in Westwind das Sagen haben, lassen die Angestellten Patientenunterlagen fälschen.«

»So dass niemand von der Regierung genau weiß, was dort vorgeht? Das ist kriminell, ganz zu schweigen von der Unmenschlichkeit. Die Patienten, die ich in Westwind gesehen habe, waren sträflich vernachlässigt – um gar nicht von denen zu sprechen, die sie regelrecht misshandeln. Und ich bin sicher, wir haben noch nicht alles gesehen!«

»Außerdem geht das Gerücht um, sie würden Patienten aus anderen Heimen aufnehmen, sie auf ihre Bezugsliste setzen und dann wieder zurückschicken.«

»Das heißt also, es wird zweimal abkassiert. Aber wie kommen sie damit durch?«

»Das weiß ich nicht. Außerdem stimmt es vielleicht auch

gar nicht. Wir haben uns mehrere Male unter falschen Angaben Zugang verschafft und eine Menge gesehen – sie machen ja auch kein Geheimnis aus den Zuständen dort –, aber es war unmöglich, an die Bücher ranzukommen. Sobald wir die Serie gestartet haben, wird der Staat vermutlich aufwachen und Interesse zeigen. Und dann wird alles Mögliche ans Licht kommen.«

»Ich habe überlegt, sie im Namen von Linda Cathcart zu verklagen, wenn es niemand anderes tut. Und ich werde diese Mrs. Goodman umbringen. Ich wette, alles Schlimme, was über dieses Heim erzählt wird, ist wahr. Ich werde jedes Heim verklagen, in dem nichts gegen Ratten und all den Schmutz unternommen wird ... Meine Güte, jetzt habe ich völlig vergessen, sie anzurufen. Warte.«

Es dauerte ein, zwei Minuten, bis sie ihre Notizen gefunden hatte. Schließlich wählte sie die Nummer von Westwind. Nachdem es ein Dutzend Male geläutet hatte, nahm endlich jemand ab.

»Hallo?«

»Spreche ich mit Westwind?«

»Ja«, meldete sich eine gelangweilte Frauenstimme, die jedoch nicht Tanisha gehörte.

»Hier ist Dr. McKenna. Ich möchte bitte Mrs. Goodman sprechen.«

»Sie darf nicht gestört werden.«

»Was meinen Sie damit?«, fragte Kate. »Ist sie in einem Meeting?«

»Sie darf nicht gestört werden.«

»Ich bin Dr. McKenna, Psychiaterin, und muss sie sprechen.«

»Sie darf nicht gestört werden.«

»Sind Sie sicher, dass sie da ist? Wenn ja, versuchen Sie sie bitte zu erreichen. Sagen Sie ihr, dass Dr. McKenna sie sprechen muss.«

»Sie darf nicht gestört werden.«

Es war zum Verrücktwerden. Kate warf Barry einen entnervten Blick zu und holte tief Luft. »Wann ist es Ihrer Meinung nach vertretbar, Mrs. Goodman zu stören?«, fragte sie mit angespannter Stimme.

»Weiß ich nicht.«

»Verstehe. Danke.« Sie hatte keine Ahnung, wofür sie sich bedankt hatte. Betont behutsam legte sie den Hörer auf, um ihn nicht mit voller Wucht auf die Gabel zu rammen.

»Was war los?«, fragte Barry, der Mühe hatte, ernst zu bleiben. »Tut mir leid, Kate, aber du solltest dein Gesicht sehen.«

»Vermutlich der Inbegriff der Frustration? Ich hatte eine Frau am Apparat, die mir nicht besonders schlau vorkam. ›Sie darf nicht gestört werden‹, hat sie ständig wiederholt. Es war, als wäre sie unserer Sprache nicht mächtig und plappere wie ein Papagei nach, was man ihr vorgesagt hat.«

»Durchaus möglich«, meinte Barry und verzog das Gesicht. »Wenn du das nächste Mal dort anrufst und nicht alleine bist, dann stell das Gespräch auf Lautsprecher. Vielleicht solltest du grundsätzlich alle Gespräche – wenn man sie so bezeichnen will – mit Westwind aufzeichnen.«

»Wozu?«

»Man weiß nie. Wenn das Ganze auffliegt, streiten sie wahrscheinlich alles ab.«

»Ich werde jeden Morgen dort vor der Tür stehen, bis ich mit dieser Mrs. Goodman sprechen kann, die nicht gestört werden darf«, erklärte Kate. »Das Problem ist nur – ich habe hier schon alle Hände voll zu tun und keine Zeit, jemandem nachzulaufen, von dem ich nicht mal weiß, ob es ihn überhaupt gibt.«

»Oh, es gibt sie, keine Sorge«, versicherte Barry. »Ich habe sie einige Male vor Gericht gesehen. Ziemlich jung, um eine so große Anstalt zu leiten, und vermutlich nicht unbedingt qualifiziert für den Job. Aber auch das ist ja nichts Neues, stimmt's?«

Einen Augenblick lang herrschte trübseliges Schweigen im Raum. »Okay, was jetzt?«, fragte Kate schließlich. »Ich muss mit einem Verantwortlichen reden.«

»Vielleicht mit dem Gesundheitsministerium? Soweit ich weiß, fallen Heime für psychisch Kranke in deren Zuständigkeitsbereich.«

Kate hob den Hörer ab und rief Sonya an. »Verbinden Sie mich bitte mit dem Gesundheitsministerium«, bat sie. Aber dann kam ihr ein anderer Gedanke. »Nein, lassen Sie, ich mache es selbst.« Sie wandte sich Barry zu. »Sonya würde sich nur mit irgendeiner Ausrede abwimmeln lassen. Außerdem weiß ich nicht einmal genau, mit wem ich reden muss. Ich kann es nicht ausstehen, wenn man den Hörer abhebt und man landet in der Warteleitung und wartet und wartet und wartet, bis endlich jemand dran ist. Was *soll* das?«

»Ich denke, es hat etwas mit Macht zu tun«, meinte Barry mit einem sarkastischen Lächeln.

»Okay, wo ist das Telefonbuch. Es muss hier doch eines geben ... ah, da drüben im Regal.«

»Ich suche dir die Nummer heraus«, erbot er sich, griff nach dem Buch und begann zu blättern.

Später informierte sie eine hochnäsige Frauenstimme, der Regierungsbeauftragte sei in einem Meeting. »Was darf ich ihm sagen, wer angerufen hat?«

»Dr. Caterina McKenna. Leiterin des Continuing Care Center in Waterfield.«

»Bitte buchstabieren Sie das.«

»Welches Wort soll ich buchstabieren?«

»Ihren Namen, natürlich.«

Kate gehorchte. »Es ist wichtig, dass ich mit dem Regierungsbeauftragten spreche. Wann hat er Zeit für mich, was glauben Sie?«

»Worum geht es?«

»Um Westwind, ein staatliches Pflegeheim.«

»Der Name kommt mir nicht bekannt vor. Sind Sie sicher, dass sich das Heim in diesem Bundesstaat befindet?«

»Ja, ich bin sicher«, antwortete Kate und verdrehte die Augen. »Westwind. In Waterfield. Soweit ich weiß, ist das Gesundheitsministerium für alle Erwachsenenheime zuständig, stimmt das?«

»Ja, Doktor, natürlich«, erwiderte die Frau frostig. »Aber ich muss das überprüfen. Bitte bleiben Sie dran.«

Die nächsten fünf Minuten lauschte Kate irgendwelchem Konservengedudel, ehe sich die Stimme wieder meldete. »Dr. McCavanaugh?«

»Dr. McKenna.«

»Entschuldigung. Dr. McKenna, der Regierungsbeauftragte schlägt vor, dass Sie Kenneth Hargrave, den zuständigen Regierungskommissar für staatliche Erwachsenenheime, anrufen.« Sie gab Kate eine Telefonnummer.

»Ich kann nicht glauben, dass es so einfach ist«, bemerkte Kate, tippte die Nummer ein und bat, mit Mr. Hargrave verbunden zu werden. »Ich werde durchgestellt«, sagte sie und schaltete auf Lautsprecher.

Eine Sekunde später erfüllte ein durchdringender Tenor den Raum. »Hargrave. Und Sie sind Doktor ...«

»McKenna. Caterina McKenna vom Continuing Care C-«

»Ja, ja, was kann ich für Sie tun, Dr. McKenna?«

Kate schilderte in Kürze ihren Besuch in Westwind. »... Es war überall schrecklich schmutzig, Mr. Hargrave«, endete sie. »Seit Wochen ist dort nicht mehr sauber gemacht worden, wenn überhaupt jemals. Die Patienten waren vernachlässigt und haben ihre Medikamente nicht bekommen, und wenn, dann ohne entsprechende Überwachung. Ich konnte keinen zuständigen Arzt finden, nur ein Mädchen, das offenbar nicht einmal einen Highschoolabschluss hat.« Je mehr sie berichtete, umso größer wurde ihre Wut. »Mr. Hargrave, Westwind sollte umgehend geschlossen werden, am besten heute noch, wenn das möglich ist. Es ist eine Schande für Ihr Ministerium und für den Bundesstaat.«

»Die Schließung einer Einrichtung ist kontraproduktiv für die Patientenschaft und damit der letzte Ausweg«, erklärte er, ohne zu zögern. »Wir ziehen es vor, die Missstände einer Einrichtung von innen zu bereinigen.«

Kate holte tief Luft. »Wie oft haben Sie denn Westwind schon *von innen* gesehen, Mr. Hargrave?«

»Ich bin kein Inspektor, Dr. McKenna«, gab er verstimmt zurück. »Ich *besuche* keine Pflegeheime, sondern überprüfe nur, ob sie den bundesstaatlichen Vorschriften entsprechen.«

»Sie können mir aber nicht erzählen, dass Westwind den bundesstaatlichen Vorschriften entspricht.«

»Ich glaube, sie wurden bereits etliche Male wegen ihrer Schwachpunkte verwarnt und mussten auch mehrfach mit einer Geldbuße belegt werden.« Sie konnte sich diesen Mann genau vorstellen, wie er auf seinem bequemen Schreibtischstuhl saß und immer nervöser wurde. Vielleicht konnte sie wenigstens dafür sorgen, dass sein Unbehagen noch ein wenig wuchs.

»Eine Geldbuße scheint die Eigentümer nicht davon abgehalten zu haben, ein Heim zu führen, das eine echte *Schande* ist, Mr. Hargrave. Vielleicht wird es eine Geschichte in den Sechs-Uhr-Nachrichten und dann noch einmal um elf ...«

»Wie können Sie es wagen, mir zu drohen!« Seine roboterhafte Stimme wurde eine halbe Oktave höher. »Wir tun, was uns im Rahmen der Vorschriften zusteht.«

»Nein, das tun Sie nicht! Wenn Sie einen Fuß in dieses Heim setzen würden – nur ein einziges Mal –, würden Sie sehen, dass Sie rein gar nichts getan haben!«

»Ich brauche mir Ihre Beleidigungen nicht anzuhören, Dr. McKenna.« Und damit legte er auf.

Kate sah Barry an. »Oh Mann, ich glaube, ich habe es vermasselt«, sagte sie. Aus irgendeinem seltsamen Grund brachen sie beide in Gelächter aus. »Eigentlich ist es nicht lustig«, sagte sie nach einer Weile. »Das weiß ich«, stimmte er zu. »Aber dieser Kerl war ein derartiger Pferdearsch ...« Wieder fingen sie an zu lachen.

Barry legte seine Hand auf ihre. »Wir sind ein gutes Team, Katie. Das waren wir schon immer.«

Sie wusste nicht, was sie darauf erwidern sollte. In diesem Augenblick hörte sie ein Geräusch, kein lautes, nur den Hauch eines Lauts von der Tür her. Eilig sah sie hinüber, aber da war nichts, nur leise Schritte, die sich eilig in Richtung Lobby entfernten. Wer hatte im Türrahmen gestanden und sie beobachtet? Vielleicht alles mit angehört? Und sich dann weggeschlichen. Schon wieder ein unheimliches Vorkommnis. Sie zog ihre Hand unter Barrys Fingern hervor.

»Hast du etwas gehört?«, fragte sie.

»Was denn?«

»Nichts. Wahrscheinlich bin ich nur nervös. All diese hässlichen Dinge, die sich unmittelbar unter der Oberfläche verbergen.« Sie verzog das Gesicht. »Und niemanden kümmert es.«

»Keine Sorge«, sagte er. »Mr. Hargrave wird jede Minute zurückrufen. Schließlich will er nicht, dass irgendetwas in den Abendnachrichten gesendet wird.«

»Ich hoffe jedenfalls sehr, dass er noch einmal anruft. Es wäre nicht gut, ihn als Gegner zu haben. Nicht wenn ich will, dass etwas passiert.«

Er sah auf seine Uhr. »Ich habe in fünf Minuten einen Termin und sollte mich beeilen. In anderthalb Stunden hole ich dich zum Mittagessen ab. Ich habe da etwas ganz Besonderes im Auge.« Damit verschwand er.

Kate saß an ihrem Schreibtisch und wartete ungeduldig darauf, dass das Telefon endlich läutete. Ja, sie war nervös. Sie hasste das Gefühl, bespitzelt zu werden. In einer halben Stunde fing ihre Gruppentherapiestunde an, und sie ließ ihre Patienten nur höchst ungern warten. Wenn Hargrave also nicht in den nächsten zehn Minuten anrief ...

»Hey, hast du eine Minute?« Luke kam lächelnd herein. *Die Wirkung seines Lächelns ist wirklich erstaunlich*, dachte sie und spürte, wie sich eine wohlige Wärme in ihrem Inneren ausbreitete. »Ich habe hier eine Liste mit Änderungen, die wir bei drei oder vier Patienten vornehmen sollten. Besonders bei einem.«

»Lass mich raten. Paulie DeSanto.«

»Genau. Er fühlt sich nicht gut mit Haldol ... beziehungsweise den Nebenwirkungen. Würdest du einen Blick darauf werfen?«

Sie beugten sich über die Liste. Nach etwa einer Viertelstunde läutete das Telefon.

»Die Polizei, Dr. McKenna«, sagte Sonya mit grimmiger Stimme – was im Grunde nichts sagte. Sonya mochte keine Polizei, egal aus welchem Land, selbst wenn sie Lose für die Tombola verkauften.

»Hier?«

»Am Telefon. Jemand möchte Sie sprechen.«

»Gut. Stellen Sie durch.« *Was war jetzt passiert?*

Detective Don Carola stellte sich vor und meinte, er und sein Partner würden gern herüberkommen, um mit ihr über jemanden zu sprechen, der möglicherweise ihr Patient sei. Nein, sie wollten die Angelegenheit nicht am Telefon, sondern persönlich klären.

»Okay, Detective, aber ich habe in einer Viertelstunde eine Gruppentherapie und bin erst gegen Mittag fertig.«

»Dann kommen wir um diese Zeit vorbei. Danke, Doktor.«

Luke war gegangen und hatte ihr eine Nachricht hinterlassen. *Viel zu tun, Doktor. Lass uns zusammen zu Abend essen. Wie wär's mit Angelo's?* Sie lächelte. Das Angelo's war ein schickes Restaurant für ganz besondere Anlässe. Gut. Wunderbar.

Ihr blieben noch etwa zehn Minuten. Sie beschloss, Mrs. Cathcart anzurufen. Sie war zu Hause.

»Mrs. Cathcart, hier spricht Dr. Kate McKenna vom Continuing Care Center in der Stadt und –«

»Ich weiß, wer Sie sind. Und ich will nicht mit Ihnen über sie reden!«

»Sie meinen, Ihre Tochter?«

»Nicht meine Tochter! Das habe ich Ihnen doch schon gesagt! Ich will nichts mehr mit ihr zu tun haben!«

»Mrs. Cathcart, bitte hören Sie mir zu. Ich war gestern Abend in Westwind, um Linda zu besuchen, und –«

»Dort haben sie sie hingebracht. Ich hab die Papiere unterschrieben und bin froh darüber. Genau da gehört sie hin! Versuchen Sie bloß nicht, mir etwas über meine Familie zu erzählen, Doktor! Ich kenne mich mit dem Bösen und der Brut des Teufels aus! Bei meiner eigenen Schwester war es ganz genauso. Auch sie hat mit den Mächten der Finsternis gesprochen und Abscheulichkeiten von sich gegeben.«

Das war ja hochinteressant. »Aber heutzutage wissen wir, wie wir Menschen wie Ihrer Schwester und Ihrer Tochter helfen können.« Sie hielt inne, um Mrs. Cathcarts Reaktion abzuwarten, doch außer schweren Atemzügen war nichts zu hören.

»Mrs. Cathcart, wenn wir Linda nicht aus Westwind herausholen, könnte sie sterben!«

»Gut! Dann lassen Sie sie sterben. Und diese Bösartigkeit gleich mit! Unsere Familie war lange genug verflucht! Und rufen Sie mich ja nicht mehr an, Doktor, haben Sie gehört? Sie ist nicht mehr meine Tochter!« Die Leitung war tot.

Kate war enttäuscht, aber keineswegs überrascht. Also hatte Lindas Tante ebenfalls unter einer Psychose gelitten. In Lindas Akte war nichts über eine Schwester der Mutter vermerkt, kein Hinweis auf eine familiäre Vorgeschichte. Aber offensichtlich gab es eine. Sie ging jede Wette ein, dass es in Lindas Familie noch mehr solcher Fälle gab: ein merkwürdiger Onkel, der auf dem Dachboden versteckt gehalten wurde, ein Cousin, der Selbstmord begangen hatte, solche Dinge. Wahrscheinlich in jeder Generation einer. Zu schade, dass die Familien ihre Geheimnise so eisern wahrten. Am Ende litten alle Beteiligten darunter.

Als sie die Lobby durchquerte, fiel ihr die Verabredung mit Barry wieder ein. Sie würde es nicht schaffen. Im Gehen rief sie ihn auf seinem Mobiltelefon an.

»Wie sieht es stattdessen mit einem Abendessen aus?«

Pause. »Es tut mir sehr leid, aber ich habe ... eine Verabredung.« Verdammt, sie hatte ein schlechtes Gewissen. So würde es nie funktionieren. »Ich bin heute Abend beschäftigt«, erklärte sie mit fester Stimme. »Wieso kommst du nicht morgen früh zu mir ins Büro, dann reden wir weiter.«

Er ließ sich Zeit mit seiner Antwort. Inzwischen stand sie vor der Tür zum Gruppentherapieraum, in dem die Patienten bereits Platz genommen hatten und sie erwartungsvoll ansahen. »Okay, Barry, ich habe jetzt eine Gruppentherapie. Wir reden später«, sagte sie. »Barry?«

»Ja. Gut.« Er legte auf, wütend und verletzt. Das war schade. Ihr schlechtes Gewissen wich einem Anflug von Verärgerung. Schon besser.

Sie klappte ihr Telefon zu und lächelte den wartenden Patienten zu. »Hallo, allerseits. Tut mir leid, dass ich zu spät komme. Wer möchte anfangen?«

12

Zwei Männer standen vor Sonyas Schreibtisch, als Kate aus der Therapiestunde kam. Sie taten nichts, sondern standen einfach nur da, mit vor dem Bauch gefalteten Händen. Sie trugen dunkle, unauffällige Anzüge mit dunklen, unauffälligen Krawatten – eindeutig Polizisten. Die Gruppentherapie war recht erfolgreich verlaufen, einige Patienten hatten das Wort ergriffen und ziemlich vernünftig geredet. Und es hatte nur einen einzigen Streit gegeben, der geschlichtet werden musste. Selbst Paulie DeSanto war relativ ruhig geblieben – obwohl sie sah, was Luke gemeint hatte. Die Anzeichen von tardiver Dyskinesie waren unübersehbar. Seine Beine zuckten und bebten unkontrolliert, sodass sich der arme Paulie nach vorn beugen und darauf abstützen musste, um es zu verhindern. Erfreulicherweise konnte sie ihm mitteilen, dass Luke seine Medikamentierung ändern und dafür sorgen wollte, dass die Zuckungen aufhörten. Luke hatte Clozapine vorgeschlagen, und Kate war einverstanden.

Es schien also alles unter Kontrolle zu sein – halbwegs zumindest. Sie begrüßte die beiden Männer, während sie sich fragte, was sie wohl herführte. Die beiden sahen sehr ernst aus, was wahrscheinlich kein gutes Zeichen war. Vielleicht gehörte der säuerliche Gesichtsausdruck aber auch zu der Rolle, die sie in der Öffentlichkeit spielen mussten, um zu verhindern, dass die Leute sie anlogen. Der ältere, stämmigere Beamte stellte sie beide vor: Detective Carola, das war er selbst, und Detective Weiss, sein jüngerer, schmaler gebauter Kollege.

»Bitte«, forderte sie die beiden freundlich auf, »gehen wir

doch in mein Büro, wo wir in Ruhe reden können.« Sobald sie hier fertig war, würde sie mit Luke nach Westwind fahren und nach der armen Linda sehen. Wer weiß – vielleicht bekam sie auch die schwer erreichbare Mrs. Goodman zu fassen. Das Mittagessen hingegen war gestrichen.

Als sie in Kates Büro Platz genommen hatten, faltete sie die Hände auf der Schreibtischplatte und sah die Polizisten an. »Wie kann ich Ihnen helfen?«

»Wir suchen nach einem Mann namens Willard Fair«, sagte Detective Carola und musterte sie durchdringend. »Kennen Sie ihn?«

»Nein, nein, ich habe den Mann nie gesehen. Wie kommen Sie darauf, dass ich ihn kenne?«

»Der Ausdruck auf Ihrem Gesicht, als ich seinen Namen genannt habe.«

»Nun ja, der Name sagt mir etwas. Mr. Fair ist auf eigene Initiative in unsere Ambulanz gekommen.«

»Entschuldigen Sie, Ma'am, aber was bedeutet das?«, wollte Detective Weiss wissen. »Auf eigene Initiative?«

»Es bedeutet, dass er weder von einem Psychiater noch von der Anstalt an uns überwiesen wurde. Er ist freiwillig gekommen, weil er Hilfe gesucht hat.«

»Und Sie wissen nicht, woher er kam?«

»Nein. Ich vermute, er wohnt irgendwo in der Gegend. Soll ich versuchen, es herauszufinden?« Sie griff nach dem Telefonhörer.

»Das ist nicht nötig, Doktor«, sagte der ältere Polizist. »Noch nicht. Wir wurden informiert, er sei hier Patient.«

»Und diese Information stammt von ...«

Die Detectives tauschten einen Blick. »Von einem anonymen Anrufer«, antwortete Detective Carola und schürzte die Lippen, als wolle er sich dafür entschuldigen.

»Na ja, er war bei einem unserer Ärzte, ganz kurz ...« Sie beschloss, nicht zu erzählen, dass er besagte Ärztin halb zu Tode geängstigt hatte. »Aber soweit ich weiß, hat er keinen weiteren Termin vereinbart und sich auch für keines der Programme eingeschrieben, die wir anbieten. Und er kam auch nicht mit einem Rezept für eine regelmäßige Behandlung, das wir ausfüllen sollten. Manchmal machen wir so etwas für Ärzte, die das Gefühl haben, ein Patient sollte ständig überwacht werden. Sie sehen also, wir wissen so gut wie nichts über ihn. Warum? Gibt es ein Problem?«

»Der anonyme Anrufer – es handelte sich um eine Frau, falls ich das noch nicht erwähnt habe – meinte, sie hätte Grund zur Annahme, er sei gewalttätig. Unsere Ruferkennung hat festgestellt, dass der Anruf aus diesem Gebäude kam. Von einem der öffentlichen Fernsprecher in der Lobby. Wir haben den Namen überprüft und ihn prompt gefunden. Also müssen wir den Mann finden. Und wir würden gern mit der Frau sprechen, die uns angerufen hat. War der Arzt, bei dem er war, eine Frau?«

»Ja«, gab Kate leicht widerstrebend zu.

»Dann könnte es sich bei der Anruferin um diese Ärztin handeln. Hat er sie bedroht?«

»Nein ... nicht direkt.«

Der jüngere Detective rutschte ein Stück auf seinem Stuhl vor. »Nicht direkt? Was hat er genau getan?«

Kate holte tief Luft. Sie wollte nicht lügen, aber sie würde auch die ärztliche Schweigepflicht nicht verletzen. »Er hat ihr Angst eingejagt. Nach dem, was sie mir erzählt hat – natürlich kann ich Ihnen die Details nicht wiedergeben –, könnte ich mir vorstellen, dass er das mit Absicht getan hat und möglicherweise nicht mehr damit erreichen wollte ...«

»Ich vermute, Sie wollen uns den Namen der Ärztin nicht nennen, richtig?«

»Lieber nicht. Sie ist ein wenig durcheinander. Aber es ist nichts passiert.«

»Nun ...« Der ältere der beiden Polizisten grunzte ärgerlich. »Sie sollten wissen, dass ein Haftbefehl wegen Nichterscheinens vor Gericht gegen ihn ausgestellt ist. Die Anklage lautet auf schwere Körperverletzung.« Sein Tonfall verriet keinerlei Emotion, doch Kate war die leise Betonung der letzten beiden Worte nicht entgangen.

»Schwere Körperverletzung«, wiederholte sie. »Und das heißt im Klartext?«

»Mr. Fair hat in einer Tiefgarage eine Frau in ihren Wagen gezerrt und wollte ihr zeigen, was ein ›richtiger Mann‹ sei. Die Frau hat sich mit aller Kraft gewehrt, daraufhin hat er ihren Kopf mehrfach gegen den Wagen geknallt und sie gewürgt, bis jemand in die Garage kam, den Lärm hörte und um Hilfe rief. Das hat ihr wahrscheinlich das Leben gerettet. Ich versuche Ihnen damit zu erklären, dass dieser Kerl tatsächlich gefährlich ist. Mag sein, dass er Ihrer Ärztin nur Angst einjagen wollte, wie Sie sagen, andererseits...«

»Doktor«, mischte sich Detective Carola ein, »Mr. Fair ist kein Mann, der nur redet. Er hat eine Gefängnisstrafe wegen Vergewaltigung abgesessen und ist erst seit kurzem wieder auf freiem Fuß.«

»Also«, meinte Detective Weiss, »sollte er hier auftauchen, rufen Sie uns bitte an.« Er reichte ihr seine Visitenkarte. »Und zwar umgehend.«

»Das werde ich.« Die arme Vera, fünfzig Minuten allein mit diesem Mann in einem Raum. Und Kate hatte gedacht, nur ihre Fantasie gehe mit ihr durch.

Sie erhoben sich. Gerade als sie zur Tür traten, läutete Kates Mobiltelefon. Auf dem Display war Veras Nummer zu sehen. »Moment«, sagte sie zu den beiden Polizisten, »es ist die Ärztin, bei der er war.«

Veras Stimme bebte. »Kate, er ist hier. In der Eingangshalle. Er fragt nach mir. Er hat Sonya erzählt, er hätte schreckliche Gedanken und müsse mich sofort sehen. Sofort!« Mit jedem Wort wurde ihre Stimme schriller.

»Die Polizei ist hier bei mir, Vera«, erklärte Kate mit betont ruhiger Stimme. »Wir gehen auf der Stelle in die Lobby und schnappen ihn uns. Sie brauchen nicht mit ihm zu reden. Er wird verhaftet, also machen Sie sich keine Sorgen. Atmen Sie durch und holen sich einen Kaffee. Er wird bald weg sein.«

»Für immer?«

»Ja, für immer«, beschwichtigte Kate sie, obwohl sie sich

nicht sicher war, ob das stimmte. »Ich rufe Sie an, wenn es vorbei ist.«

»Er ist hier«, erklärte sie den beiden Männern. »In der Halle. Er fragt nach besagter Ärztin und behauptet, er hätte ›schreckliche Gedanken‹. Was soll ich tun?«

»Am besten, Sie gehen einfach raus und reden ein, zwei Minuten mit ihm«, schlug der ältere Detective vor. »Erzählen Sie ihm irgendetwas, damit er hierbleibt. In der Zwischenzeit kommen wir von der anderen Seite und überraschen ihn.«

Die beiden Polizisten verließen Kates Büro als Erste und wiesen sie an, noch eine Minute zu warten. Dann trat sie mit hämmerndem Herzen auf den Korridor und ging zu Sonyas Tisch. »Sonya«, sagte sie leise, »der Mann, der nach Dr. Ilitch fragt ... Welcher ist es?«

»Sehen Sie den kleinen Mann da in Ecke? Er tippt ganze Zeit mit Fuß auf Boden.«

»Oh, ja.« Willard Fair musste um die 40 sein, mit einem nichts sagenden, runden Gesicht, hellem, schütter werdenden Haar und einer Brille mit runden Gläsern. Seine Freizeithosen waren sorgfältig gebügelt, und seine Schuhe glänzten. Er wirkte wie ein Trottel, den man unter gewöhnlichen Umständen ignorieren würde, wäre da nicht dieses nervöse Tippen mit dem Fuß gewesen. Er schien es nicht zu bemerken, ganz im Gegensatz zu den anderen Wartenden, von denen ständig einer den Kopf wandte, um zu sehen, woher das merkwürdige Geräusch kam. Das registrierte er gar nicht.

Kate trat vor ihn. »Mr. Fair? Sie haben nach Dr. Ilitch gefragt?« Zum Glück hatte sie sich so weit in der Gewalt, dass ihre Stimme völlig normal klang.

»Ja, stimmt«, erwiderte er leise, beinahe sanft. »Wer sind Sie?«

»Ich bin Dr. McKenna, die Leiterin der Ambulanzklinik. Dr. Ilitch ist mit einem anderen Patienten beschäftigt und hat anschließend mehrere Therapiesitzungen ...«

»*Ich muss sie sehen. Ich habe Probleme, um die nur sie sich kümmern kann.*« Seine Stimme war zwar leise, aber dennoch intensiv, und Kate bemerkte den unkontrollierbaren Ausdruck in seinen Augen.

»Ich verstehe.« Oh, und wie! »Aber da Dr. Ilitch im Moment nicht zur Verfügung steht und ich ihre Vorgesetzte bin, dachte ich, Sie erlauben mir vielleicht, dass ich mich um Sie kümmere.«

Sein Blick richtete sich auf sie. Es lag eine so unverhohlene Gier in seinen Augen, dass sie den Impuls unterdrücken musste zurückzuweichen. Er lächelte ihr verkniffen zu. »Ja, warum nicht? Sie sind –« Doch er bekam keine Gelegenheit, seinen Gedanken auszusprechen, denn wie aus dem Nichts erschienen die beiden Detectives – einer trat neben Fair, der zweite hinter ihn. »Willard Fair?«, fragte der jüngere der beiden.

Fair musste die Stimme des Gesetzes erkannt haben, denn er sah nicht einmal zu den Polizisten hoch, sondern sprang von seinem Stuhl auf, tauchte unter dem ausgestreckten Arm des Jüngeren hindurch und stürmte zur Tür. Die beiden Detectives setzten ihm augenblicklich nach – Kate war überrascht von der Behändigkeit des älteren Mannes – und legten ihm Handschellen an, noch bevor er die Eingangstür erreichen konnte. Detective Carola drehte sich um, sah zu ihr herüber und nickte knapp. »Danke«, formte er lautlos mit den Lippen, worauf sie ebenfalls nickte.

Das Herz schlug ihr bis zum Hals. Willard Fair hatte sie mit seinen intensiven, gierigen Augen angestarrt, als wäre sie ein Teller seines Lieblingsessens. Ein Schauder rieselte über ihr Rückgrat. Vera hatte vollkommen Recht, dieser Kerl war tatsächlich beängstigend. Sie hatte das Bedürfnis, sich die Hände zu waschen, obwohl sie ihn nicht einmal angefasst hatte.

Auf dem Weg zurück in ihr Büro fragte sie sich, wer wohl die Polizei gerufen haben könnte. Eigentlich konnte es nur Vera gewesen sein. Es sei denn, Vera hatte noch jemandem in der Klinik von ihrem Erlebnis erzählt. Gilda vielleicht? Aber es war zu bezweifeln, dass Gilda zu einer so rationalen Handlung fähig wäre. Andererseits hatte sie auch Dr. Fernandez angerufen. Oh, könnte es vielleicht Dave Fernandez getan haben? Aber warum? Außerdem war er ein Mann, also kam er nicht infrage.

Sie wählte Veras Nummer, doch sie wurde auf den Anrufbeantworter umgelenkt. Sie blieb einen Moment lang in der Lobby stehen und sah sich um, als plötzlich etwas ihre Aufmerksamkeit erregte: Ganz hinten im Raum saß Gilda auf einem Stuhl und stopfte irgendwelche Dinge in einen Koffer, die sie dann wieder herausnahm. Sie ging zu ihr hinüber. »Hi, Gilda, verreisen Sie?«

»Man weiß ja nie«, erwiderte Gilda geheimnisvoll. »Seien Sie vorbereitet, es könnte sein, dass sie Sie holen kommen.« Ihr Blick schweifte nervös durch den Raum, als würde ihr plötzlich die Gefahr wieder bewusst.

»Gilda, haben Sie gerade telefoniert?«

»Wie sollte das gehen, wo ich noch nicht mal ein Telefon habe. Also ehrlich, Dr. McKenna!«, erklärte sie empört.

»Sind Sie wegen einer Therapiestunde hier? Ich könnte Sie hinbringen.« Es war sinnlos, Gilda zu befragen. Sie würde sich nur weiter in sich zurückziehen und am Ende davonlaufen.

»Ich brauche Ihre Hilfe nicht, Doktor, aber trotzdem danke. Wegen mir wollten Sie die Polizei nicht rufen, weshalb sollte ich Ihnen also etwas erzählen?«

»Aber die Polizei war doch gerade hier, Gilda, haben Sie sie denn nicht gesehen? Zwei Detectives. Sie haben den Kerl geschnappt. Willard Fair.«

»Diesen Zwerg? Mit den gierigen Augen?«

Ganz genau, dachte Kate. Es erstaunte sie immer wieder, wie viel Intelligenz sich in einem kranken Gehirn verbergen konnte. »Genau den«, bestätigte sie. »Sie haben ihn ins Gefängnis gesteckt.«

»Dort wird er aber nicht bleiben«, prophezeite Gilda. »Der kommt schon wieder raus. Typen wie der schaffen das immer. Nelson sagt ...« Gilda hielt inne.

»Nelson sagt was?«, forderte Kate sie auf, doch für Gilda war das Thema bereits erledigt.

»Gibt es heute wieder Tunfischsandwiches in der Gruppenstunde? Wenn ja, bin ich weg. Ich kann keinen Tunfisch mehr sehen. Pfui Teufel! Keinen Fisch mehr für mich, klar?« Ihre Stimme wurde lauter.

Kate legte ihr beschwichtigend die Hand auf den Arm. »Ich weiß nicht, was Shelby heute mitgebracht hat, aber wollen Sie nicht nachsehen gehen?«

»Wenn es Sandwiches mit Erdnussbutter und Gelee gibt, okay.« Gilda klappte ihren Koffer zu und erhob sich langsam. »Aber nur Traubengelee, nicht diese blöde Erdbeermarmelade«, erklärte sie und watschelte davon. Sie schien Mühe zu haben, den Koffer zu halten. Was um alles in der Welt hatte sie in dieses Ding gepackt? Alles, was ihr gehörte, wahrscheinlich, besser gesagt, alles was sie nicht am Leib trug.

Kate sah Gilda nach, wie sie sich durch die Lobby schleppte, und fragte sich, ob sie ihr jemals würde helfen können. Laut ihrer Krankenakte lebte sie seit mindestens sechs Jahren auf den Straßen von Waterfield und war bereits mehrfach vor den eisigen Temperaturen gerettet worden, nur um wieder an ihre Lieblingsplätze zurückzukehren, sobald sie ihren Rettern entschlüpfen konnte. Auch sie war einmal nach Westwind gebracht worden. Kate rief sich die Seite in Gildas Akte in Erinnerung. Sie war nur eine Nacht dort geblieben. Die Betreiber von Westwind seien ja noch verrückter als sie selbst, hatte sie geschrien, ehe sie verschwunden war. *Ob sie wohl Mrs. Goodman damit gemeint hat? Oh Gott, Mrs. Goodman! Und Linda!*

Sie hatte vorgehabt, sich auf den Weg nach Westwind und zu Mrs. Goodman zu machen und dafür zu sorgen, dass Linda aus diesem grauenhaften Stillen Raum befreit wurde. Außerdem musste sie Lindas Medikamente überprüfen. Sie sah auf ihre Uhr – es war Viertel vor zwei. Wenn sie sich sofort auf den Weg machte, könnte sie um drei oder halb vier wieder zurück sein.

Sie ging in ihr Büro, um ihre Notizen und ihre Handtasche zu holen, als sie eine Ansichtskarte auf ihrem Poststapel entdeckte. Von wem könnte die sein? In diesem Moment erkannte sie Dr. Carlyles Handschrift und sah, dass auf der Vorderseite die Ansicht eines toskanischen Städtchens namens Greve abgebildet war. Eilig las sie den Text. Er und seine Frau hatten für sechs Monate eine Villa dort gemietet. »Es war eine spontane Entscheidung (und eine gute), aber ich muss mich entschuldigen, dass ich vor meiner Abreise nicht mehr mit Ihnen sprechen konnte. Wenn ich zurückkomme, werden wir uns Zeit dafür nehmen«, stand da. *Es hat ziemlich lange gedauert, bis er diese Karte geschrieben hat,* dachte sie, doch dann fiel ihr Blick auf den Poststempel – *Marzo,* das bedeutete, dass die Karte zwei Monate unterwegs gewesen sein musste. Wie ineffizient die italienische Post auch sein mochte – zwei *Monate* für eine Ansichtskarte? Sie musste doch per Luftpost geschickt worden sein.

Es klopfte an der Tür, und Barry kam herein. »Du wirst sicher noch froh sein, dass du mich kennst«, verkündete er.

»Oh, das bin ich bereits. Sieh dir das mal an.« Sie reichte ihm die Postkarte, die er entgegennahm, ohne sie jedoch anzusehen. Wegen irgendetwas, das er unbedingt loswerden wollte, war er völlig aus dem Häuschen, also nahm sie ihm die Karte wieder aus der Hand. »Schieß los.«

»Ich habe einen Namen für dich – jemand, der in Westwind gearbeitet hat. Und er *will* sogar mit uns reden. Er brennt förmlich darauf. Katie, das könnte der Stab sein, mit dem wir in dieses Wespennest stechen können.«

»Dann lass ihn uns anrufen«, meinte sie. »Obwohl –« Sie sah auf ihre Uhr. »Zuerst muss ich nach Westwind, um zu sehen, ob ich endlich mit Mrs. Goodman sprechen kann. Und ich muss nach meiner Patientin sehen. Aber wir können ihn anrufen und einen Termin vereinbaren. Es tut mir wirklich leid, Barry«, fügte sie beim Anblick seines enttäuschten Gesichts hinzu, »aber Linda ist meine Patientin, und sie kommt als Erste. Ich hätte gleich heute Morgen hingehen sollen. Trotzdem bin ich bereit, mir jetzt ein wenig Zeit für dich zu nehmen. Obwohl ich es eigentlich nicht sollte.«

»Okay«, meinte er nach einer Weile. »Es ist nur ... manchmal, wenn die Leute reden wollen, muss man die Gelegenheit beim Schopf packen. Wenn man sie verstreichen lässt, überlegen sie es sich vielleicht noch einmal... Okay, okay. Er heißt Miguel Ortiz.«

Kate blieb der Mund offen stehen. »Miguel Ortiz? Und er wohnt auf einem Hausboot unten am Fluss?«

»Genau. Aber woher –«

»Barry. Miguel ist einer meiner Sozialarbeiter«, erklärte sie. »Er arbeitet hier. Also können wir auch noch ein, zwei Stunden warten. Er wird schon mit uns reden ... Na ja, vielleicht sollte ich mich besser zuerst mit ihm allein unterhalten. Schließlich bin ich seine Vorgesetzte und sollte ihn beruhigen.«

Sie hinterließ Miguel eine Nachricht auf seinem Anrufbeantworter. »Hi, Miguel, Dr. McKenna hier. Ich denke, wir sollten uns über Westwind unterhalten. Ich bin sehr interessiert und sehe auf dem Dienstplan, dass Sie um halb fünf Zeit haben. Tragen Sie mich bitte für diese Zeit ein, und kommen Sie zu mir ins Büro? Ich erwarte Sie.« Sie wandte sich an Barry. »Du hast es gehört. Und ich schwöre dir, dass du beim zweiten Gespräch dabei sein wirst.«

Als Barry hinausging, stieß er um ein Haar mit Marian zusammen, die ihm zuwinkte.

»Ich habe von dem Kerl und der Polizei gehört. Wie schön, dass sie ihn geschnappt haben. Wer hat denn die Polizisten informiert, dass er hier war?«, fragte sie Kate.

»Unsere alte Freundin, Miss Anonym.«

»Ein anonymer Anrufer?«

»Aus unserer Lobby.«

»Aber –«

»Ich weiß. Sehr seltsam, aber auch sehr hilfreich. Ansonsten weiß ich nur, dass es eine Frau war.«

»Eine der Patientinnen?«

»Das kann ich mir nicht vorstellen. Aber ich habe da so eine Ahnung –«

»Ja?« Marian schaute sie fragend an.

»Ach, ich weiß nicht, vergessen Sie's. Ich bin schon völlig paranoid. Aber vielleicht *will* ja auch nur jemand, dass die Polizei glaubt, Vera hätte angerufen. Denn wenn es ein Arzt gewesen wäre –«

»Oh, jetzt verstehe ich!«, rief Marian. »Wenn Vera angerufen hätte, würde sie gegen die ärztliche Schweigepflicht verstoßen, und wir könnten verklagt werden.«

»Genau.«

»Aber wer würde so etwas tun?«

Kate lachte freudlos. »Jemand, der die Klinik ordentlich in der Klemme sehen will? Vielleicht gibt es da ein, zwei Leute, denen das gefallen würde. Aber lassen Sie uns später darüber reden. Ich muss jetzt unbedingt nach Westwind. Begleiten Sie mich ein Stück, damit wir uns noch unterhalten können?« Sie nahm ihre Sachen, ehe sie den Weg in Richtung Seiteneingang der Klinik einschlugen.

»Linda wird schrecklich misshandelt ...«

»In Westwind?«

»Ja.«

»Tja, das ist nichts Neues. In Westwind werden Patienten schon seit der Eröffnung misshandelt.«

»Es ist widerwärtig. Und das Schlimmste ist, dass es niemanden gibt, der genug Autorität besitzt, um das Ganze unter Kontrolle zu halten. Die Direktorin ist eine gewisse Mrs. Goodman, die aber nie da ist, und wenn doch, ist sie für niemanden zu sprechen. Ich weiß aber, dass sie existiert, weil sie mich einmal angerufen hat.«

»Oh, Mrs. *Goodman*«, erklärte Marian mit bedeutungsschwangerer Stimme.

»Sie haben sie also auch auf dem Kieker. Was halten Sie von ihr, sagen Sie's mir? Bitte.«

»Erstens ist sie für die Aufgabe nicht qualifiziert. Sie hat Westwind vor ein paar Jahren schon einmal geleitet, bis ein Inspektor von der Gesundheitsbehörde sie vor die Tür gesetzt hat, der ein bisschen mehr Grips hatte als all die anderen.«

»Das heißt, man hat sie ein zweites Mal eingestellt?«

»Nein, man hat einen anderen eingestellt. Derjenige hat sie dann als seine Assistentin engagiert, aber wenig später gekündigt. Das Ganze riecht nach einem abgekarteten Spiel.«

»Und sie ist nicht für die Aufgabe qualifiziert? Nicht, dass mich das überraschen würde ...«

»Wenn ich mich recht entsinne, hat sie einen Managementkurs auf dem staatlichen College in Queequog belegt.« Marian verdrehte die Augen. »Natürlich ist sie die Freundin von irgendjemandem, oder die Schwägerin oder sonst etwas. Aber sie bringt definitiv nicht einmal die Voraussetzungen mit, einen Krämerladen an der Ecke zu betreiben, ganz zu schweigen von einem großen Erwachsenenpflegeheim mit jeder Menge psychisch kranker Menschen.«

»Oh, die Frau gefällt mir immer besser«, bemerkte Kate. Inzwischen hatten sie die Garage erreicht.

»Lassen Sie mich wissen, wenn Sie sich in die Höhle der Löwin gewagt haben.«

»Das werde ich.«

Auf dem Weg nach Westwind nahm Kate sich fest vor, sich nicht wieder so aufzuregen, wenn Mrs. Goodman auch jetzt nicht zu sprechen sein sollte. Das Wichtigste war, dass es ihr gelang, Linda zu sehen, und dafür brauchte sie alle Verbindlichkeit, die sie aufbringen konnte. Sie hatte ihre Arzttasche aus schwarzem Leder – ein Geschenk vom Doc zum Abschluss ihres Medizinstudiums – mit Medikamenten, Antiseptika und Verbandsmaterial bestückt und war entschlossen, dafür zu sorgen, dass Linda Cathcart eine angemessene Pflege bekam. Mit angehaltenem Atem ging sie zum Empfangstresen. Doch als sie nach Mrs. Goodman fragte, hieß es zu ihrer grenzenlosen Überraschung, die sei in ihrem Büro und erwarte Dr. McKenna bereits.

Ihre Tür stand offen und gab den Blick auf einen großen, mit bauchigen Kirschholzmöbeln im Stil irgendeines italienischen oder französischen Königs ausgestatteten Raum frei. Den Boden bedeckte ein flauschiger, saphirblauer Teppich, und in der Mitte des Raums stand ein ausladender Schreibtisch mit geschwungenen Beinen und sorgsam arrangierten Kristallaccessoires darauf. Hinter dem Schreibtisch saß Mrs. Goodman in einem großen, blauen Lederdrehstuhl. Sie war Anfang vierzig, sehr blond, übergewichtig und viel zu elegant gekleidet. Bei ihrer Statur wäre es eher ratsam, zum dunkelblauen Kostüm lieber keine Bluse mit allzu vielen Rüschen, kombiniert mit einer auffällig funkelnden Brosche am Revers, zu tragen.

»Sie müssen Doktor äh ...«, begrüßte sie Kate mit heiser klingender Stimme.

»Dr. McKenna.«

»Natürlich. Dr. McKenna. Und Sie kommen von ...«

Kate erklärte ihr, woher sie kam, während sie noch immer im Türrahmen stand und darauf wartete, hereingebeten zu werden.

»Und Ihre Klinik ist Teil des Hillside Hospital, sagen Sie?«

»Ja. Wir sind die Ambulanz in der Innenstadt und noch ziemlich neu.«

»Oh ja, die kenne ich. Das ist doch die, die alle hassen.« Sie lachte freudlos. »Tja, dann kommen Sie mal rein und erzählen mir, weshalb Sie hier sind, Dr. äh –«

»McKenna«, sagte Kate und trat so dicht an den Schreibtisch, dass sie den blauen Lidschatten und die verdächtig unecht aussehenden Wimpern ihres Gegenübers erkennen konnte.

»Erstens bin ich wegen meiner Patientin, Linda Cathcart, hergekommen. Gestern Abend war ich mit meinem Kollegen hier, um nach ihr zu sehen, und es stellte sich heraus, dass sie eingesperrt war.«

»Nicht eingesperrt, Dr. äh ... Wir bringen Patienten in den Stillen Raum, damit sie sich beruhigen können, verstehen Sie?«

»Nun, meiner Meinung nach sollte sie sich jetzt ausreichend beruhigt haben, dass ich als ihre behandelnde Ärztin sie mir ansehen und ihr die Medikamente geben kann, die sie braucht.«

»Wir haben unsere eigenen Ärzte.«

»Und ich habe Ihren Stillen Raum gesehen«, gab Kate so ruhig wie möglich zurück, obwohl sie spürte, wie Wut in ihr aufstieg. »Es ist eher ein Gefängnis, würde ich sagen.«

Mrs. Goodmans schimmernd rosafarbene Lippen kräuselten sich, und ihre Augen wurden schmal. »Ich würde gern erfahren, wie Sie ohne meine Erlaubnis *irgendetwas* in Westwood sehen konnten. Das hier ist mein Heim.«

»Gestern Abend war kein ausgebildeter Mitarbeiter hier, deshalb konnten mein Kollege und ich gehen, wohin wir wollten. Die Patienten liefen im ganzen Haus herum. Viele von ihnen sind schmutzig und vernachlässigt. Man hat die falschen Tabletten ausgegeben! Hier drin herrschte das absolute Chaos, Mrs. Goodman!«

Die Frau hievte sich auf die Füße und beugte ihre beachtliche Körpermasse über die glänzende Tischplatte, sorgsam darauf bedacht, ihre langen, lackierten Fingernägel nicht zu Schaden kommen zu lassen. »Ich kenne meine Rechte«, erklärte sie verkniffen. »Ich bin die Verwalterin dieses Heims, das offiziell als private Einrichtung registriert ist.« Sie beendete ihre kleine Ansprache mit einem befriedigten Lächeln.

»Ja, und ich bin die Leiterin des Continuing Care Center, das Teil des Hillside Hospitals ist. Rein zufällig weiß ich, dass Westwind unzählige Male wegen Verstößen gegen die Vorschriften belangt wurde, doch die Missstände wurden nie behoben. In diesem Haus wimmelt es von Ungeziefer, und die Eingangshalle ist völlig verschmutzt, ganz zu schweigen vom Zustand der Zimmer –«

»Sie befinden sich auf einem Privatgrundstück, und ich fordere Sie hiermit auf zu gehen«, unterbrach Mrs. Goodman mit vor Zorn funkelnden Augen. »Und zwar auf der Stelle. Ich werde meine Mitarbeiter anweisen, Sie nicht mehr hereinzulassen.«

»Mitarbeiter!«, höhnte Kate. »Welche Mitarbeiter? Gestern Abend war außer einem Mädchen im Teenageralter und einem Wachmann keine Menschenseele hier!«

»Wenn Sie nicht freiwillig gehen, werde ich Sie gewaltsam entfernen lassen. Charles!«, rief Mrs. Goodman und betätigte einen Knopf an ihrem Schreibtisch.

»Und ich werde den Staatsanwalt einschalten. Ich bin sicher, er wird Klage gegen Sie und die Eigentümer dieses Heims erheben!«

»Tun Sie sich keinen Zwang an! Das haben schon ganz andere Leute versucht! Mich kriegen Sie nie von hier weg!«

In diesem Moment betrat ein Wachmann, ein bulliger Kerl mit einem fiesen, brutalen Gesicht, den Raum und musterte Kate finster. »Charles, Dr. ... wie auch immer, will gehen.«

Kate hob die Hand. »Kein Problem, Charles, ich gehe schon. Aber eines kann ich Ihnen versichern, Mrs. Goodman. Ich komme wieder!« Beinahe hätte sie ihr mit der Presse gedroht, besann sich jedoch eines Besseren. Warum sollte sie sie warnen? Es war doch viel wirkungsvoller, wenn die Geschichte in der Zeitung erschien und für Aufruhr sorgte, ohne dass sie darauf vorbereitet war.

Kate war außer sich vor Wut, gleichzeitig quälten sie Gewissensbisse, weil es ihr nicht gelungen war, Linda zu sehen. Doch das würde sie schon noch. Sie würde mit Luke reden, dem bestimmt eine Lösung einfiel. Vielleicht sollte sie auch Detective Carola anrufen. Er schien ein netter Mann zu sein.

Als sie ihr Büro betrat, war es Punkt halb fünf, und Miguel stand gegen den Türrahmen gelehnt vor ihrem Büro und erwartete sie.

»Warum sind Sie nicht reingegangen und haben sich hingesetzt?«

»Die Wände hier haben Ohren«, antwortete er mit einem Nicken in Richtung Ausgang.

Sie gingen in den Park, der etwa einen Kilometer von der Ambulanzklinik entfernt war. Es war ein milder, sonniger Nachmittag mit einer sanften Brise – ideal für einen kleinen Spaziergang.

»Das Ganze ist zehn Jahre her«, erklärte Miguel beim Gehen. »Damals war ich noch in der Ausbildung. Ich hatte keine Erfahrung im Pflegebereich und gerade mal zwei Jahre auf dem College hinter mir. Ich wollte mir ein Jahr freinehmen, um das Geld für die nächsten beiden Studienjahre zu verdienen. Mann, als die mir einen Job in Westwind angeboten haben, dachte ich: *Hey, das ist wie ein Hauptgewinn in der Lotterie. Ich kann diesen Job später in meinem Lebenslauf angeben und kriege einen erstklassigen Einblick in die Praxis.* Nach ein paar Monaten wurde ich zum Case Manager befördert. Was wusste ein junger Kerl wie ich schon über Case Management? Aber die meinten, ich sei ein kluges Bürschchen, und auf mein Gehalt haben sie noch ein paar Dollar draufgelegt.«

»Wie kamen Sie zurecht?«, wollte Kate wissen.

»Ehrliche Antwort? Ich habe keine Ahnung. Ich *hatte* keine

Ahnung. Ich glaube nicht, dass mir grobe Fehler unterlaufen sind, und wenn es so war, haben sie nie etwas verlauten lassen. Aber natürlich –« Er hielt inne und sah Kate unbehaglich an.

»Natürlich?«, hakte Kate nach.

»Es gab keinerlei Aufsicht. Jeder hat getan, was er wollte. Ich war der Einzige, der versucht hat, systematisch an die Sache heranzugehen, und ehe ich mich's versah, hatten sie mich zum Leiter des Sozialdiensts gemacht. Jetzt war ich abgesehen vom Direktor derjenige mit dem größten Einfluss dort.« Er verzog das Gesicht. »Ich war verantwortlich für 250 schwer kranke Menschen. Ein Junge, der noch nicht mal einen Collegeabschluss und keinerlei Erfahrung hatte! So was ist beängstigend, können Sie sich das vorstellen?«

Kate nickte. Allerdings. »Erzählen Sie weiter, Miguel. Es ist sehr interessant.«

»Um die Wahrheit zu sagen, hat es mir nach einer Weile sogar gefallen, allein zu arbeiten. Aber als mir klar wurde, wie viele Fehler mir unterlaufen könnten ... Oh, Mann. Und das ist noch nicht alles. Nachdem ich eine Weile dort war und es so aussah, als würde ich noch länger bleiben, haben sie mich gebeten, Krankenberichte zu manipulieren und Todesursachen falsch anzugeben. Ich sollte es so darstellen, als wären Patienten eines natürlichen Todes gestorben, obwohl die Ursache in Wahrheit Vernachlässigung war. Mrs. Goodman hatte einen Schlägertypen engagiert ... Wie hieß der Kerl doch gleich? Ach ja, Charles. Wenn jemand aufgemuckt hat, wurde sofort Charles geschickt, um die Leute zu *bändigen*. Sie können sich bestimmt vorstellen, was damit gemeint war: Schläge. Und wenn ich nicht da war, also nachts zum Beispiel ... Eines der Mädchen hat mir erzählt, niemand wollte in die Nähe der Patienten kommen, wenn sie ausgeflippt sind, was ziemlich oft vorkam. Also liefen die Patienten ungehindert auf den Gängen herum, haben sich gegenseitig bestohlen und drangsaliert und –« Wieder hielt er inne. »Es ging das Gerücht, mehr als einer der Patienten, die nachts gestorben sind, sei tatsächlich ermordet worden. Na ja, irgendwann habe ich all das dann nicht mehr ausgehalten und habe heimlich Inspektoren vom Gesundheitsamt angerufen, um ihnen zu berichten, was sich dort abspielt.«

»Sie haben es ihnen erzählt? Im Detail?«

»Im Detail. Sie haben sich alles angehört, aber es ist nie einer vorbeigekommen, um sich selbst ein Bild zu machen oder so. Es hat sie einen Sch... Es war ihnen völlig gleichgültig, wie oft ich auch angerufen habe. Also, hatte ich nur die Wahl zu kündigen. Das habe ich dann auch getan. Ich habe gekündigt, obwohl das Jahr noch nicht vorbei war und ich gut verdient habe.«

Inzwischen klang Miguel leicht atemlos. Allem Anschein nach machte es ihm zu schaffen, all die Erinnerungen ans Licht zu zerren.

Sie schlenderten ziellos die gewundenen Pfade entlang. »Okay, Miguel«, sagte Kate, als sie seine Schilderung verdaut hatte. »Gehen wir zurück.«

»Stecke ich in der Klemme, Dr. Kate?«, fragte er nach einer Weile.

»Nein, überhaupt nicht. Ich habe selbst vor kurzem mit einem der Regierungsbeamten gesprochen, der mich ziemlich schnell abgewimmelt hat. Insofern weiß ich genau, wovon Sie reden. Haben Sie jemals mitbekommen, wem Westwind gehört?«, fragte sie.

»Nein. Der einzige Boss, den ich kenne, ist Mrs. Goodman. Stella Goodman.«

»Stella Goodman? Ich habe sie kennen gelernt. Wie ich höre, hat man sie rausgeworfen und dann wieder eingestellt. Und jetzt ist sie die Leiterin von Westwind, Miguel. Es sei denn, sie hat eine Zwillingsschwester mit demselben Namen.«

»Eine üppige Blonde, zu viel Make-up und jede Menge Glitzerzeug?« Kate nickte. »Sie hat keine Ahnung von Psychiatrie, so viel steht fest. Ich weiß nicht, wie sie diesen Job bekommen hat. Es war entsetzlich, sie hat ständig Meetings vergessen, dafür hat sie mir irgendwelche Aufgaben aufs Auge gedrückt, die ich *über Nacht* erledigen musste. Projekte, für die man Wochen gebraucht hätte. Sie hat sich in ihrem Büro verschanzt, und wehe, man hat ihr erzählt, etwas sei nicht in Ordnung. ›Ich habe keine Lust auf negatives Denken‹, waren ihre Worte, mit denen sie jeden abgewimmelt hat.«

Kate nahm sich vor, einen Blick auf die Inspektionsberichte von Westwind zu werfen. Vielleicht würde sie Barry darum bitten. Und vielleicht könnte sie herausfinden, zu wem Mrs. Goodman Verbindungen hatte. Es *musste* doch einen Grund geben, warum sie trotz allem immer noch auf ihrem Stuhl saß.

»Sie waren wirklich eine große Hilfe, Miguel. Vielen Dank für Ihre Ehrlichkeit.« Sie legte ihm die Hand auf den Arm, worauf er sie dankbar ansah. Inzwischen standen sie wieder vor dem Klinikgebäude. Aus reiner Gewohnheit schaute sie zu der Nische vor der Bank hinüber, doch keine Spur von Nelson. Sie hatte ihn schon eine ganze Weile nicht mehr gesehen.

»Dr. Luke wartet auf Sie«, informierte Sonya sie beim Hereinkommen und reichte ihr einen kleinen Stapel Telefonnotizen.

Luke saß auf ihrem Besucherstuhl und lächelte sie an. »Schwer beschäftigtes Mädchen, wie?«

»Wart's ab, bis ich dir sage, was ich herausgefunden habe. Außerdem sollte ich Barry anrufen und es auch ihm erzählen.«

»Wie wär's mit einem Drink im Elephant nach dem Dienst? Und vielleicht einem Abendessen?«

»Im Elephant? Ich dachte, du hättest Angelo's gesagt.«

Lukes Lächeln wurde eine Spur breiter. »Ah, aber im Angelo's dauert es viel länger, bis wir gegessen haben. Und es gibt doch nettere Dinge als Pasta, mit denen man sich beschäftigen kann, oder?«

Sie spürte, wie sie errötete. »Wir sollten Barry wirklich mitnehmen«, sagte sie hastig, um ihre Verlegenheit zu kaschieren. »Er hat eine Menge Laufarbeit hinter sich, und der Großteil davon –«

»Ja, aber ich finde es hart, neben deinem alten Verehrer zu sitzen. Das gibt mir das Gefühl, *de trop* zu sein.« Er sprach es »de tropp« aus, um sie wissen zu lassen, dass es scherzhaft gemeint war. Aber war es das wirklich?

»Wohl kaum«, beruhigte sie ihn, »aber okay, dann lass uns ins Elephant gehen, und ich erzähle dir alles. Aber als

Erstes rufe ich Barry an. Diese Geschichte ist schließlich sein Baby.«

»Okay, erzähl ihm alles. Aber ich kenne Manheim. Er taucht bestimmt trotzdem im Elephant auf. Dieser Kerl hat einen sechsten Sinn dafür, wo du gerade bist, das ist mir schon aufgefallen.« Er lachte, und sie stimmte ein.

Das Elephant war angenehm schwach beleuchtet und beinahe leer. Die Jukebox war ausgeschaltet, sodass man das leise Klirren der Gläser hören konnte, die die Barkeeperin polierte und in den Regalen vor der Spiegelwand hinter dem Tresen aufreihte.

»Martini?«, fragte Luke.

Sie schüttelte den Kopf. »Heute nicht. Nur ein Glas Pinot Grigio.« Statt zu warten, bis der Kellner kam, ging Luke an die Bar, um zu bestellen. Kate rutschte währenddessen auf die Bank in der Ecknische und lehnte sich zurück. Dann entdeckte sie sie: Vera Ilitch und Gail Fortunato, die in einer Nische auf der anderen Seite des Gangs saßen. Vor ihnen standen Cosmopolitans in beschlagenen Gläsern, und sie hatten die Köpfe zusammengesteckt, redeten und kicherten, als wären sie die besten Freundinnen. Vera und Gail? Wie lange ging das schon? Kate machte sich so klein wie möglich, um nicht gesehen zu werden, und flehte Luke im Stillen an, sich zu beeilen.

Langsam kam er an ihren Tisch geschlendert und stellte die Gläser ab. »Sieh nur, keinen Tropfen verschüttet«, verkündete er. »Was ist denn?«, fügte er beim Anblick ihres Gesichts hinzu.

»Setz dich hin. Hier.« Sie klopfte auf den Platz neben sich.

»Da drüben, in der Nische, beim Eingang...«, flüsterte sie, als er sich hingesetzt hatte.

»Da soll mich doch der Teufel holen«, stieß er hervor. »Wusstest du, dass die beiden Freundinnen sind?«

»Ich hatte keine Ahnung.«

»Ich frage mich, wie lange –«

»Genau das habe ich auch gerade gedacht.«

»Glaubst du, Vera erzählt ihr, was los ist?«

»Soll das ein Witz sein? Vera hat Angst vor ihrem eigenen

Schatten, und Gail ist ein toughes Weibsstück. Ich bin sicher, Gail kennt die ganze Geschichte von Willard Fair und seinen Fantasien ... oh.«

Er nahm ihre Hand und drückte sie. »Glaubst du, Frau Bürgermeister findet es schlau, anonym von unserer Lobby aus bei der Polizei anzurufen?«

»Wenn ich dadurch in Schwierigkeiten geraten könnte? Absolut.«

In diesem Moment erschien ein Kellner in Jeans und T-Shirt. »Abendessen?«, erkundigte er sich.

»Ja«, antwortete Luke. »Zweimal die Muscheln Posillipo mit Fadennudeln, Beilagensalat mit Hausdressing und eine Flasche von dem Pinot Grigio, den die Dame hier trinkt.«

»Alles klar«, meinte der Kellner lächelnd.

»Eigentlich war das zu erwarten««, fuhr Luke fort, nachdem der Kellner verschwunden war.

»Was?«

»Dass Gail und Vera Freundinnen werden. Zwei narzisstische Frauen, von denen keine eine Ahnung hat. Gail lässt sich von Veras Doktortitel beeindrucken und Vera von Gail, der Powerfrau.«

»Vera kann aber nicht wegen Willard Fair bei der Polizei angerufen haben«, wandte Kate ein. »Zum Zeitpunkt des Anrufs war sie in einer Therapiesitzung mit einem Patienten. Also ...«

»Also ...«, stimmte Luke zu. »Ich wette, dass es Frau Bürgermeister war.«

In diesem Augenblick bemerkte Vera Kate und Luke. Sie sagte etwas zur Bürgermeisterin, worauf die beiden eilig Geld auf den Tisch legten und gingen – so schnell, dass Kate lachen musste. »Nicht dass wir es jemals beweisen könnten«, meinte sie. »Aber ich bin sicher, du hast Recht.«

13

Kate stellte überrascht fest, wie hungrig sie war. Sie beugte sich über ihr Essen und schob sich Gabel um Gabel in den Mund, bis fast nichts mehr auf ihrem Teller war. Schließlich hob sie den Kopf und sah Luke an, der sie lachend betrachtete. »Lust auf ein hübsches Stück Käsekuchen?«, fragte er. »Oder ein Tartuffo? Oder beides?«

»Schenk mir nur noch ein Glas Wein ein, und keine Witzeleien.«

»Keine Witzeleien. Ich mag Frauen, die sich nicht für ihren Appetit schämen.« Er schenkte zuerst beiden nach, dann, wenig später, ihr allein. »Soll ich noch eine bestellen?«, fragte er, als die Flasche leer war. Sie war in Versuchung zu bejahen, aber genug war genug.

»Nein, lieber nicht«, erwiderte sie. »Ich glaube, ich möchte jetzt nach Hause.«

Sein warmes Lächeln verriet ihr, dass die Botschaft angekommen war.

»Ja, Ma'am. Stets zu Diensten, Ma'am.« Ihre Blicke begegneten sich, und Kate spürte, wie sich ein Lächeln auf ihrem Gesicht ausbreitete, während sie ein leiser Schwindel erfasste.

»Gehen wir«, sagte sie. »Nicht dass ich es besonders eilig hätte oder so ...«

»Ja, ich auch nicht.« Ihre Handrücken berührten sich kaum merklich, als sie das Elephant verließen.

Sie ließen seinen Jeep auf dem öffentlichen Parkplatz vor der Klinik stehen und gingen zu Fuß. Es war angenehm, mit einem

Mann, den sie mochte, durch die milde Dunkelheit zu gehen. Gemeinsam nach Hause – na ja, gewissermaßen, zumindest aber Hand in Hand. Seine Hand fühlte sich rau und warm an und schloss sich fest um ihre Finger.

Der Zauber des Augenblicks wurde vom Blinken des roten Lämpchens an ihrem Telefon jäh zerstört. Sie sagte nichts, doch Luke musste ihre Anspannung gespürt haben, denn er drückte ihre Hand. »Manchmal ist es ja auch nur eine ganz gewöhnliche Nachricht«, bemerkte er.

Sie nickte, trotzdem spürte sie ihr Herz gegen ihre Rippen schlagen, als sie auf die Abspieltaste drückte. »Hey, Kate, wo warst du den ganzen Nachmittag?« Barry. »Hör mal, ich glaube, ich habe etwas Interessantes über den Konzern herausgefunden, dem die Firma gehört, der das Unternehmen gehört, dem Westwind gehört.« Er klang höchst erfreut. »Wir sollten uns treffen. Ja, und dein indianischer Freund sollte auch mitkommen. War nur ein Witz, natürlich meine ich Mr. Montour. Ruf mich so schnell wie möglich an, okay? Es ist wirklich wichtig.«

Kate lächelte und entspannte sich, während sie ihre Post durchging. Es war nichts Aufregendes dabei, nur ein paar Rechnungen, einige Spendenaufrufe, nichts Persönliches. Nach dem Pfeifton verkündete die männliche Roboterstimme: »Nachricht zwei, eingegangen um 18.35 Uhr.« Und da war es wieder, dieses widerliche, abgehackte Flüstern. »Cat ... Caterina ... es gibt etwas, das du wissen musst. Über Daaaaaaahk.« Es dauerte einen Augenblick, bis ihr klar wurde, dass der lang gezogene Ton »Doc« bedeuten sollte. Dann ertönte erneut der Piepton, ehe die Roboterstimme »Keine weiteren Nachrichten« sagte.

»Verdammt!«, stieß sie hervor und ballte die Fäuste. »Wer ist das? Was will er ... sie, Herrgott noch mal? Wenn ich nicht genau wüsste, dass sie tot ist, würde ich fast glauben, es ist meine Mutter. Und vielleicht ist sie es sogar!« Ihr war klar, wie idiotisch das klang, aber das Ganze war doch auch zum Verrücktwerden!

Luke legte ihr die Hände auf die Schultern. »Es ist ein Verrückter, Kate, kein Geist. Das weißt du doch.« Er zog sie an sich. Anfangs sträubte sie sich gegen die Berührung, wollte sich ihre Schwäche nicht eingestehen, doch dann gab sie nach und ließ sich von seiner unerschütterlichen Wärme umfangen. »Du hast tagtäglich mit psychisch Kranken zu tun, Kate. Du weißt, wie hinterhältig und verschlagen sie sein können. Aber du bist schlauer und stärker – und natürlich geistig klarer – als ein armer, jämmerlicher Psychotiker. Und das weißt du auch.«

Sie löste sich von ihm und sah ihn an. »Ja, das weiß ich. Was mir Sorgen macht, ist die Frage, wer das ist. Wer hasst mich so sehr? Ich habe jahrelang nicht in dieser Stadt gelebt.«

»Vielleicht geht es darum gar nicht. Du bist wieder hier, und nun hat dieser Jemand Zugriff auf dich. Denk doch mal nach, Kate, du bist das einzige noch lebende Mitglied deiner Familie. Es könnte sein, dass es jemand ist, der etwas gegen deinen Vater hatte oder gegen deine Mutter oder sogar gegen deinen Bruder. Keiner von ihnen ist noch hier. Aber du.«

»Ich will, dass es aufhört, Luke. Es setzt mir zu ...« Sie wollte noch mehr sagen, doch ihre Kehle fühlte sich mit einem Mal wie zugeschnürt an.

Luke hielt sie ein paar Minuten reglos in den Armen, ehe er sie auf das Haar küsste, dann ihre Stirn und schließlich ihre Wange. Sie wandte den Kopf, und ihre Lippen fanden seinen Mund zu einem langen, leidenschaftlichen Kuss. Wenig später gingen sie eng umschlungen die Treppe hinauf und taumelten den Korridor entlang zu ihrem Schlafzimmer, während sie sich gegenseitig die Kleider auszogen. Jetzt war in ihrem Kopf kein Platz mehr für irgendwelche Gedanken. Stattdessen ließ sie sich aufs Bett fallen, schlang die Beine fest um ihn und zog ihn voller Leidenschaft an sich.

Später lagen sie verschwitzt und heftig atmend nebeneinander auf dem Laken und lächelten einander an. »Das war schön«, bemerkte sie schläfrig. »Ganz meiner Meinung«, stimmte Luke zu und ließ seinen Finger über ihr Gesicht, über ihre Schulter und an ihrem Arm entlang wandern, ehe er ihre Hand nahm und sie an seine Lippen presste. »Sehr schön. Fühlst du dich besser?«

»Du meinst, was diese unheimliche Stimme angeht?« Sie

stieß einen Seufzer aus. »Nein, eigentlich nicht. Sag bloß nicht, sie sei nicht unheimlich.«

Luke stützte sich auf einen Arm auf und wandte sich ihr zu. »Oh, sie ist unheimlich, das heißt, ihr Klang. Aber die Nachricht war ziemlich eindeutig. Es gibt etwas, das du über deinen Vater wissen solltest. Schon mal daran gedacht, dass das stimmen könnte?«

»Ich habe meinen Vater gekannt! Er war –«

Er legte ihr den Finger auf die Lippen. »Shh, Kate. Mir ist klar, dass er wunderbar war. Ich habe mich einfach gefragt ... vergiss es.« Er beugte sich über sie und drückte ihr einen zarten Kuss auf die Lippen. »Aber da wir wissen, dass es keine Stimme aus dem Jenseits ist, sollten wir uns vielleicht überlegen, wem sie gehören könnte.«

»Das Problem ist –«

»Ja?« Noch ein sanfter Kuss. Er machte es ihr schwer, einen klaren Gedanken zu fassen. »Das Problem ist ...?«, hakte er nach.

»Es ist so persönlich. Mich Cat zu nennen – so bin ich nur selten genannt worden, und auch das ist lange her. Also hegt dieser Jemand schon seit langer Zeit einen Groll, was bedeutet, dass es keiner der Patienten sein kann.«

»Ach ja? Bist du sicher, dass keiner der Patienten deine Familie gekannt hat, als deine Eltern noch gelebt haben?«

»Ich kenne keinen von ihnen«, sagte sie nach kurzem Überlegen. Was nicht ganz stimmte, aber sie war noch nicht bereit, Luke ihre Gedanken – Fantasien? – im Hinblick auf Nelson anzuvertrauen. Es wäre zu einfach, und das wahre Leben war nie so einfach.

»Jedenfalls erkenne ich die Stimme nicht als die eines unserer Patienten wieder«, fuhr sie fort. »Und ich kenne sonst niemanden, der gestört ist.« Sie hielt inne und lachte. »Hast du gehört, was ich gerade gesagt habe? Ist das nicht lächerlich?«

Auch er lachte. »Wie heißt es immer? Es gibt mehr, die draußen frei herumlaufen, als solche, die eingesperrt sind? Wie sieht es mit deiner alten Freundin, der Bürgermeisterin, aus? Mir kommt sie ziemlich grenzwertig vor. Und nach deiner Schilderung könnte sie dich noch wegen früher hassen, von der Klinik mal ganz abgesehen – der Klinik, von der sie jedem erzählt hat, sie würde niemals zulassen, dass sie eröffnet wird.«

»Du könntest Recht haben. Gail war schon immer ein Miststück. Aber unheimliche Drohanrufe? Das kann ich mir nicht vorstellen. Sie kämpft mit allen Mitteln, macht aber nie einen Hehl aus ihren Absichten. Und was mir an dem letzten Anruf wirklich zusetzt, ist die Tatsache, dass es nichts über meinen Vater zu *wissen* gibt. Er galt hier als ein Held. Meine Mutter war diejenige, die seltsam war, die die Leute von der Veranda aus angeschrien hat, die im Country Club ausgeflippt ist und auf den Tischen getanzt ... und am Ende unschuldige Fußgänger getötet hat ...« Ihre Stimme verklang.

»Was?« Luke setzte sich abrupt auf. »Wie war das?«

Kate holte tief Luft und ließ sie wieder entweichen. »Eines regnerischen Abends 1988 kam es zu einem schrecklichen Unfall. Es war der erste Samstag im Mai. Meine Mutter pendelte zu dieser Zeit ständig zwischen Hillside und unserem Zuhause. Sobald es ihr etwas besser ging, weigerte sie sich, ihre Medikamente zu nehmen, mit dem Ergebnis, dass sich ihr Zustand katastrophal verschlechterte. Zu dieser Zeit war sie jedenfalls gerade zu Hause. Es ging ihr halbwegs gut, weil man sie auf ein neues Medikament gesetzt hatte, also ist mein Vater mit ihr zu einem Tanzabend in den Country Club gefahren. Angela hat für ihr Leben gern und auch sehr gut getanzt. Wenn ich jetzt darüber nachdenke, bin ich sicher, die Leute sind jedes Mal zusammengezuckt, wenn der Doc mit ihr am Arm den Saal betreten hat. Manchmal ging es ihr halbwegs anständig oder sogar gut, das heißt, beinahe normal, aber es konnte ebenso gut sein, dass sie sich urplötzlich angegriffen fühlte oder so manisch wurde, dass sie nicht mehr mit dem aufhören konnte, was sie gerade tat ... mit der Band singen, zum Beispiel. Allein bei der Vorstellung wird mir ganz anders.«

»Warum? Hat sie falsch gesungen, oder hatte sie keine schöne Stimme?«

Auf diese Frage war sie nicht gefasst gewesen. »Nein, eigentlich nicht. Sie hatte sogar eine sehr schöne Stimme. Nicht dass sie die Töne nicht traf, machte das Ganze so schlimm, sondern dass sie außer Kontrolle geriet. Der Bandleader wollte nicht, dass sie auf die Bühne kommt, das Mikro nimmt und von der Band verlangt, ihre Lieblingsschnulzen zu spielen. Also hat sie ganz für sich allein gesungen, ohne darauf zu achten, dass die Band inzwischen etwas ganz anderes spielte.«

»Und du hast sie dabei gesehen.«

»Mehrmals. Einmal im Monat fand sonntags ein Familientag statt, und alle Kinder durften bis zum Tanz bleiben. Dort habe ich tanzen gelernt.«

»Dein Vater hat es dir beigebracht?«

»Nein, eigentlich Carlo. Wie lustig ... Das hatte ich völlig vergessen.« Sie setzte sich ebenfalls auf, lehnte sich gegen das Kissen, zog die Beine an und schlang die Arme darum. »Jedenfalls habe ich sie mehrere Male so gesehen. Sie wurde immer wilder und ausgelassener, und ihre Augen haben vor Aufregung geglänzt. Sie hat sich im Kreis gedreht, hat allein oder mit anderen Männern getanzt. Niemand hat sich getraut, Nein zu sagen, aber man konnte ihnen ansehen, dass sie es schrecklich fanden. Ich wäre am liebsten im Boden versunken und habe den Doc im Stillen angefleht, sie zu holen und sie – uns alle – wegzubringen.«

»Warum hat er es nicht getan?«

»Das weiß ich nicht. Er hat gewartet, bis er glaubte, sie sei bereit, auf ihn zu hören. So hat er es ausgedrückt – *bereit, auf ihn zu hören*. Manchmal hat es funktioniert, aber normalerweise ...« Sie hielt inne und presste die Lippen aufeinander.

»Kate, du musst nicht darüber reden, wenn es dir schwerfällt.«

»Es ist nicht besonders lustig, sich daran zu erinnern, aber ich möchte darüber reden.« Sie sammelte sich. »An diesem Abend, einem Samstag ... Ich war 20 und im dritten Collegejahr. Ich war auf dem Addison, hier in der Stadt. Mein Bruder hat in Yale Architektur studiert. Er hatte an diesem Abend ein Seminar, ich war ausgegangen. Deshalb wusste keiner von uns, was genau passiert ist. Wir haben nur Geschichten gehört ... Gerüchte. Es hieß, Angela, meine Mutter, sei betrunken gewesen, aber ich bin sicher, dass das nicht stimmt. Doc hat sie mit Argusaugen beobachtet, wenn sie ausgegangen sind. Sie hat gern Alkohol getrunken, aber er bekam ihr natürlich nicht besonders gut, sondern hat sie aggressiv gemacht. Also hat Doc dafür gesorgt, dass der Barkeeper im Club ihr nur alkoholfreie Drinks gab, die wie richtige Cocktails aussahen ... so wie bei Shirley Temple oder so.« Kate hielt inne und holte tief Luft. Es war schwieriger als vermutet.

»Deshalb bezweifle ich, dass sie betrunken war, ich nehme an, sie war nur ein bisschen aufgedreht. Es hieß, sie hätte mit jedem Mann geflirtet, wäre herumgehüpft und hätte ausgelassen gelacht. Doc konnte sie nur dazu überreden, nach Hause zu gehen, indem er ihr versprach, sie dürfe seinen Morris Minor fahren. Er hat diesen Wagen geliebt. Ich habe keine Ahnung, warum er ihr die Schlüssel gegeben hat. Vielleicht ist sie ausgeflippt, und er hatte Angst, sie würde vor allen Anwesenden einen Anfall bekommen. So muss es gewesen sein. Der Country Club liegt an einer Biegung am Fluss, etwa zehn, elf Kilometer außerhalb der Stadt, am Ende einer engen, kurvigen Straße. Schon bei Tag ist die Strecke nicht ganz leicht zu fahren, aber an diesem Abend war es dunkel, und es hat geregnet. Aber ein paar Leute auf der Veranda haben beobachtet, wie sie lachend die Schlüssel geschwenkt und auf der Fahrerseite eingestiegen ist. Und sie haben sie mit quietschenden Reifen davonfahren sehen.« Wieder hielt Kate inne und seufzte. »Sie war eine grauenhafte Fahrerin. Ich habe keine Ahnung, wie er auf die Idee gekommen ist, sie ans Steuer zu lassen. Das Letzte, was man von ihnen gesehen hat, war, wie sie die Auffahrt hinuntergeschossen und auf die Straße abgebogen sind. Sie ist auf die Gegenfahrbahn gekommen und hat zwei Teenager überfahren. Die beiden sind am Straßenrand gelaufen, wahrscheinlich schmusend, und haben nicht auf sie geachtet. Ein Mädchen namens Laurel King und ihr Freund. Angela hat sie angefahren. Laurel ist dabei ums

Leben gekommen. Die Wucht des Aufpralls hat sie aufs Feld geschleudert. Sie konnte erst 16 oder 17 gewesen sein. Oh Gott, es war so schrecklich ...«

»Was war mit ihrem Freund?«, fragte Luke und streichelte ihren Arm, ohne den Blick von ihr zu wenden.

»Ich bin nicht sicher, aber ich weiß noch, dass er überlebt hat. Doc ist aus dem Wagen gestiegen und natürlich sofort zu ihnen gelaufen. Ein paar Minuten später kam ein Streifenwagen vorbei. An den Samstagabenden ist immer einer in der Gegend um den Country Club unterwegs, wegen des Alkohols und so. Doc hat den Polizisten berichtet, was passiert ist. Dass Lauren tot sei, ihr Freund aber sofort medizinisch versorgt werden müsste. Sie haben einen Rettungswagen gerufen, damit er so schnell wie möglich in die Notaufnahme des Eastbury General gebracht wird. Aber ich kann mich beim besten Willen nicht mehr erinnern, was aus ihm geworden ist. Er war vier oder fünf Jahre älter als ich, und ich habe ihn fast nicht gekannt. Jemand hat bei der Zeitung angerufen, sodass sie alle gleichzeitig kamen: der Leichenbeschauer, der Notarzt und die Reporter. Später meinte der Doc, er hätte noch nie einen solchen Zustrom von Schaulustigen gesehen ... Wenn er über etwas außer sich war, hat er immer ungewöhnlich dramatische Worte wie *Zustrom* benutzt.« Wieder musste sie sich unterbrechen und Luft holen. »Ich war mit einem Jungen bei einer Studentenverbindungsparty, als gegen Mitternacht jemand hereingestürzt kam. Auf einmal haben mich alle angesehen, deshalb wusste ich, dass etwas Schlimmes passiert sein musste. ›Was hat meine Mutter getan?‹, habe ich gefragt. Ich hatte schon etwas getrunken, deshalb war ich so mutig. Einen Augenblick lang war es ganz still, ehe jemand erklärte: ›Es ist ein Unfall passiert, Katie. Deine Mutter hat jemanden überfahren.‹ ›Und sie sind sicher, dass es meine Mutter war? Am Steuer von Docs Minor Morris?‹, habe ich gefragt. ›Offenbar schon, Katie. Als die Polizei kam, hat sie auf dem Fahrersitz gesessen, das Fenster heruntergekurbelt und weinend gemeint, sie sei ein böses Mädchen.‹ In diesem Moment war mir klar, dass es stimmte. Nach besonders schlimmen Wutanfällen hat sie oft von sich geredet, als wäre sie noch ein kleines Mädchen. Ich kann mich nicht mehr daran erinnern, was ich gesagt habe, ich weiß nur noch, dass ich hinausgelaufen bin. Ich habe meinen Begleiter stehen lassen und bin den ganzen Weg nach Hause gelaufen ... Es war nicht besonders weit weg von uns. Inzwischen hatte der Doc sie nach Hause gebracht und in Hillside angerufen. Sie hat geweint und geschrien, sie sei es nicht gewesen ... Sie sei nicht gefahren ... und sie wolle nicht wieder an diesen schrecklichen Ort gebracht werden. Hillside, meine ich.«

»Das dachte ich mir schon. Oh, Kate ...« Etwas zögerlich legte er die Arme um sie und versuchte, sie an sich zu ziehen, doch sie sträubte sich.

»Es war schlimm, ganz schrecklich. Das ist es heute noch, weil ich nicht genau weiß, was passiert ist, und ich bin sicher, dass niemand die Wahrheit kennt. Aber man darf nicht vergessen, dass Angela damals in einer ziemlich guten Verfassung war. Und sie hat sich nie von ihrer Version abbringen lassen, sondern die ganze Zeit Stein und Bein geschworen, sie sei nicht gefahren. Der Doc habe nur so getan, als lasse er sie fahren, ehe er ihr die Schlüssel abgenommen habe. Na ja, natürlich hat Angela auch felsenfest behauptet, sie höre keine Stimmen, sie hätte ein Kind verloren, einen Sohn, den man ihr gestohlen habe, insofern ...«

»Ich verstehe, was du damit sagen willst.«

»Es war schrecklich, meiner eigenen Mutter nie glauben und vertrauen zu können.«

»Wie ist es mit deinem Vater?«

Sie starrte ihn ungläubig an. »Mit meinem *Vater*? Dem Doc? Machst du Witze? Er ist der Grund, weshalb ich geistig normal geblieben bin. Der Doc war mein Retter.«

»Doc ... hat dieser Mann eigentlich auch einen Namen?«, fragte Luke mit einem leicht gereizten Unterton in der Stimme.

»Warum klingst du so ... verärgert?«

»Weil ich es bin. Wenn ein Mann seinen eigenen Namen nicht angibt, sondern sich immer nur mit seiner Berufsbezeichnung ansprechen lässt, bin ich nicht so sicher, ob ich ihm trauen würde.«

»Aber er hat nie darum gebeten! Er hatte nichts gegen seinen

Namen Warren einzuwenden. Warren Spector. Aber alle hier haben ihn immer nur Doc genannt, so war das einfach. Er war Doc Spector.«

»Selbst für dich?«, fragte Luke eindringlich.

»Nein. Ich habe ihn natürlich Daddy genannt!«

»Aber du sprichst immer nur als Doc von ihm.«

»Na ja, alle haben das getan. Worauf willst du hinaus, Luke?« Sie spürte, wie sie allmählich ärgerlich wurde.

»Auf gar nichts. Oh Gott, Kate, es tut mir leid. Es tut mir wirklich leid, ich bin ein Dummkopf. Bitte verzeih mir. Es muss schrecklich gewesen sein, unter diesen Voraussetzungen aufzuwachsen.«

»Ja, es war schrecklich. Ich habe die ganze Zeit darauf gewartet, dass es passiert. Mir, meine ich. Ich war schließlich ihre Tochter, oder nicht? Manchmal wird so etwas vererbt. Ich kenne eine Familie hier, die Meades, in der es in jeder Generation einen oder zwei Schizophrene gegeben hat. Einige von ihnen waren oben in Hillside, als auch Angela dort behandelt wurde. Eine Großtante, der Vater, zwei Schwestern ... Es war beängstigend. Ständig habe ich darauf gewartet, dass die Stimmen kommen oder die Halluzinationen. Einmal ...« Sie unterbrach sich und starrte ins Leere. »Als ich noch auf dem College war, haben wir eine Wanderung in die White Mountains gemacht. Und als ich den Berg hinaufging, habe ich sie plötzlich gehört. Leise Stimmen, überall um mich herum. Kalter Schweiß brach mir aus, trotzdem habe ich weiter einen Fuß vor den anderen gesetzt. Ich habe keine Ahnung, ob ich überhaupt noch geatmet habe. Es hat sich angefühlt, als könnte ich es nicht mehr, sondern wäre zu Stein geworden. Und dann habe ich etwas Vertrautes gehört, einen Werbejingle, und mit einem Mal ging mir auf, dass sich mein tragbares Radio im Rucksack angeschaltet hatte. Mein Radio! Ich bin vor Erleichterung fast ohnmächtig geworden.« Sie lachte. »Aber jetzt, nach all diesen seltsamen Nachrichten und Anrufen ertappe ich mich wieder bei dem Gedanken ›Es geht los‹. So wie früher.« Luke streckte spontan die Hand nach ihr aus. »Nein, nein«, fügte sie eilig hinzu. »Es ist alles in Ordnung.

Wirklich. Es ist nur –« Sie seufzte. »Du glaubst, es ist vorbei, du bist all dem entkommen. Aber es ist eben nie ganz vorbei, oder?«

Er nahm sie in die Arme. »Nein, vorbei ist es nie, aber es verliert an Gewicht«, murmelte er.

Sie war froh, dass das Telefon in diesem Moment läutete. Sie hatte schon viel zu viel erzählt, zu viel preisgegeben. Die Stimme am anderen Ende der Leitung gehörte nicht dem geheimnisvollen Anrufer. Es war Tanisha, das Mädchen aus Westwind.

»Erinnern Sie sich an mich, Dr. McKenna? Ich hab mir Ihren Namen aufgeschrieben und Ihre Nummer aus dem Telefonbuch rausgesucht. Tut mir leid, dass es so spät ist, aber ... Sie sollten vielleicht lieber kommen.«

»Jetzt? Es ist fast Mitternacht.«

»Bitte, Dr. McKenna, es geht um Ihre Patientin, die Prinzessin, Sie wissen schon.«

»Was ist mit ihr?«

»Sie ist nich' tot oder so, aber ...«

»Aber *was*? Sagen Sie es mir!«

»Es ist schlimm, Dr. McKenna, sehr schlimm. Bitte kommen Sie her. Ich weiß nich', was ich machen soll!«

Kate legte auf und informierte Luke über das Gespräch. Ohne ein weiteres Wort zogen sie sich an und stürzten die Treppe hinunter. Luke sprang auf den Fahrersitz von Kates Honda, und sie erhob keine Einwände. Während der Fahrt sprachen sie nicht, doch Kates Gedanken überschlugen sich, und sie ertappte sich dabei, wie sie nervös ihre Hände im Schoß knetete.

Tanisha sah so schlimm aus, wie Kate sich fühlte, und der Geruch in Westwind war noch übler als bei ihrem letzten Besuch, falls das überhaupt möglich war. »Schnell«, sagte das Mädchen. »Sie müssen was tun. Es tut mir so leid, aber ich hab's nich' gewusst, woher auch?« Sie redete die ganze Zeit auf sie ein, während sie, immer zwei Stufen auf einmal nehmend, die Treppe hinaufstürmten. »Sie ist im Stillen Raum«, sagte sie. »Ich hab mich in Charles' Büro geschlichen und die Schlüssel geklaut.«

Die Zellentür war angelehnt. Kate ging ein paar Schritte weit hinein und schnappte nach Luft. »Oh mein Gott, was ist denn hier passiert?« Der Gestank nach altem Urin, Exkrementen und vergammelten Lebensmitteln raubte ihr fast den Atem. Die Essenstabletts lagen auf einem Haufen und schienen nicht angerührt worden zu sein.

Linda lag zusammengerollt auf dem Boden und stöhnte. Ihre bloßen Arme waren blutverkrustet, und auf ihrer Stirn prangte ein riesiger Bluterguss, der sich bereits dunkel zu verfärben begann. Sie war barfuß und lediglich mit einem T-Shirt und einer Baumwollunterhose bekleidet.

»Sie ist bei Bewusstsein«, stellte Kate fest. »Und das Blut ist getrocknet. Was um alles in der Welt ist hier vorgefallen?«

Luke kniete sich neben Linda und prüfte, ob nichts gebrochen war, ehe er sie behutsam auf den Rücken drehte. Er hob einen Arm an, untersuchte ihn und sah zu Kate hoch. »Das sind Bisswunden. Sie hat sich wieder und wieder gebissen, bis sie geblutet hat.«

»Arme Linda!« Kate ging in die Knie und legte die Hand an die bleiche Wange des Mädchens. »Linda, hörst du mich? Ich bin's, Dr. McKenna. Linda?«

Linda stöhnte und öffnete die Augen einen Spalt breit. »Doktor?«, krächzte sie. »Wasser. Bitte. Wasser.«

»Diese elenden Mistkerle!«, stieß Kate leise hervor. »Sie so alleinzulassen. Tanisha, könnten Sie ein Glas Wasser holen?«

»Geht auch ein Pappbecher?«

»Ja, aber beeilen Sie sich.«

Wenige Augenblicke später kam Tanisha mit dem Wasser zurück. Luke nahm den Becher, benetzte zunächst Lindas Lippen mit ein paar Tropfen, eher er sie kleine Schlucke trinken ließ. Seine Bewegungen waren ruhig und routiniert. Als der kleine Becher leer war, schlug sie die Augen vollends auf. »Mehr?«, fragte sie.

»Natürlich, Linda. Tanisha?« Doch Tanisha hatte sich bereits auf den Weg gemacht und kehrte gleich darauf mit einem zweiten Becher zurück. Luke hob Lindas Kopf ein wenig weiter an, damit sie trinken konnte. Als sie fertig war, erschlaffte sie in seinen Armen, als hätte sie das Trinken enorm viel Kraft gekostet. »Linda«, sagte Luke sanft, »du hast da einen Bluterguss auf der Stirn.« Er berührte ihn vorsichtig.

»Au! Ich bin mit dem Kopf gegen die Tür gelaufen! Aber es ist niemand gekommen. Sie waren so gemein –« Sie brach in lautes Weinen aus. Luke hielt sie wie ein Kind in den Armen und wiegte sie, bis sie sich ein wenig beruhigt hatte. *Gibt es einen besseren Mann als ihn*?, dachte Kate und spürte, wie eine Woge der Zuneigung sie erfasste.

»Also, Tanisha, was war hier los? Warum ist Linda in einem so katastrophalen Zustand?«

»Mrs. Goodman hat gesagt, Linda müsste bestraft werden.«

»Bestraft? Wofür?«

»Weil sie keine Ruhe gegeben hat. Die Prinzessin hat getobt, geschrien und gegen die Tür getreten.«

»Und wie hat sie Linda bestraft?«

Tanisha zuckte die Schultern. »Kein Wasser, nichts zu essen.«

»Kein Wasser und nichts zu essen«, wiederholte Kate, als hätte sie nicht richtig gehört. Das Ganze klang nach einem guten Argument, um die Anstalt auf der Stelle zu schließen. »Wenn ich aufschreiben würde, was mit Linda passiert ist, würden Sie es unterschreiben und bestätigen, dass Sie hier waren?«

»Oh, Doktor, ich brauch diesen Job. Ich hab Geschwister –«

»Sollten Sie Ihren Job hier verlieren, verspreche ich Ihnen, dass ich Sie bei mir in der Klinik unterbringe«, erklärte Kate, obwohl sie keine Ahnung hatte, woher das Geld dafür kommen sollte. Vielleicht würde sie sonst irgendwo einsparen oder Marian fragen, welche Möglichkeit sie sah. Oder sie redete mit Donna, schließlich war sie für die Finanzen zuständig. »Ich meine es ernst«, bekräftigte sie.

»Wenn da so ist ... ja, klar. Glauben Sie, die stecken sie ins Gefängnis?«

»Linda?«

»Nein, nein, die Prinzessin tut keinem was. Die ist nur krank. Ich meine Mrs. Goodman. Und Charles. Der gehört auch eingesperrt. Er schlägt sie, wenn sie zu laut werden ... die Patienten, mein ich. Das unterschreib ich auch.«

Luke, der sich um Lindas Wunden kümmerte, hob den Kopf. »Wie kommt es, dass Sie sie hier so gefunden haben?«

»Ich darf die Tür normalerweise nich' aufmachen. Ich darf überhaupt nichts aufmachen. Aber auf einmal war es so ruhig, und dann haben sich die anderen Patienten über den Gestank beschwert, also hab ich die Schlüssel gestohlen und aufgeschlossen. Und dann hab ich gleich Sie angerufen, Doktor.«

»Zum Glück«, meinte Kate und wählte eine Kurzwahlnummer auf ihrem Mobiltelefon. »Ich rufe im CIC an«, sagte sie zu Luke. Ihre Schwesterklinik, das Krisenzentrum, durfte auch Notfälle aufnehmen und über Nacht – falls nötig auch für länger – beherbergen. »Hier spricht Dr. McKenna von der Ambulanzklinik«, sagte sie zu der Frau am anderen Ende. »Ich brauche ein Bett. Die Patientin ist verletzt – Bisswunden und ein Bluterguss, selbst zugefügt. Sie wird Medikamente benötigen. Ich erkläre alles Weitere, wenn wir kommen. Nein, nein, sie ist nicht gewalttätig. Sie war in Westwind, wo man sie eingeschlossen hat ... Ach, dann wissen Sie also von diesem Stillen Raum ...« Sie tauschte einen Blick mit Luke. »Ja. Okay. Wir sind etwa in einer Viertelstunde da.«

Sie legte auf. »Mrs. Goodman schickt ihnen häufiger Patienten, die zu lange im Stillen Raum eingesperrt waren. Oh, was für ein Miststück!«

»Aber ...«, wandte Tanisha ein. »Mrs. Goodman wird es gar nich' gefallen, wenn Sie ohne ihre Erlaubnis eine Patientin mitnehmen.«

»Das kann Mrs. Goodman mir gern persönlich sagen. Wann ist Ihre Schicht zu Ende?«

»Um Mitternacht.«

»Löst Sie dann jemand ab?«

»Manchmal. Manchmal bleibt aber nur Ralph hier, der Nachtwächter.«

Das wird ja immer schlimmer, dachte Kate. Also waren diese kranken, verwirrten Menschen hier praktisch auf sich allein gestellt, mit zu wenigen oder falschen Medikamenten, inmitten von all dem Schmutz und ohne jede Organisation. Was für ein Chaos!

»Grauenhaft«, bemerkte Luke, und sie konnte nur zustimmen. Auf seinem Gesicht lag ein Ausdruck, den sie noch nie gesehen hatte. Angespannt und in sich gekehrt ... beinahe wütend. Aber er ging so sanft und liebevoll mit Linda um, die schlaff wie eine Puppe in seinen Armen hing und sich von ihm halb führen, halb die Treppe hinunter und hinaus in die duftende Nacht tragen ließ.

Tanisha war Kates Rat gefolgt und ging hinter ihnen die Stufen hinunter, wobei sie Kates Visitenkarte festhielt, als hänge ihr Leben davon ab. Der Empfangstresen war nicht besetzt, und bei dem hageren Mann in Uniform, der schlafend auf einem der abgenutzten Stühle in der Lobby hing, handelte es sich allem Anschein nach um Ralph. Tanisha rief seinen Namen, worauf er aus dem Schlaf schreckte. »Meine Schicht ist vorbei, Ralph, und Ernestine ist nicht gekommen. Du musst wach bleiben.«

»Ja, klar, okay«, brummte er, doch Kate ging jede Wette ein, dass er ins Land der Träume zurückkehren würde, sobald die Tür hinter ihnen ins Schloss fiel.

Kate setzte sich mit Linda auf den Rücksitz des Honda und versuchte, das Mädchen mit der Aussicht zu besänftigen, dass sie sie irgendwohin brachten, wo es schön war und wo sie nicht allein in einem dunklen Zimmer eingesperrt wäre. »Und kriege ich auch ein Eis?«, wollte sie wissen.

»Ich frage, ob sie welches haben«, versprach Kate. »Und morgen früh, Linda, komme ich vorbei, damit wir uns überlegen, wohin wir dich bringen.«

»Vielleicht könnte ich ja mit zu Ihnen nach Hause kommen«, meinte sie.

»Na ja, das ist keine so gute Idee, weil ich jeden Tag arbeiten muss, und wer würde sich dann um dich kümmern? Nein, ich denke eher an ein, zwei Wochen im Krankenhaus.« Kate sah, wie sich tiefe Falten in Lindas Stirn gruben. »Ich weiß ganz sicher, dass es dort Eiscreme gibt«, fügte sie eilig hinzu. Die Furchen glätteten sich ein wenig und wichen einem zaghaften Lächeln.

»Sie sind so gut zu mir, Doktor«, sagte Linda schläfrig, ließ sich gegen Kates Schulter sinken und schloss die Augen. Sie war schwer, aber Kate wollte sie nicht wegschieben. Das arme Mädchen. Was für eine Vergeudung! Ein hübsches junges Mädchen, deren Hoffnung auf ein normales Leben stets durch einen Defekt in ihrer DNA gefährdet war. Mit ihrem dichten Haar, das sich über den Rücksitz ergoss, sah sie Angela tatsächlich sehr ähnlich, besonders im Schatten des Wagens. *Genauso gut hätte es auch mich erwischen können*, dachte Kate, ehe sie den Gedanken eilig beiseite schob. Mittlerweile war sie viel zu alt dafür. Die Krankheit würde sie nicht in die Fänge bekommen.

Vor dem Krisenzentrum mussten sie Linda wach rütteln. Luke sprang vom Fahrersitz und half ihr beim Aussteigen. »Komm, Prinzessin«, sagte er. »Da drin haben sie ein hübsches, sauberes Bett für dich.« Linda ließ sich im Halbschlaf widerstandslos hineinbringen, und Kate folgte ihnen in die hell erleuchtete Lobby.

Der Aufnahmetresen war aus Gründen der Diskretion halb hinter einem Paravent verborgen, doch die Schwester, mit der Kate telefoniert hatte, erwartete sie bereits. Zehn Minuten, dann war alles erledigt und Linda in Sicherheit – zumindest für diese erste Nacht. Aber es gab noch immer jede Menge zu tun.

Als sie das Krisenzentrum verließen, rief Kate Barry auf seinem Mobiltelefon an und hinterließ ihm eine Nachricht, er möge sie gleich am nächsten Morgen anrufen. »Wir haben eine ziemlich heiße Geschichte für dich. Komm mit einem Kassettenrekorder, und bring auch einen Fotografen mit. Und ich rufe die Polizei.« Luke hob eine Braue. »Wir dürfen das nicht länger zulassen«, erklärte sie. »Wir sollten doch wohl genug in der Hand haben, um wenigstens *irgendetwas* wegen dieser Anstalt unternehmen zu können.«

Kate stieg ein und lehnte sich gegen das weiche Polster des Wagens. Sie hatten es geschafft, Linda aus Westwind weg und in Sicherheit zu bringen, und sie spürte, wie die Anspannung von ihr abfiel und einer tiefen Erschöpfung wich. Sie warf einen

Blick auf ihre Uhr. 01.30 Uhr, und sie war seit sechs Uhr früh auf den Beinen.

Als Luke den Weg nach Hause einschlug, gähnte sie. »Ich muss jetzt ins Bett. Kommst du mit?«

»Ich kann nicht, Kate.«

»Oh. Okay. Dann ein andermal.«

»Nein, ich meine, allgemein. Ich kann nicht mehr lange hierbleiben.«

Was? Ihr Herz begann zu hämmern. *Er ging weg?* Er konnte nicht hierbleiben? Das musste bedeuten, dass er vorhatte, nach Afrika zurückzugehen. Bitte, nein!

»Kongo«, erklärte Luke knapp. »Ich kann einfach nicht aufhören, daran zu denken, an all die toten und sterbenden Menschen, und niemanden scheint es zu kümmern. Erinnerst du dich noch daran, wie ich dir von meiner Zeit in Somalia '91 und '92 erzählt habe?«

»Ja, ich erinnere mich«, antwortete sie ruhig, während sie spürte, wie eine eisige Faust nach ihrem Herzen griff. Er hatte ihr von Somalia erzählt, einem wunderschönen Land, das in einen brennenden Friedhof ohne funktionierende Regierung, dafür aber mit 16 rivalisierenden Splittergruppen verwandelt worden war, deren Mitglieder sich gegenseitig ermordeten. »Ja, ich erinnere mich. Du hast mir von den Vertriebenen und den grauenhaften Flüchtlingslagern erzählt, von der Cholera und der Hungersnot und deinen 16-Stunden-Tagen in irgendeinem provisorischen Krankenhaus, wo es nie genug Medikamente und Verbandszeug gab ... Ich erinnere mich noch genau daran.« Ihre Stimme klang hölzern in ihren Ohren, doch er schien es nicht zu bemerken.

»MSF waren als Erste dort. 1991. Lange Zeit waren wir die einzigen Ärzte, die sie dort hatten. Das ist eine halbe Ewigkeit her, und die Zustände haben sich nicht verbessert, in keinem dieser Länder. Und jetzt noch AIDS ... ich kann nicht in meinem bequemen, sicheren Job bleiben, solange dort tausende Leute sterben.«

Kate entging das »Wir« nicht. Er betrachtete sich also noch

immer als Teil von *Medecins sans Frontières*. Und was war mit ihr? Mit ihnen beiden? Er fuhr weiter, während sie wie erstarrt dasaß und blicklos aus dem Fenster starrte. Nach einer Weile, die ihr wie eine Ewigkeit vorkam, bog er in die Einfahrt ihres Hauses, schaltete den Motor ab und wandte sich ihr im Halbdunkel der Verandabeleuchtung zu.

»Wie soll ich dir das begreiflich machen, Kate? Zwei Jahre inmitten dieses Blutbads ... Ich war völlig am Ende, als ich wieder zurückkam, und dachte, ich würde einen Monat durchschlafen. Aber das habe ich natürlich nicht getan. Ich konnte fast gar nicht schlafen. Meine Träume haben mich wachgehalten. Ich wollte nichts anderes, als diesen Horror vergessen, all die kranken Menschen, die Krankheiten zum Opfer fallen, die wir hier schon vor einem halben Jahrhundert ausgerottet haben. Somalia war absoluter Wahnsinn. Ich wollte ein *normales* Leben führen.« Er lachte unvermittelt auf. »Das ist wirklich lustig, was? Ich wollte ein normales Leben, also habe ich einen Job in einer psychiatrischen Klinik angenommen. Vielleicht dachte ich, dass ich im Vergleich zu all den Patienten dort als geistig halbwegs gesund durchgehe.«

»Du *bist* geistig gesund, Luke. Du bist der am wenigsten verrückte Mensch, den ich kenne. Und die Patienten spüren das. Sie sprechen so gut auf dich an. Ich kann nicht –« Sie unterbrach sich.

»Du kannst es nicht verstehen. Ich mache dir keinen Vorwurf daraus. Für dich muss es aussehen, als wäre ich aus heiterem Himmel darauf gekommen. Es war in Westwind. Ob du es glaubst oder nicht, aber Westwind hat mich an das erinnert, was ich in Übersee gesehen habe ... das absolute Chaos, keine Medikamente, keine oder nur wenig Hoffnung. Es hat mich daran erinnert, wie sehr ich gebraucht werde. Dort.«

»Wir brauchen dich hier, damit du uns hilfst, diesem Horror namens Westwind ein Ende zu bereiten. Stattdessen willst du ans andere Ende der Welt. Du könntest krank werden, Luke, oder sogar sterben! Denk doch nur an all das Gute, das du hier tun könntest.«

Er legte ihr eine Hand auf die Wange. »Ich fände es schrecklich, dich verlassen zu müssen. Es sei denn ... Hey, könntest du dir vorstellen mitzukommen?«

»Glaubst du ernsthaft, die brauchen Psychiater dort? Ist das nicht ein bisschen verrückt?«

»Überhaupt nicht. Kate, in Sierra Leone hacken sie den Leuten die Hände ab. Männern, Frauen und sogar Kindern. Wie soll man ohne Hände essen? Wie soll man arbeiten? Sich um die Kinder kümmern? Falls man es überhaupt schafft, ohne Infektionen davonzukommen. Gefriert dir bei dieser Vorstellung nicht auch das Blut in den Adern?« Mittlerweile hatte er ihre Hand genommen und sah ihr eindringlich in die Augen. »Im Kongo tobt eine Typhus-Epidemie, TB, Cholera – Krankheiten, von denen wir gedacht haben, sie seien für immer ausgerottet.« Er holte tief Luft. »Es sterben so viele Menschen, jeden Tag, immer mehr. Es gibt keine Gesundheitsversorgung – außer durch uns. Ich bekomme nur einen Job als Pfleger, aber du ... Du hast einen Doktortitel in Medizin. Sie nehmen dich, ohne mit der Wimper zu zucken. Sie brauchen dich.« Seine Stimme war voller Leidenschaft und Begeisterung. Es war aussichtslos.

Zögernd entzog sie ihm ihre Hand. »Luke, ich werde nicht nach Afrika gehen. Im Gefechtsfall wäre ich keine Hilfe. Ich bin viel zu feige für so etwas. Glaub mir. Deshalb ... Nein. Aber ich –« Sie unterbrach sich und holte Luft. »Wie früh im Voraus sagst du uns Bescheid?«

Er sah sie erschrocken an. »Was meinst du damit? Ich bleibe bei meinem Entschluss, aber ich gehe doch nicht in dieser Sekunde, Kate. Nicht nächste Woche und auch nicht nächsten Monat. Ich muss länger darüber nachdenken, einige Dinge klären. Es ist mir in letzter Zeit häufiger in den Sinn gekommen, deshalb ist mir klar, dass ich früher oder später zurückkehren muss. Und ich finde, du solltest es dir auch überlegen. Du ahnst nicht, welche Zerstörung dort herrscht. Es ist der reinste Albtraum. Du könntest helfen, Kate, auf sinnvolle Art und Weise. Entschuldige, dass ich so die Werbetrommel rühre. Ich bin nur wirklich davon überzeugt, dass es das Richtige ist.«

»Das ist mir klar«, erwiderte sie und wünschte – ja, was? Dass sie denselben Reiz auf ihn ausübte wie *Ärzte ohne Grenzen*? Oh ja. »Ich bin wahnsinnig müde, Luke. Es war ein langer Tag, wenn du also nichts dagegen hast, würde ich mich jetzt gern verabschieden.« Sie stieg aus dem Wagen und wartete, dass er ihr folgte und ihr die Schlüssel gab.

Er schloss ab, reichte ihr die Schlüssel und griff nach ihrer Hand. »Kate, bitte –«

»Ja?«

Er stieß einen Seufzer aus. »Egal. Du hast Recht, es war ein langer Tag. Wir reden ein andermal darüber.« Er wandte sich zum Gehen. Es wäre ein Leichtes gewesen, die Abkürzung zur Veranda hinauf zu nehmen, doch sie blieb stehen, halb in der Hoffnung, er nehme ihre Hand, ändere seine Meinung und bleibe über Nacht. Doch er tat es nicht. Stattdessen stand er da und schien zu warten, dass sie ins Haus ging. Also machte sie kehrt und lief den Pfad über den Rasen, ohne sich noch einmal umzusehen.

Als sie die Haustür aufschloss, hörte sie Schritte auf dem Gehsteig, die sich entfernten. Sie betrat das Haus, schloss die Tür hinter sich, lehnte sich dagegen und ließ ihren Tränen freien Lauf. Was er auch sagen mochte, morgen oder übermorgen oder wann auch immer, sie würde wissen, dass er mit den Gedanken bereits fort war.

14

Im fahlen Morgenlicht schlug Kate die Augen auf. Sie hatte sich am Vorabend nur noch ausgezogen und war ins Bett gefallen, ohne die Jalousien zu schließen und die Alarmanlage einzuschalten. Es spielte keine Rolle – sie war wach, und allem Anschein nach war es noch sehr früh. Sie warf einen Blick auf ihren Wecker. 5.57 Uhr, dann hatte sie etwa vier Stunden geschlafen. Mit einem leisen Stöhnen setzte sie sich im Bett auf und schwang die Füße auf den Boden.

Und dann kam die Erinnerung: an Tanishas Anruf, Westwind, Linda, das Krisenzentrum, Luke. *Luke.* Natürlich. An ihn ganz besonders. Luke, so liebevoll, so leidenschaftlich ... aber vielleicht nicht nur auf ihre Person bezogen. Nein. Seine wahre Liebe gehörte den *Medecins sans Frontières*. Endlich hatte sie einen Mann gefunden, der ihr etwas bedeutete, und nun würde sie ihn verlieren – nicht an eine andere Frau, sondern an eine ärztliche Hilfsorganisation. Wäre es nicht so jämmerlich, würde sie darüber lachen.

Eigentlich hätte sie es wissen müssen, dachte sie und stand schwerfällig auf. Wenn sie jetzt nicht wach blieb, kam sie niemals rechtzeitig zur Arbeit.

Es war erst zwanzig nach sieben, als sie die Lobby betrat, aber Sonya saß bereits an ihrem Schreibtisch, telefonierte, drückte irgendwelche Knöpfe und sprach leise in das schlanke Mikrofon ihres Headsets. Bei Kates Anblick wedelte sie mit einem Stapel Nachrichten in ihre Richtung und gab ihr lautlos zu verstehen, *Mister Manheim* sei bereits in ihrem Büro und warte auf sie.

So früh. Nun ja, er musste ihre Nachricht bekommen haben.

Als Erstes ließ sie den Blick durch die Lobby schweifen, um zu sehen, ob jemand gekommen war. Zwei Frauen, die sie nicht kannte, schienen zusammenzugehören, obwohl sie in einigem Abstand zueinander saßen. Sie hatten sich in einer der Sitzgruppen niedergelassen. Als sie auf sie zutrat, bemerkte sie, dass es sich bei einer der Frauen um ein Mädchen handelte – ein blutjunges und sehr dünnes Ding, das sich bei genauerem Hinsehen als magersüchtiges Kind von etwa elf, zwölf Jahren entpuppte. Die Kleine sah aus wie die Überlebende eines Internierungslagers.

»Guten Morgen, haben Sie sich schon am Empfang angemeldet?«, erkundigte Kate sich bei der erwachsenen Frau.

»Ja, wir haben einen Termin. Um neun, aber Leslies Vater ... mein Mann – das ist meine Tochter Leslie – hat um neun einen Termin ein gutes Stück von hier entfernt, deshalb hat er uns jetzt schon hier abgesetzt. Ist es okay, wenn wir hier warten?«

»Natürlich, es ist nur sehr früh. Haben Sie schon gefrühstückt?«

»Oh, sie –«

»Ma, bitte. Nicht.« Die Stimme des Mädchens war so dünn und zart wie ihr Körper.

»Sie müssen etwas essen«, sagte sie zu der Mutter. »In der River Street gibt es ein hübsches Café. Das Sandy's Blue Moon. Keiner der Ärzte wird vor – oh, bei wem haben Sie den Termin?«

Die Frau kramte in ihrer Handtasche und reichte Kate ein Rezept. Es stammte von Dr. Fernandez. Er bemühte sich sehr darum, den Menschen die Hilfe zukommen zu lassen, die sie brauchten. Und er war der Meinung, sie sei die richtige Ärztin für dieses Mädchen hier, wie sie erfreut feststellte. Sie hatte keine Ahnung, was Will Bannerman mit einem magersüchtigen Mädchen angestellt hätte. Und dasselbe galt auch für Vera.

Kate lächelte den beiden zu. »Dr. McKenna. Das bin ich.« Sie streckte die Hand aus.

Die Frau ergriff sie. »Dora Gideon. Jetzt, wo Sie hier sind, Doktor, könnten Sie vielleicht –«

»Es tut mir sehr leid, aber ich werde bereits erwartet. Aber ich glaube, es wäre eine gute Idee, wenn Sie und Leslie eine Kleinigkeit in den Magen bekämen. Nur einen kleinen Schluck Orangensaft, Leslie, okay? Und wenn Sie um halb neun zurückkommen, werde ich Zeit für Sie haben. In Ordnung?«

Mrs. Gideon war nervös, aber erleichtert. Ihre Tochter schien distanziert, deprimiert und argwöhnisch zu sein. Sie hatte bisher kaum ein Wort gesagt. *Anorexia nervosa*, Magersucht, vermutete Kate. Sie würde eine schwierige Patientin werden wie die meisten essgestörten Mädchen. Oft starben sie trotz aller ärztlichen Bemühungen. Sie brachen einem das Herz, sowohl als Patienten als auch als Menschen. Kate sah Mutter und Tochter nach, als sie die Lobby durchquerten, und hoffte, Leslie möge wenigstens ein bisschen Nahrung zu sich nehmen, obwohl sie es wahrscheinlich nicht tun würde.

Sie eilte in Richtung ihres Büros, blieb kurz bei Sonya stehen, um Guten Morgen zu sagen und die Telefonnotizen entgegenzunehmen. »Mr. Manheim wartet schon auf mich?«

»Ja. Er hat Neuigkeiten für Sie, sagt er.«

»Hervorragend.« Denn schließlich hatte sie auch Neuigkeiten für ihn.

Er saß auf dem Besucherstuhl mit dem Rücken zur Tür und sprach leise in sein Bandgerät. Doch sobald sie den Raum betrat, winkte er ihr zu und beendete seinen Bericht.

»Du wirst es nicht glauben –«, sagten sie wie aus einem Munde und mussten lachen.

»Du zuerst«, meinte Kate.

»Nein, du. Was Neues?«

»Ich denke schon.« Er stellte den Rekorder auf ihren Schreibtisch und gab ihr ein Zeichen anzufangen. Kate schilderte ihm die Erlebnisse der vergangenen Nacht – natürlich ohne den Teil, der Luke betraf. Seine Augen ruhten die ganze Zeit über auf ihr, und gelegentlich nickte er oder schüttelte angewidert den Kopf.

Als sie geendet hatte, breitete sie die Hände aus, als wollte sie sagen: »So, das war's.«

Er schaltete den Rekorder ab. »Großer Gott, das arme Mädchen! Und die Vorstellung, dass sich kein Mensch darum schert, was aus ihr wird, außer dir und Luke ...«

»Und der Presse, Barry. Außer dir.«

»Ja, und außer mir. Aber ich rede vom System, das es offenbar für eine gute Idee hält, sie in diese Horroranstalt zu stecken. Von dem System, das ihrer verrückten Mutter glaubt, ihre Tochter sei des Teufels – was? Brut? Tochter? Instrument? Wie kann jemand ernst nehmen, was diese Frau behauptet? Warum zeigt der Staat kein Interesse an seinen verletzlichsten Bürgern? Warum –« Er hielt abrupt inne. »Entschuldige. Das hebe ich mir für meinen Leitartikel auf. Es ist nur so verrückt, dass man dir nicht erlaubt, ihr zu helfen. Seit wann sind die Vorschriften wichtiger als die Menschen?«

»Seit wann? Ich bitte dich, Barry. So war es doch schon immer. Seit die Bürokratie erfunden wurde. Aber du unternimmst etwas dagegen, und das macht Mut.«

»Genau das ist der Grund, weshalb ich so früh hergekommen bin. Ich bin bereit ...«

»Bereit?«

»Bereit zu rufen: ›Haltet die Druckerpressen an!‹ Bereit, all die schlimmen Dinge zu veröffentlichen, die du schon immer über Westwind wissen wolltest. Ich habe zwei Dutzend Interviews mit Mitarbeitern, Exmitarbeitern, Familien von Patienten, Ärzten, Schwestern, was du willst. Alles, was wir brauchen. Soll ich dir eine Geschichte erzählen? Gut«, fuhr er fort, ohne ihre Antwort abzuwarten. »Die Regierung hat Mrs. Goodman für inkompetent erklärt. ›Die Verwalterin ist nicht in der Lage, diese Einrichtung zu führen und die existierenden Probleme zu beseitigen‹, heißt es in einem Inspektionsbericht von vor vier Jahren. ›Wir empfehlen deshalb, die Durchsetzung voranzutreiben.‹«

»Das klingt doch sehr durchdacht. Welche Art von Durchsetzung wurde denn vorangetrieben?«

»Keine. Ja, du hast richtig gehört. Nichts. Es steht nur in den staatlichen Berichten. Erst vor zwei Jahren, nach Jahren belastender Inspektionsberichte und Befürchtungen, dass die Insassen vernachlässigt werden, hat der Staat endlich beschlossen, Westwind zur Räson zu bringen – mit einer Geldbuße von 7000 Dollar. Na ja, eigentlich war es ein bisschen mehr. Es wurde verlangt, dass Mrs. Goodman gekündigt und sie von einem Neffen von – das wird dir jetzt besonders gefallen – unserer Frau Bürgermeister, Gail Fortunato, ersetzt wird. Nach sechs Monaten hat ihn die Air Force eingezogen, und Mrs. Goodman hat ihren Posten wiederbekommen, ohne dass der Staat etwas davon mitbekommen hat. Nun rate mal, wer Mrs. Goodmans Cousin ist! Ben Vandenburg!«

»Tja, Vetternwirtschaft ist ja nichts Neues. Aber ich verstehe trotzdem nicht, wieso –«

»Ich bin froh, dass du fragst«, unterbrach Barry, der hochzufrieden mit sich zu sein schien. »Meine Spitzenreporterin Nancy O'Neil und ich haben ausgiebig recherchiert und sind unter dem Geflecht aus Eigentümer- und Betreibergesellschaften auf Bayshore Partners gestoßen. Bayshore Partners ist die Firma, der die Vorstadtsiedlung gehört, in der ich gewohnt habe, als ich noch ein kleiner Junge war. Ich kann mich an sie nur allzu gut von den Briefumschlägen mit den Mietaufforderungen erinnern. Du weißt doch, wem Bayshore Partners gehört, oder?«

»Ben Vandenburgs Vater«, antwortete sie gehorsam.

»Ben Vandenburgs Vater. Aus diesem Grund gehe ich jede Wette ein, dass Westwind Ben gehört.«

»Und es ist ihm gelungen, das die ganze Zeit geheim zu halten? In dieser Stadt?«

»Wenn du mit der Bürgermeisterin zusammen bist und einen verdammt guten Anwalt hast, kannst du alles unter Verschluss halten, was du willst.«

»Also«, meinte Kate stirnrunzelnd, »der Kerl, dem Westwind gehört, schert sich keinen Pfifferling darum, und seine Freundin, die Bürgermeisterin, die eigentlich ihren Hintern dorthin bewegen sollte, um sich einen Eindruck von der Situation zu verschaffen, macht sich nicht die Mühe.«

»Und das stinkt zum Himmel. Denn, wie du und ich genau wissen, kümmern sie die Zustände dort ebenso wenig wie ihn.«

»Ach, Barry, die meisten Menschen interessieren sich doch nicht für *die Irren*, sondern wollen am liebsten, dass sie von der Bildfläche verschwinden.«

»Und mithilfe von Anstalten wie Westwind tun sie das auch – viele von ihnen verschwinden sogar *ganz* und auf Dauer. In der Zwischenzeit kommt der Steuerzahler für die Kosten für den Betrieb von Westwind auf, und zwar mit bis zu drei Millionen Dollar im Jahr. Das ist verdammt viel Geld, Katie.«

»Das brauchst du mir nicht zu erzählen«, gab sie zurück. »Es ist widerlich!«

»Oh, und ich habe noch mehr. Viel mehr.«

»Du sagtest gerade ›ganz verschwinden‹. Du meinst ... sie sterben?«

»Sie sterben, Katie. Und scheinbar immer eines natürlichen Todes ... Es sei denn, sie begehen Selbstmord. So viele junge Menschen sterben eines natürlichen Todes, und zwar nur in Westwind.«

»Da hast du ja deine Geschichte.«

»Das ist ein Teil davon. Darauf läuft die Serie hinaus. Ich habe an drei große Artikel gedacht, mit Fotos, Diagrammen und allem Drum und Dran. Jeden Tag einer, und die restliche Woche bringen wir all die Geschichten, die sich aus dem ergeben, was wir ans Licht gebracht haben. Wir fangen mit den erschütternden Bedingungen an. Und dann machen wir weiter mit –«

»Mit?«

Er winkte ab. »Tut mir leid, ich denke schon viel zu weit voraus. Aber es ist so grauenhaft, dass ich mich kaum beherrschen kann.« Er hielt inne, holte tief Luft und ließ sie langsam wieder entweichen. »Ich hoffe, ich kann damit einen riesigen Betrug ans Tageslicht zerren.«

»Ich wünsche dir, dass alles klappt, Barry, aber handelst du dir damit nicht eine Klage ein?«

Er stieß ein bellendes Lachen aus. »Sollen sie's ruhig versuchen. Wenn alles stimmt, was ich schreibe, weswegen könnten sie mich dann verklagen?« Er rieb sich die Hände und grinste. »Warte erst mal ab, bis meine Freunde beim Fernsehen Wind davon bekommen – und das werden sie, Kate, weil ich ihnen nämlich ein Belegexemplar von meinen Artikeln zuschicken werde. Die Kameras und die Reporter werden sich auf die Behörden stürzen und Stella Goodman und unsere Frau Bürgermeister nicht mehr aus den Augen lassen! Das wird wunderbar werden. Wunderbar! Ich kann es kaum noch erwarten.«

»Sicher wirst du auch interviewt werden, oder? Wie schrecklich«, kommentierte Kate trocken.

»Keine Sorge, mein Mädchen. Ja, ich werde vor den Kameras auftreten – wieso auch nicht, schließlich ist es meine Geschichte –, und selbst die Analphabeten in diesem Land werden von der *Schande von Westwind* erfahren. Außerdem würde es mich nicht wundern, wenn sie auch mit dir reden wollten, da du die arme Linda Cathcart ohne fremde Hilfe vor einem Schicksal bewahrt hast –«

Sein Mobiltelefon läutete. Er hob ab. »Schieß los!«, sagte er und lauschte. Kurz darauf klappte er das Telefon zu. »Ich muss los. Ein paar Typen aus dem Büro des Gouverneurs wollen mich sprechen. Bis später.«

Nachdem er gegangen war, erschien ihr das Büro mit einem Mal leer und schrecklich still. Mit ihm zusammen zu sein war regelrecht elektrisierend, so war es schon früher gewesen. Genau das war der Grund, weshalb sie sich überhaupt zu ihm hingezogen gefühlt hatte. Er war so voller Energie, während ihr Leben von Schatten und Geheimnissen bestimmt wurde.

Kate hatte völlig vergessen, ihm von Veras Freundschaft mit Gail Fortunato zu erzählen. »Verdammt!«, stieß sie hervor. »Sie wissen noch nicht mal die Hälfte«, hörte sie eine Stimme sagen.

Marian stand im Türrahmen. »Sie sollten wohl besser kommen«, fügte sie eindringlich hinzu. »Nelson hat eine Art Zusammenbruch. Vielleicht hört er ja auf Sie.«

»Ich erwarte eine Patientin – Anorexie«, wandte Kate ein und sah auf ihre Uhr. Ihr blieb noch eine halbe Stunde. Wovor hatte sie Angst? Sie wollte jetzt nicht darüber nachdenken. Gemeinsam hasteten sie hinaus und traten in den strahlenden Sonnenschein. Ein Stück die Straße hinauf sah sie Nelson steifbeinig im Kreis gehen und Selbstgespräche führen, von denen sie jedoch nur einzelne Laute und Wortfetzen verstand. Sie verfiel in Laufschritt und hörte Marians schwere Atemzüge hinter sich.

Nelson war außer sich vor Wut. Als Kate näher kam, hörte sie ihn über den Krebs in den Frauen zetern. *Krebs in den Frauen?* »... und sie wissen es alle, aber sie sagen es uns nicht, dass fast 100 Prozent der Frauen mit Krebs dominante Mütter hatten. Glauben Sie nicht auch, dass man sie warnen sollte? Ich finde, man sollte sie warnen ... Aber nein, das ist ja ein Geheimnis ...« Beim letzten Wort verebbte seine Stimme zu einem Flüstern, und er legte sich den Zeigerfinger auf die Lippen.

Mit einem Mal begann er wieder lauthals zu schimpfen. »Aber was sie uns natürlich nicht sagen, ist, dass alle Mütter dominant sind, deshalb ist jede Frau auf der Welt dem Untergang geweiht. Meine Mutter hatte die Kontrolle – über alles und jeden. Sinnlos zu versuchen, sich ihr entgegenzustellen. Ihr stellte sich keiner entgegen! Sie hat mich vor den Frauen gewarnt. Sie hat mir erzählt, meine Schwester hätte mich regelmäßig geschlagen, als ich noch ein Kleinkind war. Oft hat sie mir das gesagt, damit ich es ja nicht vergesse ...«

Mittlerweile hatte sich eine kleine Menschentraube um ihn gebildet – wenn auch, wie Kate bemerkte, in sicherer Entfernung. Je aufgebrachter er wurde, umso weiter trat der Kreis der Schaulustigen zurück. »Und deshalb habe ich mich vor langer Zeit zu bestimmten Verhaltenweisen entschlossen, um mein frühkindliches Trauma zu überwinden. Erstens: *Traue keinem Menschen!* Zweitens: *Jeder, der sich dir nähert, will dir wehtun, also mach dich bereit zu kämpfen.* Und jetzt wissen Sie, warum ich so bin, wie ich bin, Dr. Kate. Misstrauisch gegenüber Frauen, ja, weil das Netzwerk der weiblichen Verschwörung uns mit großem Erfolg Informationen vorenthält und das schon die gesamte Geschichte der Menschheit hindurch getan hat.

Machen Sie nicht mir einen Vorwurf daraus, mich trifft keine Schuld!« Seine Stimme war immer lauter geworden, sodass er inzwischen aus Leibeskräften brüllte und sich sein Gesicht dunkelrot färbte.

»Natürlich ist es nicht Ihre Schuld«, erklärte Kate. »Was Sie sagen, ist wirklich interessant. Ich würde gern mehr darüber hören. Wieso kommen Sie nicht herein, damit wir uns in Ruhe unterhalten können?«

»Oh, kluges Mädchen, glauben Sie ernsthaft, Sie könnten mich so einfach reinlegen? Ich muss Ihren kleinen Horrorladen nicht betreten!« Er lachte. Als die Schaulustigen ebenfalls in Gelächter ausbrachen, starrte er sie mit finsterer Miene an.

»Idioten! Freaks! Ihr glaubt, ihr hättet eine arme, hilflose Kreatur vor euch, ohne Zuhause. Ihr seid so dumm! Ich hatte ein Haus, aber zu viele Leute haben sich die Schlüssel dafür gestohlen!« Er wandte sich ab, um wieder mit Kate zu reden. Obwohl seine Augen auf sie gerichtet waren, schienen sie kein festes Ziel zu haben. Aber wer konnte schon sagen, was er sah? »Sie sind reingekommen, spät am Abend, haben die Möbel umgestellt und das Radio angeschaltet, um mich zu quälen. Ich bin mit Absicht obdachlos geworden. Um meinen Peinigern zu entrinnen.«

»Wo ist denn Ihr Haus?«, erkundigte sich Kate. »Ich könnte ja hingehen und mich umsehen, ob es leer ist. Dann könnte ich die Schlösser auswechseln, sodass Sie zurückgehen und wieder dort leben könnten.«

Nelson grinste sie an. »Weibliches Verschwörungsnetzwerk«, sagte er. »Sie sind dort eingezogen. Wie soll ich also wieder dort leben können.«

Kate erstarrte. Das konnte doch nicht sein. Hatte er gerade gesagt, er habe in dem Haus in der Main Street gewohnt? Hatte er damit zugegeben, dass er ihr Bruder war? Konnte er tatsächlich Carlo sein? Oder *wollte* sie nur, dass er es war – so sehr, dass sie seine Botschaften an sie von Grund auf falsch interpretierte?

Sie zögerte. *Komm schon, zum Teufel, sag es. Was kann er schon tun? Dich auslachen? Davonlaufen?*, schoss es ihr durch den Kopf. »Sie meinen also«, fing sie vorsichtig an, »das Haus, in dem wir aufgewachsen sind?«

Er warf ihr einen unergründlichen Blick zu. »*Sie* mögen in diesem Haus aufgewachsen sein, Dr. Kate, ich jedenfalls nicht.« Wieder hatte er sich vor ihren Augen von einem wutschnaubenden psychisch Kranken in einen Mann verwandelt, der in völlig normalem Tonfall mit ihr sprach. »Ich habe versucht, groß zu werden, aber ... die weibliche Aura hat das in mir zerstört, was ich hätte werden sollen.«

Unvermittelt wandte er sich um und deutete mit dem Finger auf Marian. »Wollen Sie wissen, was passiert ist, Doktor?«, rief er mit erhobener Stimme. »Wollen Sie die ganze Geschichte hören? Fragen Sie sie. Sie ist die Rädelsführerin! Sie ist diejenige, die mir die Kamera weggenommen, die Fotos gestohlen und sie durch obszöne Bilder ersetzt hat! Fragen Sie Marian Avery, was damals in Docs Arbeitszimmer passiert ist! Sie weiß es!«

Kate wandte sich zu Marian um, die totenbleich geworden war. Nelson hatte den Finger in eine offene Wunde gelegt. Als Kate in Marians Augen blickte, sah sie Tränen darin. Sie wusste etwas. Eindeutig. Zahllose Fragen brannten Kate auf der Seele.

Was Nelson – oder vielleicht Carlo? – sagte, ergab einen Sinn, auch wenn es sich noch so merkwürdig anhörte. Sie musste genau zuhören. Könnte sie doch nur einige seiner Symbole identifizieren. Seine Kamera? Mit 13 oder 14 hatte ihr Bruder vorübergehend seine Liebe für die Fotografie entdeckt. Er war überall in der Stadt herumgegangen, hatte Fotos gemacht, dann war er im Keller verschwunden, um sie in einer selbst eingerichteten Dunkelkammer, ihrer ehemaligen Waschküche, zu entwickeln. Also hatte seine Kamera möglicherweise mehr enthüllt, als er wissen sollte. Aber ... obszöne Bilder? Was meinte er damit? Wie sollte sie das jemals herausfinden?

Als sie sich wieder umdrehte – es konnten höchstens ein, zwei Minuten vergangen sein –, hatte Nelson sich abgewandt und hastete davon, die Menschentraube zerteilte sich wie das Rote Meer vor Moses. Sie wusste, dass es sinnlos war, ihm nachzurufen. Er würde nur flüchten. Sie würde warten müssen, bis er das nächste Mal beschloss, mit ihr zu reden.

»Kate, ich –«, fing Marian an, ehe sie den Kopf schüttelte. »Wir müssen reden, aber nicht hier.«

»Ja, lassen Sie uns reden.« *Und vielleicht sagen Sie mir ja, dass auch Sie Nelson für meinen Bruder halten. Vielleicht erzählen Sie mir alles, was Sie über meine Familie wissen.* »Wie wär's mit einem Abendessen?«

»Klingt gut. Im Elephant? Es ist nicht weit weg, aber es wird schrecklich laut.«

Kate lachte. »Ich weiß. *Who the F... is Alice?* Außerdem ist es ziemlich gut besucht. Wir würden ständig unterbrochen werden. Wieso kommen Sie nicht zu mir nach Hause. Ich suche irgendetwas zusammen, aus dem sich etwas kochen lässt.«

»Ich kann auch Pizza von C.J.'s mitbringen.«

»Oh, das ist noch besser! Sie bringen die Pizza mit, und ich sorge für einen schönen kühlen Krug Martini.« Sie lächelten einander an und einigten sich auf sieben Uhr. Kate hätte gern gewusst, ob Marian ebenso nervös war wie sie selbst.

Jetzt schob sie aber erst einmal sämtliche Gedanken an Marian und Nelson beiseite und eilte zurück in ihr Büro, wo sie sich innerlich auf das Gespräch mit den Gideons vorbereitete.

Mutter und Tochter saßen in der Lobby. Leslie hing lustlos auf ihrem Stuhl und ließ die Hände zwischen den Beinen baumeln. Sie sah aus, als wäre sämtliche Energie aus ihrem Körper gewichen – wofür das Hungern und sein Begleiter, die Depression, zweifellos gesorgt hatten. Mrs. Gideon hingegen saß angespannt und aufrecht mit ineinander verkrallten Händen da. Zwischen ihren Brauen hatten sich zwei tiefe Furchen gebildet, und ihre Lippen waren zu einer schmalen Linie zusammengepresst. Kate fragte sich, welche der beiden ihr mehr leidtat. Sie waren im selben Netz gefangen.

Kate ging selbst hinüber, um sie abzuholen. Das war nicht die übliche Praxis, aber sie wollte, dass die beiden sich zumindest ein klein wenig besser fühlten. Auf dem Weg blieb sie kurz bei Sonya stehen, die ihr eine Mappe mit den Angaben der Gideons reichte. Sie gingen in Kates Büro. Kate setzte sich nicht hinter ihren Schreibtisch, sondern auf einen der Sessel, die um einen niedrigen Tisch gruppiert waren. »Kaffee?«, fragte sie. Nein, beide lehnten ab. Sie schenkte sich selbst eine Tasse aus der Kanne ein, die jeden Morgen auf sie wartete. Jeden Abend, bevor sie nach Hause ging, bereitete sie die Maschine vor, und Sonya schaltete sie morgens ein, wenn sie zum Dienst kam. Während sie ihren Kaffee trank, überflog sie die Unterlagen.

»Leslie, du bist dreimal stationär im Krankenhaus gewesen, wie ich sehe.«

»Mir hat nichts gefehlt«, gab das Mädchen zurück und beugte sich vor – endlich ein Anflug von Emotion, dachte Kate. »Das war ... sie.« Sie warf einen verächtlichen Blick auf ihre Mutter. »Ständig zerrt sie an mir herum.«

»Hier steht, dass du massiv unterernährt warst«, wandte Kate mit ruhiger Stimme ein. »Was bedeutet das deiner Meinung nach?«

»Es bedeutet, dass *sie* glaubt, ich sei zu dünn.«

»Nein, es bedeutet, dass du hungerst. Du nimmst nicht genug Nahrung zu dir. Die Diagnose hat Dr. Randolph gestellt, nicht deine Mutter. Ich frage mich, ob dir klar ist, wie gefährlich es sein kann, wenn du hungerst.«

»Ich hungere nicht. Ich esse genug«, beharrte Leslie.

Kate blickte in die hellen, wütenden Augen des Mädchens. »Soll ich dir etwas sagen? Du isst nicht genug. Deine Knochen stehen heraus. Du hast keine Brüste, und du bist ... wie alt?« Entsetzt starrte sie auf das Geburtsdatum in ihren Unterlagen. »Du bist *23*? 23 Jahre alt?« Das Mädchen nickte. Ihre Mutter, die keine Sekunde den Blick von ihr gewandt hatte, knetete noch immer nervös die Hände im Schoß. »Wann war deine letzte Periode?«, fragte Kate, obwohl sie die Antwort bereits kannte.

Der Anflug eines Lächelns erschien auf dem Gesicht des Mädchens, und in ihren glanzlosen Augen flackerte so etwas wie Triumph auf. »Als ich 15 war«, erklärte sie stolz. »All das Blut ... es war widerlich.«

»Die Menstruation ist ein Teil der Weiblichkeit«, erklärte Kate. »Das weißt du ja. Es ist völlig normal.«

Leslie verzog die Lippen. »Kann sein. Aber ich habe sie abgeschafft«, erklärte sie.

»Indem du nichts isst?«

»Genau.«

Ihre Mutter brach in Tränen aus. »Wenn du nichts isst, wirst du sterben!«, schluchzte sie. Das Mädchen würdigte sie keines Blickes, sondern schien überaus zufrieden mit sich zu sein. Wie viele Opfer von Magersucht empfand auch sie die Nahrungsverweigerung als ultimativen Machtbeweis.

»Mrs. Gideon«, sagte Kate. »Ich möchte Leslie zweimal pro Woche sehen, wenn Sie einverstanden sind. Und ich verspreche Ihnen, dass ich alles daran setze, damit sie am Leben bleibt.«

»Sie sind nicht mein Boss«, murrte das Mädchen trotzig, als wäre sie gerade mal zwölf.

»Oh, das weiß ich. Trotzdem werde ich mein Bestes tun, um dir zu helfen.«

»Dann kann dein Vater vielleicht endlich damit aufhören, dein Essen aufzuessen«, erklärte Dora Gideon und wandte sich an Kate. »Sie schiebt ihr Essen ständig auf dem Teller herum, aber man sieht nie, dass sie sich die Gabel in den Mund steckt. Ihr Vater schämt sich so, deshalb hat er angefangen, ihren Teller leer zu essen ... damit es nicht so schlimm aussieht. Mit dem Ergebnis, dass *er* immer dicker wird.« Sie brach in Gelächter aus, das jedoch gleich darauf in heftiges Schluchzen umschlug.

Kate trat neben sie, tätschelte ihre Schulter und reichte ihr eine Schachtel Papiertaschentücher. »Ich schreibe alles auf«, versprach sie, »und dann schicke ich Sie zu Shelby Cohen, einer sehr netten Frau. Sie wird Leslies Case Manager sein und sich um die Versicherung kümmern, die Termine für die Gruppentherapie arrangieren und –«

»Hey«, unterbrach Leslie. »Ich habe nicht gesagt, dass ich da mitmache. Sie können mich nicht dazu zwingen!«

»Das stimmt«, erwiderte Kate. »Aber du bist ein kluges Mädchen und wirst es ausprobieren. In deiner Gruppentherapie geht es um Ernährungsthemen. Vielleicht tauschst du dich ja gern mit anderen jungen Frauen aus, die ähnliche Erfahrungen gemacht haben. Vielleicht kannst du einer von ihnen helfen, oder sie dir. Einen Versuch ist es doch wert, oder?« Sie lächelte.

Leslie Gideon erwiderte das Lächeln nicht, sondern starrte Kate mit finsterer Miene an. Doch sie nickte. Ihre Mutter schien außer sich vor Begeisterung zu sein. »Danke, Doktor, danke.«

Als sie das Büro verließen, ließ Kate Leslie ein paar Schritte vorausgehen. »Es gibt keine Wunder, Mrs. Gideon. Aber wir bemühen uns. Und wenn sie das auch tut ...« Sie vereinbarte einen Termin für ein Gespräch unter vier Augen, wenn Leslie das nächste Mal hier sein würde. »Leslie nimmt an einer Gruppensitzung teil, und wir haben etwas Zeit, uns zu unterhalten«, sagte Kate. Die Mutter hatte Hilfe fast ebenso nötig wie ihre Tochter.

Kate reichte Dora Gideon einen Rezeptblock, auf dem sie einige Anweisungen für Shelby notiert hatte. »Ich rufe Miss Cohen an und sorge dafür, dass sie Sie abholt. Setzen Sie sich bitte so lange in den Warteraum. Sie wird Sie schon finden. Sie erkennen Miss Cohen an ihrem leuchtend roten Haar.« Während Mrs. Gideon den Korridor zum Warteraum hinunterging, rief Kate in Shelbys Büro an und hinterließ ihr eine Nachricht.

Kaum hatte sie aufgelegt, läutete ihr Mobiltelefon. Beim Anblick der Nummer auf dem Display hob sich zunächst ihre Stimmung, ehe sie sich schlagartig verdüsterte. Luke. Sie hatte keine Zeit. Um zehn sollte der nächste Patient kommen, und danach musste sie sich dringend um Linda kümmern. Sie hob ab. Er erkundigte sich, ob sie sich zum Mittagessen treffen könnten, doch sie lehnte mit der Begründung ab, sie habe zu viel zu tun.

Für einen Augenblick herrschte Schweigen in der Leitung. »Dir ist klar, dass wir reden müssen, ja?«, sagte er dann.

Mussten sie das? Gab es denn noch etwas zu sagen? »Das werden wir, Luke, nur jetzt nicht. Ich muss mich um Linda kümmern.«

»Ich könnte dich begleiten.«

Die Versuchung war groß. »Ich glaube, ich möchte sie lieber alleine sehen, ohne abgelenkt zu werden. Aber danke.«

»Gut. Dann bis später.«

Nachdem sie aufgelegt hatte, bereute sie, dass sie sein Angebot nicht angenommen hatte. Im Krisenzentrum hätten sie Lindas Therapieplan besprechen können, und sie hätte jemanden gehabt, der sie in ihren Entscheidungen unterstützte. Sie war so in Gedanken versunken, dass sie Vera um ein Haar nicht bemerkt hätte, die die Lobby durchquerte und auf sie zukam. Gut, dass sie kam. Kate wollte sie doch schon die ganze Zeit danach fragen, ob sie die Polizei alarmiert hatte. Und sie war gespannt darauf, ihr Gesicht zu sehen, wenn sie antwortete. Gerade als sie sie beim Namen rufen wollte, bog Vera ab und verschwand in einem der Therapieräume. Ging sie Kate aus dem Weg? Sie wählte Veras Mobilnummer, es sprang jedoch nur die Mobilbox an. »Vera, ich muss mit Ihnen über Willard Fair reden«, sagte sie. »Wissen Sie, dass er verhaftet worden ist? Die Polizei hat ihn festgenommen, und der Staatsanwalt braucht uns möglicherweise als Zeuginnen.« Sie zögerte einen Augenblick. »Es wäre mir sehr lieb, wenn Sie mir nicht aus dem Weg gehen würden. Bitte rufen Sie mich zurück. Bald.« Sie legte eine besondere Betonung auf das letzte Wort. Das Spielchen, das Vera mit ihr trieb, war uralt.

Kate stellte den Wagen vor dem Crisis Intervention Centre im Halteverbot ab, in der Hoffnung, dass sie das Arztschild hinter der Windschutzscheibe vor einem Strafzettel bewahren würde. Sie hatte keine Zeit, auf der Suche nach einem Parkplatz ewig herumzukurven. Als sie die Lobby durchquerte, fiel ihr zum wiederholten Mal auf, was für hervorragende Arbeit die Innenarchitekten geleistet hatten. Überall standen große Topfpflanzen, und in der Mitte der Lobby plätscherte ein kleiner Brunnen. Sehr friedlich. Es roch sogar angenehm.

Als Kate ankam, begleiteten gerade zwei Polizisten eine Frau herein, die offenbar verprügelt worden war. *Vielleicht war sie ja auch die Treppe hinuntergefallen*, dachte Kate und fragte sich kurz, ob die Frau wohl aus Westwind hergebracht worden war.

Sie meldete sich am Empfang an und bekam einen Besucherausweis, damit sie ihre Patientin sehen konnte. »Geradeaus, den Gang entlang, Doktor. Zimmer 126.«

Linda saß auf dem Bett, hatte ein Tablett auf dem Schoß und verspeiste gerade ihr Mittagessen. An den Stellen, wo ihre Haut keine Abschürfungen oder Verfärbungen aufwies, war sie etwas blass, und ihre Hand zitterte ein wenig, wenn sie die Gabel zum Mund führte. Bei Kates Anblick erschien der Anflug eines Lächelns auf ihrem Gesicht. »Sie haben mich hergebracht, richtig? Ich erinnere mich dunkel.«

»Ja, gestern Abend. Du siehst schon viel besser aus, Linda.«

»Oh, so fühle ich mich auch. Vielleicht noch ein bisschen ... schwummrig im Kopf. Sie haben mich gebadet, hier im Bett.« Sie lächelte. »Ich habe noch nie ein Bettbad bekommen ... nein, Badbett ... nein, ach, ich weiß nicht.« Kate trat ans Fußende des Bettes und sah auf das Krankenblatt. 20 Milligramm Ziprasidon, außerdem hatten sie ihr am Vorabend das Schlafmittel Ambien gegeben.

»Dieses schwummrige Gefühl wird bald verschwunden sein.« Kate hoffte, dass es vom Nahrungsmangel und der Isolation herrührte. Es könnte aber auch eine Begleiterscheinung des Ziprasidon sein. Sie würde es im Auge behalten.

»Aber ich muss doch nicht wieder zurück in diesen dunklen Raum, oder?« Plötzlich wirkte Linda verängstigt. »Ich habe gehört, wie sie gesagt haben, ich muss wieder zurück.«

»Nein, hier kannst du das gar nicht gehört haben«, erwiderte Kate ruhig. »Du bist in Sicherheit. Du bist nicht mehr in Westwind, sondern im Krankenhaus.«

»In Hillside? Aber hier sieht es nicht aus wie in Hillside. Dort wollten sie mich doch nicht nehmen!« Ein verärgerter Unterton schlich sich in ihre Stimme.

Kate streckte die Hand aus und schloss sie um Lindas Finger. »Schon gut, Linda. Du bist im Krisenzentrum. Luke und ich haben dich gestern Abend hergebracht. Du brauchst dir keine Sorgen zu machen. Ich kümmere mich von jetzt an um dich.«

»Und vielleicht kommt auch meine Mommy?« Bekümmert verzog Linda das Gesicht.

»Darüber unterhalten wir uns später.« Wie konnte diese Wahnsinnige ihre wunderschöne Tochter einfach aus dem Haus jagen, zum Teufel mit ihr! »Willst du nicht deinen Wackelpudding essen? Sieh dir nur das hübsche Sahnehäubchen an.« Augenblicklich vergaß Linda ihre Traurigkeit und versenkte ihren Löffel in der wabbeligen roten Masse mit der weißen Schaumkrone drauf. Beruhigt sah Kate ihr zu. Während sie in diesem entsetzlichen Zimmer eingesperrt gewesen war, hatte sie beträchtlich an Gewicht verloren. Laut Barry waren alle Patienten in Westwind eingesperrt und schwebten in großer Gefahr. Es war unglaublich, dass es bisher niemandem gelungen war, diese Anstalt endlich zu schließen! Sie konnte es kaum erwarten, dass der erste Teil seiner Story erschien, und sah bereits vor sich, wie sich die Fernsehleute Mrs. Goodman und die Bürgermeisterin vorknöpfen und sie mit Fragen bombardieren würden. Es versprach, sehr interessant zu werden. Vielleicht wachte dann die Regierung endlich auf und unternahm etwas.

Eine Schwester zog den Vorhang ein Stück zur Seite. »Oh, hallo, Dr. McKenna. Geht es ihr nicht schon viel besser? Sie ist ein sehr hungriges Mädchen.« Sie machte Anstalten, die Reste des Mittagessens wegzuräumen, doch Linda packte das Tablett und hielt es fest. »Es gehört mir!«, behauptete sie, worauf die Schwester lächelte. »Okay, du kannst es behalten.« Sie legte die Finger sanft um Lindas Handgelenk und fühlte ihren Puls.

Kate stand auf. »Du willst bestimmt eine Weile schlafen, Linda. Ich komme später noch mal vorbei, um zu sehen, wie es dir geht, okay?« Linda, die kaum noch die Augen offen halten konnte, nickte und schlief fast augenblicklich ein.

»Das arme Ding«, meinte die Schwester, nahm das Tablett und stellte es beiseite. »Sie sollten dieses Haus wirklich schließen.« Sie wussten beide, welches »Haus« damit gemeint war. »Ständig kriegen wir Patienten von ihnen, und Sie ahnen ja nicht, in welchem Zustand die sind.«

»Wahrscheinlich doch. Ich war dort und habe die ... *Kunden* mit eigenen Augen gesehen.«

»Ich finde es schrecklich, sie immer wieder zurückschicken zu müssen.«

»Dieses Mädchen wird nur über meine Leiche zurückgeschickt werden«, erklärte Kate fest. »Ich weiß noch nicht genau, wie ich es anstellen werde«, beantwortete sie die unausgesprochene Frage der Schwester, »aber werfen Sie mal einen Blick in die morgige Ausgabe des *Chronicle*. Es wird eine große Geschichte über Westwind geben, mit all den glorreichen Details.«

»Wirklich? Toll!«

»Und das ist erst der Anfang. Es kommt noch mehr. Erzählen Sie es ruhig weiter. Und kaufen Sie sich schon früh eine Ausgabe, denn wenn es sich erst einmal herumgesprochen hat, gibt es bestimmt bald keine mehr.«

»Zeitungen? Oder miese Typen?«

Kate lachte. »Beides, hoffe ich.«

15

Sie stellte ihren Wagen in der Garage ab und griff nach dem Wrap mit Putenbrust, den sie unterwegs im Supermarkt gekauft hatte. Auf dem Weg zur Klinik sah sie Jimmy Friedman, der auf der anderen Straßenseite stand und sich hektisch umsah. Sie rief ihn, und er kam herübergelaufen und blieb leicht atemlos vor ihr stehen. »Ich suche Rufus Coleman. Er war unterwegs zu mir, als er Gilda über den Weg gelaufen und auf sie losgegangen ist. Offenbar streiten sie sich regelmäßig wegen ihres Schlafplatzes. Beide erheben Anspruch auf den großen Ahornbaum mit dem Moosbett darunter. Jedenfalls hat sie ihn lautstark darüber aufgeklärt, die Terroristen seien hinter ihm her, worauf er die Flucht ergriffen hat.«

»Diese Gilda ist eine solche Unruhestifterin!«

»Sie hat gekichert und gelacht und ihm nachgerufen, er sei ein Weichei. Aber als ich sie gefragt habe, was los war, wurde sie ernst und erzählte mir, Rufus sei davon überzeugt, dass Terroristen das Essen in der Suppenküche von St. Sebastian vergiften würden, wo er abends immer hingeht. Deshalb hat er nichts gegessen. Und auch keine Medikamente eingenommen. Vater Sebastian überredet ihn immer, eine Tablette zu nehmen, wenn Rufus kommt, um sich Essen zu holen. Jetzt gehe ich in den Park, um nachzusehen, ob ich ihn im Pavillon finde, wo er manchmal sein Lager aufschlägt.«

Kate reichte ihm ihr Sandwich. »Hier, nehmen Sie das für ihn mit. Ich treibe schon etwas anderes zum Mittagessen auf.«

»Danke, Kate, aber ich will Ihnen nicht Ihr –«

»Schon gut. Sie sollten sich lieber beeilen. Wenn Rufus Angst hat, verkriecht er sich bestimmt irgendwo, wo wir ihn nicht finden können.«

»Und das wäre nicht gut, absolut nicht.« Sie hatten beide schon erlebt, was passierte, wenn Rufus ein paar Tage seine Medikamente nicht nahm. Er wurde unberechenbar und neigte zu heftigen Gewaltausbrüchen. Niemand konnte im Voraus sagen, wer das Ziel von Rufus' unkontrollierbarer Wut wurde, fest stand nur, dass er massive Schwierigkeiten mit weiblicher Autorität hatte. Während Kates erster und einziger Therapiesitzung mit ihm, die er in starrköpfigem Schweigen hinter sich gebracht hatte, war sie irgendwann aufgestanden. »Okay, Rufus, wenn Sie nicht mit mir reden wollen, können Sie auch gehen, und ich suche einen anderen Arzt für Sie.« Darauf war er von seinem Stuhl aufgesprungen und hatte sie so drohend angestarrt, dass sie zurückgewichen war. »Ich lasse mir von keiner verdammten Frau sagen, was ich tun soll!«, hatte er gebrüllt, war aus ihrem Büro gestürmt und hatte die Tür hinter sich zugeschlagen. Trotzdem kam er nach wie vor in die Ambulanzklinik und holte sich nicht nur seine Medikamente ab, sondern nahm auch an Gruppentherapiesitzungen teil – sofern sie nicht von einer Frau geleitet wurden. Während der Gruppenstunden platzte er oft mit Dingen wie »Ich hasse sie! Sie alle! Die ganze verdammte Bagage!« heraus, aber mehr konnten sie ihm nicht entlocken. Allein mit ihm zu sein war für jeden Mitarbeiter der Ambulanz ein Problem, egal welchen Geschlechts. Obwohl er sich gewöhnlich von Jimmy helfen ließ, war er nervös, und niemand konnte vorhersehen, was passieren würde.

»Viel Glück«, rief sie Jimmy nach, ehe ihr einfiel, dass es vielleicht ja doch keine gute Idee war, wenn Jimmy sich allein auf die Suche nach Rufus machte. Aber jetzt war es zu spät. Jim war ein guter Läufer und bereits außer Sichtweite.

Als Nächstes musste sie sich wieder etwas Essbares beschaffen. All die netten kleinen Restaurants von früher waren längst aus der Main Street verschwunden. Schuld daran war das neue Einkaufszentrum im Stil einer neuenglischen Kleinstadt, wo an jeder Ecke eine dieser Fastfood-Ketten eine Niederlassung eröffnet hatte. Das Zentrum Waterfields hingegen war wie ausgestorben. Es gab nicht einmal einen McDonald's, zumindest nicht im Fußwegbereich.

Schließlich ging sie zu C.J.'s und kaufte sich ein Stück Pizza mit frischen Tomaten und einen großen Milchkaffee. Galten zwei Tomatenachtel auf einer Pizza eigentlich schon als Gemüseportion? Beim Anblick ihres Mittagessens – ein riesiger Becher Kaffee und ein Stück Pizza, deren Fett bereits die braune Papiertüten aufzuweichen begann – wurde ihr bewusst, dass sie sich nicht gerade wie die gesundheitsbewusste Leiterin einer medizinischen Einrichtung ernährte.

Sie konnte nur hoffen, dass Austin Davey nicht gerade jetzt in ihrem Büro saß und auf sie wartete. Er würde mit den Fingern auf die Armlehne seines Stuhls trommeln und demonstrativ auf seine sündhaft teure Uhr sehen. Sie war nicht nur spät dran, sondern sie lief auch noch mit einer fettigen braunen Papiertüte in der Hand herum, und ihr Lippenstift war verblasst. Wie sollte er für eine solche Frau Respekt aufbringen?

Doch im nächsten Augenblick musste sie über sich selbst lachen. Es war höchst unwahrscheinlich, dass Austin Davey sein Schloss auf dem Hügel verließ und sich in die Innenstadt bequemte. Das hatte er nur ein einziges Mal getan, vermutlich, um sie einzuschüchtern, schlimmstenfalls erwartete sie lediglich das blinkende Licht ihres Anrufbeantworters oder eine Telefonnotiz mit dem Vermerk DRINGEND in Großbuchstaben, mit dem Sonya sie wissen ließ, dass Daveys Tonfall nichts Gutes verheißen hatte.

Als Kate an Sonyas Tisch vorbeikam, reichte diese ihr – wie stets – einen Stapel der rosafarbenen Zettel, ohne sie vorzuwarnen. Trotzdem war es da, als Kate ihr Büro betrat: dieses nervtötende rote Blinken des Anrufbeantworters. Sie beschloss, es erst einmal zu ignorieren, nahm das mittlerweile lauwarme Stück Pizza aus der Tüte und betrachtete es. Ehrlich gesagt, verspürte sie nicht den geringsten Appetit darauf. Ein großer Milchkaffee würde ihr auch genügen. Mit einem Anflug von schlechtem

Gewissen – sie war mit dem Grundsatz erzogen worden, stets an all die hungernden Kinder in China zu denken, oder war es Afrika? – ließ sie das Pizzastück in ihren Mülleimer gleiten.

Es hatte keinen Zweck, das Unvermeidliche noch länger hinauszuzögern. Sie drückte die Abspieltaste. Die erste Nachricht stammte von Marian, die ihre Verabredung für den Abend bestätigte. Die zweite Nachricht war von Tanisha, die mit gepresster Stimme sprach.

»Dr. Kate, ich weiß nich', was hier los ist, aber die tragen hier reihenweise Kartons raus.«

Sie wählte die Nummer von Westwind, die sie mittlerweile auswendig kannte.

»Tanisha, hier spricht Dr. McKenna«, unterbrach sie Tanishas Begrüßung. »Wissen Sie, was in diesen Kartons ist?«

»Krankenakten, Dr. Kate«, antwortete das Mädchen im Flüsterton.

»Wohin bringen sie sie? Wissen Sie das?«

»Keine Ahnung, aber sie haben's echt eilig, das kann ich Ihnen sagen. Mrs. Goodman läuft rum und pfeffert alle an – hoppla, da kommt sie gerade, und sie sieht echt sauer aus. Ich leg lieber auf.« Kate hörte, wie sie den Hörer auf die Gabel knallte, doch die Leitung war nicht unterbrochen. Offenbar hatte Tanisha den Lautsprecher angeschaltet gelassen. Zuerst waren die Stimmen noch undeutlich, doch dann erkannte Kate die forsche Stimme von Mrs. Goodman, die sich der Telefonanlage zu nähern schien. »Beeilt euch endlich, gottverdammt noch mal! Morgen früh erscheint die Geschichte, und bis dahin darf hier keine einzige Krankenakte mehr gefunden werden, verstanden?« Es klang, als spreche sie mit zusammengebissenen Zähnen.

»Wohin sollen wir das ganze Zeug denn bringen?«, wollte eine Männerstimme wissen.

»Wie oft muss ich dir das noch sagen, Schwachkopf? Sie kommen ins Rat– Wieso blinkt dieses Lämpchen da, Tanisha? Du hast das verdammte Telefon auf Lautsprecher gestellt, du dämliches Stück! Schalt es aus! Sofort! Noch ein solcher Fehler, und du bist –«

Es ertönte ein Klicken, gefolgt von einem Freizeichen, dann war die Leitung tot. Kate wählte die Nummer von Barrys Mobiltelefon. *Komm schon, Barry. Bitte lass das Telefon nicht abgeschaltet sein. Bitte sei nicht gerade auf der Toilette. Heb ab, heb ab.* Nach dem fünften Läuten, gerade als sie die Hoffnung aufgeben wollte, meldete er sich am Apparat. »Ja, Kate, was gibt's?«

»Sie schaffen sämtliche Krankenakten weg ... Und sie haben es mächtig eilig.« Sie brauchte ihm nicht zu erklären, wer mit »sie« gemeint war. »Tanisha hat gerade angerufen«, fügte sie hinzu.

»Sie bringen die Kartons mit den Krankenblättern weg ... jetzt gerade?«

»Ja. In dieser Minute. Tanisha war klug genug, den Lautsprecher angeschaltet zu lassen, sodass ich hören konnte, wie Mrs. Goodman die morgige Zeitung erwähnt hat.«

»Wie zum Teufel hat sie herausgefunden, dass –? Egal. Danke, Kate. Ich bin schon unterwegs.«

Sie hätte ihn liebend gern begleitet, aber das ging nicht, weil sie zu viel Arbeit auf dem Tisch hatte. Also wandte sie sich der nächsten Nachricht zu. Dave Fernandez wollte wissen, ob sie bereits einen Behandlungsplan für Leslie Gideon aufgestellt habe. »Ich mache mir Sorgen um sie«, sagte er. *Ich auch*, dachte sie und machte sich eine Notiz, dass sie ihn später zurückrufen wollte. Der nächste Anrufer hatte aufgelegt, ohne etwas zu hinterlassen. Wahrscheinlich einer dieser computergesteuerten Spendenanrufe, die darauf programmiert waren, die Verbindung zu unterbrechen, wenn ein Anrufbeantworter ansprang. Als Nächstes drang Shelby Cohens Stimme an ihr Ohr. Sie klang angespannt und wütend, wie Kate überrascht bemerkte. »Dr. Kate, ich muss mit Ihnen reden. Unbedingt. Wenn Sie vor drei Uhr zurück sind ... Ich habe um drei eine Gruppensitzung ... Ich – oh, ich muss Sie dringend sprechen. Bitte rufen Sie mich an, sobald Sie zurück sind.«

Kate schloss ihre Handtasche in einer Schublade ihres Aktenschranks ein und wollte gleich selbst in Shelbys Büro vorbeisehen. Was um alles in der Welt konnte sie auf dem Herzen haben? Normalerweise war Shelby unerschütterlich positiv – so sehr, dass einige der anderen sie sogar für etwas einfältig hielten. Aber sie irrten sich. Shelby war nett, mitfühlend und der festen Überzeugung, dass es für alles eine Lösung geben muss. War es nicht seltsam, dass Genies grundsätzlich mit reizbaren, mürrischen Einsiedlern gleichgesetzt wurden, während Menschen mit einem sonnigen, fröhlichen Wesen von vornherein als Mitbürger mit schlichtem Gemüt eingestuft galten. Eines stand jedenfalls fest: Wenn Shelby so aufgebracht war, musste etwas Schlimmes vorgefallen sein.

Als Kate an den Türrahmen klopfte, sah Shelby von dem Papierkram auf ihrem Schreibtisch auf. Kates Lächeln erstarb beim Anblick von Shelbys Miene. »Ich bin froh, dass Sie gleich selbst gekommen sind. Ich ... Ich weiß einfach nicht, was ich denken soll. Das heißt, was ich tun soll.«

Kate setzte sich auf den Stuhl Shelby gegenüber. »Schießen Sie los, was ist passiert?«

»Normalerweise würde ich nichts sagen – schließlich ist ja die Wahrnehmung unserer Patienten in der Regel gestört. Und ich bemühe mich immer, sie dazu zu bringen, dass sie mir erzählen, was sie eigentlich meinen. Wenn Alice behauptet, sie seien hinter ihr her, versuche ich herauszufinden, wer ›sie‹ sind und was sie so sicher macht, dass ›sie hinter ihr her‹ sind. Manchmal sind es belanglose Dinge, wie zum Beispiel, dass der Müll vor ihrem Haus erst abends statt während des Tages abgeholt wird oder dass sie hört, wie die großen Lastwagen schrecklich knirschende Geräusche machen. Dann glaubt sie, es seien menschliche Knochen und verkriecht sich zitternd in ihrem Bett. Manchmal können wir – die Gruppe – sie dazu bringen, dass sie begreift, wie bedeutungslos ihre Ängste sind ... Na ja, für sie sind sie natürlich nicht bedeutungslos, aber –«

»Ich weiß, was Sie meinen«, unterbrach Kate sanft. »Also ist Alice diejenige, die Ihnen Probleme bereitet?«

Shelby lachte freudlos. »Nein. Ich bin nur etwas nervös wegen einer Klatschgeschichte.« Sie holte tief Luft. »Es geht um

Dr. Bannerman. Vier der Patienten in meiner Gruppe haben sich über ihn beschwert.«

»Beschwert?« *Gütiger Gott, bloß keine sexuelle Belästigung!* »Um welche Art von Beschwerde handelt es sich?«

Irgendetwas in Kates Stimme musste Shelby verraten haben, was sie befürchtete, denn die Case Managerin schüttelte den Kopf. »Nein, nichts in dieser Art! Sie sagen – oh Mann, es ist so albern – sie sagen, er hätte sie verflucht.«

»Verflucht?«

»Ich weiß, dass das völlig absurd klingt. Es fing damit an, dass Alice meinte, Dr. Bannerman sei gemein zu ihr. Habe ich erwähnt, dass sie alle Dr. Bannermans Patienten sind? Nun, so ist es. Als ich wissen wollte, was genau sie damit meint, sagte sie, er schubse sie herum und tue ihr weh. Na ja, Sie kennen ja Alice. Sie ist so paranoid, dass er ihr beinahe den Mund aufhalten muss, damit sie ihre Medikamente nimmt. Also hat er sie vielleicht ein wenig zu fest angefasst, aber er wollte ihr bestimmt nicht wehtun, da bin ich mir ganz sicher. Dann meldete sich jedoch Gilda zu Wort. Sie stimmte Alice zu, was ziemlich überraschend ist, da Gilda nie einer Meinung mit anderen ist. Sie glaubt, sicher zu sein, dass Dr. Bannerman der Teufel ist und den bösen Blick hat. Sie hat mir ihren Arm gezeigt. ›Sehen Sie. Das ist der Beweis. Die Male des Teufels‹, erklärte sie, aber es waren ihre üblichen Mückenstiche und Wanzenbisse. Alle in der Gruppe haben mir zugestimmt, dass es so ist, und am Ende hat sie es beinahe selbst zugegeben, als sie dann aber meinte: ›Trotzdem hat er den bösen Blick.‹ Und plötzlich sagte Anthony: ›Ja, ich hab's auch gesehen, ganz genau. Seine Augen leuchten silbrig und grün, und es kommen Strahlen heraus.‹ Das hat natürlich *wieder* alle in Aufruhr versetzt. Ich hatte eine ganze Weile zu tun, sie wieder zu beruhigen, und dann war die Stunde fast vorbei. Also habe ich ihnen erklärt, Dr. Bannerman sei einer von den Guten und bemühe sich, ihnen zu helfen, so wie Sie und Dr. Ilitch. Am Ende haben mir zwar alle zugestimmt, trotzdem habe ich ihr Murren gehört, als sie gegangen sind. Sie haben es mir nicht abgenommen, Dr. Kate.«

»Wow«, meinte Kate. »Vier Patienten. Das ist sehr interessant.« Sie machte sich Notizen. »Wer ist der vierte?«

»Darlene. Ja, ich weiß, sie hat regelmäßig Streit mit ihm, deshalb zählt sie vielleicht nicht. Aber –«

Kate sah abrupt auf. »Aber?«

Lange Pause. »Ich habe es mit eigenen Augen gesehen. Den ... äh ... den bösen Blick. Wenn ich ihm sage, dass ich irgendetwas nicht sofort erledigen kann, was er auf der Stelle erledigt haben will, weil ich zu beschäftigt bin, wirft er mir jedes Mal einen Blick zu, der Stahl zum Schmelzen bringen würde. Und, Dr. Kate, mit mir sind es dann sogar fünf.«

»Sagt er etwas, wenn er Sie so anstarrt, Shelby?«

»Nein. Es dauert nur ein paar Sekunden, dann ist es auf einmal wieder weg, und er ist wieder so wie sonst ... Sie wissen schon, ein bisschen abwesend und lustlos. Manchmal habe ich mich sogar gefragt, ob ich es mir nur einbilde.«

Kate wusste ganz genau, wovon Shelby sprach. »Vier seiner Patienten, die dasselbe sagen. Hmm, das ist eine ganze Menge. Normalerweise schafft man es noch nicht einmal, dass sie sich über das Datum einigen.«

Shelby lächelte. »Genau das habe ich auch gedacht. Er macht ihnen Angst, Dr. Kate. Sie wollen nicht, dass er ihnen ihre Medikamente gibt. Dann kam Anthony auch noch mit einer Science-Fiction-Geschichte über vergiftete Tabletten aus dem All daher, und sie haben ihm wie gebannt zugehört.«

»Schwer zu sagen, was da vor sich geht, wenn die wichtigsten Zeugen so voller Ängste sind. Man weiß ja nicht einmal, ob sie sich gerade in der Realität befinden.«

»Oder in der Gegenwart«, fügte Shelby hinzu. »Manche der älteren Patienten sind in Waterfield aufgewachsen und haben einige Zeit in Hillside verbracht. Oder sie kennen jemanden, der dort war. Oder jemanden, der dort gearbeitet hat. Wie lange es auch zurückliegen mag, diese Horrorgeschichten sind für sie absolut real. Zum Beispiel die von der Patientin, die aus dem Fenster gesprungen und dabei auf einen anderen Patienten gefallen ist, sodass am Ende beide tot waren. Oder die von der

Patientin, die nach ihrer Entlassung betrunken ein Mädchen überfahren hat ... oh!« Sie schlug sich die Hand vor den Mund, und ihre Augen weiteten sich entsetzt. »Oh, Dr. Kate, es tut mir wahnsinnig leid. Ich habe vergessen, dass Sie –«

»Dass auch ich eine Geschichte in der Stadt habe? Und in Hillside?«, ergänzte Kate trocken. »Manchmal vergesse ich das selbst, wenn auch nie für lange.« Sie bemühte sich um ein Lächeln. »Es ist, wie es ist. Oder, besser gesagt, wie es *war*. Ich fühle mich nicht von Dingen verletzt, die in der Vergangenheit passiert sind.« Das war eine glatte Lüge. »Also, machen Sie sich darüber keine Gedanken. Es ist gut, wenn unsere Patienten über Dinge reden, die sie irritieren. Solange es sie nur nicht allzu sehr aufregt.«

Auf dem Weg zu Bannermans Büro wollte sie kurz bei Vera vorbeisehen, die bisher auf keine ihrer Nachrichten reagiert hatte. Aber Vera war nicht in ihrem Büro, und ein Zettel an der Tür besagte, sie sei in einer Gruppensitzung, die in einer Stunde beendet sei. Kate zog einen roten Stift hervor, kritzelte »Rufen Sie mich so schnell wie möglich an« auf den Zettel und setzte ihre Initialen darunter. Vera konnte ihr nicht für immer aus dem Weg gehen. War ihr denn nicht klar, dass Kate sie jederzeit vor die Tür setzen könnte? Was ging nur in dieser Frau vor?

Bannerman saß in seinem Büro und füllte irgendwelche Formulare aus. Als sie ihn ansprach, legte er seinen Stift beiseite und musterte sie desinteressiert. »Was ist?«, fragte er.

»Darf ich mich setzen?« Sie nahm Platz, ohne seine Antwort abzuwarten. Sorgsam darauf bedacht, ihre Stimme neutral klingen zu lassen, schilderte sie ihm, was Shelby ihr erzählt hatte. Währenddessen bemerkte sie, dass sich sein Gesicht rötete. »Diese Leute sind verrückt, Dr. Kate!«, platzte er heraus, als sie kurz Luft holte. »Dr. McKenna, meine ich. Sie selbst erinnern mich doch ständig daran, dass es kranke Menschen sind, ohne Bezug zur Realität. Wie können Sie also das, was sie in ihrem Delirium von sich geben, für bare Münze nehmen?«

»Das tue ich nicht, Will. Das ist ja der Grund, weshalb ich hier bin. Ich möchte mit Ihnen reden. Vier Patienten, für die Sie verantwortlich sind. Unsere Patienten sind sehr ängstlich.«

»Das können Sie laut sagen! Großer Gott, die haben doch vor allem Angst! Und sie hören nicht auf einen, folgen keinen Anweisungen ... So etwas wie eine Gesprächstherapie ist reine Zeitverschwendung. Mag ja sein, dass ich verstimmt oder ärgerlich bin ... Aber sind wir das nicht alle? Aber böser Blick? Ich bitte Sie!« Vergeblich bemühte er sich um ein Lächeln. Ein Muskel in seiner Wange zuckte. Trotz seiner Herkunft, seiner Referenzen und seiner Ausbildung löste William Bannerman auch in ihr ein Gefühl des Unbehagens aus.

»Und was ist mit uns?«, brach es mit einem Mal aus ihm heraus. »Dürfen *wir* denn keine Ängste haben? Diese Leute sind nicht bei Verstand, Kate, wie könnten wir diese Tatsache je vergessen?« Mittlerweile schrie er beinahe. »Wann immer ich Rufus sehe, erzählt er mir, er wisse genau, dass ich ihm Bomben in Form von Speisekarten des chinesischen Lieferservice in den Briefkasten stecke. Dabei *hat* er noch nicht mal einen Briefkasten! Er lebt auf der *Straße*! In einem verdammten *Park*!« Bannerman beugte sich vor, und Kate sah die hektischen roten Flecken auf seinen Wangen und den Speichel, der sich in seinen Mundwinkeln gesammelt hatte. Er schien völlig außer sich zu sein. So diskret wie möglich wich sie zurück.

Doch nicht diskret genug. »Sie also auch?«, schrie er. »Was ist nur mit den Leuten hier los? Liegt die Paranoia in der Luft? Geben sie es ins Trinkwasser? Rufus droht, dass er mich erschießen wird, Kate, und Sie sagen mir, meine Patienten hätten Angst vor mir? Finden Sie nicht auch, ich sollte eher Angst vor *ihnen* haben? Ich bin sie leid, sie alle! Ich bin es leid und habe es satt, so zu tun, als sei es mir wichtig, diesem verwahrlosten Haufen jämmerlicher Verlierer zu helfen, der sich noch nicht mal helfen lassen will! Medicaid! Medicare! Krankenkassen! Sie alle wollen, dass ich tausend Fragen beantworte, nur damit sie am Ende sagen können: *Nein, wir zahlen nicht. Nein, Sie kriegen nicht mehr als sechs Therapiestunden. Nein, Sie kriegen nicht die guten Medikamente, sondern müssen sich mit den zweitbesten zufrieden geben!* Und wie oft gefällt ihnen die Art und Weise nicht, wie ich die Formulare ausfülle, also muss ich noch mal von vorn anfangen. Warum machen wir uns die Mühe? Wieso legen wir uns so ins Zeug, wenn am Ende doch nur alles für die Katz ist?«

»Will, bitte, beruhigen Sie sich! Man hört Sie bis in die Lobby.«

Doch er machte keine Anstalten, seinen Tonfall zu mäßigen. »Es kümmert mich einen verdammten Scheißdreck, wer mich hört! Ich habe ganz einfach die Schnauze voll! Dieses System ist doch krank, und keiner scheint etwas dagegen zu unternehmen!« Seine Augen füllten sich mit Tränen, und er schlug sich eilig die Hände vors Gesicht.

»Will, ich denke, Sie brauchen eine kleine Auszeit. Und Hilfe«, sagte Kate ruhig.

Er ließ die Hände sinken. »Auszeit! Sie meinen Bewährung, stimmt's? Und mit ›Hilfe‹ ist eine Therapie gemeint. Aber das ist das Letzte, was ich brauche! Was ich brauche, ist Respekt und Gehorsam!«

»Nein, ich meine es so, wie ich es sage. Ich denke, Sie sollten die Klinik für ein paar Wochen verlassen und sich überlegen, ob Sie hier überhaupt noch glücklich sein können.«

Seine Augen verengten sich und ... funkelten – anders ließ es sich kaum beschreiben. Sie funkelten vor Bosheit. Der böse Blick. Instinktiv wanderte ihre Hand zu ihrem Herzen, und die Muskeln in ihren Oberschenkeln spannten sich an. Doch plötzlich war der Ausdruck wieder verschwunden, und zurück blieb ein junger mürrischer Mann mit rotgeränderten Augen. »Okay, ich nehme mir frei«, räumte er ein. »Wer übernimmt meine Patienten?«

»Vielleicht kann jemand aus Hillside aushelfen. Ich kümmere mich darum.«

»Ja, daran habe ich keinen Zweifel«, erwiderte er mit vor Sarkasmus triefender Stimme. Sie ging nicht darauf ein, sondern gab in neutralem Tonfall zurück: »Ja, das ist schließlich meine Aufgabe als Direktorin. Bis dann.«

Er wandte sich wieder den Unterlagen auf seinem Schreibtisch zu und begann, sie säuerlich zu stapeln und mit Notizen zu versehen. Allem Anschein nach hielt er das Gespräch damit für beendet. Sie verließ sein Büro und ging in ihr eigenes zurück.

Sie würde die anderen informieren, dass Bannerman für ein oder zwei Wochen nicht da sein würde. Donna sollte ihm seinen Gehaltsscheck nach Hause schicken, und Sonya würde die Anrufe für ihn auf seinen Privatanschluss weiterleiten. Und sie würde in Hillside wegen einer Vertretung für ihn anrufen. Sie sah auf die Uhr. 16.20 Uhr. Um fünf hatte sie den nächsten Patienten, um sechs würde sie kurz ins Krisenzentrum fahren und nach Linda sehen. Sie hatte sich vorgenommen, sie jeden Tag zu besuchen. Das Mädchen brauchte dringend das Gefühl, dass sich jemand um sie kümmerte. Kate war fest davon überzeugt, dass Linda aus den Fängen dieser grauenhaften Krankheit gerettet werden konnte. Nicht geheilt – das war leider noch immer unmöglich –, aber zumindest sollte sie sie in einen Zustand bringen können, der ihr ein halbwegs normales Leben gestattete.

Nicht so wie Angela, der es scheinbar nie lange genug gut gegangen war. Eine Haushälterin nach der anderen war gekommen und wieder verschwunden. Angela war als Einzelkind aufgewachsen, deshalb hatte es keine Verwandten gegeben, die Hilfe und moralischen Beistand hätten leisten können. Und Angelas Mutter ... Kate erinnerte sich an ihre Nonna als eine kleine, drahtige Frau mit hoch aufgetürmtem grauen Haar, die in unregelmäßigen Abständen auftauchte, ihre Enkel an sich drückte und ihnen Fragen stellte, auf die sie keine Antwort erwartete, ehe sie von Raum zu Raum ging und alles kommentierte, was sie sah. »Diese Couch sollte wirklich weg ... seht euch nur diese Brandlöcher an ... was für ein Reinigungsmittel ... die Vorhänge sind auch schmutzig ... ich habe ganz vergessen, dass ich ihnen diese Vase mitgegeben hatte. Die nehme ich gleich wieder mit ...« Sie tat zwar nie etwas von dem, was sie sagte, sondern schwebte nur durchs Haus und machte so etwas wie eine merkwürdige Bestandsaufnahme. Ihre Lippen waren stets zu einem angedeuteten Lächeln verzogen, und wenn sie einen ansah, fiel auf, dass ihr Blick leicht verschleiert war.

Ihre Besuche liefen immer nach demselben Schema ab. Nachdem sie das Erdgeschoss einer gründlichen Inspektion unterzogen hatte, rief sie: »Angela! *Mia figlia*! Komm und gib deiner Mamma einen Kuss, Liebling!«

Wenn Angela gerade nicht in Hillside war und ihre Medikamente nahm, kam sie pflichtschuldig heran und ließ sich auf beide Wangen küssen. »*Bellissima*!«, rief Nonna bei ihrem Anblick. »*Allora, come stai*?« Angela war die Einzige, mit der sie Italienisch sprach, obwohl sie die Sprache eigentlich nicht beherrschte, da sie bereits mit vier Jahren in die USA gekommen war und nach einigen Wörtern wieder ins Englische wechseln musste.

»Nicht so gut, Mamma. Oh, Mamma, bitte –« Doch Nonna hatte sich bereits abgewandt und plapperte über irgendwelche Deko-Stoffe, die sie bei Zavod's gesehen hatte, oder darüber, wie gut die Pfirsiche dieses Jahr schmeckten, von denen sie einen Korb voll mitgebracht hatte – ohne den flehenden Blick und die ausgestreckten Hände ihrer Tochter zu beachten.

Wenn Angela in keiner guten Verfassung war, stieß Nonna einen tiefen Seufzer aus, ging nach oben in ihr Zimmer und streckte den Kopf hinein. »Das ist schön«, sagte sie. »Ruh dich nur aus, Liebling.«

Wenn sie erfuhr, dass ihre Tochter in der Klinik war, wurde ihr Blick für einen Moment starr, ehe sie, noch immer lächelnd, meinte, wie leid es ihr täte, dass Angela sich nicht wohl fühle.

Die Nonna blieb nie länger als zehn oder fünfzehn Minuten. Sie war wie eine Erscheinung, ein plappernder Geist. Natürlich begriff Kate, als sie alt genug war, dass ihre Großmutter eisern leugnete, was vor sich ging. Dass sie wahrscheinlich von Anfang an nicht bereit gewesen war zu sehen, was sich vor ihren Augen abspielte.

Lange Zeit hasste Kate ihre Großmutter dafür, dass sie sich mit Absicht dumm stellte, doch mit der Zeit wurde ihr klar, dass es eine recht wirksame Überlebenstaktik war. Nonna hatte dasselbe bereits bei ihrer Schwester Nancy miterlebt. Hatten sie Zia Nancy tatsächlich auf dem Dachboden versteckt gehalten, wie Mr.

Rochesters verrückte Ehefrau in *Jane Eyre*? So wurde es zumindest in der Familie behauptet, und Kate hielt es durchaus für möglich. Wann immer Nancys Name fiel, bekreuzigte sich Nonna eilig und sah sich um, als könne Zia Nancy allein durch die Erwähnung ihres Namens von den Toten heraufbeschworen werden.

Woher kam diese lange vergessene Erinnerung auf einmal?, fragte sich Kate. Ach ja ... im Zusammenhang mit Linda, die sie um jeden Preis vor Angelas Schicksal bewahren wollte. Angelas Krankheit war stets geleugnet und sorgsam verborgen worden. Als sie den Doc kennen gelernt und er sich in sie verliebt hatte, war die Familie Feuer und Flamme gewesen und hatte auf eine rasche Heirat gedrängt. Kate hatte als Kind staunend die Hochzeitsbilder betrachtet. Ihre Mutter hatte unglaublich glücklich ausgesehen, so normal, obwohl sie auch damals schon Stimmen gehört hatte. Später war immer alles Docs Schuld gewesen – er habe sie krank gemacht, er stecke mit den anderen Ärzten *dort oben* (Hillside, natürlich) unter einer Decke und warte nur darauf, dass sie endlich starb. Das war die Angela, an die sich Kate erinnerte. Aber auf den Fotos sah sie so jung und bezaubernd aus in ihrem elfenbeinfarbenen Kleid mit dem langen Schleier, wie sie seinen Arm festhielt, bewundernd zu ihm hochsah und vor Glück strahlte.

Dieser Zustand hatte höchstens bis zu den Flitterwochen angehalten, aus denen sie zwei Wochen zu früh zurückkehren mussten. Nach allem, was Kate wusste – ständig machten irgendwelche Geschichten die Runde, halblaute Stimmen im Haus, die verstummten, wenn sie den Raum betrat –, hatte Doc seine Braut vom Flughafen geradewegs nach Hillside bringen müssen. Außerdem hieß es, sie habe ihm nicht erlaubt, sie anzurühren. Ob das stimmte? Kate würde es wohl nie erfahren, aber sie hielt es durchaus für möglich. Aus der Ehe waren zwei Kinder hervorgegangen. Carlo war knapp neun Monate nach der Hochzeit zur Welt gekommen, sodass er durchaus ein Flitterwochen- oder gar ein Verlobungsbaby hätte sein können. *Und dann bin ich gekommen*, dachte Kate. Sie sah auf die Uhr und stellte überrascht fest, dass es bereits Viertel vor fünf war. Viel zu lange hatte sie vor sich hin geträumt. Mit geschäftsmäßiger Miene ging sie in die Lobby hinaus, um ihren nächsten Patienten in Empfang zu nehmen.

Zehn Minuten vor sechs verabschiedete sie sich von ihm und blieb noch einen Moment sitzen, um sich zu sammeln. Hatte sie alles erledigt, was Bannerman betraf? Sie überprüfte die Liste mit ihren Notizen, auf der fast alles abgehakt war. Gütiger Himmel, wie müde sie war! Wenn sie nur endlich eine Mütze voll Schlaf bekäme ...

Schon wieder läutete ihr Mobiltelefon. Barry. »Was liegt an?«

»Ich bin sofort losgestürmt und habe einen Fotografen mitgenommen.« Er lachte. »Du hättest ihr Gesicht sehen sollen! Mrs. Goodmans, meine ich. ›Was tun Sie da?‹, hat sie mich gefragt. ›Sie daran hindern, Unterlagen zu beseitigen, die für das Gesundheitsministerium, die staatliche Krankenversicherung und die anständigen Bürger von Waterfield wichtig sind.‹ Und dann – oh Kate, es war einfach Wahnsinn – fuhren plötzlich zwei Streifenwagen vor. Mit Blaulicht und heulenden Sirenen. Ich dachte, sie kriegt vor meinen Augen einen Herzanfall! Ich wollte es dir nur kurz erzählen. Die Polizei hat sämtliche Kartons beschlagnahmt. Sie hat behauptet, sie wollte sie in ihr Lagerhaus bringen lassen, aber als sie gefragt wurde, wo denn dieses Lager ist, konnte sie es nicht sagen. Tja, jedenfalls haben sie alles mitgenommen. Als Beweismaterial. Ist Frühstück für dich okay?«

Der plötzliche Themenwechsel ließ sie aufhorchen. »Was?«

»Frühstück. Morgen früh. Du wirst doch bestimmt Goodmans Gesicht sehen wollen. Aber das ist nur möglich, wenn ich auf der Stelle in die Redaktion fahre und die Änderungen auf der Titelseite noch reinquetsche. Um eins sind wir fertig mit der Spätausgabe, Kate. Ich habe noch eine Dreiviertelstunde, um die Druckerpressen anzuhalten.« Seine Stimme verriet ihr, dass er in Laufschritt verfallen war. »Also. Frühstück. Morgen früh um sieben im Elephant?«

»Ja, natürlich. Ich will sämtliche De-« Doch er hatte bereits aufgelegt. Sie sah ihn förmlich vor sich, wie er mit dem Fotografen, einem unsportlichen Kerl mittleren Alters, der hinter ihm herhechelte, zu seinem Wagen lief.

Inzwischen war sie wieder hellwach. Barry hatte ihr die Titelseite der morgigen Ausgabe des *Chronicle* beschrieben: eine Story über die entsetzlichen Zustände in Westwind, den Schmutz und den akuten Personalmangel, außerdem einen Bericht darüber, dass die Patienten entweder die falschen oder gar keine Medikamente bekamen. Und Fotos. In Farbe. Das Ganze war als vierseitiger Artikel in der Blattmitte zum Herausnehmen und Aufbewahren geplant. Oh ja! Und dass die Leiterin der Anstalt dabei erwischt worden war, wie sie Unterlagen herausschmuggeln wollte, um sie höchstwahrscheinlich in den Fluss zu werfen, machte den Fall noch brisanter. Jetzt würde es erst richtig rundgehen! Sie konnte es kaum erwarten, Marian am Abend zu sehen und ihr all die pikanten Details zu schildern.

Linda sprach erstaunlich gut auf die neuen Medikamente an. Sie war wach und freute sich sehr über Kates Besuch. »Hier ist meine Retterin«, sagte sie zu der Schwester, die gerade ihr Tablett mit dem Abendessen abräumte. »Nein, tut mir leid, Jesus ist mein Retter, das ist mein Psycho-Doc.« Sie lachte. Wie schön, sie in so guter Laune anzutreffen. Mittlerweile hatte man ihr das Haar gewaschen und gebürstet. Sie war ein ausgesprochen hübsches Mädchen und – sie besaß eindeutig eine gewisse Ähnlichkeit mit Angela, was teils an ihrem dicken, lockigen Haar, aber auch an ihrem üppigen Mund lag.

»Entschuldigung«, konterte Kate mit gespieltem Ernst, »aber Doktor Kate reicht völlig aus.« Sie lächelte Linda an, die ihr Lächeln erwiderte. Das Mädchen benahm sich vollkommen normal. Na schön ... beinahe. Nur gelegentlich warf sie einen nervösen Blick über die Schulter, wandte sich jedoch sofort wieder um, als wisse sie, dass das, was sie zu sehen oder wahrzunehmen geglaubt hatte, nicht wirklich da war.

Kate griff nach dem Krankenblatt. »Wie fühlst du dich, Linda?«, fragte sie und überflog den Bericht. Zweimal täglich 20

Milligramm Geodon-Ziprasidon oral zu den Mahlzeiten. »Hast du deine Medikamente mit dem Abendessen eingenommen?«

»Ja, Dr. Kate. Die blaue und die weiße Tablette. Sie sind viel hübscher als meine alten.«

An Linda waren eine ganze Reihe verschiedener Antipsychotika ausprobiert worden – Haldol, Risperidon, Clorazil. Keines davon hatte ihr gutgetan. Aber wer konnte schon sagen, ob das Mädchen sie auch tatsächlich genommen hatte. Vielleicht hatte ja ihre Mutter die Tabletten als Werk des Teufels betrachtet? Möglicherweise hatte sie auch die Einnahme einige Male ausgelassen und ihr anschließend drei oder vier Tabletten auf einmal verabreicht, was grundsätzlich ein großer Fehler war. Wie auch immer – jetzt stand sie unter Kates Aufsicht, und bald würde es ihr besser gehen.

»Hast du irgendwelche Beschwerden?«

Linda schniefte. »Meine Nase läuft ständig.«

»Ja, das ist eine der Nebenwirkungen. Aber ich hoffe, es ist nicht allzu schlimm.«

»Sie isst nicht genug«, bemerkte die Schwester, die mit einer Schüssel und einem Badeschwamm wieder hereinkam.

»Ich habe Durchfall«, erklärte Linda. »Deshalb ist es wohl besser, dass ich keinen besonders großen Hunger habe.«

»Nur ein, zwei Häppchen«, bat die Schwester.

»Krankenhauskost. Was erwarten Sie von mir?«, scherzte Linda.

Kate beschloss, sie vorerst nicht zum Essen zu drängen. Dafür blieb später noch genug Zeit. Auf ihrer Stirn und ihren Händen erinnerten noch immer mehrere grüne und purpurne Flecke daran, wie sie sich gegen die verschlossene Tür des Stillen Raums geworfen hatte, die würden jedoch bald verschwinden. Kate konnte nur hoffen, dass die Erinnerungen an die schreckliche Zeit ebenso verblassten.

Zehn Minuten vor sieben bog sie in die Einfahrt ihres Hauses ein. Gerade noch genug Zeit, um die Drinks vorzubereiten, dachte sie. Doch das war ein Irrtum, denn gerade als sie die Haustür aufgeschlossen hatte, kam Marian in ihrem alten Toyota die Auffahrt herauf. Sie nahmen zwei große Pizzaschachteln vom Rücksitz und trugen sie ins Haus. Marian ging mit einer Zielstrebigkeit in die Küche, als wäre sie schon einmal hier gewesen. Aber natürlich, das war sie ja auch! Wenn Angela nicht in Hillside gewesen war, hatte Marian sie doch bestimmt besucht, um ihr zur Seite zu stehen, auch wenn Kate sich nicht mehr daran erinnern konnte. Es gab überhaupt nur wenig aus dieser Zeit, woran sie sich erinnern konnte. Sie wusste nur noch, dass sie todunglücklich gewesen war. Der Unfall war nur der Tropfen gewesen, der das Fass zum Überlaufen gebracht hatte. Natürlich hatte sie am Begräbnis teilgenommen, doch unmittelbar danach hatte sie die Formulare für den Wechsel an die Universität von New York ausgefüllt, um dort ihr letztes Studienjahr zu absolvieren. Und dort war sie auch gewesen, als Angela sich das Leben genommen hatte. Sie war so lange fort gewesen. Es war, als hätte sie ihrem Zuhause und ihrer Familie mit all ihren Problemen einfach den Rücken gekehrt. Wenn auch nicht mit derselben Endgültigkeit wie Carlo.

Seit dem Unfall hatte er sich merkwürdig benommen. Er führte leise Selbstgespräche und lief ständig im Raum auf und ab. Plötzlich fielen Kate seine endlosen Wanderungen von einem Ende seines Zimmers zum anderen wieder ein, hin und her, hin und her, Tag und Nacht. Dann schien es besser zu werden. Er wurde ruhiger, sodass man sich wieder mit ihm unterhalten konnte. Manchmal lächelte er sogar. Als er mitteilte, er wolle nach Maine fahren, hielt sie es für ein gutes Zeichen und borgte ihm, wenn auch schweren Herzens, ihren 1973er VW-Käfer. Sie liebte diesen kleinen Wagen. Aber sie war so erleichtert zu sehen, dass Carlo wieder ... sollte sie sagen *normal* war? Sie ließ ihn schwören, dass er vorsichtig fuhr und gut auf den Wagen aufpasste. Sie gab ihm sogar Geld, alles, was sie hatte. Von ihm kam kaum ein Dank. Er fuhr rückwärts aus der Einfahrt, wendete mit quietschenden Reifen und fuhr – viel zu schnell – die Main Street hinunter. Sie sahen ihn nie wieder.

Mittlerweile standen sie in der Küche und stellten die Pizzakartons auf den Küchentisch. »Was ist?«, fragte Marian.

»Was meinen Sie?«

»Sie haben ausgesehen, als hätten Sie eine Vision gehabt.«

»Keine Vision, sondern Erinnerungen. An Carlo. In gewisser Weise hatte ich ihn aus meinen Gedanken verbannt, weil er uns aus seinem Leben verbannt hat. Aber seit ich wieder hier bin, kommen all diese ... Dinge auf einmal wieder hoch. Ich fühle mich regelrecht von ihnen verfolgt. Ja, genau das ist es.«

»Arme Katie«, sagte Marian leise, stellte den Ofen an und schob die Pizzen hinein, damit sie warm blieben. »Es ist nicht leicht, wieder heimzukommen.«

»Allerdings«, bestätigte Kate.

»Und ständig kommen quälende Erinnerungen an die schlimmen Zeiten hoch?«

»Die schönen brauchen sich ja nicht zu verstecken, die kann ich ganz allein heraufbeschwören.« Sie hatte die Flaschen und Gläser aus dem Schrank genommen und machte sich an die Zubereitung der Cosmopolitans. Auf diese Weise brauchte sie Marian nicht in die Augen zu sehen. Wovor hatte sie Angst? Mit einem Mal wusste sie es – sie fürchtete, sie könnte in Tränen ausbrechen. Nein, sie wollte nicht wegen Dingen weinen, die irgendwann in den Achtzigern passiert waren. Die Vergangenheit war abgeschlossen. »Ich habe gerade Carlo vor mir gesehen, wie er auf und ab geht, mit den Fingerknöcheln knackt und Selbstgespräche führt«, fügte sie hinzu, ohne aufzusehen. Nach einer Weile spürte sie, dass sie beobachtet wurde, hob den Kopf und sah, dass Marian sie betrachtete. »Was ist?«

»Also wissen Sie, warum ihr Bruder sich so verhalten hat, ja?«

»Nun ja ... ich dachte ...«, stammelte sie verblüfft. »Er war immer schon ein bisschen seltsam, ein Einzelgänger. Nein, mehr als das, ein Spinner.« Sie reichte Marian eines der Gläser.

»Kate«, sagte Marian sanft, nahm das Glas entgegen und prostete Kate zu. »Carlo war schizophren. Das dürften Sie inzwischen doch herausgefunden haben, oder?«

Kate nahm das zweite Glas und trank einen großen Schluck,

als könnte der Alkohol die Erstarrung ihrer Gedanken lösen. Sie war so verblüfft, dass sie keinen Ton herausbrachte. Carlo. Schizophren. Das erklärte einiges. Aber ... »Warum hat man sich nicht um ihn gekümmert, Marian? Warum hat der Doc nie mit mir darüber geredet? Wie konnte ich so lange so blind sein?«

»Der Doc konnte nicht darüber reden, Kate. *Sein Sohn*, sein brillanter Sohn! Es hat ihm so wehgetan. Zuerst Angela, dann Carlo. Stück für Stück wurde sein Weg in die Zukunft zerstört.«

Kate schossen die Tränen in die Augen. »Aber er hatte doch mich«, sagte sie und registrierte verärgert das Beben in ihrer Stimme.

»Ja, das hatte er, und Sie haben verhindert, dass er vollends den Verstand verliert. Er müsse hierblieben, solange Sie ihn brauchen, hat er immer wieder zu mir gesagt.«

»Was wollte er damit sagen?« Sie trank ihr Glas aus und schenkte noch einmal nach. Es fühlte sich an, als greife eine eisige Faust nach ihrem Herzen.

»Nichts, Kate. Gar nichts. Nur dass er Sie geliebt hat und sich um Sie kümmern wollte, was auch passiert.« Sie lächelte schwach. »Könnten wir uns vielleicht hinsetzen?«

Kate deutete auf den Küchentisch. Diesmal war es Marian, die austrank und nachschenkte.

»Okay, Kate.« Sie holte tief Luft und nippte an ihrem Glas. »Sie müssen es erfahren. Ihr Vater und ich waren ein Paar ...« Sie hielt inne.

»Aus irgendeinem Grund überrascht mich das nicht. Ich glaube, in gewisser Weise habe ich es sogar gewusst.«

»Sie waren schon immer ein kluges Mädchen«, gab Marian zurück. »Und ich fürchte, wir waren manchmal ein wenig zu unvorsichtig. Aber Sie sollen wissen, dass ich ihn von ganzem Herzen geliebt habe, Kate. Ich habe gewusst, dass er Ihre Mutter nie verlassen würde, weil sie sonst niemanden hatte. Ihre Familie ... sie wollte nichts von ihrer Krankheit hören. Aber er hat sie nicht mehr geliebt. Sie hat ihn für alles verantwortlich gemacht. Für ihre Krankheit, für ihre Fehlgeburt –«

»Moment mal«, unterbrach Kate. »Sie hatte eine Fehlgeburt? War das der Grund für diese Sache mit dem verlorenen Kind?«

»Sie war regelrecht besessen von diesem ›verlorenen Kind‹, Kate. Aber wem erzähle ich das? Sie wissen das besser als jeder andere. Manchmal dachte ich, dieser Junge sei realer für sie als die Kinder, die sie tatsächlich hatte. Ich habe mich oft gefragt, ob das der Grund für Carlos Krankheit war, aber das ist natürlich völlig unsinnig ... Es war in seiner DNA, so wie es in Angelas verankert war. Und in der ihrer Tante, der Schwester ihrer Mutter, und ihres Großvaters. Wir haben die Augen offen gehalten, Ihr Vater und ich. Als Carlo 15 oder 16 war, wussten wir ... Er hat uns Vorwürfe gemacht, wir würden ihm nachspionieren, seine Fotos kaputt machen, gemeine Dinge über ihn sagen und ihn nachts wach halten.«

»Warum hat man nichts unternommen, um ihm zu helfen?« Kate nahm einen großen Schluck aus ihrem Glas. Der Alkohol begann allmählich zu wirken, wie sie dankbar registrierte.

»Machen Sie Witze? Natürlich wurde etwas unternommen. Er hat die bestmögliche Behandlung bekommen, die sich geheim halten ließ – auch wenn sie nicht sehr umfangreich war.«

»Geheim! Das ist das Problem in dieser Familie! In dieser Stadt! Alles ist immer ein Geheimnis.«

»Manchmal haben Geheimnisse ihr Gutes, Kate. Hätten Sie jemals vermutet, dass Carlo psychotisch ist?«

»Seltsam, ja, aber verrückt? Nein. Nie.«

»Genau. Das dachten die meisten. Es ist uns gelungen, ihn halbwegs unter Kontrolle zu halten. Aber Sie wissen selbst, dass Schizophrene fast nie die verordneten Medikamente nehmen. Er hat sie, ich zitiere, *vergessen*. Oder er hat sich besser gefühlt und sie einfach abgesetzt. Oder er hatte Angst, er würde vergiftet, und hat sie die Toilette hinuntergespült. Prompt verschlechterte sich sein Zustand, und wir mussten wieder von vorn anfangen, ihn dazu überreden ...« Sie stieß einen tiefen Seufzer aus, und für den Bruchteil einer Sekunde fiel Kate auf, wie erschöpft und traurig Marian aussah. *Wie schwierig muss dieses Gespräch für sie sein*, dachte sie.

»Marian, danke, dass Sie mir all das erzählen. Ich bin Ihnen wirklich sehr dankbar.« Sie verzog das Gesicht zu einem breiten Lächeln, in der Hoffnung, dass es nicht allzu aufgesetzt wirkte. »Ich habe einen Bärenhunger. Lassen Sie uns eine der Pizzen essen.«

Marian lächelte ebenfalls, und vielleicht war es auch bei ihr nicht echt. »Gute Idee. Und während wir essen, erzählen Sie mir alles von Linda Cathcart und Westwind. Wie ich höre, erscheint morgen eine Riesengeschichte in der Zeitung.«

Sie stürzten sich auf die Pizza, und Kate schilderte die Ereignisse der vergangenen Tage. Marian zeigte sich höchst erstaunt und entsetzt über Mrs. Goodmans Versuch, die Krankenakten aus dem Weg zu räumen. »Was sollte das ihrer Meinung nach bringen? Man brauchte doch nur hinzugehen und sich das Ganze anzusehen, um zu wissen, was dort los ist.« Als Nächstes erzählte Kate von ihrem Gespräch mit William Bannerman und vom bösen Blick, den seine Patienten an ihm zu erkennen glaubten. »Jede Menge unterdrückte Wut, die an die Oberfläche will, glauben Sie nicht auch?«, bemerkte Marian trocken. Kate nickte.

Wenig später diskutierten sie, wie sie am besten vorgehen sollten, wenn Austin Davey und der Vorstand erst die Morgenausgabe des *Chronicle* in die Finger bekommen hatten. »Aber Westwind hat ja nicht direkt mit der Anstalt zu tun«, sagte Kate. »Moment mal«, fuhr sie fort. »Barry glaubt, wenn man dieses Netz aus Holdingfirmen, denen wieder andere Holdingfirmen gehören, durchschaut hat, könnte es sein ... keine Ahnung ..., dass Westwind am Ende Hillside gehört? Könnte das sein?«

Marian runzelte nachdenklich die Stirn. »Klingt nicht sehr wahrscheinlich. Obwohl – vielleicht sitzt ja jemand im Vorstand ...«

»Wenn ja, wird diesem Jemand die Titelgeschichte in der morgigen Zeitung gar nicht gefallen.«

Marian lächelte. »Könnte interessant werden herauszufinden, wer dann auf Barry losgeht.«

Sie redeten bis nach Mitternacht, als sie ihr Gähnen kaum

noch unterdrücken konnten. Kates Mobiltelefon läutete einige Male, doch sie reagierte nicht. Sobald Marian nach Hause gegangen war, hörte sie die Mobilbox ab, während sie sich die Treppe hinaufschleppte. Oh Gott, sie war schrecklich müde!

Die erste Nachricht stammte von Luke. Sie lächelte und stellte fest, dass sie ihn vermisst hatte. Aber er entschuldigte sich nicht und schlug auch keine Verabredung vor, sondern redete über Jerry Lucas, einen ihrer neueren Patienten. Jerry war zwei oder drei Wochen zuvor von der Polizei zu ihnen gebracht worden, weil er mitten auf dem Collegecampus auf ein Knie gefallen war, unsichtbare Menschen angeschrien und aus einer imaginären Waffe Schüsse auf sie abgegeben hatte. Er hatte sich gegen seine Festnahme gewehrt und felsenfest behauptet, es sei alles in Ordnung mit ihm und es sei schon wieder vorbei, aber sie hatten ihn trotzdem in die Ambulanzklinik gebracht und nach Luke gefragt. Die Polizisten kannten Luke, weil er sich häufiger im Gefängnis um verwirrte Insassen kümmerte und sie meist erfolgreich beruhigen konnte.

Ihrer und Lukes Meinung nach wies Jerry Lucas' Verhalten auffällige psychotische Züge auf. Vielleicht Schizophrenie oder eine manisch-depressive Störung. Jedenfalls waren sie sich einig gewesen, dass er behandelt werden musste. Luke hatte ihn auf eines der älteren Antipsychotika gesetzt, auf das er gar nicht gut angesprochen hatte. Es war zu schweren Nebenwirkungen gekommen, und Jerry hatte angefangen, seine Therapiesitzungen zu schwänzen. Luke hatte ihn gesucht und überredet, wieder zurückzukommen. Am Ende hatte er ihn so weit gebracht, dass er sich mit einer Gruppentherapie einverstanden erklärte. Wenn sie sich recht entsann, hätte die erste Sitzung an diesem Nachmittag stattfinden sollen.

»Hör zu, wir haben uns geirrt«, sagte Luke knapp. Seine Stimme klang ein wenig gehetzt. »Okay, wir liegen nicht *völlig* daneben. Heute während der Therapie marschierte draußen ein Trupp der Nationalgarde vorbei. Die Fenster standen offen, sodass man die militärische Geräuschkulisse hören konnte – stampfende Stiefel, laute Befehle, solche Dinge. Unser Jerry verfiel sofort in Panik und versuchte, aus dem Fenster zu klettern. Er hat Leute angeschrien, die gar nicht da waren. Er hat sich mit Händen und Füßen gewehrt, sodass vier erwachsene Männer nötig waren, um ihn daran zu hindern, sich selbst zu verletzen.« Er holte tief Luft. »Kate, er ist in Afghanistan gefoltert worden. Er leidet unter einer posttraumatischen Belastungsstörung, jede Wette. Ich habe ihm Zoloft gegeben. Mal sehen, wie es weitergeht. Ruf an, wenn du anderer Meinung bist, okay? Bis dann!«

Warum war sie so enttäuscht? Was hatte sie erwartet? Schließlich waren sie nicht mehr auf der Highschool. Sie leitete ein Ambulanzzentrum für psychisch Kranke, und er war ihr medizinischer Assistent. Trotzdem hätte er noch irgendetwas Persönliches sagen können. Aber er hatte es nicht getan. Na und?

Sie hatte den oberen Treppenabsatz erreicht und betrat ihr Schlafzimmer. Die nächste Nachricht stammte von Tanisha, die sehr hastig sprach. »Ich kann nich' lange reden, Dr. Kate, aber sie sind hier gewesen. Die Zeitungsleute und ein Typ mit 'ner Kamera. Sie hätten Mrs. Goodmans Gesicht mal sehen sollen! Als würde sie am liebsten einen Mord begehen, ich schwöre! Sie ist zur Tür rausgelaufen und hat die ganze Zeit ›Kein Kommentar, kein Kommentar!‹ gebrüllt. Ich komm morgen bei Ihnen vorbei und erzähl Ihnen alles.«

Braves Mädchen! Und klug. *Ich muss mir Gedanken über einen Übergangsjob für sie machen, Ablage oder so etwas*, dachte Kate. Vielleicht konnte sie sie dazu überreden, ein paar Kurse auf dem Junior College zu belegen, denn sie war zu intelligent, um sich irgendeinen Hilfsjob zu suchen.

Die nächste – und letzte – Nachricht war ein Flüstern. Sie blieb stehen und spürte, wie sich ihr Herzschlag beschleunigte. »Halten Sie die Augen auf, Dr. Kate«, sagte die Stimme. »Obwohl ich bezweifle, dass Sie die Wahrheit sehen wollen, wenn Sie sie finden. Die Fantasie ist doch so viel netter, oder?«

Sie hatte nicht die geringste Lust, sich zu überlegen, was das bedeuten könnte. Dafür war es ein viel zu langer Tag gewesen. Sie klappte das Telefon zu, zog sich aus, faltete ihre Kleider mechanisch zusammen, kroch in ihr Bett und ließ sich von seiner Weichheit einhüllen.

Diesmal war die geheimnisvolle Botschaft anders als sonst gewesen, sinnierte sie schläfrig. Sie erinnerte sie an ... ja, woran? An jemanden, den sie kannte. An jemanden, der ihr vertraut war. Und dann wusste sie es plötzlich.

»Carlo«, sagte sie mit vor Müdigkeit schleppender Stimme. Ihr Bruder lebte. Er hatte angerufen und ihr eine Nachricht hinterlassen. Doch bevor sie über diese seltsame Wendung der Ereignisse nachdenken konnte, war sie eingeschlafen.

16

Sie erwachte mit einem Ruck. Die ersten Strahlen des Tageslichts sickerten in den Raum. Hatte sie verschlafen? Nein. 5.55 Uhr, sagte der Wecker. Voller Energie sprang sie aus dem Bett. Heute war der Tag der Tage. Westwind würde seinen ersten schweren Schlag abbekommen. Am liebsten wäre sie sofort die Treppe hinuntergelaufen, um die Zeitung zu holen, aber sie war doch eine erwachsene Frau ... Sie konnte warten. Also duschte sie, zog sich an, legte Make-up auf – sorgsam darauf bedacht, in ihrer Aufregung nichts zu verschmieren –, ehe sie die Treppe hinunterstürzte. Sie riss die Haustür auf, und da lag sie, fein säuberlich gefaltet, in ihrer rosa Plastikhülle. Kate trug die Zeitung in die Küche, noch immer bemüht, sich ihre Vorfreude zu bewahren. Doch sie konnte es sich nicht verkneifen, die Schlagzeile durch die Plastikfolie zu lesen. »VERWAHRLOST, CHAOTISCH, UNFAIR – ABER GUT GENUG FÜR PSYCHISCH KRANKE«. Oh, hervorragend!

Der Kaffee war fertig, wie jeden Morgen. Eilig schenkte sie sich eine Tasse ein, wobei sie einige Tropfen verschüttete. Egal. Sie zog die Zeitung aus der Hülle und schlug sie auf. »Junge, Junge!«, stieß sie hervor. Auf der Titelseite prangte ein beinahe lebensgroßes Foto von Mrs. Goodman, mit weit aufgerissenem Mund, das Gesicht verzerrt vor Angst und Wut, eine Hand ausgestreckt, um jemanden zur Seite zu stoßen. Im Hintergrund war eine Hand voll Angestellter zu erkennen, auf deren Gesichtern sich ... was abzeichnete? Schock? Heimliche Befriedigung? Und überall standen Kartonstapel herum.

»›Raus hier‹, schrie Stella M. Goodman, Leiterin von Westwind, als der Chefredakteur des *Chronicle*, Reporter und Fotografen den völlig verschmutzten Eingangsbereich des Heims betraten. Dutzende Kartons mit Krankenakten, Beweis für die Misshandlungen der 340 Patienten der Einrichtung, standen herum und warteten darauf, beseitigt werden«, lautete die Bildunterschrift.

Eilig las sie weiter. Der Artikel enthielt so viele Details, dass sie ihn nur überfliegen konnte. Die Reporter hatten jede Kakerlake, jede Urinpfütze, jede kaputte Glühlampenfassung und jedes zertrümmerte Möbelstück dokumentiert. Das Durcheinander, der penetrante Gestank ... nichts hatten sie ausgelassen. Dazwischen hatte Barry immer wieder einen dick umrandeten Kasten eingefügt, in dem mit kurzen Worten die Schicksale von Patienten geschildert wurden, die die falschen oder gar keine Medikamente erhalten hatten. Auf Seite 2 war das Interview mit »Michael X, einem ehemaligen Mitarbeiter von Westwind, der derzeit im Ambulanzzentrum beschäftigt ist« abgedruckt. Damit war natürlich Miguel gemeint, dessen Identität mehr oder weniger raffiniert verschleiert worden war. Sie hoffte, Miguel war zufrieden mit dem Resultat.

Kate wandte sich wieder dem Artikel zu und schnappte überrascht nach Luft, als sie Lindas Gesicht am oberen Ende eines Kastens auf der linken Seite erkannte. »OHNE NAHRUNG UND WASSER IM SO GENANNTEN *STILLEN RAUM* EINGESPERRT«, verkündete die Überschrift, darunter *»von Nancy O'Neil und Barry Manheim.«* Lindas Geschichte. Hastig überflog sie sie und stellte verlegen fest, wie oft ihr eigener Name erwähnt war, besonders aber unter der Zwischenüberschrift HELDIN DES TAGES. In Lindas Geschichte ging es nicht direkt um sie selbst oder Kate, sondern darum, wie miserabel psychisch kranke Menschen im Allgemeinen behandelt wurden. Von allen. Wenigstens endete die Story mit einem Zitat von Linda. *»›Ich fühle mich jetzt viel besser.‹«* Das Foto musste erst vor wenigen Stunden aufgenommen worden sein, denn Kate erkannte das Margeritensträußchen im Hintergrund, das sie ihr gestern mitgebracht hatte, um ein wenig Farbe in das nüchterne Krankenzimmer zu bringen. Linda sah sehr blass auf dem Foto aus, aber immerhin lächelte sie.

Gute Arbeit, dachte Kate, während ihr Blick weiter über die Titelseite wanderte, ehe sie sich dem Mittelteil der Zeitung zuwandte. *Sogar ganz hervorragende Arbeit,* räumte sie beim Anblick der Fotoserie ein. Die Aufnahmen sprachen eine noch deutlichere Sprache als all die abstoßenden Beschreibungen – die überfüllten und völlig verdreckten Patientenzimmer, der heruntergekommene so genannte Aufenthaltsraum mit dem uralten Fernseher, die von Fliegen verseuchte Küche mit der Spüle, in der sich schmutzige Töpfe und Teller stapelten, die überquellenden Toiletten. Es gab sogar ein Foto von dem Isolationsraum, in den Mrs. Goodman Linda eingesperrt hatte – der Stille Raum in all seiner widerwärtigen Pracht.

Wie viel davon wurde wohl in den Fernsehnachrichten gezeigt? Kate schaltete den Fernseher auf dem Küchentresen ein, wo der Wetterbericht und die Verkehrsmeldungen liefen. Doch dann bemerkte sie den Nachrichtenticker am unteren Bildschirmrand. ÜBELSTE ZUSTÄNDE IN ERWACHSENENHEIM ENTHÜLLT – MARA BENOTTI BERICHTET UM 6.30 UHR.

»Und jetzt gebe ich weiter zum Bericht unserer Nachrichtenreporterin Mara Benotti im Studio«, erklärte der Wettermann, worauf im Hintergrund Bilder des *Chronicle* von den Räumlichkeiten von Westwind erschienen. »Ein schauerlicher Anblick von Schmutz und Verwahrlosung bot sich Polizeibeamten und lokalen Medienvertretern gestern Nachmittag, als sie dem Westwind Adult Home einen Überraschungsbesuch abstatteten. Die Leiterin des Heims, Stella Goodman, war dabei, die Räumlichkeiten zu verlassen, wobei sie versuchte, auch sämtliche Krankenakten mitzunehmen. Wo befindet sich Mrs. Goodman jetzt, Scott Baldwin – am Tatort in Westwind?«

Scott Baldwin, in einem adretten dunkelblauen Blazer und mit gestreifter Krawatte, stand vor dem Gebäude und blickte mit ernster Miene in die Kamera. »Stella Goodman befindet sich derzeit in Polizeigewahrsam, Mara«, erwiderte er. »Vermutlich wird sie zu den Zuständen im Heim befragt, die absolut entsetzlich sind. Es ist unglaublich!«

»Ja, das haben wir bereits gehört. Und wo sind die Heimbewohner? Sind sie noch dort?«

»Bei den Insassen handelt es sich, wie allgemein bekannt sein dürfte, um psychisch Kranke, die keinen anderen Ort haben, wohin sie gehen können. Man wartet im Moment noch auf Kenneth Hargrave, den zuständigen Regierungskommissar für Erwachsenenheime, um ihn zu den Vorfällen zu befragen. Offenbar hält er sich derzeit im Rahmen einer Urlaubsreise in Colorado auf und wird noch heute zurückfliegen.«

»Und wer kümmert sich in der Zwischenzeit um das Heim, Scott?«

»Soweit ich gehört habe, wird heute im Laufe des Tages ein kommissarischer Leiter bestimmt. Mr. Hargrave leitet das offenbar telefonisch in die Wege.«

Kate erinnerte sich nur zu gut an Mr. Hargrave und seine Ausführungen über die gesetzlichen Bestimmungen, sie konnte sich bildlich vorstellen, welche Art Manager er mit der Leitung von Westwind beauftragen würde – falls er überhaupt etwas unternahm. Sie beschloss, es herauszufinden, sobald sie ins Büro kam, obwohl sie schon jetzt jede Wette einging, dass Mrs. Goodman kurz nach ihrer Entlassung aus dem Polizeigewahrsam wieder hinter ihrem riesigen Schreibtisch sitzen würde.

Kate schaltete den Fernseher aus, kippte den Rest ihres Kaffees hinunter und stand auf. Sie konnte es kaum noch erwarten, von Barry alle Details zu hören, und – sie sah auf die Uhr – ihr blieben jetzt nicht einmal mehr 20 Minuten, um sich für die Arbeit fertig zu machen.

Eine Viertelstunde später verließ sie die Garage, bog nach links in Richtung Elephant ab und winkte Barry aufgeregt zu, der ihr bereits entgegenkam. Er vollführte mitten auf dem Gehsteig einen kleinen Freudentanz und reckte die Fäuste triumphierend in die Luft. Sie lachte. Er war so süß. Das war er schon immer gewesen, und sie freute sich über seinen Sieg. Wenn die anderen Geschichten nur halb so gut waren wie die heutige, würde er bestimmt den Pulitzerpreis oder sonst eine tolle Auszeichnung verliehen bekommen. Sie beschleunigten ihre Schritte, ehe sie beide in Laufschritt verfielen. Als sie voreinander standen, fielen sie sich in die Arme, und zu ihrer Verblüffung hob er sie hoch und wirbelte sie durch die Luft. Als er sie wieder absetzte, waren beide außer Atem und grinsten einander an.

»Du bist der Superheld!«, scherzte Kate. Statt einer Antwort beugte er sich zu ihr herunter und küsste sie – einen Hauch länger, als unbedingt nötig gewesen wäre. »Das bin ich«, bestätigte er. »Also, lass uns reingehen, damit ich dir erzählen kann, wie ich das angestellt habe. Mit ein klein wenig Hilfe von meinen Freunden, natürlich.«

Sie wandten sich um und sahen Luke, der dastand und sie ansah. Offenbar war er gerade aus dem Elephant gekommen, denn er hatte eine braune Tüte in der Hand, in der sich aller Wahrscheinlichkeit nach sein Frühstück befand – Spiegelei auf Vollkorntoast und Kaffee. Für den Bruchteil einer Sekunde starrten sie einander wortlos an, dann winkte Luke knapp und ging in Richtung Ambulanzklinik davon. Kate wusste nicht, was sie erwartet hatte, trotzdem spürte sie Trotz in sich aufkeimen. Sie hatte ein Recht darauf, hier zu sein, mit wem sie wollte, verdammt! Dann war Luke eben beleidigt, na und? Und wenn er es nun gar nicht *war*? Wenn es ihn nicht einmal kümmerte?

»Kate?« Barry stand an der Restauranttür und musterte sie mit hochgezogener Braue. »Stimmt etwas nicht?«

»Nein!« Sie zwang sich, ihm in die Augen zu blicken, und brachte sogar ein Lächeln zustande. »Komm schon, ich habe Hunger.«

Sie setzten sich in eine der Nischen und lasen sich gegenseitig laut Teile des Artikels vor, ohne ihrem Rührei und den englischen Muffins Beachtung zu schenken.

»›Jeden Tag‹«, zitierte Kate, »›begegnen wir den psychisch Kranken in unseren Straßen und Parks, nachdem sie aus den Anstalten entlassen wurden. Vermutlich liegen die grauenhaften, unmenschlichen Zustände hinter ihnen, die das Wort *Klinik für psychische Erkrankungen* wie einen Fluch klingen ließen. Mithilfe der Antipsychotika der neuen Generation könnten diese Menschen ein halbwegs normales Leben führen ...‹« Sie hielt inne und nippte an ihrem Kaffee.

Barry las weiter, wo sie aufgehört hatte. »›Das Problem ist nur, dass dieses Vorhaben nicht funktioniert hat. Es konnte nicht gewährleistet werden, dass diese schwerkranken Menschen die Medikamente tatsächlich einnehmen, die sie so dringend brauchen. Und das Hilfsnetz, ein System aus Ambulanzeinrichtungen und offenen Heimen, in denen sie hätten gerettet werden können, wurde niemals ins Leben gerufen. Das Resultat dieses halbherzigen Versuchs, sich besser um unsere psychisch kranken Mitbürger zu kümmern, ist das, was wir tagtäglich auf den Straßen von Waterfield zu sehen bekommen.‹«

»›Aber damit noch nicht genug‹«, fuhr Kate fort. »›Zahllose aus staatlichen Anstalten entlassene Patienten werden in nach gesetzlichen Richtlinien geführte Privatheime verfrachtet, deren Eigentümer schändlicherweise zugelassen haben, dass sie sich zu Stätten übelster Vernachlässigung und himmelschreienden Missbrauchs entwickelt haben, die den verhassten Irrenanstalten früherer Zeiten in nichts nachstehen.‹«

Sie holte tief Luft. »Oh Barry, das ist toll.«

»Da steht noch mehr, viel mehr ... Lies das, was am Ende des nächsten Absatzes steht. ›Manchmal ist das Beängstigendste der Mensch, der im Bett neben einem schläft.‹« Mit einem triumphierenden Lächeln sah er auf. »Aber du wirst sowieso alles lesen, weil du, bei Gott, nicht mehr in der Lage sein wirst, damit aufzuhören. Der Artikel ist gut, das muss ich selbst zugeben, sogar verdammt gut! Aber wie hätte es bei diesem Thema auch anders sein sollen?«

Endlich schien er sein mittlerweile erkaltetes Frühstück zu bemerken und stürzte sich mit Feuereifer darauf. »Ich habe einen Bärenhunger. In den letzten 24 Stunden habe ich nichts in den Magen bekommen!«, erklärte er zwischen zwei Bissen Rührei.

Kate stocherte auf ihrem Teller herum und gab der Kellnerin ein Zeichen, dass sie noch Kaffee haben wollte. Dann las sie etwas eingehender. Einige der Fakten waren absolut unbegreiflich.

»Hier steht«, sagte sie, »Westwind sei seit seiner Eröffnung vor 22 Jahren immer wieder von der Regierung überprüft worden, zwei- oder dreimal pro Jahr, und sämtliche Inspektionsberichte seien verheerend ausgefallen. Und was ist danach passiert? Nachdem der Bericht erstellt war?« Sie hob den Kopf. »Nichts«, sagten sie wie aus einem Munde.

»Genau das habe ich dir gesagt. Schon vergessen?«, meinte Barry.

»Ich weiß. Schon damals war es unglaublich, und das ist es immer noch! Wer zum Teufel ist dafür zuständig?«

Barry zuckte die Schultern. »Die Regierung. Ja, ich weiß, es ist grauenhaft. Ich kann nur hoffen, dass sie *dieses Mal* nicht so tun können, als sei das alles nicht wahr. Vielleicht wacht diesmal jemand auf und unternimmt etwas.«

»Das müssen sie«, bestätigte Kate. »Oder etwa nicht?«, fügte sie beim Anblick seines Gesichtsausdrucks hinzu.

Barry gab der Kellnerin ein Zeichen, ihm die Rechnung zu bringen. »Dein Wort in Gottes Ohr, besser gesagt, in das des Gouverneurs. Um deine Frage zu beantworten – wenn ich in dieser Angelegenheit etwas zu sagen habe, *werden* sie etwas unternehmen.« Er lachte. »Und wie du weißt, habe ich eine ganze Menge zu sagen.«

Die Kellnerin erschien mit der Rechnung, dicht gefolgt von einer Hand voll Gäste, die sich um ihre Nische scharten, um Barry zu gratulieren.

»Denen haben Sie's aber gegeben, Mann«, erklärte ein Pfleger aus Hillside in grüner Dienstkleidung und mit seinem Mitarbeiterausweis am Hals. »Diese Heime sind nichts anderes als menschliche Lagerhallen. Früher hab ich mal in so einem gearbeitet. In Brooklyn. New York. Seaport hieß es. Hübscher Name, aber ein ganz übles Loch. Hey, die Inspektoren konnten wegen des Gestanks nicht mal die Zimmer betreten.«

Entsetztes Raunen ging durch die Menge. »Barry, glauben Sie, dieser Artikel bewirkt etwas?«, erkundigte sich eine Frau.

Barry lächelte. »Nach all der Arbeit, die wir uns gemacht haben mit den Verkleidungen, in denen wir dort aufgetaucht sind und so getan haben, als suchten wir nach einem hübschen Ort für Mom oder Dad ...?« Er verzog das Gesicht. »Ich will doch schwer hoffen, dass der Artikel etwas bewirkt.«

»Wir auch«, meinte jemand, was allgemeine Zustimmung auslöste.

»Danke für Ihr Feedback«, erklärte Barry. »Aber ich sollte mich jetzt auf den Weg zurück in die Redaktion machen. Mein Handy läutet ununterbrochen. Ich habe es auf Vibration gestellt, deshalb hast du es nicht gehört, Kate.« Er wandte sich an die Gratulanten. »Kennen Sie eigentlich Dr. McKenna? Sie ist die Leiterin der Ambulanzklinik ein Stück die Straße hinauf und war kürzlich in Westwind, um eine Patientin zu retten. Es steht alles in meinem Artikel.«

Als er seine Brieftasche zückte, streckte der Pfleger die Hand aus. »Nein, Mann, das geht auf uns. Und Ihr Frühstück natürlich auch, Doktor McKenna. Danke für den Artikel.« Er nahm die Rechnung an sich und ging zur Kasse, gefolgt von den restlichen Gratulanten.

»Das war nett«, meinte Kate. »Sehr nett sogar. Passiert dir so etwas häufiger?«

»Dass fremde Leute mein Frühstück bezahlen? Das wohl kaum. Aber ich bin ziemlich bekannt in der Stadt. Na ja, schließlich bin ich Herausgeber und Chefredakteur der hiesigen Tageszeitung. Es gibt einiges an Resonanz auf meine Artikel, wie mir mein Telefon gerade verrät.« Er grinste. »Ich muss bestimmt ein Dutzend Leute zurückrufen, wenn du also nichts dagegen hast –«

»Nein, natürlich nicht. Ich freue mich sehr für dich. Ich finde, du hast deine Sache ganz hervorragend gemacht. Na ja, und das war noch nicht alles, oder? Es kommen noch zwei große Geschichten.«

»Genau. Und am Ende ...«

Sie gingen nach draußen, wo sie auf den WHTC-Übertragungswagen stießen, der unmittelbar vor dem Haus geparkt hatte. Scott Baldwin interviewte Passanten, doch als er Barry sah, winkte er ihm zu und kam herübergelaufen. »Barry Manheim!«, rief er. »Die Bevölkerung möchte gern einen Kommentar von Ihnen!«

»Ich bin weg«, erklärte Kate eilig und lachte. Barry beugte sich hinunter und küsste sie. »Ich rufe dich später an«, versprach er, ehe er mit entschlossenen Schritten auf den Reporter zuging. Sie beobachtete die beiden einige Augenblicke, während sich eine Menschentraube um sie bildete, um dem Interview zuzuhören. Sie würde es sich später, in den Fünf-Uhr-Nachrichten, anschauen.

Gut gelaunt betrat sie die Ambulanzklinik, wo sie augenblicklich von strahlenden Mitarbeitern umringt wurde, die Zeitungen schwenkten und alle gleichzeitig auf sie einredeten. »Was passiert jetzt?« »Wohin kommen die Patienten?« »Können wir die Reporter nicht dazu bringen, dass sie auch in die Obdachlosenasyle gehen?« »... in den Park?« »... zu den Verstecken unter der Eisenbahnbrücke?« »Schickt uns jetzt die Regierung Inspektoren?« »Was sollen wir ihnen sagen?«

»Hey, Leute!« Lachend hob Kate die Hände. »Ich weiß es nicht, ich weiß es nicht, ich weiß es nicht. Die Situation ist auch für mich noch ziemlich neu.«

»Ja, Dr. Kate, aber Sie und Luke waren doch dort und haben dieses Mädchen rausgeholt! Waren da auch die Fotografen dabei?«

»Nein, keine Fotografen. Luke und ich haben einen Anruf von jemandem aus Westwind erhalten, der uns darüber informiert hat, dass mit einem der Patienten etwas nicht stimmt. Daraufhin sind wir hingefahren. Wir hatten keine offizielle Erlaubnis und auch nicht das Recht, die Räume zu betreten. Ich hielt es jedoch für richtig, weil die Gefahr bestand, dass Linda Cathcart stirbt. Aber Barry war dort – das heißt, die Leute des *Chronicle*, sie haben verdeckt ermittelt und Beweise gesammelt. Fast ein ganzes Jahr lang. Deshalb lesen Sie die Zeitung oder schreiben Sie ihm, wenn Sie etwas wissen wollen.«

»Wer hat Sie aus Westwind angerufen?«

»Ein Mitarbeiter«, antwortete Kate ausweichend. »Jemand, der wusste, dass das, was dort vorgeht, nicht richtig ist. Jemand«, fügte sie hinzu, als sie Tanisha an der Eingangstür erblickte, die sich suchend umsah. »Jemand, der gerade hereinkommt.« Alle drehten sich um, worauf Tanisha wie angewurzelt stehen blieb und Kate einen erschrockenen Blick zuwarf.

»Okay, wir wollen ihr keine Angst machen. Ich werde mich jetzt eingehend mit dieser tapferen jungen Dame unterhalten, Miss Tanisha Bardwell, die diesen Skandal aufgedeckt hat.«

Alle applaudierten, während Kate zu Tanisha trat und ihr den Arm um die Schultern legte. »Sie applaudieren Ihnen, Tanisha, weil Sie die Wahrheit gesagt haben.«

Tanisha wurde rot und lächelte. »Danke«, rief sie, ehe sie sich etwas leiser an Kate wandte. »Können wir irgendwo hingehen, wo's ein bisschen ruhiger ist? Ich meine, ich bin echt geschmeichelt und so, aber ich bin so was nich' gewöhnt.«

Kate führte sie an Sonyas Schreibtisch vorbei, wobei sie ein dickes Bündel Telefonnachrichten entgegennahm und bemerkte, dass die aufgeschlagene Zeitung vor ihr lag. »Gut gemacht, Dr. Kate«, sagte Sonya lächelnd. »Gut für Sie.«

Kate wollte einen Kaffee für sich und Tanisha holen und sich anschließend für zehn Minuten in ihr Büro setzen, die Tür schließen und in Ruhe mit ihr über Beschäftigungsmöglichkeiten reden. Natürlich würde es eine Assistententätigkeit werden, da alle Jobs hier eine spezielle Ausbildung erforderten. Aber es musste irgendetwas für sie geben, und wenn nicht, würden sie etwas finden, womit sie sie beschäftigen konnten, selbst wenn Kate ihr Gehalt aus ihrer eigenen Tasche bezahlen müsste. Sie schuldete diesem Mädchen so viel, da wäre es noch immer ein geringer Preis für das, was sie von ihr bekommen hatte.

Doch weder aus dem Kaffee noch aus der Unterhaltung wurde etwas, da sich in diesem Moment ihr Pieper meldete. Hillside – verriet ihr ein kurzer Blick auf das Display. Austin Davey. Tja, ihn konnte sie nicht warten lassen, abgesehen davon *wollte* sie ja auch mit ihm sprechen. Je früher, desto besser. Aber was sollte sie in der Zwischenzeit mit Tanisha machen? In diesem Augenblick schlich Donna Silvestri vorbei und grüßte sie mit einem schüchternen »Hi, Dr. McKenna«. Da kam Kate eine

Idee. »Donna, warten Sie bitte kurz. Das ist Tanisha Bardwell. Ich möchte gern einen Job hier für sie finden. Bis dahin könnte sie Ihnen vielleicht bei der Ablage zur Hand gehen. Sie erzählen mir doch immer, dass ständig etwas verloren geht. Vielleicht ist es eben zu viel für eine Person. Sie hat Erfahrung.«

Donna sah sie ein wenig überrascht an. »Ja, das wäre gut«, sagte sie dann. »Danke, Dr. McKenna. Kommen Sie mit ... wie war Ihr Name?« Die beiden jungen Frauen wandten sich ab und gingen schwatzend den Korridor hinunter.

Austin Daveys Stimme bebte vor Zorn, als sie ihn an der Strippe hatte. »Ich bin außer mir vor Wut. Ich bin entsetzt und zornig. Ich ... egal. Kommen Sie auf der Stelle her. Ich verlange eine Erklärung von Ihnen! Wenn ich nicht sowieso beschließe, Ihren Vertrag zu kündigen! Haben Sie mich verstanden?«

»Ja, ich habe Sie verstanden. Ich komme, so schnell ich kann.«

»*Sofort!* Es interessiert mich nicht, ob die Patienten Ihre Klinik mit Maschinenpistolen stürmen und den Krieg erklären. Ich will Sie hier sehen!« Er knallte den Hörer auf die Gabel.

Zögernd starrte sie den Stapel mit den rosa Zetteln an. Jeder davon enthielt eine wichtige Telefonnachricht. Doch dann siegte ihr gesunder Menschenverstand. Dieser Mann dort oben war ihr Boss, und er war außer sich vor Wut. Es war nicht der richtige Zeitpunkt, ihre Prioritäten zu überdenken. Sie stopfte den Stapel in ihre Handtasche und hastete davon. »Ich muss zu Mr. Davey, bin aber so schnell wie möglich wieder zurück«, rief sie Sonya im Vorbeigehen zu. Sonya verdrehte die Augen, sagte jedoch nichts.

Welches der bestimmt tausend Dinge machte Davey wohl so besonders wütend, zornig und entsetzt? Der Zeitungsartikel? Der Fernsehbericht? Dass Linda aus Westwind weggebracht worden war? Die Beziehung zwischen Kate und dem Herausgeber der Zeitung? Sie beschloss, sich keine allzu großen Sorgen wegen dem zu machen, was sie oben in Hillside erwartete.

Womit sie allerdings nicht gerechnet hatte, war Gail Fortunatos Anwesenheit. Doch da war sie – sie saß auf einem Stuhl in vertraulicher Nähe von Austin Daveys Schreibtisch, hatte ihre langen Beine übereinandergeschlagen und tippte wütend mit dem Fuß auf den Boden.

»Mr. Davey.« Kate nickte dem Präsidenten der Klinik zu, ehe sie sich an Gail wandte. »Oho, Frau Bürgermeister, was für eine Überraschung.«

»Tja, das sollte es auch sein«, blaffte Gail. »Ihre miesen Machenschaften ziehen Kreise in der ganzen Stadt! Ich verstehe nicht, warum Sie sich nicht einfach aus Dingen heraushalten, die Sie nichts angehen! Sie waren doch früher ein so nettes, ruhiges Mädchen.«

Kate nahm sich vor, nicht darauf einzugehen. Sie wandte sich stattdessen an Austin Davey, der mit sauertöpfischer Miene und zusammengepressten Lippen hinter seinem Schreibtisch saß und die Hände auf der Tischplatte ineinander verkrallt hatte.

»Miss Fortunato hat Recht, Dr. McKenna«, erklärte er. »Offenbar haben Sie vergessen, dass es klüger wäre, sich an Ihren Zuständigkeitsbereich zu halten. Ich habe Sie gewarnt –«

»Linda Cathcart ist meine Patientin und fällt also in meinen Zuständigkeitsbereich, wenn Sie so wollen. Sie wurde mir ohne meine Zustimmung entzogen. Und das hat sie um ein Haar das Leben gekostet.«

»Wenn Sie mich noch einmal unterbrechen, Doktor, können Sie ab morgen die Stellenanzeigen lesen.« Auf seinen Wangen erschienen hektische rote Flecke. »Ihre Patienten sind nicht Ihr Eigentum, auf das Sie nach Belieben Anspruch erheben können. Linda Cathcart befindet sich in der Obhut des Staates. Die Papiere werden derzeit von ihrer Erziehungsberechtigten unterschrieben. Aber Linda Cathcart ist nicht das Problem hier, sondern *Sie*, Dr. McKenna. Ihre gedankenlosen und völlig überstürzten Aktivitäten haben die Klinik möglicherweise in große Gefahr gebracht!«

»Austin!«, herrschte Gail ihn an. Eine Warnung. Er unterbrach sich und schnappte mit angespannter Miene nach Luft.

Kate wartete einige Sekunden, ehe ihr klar wurde, dass die beiden eine Erwiderung von ihr erwarteten. »Gefahr?«, fragte sie.

»Ich habe sowieso schon zu viel gesagt«, stieß Davey erstickt hervor. »Das Ganze ... liegt in den Händen der Anwälte.« Auf seiner Stirn hatte sich ein Schweißfilm gebildet.

»Hillside ist seit Generationen eine anerkannte Einrichtung. Was um alles in der Welt könnte eine Gefahr für sie darstellen?«

»Das geht Sie nichts an«, erklärte Gail scharf, doch Davey hob gebieterisch die Hand. »Die Pflege psychisch Kranker ist eine kostspielige Angelegenheit.«

»Hillside hat also Geldprobleme? Aber steht Ihnen nicht eine hohe Stiftungssumme zur Verfügung? Weiß der Vorstand davon? Was wird dagegen unternommen?« Sie starrte die beiden an, die sich offenbar so unbehaglich fühlten, dass sich ein Verdacht in ihr zu regen begann. »Hat das Ganze zufällig etwas mit Bayshore Partners zu tun? Der Firma, der auch Westwind und einige andere Heime in diesem Bundesstaat gehören? Die Firma, in deren Vorstand Ben Vandenburg und einige andere bekannte –«

Gail sprang auf und schob ihren Stuhl so abrupt zurück, dass er umkippte. »Wo haben Sie Ihre neugierige Nase reingesteckt, Sie und Ihr verdammter Freund?«

Allmählich fand sie Gefallen an dieser Unterhaltung. »Mein *verdammter Freund* ... Wer soll das sein?«

»Sie wissen ganz genau, wer damit gemeint ist. Barry Manheim. Er war schon immer ein verdammter Schnüffler!«

Kate wandte sich an Austin Davey. »Verzeihen Sie unserer Frau Bürgermeister bitte, Mr. Davey. Wir waren alle zusammen auf der Grundschule, was ihr kindisches Verhalten erklärt. Aber lassen Sie uns wieder zu Bayshore Partners zurückkommen. Also, ihnen gehört Westwind. Und diese Firma hängt auch in Hillside drin, hab ich Recht, Mr. Davey?«

Austin Davey rückte seine Krawatte zurecht. Inzwischen wirkte er ein wenig ruhiger, beinahe desinteressiert. »Nein, ich kann Ihnen versichern, dass Hillside nichts mit Bayshore Partners zu tun hat, weder finanziell noch sonst irgendwie.« Mit einem befriedigten Lächeln lehnte er sich auf seinem Stuhl zurück. Sagte er die Wahrheit? Sie bezweifelte es.

»Tja, jedenfalls geht hier irgendetwas vor. Und Ihnen ist klar, dass Barry Manheim herausfinden wird, was es ist. Er ist sehr gut in diesen Dingen.«

Stille senkte sich über den Raum, ehe Austin Davey das Gesicht zu seinem gewohnten frostigen Lächeln verzog. »Barry Manheim ist sich aber vielleicht nicht darüber im Klaren, dass der Gouverneur seine Hand über das Ganze hält«. Er wedelte mit einer Telefonnachricht, als wäre sie der Beweis für seine Worte. »Er hat eine sofortige Untersuchung im Gesundheitsministerium gefordert, bezogen auf alle staatlichen Pflegeeinrichtungen für psychisch Kranke. Das schließt selbstverständlich auch diese Anstalt hier ein, ganz zu schweigen von den angeschlossenen Kliniken. Das, Dr. McKenna, ist es, was *hier vorgeht.*« Es klang, als sagte er die Wahrheit, und vielleicht war es auch so.

Und dann blickte sie in Gails Gesicht, das zu einem so strahlenden und zugleich heimtückischen Lächeln verzogen war, dass Kate ein Schauer über den Rücken rieselte. »Das sollte Sie lehren, Ihre Klappe nicht mehr so weit aufzureißen, Dr. McKenna. Sie haben keine Ahnung, obwohl Sie glauben, Sie wüssten alles. Und wenn Sie nicht aufhören, sich in Dinge einzumischen, die Sie nichts angehen, finden Sie sich am Ende selbst noch in einer Gefängniszelle wieder.«

»Wie bitte?«

Das Lächeln wurde noch eine Spur breiter. »Sie haben richtig gehört, Frau Doktor. Wegen unbefugten Betretens und ... wer weiß? Vielleicht auch Entführung?« Sie sah aus wie eine Katze, die gerade den Kanarienvogel verspeist hatte.

»Das soll wohl ein Witz sein. Kein Richter würde so etwas unter diesen Umständen jemals tun, und das wissen Sie auch.«

»Es gibt solche Richter und es gibt ... andere.«

»Frau Bürgermeister!« Nun war Davey derjenige, der einen warnenden Unterton in seine Stimme legte.

»Oh, keine Sorge, ich werde ihr schon nichts sagen. Ich will Dr. McKenna nur begreiflich machen, dass es Konsequenzen hat, wenn sie und ihr Schmierenschreiber von einem Freund weiterhin herumschnüffeln.«

Ach ja?, dachte Kate. *Warten wir mal ab, was morgen in der Zeitung steht.* Sie wandte sich an Austin Davey. »Wenn die Anstalt anständig geführt wird, Mr. Davey, werden Sie auch keine Probleme mit der Regierung bekommen. Es wird eine lästige Angelegenheit werden, aber das ist nicht der Punkt, um den es hier geht. Wie können Sie als Leiter einer Anstalt für psychisch Kranke – von denen viele entlassen und in Heime wie Westwood und ähnlich schlimme Einrichtungen gesteckt werden – diese Verwahrlosung und die unmenschliche Behandlung dulden –«

»Schluss jetzt«, unterbrach er sie scharf. »Ich will keine Ansprache hören. Ihre Schnüffeleien haben der Anstalt möglicherweise geschadet – in einem Ausmaß, das Sie nicht einmal annähernd abschätzen können. Ich werde die Sachlage mit der Rechtsabteilung besprechen. Es mag uns eine Stange Geld kosten, den Vertrag mit Ihnen zu lösen, aber das ist es mir notfalls wert. Ich habe mich noch nicht entschieden. *Noch nicht.*« Er gab ihr mit einer Geste zu verstehen, dass das Gespräch damit für ihn beendet war. »Sie hören von mir. In der Zwischenzeit bin ich immer noch Ihr Vorgesetzter, und ich sage Ihnen, dass ich Ihr Gesicht auf keinen Fall in den Nachrichten sehen will, haben Sie mich verstanden?«

»Ich habe aber keine Kontrolle über die Fernsehanstalten, Mr. Davey. Ich kann Ihnen versprechen, dass ich kein Interview geben werde, aber abgesehen davon wüsste ich nicht, wie ich sie von etwas abhalten könnte. Sie wissen schon – Pressefreiheit.«

»Gehen Sie einfach!« Seine Stimme bebte.

Darum brauchte sie nicht zweimal gebeten zu werden. *Besser hätte es nicht laufen können*, dachte sie, als sie zu ihrem Wagen ging. Ihr Job war in Gefahr, so viel stand fest, aber irgendetwas sagte ihr, dass er sie nicht entlassen würde – nicht solange ihr Gesicht in der Zeitung war und sie als Heldin gefeiert wurde. Die viel wichtigere Frage war, was er mit Gail zu schaffen hatte. Sie war die Bürgermeisterin, ja, aber inwiefern war das wichtig? Sie hatte keinerlei Macht über Hillside. Es sei denn, Kate irrte sich. Vielleicht war es eine gute Idee, jemanden – Tanisha? – ins Rathaus zu schicken und sich sämtliche verfügbaren Unterlagen über die Anstalt zu beschaffen. War Hillside in Privatbesitz? Vom Parkplatz aus konnte sie jedenfalls nicht viel erreichen. Sie rief Sonya an, um ihr zu sagen, dass sie auf dem Rückweg sei. »Ist irgendetwas passiert, von dem ich wissen sollte?«, fragte sie.

»Viele Anrufe, Dr. Kate, über Geschichte in Zeitung. Leute sind sehr aufgeregt. Aber ... mit Patienten? Nein, ist alles ruhig. – Ja? Kann ich Ihnen helfen? Sie ist unterwegs zurück ins Büro.«

»War das jemand, der zu mir wollte?«

»Ja, aber ich habe diesen Mann noch nie gesehen, Dr. Kate. Er sagt, er kommt später noch mal wieder.«

Kate beendete das Gespräch, ließ den Motor an und fuhr nachdenklich los. Als sie die Parkanlage erreicht hatte, bemerkte sie eine hochgewachsene Gestalt, die auf und ab ging und wild gestikulierte. Es war Nelson. Sie fuhr an den Straßenrand und kurbelte das Fenster herunter. Im ersten Moment bemerkte er sie nicht, sondern ging mit finsterer Miene hin und her, reckte die Faust in die Luft und schimpfte lautstark. Sie schnappte einige Wortfetzen auf: »Geheimnisse und Lügen, Geheimnisse und Lügen, und eine Familie geht an Geheimnissen und Lügen zugrunde.« Die Poesie eines kranken Gehirns. In diesem Moment sah er ihren Wagen und blieb stehen. Sie rief nach ihm, worauf er herüberkam. Sie beschloss, einen Vorstoß zu wagen.

»Nelson. Sie haben mich gestern Abend angerufen. Auf meinem Mobiltelefon.«

Er runzelte die Stirn. »Beweisen Sie's doch!«, erwiderte er und zuckte die Schultern. »Ich habe Ihnen doch gesagt, Dr. Kate, dass ich kein Telefon brauche, wenn ich mit Ihnen reden will. Ich habe Sie gerade eben hiermit« – er deutete auf seinen Schädel – »hergerufen. Und Sie sind gekommen und haben angehalten.«

»Ja, das habe ich. Und wieso haben Sie mich gerufen?«

»Um zu beweisen, dass ich es kann.« Sein Blick schoss ruhelos hin und her. »Warum glauben Sie, dass ich das am Telefon war?«

»Die Stimme kam mir bekannt vor. Sie klang wie die meines Bruders. Carlo.«

»Wenn Sie jemals einen Bruder gehabt hätten, Dr. Kate, was ich bezweifle, dann hätten Sie ihn heute nicht mehr – unter *gar keinem* Namen.«

Sie holte tief Luft. »Ich glaube, ich habe immer noch einen Bruder – unter *irgendeinem* Namen.«

»Geheimnisse und Lügen haben ihn auf dem Gewissen, Dr. Kate. Sie haben ihn geschnappt und bei lebendigem Leib aufgefressen!« Er entblößte einige schauerlich aussehende Zähne, wandte sich ab und schlurfte zurück in den Park, während er das Gespräch mit sich selbst – oder mit den Stimmen in seinem Kopf – wieder aufnahm.

Verwirrt legte sie den Gang ein und fuhr weiter. War er Carlo oder nicht? Offensichtlich *wollte* er es nicht sein. Aber warum machte er immer wieder vage Andeutungen und gab ihr kleine Hinweise? Ein Hilfeschrei? Die Banalität dieser Floskel entlockte ihr ein abfälliges Schnauben. Die eigentliche Frage war doch, warum ihr so viel daran gelegen war, Carlo nach all den Jahren zu finden, in denen sie kaum einen Gedanken an ihn verschwendet hatte. Ach, es gab im Moment wichtigere Dinge, über die sie sich Gedanken machen musste. Sie lenkte den Wagen auf ihren Parkplatz in der Garage.

Es war angenehm, die wenigen Häuserblocks zur Ambulanzklinik zu Fuß zu gehen. Es war ein milder, leicht diesiger Tag, und die Verheißung des Sommers lag bereits in der Luft. Sie atmete tief durch und merkte, dass sie sich ein klein wenig entspannte.

William Bannerman durchquerte mit etlichen Kartons beladen die Halle, als sie das Klinikgebäude betrat. Der Wachmann, der normalerweise so ruhig auf seinem Platz saß, dass man seine Anwesenheit beinahe vergaß, stand blitzartig vor ihm. »Tut mir leid, Doktor, aber ich muss nachsehen, was in diesen Kartons ist, bevor Sie sie mitnehmen«, hörte Kate ihn sagen.

»Einen Teufel werden Sie tun«, schoss Will zurück. Kate beschleunigte ihre Schritte. Sein kampflustiger Tonfall gefiel ihr nicht.

»Tut mir leid, Doktor, aber das ist Vorschrift. Ich muss das tun.«

»Verdammt noch mal, ich bin Arzt, und Sie können nicht –« In diesem Moment trat Kate neben ihn und legte ihm eine Hand auf den Arm. Bannerman drehte sich um. Seine Augen verengten sich zu Schlitzen, ehe sich plötzlich ein breites Lächeln auf seinem wutverzerrten Gesicht ausbreitete. »Ich weiß, ich bin immer noch hier. Aber eigentlich bin ich schon weg. Ich wollte nur gern einige meiner persönlichen Unterlagen mitnehmen. Ich –« Er errötete. »Ich habe an einem Buch gearbeitet.«

»Fiktion?«

»So in der Art. Ich wollte der breiten Masse psychische Erkrankungen näherbringen, deshalb habe ich –«

»Wir wollen nur sichergehen, dass keine Medikamente mitgenommen werden.«

Wieder rötete sich sein Gesicht. »Ich bin nicht medikamentensüchtig, und Sie wissen verdammt genau –« Er brach ab, holte tief Luft und beruhigte sich sichtlich. »Ich weiß, ich weiß, die Vorschriften.« Er stellte die Kartons ab und öffnete einen nach dem anderen. Sie enthielten diverse Zeitungsausschnitte, Akten, Bücher und Broschüren ... nichts Auffälliges.

»Warum kopieren Sie die Sachen nicht einfach auf eine CD oder eine Zip-Datei oder so?«

»Ich bin völlig unfähig, was Computer angeht«, erklärte er in einem Tonfall, der sie geradezu zu einem Kommentar herausforderte, doch sie beherrschte sich.

»Versuchen Sie, sich ein bisschen auszuruhen, Dr. Bannerman. Entspannen Sie sich.«

»Ja. Wir sehen uns in zwei Wochen.« Sie nickte, obwohl sie es für besser hielt, wenn er überhaupt nicht mehr zurückkäme. Er war für diese Art Arbeit einfach nicht geschaffen.

Sonya drückte ihr einige weitere Telefonnachrichten in die Hand. »Ich habe mir noch nicht einmal die von vorhin angesehen«, meinte Kate. »War der Mann noch mal hier, der vorhin nach mir gefragt hat?«

»Noch nicht. Aber Sie haben Besuch. Gleich zwei Männer.«

Sonya hatte Mühe, ihr Lächeln zu verbergen. Bei einem der Besucher handelte es sich offenbar um Barry.

Und der zweite war Luke, wie sie feststellte, als sie ihr Büro betrat.

17

»Beide gleichzeitig? Was verschafft mir die Ehre?«, fragte sie. Das klang doch ziemlich normal, oder?

»Hörst du jemals deine Nachrichten ab?« Lukes Stimme klang verärgert. »Wir haben beide in der letzten Stunde versucht, dich zu erreichen.«

»Hey, kein Grund, mir ein schlechtes Gewissen zu machen. Ich habe die letzte Stunde bei Austin Davey verbracht und mir meinen Kopf auf dem Silbertablett servieren lassen.« Sie ließ ihre Aktenmappe auf den Schreibtisch und ihre Handtasche auf den Boden fallen. »Vielleicht tut er ja deshalb weh. Mein Kopf, meine ich. Wieso wolltet ihr mich sprechen? Was ist los?« Sie setzte sich und versuchte, ruhig und gelassen auszusehen.

»Die Mächte des Bösen haben zurückgeschlagen«, erklärte Barry mit einem sarkastischen Lächeln. »Ich wünschte, ich wüsste, wie Anwälte sich so schnell in Bewegung setzen können, wenn sie glauben –«

Sie hob die Hand. Sonya versuchte, sie zu erreichen. Der Alarm auf ihrem Telefon blinkte. »Moment. Irgendetwas ist passiert. Eine Sekunde.« Sie wählte Sonyas Durchwahl.

»Mann ist wieder da, Dr. Kate. Besteht darauf, Sie persönlich zu sprechen.«

»Er besteht darauf? Dann schicken Sie ihn nach hinten.«

»Wer soll nach hinten geschickt werden?«, erkundigte sich Luke.

»Keine Ahnung. Irgendein Anzugträger. Er war schon einmal hier und hat nach mir gefragt. Jetzt sagt Sonya, er besteht darauf, mich persönlich zu sprechen, deshalb wird es wohl wich-«

»Nein, nein, nein.« Barry und Luke sprangen gleichzeitig von ihren Stühlen auf. »Lass niemanden –«

Zu spät. Ein stämmiger Mann in einem blauen Anzug stand im Türrahmen. Er sah freundlich und keineswegs so hartnäckig aus, wie sie vermutet hatte. »Dr. Kate McKenna?«, fragte er.

»Ja?«

Statt einer Erwiderung trat er einen Schritt vor und reichte ihr einen blauen Umschlag. In diesem Moment war es ihr klar. Stöhnend nahm sie das Dokument entgegen. Sie hatte gerade eine Vorladung zugestellt bekommen. Toll. Ganz toll.

»Wir haben versucht, dich zu warnen«, sagte Luke und wedelte mit demselben Blatt Papier, dann Barry. »Sie verklagen mich. Und die Zeitung«, erklärte er.

»Mich verklagen sie auch«, stimmte Luke ein.

»Und mich auch, wie es aussieht.« Sie riss den Umschlag auf und faltete das Schreiben auseinander. ZUSTELLUNG DER VORLADUNG UND KLAGESCHRIFT stand auf dem oberen Blattrand. Weiter unten folgten die Worte »Es wird Klage gegen Sie erhoben«. »Zumindest steht es hier. Von Riverhead Realty Management. Du hast sie nie erwähnt, Barry. Ich dachte, Bayshore Partners wären die Bösen.«

»Ach, das ist wieder eine dieser endlosen Firma-Tochterfirma-Geschichten. Ich gehe jede Wette ein, dass es sich um eine Tochtergesellschaft von Bayshore Partners handelt. Und ich wette auch, dass Vandenburg im Vorstand sitzt. Ich bin sicher, dass er die Fäden in dieser Angelegenheit zieht, und genau das werde ich beweisen.«

Kate las den Inhalt des Schreibens genauer. Die Anwälte der Klägerseite waren Donovan & DeLuca aus Waterfield, obwohl das puertoricanische San Juan als offizieller Firmensitz angegeben war. Auf der zweiten Seite folgte jede Menge juristisches Geschwafel, doch dann erregte etwas ihre Aufmerksamkeit.

»Rufmord?«, rief sie. »Wovon zum Teufel reden die da? Wessen Ruf habe ich denn geschadet? Dem von Westwind? Weil ich in der Zeitung zitiert worden bin?«

»Keine Sorge«, beschwichtigte Luke sie. »Damit kommen sie nicht durch. Schließlich hast du die Wahrheit gesagt.«

»Ja, und ich habe die Fotos, die jedes Wort von dir belegen«, fügte Barry hinzu.

»Das interessiert mich nicht. Ich werde ohne einen Grund verklagt, und jetzt soll ich einen Rechtsanwalt beauftragen und eine Menge Geld dafür ausgeben, um zu beweisen, dass ich nichts getan habe, wo ich doch *sowieso* nichts getan habe? Das ist doch lächerlich!« Sie unterbrach sich, als sie merkte, dass sie die Beherrschung zu verlieren drohte, und holte tief Luft. »Vielleicht findet der Prozess ja in Puerto Rico statt. Das wäre nett. Dann könnte ich in den Verhandlungspausen an den Strand gehen. Ich wollte immer schon nach Puerto Rico und mein Spanisch auf Vordermann bringen.«

»Schlechte Karten, fürchte ich, Katie. Puerto Rico ist ein Steuerparadies. Sie werden dort eine Briefkastenfirma haben, vielleicht auch ein kleines Büro mit einem Schreibtisch drin. Aber ihre eigentlichen Geschäfte machen sie hier, in diesem Bundesstaat. Ihnen gehören bestimmt hunderte Einrichtungen wie Westwind. Und wir sind uns verdammt sicher, wer ›sie‹ sind. Also vergiss Puerto Rico.«

»San Juan oder Waterfield«, unterbrach Luke. »Welchen Unterschied macht das schon? Ich kann mir nicht vorstellen, dass die Klage gegen Katie – und auch die gegen mich – nicht innerhalb von ein paar Minuten vom Tisch ist. Aber was ist mit Ihnen, Manheim? Bei Ihnen liegt der Fall ein bisschen anders, oder?«

»Ja, aber wir verteidigen uns mit ein und derselben Waffe: der Wahrheit. Das Ganze ist nur eine extrem lästige Angelegenheit, was wahrscheinlich der Hauptgrund ist, weshalb sie uns die Klage überhaupt angehängt haben. Ich habe schon mit Mark Jacoby, dem Anwalt des *Chronicle*, gesprochen, der auf Dinge wie Verleumdung, Rufmord und sonstige üble Vorwürfe spezialisiert ist, mit denen man Zeitungen ständig an den Kragen will. Vielleicht solltet ihr beide euch auch rechtlichen Beistand suchen.«

Der Name Sally Wolf kam Kate in den Sinn. »Ich kenne eine gute Anwältin; zumindest ist sie sehr nett und anständig. Aber sie arbeitet für Legal Aid, und ich bezweifle, dass Luke und mir in diesem Fall staatliche Hilfe zusteht. Aber ich könnte sie fragen, ob sie jemanden kennt. Oder ob sie mir einen Rat geben kann. Ich glaube, das werde ich tun.«

»Und was machen wir in der Zwischenzeit?«, fragte Luke.

»Als jemand, der pausenlos verklagt wird – nicht, dass je einer seinen Prozess gewonnen hätte, keine Sorge, aber die Leute glauben, eine Zeitung hätte Geld wie Heu, und wieso sollten sie es nicht einfach mal probieren? –, würde ich euch raten, euch so schnell wie möglich mit dieser Anwältin in Verbindung zu setzen. Sie wird den Gegenantrag formulieren. Normalerweise bleiben einem 21 bis 30 Tage, um auf eine Klageschrift zu reagieren. Mehr weiß ich auch nicht. Macht euch keine Sorgen und vergesst nicht, es ist noch nicht vorbei. Es gibt noch zwei weitere große Geschichten. Bayshore Partners, Riverhead Realty – wie auch immer sie heißen – denen wird das Lachen noch vergehen. Wartet's ab.« Er lachte. »Ich kann es jedenfalls kaum noch erwarten. Lest morgen die Zeitung. Die Story ist ein Knüller.« Er sprang von seinem Stuhl auf. »Aber genug geplaudert. Die Pressen müssen anlaufen. Du und ich haben für heute Abend eine Verabredung, Kate«, fügte er über die Schulter hinweg hinzu, ehe er zur Tür hinauseilte. »Bis dann.«

»Ich wusste gar nicht, dass wir für heute Abend verabredet sind«, sagte sie an Luke gewandt. Sie verkniff es sich jedoch hinzuzufügen, dass Barry es vermutlich selbst erst vor zwei Sekunden beschlossen hatte. Einem Mann, der jeden Moment nach Afrika verschwinden konnte, schuldete sie keine Erklärung.

Luke saß in seiner gewohnt lässigen Haltung da, hatte die Beine ausgestreckt und musterte sie wortlos. Schweigen breitete sich im Raum aus.

»Was ist?«, fragte sie schließlich.

»Findest du nicht auch, *wir* sollten uns verabreden und über das reden, was zwischen uns vorgeht? Statt mich einfach auszuschließen?«

»Nein, das finde ich nicht.«

»Welches von beiden?« Er sah belustigt aus, was ihren Ärger noch schürte.

»Alles. Nein, ich finde nicht, dass wir reden sollten, und ich denke auch nicht, dass zwischen uns etwas vorgeht. Nicht mehr.«

»Kate –«

»Und wage es ja nicht, mich mit diesem sanften Cowboy-Blick anzusehen!«

»Du vergisst wohl, dass ich eine Rothaut bin.«

»Luke.« Sie holte tief Luft. »Okay. Es hat mich ein bisschen ... aus der Bahn geworfen, dass du auf einmal so wild entschlossen bist, in den Kongo oder wohin auch immer zurückzugehen. Aber ich verstehe das. Wenn du es tun musst, dann solltest du es auch tun. Aber sieh es mir bitte nach, wenn ich mich von dir zurückziehe, bevor ich ernsthaft verletzt werde.«

»Ja, ich will wieder nach Afrika. Verdammt, wahrscheinlich *werde* ich auch zurückgehen. Aber ist es so schlimm, ein Jahr voneinander getrennt zu sein? Es gibt so viele Möglichkeiten, wie wir mit der Situation umgehen könnten. Du und ich. Gemeinsam.«

Sie senkte den Blick, als sie spürte, dass sie schwach wurde. Er war gefährlich. Sie stellte ihn sich vor, weit weg, inmitten eines Krieges, inmitten von Kugeln und Bomben, wie er sich um Patienten kümmerte, sich über sie beugte, allen möglichen Krankheiten ausgesetzt war. Malaria, Ruhr, AIDS. Er könnte sterben. Sie spürte, wie sich ihr Magen verkrampfte.

»Nein.« Den Blick noch immer auf die Tischplatte geheftet, schüttelte sie den Kopf, während Bilder vor ihrem geistigen Auge vorbeizogen. »Nein. Ich möchte dieses Risiko lieber nicht eingehen, wenn du nichts dagegen hast.«

»Das meinst du doch nicht ernst, Kate«, sagte er sanft.

Trotzig sah sie ihm in die Augen. »Du weißt nicht, was ich hinter mir habe. Ich kenne mich darin aus, wie man seine Risiken minimiert und den Schaden in Grenzen hält. Doch, ich meine es so.«

Wieder breitete sich dieses entsetzliche Schweigen zwischen ihnen aus, füllte den Raum mit der Schwere des Ungesagten. Nach einer Weile stand er auf. »Gut. Tja, dann, okay. Dann betrachten wir diese ... darf ich es Freundschaft nennen? ... also als beendet? Aber ich bin nach wie vor dein engagierter Assistent. Und dein Mitbeklagter. Vergiss das nicht. Könnte sein, dass wir eine Zeit lang gemeinsam hinter Gittern sitzen.« Er grinste. Sie hätte so gern ebenfalls gelächelt, doch wenn sie auch nur einen Muskel in ihrem Gesicht bewegte, würden sich ihre Augen mit Tränen füllen, und dann – nein, lieber nicht.

Als er fort war, schlug sie die Hände vors Gesicht und atmete mehrere Male tief ein und aus. Nach einer Weile klopfte es leise. Sie wandte den Kopf. Miguel stand im Türrahmen und lächelte schüchtern.

»Hey«, sagte sie. »Was liegt an?«

»Sie wollen mich im Fernsehen haben, Dr. McKenna. WHTC. Mr. Manheim hat mich gerade angerufen. Sie wollten wissen, wie der anonyme Mitarbeiter aus Westwind heißt, der über all die schmutzigen Details Bescheid gewusst hat. Also ... darf ich? Meinen Namen preisgeben, meine ich. Und soll ich das Interview geben?« Seine Stimme verriet, wie aufgeregt er war.

»Das wäre bestimmt prima, Miguel. Aber überlegen Sie es sich gut. Es gibt einen Grund, weshalb Ihre Identität anonym gehalten wurde. Sie, also die Eigentümer von Westwind, werden höchstwahrscheinlich auf Sie losgehen. Gott, nein, ich habe damit natürlich nicht gemeint, dass sie Ihnen einen Killer auf den Hals hetzen!«, fügte sie hinzu, als sie sah, wie der Stolz in seiner Miene aufrichtiger Angst wich. »Aber Sie könnten verklagt werden, Miguel, was noch viel schlimmer wäre.«

»Daran habe ich nicht gedacht. Vielleicht sollte ich lieber noch mal mit Mr. Manheim sprechen. Aber wenn er eine Möglichkeit findet ...«

»Wenn Barry Sie beschützen kann, dann tu Sie's.« Er bedankte sich wortreich bei ihr, ehe er den Korridor hinunterstürzte.

Warum sollte er auch kein Held sein wollen? Wie viele Chancen boten sich ihm wohl sonst noch im Leben?

Aber nun musste sie sich wieder dem Geschäftlichen widmen. Sie warf einen Blick auf das Display ihres Mobiltelefons und stellte verblüfft fest, dass 17 Nachrichten eingegangen waren. Dabei kannte sie nicht einmal 17 Menschen hier in der Stadt. Sie begann die Nachrichten abzuhören.

Die erste Stimme, eine weibliche, kam ihr irgendwie bekannt vor, doch sie konnte sie nicht zuordnen. »Sie hören mir jetzt mal gut zu!«, erklärte die Anruferin in einem Befehlston, der Kate an ihre Grundschullehrerin erinnerte. »Sie werden es nicht schaffen, meine Karriere zu zerstören! Ich kenne Leute in dieser Stadt. Wichtige Leute! Es wird Ihnen noch leidtun, dass Sie sich mit mir angelegt haben!« Bei dem Wort »angelegt« erkannte sie die Stimme als die von Mrs. Goodman ... Und zwar einer Mrs. Goodman, die sehr, sehr wütend war. Das Geräusch des Hörers, der auf die Gabel gerammt wurde, drang klar und unmissverständlich durch die Leitung. Es hatte sich nicht angehört, als befände sie sich in Polizeigewahrsam. War sie in Westwind und hatte die Amtsgeschäfte wieder aufgenommen? Kate wählte die Nummer. Nach dem neunten oder zehnten Läuten meldete sich eine gelangweilt klingende Männerstimme, während im Hintergrund laute Geräusche zu hören waren. Sie bat darum, mit Mrs. Goodman verbunden zu werden. »Mrs. Goodman ist in einem Meeting und darf nicht gestört werden. Wollen Sie eine Nachricht hinterlassen?«

»Kann ich später noch einmal anrufen?«

»Klar. Sie wird noch eine Weile hier sein.«

Das bedeutete also, dass Mrs. Goodman wieder in Amt und Würden war. Für den Bruchteil einer Sekunde überlegte Kate, ob sie hinübergehen und nachsehen sollte, was los war, aber das wäre dumm und unnötig. Außerdem hatte sie mehr als genug Arbeit. Sie hörte die nächste Nachricht ab.

»Oh Doktor«, sagte die Stimme, »Sie müssen mir helfen. Mein Bruder ist vor zehn Jahren in dieses schreckliche Heim gebracht worden, und wir wissen nicht, wo er ist. Bitte rufen Sie mich an.« Kate notierte die Telefonnummer und bemerkte, dass sie zu einem anderen Bezirk gehörte. Vielleicht sollte sie nicht zurückrufen. Was wusste sie schon darüber, was sich vor zehn Jahren in Westwind abgespielt hatte? Aber konnte sie den Anruf einfach ignorieren? Sie machte ein großes Ausrufungszeichen hinter die Nummer und wandte sich der nächsten Nachricht zu.

Eine hohe, aufgebrachte Stimme. Kate lauschte den ersten Worten, mit denen ihr vorgeworfen wurde, sie habe »diesen Leuten zur Freiheit verholfen, nur damit sie sich jetzt auf uns ...« Sie löschte die Nachricht und ging zur nächsten.

Tanishas Stimme erkannte sie sofort, obwohl sie sehr leise sprach. »Ich muss mit Ihnen reden, Dr. McKenna. Hier machen Geschichten die Runde ... Ich muss so schnell wie möglich mit Ihnen reden.«

Kate überlegte, ob sie Tanisha sofort anrufen oder zuerst die restlichen ... wie viele? ... 13 Nachrichten abhören sollte. Doch die Entscheidung wurde ihr abgenommen, denn in diesem Augenblick klopfte Tanisha an den Türrahmen, wie es fast alle hier taten, da Kates Bürotür nie oder so gut wie nie geschlossen war. Sie winkte das Mädchen herein.

»Vielleicht sollte ich die Tür zumachen. Nur eine Minute?«

»Okay, aber nur kurz, sonst denken die Leute noch, ich wäre tot.« Sie lachte, aber Tanishas Miene blieb ernst. Ihre Nervosität war unübersehbar. »Was ist los?«

»Ich weiß nich', wie ich's erklären soll, Dr. McKenna. Okay, ich sag's einfach, wie es ist. Die Leute hier behaupten, Ihre Mama sei total normal im Kopf gewesen, und Ihr Daddy hätte sie nur in die Anstalt gesperrt, damit sie aus dem Weg ist.«

Kate starrte sie an. »*Wie bitte*? Wer behauptet das? Wo haben Sie das aufgeschnappt?«

»Das sagen alle, Dr. McKenna. Alle. Die Mädchen im Büro flüstern die ganze Zeit ›Hast du das schon gehört?‹ und so.«

»Was sagen sie sonst noch?«

»Na ja ... dass Ihr Vater überall sehr beliebt war und dass deshalb keiner was gesagt hat. Aber sie sagen alle, dass sie gar nich' verr... Entschuldigung ... psychisch krank war, meine ich, sondern dass es reine Erfindung war. Damit er in aller Ruhe ... Sie wissen schon.«

Das Blut rauschte in Kates Ohren. Wer um alles in der Welt ...? Egal. Wichtig war nicht das Wer, sondern das Warum. »Das ist eine glatte Lüge.« Doch selbst als die Worte über Kates Lippen kamen, fragte sie sich, ob nicht ein Fünkchen Wahrheit in diesem Gerücht steckte. »Ich habe mit meiner Mutter zusammengelebt und kann Ihnen versichern, dass sie psychotisch war. Daran besteht kein Zweifel.«

»Sie sagen ... Aber vielleicht sollte ich das lieber nich' erzählen.«

»Nein, nein, nur heraus damit. Ich kann es mir ebenso gut anhören. Sie sagen ...«

»Sie sagen, er hätte ihr Drogen gegeben, damit es so aussieht, als wär sie verrückt.«

Einen schrecklichen Moment lang fragte sich Kate, ob es tatsächlich so gewesen sein könnte. Ihr Mund wurde trocken. Doch dann siegte die Vernunft. »Nein, das hat er nicht getan. So einfach ist das nämlich nicht. Im Film vielleicht, aber bestimmt nicht im wahren Leben.«

»Oh, ich hab das auch nich' geglaubt, Dr. McKenna. Aber jetzt, wo alle es sagen ... Wissen Sie, was ich meine?«

Kate wusste, was sie meinte. Von *Alle sagen* zu *Alle wissen* war es nur ein kleiner Schritt, und dann fehlte nicht viel zu *Dann muss es so gewesen sein*.

»Was soll ich ihnen antworten, Dr. McKenna?«

»Sie können ihnen sagen, dass Sie mir davon erzählt haben und ich erklärt habe, dass diese Geschichten definitiv nicht wahr sind. Und noch etwas, Tanisha. Wen genau meinen Sie mit ›sie‹? Wer erzählt diese Dinge?«

»Na ja, die Mädchen im Büro. Da, wo sie die Rechnungen schreiben, die Löhne abrechnen und so. Aber soll ich Ihnen verraten, wer wahnsinnig viel über Ihre Fam-«

Wieder wurde an den Türrahmen geklopft. Marian stand da und musterte Kate eindringlich. »Tut mir leid, wenn ich störe«, sagte sie.

»Ich muss wieder«, sagte Tanisha schnell, stand auf und hastete hinaus. »Ich hab noch ’ne Menge zu erledigen.«

»Und? Wie macht sie sich?«, erkundigte sich Marian.

Kate starrte Marian einen Moment lang an, ehe sie lachte. »Ich habe keine Ahnung, weil ich völlig vergessen habe, sie danach zu fragen. Sie ist hergekommen, weil ein paar üble Gerüchte die Runde machen.« Sie bedeutete Marian, sich zu setzen, und erzählte ihr alles.

»Großer Gott, hört das denn nie auf?« Marian war blass geworden. »Haben Sie eine Ahnung, wer dahintersteckt? Denn es kann nur eine einzige Person sein, da bin ich mir ganz sicher.«

»Oh, das glaube ich auch. Und zwar dieselbe Person, die diese unheimlichen Nachrichten auf dem Anrufbeantworter hinterlässt.« Sie erschauderte. »Zuerst hatte ich William Bannerman im Verdacht, aber er war es nicht. Er ist zwar wütend auf mich, und ich halte ihn für hinterhältig und gemein, aber er weiß weder etwas über mich noch über die Geschichte meiner Familie. Oder ... Moment mal ... vielleicht doch. Allmählich kommt mir jeder verdächtig vor.«

»Ich würde eher auf einen Patienten tippen, andererseits muss man sich fragen, wie viele Patienten noch Verbindung zu Ihrer Vergangenheit haben. Keiner, soweit ich weiß.«

»Außer vielleicht Nelson«, wandte Kate ein.

»Oh, Sie glauben doch nicht ernsthaft –«

»Nein, er ist es nicht, da bin ich mir sicher.« Sie fuhr sich mit den Fingern durchs Haar. »Ach, ich weiß auch nicht, Marian. Eigentlich sollte ich mir keine Gedanken über boshafte Gerüchte machen. Ich habe jede Menge Patienten und muss eine Klinik leiten, ganz zu schweigen von Linda, nach der ich heute noch nicht gesehen habe. Außerdem fehlt mir in den nächsten Wochen ein Arzt.«

»Na ja, Luke könnte doch einspringen, oder?«

»Oh ... ja. Natürlich.« Zu ihrem Entsetzen bemerkte sie, wie ihr das Blut in die Wangen schoss. »Aber er hat selbst viel zu viel auf dem Tisch.« Sollte sie erwähnen, dass er sie außerdem ohnehin bald verlassen würde? Lieber nicht.

»Luke hatte schon immer zu viel auf dem Tisch. Er ist wirklich bemerkenswert. Nichts scheint ihn jemals aus der Ruhe zu bringen – was eine wunderbare Eigenschaft für einen Arzt ist, der mit psychisch Kranken arbeitet.« Ihr Blick ruhte noch immer auf Kate, vielleicht war ihr ja die Röte auf ihren Wangen nicht aufgefallen. »Aber weshalb ich eigentlich hier bin: Leslie Gideon ist nicht zu ihrem Termin bei mir erschienen. Sie sollte gewogen werden und über ihre Ernährung mit mir reden. Haben Sie zufällig etwas von ihr gehört?«

»Nein, kein Wort.« Kate machte sich bereits eine Notiz, bei den Gideons anzurufen. »Essstörungen«, meinte sie. »Es ist unmöglich, sie in den Griff zu bekommen! Es gibt sogar spezielle Internetseiten, auf denen sich die Betroffenen austauschen, wussten Sie das? Sie geben sich gegenseitig Tipps, wie man immer weiter schön abmagern kann. Können Sie sich erinnern, dass es vor 30 Jahren Leute mit Essstörungen gab, Marian?«

»Natürlich. Damals haben wir das Kind nur noch nicht beim Namen genannt, und wenn doch, waren wir uns nicht sicher, wie wir die Leute behandeln sollten. Aber mittlerweile hat das tatsächlich epidemische Ausmaße angenommen. Vor 30 Jahren musste man noch keine 40 Kilo wiegen und den Körperbau eines kleinen Jungen haben, um sich attraktiv zu finden. Ich verstehe nicht, wie sich all die kleinen Mädchen beim Anblick dieser Models – die meiner Meinung nach regelrecht krank aussehen – vornehmen können, genauso sein zu wollen wie sie.«

»Vielleicht liegt es ja an den Designerklamotten«, schlug Kate mit einem sarkastischen Lachen vor. »Aber zurück zu Leslie. Haben Sie bei ihrer Mutter angerufen? Na gut, dann tue ich das jetzt auch noch. Mal sehen, was morgen passiert.«

»Okay.« Marian stand auf, doch statt das Büro zu verlassen, blieb sie stehen und sah Kate an. »Ist alles in Ordnung mit Ihnen? Sie sehen ein bisschen mitgenommen aus.«

»Austin Davey hat vorhin ein Hühnchen mit mir gerupft. Und Sie kommen nie darauf, wer bei ihm im Büro war und mir zusätzlich Feuer unterm Hintern gemacht hat. Unsere Frau Bürgermeister.«

»Gail? In Austin Daveys Büro? Weshalb das denn?«

»Ja«, meinte Kate. »Genau das habe ich mich auch gefragt. Könnte es ... eine Romanze sein?«

Marian lachte. »Nein, nein. Gail hat einen festen Freund, der ziemlich eifersüchtig ist, soweit ich informiert bin. Außerdem ... Können Sie sich vorstellen, dass Austin Davey ihr Typ ist?«

»Genauso wenig wie Sie. Also war sie rein geschäftlich dort. Aber wegen welcher Geschäfte, frage ich mich.«

»Tja, sie sitzt im Klinikvorstand«, meinte Marian. »Ich glaube sogar, sie ist die Vorsitzende. Also war es vielleicht ein ganz normaler Besuch.«

»Mag sein. Es ist nur ... Er hat mich kommen lassen, um mir eine Standpauke zu halten, Marian. Er hat mich gewarnt, dass ich meinen Job verliere, weil ich Linda aus Westwind geholt habe – unabhängig davon, dass ich ihr damit das Leben gerettet habe. Ja, Sie haben ganz richtig gehört. Ich war auch ziemlich überrascht. Aber darum geht es im Grunde nicht. Warum musste sie während dieser Unterredung in seinem Büro sitzen? Als wollte sie selbst noch ein paar Drohungen loswerden.«

»Ihnen gegenüber? Sie hat Sie bedroht?«

»Genau. Und er schien völlig damit einverstanden zu sein. Keine Ahnung, aber irgendetwas lief da. Sie haben sich ständig vielsagende Blicke zugeworfen und sich gegenseitig gewarnt, nicht zu viel preiszugeben. Aber warum vor mir, frage ich mich. Andererseits – wen kümmert es? Ach, vergessen Sie einfach, dass ich davon angefangen habe! Ich sollte mich lieber um all die Nachrichten kümmern, obwohl die meisten davon ... idiotisch sind.« Sie drückte die Abspieltaste und schaltete auf Lautsprecher.

Das Flüstern, das viel lauter war als erwartet, erfüllte den Raum. »Sie werden noch bereuen – bald, schon sehr bald sogar –, was Sie uns angetan haben.« Zwischen »bereuen« und »bald« war ein ersticktes Röcheln zu hören.

Kate stieß einen leisen Schrei aus und stoppte das Band. »Grundgütiger«, stieß Marian hervor, die mit weit aufgerissenen Augen im Türrahmen stand, »war das dieselbe Person, die auch all die anderen Nachrichten hinterlassen hat?« Kate nickte. »Aber es muss doch eine Möglichkeit geben, die Anrufe zurückzuverfolgen. Die Polizei –«

»Bitte, erzählen Sie niemandem davon. Ich habe keine Zeit, mich jetzt darum zu kümmern. Wenn ich Linda endlich versorgt, mir einen Anwalt für diese dämliche Klage gesucht habe und wieder etwas Ruhe eingekehrt ist …«

Die beiden Frauen tauschten einen Blick und brachen in Gelächter aus. »Wenn Ruhe eingekehrt ist?«, wiederholte Marian. »Sie machen Witze. So weit wird es nie kommen! Aber Kopf hoch. Bis später.«

Die restlichen Nachrichten waren freundlicher Natur. Und als sie bei der letzten angelangt war, stellte sie fest, dass es Zeit für ihre Gruppentherapie war, danach standen zwei Einzelgespräche mit Patienten an, gefolgt von einer Mitarbeiterbesprechung, sodass sie keine Gelegenheit hatte, über die Vorfälle des Tages nachzugrübeln.

Sie saß gerade am Schreibtisch und sah in ihren Kalender, als Barry hereinkam. »Komm«, sagte er. »Ich habe eine kleine Belohnung für dich, die du verdient hast, finde ich.«

»Allerdings. Was hast du vor?«

»Es ist eine Überraschung.«

Als bräuchte ich noch mehr Überraschungen, dachte sie, sprach es jedoch nicht laut aus. »Gib mir nur noch eine Minute, okay?« Sie wählte die Nummer des Krisenzentrums und bat die Oberschwester, sie über Linda Cathcarts Zustand zu informieren.

»Du lächelst ja«, bemerkte Barry, als sie aufgelegt hatte. »Also ist alles in Ordnung?« Sie hob zwei Finger zum Siegeszeichen. »Und wie kommen wir zu deiner Überraschung? Mit meinem oder deinem Wagen?«

»Mit meinem natürlich.«

Sie war froh, sich auf den Beifahrersitz setzen zu dürfen und über nichts nachdenken zu müssen. Barry legte eine CD von James Taylor ein. Also hatte er nicht vergessen, wie sehr sie seine Songs liebte. Sie fuhren in der einsetzenden Dämmerung über die Landstraßen, die ihr so vertraut waren. Beide kannten den Text von »Gorilla« auswendig und sangen aus voller Kehle mit, ehe sie in fröhliches Gelächter ausbrachen. Sie hatte noch immer keine Ahnung, wohin er fuhr. Sie befanden sich auf der Bezirksstraße 245, die sie früher entlanggefahren waren, um mit ihrer Highschoolclique am Baggersee herumzuhängen. Damals hatte es dort einen Hotdogstand und einen Bauernladen gegeben, in dem Gemüse verkauft wurde. Aber ein Restaurant?

Plötzlich tauchten Lichter vor ihnen auf, und Barry bog nach links ab auf den Parkplatz vor einem niedrigen Gebäude, über dem ein blaues Neonschild den Namen »Roadside Diner« verkündete. Der Parkplatz war ziemlich voll, sodass sie um das Haus herumfahren mussten, ehe sie eine Lücke fanden.

»Roadside Diner?«, fragte Kate, die nach wie vor nicht sicher war, wo sie sich befanden.

»Erinnerst du dich an den alten Laden der Russos?«

»Das ist der Gemüseladen der Russos?«

»Mit ein paar Dollars, die hineingesteckt wurden, um ihn ein wenig hübscher zu machen.« Lachend half er Kate beim Aussteigen. »Tom Russo, der jüngere Sohn, war ein paar Klassen unter uns. Ihm gehört der Laden heute. Seine Eltern leben inzwischen in Florida. Tom war auf der Handelsschule, hat eine schöne Stange Geld im E-Commerce-Geschäft verdient, bevor alles den Bach runtergegangen ist. Du wirst ihn gleich selbst sehen. Er steht immer hinter dem Tresen.« Barry öffnete die Tür, die wie ein großes Scheunentor aussah, und schob sie hinein.

Der Raum war in gedämpftes Licht getaucht, im Hintergrund lief leise Musik, und da war er – Tommy Russo, älter und ein wenig kräftiger als in ihrer Erinnerung und mit einem schwarzen Schnurrbart, aber immer noch der schöne Tom, wie die Mädchen ihn früher genannt hatten.

»Manheim!«, rief er. »Woodward und Bernstein können einpacken gegen dich! Gute Arbeit!«

Sie traten an die Bar und schüttelten Tommy die Hand.

»Danke, Tom«, sagte Barry, »aber das war noch nicht alles. Sieh morgen früh mal rein.«

»Darauf kannst du wetten! Ich bin bis drei, vielleicht sogar bis vier Uhr früh hier und lese sie gleich morgen nach dem Aufstehen, das heißt, gegen Mittag. Und da haben wir ja Katie Spector ... Nein, du hast inzwischen geheiratet, stimmt's? Tut mir leid, dass ich deinen Nachnamen vergessen habe, aber du bist hier inzwischen auch so was wie eine Heldin, wo du doch dieses Mädchen gerettet hast und so. Wie geht's ihr denn?«

»Sehr gut. Sie hat anderthalb Kilo zugenommen und steckt voller Energie.« Kate beschloss, lieber nicht zu erwähnen, dass Linda nur sechs Tage im Krisenzentrum bleiben durfte, obwohl ihr dieses Wissen schwer im Magen lag. Was würde sie dann mit Linda machen? Sie musste sich etwas einfallen lassen, und zwar schnell.

Sie und Barry wurden an einen Fenstertisch im hinteren Teil des Restaurants geführt. Die gesamte Rückfront des Gebäudes war mit raumhohen Fenstern ausgestattet, die einen Blick auf den Wald boten. An einigen der Bäume waren kleine Lämpchen angebracht, die in der Dunkelheit funkelten und eine geradezu magische Atmosphäre schufen.

»Einen Cosmopolitan für die Lady, und ich nehme einen Dewers auf Eis. Das ist doch okay, oder?«

Kate lächelte. »Ein Cosmo ist genau das Richtige, ja.«

»Schlimmen Tag gehabt?«

»Nicht unbedingt den allerbesten.« Wenig später wurden ihre Drinks serviert, und sie prosteten einander zu. Bereits nach dem ersten Schluck spürte Kate, wie die Anspannung in ihren Schultern nachzulassen begann. Als Barry sich entschuldigte, lehnte sie sich auf ihrem Stuhl zurück und sah auf die Lichter an den Bäumen hinaus. Allmählich fühlte sie sich wieder wie ein menschliches Wesen. Lag es am Alkohol direkt oder nur an ihrer Erwartung, dass der Drink ihr ein wenig Entspannung schenken würde? Sie hob ihr Glas an die Lippen, setzte es jedoch ab, als sie spürte, dass sie jemand beobachtete.

Gail Fortunato stand in der Ecke, dahinter ein großer, breitschultriger Mann mit schwarzem Knebelbart. Das musste Ben Vandenburg sein.

»Also ... welcher Ihrer beiden, äh, Freunde ist es heute Abend? Der gut aussehende Indianer? Oder der gut aussehende Chefredakteur?«

»Was geht Sie das an, Gail?«, erkundigte sie sich, um einen neutralen Tonfall bemüht.

»Aua, nicht so empfindlich! Jeder weiß, dass eine gewisse Freizügigkeit bei Ihnen in der Familie liegt.«

»Was soll das denn heißen?« Konnte der Büroklatsch bis zu ihr vorgedrungen sein? Oder war es umgekehrt, und die Klinik war gar nicht der Ursprung, sondern die Endstation des Geredes?

»Ach, kommen Sie schon, Kate.« Gails Lippen waren zu einem Lächeln verzogen, doch ihre Augen sagten etwas anderes. »Alle wissen, dass Ihr Vater bei vielen seiner Hausbesuche ... sagen wir, *beschäftigt* war. Jeder weiß das, deshalb brauchen Sie mich nicht so schockiert anzusehen.«

»Es ist absolut unwahr.«

»Ich weiß nicht, wie Sie darauf kommen, da Sie damals schließlich noch ein Kind waren und zu Hause weiß Gott genug am Hals hatten.«

»Sie reden von meiner Mutter, hab ich Recht? Lassen Sie sie aus dem Spiel!«

»Wie ich höre, war sie vielleicht doch nicht wirklich verrückt, sondern er hat nur –«

»Verschwinden Sie! Und zwar auf der Stelle!«, sagte Kate lauter als beabsichtigt. Ihre Stimme zitterte ein wenig, und ihr fiel auf, dass Vandenburg seine Freundin am Arm nahm und zurückzog. »Wie können Sie derart miese, hinterhältige Lügen verbreiten? Was für eine Bürgermeisterin sind Sie eigentlich?« Mittlerweile war Kates Stimme noch eine Spur lauter geworden, und sie spürte mehr als dass sie es sah, wie die anderen Gäste zu ihnen herüberstarrten.

»Eine miese und hinterhältige«, erklärte Barry, der hinter Gail und Ben getreten war. »Verschwinden Sie, Gail, und passen Sie auf, was Sie sagen.«

Gail lächelte noch immer und rührte sich nicht vom Fleck. »Was wahr ist, ist wahr«, erklärte sie zuckersüß.

»Es sei denn, es ist eine von dummen und gehässigen Leuten verbreitete Lüge. Und wir können jederzeit vor Gericht gehen, um herauszufinden, was die Wahrheit ist.« Er lächelte verkniffen.

»Gail«, murmelte Ben Vandenburg, »komm doch.«

Sie wandte sich zu ihm um, und einen Moment lang dachte Kate, sie gehe auf ihn los. Doch allem Anschein nach besann sie sich eines Besseren. »Ich weiß nicht, warum Sie sich die Mühe machen, Kate«, erklärte sie. »Sie werden sowieso nicht mehr lange hier sein.« Und damit trat sie mit wiegenden Hüften den Rückzug an.

Barry setzte sich wieder. »Was für ein Miststück«, meinte er. »Wow, du lässt dir das, was sie gesagt hat, hoffentlich nicht nahegehen, oder?«

»Machst du Witze?« Ihre Augen füllten sich mit zornigen Tränen, die sie jedoch eilig zurückblinzelte. »Natürlich tut es das. Das alles hier setzt mir mächtig zu.«

Er griff nach ihrer Hand. »Wenn herauskommt, dass sie und ihr Partner in irgendwelche schmutzigen Machenschaften mit Stella Goodman und Westwind verwickelt sind, wird sie viel zu beschäftigt sein, um sich um dich Gedanken zu machen.«

Kate trank ihr Glas aus und nickte, als er fragend darauf deutete. Ja, noch ein Drink. »Du weißt also, dass das so ist? Dass sie in irgendwelche schmutzigen Machenschaften verwickelt sind?«

»Bis zur Hutschnur. Ja, das weiß ich.« Er gab dem Kellner ein Zeichen. »Es wird schwierig werden, es zu beweisen, aber wir arbeiten uns durch die einzelnen Schichten vor. Wir sind schon ganz dicht davor. Wir kriegen sie ... alle miteinander. Wir schalten sie aus. Das ist ein Versprechen. Und jetzt erzähl mir, was heute bei dir los war, und dann erzähle ich dir, was es bei mir Neues gibt. Aber zuerst bestellen wir uns einen großen Topf

Muscheln, okay? Und danach vielleicht ein schönes Stück Kalbfleisch in Marsalasauce.«

»Klingt gut.« Sie würde dieses Essen und den Abend in vollen Zügen genießen! Sie sah Barry über den Tisch hinweg an und dachte darüber nach, wie seltsam es war, dass er so vertraut und doch so ... neu für sie erschien. Die Zeit war gut mit ihm umgegangen. Früher, als Teenager, war er süß gewesen mit seinen schlaksigen Armen und Beinen und dem wilden Lockenkopf. *Fanden wir damals wirklich, dass er eine große Nase hat?*, sinnierte sie amüsiert. Vielleicht war er mit der Zeit hineingewachsen. Der Mann, der nun vor ihr saß, sah jedenfalls gut aus, fast attraktiv, mit hellen, freundlichen Augen und einem warmen, wunderschönen Lächeln.

Auch wenn das Lächeln, das er ihr in diesem Augenblick schenkte, eher argwöhnisch als wunderschön war. »Was ist?«, fragte er.

»Nichts. Ich habe nur gerade gedacht ... Ach, egal, ich verrate es dir. Ich habe gerade gedacht, wie gut du dich seit der Teenagerzeit entwickelt hast. Und ich frage mich, warum du nicht verheiratet bist.« Hoppla! Wo war das denn hergekommen? Das war es doch gar nicht gewesen, worüber sie nachgedacht hatte.

Das argwöhnische Lächeln verwandelte sich in ein breites Grinsen, das tiefe Grübchen in seine Wangen zauberte und die Fältchen um seine Augen tiefer werden ließen. Großer Gott, das war nicht fair! »Ist dir jemals in den Sinn gekommen, dass ich, nachdem ich das Mädchen meiner Träume einmal verloren hatte, nie wieder eine andere gefunden habe? Oder mich nicht einmal mehr nach einer Frau umgesehen habe?«

»Äh ...« Sie nahm einen Schluck aus ihrem Glas. »Na ja, nein, das ist mir nie in den Sinn gekommen. Und das Mädchen, das du verloren hast –«

»Du, natürlich. Komm schon, Kate. Spiel hier nicht die Unschuld vom Lande.«

»Das tue ich gar nicht! Ich kann nur nicht glauben, dass eine Highschoolromanze ...«

»... mich seit so vielen Jahren verfolgt? Tja, so ist es aber.«

»Ich wollte sagen, so lange in dir nachhallen könnte.« Sie konnte sich ein Kichern nicht verkneifen.

»So lange *in mir nachhallen*«, wiederholte er lächelnd. »Wie poetisch, Kate. Aber das hat es tatsächlich getan.« Wieder griff er über den Tisch und legte die Hand um ihre Finger. »Hör zu ...«

»Haben Sie sich entschieden?« Der Kellner stand vor Ihnen. »Sie können sich gern noch ein paar Minuten Zeit lassen, wenn Sie möchten.«

»Nein, nein, wir sind so weit.« Barry ließ ihre Hand los und richtete seine Aufmerksamkeit auf die Speisekarte. Sie verstand ihn nicht. *Er* hatte doch *sie* abserviert. Wenn jemand Grund hatte, dieser Teenagerromanze nachzutrauern, dann doch wohl sie. Sie hob ihr Glas, trank es aus und reichte es dem Kellner, ohne auf Barrys hochgezogene Braue zu achten. Zum Teufel, sie musste schließlich nicht mehr fahren.

Als sie das Restaurant verließen, hatte sie einen Schwips. Sie hatte Mühe, nicht gegen die Hauswand zu torkeln, und konnte nur hoffen, dass er nichts davon mitbekam.

»Mann, du hast einen in der Krone«, stellte er fest, als er ihr beim Einsteigen half. »Wieso hast du denn so viel getrunken? Jetzt wäre es unehrenhaft, einen Vorstoß bei dir zu wagen.«

»Vielleicht war genau das meine Absicht.«

Er setzte sich hinters Steuer und ließ den Wagen an, fuhr jedoch nicht los. »Warum, Kate? Wieso weichst du mir aus?«

»Ich kann nicht ständig mit Männern ins Bett gehen, nur weil ich mich verletzt fühle«, erklärte sie scharf, ehe ihr bewusst wurde, was sie gerade von sich gegeben hatte. »Nein, warte, ich wollte damit nicht sagen, dass du nur –«

»- einer von vielen bist?«, sprang er mit gepresster Stimme ein. »Oh doch, ich glaube, genau das wolltest du damit sagen. Entschuldige bitte, ich habe gedacht, du wärst – egal.« Wortlos saß er einen Moment lang da, ehe er einen tiefen Seufzer ausstieß. Dann streckte er die Hand aus und ließ ihren Sicherheitsgurt einrasten. »Ich hasse dich, aber ich will nicht, dass du bei einem Unfall ums Leben kommst«, erklärte er leichthin. Sie hätte gern gelächelt, doch sie fühlte sich, als befände sie sich in einer Art Schwebezustand. *Verdammt,* dachte sie verschwommen, *ich habe es wieder vermasselt.* Sie war sich zwar nicht ganz sicher, was das bedeutete, doch aus irgendeinem Grund machte sie der Gedanke traurig. Bevor sie herausfinden konnte, warum, war sie eingeschlafen.

18

Alle warteten am nächsten Morgen gespannt auf die zweite große Westwind-Story. Deshalb stand auch ein WHTC-Übertragungswagen auf der Straße, fast unmittelbar vor ihrem Haus. Nur ein einzelner Ü-Wagen und ein gelangweilt dreinschauender Kameramann, der sich gegen die Beifahrertür lehnte – eigentlich kein Aufmerksamkeit erregender Anblick. *Irrtum,* dachte Kate, denn auf dem Gehsteig fanden sich bereits Passanten ein, starrten zum Haus herüber, schwatzten und zeigten mit den Fingern auf den Eingang, als warteten sie, dass jemand herauskam und etwas Interessantes passierte. Sie spähte hinter dem Vorhang hervor, nippte an ihrem Kaffee und hoffte, dass ihnen bald langweilig wurde und sie sich zerstreuten. Doch sie wusste, dass das nicht passieren würde.

Meine Güte, es war noch so früh. Erst 7.07 Uhr. Was taten all die Leute um diese Uhrzeit schon auf der Straße?

Barry hatte sie wecken müssen, als er sie am Vorabend nach Hause gebracht hatte. Sie hatte vorgehabt, auszusteigen, ins Haus zu gehen und sofort ins Bett zu fallen. Doch aus irgendeinem seltsamen Grund war sie wieder voller neuer Energie, sodass sie, statt wie ein normaler Mensch schlafen zu gehen, die halbe Nacht am Telefon zugebracht hatte, um eine neue Bleibe für Linda zu finden. Am Ende war sie bei Mrs. Leonardo, der Leiterin der Nachtschicht im YWCA, gelandet, die alles andere als begeistert von der Aussicht war, *so jemanden* bei sich aufzunehmen. Als Kate mit eisiger Stimme die Worte »Zeitung«, »Reporter«, »Anwalt« und »Antidiskriminierungsgesetze« erwähnt hatte – wenn sie ehrlich war, konnte sie sich nicht mehr genau daran erinnern, was sie gesagt hatte, aber sie war so wahnsinnig wütend auf diese einfältige Person gewesen –, hatte Mrs. Leonardo eine Entschuldigung gestammelt und versprochen nachzusehen, ob es ein freies Zimmer gebe.

Nach einer halben Ewigkeit hatte sie tatsächlich eines gefunden, das Kate für einen Monat im Voraus gemietet und mit ihrer Kreditkarte bezahlt hatte. Sie wusste, dass es schrecklich lange dauern würde, sich um den Papierkram zu kümmern und dafür zu sorgen, dass alles in die Wege geleitet wurde, und versprach, am nächsten Morgen gleich als Erstes vorbeizukommen. Doch so, wie es im Moment in ihrem Leben lief, würde der Besuch bestimmt erst der dritte, vierte oder fünfte Punkt auf ihrer Tagesordnung werden.

Außerdem hatte sie ihre Schlaflosigkeit genutzt, um online zu gehen, und nach einigen Fehlversuchen war es ihr gelungen, Linda als freiwillige Pflegehelferin in der Ambulanzklinik zu registrieren. Im Stillen dankte sie Marian, die sie auf diese Idee gebracht hatte und die die Bewerbung absegnen würde. Am Ende war sie so müde gewesen, dass sie eingeschlafen war, kaum dass ihr Kopf das Kissen berührt hatte.

Trotzdem hatte sie nur vier oder fünf Stunden Schlaf bekommen und müsste sich eigentlich entsetzlich fühlen. Aber das tat sie nicht. Seltsam!

Doch warum stand der Übertragungswagen vor ihrem Haus und wartete allem Anschein nach auf sie. Eigentlich hatte sie doch mit der Geschichte überhaupt nichts zu tun.

»PSYCHISCH KRANKE FÜR UNNÖTIGE OPERATIONEN BENUTZT« prangte in fetten schwarzen Lettern auf der Titelseite der Zeitung. »*Hiesige Ärzte beteiligten sich an illegalen Geldbeschaffungsmethoden. Ohne Erlaubnis wurden zahllose Eingriffe an hilflosen Patienten vorgenommen*«, stand in fast ebenso großen Buchstaben darunter.

Barry hatte die Liste der beschuldigten Ärzte abgedruckt, doch ihr Name befand sich nicht darunter. Warum also die Aufregung?

Sie schaltete den Fernseher ein und sah Mara Benotti im Studio, dahinter ein Foto von ... Oh Gott! *Linda!* Was zum Teufel ... Sie drehte lauter. »... deren mangelhafte Behandlung in Westwind in der gestrigen Ausgabe des *Chronicle* angeprangert wurde. Mrs. Lydia Cathcart, Lindas Mutter, droht nun, die Zeitung und unseren Sender wegen ›öffentlicher Demütigung‹ zu verklagen, um es mit ihren Worten auszudrücken. Hier bei mir ihm Studio ist jetzt Scott Benoit, der Rechtsberater von WHTC. Mr. Benoit, besteht denn überhaupt die Möglichkeit, jemanden wegen öffentlicher Demütigung vor Gericht zu zerren?«

»Nein, diese Möglichkeit besteht nicht, Mara«, erwiderte Mr. Benoit, ein ernst dreinblickender Mann mit beginnender Glatze. »Mrs. Cathcart stößt nur leere Drohungen aus.«

»Und ist es richtig, dass Mrs. Cathcart *nicht* wollte, dass ihre Tochter aus Westwind weggebracht wird?«

»Ja, Mara, das ist richtig. Sie sagte – ich zitiere: ›Linda ist genau dort, wo sie hingehört.‹«

»Unglaublich.« Die Reporterin schüttelte den Kopf.

Nicht wenn man glaubt, die eigene Tochter sei vom Teufel besessen, dachte Kate. *Dann kümmert es einen nicht, wo sie untergebracht ist, solange sie nur nicht mehr Teil des eigenen Lebens ist.*

Sie schaltete den Fernseher aus und packte ihre Sachen zusammen. Als Erstes sollte sie ins Krisenzentrum fahren und nach dem Rechten sehen. Bestimmt hatten sich auch dort Reporter vor dem Haus postiert und warteten auf sie – besonders da Linda demnächst entlassen werden würde. Aber Kate würde nicht zulassen, dass jemand in Lindas Nähe kam, nicht solange sie sich noch in der Obhut der Klinik befand. Linda ging es inzwischen ausgezeichnet, aber wer wusste, was passierte, wenn sich irgendwelche sensationsgierigen Reporter auf sie stürzten.

Doch zuvor sollte sie sich nach einem Anwalt umsehen. Es gab viel zu viele klagefreudige Leute in dieser Stadt, die sie gegen sich aufgebracht hatte. Aus dem Branchenbuch suchte sie die Nummer der staatlichen Rechtsbeistandshilfe heraus und wählte sie. Natürlich war um diese Uhrzeit noch niemand erreichbar, aber sie konnte eine Nachricht hinterlassen, wenn sie entweder die Durchwahl ihres gewünschten Ansprechpartners oder dessen Nachnamen kannte. Sie brauchte lediglich die ersten drei Buchstaben anzugeben – in diesem Fall bestand der gesamte Familienname aus vier Buchstaben, also gab sie sie alle ein. »Hallo, Sie haben den Anrufbeantworter von Sally Wolf erreicht. Bitte hinterlassen Sie mir eine Nachricht und Ihre Telefonnummer, und ich rufe Sie so schnell wie möglich zurück«, sagte eine freundliche Frauenstimme.

Obwohl es nur ein Anrufbeantworter war, fühlte sich Kate ein wenig ruhiger. Sie nannte ihren Namen und rief Sally ihre erste Begegnung im städtischen Gefängnis in Erinnerung. »Sally, wenn Sie die Zeitung gelesen oder die Lokalnachrichten im Fernsehen gesehen haben, ist Ihnen klar, was im Moment hier los ist. Und ich stecke mittendrin. Um es kurz zu machen – ich glaube, ich brauche einen Anwalt. Mir ist klar, dass Sie dafür nicht infrage kommen, obwohl ich das gern hätte, aber vielleicht kennen Sie ja jemanden. Bitte rufen Sie mich so schnell wie möglich zurück. Vielen Dank.« Sie legte mit dem Gefühl auf, wenigstens einen kleinen Schritt vorwärtsgekommen zu sein. Zumindest hoffte sie es.

Sie schenkte sich noch einen Kaffee ein. Am liebsten wäre sie nicht hinausgegangen, um den Fernsehleuten nicht in die Arme zu laufen, aber es würde ihr wohl nichts anderes übrig bleiben.

Wenige Minuten später trat sie vor die Haustür und stand einem jungen, adrett gekleideten und gebräunten Mann gegenüber, der mit einem Mikrofon in der Hand auf ihrer Schaukel auf der Veranda saß. »Dr. McKenna«, sagte er und stand auf, »können Sie uns sagen, wie –«

»Tut mir leid. Ich kann jetzt nicht mit Ihnen sprechen. Ich habe einen Notfall«, unterbrach sie ihn, in der Hoffnung, besorgt, geschäftig und angespannt zu klingen ... wie sie sich in Wahrheit auch fühlte.

»Nur eine Minute, Doktor.« Er folgte ihr zu ihrem Wagen, der in der Einfahrt geparkt stand.

»Ich habe keine Minute«, rief sie ihm über die Schulter hinweg zu. »Ich muss sofort zu meiner Patientin.«

Er stand ummittelbar hinter ihr. »Es heißt, Miss Cathcart sei besessen. Aber soll sie nicht in absehbarer Zeit entlassen werden?«

»Wir leben im 21. Jahrhundert«, gab Kate zurück, setzte sich auf den Fahrersitz und sah dem Reporter ins Gesicht, »nicht im 17., Sir. Miss Cathcart ist eine nette junge Frau, die wegen einer Krankheit behandelt wird. Sie ist nicht besessen. Und jetzt entschuldigen Sie mich bitte. Wie gesagt, ein Notfall!« Das brachte ihn lange genug zum Schweigen, um den Motor anlassen und rückwärts auf die Straße fahren zu können.

Diese verdammten Reporter, dachte sie ärgerlich. Man sollte doch annehmen, dass sie die Geschichte in der heutigen Ausgabe der Zeitung ausreichend in Atem hielt. Pikant genug war sie jedenfalls.

Seit Monaten – vielleicht sogar seit Jahren – waren Patienten in Westwind ein- oder zweimal pro Woche in Reih und Glied gestellt, in einen diskreten Transporter verfrachtet und zu irgendwelchen Operationen gebracht worden. Grauer Star, urologische Eingriffe, Mandeloperationen – allesamt unnötig und nicht mit derselben Sorgfalt und Pflege durchgeführt, mit der private (*sprich, zahlende*, dachte Kate verbittert) Patienten behandelt wurden. Das Ganze lief darauf hinaus, dass an Menschen herumgeschnippelt worden war, die zu krank und zu verwirrt waren, um zu begreifen, was mit ihnen passierte.

Virginia Lubliner, eine Schwester, die kurz in Westwind angestellt gewesen war, hatte gesagt: »Wenn sie nicht gehorchen wollten, haben wir ihnen gedroht, dass sie zum Arzt gehen müssen, sonst bekämen sie ihr Taschengeld nicht ausbezahlt. Ich habe es nicht gern getan, aber so lautete die Anweisung.« Die Schwester hatte die verschiedenen Spezialisten aufgezählt, zu denen die Insassen von Westwind gebracht worden waren. »Wieder und wieder, manchmal wegen ein und derselben Erkrankung, die es gar nicht gab. Fußpfleger, Augenärzte, Psychologen, Allergologen, Urologen, Dermatologen ... und sogar Berufsberater. Manche Patienten konnten nicht mal selbst baden und sich anziehen, diese armen Geschöpfe, oder haben nie ein Wort gesprochen. Ich kann mich noch an einen erinnern, der ständig nur den Kopf gegen die Wand geschlagen hat. Ich wüsste gern, wie ein Berufsberater einem solchen Menschen hätte helfen sollen!«

Kate hatte die Zeitung rasch beim Frühstück überflogen, jedoch innegehalten und genauer gelesen, als ihr Blick an einer Passage hängen geblieben war. Ein Patient, Herbert Schuyler, hatte Nancy O'Neil erzählt, er sei mindestens einmal pro Woche zum Podologen, Norman Oppenheimer aus Waterfield, geschickt worden.

»Ich hatte keine Probleme mit den Füßen«, erklärte Schuyler Nancy gegenüber. »Ich habe nachgefragt, wieso ich ständig zum Fußdoktor gehen muss, darauf haben sie geantwortet, ich soll den Mund halten und tun, was man mir sagt.«

»Laut Krankenakten«, berichtete die Reporterin, »wurde Mr. Schuyler wegen Fußpilz, Hammerzehen, Hühneraugen, Hornhaut und eingewachsenen Fußnägeln behandelt. Reporter des *Chronicle*, die sich als Verwandte des Patienten ausgaben, veranlassten eine Untersuchung von Mr. Schuylers Füßen durch Dr. Jerome Silverman, einen Experten für Fußerkrankungen aus Waterfield. Dr. Silverman fand keinerlei Anzeichen für die Erkrankungen, wegen derer Mr. Schuyler behandelt worden war. ›Man hat ihm die Zehennägel geschnitten, mehr war es im Grunde nicht‹, erklärte uns Dr. Silverman. ›Dieser Mann hat völlig gesunde Füße, wenn man bedenkt, unter welchen Umständen er lebt.‹ Herbert Schuyler wurde 29-mal von Mr. Oppenheimer an den Füßen behandelt, wofür Medicaid 3000 Dollar bezahlt hat. Auf unsere Anrufe bei Mr. Oppenheimer mit der Bitte, sich zu den Vorwürfen zu äußern, hat er bislang nicht reagiert.«

Kate hatte diesen Teil des Artikels mit besonderem Interesse gelesen, da ihr der Name Herbert Schuyler vage bekannt vorkam, was sie eigentlich nicht überraschen sollte, da er aus Waterfield stammte. Trotzdem durchforstete sie auf dem Weg ins Krisenzentrum ihr Gedächtnis. Und dann fiel es ihr ein. Herbert Schuyler war der Basketballstar auf der Highschool gewesen, als sie in der siebten oder achten Klasse war. Damals hatten sie und ihre Freundinnen einstimmig beschlossen, für Herb Schuyler zu schwärmen, und hatten sich deshalb beim Training am Spielfeldrand herumgedrückt und ihm zugejubelt. Er war groß und dürr gewesen mit einem dichten Schopf dunkler Haare. Er hatte die Angewohnheit, seinen Kopf in den Nacken zu werfen, damit ihm die Strähnen nicht in die Augen hingen, was sie jedes Mal mit begeistertem Kreischen quittiert hatten. Meistens hatte er sie nicht beachtet, sich nur hin und wieder einen verstohlenen Blick auf das Grüppchen vorpubertärer Mädchen gestattet. Kate war aufgefallen, dass er immer ein wenig verängstigt ausgesehen hatte, als wäre eine Horde wilder Tiere hinter ihm her. *In gewisser Weise hatte er ja völlig Recht damit*, dachte Kate amüsiert, während sie ihren Wagen in die letzte Parklücke vor dem Krisenzentrum lenkte.

Der arme Herb Schuyler. Was war ihm passiert? Welche dramatische Wendung hatte sein Leben genommen, die ihn nach Westwind und in die Hände von Dr. Oppenheimer gebracht hatte? Aber sie kannte die Antwort bereits. Eine psychische Erkrankung hatte den ehemaligen Basketballstar heimgesucht und einen anderen Menschen aus ihm gemacht. Das Foto im *Chronicle* zeigte einen hageren Mann mit schlaff herunterhängendem Haar und zerfurchtem Gesicht. Er sah aus wie 55 oder 60, obwohl er in Wahrheit nur ... keine Ahnung ... fünf oder sechs Jahre älter war als sie und damit Anfang 40 sein musste. Ein junger Mann, eigentlich in der Blüte seiner Jahre.

Sie schlug mit der Faust aufs Steuer. Es machte sie jedes Mal zornig, wenn sie darüber nachdachte, wie die Krankheit den Menschen ihre Jugend raubte, jeden vernünftigen Gedanken, ihr Glück ... ja, ihre Zukunft.

Wenigstens eine sollte gerettet werden, sagte sie sich, schloss den Wagen ab und hastete in die Klinik, wo sie der Empfangsdame zuwinkte, die ihr mit einem Nicken den Zugang zur Station gestattete. Kate blieb stehen und trat vor den Empfangstresen. »Im Fernsehen lief ein Bericht über eine der Patientinnen –«, sagte sie.

»Ich habe es gesehen«, erwiderte die Empfangsmitarbeiterin. »Was ist eigentlich mit dieser Mutter los?«

»Wenn ich sage, dass sie verrückt ist, müssen Sie mir versprechen, dass Sie nicht lachen. Aber das Wichtigste ist, dass Sie auf keinen Fall irgendwelche Fernsehreporter in Lindas Nähe lassen.«

»Dr. McKenna, das würde ich nie tun!«

»Das weiß ich, aber diese Leute sind ziemlich hinterlistig und geschickt.«

»An mir kommt jedenfalls keiner vorbei, der nicht hierhergehört«, erklärte sie, ehe sie innehielt und sich auf die Lippe biss. »Aber wird sie nicht heute sowieso entlassen?«

»Morgen, nach dem Frühstück. Und heute drückt sich eine Horde gieriger Reporter da draußen herum. Nur Nancy O'Neil ist okay.«

»In der heutigen Ausgabe stand ein sehr interessanter Artikel von ihr, in dem sie beschrieben hat, wie gut sich Linda dank der richtigen Pflege entwickelt hat. Und sie schreibt auch über Schizophrenie im Allgemeinen, dass es eine Krankheit ist und die Leute sich nicht davor fürchten sollten. Ich meine, das muss man den Leuten doch mal sagen, oder nicht?«

»Ganz meiner Meinung. Aber ich will nicht, dass Linda von irgendwelchen Fernsehleuten belästigt wird, die nichts über sie wissen. Abgesehen von dem, was in der Zeitung steht«, fügte sie hinzu, ehe sie in Richtung Station ging.

Linda saß auf dem Besucherstuhl neben ihrem Bett und blätterte in einer Ausgabe von *People*. Kate erkannte an der Titelseite, dass die Zeitschrift mehrere Wochen alt war. Linda blickte auf, als Kate hereinkam, und lächelte.

»Oh, Dr. Kate. Ich habe mich schon gefragt, ob Sie heute Morgen wohl kommen. Sehen Sie nur, ich stehe in der Zeitung!« Sie deutete auf eine zerknitterte Ausgabe des *Chronicle* auf dem Bett. »Nancy sagt, ich stehe jetzt jeden Tag drin, weil ich der Star einer großen Story bin.« Sie kicherte.

Kate setzte sich auf die Bettkante. »Gefällt dir das?«

»Na ja ... Nancy sagt so nette Dinge über mich ... Sie wissen schon, dass ich hübsch bin und so.«

»Aber du bist ja auch hübsch und so.« Kate lächelte und musterte Linda. Sie sah gut aus, hatte Farbe, und ihr Haar war gebürstet worden. Die Schwestern hatten es ihr aus dem Gesicht frisiert und mit einer pinkfarbenen Schleife zusammengebunden. Außerdem hatten sie ihr den pinkfarbenen Jogginganzug zum Anziehen gegeben, den Kate bei Zavod's für sie gekauft hatte. Die Sachen waren etwas zu groß, da Linda zierlicher war, als Kate angenommen hatte.

Offenbar hatte Linda bemerkt, dass Kate sie betrachtete. »Nancy sagt, Pink sei eine total heiße Farbe«, meinte sie. »Danke, Dr. Kate. Danke für alles. Ich schulde Ihnen so viel.«

»Du schuldest mir überhaupt nichts, Linda, außer morgen tapfer zu sein, wenn du entlassen wirst. Das darfst du nicht vergessen, ja? Morgen ist der große Tag, okay?«

»Oh, klar. Ich bin so aufgeregt. Aber –«

Kate beugte sich vor. »Aber du hast auch ein bisschen Angst?«, flüsterte sie.

Linda nickte, dann lächelte sie. »Es ist so schön, dass es mir besser geht, Dr. Kate. Es ist, als würde Getriebeöl durch mein Gehirn fließen. Ich kann klar denken ...«

Kate lachte. »Wie kommst du denn ausgerechnet auf Getriebeöl?«

»Oh, mein Dad hat mir gezeigt, wie man einen Wagen wartet, und sogar ein paar Reparaturen, bevor ich ... *vorher* eben ...« Das Strahlen verschwand, und mit einem Mal wirkte sie wieder verängstigt und zögerlich.

»Bevor du krank geworden bist?«, fügte Kate ruhig hinzu.

»Ja ... Ich weiß nicht, warum ich es nicht gern ausspreche.« Sie schien sich wieder etwas gefangen zu haben.

»Wo ist dein Dad jetzt?«

Lindas Augen füllten sich mit Tränen. »Ich weiß es nicht. Er ist weggegangen, bevor ... bevor ich krank geworden bin. Ich glaube, damals war ich 14 oder so. Er hat mir einen Brief dagelassen. Es tue ihm leid, stand drin, und dass er vielleicht eines Tages zurückkommen würde.« Die Tränen kullerten über ihre Wangen.

»Oh, Linda, es tut mir so leid ...« Kate reichte ihr ein Papiertaschentuch. »Ist er einfach ... gegangen?«

Linda wischte sich die Tränen ab und putzte sich die Nase. »Das war, nachdem meine Mutter so geworden ist. Nachdem sie Jesus gefunden hatte. Ich habe gehört, wie sie sich abends immer gestritten haben. Er hat zu ihr gesagt, sie sei verrückt, und er könnte es nicht länger ertragen.« Sie hielt inne und putzte sich erneut die Nase, ehe sie Kate ansah und der Anflug eines Lächelns auf ihrem Gesicht erschien. »Wenn er dageblieben wäre, hätte er miterlebt, was verrückt wirklich bedeutet.«

Also war unter der Krankheit schon immer ein ausgeprägter Sinn für Humor versteckt, der jetzt wieder zum Vorschein kommt, dachte Kate. *Hervorragend.* Sie war sehr zufrieden. »Sobald du dich in der Lage dazu fühlst, Linda, haben wir in der Klinik einen Job für dich.«

»Ehrlich? Oh, Dr. Kate, das ist ja wunderbar.« Wieder kullerten ihre Tränen, diesmal jedoch in Verbindung mit einem strahlenden Lächeln.

Kate stand auf, kniete sich neben das Mädchen und wischte ihr das Gesicht mit einem Papiertaschentuch ab. »Vorerst nur Ablage«, erklärte sie. »Also nichts besonders Aufregendes.«

»Okay. Natürlich. Ich tue alles, was Sie sagen, Dr. Kate.«

Auf dem Rückweg zum Ambulanzzentrum kamen ihr Lindas Worte wieder in Sinn. *Ich tue alles, was Sie sagen.* Genau das wollte sie eigentlich nicht. Linda sollte sich nicht von ihrer Ärztin abhängig machen. Natürlich war das Gefühl, so gebraucht zu werden, wunderschön, doch es bestand die Gefahr, allzu schnell in die Rolle der Urmutter abzudriften. *Besonders für jemanden, der selbst nie bemuttert worden ist,* dachte sie. Sie rief sich die Worte eines ihrer Professoren an der Uni ins Gedächtnis: »Jemandem Liebe zu geben fühlt sich manchmal wie ein guter Ersatz dafür an, Liebe zu empfangen.« Nein, diesen Fehler würde sie nicht begehen. Sie war auch weiterhin Lindas Ärztin und Freundin, aber nicht ihre Mutter. Und sie würde stets ein Auge auf sie haben. Zu viele Patienten erlitten einen Rückfall, oder sie glaubten, es gehe ihnen wieder gut, sodass sie ihre Medikamente nicht länger nehmen müssten. So viele gerieten einfach in Vergessenheit, aber nicht Linda Cathcart, denn sie hatte eine Ärztin, die sie im Auge behielt – eigentlich sogar zwei, wenn man Luke mitzählte, und warum sollte sie das nicht tun? Deshalb würde sie dieses Schicksal nicht ereilen.

Als sie das Ambulanzzentrum betrat, spürte sie bereits die Spannung – oder war es freudige Erwartung? –, die in der Luft hing. Einige Leute in der Lobby waren in die aktuelle Ausgabe des *Chronicle* vertieft, andere unterhielten sich angeregt. Sie ging jede Wette ein, dass sie über Westwind diskutierten. Einige ihrer Patienten waren schon einmal dort gewesen, und sie war sicher, dass die Erinnerung an diese Zeit nicht so ohne weiteres verblasste. In diesem Moment hörte sie jemanden ihren Namen rufen, wandte sich um und sah Marian hinter sich stehen, deren Miene nichts Gutes verhieß.

»Was ist passiert?«

»Leslie Gideon. Sie erinnern sich – das magersüchtige Mädchen, das den ersten Termin versäumt hat. Na ja, versäumt ist nicht ganz richtig. Sie konnte ihn nicht einhalten, weil sie einen Herzanfall erlitten hat. Auf dem Weg hierher. Im Auto. Ihre Mutter dachte, sie zieht nur eine Schau ab, aber dann hat sie gemerkt, dass sie nicht simuliert.«

»Oh Gott!«

»Allerdings.«

»Wo ist sie jetzt? Und wie ist die Diagnose?«

»Sie liegt auf der Intensivstation in St. Agnes.« Marian zog die Nase kraus und machte eine zweifelnde Handbewegung. »Es sieht nicht besonders gut aus.«

»Verdammt. Hätte ihre Mutter sie doch nur schon vor einem Monat hergebracht. Vor einem halben Jahr ...«

Marian sah sie aufmerksam an. »Sie müssen lernen, sich die Dinge nicht so zu Herzen zu nehmen, Kate. Sie wissen doch, dass Magersüchtige immer schwierige Fälle sind. Vielleicht wäre genau dasselbe passiert, wenn ihre Mutter sie eher hergebracht hätte. Wir können keine Wunder bewirken, das wissen Sie ja selbst.«

Kate holte tief Luft. »Manchmal fühle ich mich, als müsste ich ständig mit den Füßen strampeln, nur um nicht unterzugehen.« Ihre Stimme bebte leicht.

»Kate, machen Sie sich doch nicht so schlecht. Was ist mit Linda Cathcart, um nur ein Beispiel zu nennen?«

»Ja, ja, natürlich. An die Erfolge denken, nicht an die Misserfolge.« Sie rang sich ein Lächeln ab. »Übrigens war ich gerade bei Linda. Es geht ihr wirklich hervorragend! Sie hat sogar einen Witz gemacht, einen richtigen Scherz!«

»Sie will eben unbedingt, dass es ihr besser geht –« Marians Mobiltelefon läutete. »Ich muss los. Mittagessen?«

»Ich weiß es noch nicht. Ich rufe Sie an.«

Sie segelte an Sonya vorbei und streckte die Hand nach den Telefonnachrichten aus. Dem Umfang des Stapels nach hatten eine ganze Menge Leute versucht, sie zu erreichen. Als sie ihr Büro betrat, blinkte das Lämpchen auf ihrem Telefon hektisch. Sie stellte Handtasche und Aktenmappe ab, zog ihre Jacke aus und warf einen Blick auf das Display. Zehn Nachrichten, und es war noch nicht einmal neun Uhr. Gab es etwas Schöneres, als in den lokalen Nachrichten zu sein? Plötzlicher Ruhm ... oder vielleicht eher so etwas wie traurige Berühmtheit.

Sie drückte die Abspieltaste und lehnte sich auf ihrem Stuhl zurück. Die ersten drei Nachrichten stammten von irgendwelchen Leuten, die sie nicht kannte und die Informationen über Westwind von ihr haben wollten, die sie ihnen aber ganz bestimmt nicht geben konnte. Als Nächstes drang eine Frauenstimme aus dem Lautsprecher. »Hallo, Dr. McKenna, Sie kennen mich nicht, aber ich bin Linda Cathcarts Großmutter. Mütterlicherseits. Ich habe ein paar Hintergrundinformationen über die Familie, die Sie interessieren könnten ...« Kate zog einen Block heran, um Namen und Telefonnummer zu notieren. Lindas Großmutter mütterlicherseits. Wie interessant. Ein Gespräch mit ihr würde zweifellos aufschlussreich werden. »... und bin bereit, sie zu verkaufen. Entweder Ihnen oder der Zeitung. Das liegt ganz bei Ihnen. Rufen Sie mich heute bis spätestens zur Mittagszeit an«, fuhr sie fort und nannte die Nummer. Dann ertönte ein Klicken, und die Leitung war tot.

Kate starrte blicklos die Wand an und spürte, wie leichte Übelkeit in ihr aufstieg. Unfassbar! Falls es sich bei der Frau tatsächlich um Lindas Großmutter handelte, was sie nicht hoffte.

Ihr Mobiltelefon läutete, und sie klappte es auf. Barry. »Guten Morgen«, sagte sie. »Ich wette, deine Auflage ist komplett verkauft.«

Er lachte. »Wir haben 2000 Exemplare nachdrucken lassen, die auch schon weg sind! Die hiesigen Geschäfte trampeln sich in der Anzeigenabteilung halb tot, weil jeder ein Inserat schalten will. Aber wie sieht es bei dir aus? Wie geht es dir? Ich habe gehört, das Fernsehen war in aller Herrgottsfrühe schon vor dem Haus und hat dich belagert.«

»Hast du auch gehört, dass ich mich geschickt aus dem Staub gemacht habe?«

»Ja, habe ich. Linda entwickelt sich gerade zur Top-Story.«

»Das hat sie mir erzählt. Es gefällt ihr, und da ihre Mutter ihre Existenz ignoriert, gibt es nichts dagegen einzuwenden. Gerade hat mich eine Frau angerufen, die behauptet, sie sei Lindas Großmutter und wisse ein paar Dinge, die sie verkaufen würde – entweder mir oder dir, das heißt, der Zeitung. Glaubst du, das stimmt?«

»Ich bin mir nicht ganz sicher, aber soweit ich weiß, hat Linda keine Großeltern, die noch leben.«

»Sicher nicht. Ich glaube, das war mir selber schon klar. Aber einen Moment lang war ich total aufgeregt bei der Vorstellung, mehr Informationen von jemandem aus Lindas Familie zu bekommen. Dabei ist es wohl nur einer dieser Trittbrettfahrer ...«

»So etwas kommt bei Fällen wie diesem häufig vor, glaub einem alten Nachrichtenmenschen. Aber hast du schon von Mark Bongiorno gehört? Er ist der Staatsanwalt. Soweit ich sehe, soll tatsächlich Klage gegen die Betreiber von Westwind erhoben werden.«

»Endlich! Du musst doch wahnsinnig froh darüber sein!«

»Warten wir lieber ab, bis es wirklich so weit ist, Kate. All die Jahre hat man wieder und wieder Kontrollen in Westwind durchgeführt, und nie hat sich etwas geändert, und nie ist den Eigentümern etwas passiert. Wie wir ja nur zu gut wissen.«

»Aber bisher gab es auch keinen Reporter, der ein Jahr lang mithilfe seiner Reporter und Fotografen Material gesammelt und dann dafür gesorgt hat, dass es die ganze Welt zu sehen bekommt.«

»Oh Sch...« Er lachte.

»Ich hoffe, du bist stolz auf dich, denn das kannst du wirklich sein. Nein, ich habe noch nichts von Mr. Bongiorno gehört. Sollte ich das?« In diesem Augenblick läutete das Telefon auf ihrem Schreibtisch. »Mein Telefon. Vielleicht ist er es ja.«

Und tatsächlich – das Büro des Staatsanwalts. Nicht etwa seine Sekretärin oder ein Assistent, sondern der Vertreter des Staats persönlich, dessen tiefe, volle Stimme durch die Leitung dröhnte, sodass sich Kate den Hörer ein Stück vom Ohr weghalten musste. Sie drehte sich auf ihrem Stuhl so um, dass sie auf die Straße hinaussehen konnte, wo gerade einer ihrer Patienten auf den Eingang der Klinik zusteuerte. Sie sah auf die Uhr. Noch sieben Minuten bis zu ihrer ersten Therapiesitzung.

»Dr. McKenna! Gute Arbeit!«

»Äh, danke, aber ich –«

»Mehr besorgte Bürger, das ist es, was wir brauchen, um Probleme wie Westwind in den Griff zu bekommen, Doktor. Für den *Chronicle* ist das Ganze eine große Geschichte, mit der sie Auflage machen können. Aber Sie –«

»Mr. Bongiorno, wir sollten die Rolle der Zeitung in dieser Angelegenheit nicht unterschätzen. Die Leute dort haben monatelang daran gearbeitet und Informationen zusammengetragen. Ich hatte nur zufällig eine Patientin, die misshandelt worden ist –«

»Wie all die anderen auch, Doktor, was wir nur zu gut wissen. Aber jetzt, dank Ihnen – okay, okay, dank Ihrer Mithilfe – werden wir Anklage wegen wiederholten Betrugs gegen sämtliche Ärzte erheben. Und so wird einigen die Approbation entzogen werden, Dr. McKenna.«

»Das ist sehr schön, Mr. Bongiorno, aber was ist mit den

Betreibern? Mit den Mitarbeitern in Westwind? Sie sind die wahren Schuldigen. Sie haben so großes –«

»Alles zu seiner Zeit, Doktor. Unsere Ermittler sind noch immer damit beschäftigt, Informationen zu sammeln. Aber bis dahin kommen wir noch mal auf die Ärzte zurück, ja?« Er hielt eine Sekunde inne. »Wenn wir den Fall auf die Beine gestellt haben, wird der *Chronicle* erst recht etwas zu schreiben haben. Und Sie werden wir als Zeugin benötigen, Dr. McKenna. Ihre Stimme wird von größter Bedeutung sein, und wir freuen uns auf die Zusammenarbeit mit Ihnen.«

Sie wollte zu irgendeiner höflichen Floskel anheben, doch es war zu spät. Er hatte bereits aufgelegt. Sehr effizient. Ein wenig zu effizient vielleicht?

Sie drehte sich wieder auf ihrem Stuhl um und stellte zu ihrer Überraschung fest, dass Donna Silvestri vor ihr stand. Diese Frau bewegte sich so leise wie eine Katze!

»Hey, Donna, was liegt an?«

»Dr. McKenna, tut mir leid, wenn ich Sie störe, aber es geht um das neue Mädchen.«

»Tanisha? Was ist mit ihr?«

»Ich will nicht ... Oh je, ich hasse es, andere in Schwierigkeiten zu bringen ...«

»Aber?«

»Sie bringt all meine Unterlagen durcheinander!«, jammerte Donna. »Die Korrespondenz mit der Krankenkasse ... sie ist nicht mal in alphabetischer Reihenfolge! Und es liegt alles in den falschen Fächern! Ich werde bestimmt eine Woche brauchen, bis ich alles wieder richtig sortiert habe.« Sie war den Tränen nahe.

»Nur die Ruhe.« Kate stand auf und legte Donna den Arm um die Schultern. »Tanisha ist ein cleveres Mädchen. Ich kann mir nicht vorstellen, dass sie –«

»Sie ist noch neu. Vielleicht kennt sie sich nicht gut genug aus.«

»Donna, ich habe Tanisha in Westwind kennen gelernt. Sie hat den Laden praktisch allein geschmissen. Sie würde die Krankenkassenunterlagen nicht durcheinanderbringen.«

»Ich war es jedenfalls nicht!« Nun weinte sie tatsächlich.

»Natürlich nicht. Okay, ich habe in zwei Minuten einen Patienten, aber sobald ich fertig bin, komme ich nach hinten, und wir lösen dieses Problem. Vergessen Sie nicht, Sie hatten die ganze Zeit schon Schwierigkeiten, schon bevor sie hergekommen ist.« Donna nickte schniefend. »Okay. Wir werden herausfinden, wer Unordnung in Ihre Unterlagen bringt. Und wir helfen Ihnen dabei, alles wieder dort abzulegen, wo es hingehört. Gut. Wir sehen uns später.«

Kate beobachtete, wie Donna mit hängenden Schultern davonschlurfte. Vielleicht sollte sie sie begleiten, aber sie hatte noch so vieles zu erledigen und war ohnehin spät dran. Sie sammelte ihre Notizen zusammen, frischte ihren Lippenstift auf und bat Sonya, den ersten Patienten hereinzuschicken.

Es war kurz nach elf, als sie mit dem zweiten Gesprächstermin fertig war, einem neuen Patienten, der in Begleitung seiner Eltern hergekommen war. Die beiden waren Ende 30, intelligent und gebildet, und wünschten sich inbrünstig, ihr Kind möge normal sein. Der Junge, Rob Callum, war ein hübscher und ebenfalls intelligenter Bursche. Doch er hatte autistische Tendenzen und war »überdurchschnittlich begabt«, wie es in den Akten des Hausarztes der Familie hieß. »Wahrscheinlich Asperger-Syndrom.« Er wiegte sich kaum merklich hin und her und vermied den Blickkontakt mit Kate. Auffällig an ihm war, dass er die meiste Zeit redete.

»Sie«, sagte er, womit augenscheinlich seine Eltern gemeint waren, »wollen, dass ich geheilt werde, aber ich kann nicht geheilt werden, weil ich gar nicht krank bin.«

»Nein, natürlich nicht, Rob«, warf die Mutter ein. »Nicht krank, aber du bist auch nicht wie die anderen Kinder.«

»Sehen Sie, Doktor?«, erklärte Rob mit monotoner, ausdrucksloser Stimme. »Sie halten mich für nicht normal. Wissen Sie, was normal ist?«

Kate schwieg verblüfft und dachte einen Moment lang nach. »Normal? Nun ja, gewöhnlich versuchen wir, Begriffe wie ›normal‹ zu vermeiden, weil sie suggerieren, dass es nur eine Möglichkeit für ein bestimmtes Verhalten gibt. Aber mit ›normal‹ meinen die meisten Leute ein Verhalten innerhalb einer gewissen Bandbreite –«

»Genau«, unterbrach er. »Ein autistischer Mensch befindet sich vielleicht nur am einen Ende einer bestimmten Bandbreite, aber wir sind nicht völlig anders. Und wieso müssen denn Unterschiede schlecht sein? Ich bin sehr gut in Mathematik und gehe wahrscheinlich irgendwann mal zu MIT. Sie haben schon gesagt, dass sie mich haben wollen. Und ich kann Wetterumschwünge vorhersagen – viel besser als die Wetterfrösche im Fernsehen. In manchen Dingen bin ich auf dem Stand eines Genies. Warum können sie sich über so was nicht freuen?«

Kate wandte sich den Eltern zu, die einander erschöpft ansahen. »Das stimmt«, meinte Robs Vater, »aber wir haben den Eindruck, dass Rob so vieles versäumt. Er hat keine Freunde ...«

»... und er lässt sich nicht umarmen«, warf die Mutter weinerlich ein. »Er kann es nicht ertragen, einem anderen Menschen so nahe zu sein. Können Sie sich vorstellen, wie das für eine Mutter ist? Es tut so weh!« Sie sah zu ihrem Sohn hinüber, der ungerührt auf seinem Stuhl saß und völlig fasziniert etwas draußen auf der Straße beobachtete. »Wir wollen einfach, dass er wie ... na ja, eben wie andere Kinder ist.«

Ah, ja. Da war er wieder, der Wunsch nach Normalität. Kate kannte ihn nur allzu gut. Als Kind hatte sie zum Himmel hinaufgesehen und gebetet – zumindest vermutete sie, dass sie das getan hatte: *Bitte, bitte, lass sie normal sein. Nicht nur manchmal, sondern immer. Bitte.*

Sie lächelte den Eltern zu und wählte ihre Worte mit Bedacht. »Wir behandeln hier psychische Erkrankungen, und zum Glück ist Ihr Sohn nicht psychisch krank. Er ist sogar weit davon entfernt.«

Sie taten ihr leid – allem Anschein nach liebten sie ihren Sohn von ganzem Herzen und wollten nur das Beste für ihn –, doch Robs Argumente waren nicht von der Hand zu weisen. Er schien nicht unglücklich zu sein. War er wirklich krank? Nein. Er war ein wenig anders als andere Kinder seines Alters, aber ohne jeden Zweifel besser dran als die Mehrzahl ihrer Patienten.

Er würde eine hervorragende Ausbildung bekommen, eine sinnvolle Arbeit und vielleicht so etwas wie Befriedigung im Leben finden – möglicherweise sogar Liebe, eine Frau, Kinder.

»Das Asperger-Syndrom ist per se keine Krankheit«, erklärte sie. »Und definitiv keine psychische Erkrankung. Es ist eine sehr milde Form von Autismus, und Autismus ist eine Entwicklungsstörung. Vor nicht allzu langer Zeit wurde Homosexualität ebenfalls noch als heilbare Krankheit betrachtet. Aber mittlerweile wissen wir es besser.«

»Was hat Homosexualität mit uns zu tun?«, platzte Mr. Callum aufgebracht heraus. »Er ist nicht schwul!«

»Mr. Callum, bitte, ich habe doch nur –«

»Bruce ... Bruce, reg dich doch nicht so auf.« Mrs. Callum schob ihren Mann zur Tür hinaus. »Tut mir leid, Doktor, es ist nur ... Wir sind beide ziemlich am Ende unserer Kräfte. Wir waren schon überall mit ihm.«

Die beiden sahen erschöpft aus, traurig und müde. Nur der Junge war völlig ruhig und gefasst. *Wer ist hier derjenige, der Hilfe braucht?*, dachte Kate.

Sie blieb noch einen Moment sitzen, nachdem sie gegangen waren, und schloss die Augen. Wie war sie bei der Entscheidung, Medizin zu studieren, auf die Idee gekommen, sie könnte Menschen heilen? Bewirken, dass es ihnen besser ging und sie glücklicher waren? Doch was für ein Unsinn! Darüber hatte sie doch noch nie nachgedacht. Sie hatte immer nur wie der Doc sein wollen.

Sie stand auf und machte sich auf den Weg zu Donnas Büro. Irgendwann in absehbarer Zeit würde sie wegen Donna etwas unternehmen müssen. Aber sie hatte nicht die leiseste Ahnung, was.

An der Tür des kleinen Büros blieb sie wie angewurzelt stehen und starrte mit offenem Mund auf die Akten, die überall auf dem Boden, auf dem Fensterbrett, auf und unter dem Schreibtisch und im ganzen Büro verstreut lagen. Donna sortierte die Krankenakten nach Farben: Rot für die Korrespondenz mit der Krankenkasse, Purpur für die Klinikpläne, Grün für ... Mitarbeiterunterlagen und so weiter. Das Zimmer sah aus, als hätte eine Bombe eingeschlagen. Tanisha kauerte auf dem Boden und hob Akten auf, während Donna an ihrem Schreibtisch in der Ecke saß und ihr zusah.

»Was um alles in der Welt ist hier passiert?«, fragte Kate. Tanisha hob den Kopf und schien unendlich erleichtert über ihr Auftauchen zu sein. »Dr. Kate, hallo. Wir hatten einen kleinen ... Unfall hier.« Ihre Stimme klang angespannt.

»Einen Unfall.« Kate vermied es bewusst, in Donnas Richtung zu sehen, obwohl sie ihre Blicke spürte, die sich in ihren Rücken bohrten. »Wollen Sie mir erklären, wie das passieren konnte?«

»Ich weiß es nich'.«

»Meine Damen, für mich sieht das Ganze keineswegs nach einem Unfall aus«, erklärte Kate, »sondern wie ein Sabotageakt.« In der Hoffnung auf eine Reaktion wandte sie sich nun zu Donna um. Die Reaktion, die sie bekam, fiel allerdings völlig anders aus, als sie es erwartet hatte. Donna lächelte, es war kaum mehr als ein befriedigtes Grinsen.

»Sie finden das also amüsant, Donna?«, fragte sie mit einer Spur Schärfe in der Stimme.

»Na ja, es ist doch schon seltsam, oder, dass ein neues Mädchen daherkommt und plötzlich überall ein Tohuwabohu ausbricht, nur sie weiß es nich'«, erklärte sie, wobei sie bei den letzten Worten Tanishas Sprechweise imitierte. Kate fiel der stählerne, wachsame Ausdruck in ihren Augen auf.

Tanisha stieß einen leisen Protestschrei aus, doch Kate hob die Hand. »Oho, Donna«, sagte sie sanft, »ich wusste ja gar nicht, dass Sie so gut die Stimmen anderer Leute nachmachen können. Darf ich denn auch mal die von jemand anderem hören ... meine Stimme, zum Beispiel.«

Donna bekam einen Hustenanfall, beugte sich vor und barg das Gesicht in den Händen. Als sie sich wieder aufrichtete, blinzelte sie hastig. Auf ihrem Gesicht lag wieder der gewohnt verwirrte und ängstliche Ausdruck. »Tut mir leid, Dr. McKenna, ich habe Sie gar nicht hereinkommen gehört.« Dann fiel ihr

Blick auf die herumliegenden Akten und Blätter, sie brach in Tränen aus und begann laut zu schluchzen.

Tanisha unterbrach ihre Tätigkeit und stand auf. »Ist schon okay, Donna«, sagte sie. »Ich sortiere alles wieder. Ich sorge dafür, dass alles dort hinkommt, wo es hingehört.« Sie warf Kate einen fragenden Blick zu. *Was läuft hier?*

Kate trat zu dem weinenden Mädchen, legte ihr die Hand auf die Schulter und tätschelte sie sanft. »Okay, Donna«, sagte sie wieder und wieder. »Alles kommt wieder in Ordnung.«

Donna hob den Kopf. Ihr Gesicht war tränenüberströmt und fleckig. »In Ordnung? Wie soll das wieder in Ordnung kommen, Dr. McKenna? Ich weiß ja nicht mal, wie diese Dinge passieren, ich schwöre es! Ich glaube, ich halte das nicht länger aus!«

»Wir kümmern uns darum, Donna, das verspreche ich. Versuchen Sie, jetzt nicht darüber nachzudenken. Wieso gehen Sie nicht zur Toilette, waschen sich das Gesicht und bringen Ihr Haar in Ordnung. Ich fühle mich immer gleich besser, wenn ich das getan habe. Und wenn Sie wieder hier sind, reden wir über alles. Okay? Wir räumen alles auf, ganz bestimmt.«

Als Donna gegangen war, stieß Tanisha einen tiefen Seufzer aus, sagte jedoch nichts. Kate überlegte kurz, sie zu fragen, ob sie etwas gesehen hatte, entschied sich jedoch dagegen. Wenn sie eines nicht gebrauchen konnte, waren es neue Gerüchte, die in der Klinik die Runde machten. »Danke fürs Aufräumen, Tanisha«, sagte sie deshalb nur. »Ich versuche herauszufinden, was mit ihr los ist.« Sie sah auf ihre Uhr. »Ich finde, sie braucht ein bisschen sehr lange, um sich das Gesicht zu waschen. Ich werde lieber nach ihr sehen.«

Es überraschte Kate nicht besonders, Donna nicht auf der Damentoilette vorzufinden. Sie lief hinaus zu Sonya.

»Ist Donna Silvestri hier vorbeigekommen?«, fragte sie.

»Als wäre Teufel hinter ihr her, Dr. Kate. Ich sie frage, warum sie eilig hat, und sie sagt –« Sonya unterbrach sich.

»Was hat sie gesagt?«

»Ist sehr seltsam, weil sie sagt ›Geht dich nichts an, Miststück‹. Das ist doch nicht, wie Donna spricht. Donna nimmt nie Worte in Mund wie –«

»›Miststück‹? Ja, allerdings. Haben Sie gesehen, in welche Richtung sie gelaufen ist?«

»Ich sage Ihnen, was ich denke. Sie sucht oft Nelson. Sie reden.«

Kate lächelte. »Ja, ich habe sie auch schon zusammen gesehen.«

Sie überlegte einen Moment, ob sie nach draußen gehen und nachsehen sollte, aber wozu sollte das gut sein? Stattdessen kehrte sie in ihr Büro zurück. Donna war nicht für immer verschwunden. Irgendwann würde sie zurückkommen. Und wenn sie wieder hier war, würde sie sich um die Angelegenheit kümmern. Kate stöhnte leise. Es würde ziemlich unschön werden, aber es musste getan werden. Und in der Zwischenzeit sollte sie sich etwas zum Mittagessen genehmigen.

19

Das Elephant war erfüllt von Stimmengewirr – vermutlich Gerüchte, Klatsch und Horrorgeschichten über Westwind. Welche Neuigkeiten gab es wohl sonst im Moment? Als sie und Marian zwischen den Nischen entlanggingen, drangen einzelne Gesprächsfetzen an ihr Ohr. Ihr fiel auf, dass einige zu reden aufhörten und den Blick abwandten, als sie vorbeikam. Gütiger Himmel, also wurden all die alten Geschichten über Angela wieder ans Licht gezerrt. Andererseits sollte es sie eigentlich nicht überraschen.

Sie setzte sich so hin, dass sie die Restauranttür im Blick hatte. Sie wollte das Geschehen lieber im Auge behalten. Neben dem Eingang saß Luke, der den Hals reckte und ... Nach wem hielt er wohl Ausschau? Nach ihr? Ihr Herz machte einen kleinen Satz. War das nicht albern? Konzentriert ließ er den Blick durch das Restaurant wandern. Gleich würde er sie bemerken. Sie hob die Hand, bereit, ihm zu winken. In diesem Moment grinste er und grüßte – jemand anderen!, ehe er aufstand und zu einem der Tische auf der anderen Seite der Bar hinüberschlenderte. Sie ließ die Hand sinken und kam sich wie eine Idiotin vor.

»Alles in Ordnung,Kate?«, erkundigte sich Marian.

»Wie? Oh, klar. Wieso?«

»Sie haben so ... merkwürdig ausgesehen.«

»Ich habe auch gerade über etwas ziemlich Merkwürdiges nachgedacht«, erwiderte sie. »Ich muss mit Ihnen über Donna reden.« In diesem Moment bemerkte sie Vera, die an der Kasse stand und ihre Rechnung bezahlte. »Entschuldigen Sie, aber ich bin gleich wieder da.«

Ein wenig atemlos holte sie Vera ein, ehe diese das Restaurant verlassen konnte. »Dr. Ilitch! Einen Moment, bitte.«

»Dr. McKenna! Was ist los?« Vera lief dunkelrot an, und ihre Augen flackerten.

»Ich habe ständig versucht, Sie zu erreichen«, erklärte Kate mit ruhiger Stimme.

»Ach ja?«

»Ich bitte Sie, Vera, haben Sie etwa keine einzige von den vielen Nachrichten bekommen, die ich hinterlassen habe?« Ihr Tonfall wurde eine Spur schärfer.

»Na ja ... oh, doch, wenn ich jetzt darüber nachdenke ... Ich habe tatsächlich eine bekommen. Gestern, glaube ich. Vielleicht auch vorgestern. Ich war schrecklich beschäftigt. Dr. Bannermans Patienten und dann noch meine eigenen ... Tut mir wirklich leid.« Doch ihre Miene verriet weniger Bedauern als vielmehr Gewissensbisse und Unbehagen. Sie sah auf die Uhr. »Ich habe gleich eine Therapiesitzung, wenn Sie mich also –«

»Hören Sie zu, Vera. Ich weiß nicht, was hier los ist, aber irgendetwas ist im Busch. Und was es auch sein mag, es gefällt mir nicht. Ich will Sie heute noch in meinem Büro sehen, nach Dienstschluss. Verstanden?«

Vera nickte mit unglücklicher Miene. Dann wandte sie sich um und ging ohne ein weiteres Wort.

Kate fragte sich, ob sie sich jetzt besser fühlte, und gelangte zu dem Schluss, dass es nicht so war. Wenigstens war sie ziemlich sicher, dass Vera an diesem Nachmittag bei ihr erscheinen würde. Vermutlich würde sie nicht wagen, es nicht zu tun.

»Was war das denn?«, erkundigte sich Marian, als Kate sich wieder setzte. »Oder geht es mich nichts an?«

»Vera geht mir aus dem Weg, und ich wollte wissen, warum. Es ist nicht weiter wichtig. Was ich mit Ihnen besprechen wollte, *das* ist wichtig.« Sie schilderte Marian ausführlich Donnas wechselhaftes Verhalten und wie sie Luke Liebesschnulzen vorgesungen und ihn zu verführen versucht hatte.

»Wow!«, stieß Marian hervor. »Wir reden hier über Donna? Unsere Buchhalterin? Donna, das furchtsame Kaninchen?«

»Und jetzt kommt das Seltsamste: Sie hat Luke erzählt, sie hasse den Namen Donna, und er solle sie Dominique nennen.«

»Dominique ist ... eine andere Person?«

»Möglicherweise habe ich Dominique sogar gesehen, wie sie mit Nelson geplaudert hat.«

»Mit Nelson geplaudert!« Marians Verwirrung schien noch weiter zu wachsen.

»Ich weiß, das klingt ziemlich abgedreht, aber es stimmt. Es war eine recht angeregte Unterhaltung, auch wenn ich zu weit weg war, um zu hören, worum es ging. Als sie sich umgedreht und mich gesehen hat, hat sie noch nicht einmal mit der Wimper gezuckt. Sie hat mich sogar ins Büro zurück begleitet und so getan, als wäre es völlig normal, dass sie sich mit Nelson unterhielt. Sie hat mir erzählt, er hätte gewisse Fähigkeiten und könnte Dinge sehen, die wir Normalsterblichen nicht erkennen können. Und das ist noch nicht alles.« Die Kellnerin war mit Stift und Block an ihren Tisch getreten. Sie bestellten sich zwei Caesar-Salate und beschlossen, Mineralwasser mit Limonenscheiben statt Wein dazu zu trinken.

Sobald sie wieder allein waren, schilderte Kate die Szene, die sich an diesem Morgen in Donnas Büro abgespielt hatte. »Ich schwöre, dass ich einen triumphierenden Ausdruck auf ihrem Gesicht gesehen habe, als hätte sie mir einen Bären aufgebunden. Und die Art, wie sie Tanisha imitiert hat, traf es genau auf den Punkt, nur dass das Ganze einen boshaften, diskriminierenden Unterton hatte.«

»Das ist wirklich nicht Donna. Das kann sie nicht sein. Donna würde nie –« Marian hielt inne. »Oh Gott«, stieß sie leise hervor.

»Sie denken also dasselbe wie ich. Ich fürchte mich beinahe, es auszusprechen, aber ich bin ziemlich sicher ...«

»Wir reden hier von einer zweiten Persönlichkeit, hab ich Recht?«

»Zumindest sieht es ganz danach aus. Aber eigentlich überrascht es mich noch nicht einmal besonders, denn sie hat bereits alle Anzeichen gezeigt: schwerwiegende Erinnerungslücken, Schlafstörungen, Desorientierung, dann die verlegten Akten, die vergessenen Nachrichten und all die verloren gegangenen Dokumente – von den Sandwiches, die im Aktenschrank einer anderen Buchhalterin wiederaufgetaucht sind, und all den anderen geheimnisvollen Begebenheiten ganz abgesehen. Und Donna ist ständig in Tränen aufgelöst, weil sie sich das alles nicht erklären kann. Ich bin sicher, sie hat keine Ahnung, was mit ihr passiert. Sie ist verwirrt und hat Angst. Einmal hat sie mir erzählt, sie würde morgens oft völlig erschöpft aufwachen und hätte Kratzwunden und blaue Flecke, ohne sich erinnern zu können, was passiert sei.« Kate hielt inne und seufzte. »Ich frage mich, wieso ich nicht schon eher darauf gekommen bin. Ich dachte wohl, dass es nicht sein kann. Die arme Donna!«

»Die arme Donna, also weiß sie gar nichts von ... Dominique, nennen wir sie einfach mal so. Aber was ist mit dieser zweiten Persönlichkeit? Glauben Sie, dass die es weiß?«

»Oh ja, wissen schon. Aber sie ist nicht stark genug, um die Kontrolle zu übernehmen.« Es entstand eine kurze Pause. »Habe ich das gerade laut ausgesprochen? Ich habe gesagt, dass in Donnas Gehirn eine zweite Persönlichkeit existiert, die sich darüber im Klaren ist, dass es sie gibt, die aber nicht genug Macht hat, um Kontrolle über den Körper zu erlangen. Das ist doch reine Science-Fiction!«

»Und trotzdem ...«, murmelte Marian.

»Trotzdem muss ich wohl glauben, was ich sehe und höre, richtig?«, stimmte Kate zu. »Ich kann nicht so tun, als würde ich es weder sehen noch hören.« Wieder entstand eine kurze Gesprächspause. »Wissen Sie, dass ich noch nie einen echten Fall erlebt habe? Ich dachte immer, so was existiert gar nicht.«

»Aber es steht in der Liste der psychischen Erkrankungen: dissoziative Identitätsstörung«, stellte Marian fest.

»Und wie viele aus der Branche sind der Meinung, dass es nicht in diese Liste gehört? Sie kennen die Antwort: etwa die Hälfte. Multiple Persönlichkeit – für viele Profis ist das nur ein

Märchen. Und hat man nicht sogar bewiesen, dass im Fall von Sybil der Therapeut Hypnose und Suggestion angewendet hat, um sie davon zu überzeugen, dass sie noch andere Persönlichkeiten hat?«

»Von diesem Beweis weiß ich nichts. Das Einzige, was man mit Sicherheit sagen konnte, war doch, dass Sybil sich erst nach Beginn der Therapie über ihre weiteren Persönlichkeiten bewusst geworden ist. Aber sie hätten durchaus auch existieren können, ohne dass sie sich darüber im Klaren war. So wie ... Donna Silvestri, zum Beispiel?«

»Großer Gott!« Kate barg das Gesicht in den Händen. »Eigentlich wissen wir überhaupt nichts. Was wir hier betreiben, ist ein reines Ratespiel. Die einzige unbestrittene Tatsache ist, dass Donna manchmal eine völlig andere Persönlichkeit präsentiert und sich dann Dominique nennt. Ich schätze, hier werden wir ansetzen und dann eben abwarten müssen, wie es weitergeht.«

»Da kann ich uns nur viel Glück wünschen, denn alle werden glauben, dass wir den Verstand verloren haben«, bemerkte Marian. »Ach, da kommt ja unser Essen.« Die Salate wurden serviert, dazu zwei Gläser Mineralwasser. »Wissen Sie was?«, sagte sie. »Ich habe es mir doch anders überlegt. Ich hätte gern ein Glas Pinot Grigio. Zwei? Okay, zwei.«

»Das denken viele Leute schon jetzt über mich«, meinte Kate leichthin. »Ich mache mir Sorgen wegen Donna. Sie flippt bestimmt aus, wenn ich versuche, das Thema zur Sprache zu bringen, auch wenn ich noch so behutsam vorgehe. Ich werde unsere Gespräche auf Band aufzeichnen in der Hoffnung, dass Dominique sich zeigt. Diese Aufnahmen könnte ich Donna anschließend vorspielen.« Sie seufzte leise. »Soll ich Ihnen etwas verraten? Ich habe keine Ahnung, was passieren wird und was ich dann tun werde.«

»Sie schaffen das schon. Sie haben doch ein Händchen für aufgebrachte Patienten. Und Donna vertraut Ihnen.« Der Wein wurde vor ihnen auf den Tisch gestellt. Marian griff nach ihrem Glas und prostete Kate zu. »Sehen Sie nur zu, dass beim *Chro-*

nicle keiner Wind davon bekommt. Können Sie sich vorstellen, welche Schlagzeilen das geben würde?«

»Malen Sie bloß den Teufel nicht an die Wand. Durch diese Westwind-Geschichte ist sowieso schon alles chaotisch genug.«

Marian schob sich ein Salatblatt in den Mund und kaute. »Es geht mich ja nichts an, aber wieso geben Sie eigentlich Barry Manheim keine Chance?«, fragte sie.

Kate spürte, wie sie rot wurde. »Auf diese Frage war ich nicht gefasst, Marian.«

»Ich wusste nicht, dass das ein wunder Punkt bei Ihnen ist. Tut mir leid.«

»Nein, ist schon gut. Sie wissen ja, dass ich Barry fast mein ganzes Leben lang kenne. Wir hatten einmal eine Romanze, aber damals waren wir noch Teenager. Und jetzt ...« Sie zuckte die Schultern und starrte auf ihren Teller. Marians Blicke ruhten auf ihr. Wahrscheinlich war sie bereits zu dem Schluss gelangt, dass Kates Herz an Luke Montour hing.

Und als hätte sie ihn mit ihren Gedanken heraufbeschworen, stand er plötzlich da, direkt vor der Eingangstür des Elephant. Er war in ein angeregtes Gespräch mit – ihr Herz machte einen Satz – Vera vertieft. Ungläubig starrte sie die beiden an. In gewisser Weise fühlte sie sich hintergangen. War das der Grund, weshalb Vera ihr aus dem Weg ging? In diesem Augenblick sah sich Vera nervös um, als spüre sie Kates Blicke im Rücken. Dann sagte sie etwas zu Luke, und die beiden gingen davon. Kate würde ihre beste Flasche Wein darauf wetten, dass Vera Luke darauf hingewiesen hatte, dass Kate im Elephant saß.

Marian musste eben etwas gesagt haben, doch Kate hatte kein Wort davon mitbekommen. Die Schwester saß da, hatte das Kinn auf die Hand gestützt und musterte sie mit nachsichtiger Belustigung. »Entschuldige, Marian, es tut mir leid. Ich – ach, egal.«

»Macht nichts, meine Liebe. Ich sagte nur gerade, dass ich gehört habe, der Staatsanwalt will Klage gegen Westwind erheben.«

»Ja«, sagte Kate, dankbar für den Themenwechsel, »aber

nicht gegen Westwind. Sie werden die Ärzte verklagen, die all die unnötigen Untersuchungen durchgeführt haben. Ich meine, das ist schon in Ordnung. Immerhin etwas. Aber es ist nicht das, worum es eigentlich geht, und das finde ich nicht richtig. Irgendjemand schützt Westwind. Und zwar schon seit Jahren. Ständig werden sie kontrolliert und bekommen Geldbußen aufgebrummt, aber dann läuft alles wieder weiter wie bisher.« Sie hielt inne, weil ihr Mobiltelefon läutete. Es war Barry.

»Kate, ich will ein Interview mit Tanisha Bardwell machen«, sagte er. »Sie ist einverstanden, möchte aber, dass du dabei bist. Das Problem ist, dass es innerhalb der nächsten halben Stunde erledigt werden muss. Hast du Zeit?«

»Ja. Ich mache mich gleich auf den Weg und bin in einer Viertelstunde im Büro, okay?«

Als sie ihr Büro betrat, waren zwölf Minuten vergangen, und sie hatte es sogar noch geschafft, ihren Lippenstift aufzufrischen und sich das Haar zu bürsten, als Nancy O'Neil und einer der Zeitungsfotografen, der ihr als Ray vorgestellt wurde, zur Tür hereinkamen. »Sonya schickte uns gleich zu Ihnen ins Büro«, sagte sie. »Ist das okay?«

»Klar. Kommen Sie herein. Und das ist Tanisha Bardwell. Tanisha, setzen Sie sich hier an meinen Schreibtisch, und ich nehme den Stuhl daneben.«

Die Reporterin fragte das Mädchen nach ihrem Alter, ihrer Ausbildung und wie lange sie in Westwind gearbeitet hatte. Freundliche Fragen, die darauf ausgerichtet waren, dass das Mädchen sich entspannte und sich wohl fühlte.

»Ich hab immer noch Freunde in Westwind. Jetzt, wo ich weg bin und Mrs. Goodman mich nich' mehr drankriegen kann, sagen sie, ich soll alles erzählen, damit die Leute erfahren, wie's dort zugegangen ist.«

»Und wie ist es dort zugegangen, Tanisha?«

Sie warf Kate einen Blick zu. »Na ja ... Wir mussten uns die Krankenakten vornehmen und alles ändern.«

»Ändern? Warum wollte Mrs. Goodman, dass etwas geändert wird? Wissen Sie das, Tanisha?«

»Klar weiß ich das. Sie hat uns das auch schon früher tun lassen. Übermorgen kommen die Inspektoren vom Gesundheitsministerium, verstehen Sie? Wegen dieser Geschichte in der Zeitung. Meine Freunde haben mir erzählt, dass Mrs. Goodman völlig ausgeflippt ist!« Sie lachte leise, dann wurde ihre Miene wieder ernst.

»Ausgeflippt?«, wiederholte Nancy mit fragendem Unterton.

»Ja, aber sie rennt sowieso ständig durch die Gegend und schreit und brüllt rum ... das heißt, wenn sie sich nich' grade in ihrem Büro eingeschlossen hat und behauptet, sie sei nicht da, und uns verbietet, Telefongespräche zu ihr durchzustellen.«

Die Reporterin warf einen prüfenden Blick auf ihren Rekorder und überflog ihre Notizen. »Und wie werden die Krankenblätter, äh, *geändert*, Tanisha?«

»Ganz einfach. Sie sind alle gefälscht. Ich hab das gemacht. Ich hab jede Menge davon erfunden, als ich da gearbeitet hab. Ich hab psychologische Untersuchungen reingeschrieben, die nie gemacht worden sind, dann hab ich sie mit einem erfundenen Arztnamen unterschrieben, wenn keiner da war, der's hätte machen können. Wir haben angegeben, dass den Patienten bestimmte Medikamente verschrieben worden sind, aber normalerweise ist das nie passiert, weil gar kein richtiger Arzt vorbeigekommen ist.«

»Also haben die Patienten in Westwind im Grunde überhaupt keine Medikamente bekommen?«

»Ich schätze, so kann man's sagen. Außer die, die zu Operationen weggebracht worden sind. Aber das zählt wahrscheinlich nich', oder?« Wieder sah sie zu Kate hinüber, die sich um eine ermutigende Miene bemühte.

»Es gab also keinen Psychologen oder Psychiater unter den Mitarbeitern?«

»Nö.«

»Und wie wurden die Diagnosen für die Patienten gestellt?«

»Na ja ... Sie hat gesagt, ich soll eben die Krankheit aufschreiben, die mir grade einfällt. Die Einzige, die ich kenne, ist manisch-depressive Störung, deshalb hab ich das genommen.«

»Bei allen?« Nancys Stimme wurde eine Spur lauter.

»Bei allen. Na ja, Schizophrenie hab ich auch schon mal gehört, aber das kann ich nicht schreiben, deshalb hab ich es lieber bleiben lassen.«

Aber da war noch mehr. Am Anfang hatte Tanisha jedes Mal aufgeschrieben, wenn ein Patient Hilfe brauchte, und auch, wenn diese Hilfe nicht geleistet worden war. Doch als das Mrs. Goodman aufgefallen war, hatte sie dem Mädchen unmissverständlich klar gemacht, sie solle dafür sorgen, dass das aus den Krankenakten verschwand. Sie würde sie feuern, falls Tanisha nicht tat, was sie ihr sagte. »Und dann hat sie – Mrs. Goodman, meine ich – gefragt, wie ich es finden würde, wegen Diebstahls verhaftet zu werden. Ich hab gesagt, ich hätte nie was gestohlen, aber sie hat nur gemeint. ›Und wem werden sie das wohl glauben, was denkst du, Tanisha? Einem kleinen schwarzen Mädchen oder der Direktorin von Westwind?‹ Also hab ich all meine Notizen entfernt. Ich hab mich echt mies dabei gefühlt, aber ich hab den Job gebraucht, also hab ich eben getan, was sie wollte. Aber als sie dieses Mädchen, die Linda, in den Stillen Raum gesperrt und sie einfach drin gelassen hat, also das konnte ich nicht zulassen. Und deshalb hab ich Dr. Kate angerufen.«

»Das war sehr klug von Ihnen, Tanisha«, lobte Nancy und schaltete den Rekorder ab. »Ich würde Folgendes vorschlagen: Wir gliedern das Interview in drei Teile und bringen jeden Tag einen davon. Natürlich wird Ihr Name abgedruckt werden und auch ein Foto von Ihnen. Wenn das für Sie in Ordnung geht ...« Sie kramte in ihrer Handtasche und zog einen Stapel offiziell aussehender Papiere heraus. »... lesen Sie das hier durch und unterschreiben Sie, okay?«

Überrascht stellte Kate fest, dass das Interview über eine Stunde gedauert hatte und dass ihr genau 20 Sekunden bis zu ihrer nächsten Gruppentherapie blieben. Sie überließ Tanisha dem Fotografen und machte sich eilig auf den Weg. Die Gruppe diskutierte gerade über das Thema Wut. Na ja, »diskutieren« war eine charmante Umschreibung für das wütende Geschrei und die wilden Flüche, die durch den Raum flogen. Als die Therapiestunde vorüber war, fühlte sie sich, als hätte sie eine Schlacht hinter sich gebracht, und sehnte sich nach einem kurzen Schläfchen. Doch sie würde sich wohl mit einer Extraportion Koffein begnügen müssen. Also rief sie bei Coffee Express an, während sie in ihr Büro zurückeilte. Mit etwas Glück würde in zehn Minuten ein großer Becher *Caffé latte* auf ihrem Tisch stehen.

Als sie ihr Büro betrat, erblickte sie Austin Davey, der es sich wieder einmal auf ihrem Schreibtischstuhl bequem gemacht hatte. Nur dass er diesmal nicht in ihren persönlichen Unterlagen kramte, sondern sich abgewandt hatte und aus dem Fenster starrte. Auf den ersten Blick wirkte er ein wenig entspannter als sonst, wären da nicht seine nervösen Finger gewesen, die rhythmisch auf die Schreibtischplatte trommelten. Nein, er war nicht entspannt, sondern ziemlich sauer, wie sie feststellen konnte, als er auf dem Stuhl herumwirbelte.

»Ich bin ganz und gar nicht glücklich«, verkündete er unnötigerweise.

»Ja, das sehe ich.« Sie wartete darauf, dass er von ihrem Stuhl aufstand, doch er machte keine Anstalten, also setzte sie sich ihm gegenüber. Wenn er glaubte, dass er sie damit kleinkriegen würde, okay, dann sollte er nur. Sie war zu müde, um sich darüber Gedanken zu machen.

»Als ich hereinkam, stürmten mir dieses Mädchen von der Zeitung und ihr Kumpan, der Fotograf, entgegen. Ich weiß, was es zu bedeuten hat, wenn Zeitungsleute in Laufschritt verfallen. Es bedeutet, dass sie eine Story haben, wahrscheinlich sogar eine Titelstory.«

»Bestimmt ist das nicht immer so.«

»Diese Woche aber schon«, blaffte er. »Und in jeder Ausgabe muss wohl etwas über Westwind stehen. Sie wissen, dass die Geschichte schon an der gesamten Ostküste die Runde macht? Auch sämtliche Nachrichtensender haben sich darauf gestürzt! Und aus irgendeinem Grund wurde Hillside in diese hässliche Geschichte mit hineingezogen. Ja, dank Ihnen sind wir zur *cause célèbre* geworden! Natürlich sind Sie und dieses psychotische

Mädchen auch überall präsent. Ich habe Ihr Foto inzwischen bestimmt schon hundertmal gesehen. Sie arbeiten für das Hillside Hospital, Dr. McKenna, und ich bin sicher, es gibt eine Klausel in Ihrem Vertrag, die es Ihnen untersagt, es auf diese Art von Publicity anzulegen!«

»Einen Moment mal, Mr. Davey. Ich habe es auf gar nichts angelegt, und ich glaube, das wissen Sie ganz genau. Und Linda Cathcart – dieses psychotische Mädchen, wie Sie sie nennen –, der es übrigens ganz hervorragend geht, war meine Patientin. Sie ist es immer noch. Als ich herausgefunden habe, wie schlecht sie an diesem grauenhaften Ort behandelt wird, der sich Pflegeheim nennt – was für eine Bezeichnung für diese Folterkammer! –, hatte ich keine andere Wahl. Ich musste sie dort herausholen und dafür sorgen, dass sie anständig versorgt wird. Zu diesem Zeitpunkt hatte ich keine Ahnung, dass Barry Manheim sich bereits in Westwind eingeschleust hatte und eine riesige Geschichte plante. Wie auch? Ich bin schließlich nicht seine Vertraute. Jedenfalls – nur zu Ihrer Information – Nancy O'Neil war heute hier, weil sie herausfinden wollte, was sich in Westwind abgespielt hat. Und das war alles andere als angenehm. Ich vermute, auch Sie möchten helfen, diese Einrichtung zu schließen, da so viele der Patienten, die Sie selbst, ich zitiere *in die Gemeinschaft* entlassen, dort enden. Außerdem«, fügte sie nach einer kurzen Atempause hinzu, »glaube ich nicht, dass mein Vertrag eine derartige Klausel enthält.«

»Was passiert denn in Westwind?«

»Ich bin nicht befugt, mich dazu zu äußern. Deshalb würde ich Ihnen vorschlagen, morgen den *Chronicle* zu lesen und sich selbst ein Bild zu machen.«

»Versuchen Sie etwa, sarkastisch zu sein?«

»Mr. Davey, ich habe einen langen Tag hinter mir, der im Übrigen noch nicht vorbei ist. Ich bin nur aufrichtig. Wenn Sie wollten, könnten Sie selbst nach Westwind fahren und sich einen Eindruck verschaffen. Aber wenn Sie mir vielleicht jetzt den Grund Ihres Besuchs verraten würden?«

Er starrte sie einen Moment lang an. »Ich will keine Reporter in Hillside haben. Das ist der Grund, weshalb ich zu Ihnen gekommen bin.«

Eine glatte Lüge! »Die Reporter fallen nicht in meinen Zuständigkeitsbereich. Und ich bezweifle, dass sie besonderes Interesse an Hillside haben«, erklärte Kate. »Es sei denn, es besteht eine Verbindung zwischen Hillside und Westwind, von der ich nichts weiß.«

Er saß völlig reglos da, als hätte er vergessen zu atmen. *Aha.*

Davey starrte nachdenklich aus dem Fenster. Plötzlich richtete er sich auf, wandte sich ihr zu und musterte sie eindringlich. »Halten Sie einfach die Fernsehleute von der Anstalt fern. Bitte. Ich erkläre es Ihnen ein andermal, vielleicht morgen. Über Ihren Vertrag werden wir uns zu einem späteren Zeitpunkt unterhalten.« Sein Tonfall war spürbar sanfter. Er stand auf und verließ ohne ein weiteres Wort ihr Büro.

Sehr interessant. »Bitte«, hatte er gesagt. *Bitte?* Was waren das für Töne?

Sie erhob sich ebenfalls und trat hinter ihren Schreibtisch, auf dem erfreulicherweise eine Tüte vom Lieferservice mit ihrem extrastarken Kaffee stand. Warm oder kalt, er kam ihr gerade recht. Was war der wahre Grund für Daveys Auftauchen? Bestimmt nicht, ihr zu erzählen, sie solle ihm die Reporter vom Hals halten. Das hätte er auch am Telefon erledigen können. Und dann ist er ohne jede Vorwarnung wieder verschwunden ... Wen oder was hatte er vor dem Fenster gesehen?

Doch schließlich konnte sie ihre Zeit nicht damit verschwenden, Daveys Geheimnisse zu lüften, solange sie so viele eigene hatte, um die sie sich kümmern musste. Sie beschloss, endlich ihre Nachrichten abzuhören, auch wenn ihr davor graute. Die erste stammte von Luke, dessen Stimme sehr ernst klang. »Kate, bitte ruf mich an. Wir müssen reden. Wirklich.« Sie mussten reden? Worüber? Über Vera? Er und Vera waren –? Sie zwang sich, nicht bis zu Ende zu denken. War sie vielleicht ein 15-jähriger Teenager? Sie würde ihn anrufen. Später.

Die nächsten drei Nachrichten stammten von Ärzten, die ihr Patienten schicken wollten, dann folgten drei weitere Ärzte, die sich erkundigten, ob sie wisse, was mit den Patienten passiert war, die wie vom Erdboden verschluckt zu sein schienen. Westwind, das war ihnen passiert. Es war deprimierend. Aber was sollte sie wegen all dieser Leute unternehmen? Sie war die Neue hier, außerdem hatte sie mit Westwind nichts zu tun – außer im Zusammenhang mit Linda.

Die nächste Nachricht begann mit einem scharfen Atemzug, und sie spürte, wie ihr Herz augenblicklich zu hämmern begann. Sie hasste es ... hasste die Tatsache, dass ihr die Nachrichten so zusetzten, obwohl sie doch in Wahrheit nichts als die Stimme eines Menschen war, der offenbar einen Groll gegen sie hegte. »Passen Sie gut auf, was Sie sich wünschen, Kate Spector«, drang das vertraute heisere Flüstern an ihr Ohr. »Seien Sie sehr, sehr vorsichtig.«

Am liebsten hätte sie abgeschaltet, doch sie zwang sich, sitzen zu bleiben und auf die nächste Nachricht zu warten. »Hallo, Dr. McKenna«, sagte eine muntere, vollkommen normal klingende Frauenstimme. »Ich bin Sally Wolfs Schwester, Stacy.

Sie hat mir erzählt, dass Sie möglicherweise anwaltlichen Beistand brauchen. Ich bin in der privaten Rechtsberatung tätig und würde mich freuen, mit Ihnen zu reden.« Sie gab eine Nummer in der Stadt an, die Kate in großen Buchstaben notierte. Ein Problem weniger auf der Liste. War es zu spät, Stacy Wolf zurückzurufen? Ja, sicher. Es war kurz vor sechs. Sie würde es morgen früh versuchen.

Es piepte erneut, dann ertönte wieder dieses Wispern ... Nein, diesmal war es nicht dieselbe Stimme, ganz sicher. »Glauben Sie bloß nicht, Sie könnten mich ignorieren oder mich unterkriegen, Kate Spector. Ich weiß zu viel. Über den Doc. Über Angela. Über alle. Sie glauben wohl, Sie seien etwas Besseres als wir anderen, was?« Dann drang das Summen des Freizeichens durch die Leitung.

Es gab also zwei anonyme Anrufer. Und was wollten sie, Herrgott noch mal? Sie streckte die Hand aus und schaltete den Anrufbeantworter ab. Keine Nachrichten mehr. Genug für heute. Sie legte den Kopf auf ihre gekreuzten Arme, schloss die

Augen und holte tief Luft. In ein, zwei Minuten würde sie sich wieder erheben, sich mit den Fingern durchs Haar fahren, ihren Lippenstift nachziehen und nach Hause gehen. Aber es war so friedlich hier, in der Sicherheit ihrer Arme.

»Kate! Geht es dir gut?« Besorgnis lag in der Stimme, die unerwartet an ihr Ohr drang. Sie fuhr erschreckt hoch.

»Wie?« Sie blinzelte verwirrt. Für einen Augenblick musste sie eingenickt sein. Luke stand vor ihr und beugte sich über ihren Schreibtisch.

»Weil du auf meine Nachricht nicht reagiert hast, bin ich hergekommen, um nach dir zu sehen. Geht es dir gut? Bist du krank? Möchtest du ein Glas Wasser?« Geschäftsmäßig legte er ihr eine Hand auf die Stirn, fühlte ihren Puls und sah ihr eindringlich in die Augen.

»Es geht mir gut, wirklich. Alles in Ordnung. Ich bin nur erschöpft und habe ein bisschen gedöst, deshalb sehe ich wahrscheinlich so mitgenommen aus. Lass mich kurz in den Waschraum gehen, dann reden wir.«

Als sie zurückkam, saß er in seiner gewohnten entspannten Haltung da und wartete geduldig auf sie. Er kippelte mit seinem Stuhl, doch bei ihrem Anblick setzte er sich gerade hin, sodass die Stuhlbeine klappernd den Boden berührten.

»Schon besser. Einen Moment lang war ich ernsthaft besorgt«, sagte er lächelnd.

»Ich bin nur so schrecklich müde. Ehrlich. Du hast ja keine Ahnung, was hier los ist. Nicht nur diese Westwind-Geschichte ...« Sollte sie ihm von Donna erzählen, wo er doch vorhatte, sie bald zu verlassen? Sie würde es wohl tun müssen. Er hatte es schließlich selbst miterlebt. Und er war ihr Assistent. Vielleicht war es sogar eine gute Idee, wenn er sich um Donna kümmerte, zumindest während der ersten Therapiesitzungen. Sie schien gut auf ihn zu reagieren. Der Gedanke gefiel ihr.

»Okay, Luke, es ist etwas passiert ... Etwas, wofür ich deine Hilfe brauche.«

»Bei mir ist auch etwas passiert, Kate, wofür ich *deine* Hilfe brauche. Aber Ladys first.«

»Könnten wir irgendwo anders hingehen, wo wir uns in Ruhe unterhalten können?«

»Klar. Natürlich. Wie wäre es mit dem neuen Chinesen draußen an der River Road?«

»Weißt du, was mir am liebsten wäre?« Sie hielt inne und fragte sich, ob sie mit ihrem Vorschlag Ärger heraufbeschwor. »Am liebsten würde ich zu mir fahren. Ich habe Wein zu Hause, und ich bin sicher, ich kann uns etwas Essbares zusammenzaubern. Und wenn nicht, gibt es immer noch Pizza.« Obwohl sie sich um einen beiläufigen Tonfall bemüht hatte, brachte sie es erst jetzt über sich, ihm in die Augen zu sehen.

»Klingt gut.« Er zwinkerte.

Verlegen begann sie, ihre Sachen zusammenzupacken. »Allerdings müsste ich zuerst noch auf einen Sprung ins Krisenzentrum, um nach Linda zu sehen. Macht es dir –«

»Nein, ich würde sie auch gern sehen.«

Nach einem kurzen, aber freundschaftlichen Gerangel, welchen Wagen sie nehmen sollten, entschieden sie sich für Lukes Jeep. Er machte sich auf den Weg, um ihn zu holen, während Kate ihre Sachen zusammensuchte. Seit ihr klar geworden war, dass die seltsamen Vorkommnisse in Donnas Büro ein Muster ergaben, hatte sie eine Liste angefertigt, die sie in einem purpurfarbenen Aktendeckel aufbewahrte, damit er nicht in ihren Unterlagen unterging. Aber er war nicht da. Weder auf ihrem Schreibtisch, noch in einer der Schubladen, noch im Aktenschrank oder in ihrer Aktentasche. Er war verschwunden. Sie suchte noch eine Weile weiter, ehe sie es aufgab, ihre Sachen nahm und ihr Büro verließ. Die Sache kam ihr jedoch seltsam vor.

Im Wagen klagte sie Luke ihr leid. »Jetzt kann ich nachfühlen, wie Donna sich fühlen muss, wenn Dinge einfach verschwinden. Ich weiß genau, dass er heute Morgen noch da war!«

»Du findest ihn bestimmt später irgendwann. Mir geht es auch manchmal so.«

»Ja, wahrscheinlich.« Doch der Vorfall ging ihr nicht mehr aus dem Kopf, bis sie vor dem Krisenzentrum hielten.

Es war ein kurzer, aber höchst erfreulicher Besuch. Lindas Genesung machte beachtliche Fortschritte. »Ich stehe jeden Tag in der Zeitung«, platzte sie heraus, sowie Kate und Luke ihr Zimmer betraten. »Jeden Tag erscheint eine Geschichte über mich. Übermorgen, wenn ich entlassen werde, bringt Nancy O'Neil jemanden mit, der Fotos von mir macht. Deshalb habe ich mir die Haare schneiden lassen. Süß, was?« Die kürzeren Haare ringelten sich nun in dichten Locken um ihr Gesicht. Sie sehe tatsächlich reizend aus, bestätigten Kate und Luke. »Ich komme in zwei Tagen raus, Dr. Luke, haben Sie das gewusst? Eigentlich sollte ich morgen schon gehen, aber die Schwestern haben gemeint, ich kann noch einen Tag länger bleiben. Deshalb haben sie irgendwas mit der Krankenkasse geregelt oder so. Hätten Sie gedacht, dass es mir schon so gut geht?«

»Nein, Linda, das hätte ich nicht gedacht.«

»Na ja, natürlich nur, wenn ich meine Medikamente regelmäßig nehme.« *Ganz in meinem Sinne,* dachte Kate. »Und ich bekomme einen Job in der Ambulanzklinik ... Das stimmt doch, Dr. Kate, oder nicht?« Sie hatte Lukes fragenden Blick in Kates Richtung also bemerkt.

»Ja, Linda, du bekommst einen Job. Wenn auch keinen besonders anspruchsvollen, weil ich verhindern will, dass du dich übernimmst.«

»Und ich werde im YMCA wohnen«, jubilierte Linda.

Luke lächelte. »Im YMCA? Bist du sicher?«

»Oh ...« Sie kicherte. »Ich meine natürlich in dem Teil für Mädchen.«

»YWCA«, meinte Kate.

Sie überprüfte Lindas Medikamentengaben und ihre Werte und las die Anmerkungen der Schwester durch, ehe sie Luke das Krankenblatt reichte. Alles war prima.

»Tja, sie ist eindeutig das Wunder des Monats«, bemerkte Luke, nachdem sie sich von Linda verabschiedet hatten. Er half Kate beim Einsteigen, ehe er sich hinters Steuer setzte. »Kein Wunder, dass sie ständig in der Zeitung über sie schreiben.«

»Sie waren ja auch ziemlich oft drin, Mr. Montour«, scherzte sie.

Er grinste. »Rothäute eignen sich eben gut als Motiv. Und niemand rechnet damit, dass sie in einem medizinischen Beruf arbeiten.«

»Außerdem bist du sehr fotogen«, bemerkte sie, als er in die Einfahrt bog. »In den letzten Tagen habe ich dich häufiger im *Chronicle* gesehen als in natura.«

Er hielt an und wandte sich zu ihr um. »Ach ja, Dr. McKenna? Und wessen Schuld mag das wohl sein?«

»Ich ... ich denke nicht ...«

Sanft berührte er ihre Lippen mit dem Zeigefinger. »Ganz im Gegenteil, meine liebe Kate, du denkst viel zu viel.« Er beugte sich vor und drückte ihr einen zarten Kuss auf die Lippen, der einen wohligen Schauder über ihr Rückgrat rieseln ließ. »Wir haben einen ganzen Abend vor uns«, sagte er und löste sich von ihr. »Und ich habe unglaubliche Lust auf einen deiner Wieheißendiedingernoch?«

»Wodka Gimlet?«

»Genau das war's! Komm, Kate, gehen wir.« Auf dem Weg die Verandatreppe hinauf nahm er ihre Hand und zwang sie, stehen zu bleiben. »Bitte, Kate, tu mir einen Gefallen, ja? Schalt dein Handy ab.«

Sowie sie die Tür hinter sich geschlossen hatte, nahm er sie bei den Schultern, drehte sie zu sich um und küsste sie. Mit klopfendem Herzen ließ sie sich gegen ihn sinken und spürte, wie ihr Kopf zu schwirren begann. Sie sehnte sich nach ihm, war feucht vor Verlangen nach seinem Körper. So war es immer zwischen ihnen. Nie gelang es ihnen, die Dinge zu klären, weil sie ständig nur im Bett landeten.

Leicht atemlos löste sie sich von ihm. »Ich dachte, du hast Durst.«

»Das hier ist aber viel befriedigender ... Okay, wir müssen uns unterhalten.« Er drückte ihr einen flüchtigen Kuss auf die Lippen, ehe er sie losließ und sie sich beherrschen musste, ihn nicht wieder an sich zu ziehen.

Sie ging in die Küche, holte Wodka, Limettensirup, zerstoßenes Eis und den Shaker und machte sich an die Arbeit, während er sich mit den Ellbogen auf den Küchentresen aufstützte und ihr zusah ... Wie? Liebevoll? Erwartungsvoll? Vielleicht sogar mehr?

Mit den Drinks und dem Shaker bewaffnet traten sie hinaus auf die kleine Veranda hinter dem Haus, deren Stufen auf den Rasen führten. Der Himmel hatte sich zu einem pudrigen Dunkelblau mit pflaumenroten Streifen am Horizont verdüstert. Kate setzte sich auf die oberste Stufe, und Luke ließ sich neben sie sinken.

»Okay«, sagte er nach ein paar Augenblicken. »Afrika. Wir müssen über Afrika reden, ohne dass du gleich wieder ausrastest.«

»Ich raste *nicht* aus. Na ja, vielleicht ein bisschen. Tut mir leid. Sprich weiter.«

»Wenn ich draußen auf dem Land bin, von Dorf zu Dorf fahre oder manchmal auch nur von einem Flüchtlingslager an einen Ort, wo Menschen zurückgeblieben sind, die zu krank oder zu müde waren, um weiterzugehen ... Wenn ich den Leuten Medikamente und Essen bringe, mich um ihre Schnittwunden, Prellungen und Infektionen kümmere, besonders bei Kindern ... sie sind so schrecklich mager!« Er unterbrach sich und nippte an seinem Glas. Kate wartete. »Wenn ich dort bin, ist es unheimlich wichtig, was ich tue, es spielt eine große Rolle. Verdammt, diese Menschen sterben und sterben und sterben, und keiner unternimmt etwas dagegen. Nur eine Hand voll Leute, denen sie am Herzen liegen. Und ich bin einer davon. Wann immer ich in der Zeitung davon lese –« Wieder hielt er inne und trank einen Schluck, »habe ich das Gefühl, zurückkehren zu müssen. Ich werde dort gebraucht.«

»Warum ist das Leid der Leute in Waterfield weniger groß als das von Menschen in Somalia oder im Kongo? Ich weiß, ich weiß, weil ihnen hier trotzdem geholfen wird. Aber findest du nicht auch, dass ein psychisch Kranker hier genauso hilflos ist wie ein kranker Mensch im Kongo?«

Lange Zeit herrschte Schweigen. »Äpfel und Birnen, Kate. Du solltest nicht versuchen, sie zu vergleichen.« Er stellte sein Glas beiseite und nahm ihre Hand. »Komm doch mit mir. Wenigstens gibt es dort keine engstirnigen Politiker wie die, mit denen du dich hier herumschlagen musst, keine dämliche Bürgermeisterin, keinen Boss, der keine Ahnung hat, keine seltsamen Telefonanrufe ...«

»Ich komme aber gut hier zurecht«, erklärte sie dickköpfig, fragte sich aber gleichzeitig, weshalb sie sich verteidigte, wo doch jedes Wort aus seinem Mund so richtig klang.

»Oh, Kate.« Er stieß einen tiefen Seufzer aus. Dann wandte er sich ihr zu, zog sie an sich und vergrub das Gesicht an ihrem Hals. »Lass uns nach oben gehen«, sagte er sanft. »Es ist lange her, und du hast mir so gefehlt ...«

Eilig stolperten sie die Treppe hinauf, während sie sich gegenseitig die Kleider vom Leib rissen. Als sie den oberen Treppenabsatz erreichten, waren sie nackt, und der Anblick seines muskulösen Körpers mit der Erektion, die sich ihr stolz entgegenreckte, entlockte ihr einen tränenerstickten Schrei. Sie ließ sich auf die Knie sinken, schloss ihre Lippen darum und spürte, wie ihre Lust mit jedem heiseren Stöhnen von ihm weiter wuchs. Er löste sich von ihr, zog sie auf die Füße und presste die Lippen auf ihren Mund. Schwankend standen sie einen Augenblick lang da, ehe sie zu Boden sanken, ohne einander loszulassen. Mit einer einzigen geschmeidigen Bewegung war er in ihr und begann sich rhythmisch zu bewegen, langsam zuerst, dann wieder schnell. Sie schlang die Beine um seinen Hals und schrie vor Lust. Er zog sich ein Stück aus ihr zurück. »Nein, nein, noch nicht«, flüsterte er, doch es war zwecklos. Als er sich wieder in sie schob, wurden seine Bewegungen immer schneller, bis er in ihr explodierte.

Kate war nicht sicher, wie lange sie auf dem Treppenabsatz lagen. Sie wollte sich nicht bewegen, wollte nicht, dass er sich von ihr trennte. Sie genoss das Gefühl des köstlichen Friedens und absoluter Befriedigung. Gerade als sie dem Schlaf entgegendriftete, begann Luke sich wieder zu rühren. Wenige Augenblicke später war er wieder hart. Er stützte sich auf seine muskulösen Arme und begann, sich erneut verführerisch in ihr zu bewegen – langsam kreisend, dann tiefer, dann immer schneller und härter. Sie hörte jemanden schreien, ehe ihr bewusst wurde, dass die Laute aus ihrem Mund gekommen waren. Stöhnend versenkte er sich ein letztes Mal in ihr, lächelnd, die Augen fest zusammengekniffen, und sie spürte, wie er sich in sie ergoss. Sie antwortete ihm mit einem pulsierenden Höhepunkt, ehe er schwer atmend über ihr zusammensank.

»Oh Gott«, murmelte er an ihrer Schulter. »Das war so gut.« Seine Zunge war schwer vor Müdigkeit, und wenige Augenblicke später stellte Kate fest, dass er tief und fest schlief. Behutsam bewegte sie sich etwas, um ihm eine bequeme Position zu ermöglichen, doch bald wurde sein Gewicht fast unerträglich, und die Teppichfasern bohrten sich schmerzhaft in ihren Rücken. Außerdem wurde ihr allmählich kalt.

»Luke, Luke ... wach auf. Nur kurz. Komm schon, wir können nicht hier liegen bleiben. Lass uns ins Bett gehen, dort kannst du schlafen.«

»Versprochen?«

»Versprochen.«

Wie zwei Betrunkene taumelten sie ins Schlafzimmer, hoben die Decke hoch und krochen darunter. Er legte die Arme um sie, und sie versank in der köstlichen Dunkelheit.

Kate erwachte mit einem Ruck und wusste einen Augenblick lang nicht, wo sie war. Dann fiel es ihr wieder ein. Und sie stellte fest, dass sie Lukes Arme nicht mehr um sich spürte. Er lag nicht einmal mehr neben ihr. Sie stützte sich auf einen Ellbogen und erkannte seine Silhouette vor dem Fenster. Leise sprach er in sein Telefon. Sie richtete sich vollends auf und erhob sich. Er wandte sich zu ihr um. »Ich musste das Gespräch annehmen«, flüsterte er. »Afrika.«

Sie hatte neben ihn treten wollen, seine Arme um sich spüren, doch das Wort ließ sie erstarren. *Afrika.* Sie war sicher, am anderen Ende der Leitung eine Frauenstimme zu hören.

Natürlich bekam sie nur seine Seite des Gesprächs mit, doch

seine Stimme war weich und zärtlich. Sie kannte diesen Tonfall. Er hatte ihn erst heute Abend benutzt – bevor sie miteinander geschlafen hatten. Ihr Herz fühlte sich an, als verwandle es sich zu Stein. »Ja, bald«, sagte er. »Ich muss noch ein paar Dinge hier zu Ende bringen.« *Zu Ende bringen?* Zum Beispiel eine Affäre mit seiner Vorgesetzten? »Nein, ich kann nicht. Ich weiß, aber hab Geduld«, murmelte er. Er redete mit einer Frau. Eindeutig.

Sie ging wieder ins Bett, kehrte ihm den Rücken zu und tat so, als schlafe sie. Einige Zeit später schlief sie tatsächlich ein, und als sie mitten in der Nacht aufwachte und auf den Wecker sah – es war 3.45 Uhr –, war er fort.

20

Hernando's Hideaway war früher einmal ein Wohnwagen gewesen. Nun ja, eigentlich war es immer noch einer, nur stand er mittlerweile ohne Räder am Flussufer. Seine Wände schimmerten silberfarben, die sauberen Fenster waren mit hübschen blau-weiß karierten Baumwollvorhängen dekoriert, und auf dem Dach prangte ein blaues Neonschild. Und war »Hernando's Hideaway« nicht auch der Name eines Songs aus einer alten Broadway-Bühnenshow aus den Sechzigern? Kate konnte sich allerdings nicht mehr an den Namen des Stücks erinnern. Lukes Jeep stand davor, er war also bereits da. Als sie in der Morgendämmerung die Augen aufgeschlagen hatte, war ihr Blick auf einen Zettel auf dem Kopfkissen gefallen. »Frühstück um sieben im Hernando's Hideaway« hatte er darauf gekritzelt. »Wir müssen reden.« Gestern Abend waren sie ja nicht dazu gekommen. Die Erinnerung daran rief ein Prickeln in ihrem Inneren hervor. *Dieser Mann ist nicht gut für dich. Vergiss ihn*, ermahnte sie sich selbst.

Sie würde diesem Unsinn ein Ende bereiten. Es gab eine Frau in Afrika, die ihn mitten in der Nacht anrufen durfte und mit der er im Tonfall eines Liebhabers sprach. Höchste Zeit, dass sie den Tatsachen ins Auge blickte. Auch wenn sie sich eindeutig stark zueinander hingezogen fühlten, würde das zu nichts führen. Ihre Geschichte hatte keine Zukunft ... ja, in Wahrheit hatte sie noch nicht einmal eine richtige Vergangenheit. Aber bis zu seiner Abreise würden sie zusammenarbeiten müssen. Also sollte sie sich um ein möglichst professionelles Auftreten bemühen. Das war die einzige Möglichkeit, die Sache ohne Tränenvergießen hinter sich zu bringen.

Sie nahm ihre Aktentasche und die aktuelle Ausgabe des *Chronicle*. »*TOD ALS EINZIGER AUSWEG FÜR HUNDERTE MENSCHEN*« prangte in riesigen schwarzen Lettern auf der Titelseite, darunter einige andere, nur geringfügig kleinere Überschriften. »*Dutzende Menschen während Hitzeperioden umgekommen*« und »*20 ›Selbstmorde‹ pro Jahr in Westwind*«. Sie hatte die Titelseite kurz überflogen und sich die Grafiken und die Listen der Leute angesehen, die in den vergangenen fünf Jahren gestorben waren – alle angeblich eines natürlichen Todes. Die Seite enthielt keine Fotos, sondern nur eine große freie Fläche mit dem Kommentar: »*Da die meisten Todesfälle in Westwind unter den Teppich gekehrt wurden, gibt es keine Fotos der Menschen, von denen viele erst in ihren Dreißigern oder Vierzigern waren und die während ihres Aufenthalts dort ums Leben gekommen sind.*«

Sie betrat das Restaurant. Ein köstlicher Duft nach Kaffee und Speck strömte ihr entgegen. Sie entdeckte Luke an einem Tisch am Fenster. Es waren noch andere Gäste da, die meisten von ihnen allein und in die Morgenzeitung vertieft, wie sie erfreut bemerkte. Luke winkte ihr ebenfalls mit einem Exemplar zu. Also hatte er den Artikel bereits gelesen.

»Ich wusste ja, dass es schlimm ist«, meinte sie, setzte sich ihm gegenüber, schob die kleine Vase mit den künstlichen Gänseblümchen beiseite und ignorierte, dass er sich vorbeugte, um sie zu küssen, »aber ich hatte keine Ahnung vom Ausmaß ihrer Vergehen. Und ich habe erst einen kleinen Teil des Artikels gelesen.«

»Es ist ziemlich übel«, bestätigte Luke und sah sie fragend an. »Aber jetzt unternimmt der Gouverneur vielleicht endlich etwas gegen Westwind. Vielleicht schließt er es ja sogar.«

»Und wohin sollen dann all die Patienten? Westwind sollte doch ein Ort sein, an dem ihnen nichts passiert.« Sie unterbrach sich. »Es ist sinnlos, uns gegenseitig zu erzählen, was wir ohnehin wissen. Über ein paar andere Dinge müssen wir uns viel dringender unterhalten.«

»Bevor du anfängst«, sagte er, »lass uns Waffeln bestellen.« Er hob zwei Finger. Sie drehte sich um und erblickte einen Mann in weißer Schürze hinterm Herd stehen und in einer großen Schüssel rühren. »Und Kaffee.« Luke winkte einem Mädchen, die mit einer Kanne dampfenden Kaffees und zwei Bechern erschien. Dann wartete er geduldig, bis sie beide ihren ersten Schluck getrunken hatten. »Ich muss dich etwas fragen«, sagte er. Sie hielt den Atem an und hoffte, hoffte, hoffte ... »Linda glaubt, du hättest einen Job für sie?«, sagte er jedoch nur. »Was für eine Arbeit soll das denn um Himmels willen sein? Und was wird Davey dazu sagen, wenn er davon erfährt? Vielleicht solltest du keine vorschnellen Versprechungen machen.«

»Ich wollte sie aus eigener Tasche bezahlen. Sie kann als Praktikantin bei uns anfangen, oder wir beschäftigen sie als freiwillige Helferin. Sie ist ein kluges Mädchen, deshalb sollte ihr die Ablage keine Probleme bereiten.«

»Und wo willst du sie hinsetzen?«

»Na ja, ich habe daran gedacht, sie zusammen mit Tanisha in Donnas Büro zu quetschen. Es ist zwar klein, aber so könnte Tanisha ihr vieles beibringen.«

»Ja, das könnte funktionieren.«

»Nur leider im Moment nicht. Aber das erkläre ich dir später. Im Augenblick ist es jedenfalls keine gute Idee.«

Er sah sie neugierig an. »Also, wohin willst du sie denn dann setzen?« Sie hatten ihre anfängliche Verlegenheit abgestreift und bewegten sich allmählich wieder auf sicherem Boden. Das machte sie stolz auf sich.

»Keine Ahnung ... Ich dachte, ich hätte alles durchgeplant. Hey, jetzt weiß ich, wo sie arbeiten könnte! In deinem Büro!«

»In meinem Büro? Moment mal, Kate. Ich bin doch so gut wie nie da.«

»Aber dort wäre sie mitten unter den Case Managern und Sozialarbeitern, die ihr kleine Arbeiten übertragen könnten, Shelby könnte sie im Auge behalten. Und sie kennt dich. Es wäre doch nicht für lange. Aber ich will sie in der Klinik haben. Sie soll nicht irgendwo in der Versenkung verschwinden und weiß Gott wo landen. Bitte!«

Es entstand eine lange Gesprächspause. Dann stieß er einen lauten Seufzer aus: »Okay, aber nur für diese Woche.«

»Wieso? Weil du danach nicht mehr da bist?«

»Nein, natürlich nicht, verdammt! Weil sie nicht ewig eine Heldin hier in der Stadt sein wird, verstehst du? Im Moment bekommt sie jede Menge Aufmerksamkeit, aber was passiert, wenn die Geschichte vorbei ist? Oder wenn Barry Manheim sich auf den nächsten großen Skandal stürzt? Sie muss auf das wahre Leben vorbereitet werden, Kate. Als Erstes solltest du sie dazu bringen, dass sie an einigen Gruppentherapien teilnimmt.«

»Du hast Recht. Natürlich. Und es tut mir leid, dass ich die Sache zu etwas so Persönlichem gemacht habe. Es wird nicht wieder vorkommen.«

»Hey, vergiss es.«

»Wir haben Linda gerettet, Luke, wir haben ihr das Leben gerettet. Was sagen die Chinesen? Wenn du einem Menschen das Leben rettest, bist du ihm für immer verpflichtet. Tja, genauso fühle ich mich. Ich will, dass sie ein richtiges Leben hat. Sie steht so dicht davor, und ich will nicht, dass es durch irgendetwas ruiniert wird.«

»Mir geht es doch genauso. Wirklich. Aber an dir hängt sie am meisten. Und vielleicht sollte ich das nicht sagen, aber du hängst auch an ihr.« Er hob abwehrend die Hand, als sie protestieren wollte. Beim Anblick der beiden Teller, die gerade vor ihnen auf den Tisch gestellt wurden, sagte er lächelnd: »Und da ist ja unser Frühstück. Genau im richtigen Moment, würde ich sagen. Leg noch zwei nach, Marty, okay? Und ich hätte auch gern eine Scheibe Speck.« Mit sichtlichem Appetit stürzte er sich auf sein Essen.

Sein Kommentar schmerzte sie noch immer. Hing sie denn wirklich so übermäßig an Linda? *Natürlich tust du das!*, schalt sie sich. Sie hatte geglaubt, keinen Appetit zu haben, änderte jedoch ihre Meinung nach dem ersten Bissen. Als sie ihre beiden Waffeln verputzt hatte, fragte Marty, ob sie Lust auf Nachschlag hätte. Obwohl sie ernsthaft in Versuchung war, schüttelte sie tapfer den Kopf. »Nein, nur noch etwas Kaffee.«

»Kommt sofort.«

»Okay«, sagte Luke. »Du sagtest, du brauchst meine Hilfe. Was liegt an?«

»Donna. Oder sollte ich sagen, Dominique?«

Er horchte auf und beugte sich ein Stück vor. »Du hast es also gesehen?«

»Na ja, nicht so wie im Film *Eva mit den drei Gesichtern*. Der Mond ist nicht hinter einer Wolke verschwunden, und plötzlich hat sich ihr Gesicht verändert. Aber als ich neulich zu Donna ins Büro kam, war Dominique da. Das weiß ich deshalb, weil sie sich über Tanishas Sprechweise lustig gemacht hat.«

»Was Donna niemals tun würde.«

»Genau. Auf meine Frage, ob sie auch mich imitieren könnte, hat sie gehustet und das Gesicht hinter der Hand verborgen, und als sie den Kopf hob, war sie wieder Donna.«

Eine Zeit lang schwieg er mit geschlossenen Augen. »Okay. Und was kann ich tun?«

»Ich wollte ihr eigentlich ab morgen private Therapiestunden anbieten. Aber wenn ich genauer darüber nachdenke, wird mir klar, dass vielleicht besser du ihr Therapeut sein solltest. Zumindest am Anfang«, fügte sie eilig hinzu, bevor er Gelegenheit hatte, sie daran zu erinnern, dass er bald weggehen würde. »Dominique hat mit dir geflirtet, also könnte sie sich vielleicht wieder zeigen.«

Er dachte über ihren Vorschlag nach. »Möglich, dass sie wieder die Schau mit dem Kassettenrekorder abzieht. Okay, ich bin dabei. Aber ich glaube, dass Dominique drauf und dran ist, das Ruder zu übernehmen, das kann ich dir schon jetzt sagen. Mir ist nicht ganz klar, warum sie das nicht schon längst getan hat.«

»Und mir ist nicht klar, warum sie plötzlich so oft auftaucht. Donna Silvestri hat ihr ganzes Leben in Waterfield verbracht, und es gab nie Gerüchte, dass etwas mit ihr nicht stimmen könnte. Außer irgendwelchen Lästereien, weil sie so verhuscht und ängstlich ist. Warum also ausgerechnet jetzt? Seit wann ...?«

Luke wollte nach ihrer Hand greifen, doch sie hob sie mit einer beiläufigen Geste, um sich eine Locke hinters Ohr zu schieben. »Du denkst, seit du wieder hier bist?«, meinte er.

»Nein! Ich habe nichts damit zu tun! Wie kommst du –?« Sie erstarrte, als ihr die heisere, flüsternde Stimme wieder einfiel. All die Nachrichten bezogen sich auf ihre Familie, die gutmütigeren ebenso wie die hässlichen. Und Dominique – ganz bestimmt nicht Donna – plauderte doch gern mit Nelson, der Carlo sein könnte. Ihr schwirrte der Kopf. Sie griff nach ihrer Kaffeetasse, doch die war leer. Sie gab der Kellnerin ein Zeichen.

»Im Grunde«, sagte sie schließlich, »ist es durchaus möglich, dass Dominiques Erscheinen etwas mit mir zu tun hat, genauer gesagt, mit meiner Familie. Die Frage ist nur, wieso? Donna Silvestri war einige Klassen unter mir, und du weißt selbst, was ein Altersunterschied von ein paar Jahren bei Kindern ausmacht. Man könnte ebenso gut in zwei verschiedenen Ländern leben. Wir kennen uns so gut wie gar nicht.«

»Könnte es mit deiner Familie zu tun haben? Vielleicht war sie Patientin deines Vaters. Ich meine, war das nicht praktisch jeder hier? Vielleicht war er ein bisschen grob zu ihr, und sie hat es nie verwunden?«

»Mein Vater war sehr beliebt. Es geht nicht um ihn.«

Er warf ihr einen scharfen Blick zu, doch seine Stimme klang weiterhin freundlich. »Wenn du meinst.« Er zückte seine Brieftasche und gab Marty ein Zeichen. »Ich mache mich morgen mit Donna an die Arbeit. Vielleicht versuchen wir's mit einer kleinen Hypnose. Jedenfalls will ich Dominique zum Herauskommen bewegen.«

»Findest du das nicht auch ein bisschen unheimlich?«

Er grinste, nahm die Rechnung entgegen und reichte Marty ein paar Banknoten. »Rothäute glauben an Geister. Ich finde es faszinierend.«

Sie gingen hinaus auf den Parkplatz. »Oh Gott, ich habe völlig vergessen, dass du mir ja auch etwas sagen wolltest.«

»Ach, ja. Vera ist zu mir gekommen und –«

»Vera!«, unterbrach sie ihn. »Verdammt!« Luke sah sie verblüfft an. »Tut mir leid, aber ich habe sie gestern gebeten, vor Dienstschluss zu mir ins Büro zu kommen, doch sie ist nicht aufgetaucht. Ich hatte es völlig vergessen, bis du ihren Namen erwähnt hast. Was ist los mit ihr? Braucht sie auch eine Auszeit von der Klinik? Wenn es so weitergeht, habe ich demnächst überhaupt kein Personal mehr.«

»Vera steht unter enormem Druck. Wusstest du, dass sich zwischen ihr und der Bürgermeisterin eine enge Freundschaft entwickelt hat? Anfangs war das Ganze noch sehr nett und lustig. Abendessen im Haus mit Gails Politikerfreunden, Verabredungen mit irgendwelchen Kumpels von Ben Vandenburg, Einladungen nach Puerto Rico, all solche Dinge. Aber dann wollte Gail, dass Vera für sie spioniert. Sie sollte herausfinden, was du machst, wie deine Patienten über dich denken, warum so viele Gerüchte über Fehler in der Buchhaltung kursieren ...«

»Oh, diese Schlange! Woher zum Teufel weiß sie, was in unserer Buchhaltung vor sich geht?«

»Am Anfang hat Vera getan, was Gail wollte, oder zumindest hat sie es vorgegeben. Aber in letzter Zeit erzählt die Bürgermeisterin ihr ständig Geschichten über deine Mutter, deinen Vater und ... Ach, Kate, wir wissen doch, dass sie nicht stimmen müssen ... Das Problem ist, dass Gail ihre Partygäste damit unterhält, in der Hoffnung, dass sich die Gerüchte immer weiterverbreiten. Vera hat sie darauf angesprochen und ihr vorgehalten, sie fände das nicht fair. Daraufhin wurde sie von Gail gewarnt, sie solle sich lieber gut überlegen, auf wessen Seite sie sich stellt. Sie wusste nicht, wie sie es dir sagen soll, deshalb hat sie es mir anvertraut. Ich habe ihr versprochen, dich zu warnen.«

»Damit hast du dir ja eine ganze Menge Zeit gelassen.«

»Na ja, gestern Abend wurde ich aus irgendeinem Grund abgelenkt ...«

Während Kate noch nach einer passenden Erwiderung suchte, läutete Lukes Telefon. Er sah auf das Display. »Das ist sie«, sagte er, »sie will dich sprechen.«

»Dr. McKenna ... Kate ... tut mir leid, wenn ich störe, aber Sie sind nicht an Ihr Telefon gegangen. Ich habe mich sehr dumm benommen und möchte mich dafür entschuldigen. Aber jetzt ist sie eindeutig zu weit gegangen.«

»Wer ist zu weit gegangen?«, fragte Kate, obwohl sie die Antwort bereits kannte.

»Gail, die Bürgermeisterin.« Veras Stimme klang leicht gehetzt. »Sie hat behauptet, Ihre ganze Familie sei verrückt, und eine Zeit lang hatte ich sogar Angst, weil ich ihr geglaubt habe. Aber jetzt weiß ich, dass sie all das nur erfunden hat. Sie will, dass Sie kündigen, damit sie Dr. Bannerman auf Ihren Stuhl setzen kann.«

»William Bannerman? Der soll meinen Job bekommen?«

»Ja, sie sagt –«

»Vera, warten Sie. Sind sie in Ihrem Büro? Dann bleiben Sie dort. Ich war gerade frühstücken und bin in fünf Minuten da. Rühren Sie sich nicht vom Fleck!«

»Nein, das werde ich nicht. Oh, wie ich all das hasse!«

Damit war sie nicht allein. Konnte Kate eigentlich noch irgendeinem ihrer Mitarbeiter trauen? Offenbar nicht.

Außer Luke? Sie wandte sich zu ihm um. Irgendjemandem *musste* sie doch trauen. In kurzen Worten schilderte sie ihm, was Vera gesagt hatte, und reichte ihm sein Telefon zurück. »Ich sollte jetzt lieber gehen, Luke. Sie könnte durchdrehen und davonlaufen.«

Veras Büro befand sich neben William Bannermans leerem Zimmer. Sie arbeitete nicht, sondern saß am Schreibtisch und knetete nervös die Hände. Kate streckte den Kopf zur Tür herein. »Wenn Sie nichts dagegen haben, würde ich lieber in mein Büro gehen. Kommen Sie mit?«

Schweigend gingen sie den Korridor entlang. Kate hörte Veras schwere Atemzüge, als sie ihr mit einigen Schritten Abstand folgte. Im Vorbeigehen nahm sie die obligatorischen Telefonnachrichten und einen Stapel Briefe von Sonya entgegen, von denen sie schon jetzt wusste, dass sie sich nicht vor dem Nachmittag mit ihnen würde beschäftigen können.

Als sie ihr Büro betrat, bemerkte sie Vera gegenüber, dass

ihr der Stapel dreimal so dick wie üblich vorkäme. Vera kannte anscheinend den Grund: »Es liegt an den Briefen an den Herausgeber. Oh, Dr. Kate ... Dr. McKenna, es tut mir so leid. Ich hätte Sie warnen müssen.«

»Briefe an den Herausgeber?«

»Ja, den der Zeitung. Oh, diese Frau ist derart gemein! Und ich dachte, sie sei meine Freundin!«

Gespannt schlug Kate die Zeitung auf und blätterte bis zu der Seite mit den Leserbriefen. Die meisten bezogen sich auf Westwind und die in diesem Zusammenhang erschienenen Artikel. Doch dann blieb ihr Blick an ihrem Namen hängen. Dr. Spector. Mit hämmerndem Herzen begann sie zu lesen.

»Wir alle haben uns lange Zeit an Dr. Spector als den allseits beliebten ›Doc‹ erinnert. Doch nun hat sich herausgestellt, dass besagter ›Doc‹ zahlreiche Affären hatte, die Mehrzahl davon mit Patientinnen, die ihm ihr Leben anvertraut hatten, nur um sich von ihm das Herz brechen zu lassen. Eine Langzeitbeziehung mit seiner Helferin hat seine arme kranke Frau in den Selbstmord getrieben.«

Sie spürte, wie sich ihre Augen mit Tränen füllten. Was für ein Unsinn! Welche Lügen! Sie überflog den Rest der Seite. Insgesamt waren es fünf Briefe, alle in unterschiedlichem Stil verfasst, und einer davon mit so vielen Rechtschreibfehlern, dass er unmöglich echt sein konnte. Der Doc, ein Frauenheld! Das war doch lächerlich! Und selbst wenn es so gewesen wäre, hätten die Leute doch schon damals davon gewusst, und der Klatsch hätte die Runde gemacht.

Doch dann erstarrte sie. Es fühlte sich an, als wäre sämtliche Luft aus ihren Lungen gepresst worden. Es gab noch weitere Briefe. Briefe, in denen es um sie ging!

»... wie der Vater, so die Tochter! Oder eher, wie die Mutter, so die Tochter? Jeder hier in der Stadt erinnert sich an Angela Spector, die Frau, die so gern geflirtet und gleich zwei

Kinder auf dem Gewissen hat, und an ihre wechselnden Aufenthalte in Hillside ...

Und wer leitet die Klinik in der Innenstadt? Eine Ärztin, ja, richtig, aber ist es auch eine respektable und allseits respektierte Ärztin? Warum lief ihre Scheidung so hässlich ab, dass sogar in der New York Post *darüber berichtet wurde? Und stimmen diese Gerüchte, dass sie mit ihrem medizinischen Assistenten schläft? Vielleicht hat sie das ja von ihrem Daddy gelernt ...«*

Es gab noch zwei weitere Briefe, die in dieselbe Kerbe schlugen. Was waren das für Menschen, die solche Briefe verfassten und Dinge behaupteten, die ihnen gerade in den Sinn kamen? Sollte sie sich zu Wort melden? Nein, das würde sie nicht tun. Sie hatte eine Anwältin, an die sie sich wenden konnte. Sie kramte in den Unterlagen auf ihrem Schreibtisch nach dem richtigen Zettel und wählte mit angehaltenem Atem Stacy Wolfs Telefonnummer. Erleichtert ließ sie die Luft entweichen, als Stacys Stimme an ihr Ohr drang.

»Hier spricht Kate McKenna. Sie sagten, wenn ich Ihre Hilfe –«

»Ich habe den *Chronicle* vor mir liegen, Dr. McKenna. Sie brauchen kein Wort mehr zu sagen. Diese Briefe sind eine Verleumdung – vielleicht sogar Rufmord, wenn jemand sie laut vorliest.« Sie lachte auf. »Ich setze mich noch heute Morgen mit dem Rechtsanwalt des *Chronicle* in Verbindung. Sagen Sie nur das entscheidende Wort.«

»Das tue ich. Ja. Sie sind engagiert.«

Wieder lachte Stacy Wolf. »Sie haben ja noch nicht einmal nach meinem Honorar gefragt.«

»Es spielt keine Rolle. Sie können sich bestimmt vorstellen, dass ich beim Anblick dieser ... Lüge ...« Zu ihrem Entsetzen bebte ihre Stimme, und ihre Augen füllten sich erneut mit Tränen.

»Oh ja, das kann ich, Dr. McKenna. Ich halte es für absolut

skrupellos vom *Chronicle*, diese Briefe abzudrucken. Nach allem, was ich über den Chefredakteur weiß, ist er eigentlich kein Typ, der so etwas in seinem Blatt stehen lässt.«

»Ich kenne Barry noch aus meiner Kindheit. Er ist ein anständiger Kerl. Und mein Freund. Wirklich.«

»Dann rufe ich ihn als Nächstes an. Ich melde mich später.« Ohne ein weiteres Wort legte die Anwältin auf. Kate saß reglos da, ihr Herz hämmerte noch immer heftig in ihrer Brust, während sie versuchte, sich ein wenig zu beruhigen.

»Es tut mir so leid.« Vera rang entschuldigend die Hände. Kate hatte sie vollkommen vergessen.

»Sie haben diese Briefe doch nicht geschrieben, oder?«

»Oh, nein, Dr. Kate! Aber Gail hat mir davon erzählt. Sie meinte, es sei ein Skandal, der viel zu lange vertuscht worden sei, und dass ich es in der Klinik verbreiten solle. Und sie wollte wissen, wie Sie Ihre Arbeit machen. Ich sollte mich überall umhören. Sie wollte, dass ich herausfinde, woran Sie gerade arbeiten.« Sie hielt inne, und auch ihr traten Tränen in die Augen. »Ich habe die Akte von Ihrem Schreibtisch genommen. Die über Donna und all die seltsamen Dinge, die ihr passieren. Oh, es tut mir so leid!« Die letzten Worte wurden von einem Wimmern erstickt, ehe sie endgültig in Tränen ausbrach. »Ich gehe in mein Büro und hole die Unterlagen, jetzt sofort.«

»Einen Moment noch. Sie sagten also, dass Gail das alles tut, um mich aus meinem Job zu drängen, damit William Bannerman Direktor wird?« Vera hatte die Hände vors Gesicht geschlagen und nickte. »Wer sagt, dass er ihn überhaupt bekommen würde?«

»Dr. Bannermans Vater und Mr. Davey –«

Endlich fiel der Groschen. »Sie sind befreundet. Stimmt. Dr. Bannerman hat mir selbst erzählt, dass sie gemeinsam Tennis spielen. Und der Vorstand –«

»Gail glaubt, den Vorstand habe sie im Griff. Sie und Ben. ›Ich habe ein As im Ärmel‹, sagt sie boshaft. ›Ich gewinne immer. Und Austin Davey kann einpacken, wenn ihm das nicht passt.‹«

Kate fragte sich ernsthaft, ob dies hier wirklich ihr Leben war, oder ob sie versehentlich in eine schlechte Seifenoper geraten war. Gail Fortunato – das schüchterne, unansehnliche Mädchen mit seinen verzweifelten Versuchen, kokett zu sein – hatte den Klinikvorstand und den Präsidenten der Anstalt im Griff? Was um alles in der Welt könnte sie gegen Austin Davey, den Inbegriff der Rechtschaffenheit und Korrektheit, in der Hand haben?

»Sie waren alle so nett zu mir, haben mich zu ihren Partys eingeladen, und Ben Vandenburg hat mir ein Rendezvous mit einem seiner Freunde beschafft«, fuhr Vera mit erstickter Stimme fort. »Aber dann wollte Gail wissen, ob Sie und Luke ... bitte verzeihen Sie mir, Dr. Kate, aber sie wollte wissen, ob Sie eine Affäre haben. Sie hatte geglaubt, Sie seien mit Barry Manheim zusammen, und meinte, es wäre typisch für Sie, gleich zwei Liebhaber auf einmal zu haben. Es tut mir –«

»Ich weiß, dass es Ihnen leidtut, Vera«, unterbrach Kate. »Ich weiß es auch zu schätzen und bin froh, dass Sie es mir gesagt haben. Gibt es sonst noch etwas, das Sie sich von der Seele reden möchten?« Vera quittierte die Frage mit einem neuerlichen Weinkrampf. »Okay, waschen Sie sich das Gesicht und gehen Sie wieder an die Arbeit. Es warten sicher schon einige Patienten auf Sie. Machen Sie sich keine Sorgen, ich komme schon zurecht.«

Sobald Vera gegangen war, rief sie Barry an. Seine Stimme klang fröhlich und munter, als er abhob. Sie beschloss, gleich zur Sache zu kommen. »Aha, der Chefredakteur liest also nicht einmal die Briefe, die ihm seine Leser schicken?«

»Katie, es tut mir so leid! Bitte, leg nicht auf! Ich versuche schon seit heute Morgen sechs Uhr, dich anzurufen. Tu mir den Gefallen und hör wenigstens ab und zu deine Mailbox ab, okay?«

»Oh Gott, das habe ich völlig vergessen. Ich habe mein Telefon abgeschaltet, weil ich in einem ... Meeting war. Dann habe ich völlig vergessen, das Telefon wieder anzuschalten. Tut mir leid.«

Es entstand eine verlegene Pause, ehe er fortfuhr. »Normalerweise sehe ich mir die Briefe tatsächlich nicht an. Nur wenn ich sie persönlich beantworten muss. Deshalb habe ich diese Lügen erst gelesen, als mich jemand heute Morgen deswegen angerufen hat. Ich habe sofort versucht, dich zu erreichen. Die Redaktionsassistentin, die sie an die Druckerei weitergegeben hat, ist schon gefeuert. Ich hoffe, sie wird glücklich mit dem Bestechungsgeld, das sie dafür kassiert hat. Vielleicht verklage ich sie auch, ich weiß es noch nicht.«

»Wer um alles in der Welt –«

»Die Frau eines Cousins von Ben Vandenburg, überrascht dich das?«

»Nein, nicht mehr. Offenbar haben Gail und Ben es auf mich abgesehen. Aus Gründen, die mir völlig unverständlich sind, will Gail erreichen, dass William Bannerman meinen Job bekommt. Na ja, so überraschend ist es eigentlich doch nicht – er ist ein Weichei und würde alles tun, was der Vorstand und Austin Davey ihm sagen. Und wo wir gerade dabei sind –« Sie schilderte ihm, was Vera ihr soeben gestanden hatte. »Vielleicht möchtest du ja deine detektivischen Fähigkeiten einsetzen und herausfinden, warum und inwiefern Frau Bürgermeister glaubt, Austin Davey in der Hand zu haben.«

»Durchaus möglich, dass sie sich damit nur aufplustern wollte.«

»Möglich, es könnte aber auch wahr sein.«

»Kann sein. Ich setze ein paar Leute darauf an. Für die morgige Ausgabe habe ich aber erst einmal eine riesige Gegendarstellung und Entschuldigung formuliert, die besagt, dass diese Briefe von einem Spinner stammen. Und die Fernsehleute sind auch informiert. Sie sollten schon auf deiner Verandatreppe ihr Lager aufgeschlagen haben, wenn du heute Abend nach Hause kommst. Ich plane auch einen großen Leitartikel, in dem ich daran erinnere, was für ein großartiger Mann dein Vater war. Außerdem glaubt sowieso kaum jemand diesen Blödsinn über ihn.«

»Ich bin wahnsinnig wütend und fühle mich gleichzeitig so hilflos. Er ist tot, Herrgott noch mal!«

»Ich weiß, Kate, und ich bin vollkommen deiner Meinung. Ehrlich gesagt würde ich das Ganze am liebsten mit dir persönlich besprechen. Wie wär's mit einem Mittagessen? Ich denke da ans Elephant, wo etwa die Hälfte des Klinikpersonals und jede Menge wichtige Leute aus der Stadt essen. Geh hoch erhobenen Hauptes rein und tu so, als stündest du über all dem. Damit haben sie etwas, worüber sie nachdenken können. Um eins? Gut.«

Sie brauchte gar nicht bis zum Abend auf die Fernsehleute zu warten. Sie standen bereits vor dem Klinikgebäude, umringt von etlichen Schaulustigen, als sie sich Viertel vor eins auf den Weg ins Elephant machte. Der Übertragungswagen war immer ein Publikumsmagnet. Beim Anblick von Mara Benotti höchstpersönlich, die mit strahlendem Lächeln und einem Mikrofon in der Hand auf sie zukam und ihr zuwinkte, fühlte sie sich doch ein bisschen geschmeichelt.

»Dr. McKenna, hier herüber, bitte.« Kate hatte angenommen, dass sie nervös sei, doch dank ihrer unbändigen Wut befand sie sich inzwischen in einem Zustand kühler Gefasstheit. Sie war bereit für Fragen, bereit für den Kampf.

»Dr. McKenna, Sie haben die Hassbriefe gegen Ihre Familie zur Kenntnis genommen, die in der heutigen Ausgabe des *Chronicle* abgedruckt waren.« Am Ende von Maras Satz stand kein Fragezeichen.

»Natürlich habe ich das.«

»Enthalten diese Briefe etwas Wahres?«

»Nein«, antwortete Kate und geriet um ein Haar ins Straucheln, als ihr bewusst wurde, dass das nicht ganz stimmte. Doch es ging wirklich niemanden etwas an, mit wem sie schlief. Und es hatte auch niemanden etwas anzugehen, mit wem der Doc damals geschlafen hatte oder auch nicht, verdammt noch mal! Genau das sagte sie auch, während sie trotzig in das blinde Kameraauge starrte. »Und was meine Mutter betrifft ... ja, sie war den Großteil ihres Lebens psychisch krank, aber sie hat nie jemandem wehgetan. Niemals.« *Noch eine Lüge. Sie hat mir wehgetan.* Eine Bewegung in der Menge erregte ihre Aufmerksamkeit, und sie ließ den Blick über die gespannten Mienen wandern. Was erhofften sich die Leute? Den Zusammenbruch der Tochter einer Verrückten vor ihren Augen? Ein Geständnis? Tränen?

Und dann sah sie ihn. Nelson, der sich im Hintergrund herumdrückte, und von einer Seite zur anderen ging. Sie reckte den Hals, als er sich plötzlich umdrehte und ihr direkt ins Gesicht sah. Seine Augen waren intelligent und aufmerksam. Es waren Carlos Augen, nicht Nelsons.

»Werden Sie den *Chronicle* verklagen?«

Kate setzte sich in Bewegung, aber die Reporterin heftete sich an ihre Fersen. »Darüber werden Sie mit meiner Anwältin reden müssen. Ich hoffe, es gibt eine Möglichkeit, den- oder diejenigen zu verklagen, von denen diese verleumderischen Lügen stammen. Wenn Sie mich jetzt bitte entschuldigen wollen, ich habe etwas zu erledigen.« Sie schob sich durch die Menge. Sie musste unbedingt mit Nelson reden. Oder Carlo. Oder wer auch immer er sein mochte. Doch als sie sich durch die Menge gezwängt hatte, war er wie üblich verschwunden.

Barry wartete vor dem Elephant auf sie und redete mit einigen Leuten, die sich um ihn geschart hatten. Er schien sie nicht bemerkt zu haben. Sollte sie schon hineingehen, einen Tisch für sie beide suchen und warten, bis er nachkam? Aber ihr Auftauchen war ihm nicht entgangen. »Es war nett, mit Ihnen zu reden, aber meine Verabredung ist gerade gekommen. Dr. McKenna und ich haben eine Menge zu besprechen.« Alle Köpfe fuhren herum, und die Blicke hefteten sich auf sie. Obwohl Kate nicht sagen konnte, ob sie ihr wohlgesonnen waren, lächelte sie. Schließlich nahm Barry sie am Arm und schob sie in das Restaurant.

Alle Augen waren auf die Fernseher gerichtet, die links und rechts über der Bar hingen. Kate war dankbar, dass sie nicht länger angestarrt wurde. In diesem Augenblick erkannte sie die Stimme, hob die Hand und hielt Barry fest. Stella Goodman stand da in ihrer blondierten Pracht, sie trug eine Jacke mit Hahnentritt-Muster, das auf dem Bildschirm flirrte. Wieso hatte man ihr erlaubt, ein solches Muster zu tragen? Dann bemerkte Kate, dass Mrs. Goodman vor einem Gebäude stand, was bedeutete, dass das Interview nicht vereinbart gewesen war. Das Gebäude war Westwind – hochinteressant!

»Sollen sie doch erst einmal beweisen, dass diese Eingriffe unnötig waren!«, verkündete sie.

»Sie wird bald bedauern, dass sie das gesagt hat«, murmelte Barry hinter ihr.

»Es sind Patienten, deren Pflege sehr schwierig ist«, fuhr Mrs. Goodman fort. »Sie sind nicht in der Lage, für sich selbst zu sorgen, deshalb ist ihr Gesundheitszustand teilweise prekär.« Sie lächelte, als wäre sie stolz auf dieses Wort. »Sollten Sie sich denn nicht um sie kümmern?«, hakte der Reporter sofort ein.

»Der Staat bezahlt uns so gut wie überhaupt nichts!«, erwiderte Mrs. Goodman und wurde sichtlich wütend. »Was sollen wir tun? Wir haben ein Recht darauf, Gewinn zu machen. Wir sind kein Wohltätigkeitsunternehmen. Und wir tun unser Bestes mit den Mitteln, die uns zur Verfügung stehen, das versichere ich Ihnen.«

»Und Ihre Mitarbeiter ... Sie sind nicht qualifiziert genug, um sich um diese schwierigen Patienten zu kümmern.« »Wie sollten wir uns spezialisiertes Personal leisten können? Wir wären nicht mehr rentabel, und wohin sollten dann all diese Leute gehen? Sie würden auf der Straße leben müssen, für Unruhe sorgen und Probleme machen. Die Leute hier sollten für Westwind dankbar sein!«

Mrs. Goodman hatte sich von dem Reporter abgewandt und ging eilig davon. Offenbar folgte ihr der Kameramann, denn sie drehte sich noch einmal um. Ihre Augen funkelten vor Wut. »Gehen Sie weg! Sie haben kein Recht, mich zu verfolgen! Wenn Sie nicht sofort verschwinden, informiere ich meinen Anwalt!«

»Das war's. Jetzt kommt nichts Interessantes mehr«, bemerkte Barry. »Setzen wir uns hin. Ich habe einen Riesenhunger.«

Kate ging es ebenso. Mit großem Interesse las sie die Speisekarte, bestellte einen Caesar-Salat und stürzte sich auf den Brotkorb, den die Kellnerin auf ihren Tisch stellte. Barry lachte.

»Sei bloß ruhig. Schließlich hast du dir einen doppelten Cheeseburger mit Pommes frites bestellt.«

»Egal. Jetzt kommt erst einmal das Wichtigste.«

Zwei Gläser Weißwein wurden serviert, sie nahm eins davon und trank den ersten Schluck. »Ah, das ist gut. Was nicht heißen soll, dass ich nicht empört über Mrs. Goodman und ihre Lügen bin.«

»Wer wird ihr denn jetzt noch glauben?«, höhnte Barry. »Es weiß doch jeder, dass sie Blödsinn erzählt. Und wir haben noch viel mehr gegen sie in der Hand. Nicht mehr lange, dann ist diese Frau Geschichte.«

»Dein Wort in Gottes Gehörgang«, bemerkte Kate ernst und sah überrascht auf, als er in Gelächter ausbrach.

»Meine Güte, Kate, das habe ich seit meiner Jugend nicht mehr gehört! Aber ich sage dir, wir sind an Goodman dran und an Westwind und vielleicht ...«

»Und vielleicht an wem noch?«

»Mit Spekulationen kann man eine Menge Schaden anrichten«, meinte er. »Solange es nicht sicher ist, werde ich nichts ausplaudern, besonders nicht an einem öffentlichen Ort wie diesem, wo die Wände und die Nischen Ohren haben.«

Ihr Essen wurde serviert, dem sie sich die nächsten Minuten schweigend widmeten.

»Übrigens ist mir in letzter Zeit aufgefallen, dass Nelson sich scheinbar gern am Rand irgendwelcher Menschenaufläufe herumdrückt.«

»Ach ja?«, meinte Barry zwischen zwei Bissen. »Das merkst du erst jetzt? Nelson ist immer da, immer im Hintergrund. Wahrscheinlich zieht ihn die allgemeine Aufregung an. Ich bezweifle allerdings, dass ihn interessiert, worum es geht.«

»Da bin ich mir nicht so sicher«, wandte Kate ein. »Heute hat er mir zufällig in die Augen gesehen, und ich sage dir, es war nicht dieser unstete, ausweichende Blick wie sonst. Es war ein geistig klarer Mensch, der mich in diesem Augenblick angesehen hat – okay, zumindest vorübergehend. Du weißt, dass so etwas bei Schizophrenen möglich ist. Sie lösen sich für einen Moment aus ihren Wahnvorstellungen und stellen eine Verbindung zum Rest der Welt her.«

»Nelson ist seit einer halben Ewigkeit hier, Kate, und er war immer in seiner eigenen Welt. Warum willst du unbedingt glauben, dass er nicht verrückt ist?«

»Es stimmt nicht, dass ich es glauben *will*«, gab Kate zurück. Sie wollte Barry nicht erzählen, dass sie Nelson für ihren Bruder hielt, er würde sie wahrscheinlich nur auslachen.

In diesem Augenblick läutete Barrys Telefon. Er hob ab und lauschte, dann verzog sich sein Gesicht zu einem Grinsen. Das Gespräch dauerte über fünf Minuten. »Ich bin im Elephant, könnte aber in einer Viertelstunde da sein«, sagte er schließlich und legte auf. »Das war Scott Baldwin vom Fernsehen, der einen Kommentar dazu haben will, was Mrs. Goodman gesagt hat. Siehst du? Die Guten kommen doch noch zum Zug, und du hast die Gelegenheit, es dir persönlich anzuhören.«

Als sie vor die Tür traten, stand der Reporter schon davor, umgeben von der üblichen Gruppe Schaulustiger. Mit Kate im Schlepptau trat Barry zu Scott Baldwin.

»Guten Tag. Hier ist Scott Baldwin mit Barry Manheim, dem Chefredakteur des *Chronicle* und einem der Mitverantwortlichen für die Enthüllungen über Westwind. Wer den ersten Teil unserer Sendung verfolgt hat, konnte gerade Mara Benottis Interview mit Mrs. Stella Goodman, der Direktorin von Westwind, hören. Mrs. Goodman behauptet, in der Zeitung seien Lügen über unnötige Operationen an Patienten ihres Pflegeheims verbreitet worden. Was sagen Sie dazu, Barry?«

»Danke, dass Sie mich das fragen, Scott.« Wieder konnte Kate nur staunen, wie mühelos Barry sich inmitten der Scheinwerfer, Mikrofone und der Menschenmenge bewegte. Doch Barry hatte ja schon immer gern im Rampenlicht gestanden. »Der *Chronicle* hat herausgefunden, dass Westwind Eigentümer des Transportservice ist, mit dem die Patienten zu den Operationen, den Dermatologen und Zahnärzten und all den anderen Terminen gebracht wurden. Glaubt angesichts dessen noch jemand, all diese vermeintlich wichtigen Arztbesuche seien nicht fingiert gewesen? Westwind hat ein kleines Vermögen damit gemacht, die Leistungen der Ärzte und Zahnärzte in Rechnung zu stellen und die Dienste des Transportunternehmens zu bezahlen – Geld, das geradewegs wieder auf die Konten von Westwind fließt.« Er breitete vielsagend die Hände aus.

»Wie kommt Westwind mit so etwas durch?«, fragte Scott Baldwin, scheinbar entsetzt. »Gibt es hier keine Gesundheitsbehörde, die Einrichtungen wie Westwind kontrolliert?«

»Ich bin froh, dass Sie mir auch diese Frage stellen, Scott. Die staatliche Gesundheitsbehörde ist sich über einen Großteil dieses Missbrauchs durchaus im Klaren, hat aber nichts oder nur wenig dagegen unternommen. Ganz zu schweigen von Medicare und Medicaid, die Westwind blindlings Millionen an Invaliditätszuschüssen bezahlen, ohne sich auch nur einmal die Mühe gemacht zu haben, einen Blick auf die Einrichtung oder die Patienten zu werfen, die darin behandelt werden.«

»Schockierend«, erklärte Scott Baldwin.

»Allerdings«, stimmte Barry zu. »Auch die psychisch Kranken haben Rechte, wie Sie wissen, und diese Rechte werden von niemandem geschützt. Ich habe selbst einige Mitarbeiter des Gesundheitsministeriums befragt, und Nancy O'Neil hat sich mit Vertretern von Medicaid und Medicare unterhalten. Alle schienen davon gewusst zu haben, dass Westwind die reinste Hölle ist«, erklärte Barry traurig. »Aber niemand hat irgendwelche Schritte eingeleitet, um dieses Heim einer eingehenden Untersuchung zu unterziehen.«

»Schockierend«, wiederholte der Reporter. »Hoffen wir, dass es Mara Benotti, die inzwischen vor dem Parlamentsgebäude steht, gelungen ist, einen Verantwortlichen für die Pflegesituation vor die Kamera zu bekommen. Mara? Bist du da?« Er wandte sich an Barry. »Tut mir leid, wenn ich Sie unterbreche, aber ich habe Meldung bekommen, dass Mara etwas dazu haben könnte.«

»Ich sollte wohl besser wieder reingehen und mir im Fernsehen ansehen, was sie zu sagen hat«, gab Barry lachend zurück. Mit entschlossenen Schritten trat er neben Kate, legte ihr eine

Hand auf die Schulter und zeigte ihr etwas. »Da. Siehst du? Da drüben, ganz hinten, hinter den Schwestern. Siehst du ihn?«

Sie sah ihn. Nelson stand hinter der Menge. Auf seinem Gesicht lag ein konzentrierter Ausdruck, als lausche er ausnahmsweise dem Reporter und Barry statt den Stimmen in seinem Kopf. Plötzlich sah er ihr ins Gesicht, hob eine Hand und machte mit zwei Fingern das Siegeszeichen. Kate erschauderte. Bevor ihr Bruder dieses seltsame und unzugängliche Verhalten an den Tag gelegt hatte, war dies ihr Zeichen gewesen, wenn es ihm wieder einmal gelungen war, Angela dazu zu bringen, nach oben zu gehen und sich schlafen zu legen.

»Da, hast du das gesehen?« Sie packte Barry am Arm.

»Was gesehen?«

»Nelson. Er hat das Siegeszeichen gemacht.« Sie hob ihre Finger.

»Bist du sicher, Kate?«

»Herrgott noch mal, Barry, ich bin nicht hysterisch. Natürlich bin ich sicher! Ich sage dir, in letzter Zeit ist er anders. Als würde er seine Medikamente nehmen.«

»Gut, dann gehen wir eben zu ihm hinüber und reden mit ihm.«

Aber als sie sich durch die Menge geschoben hatten, war Nelson wie stets verschwunden. *Wie alle Männer in meinem Leben*, dachte Kate wehmütig. Sie versprach Barry, sich später bei ihm zu melden, und ging in ihr Büro zurück.

21

Jemand verfolgte sie. Sie spürte es, selbst jetzt, um neun Uhr morgens, als sie mit zwei Dutzend anderen Menschen die Main Street entlangging. Sie wurde verfolgt. Seit einer Woche, seit diese schrecklichen Briefe in der Zeitung erschienen waren. Das Wort »verfolgt« hörte sich an wie aus einer Crime-Sendung im Fernsehen. Doch das unangenehme Gefühl, dass ihr jemand wie ein Schatten folgte, ließ sie nicht los. Manchmal war es so intensiv, dass sie herumwirbelte in der Erwartung – ja,wem gegenüberzustehen? Bannerman? Gail? Carlo? Aber natürlich war nie jemand zu sehen. Schließlich blieb sie vor dem Starkman Building stehen. Das vierstöckige Gebäude aus dem Jahr 1904 war aus soliden Ziegeln erbaut, die Fenster mit Kalksteinen eingefasst und mit einer hohen Doppeleingangstür. Es war der Stolz der Innenstadt, und es beherbergte Stacy Wolfs Kanzlei. Kate war auf dem Weg zu ihr, um die rechtlichen Schritte zu besprechen, die sie eventuell wegen der Hassbriefe unternehmen könnte. Seit ihrem Erscheinen waren jeden Tag wütende Briefe von Lesern als Reaktion auf die Schmähbriefe im *Chronicle* abgedruckt worden. Kate wurde von Leuten aus der Bevölkerung in Schutz genommen, von Menschen, die sie noch nicht einmal kannte und die sich auf die Seite des Doc schlugen. Diese Briefe lösten eine weitere Flut an Zuschriften von der anderen Seite aus. Jede Gruppe hatte ihre eigenen Geschichten zu erzählen, ob sie nun der Wahrheit entsprachen oder nicht. Auf diese Weise war die Boshaftigkeit der ursprünglichen Briefe einem öffentlichen Gekabbel gewichen, das tagtäglich die Leserbrief-Seite des *Chronicle* füllte.

»So wie es im Augenblick läuft, würde ich sagen, wir vergessen das Ganze einfach. Sollen sie sich zanken, bis sie genug haben«, sagte Kate zu Stacy Wolf, als sie ihr in einem behaglichen Sessel vor dem niedrigen Kaffeetisch gegenübersaß. Der Schreibtisch war in die Ecke geschoben worden, sodass Kate das Gefühl hatte, in einem Wohnzimmer zu sitzen. Eine Tasse Kaffee stand dampfend vor ihr. Und er schmeckte gut.

Stacy Wolf war sogar Sallys Zwillingsschwester, sodass es Kate nicht schwerfiel, sich ihr anzuvertrauen. »Ganz Ihrer Meinung«, erklärte Stacy. »Es ist sehr schwer, Rufmord oder Verleumdung nachzuweisen ... und normalerweise hängt es immer mit Geld zusammen. Verlieren Sie durch die Briefe Patienten?«

»Ich habe eher das Gefühl, als würden noch mehr zu uns geschickt als vorher.« Kate lachte.

»Außerdem sollten Sie wissen – ein Prozess ist eine zeit- und kostenintensive Angelegenheit, die oft nicht das Resultat bringt, das man sich erhofft hat.«

»Okay, also klagen wir besser nicht.« Kate trank noch einen Schluck Kaffee. »Es tut mir leid, dass ich Ihre Zeit in Anspruch genommen habe, ohne dass Sie einen Auftrag bekommen.«

»Machen Sie sich darüber keine Gedanken«, wiegelte die Anwältin lächelnd ab. »Wir sehen uns zweifellos irgendwann wieder. Sie haben die Missstände in Westwind mit eigenen Augen gesehen und damit in ein Wespennest gestochen. Man wird sie als Zeugin haben wollen, wenn der Fall vor Gericht geht. Außerdem werden einige Leute glauben, Sie als vermeintlich *reiche* Ärztin wären leichte Beute, und versuchen, Sie zu verklagen. Haben Sie nicht schon eine Vorladung bekommen? Tut mir leid, wenn ich das sage, aber Sie werden mich früher oder später noch brauchen.«

»Darf ich sagen, hoffentlich lieber später als früher?«

Stacy Wolf lächelte wieder. »Dürfen Sie.« Sie schenkte sich und Kate Kaffee nach. Allem Anschein nach hatte sie es nicht eilig, sie loszuwerden. »Das Mädchen, das Sie gerettet haben, diese Linda Cathcart, bekommt ja offenbar einige Medienaufmerksamkeit.«

»Sie meinen die Geschichte im *Life & Style*-Teil der Sonntagsausgabe? Ja, ich schätze, Nancy will zeigen, wie normal Linda ist, obwohl sie ja zu diesen, ich zitiere, V*errückten* gehört. Diese alten Begriffe sterben nicht so schnell aus, besonders in einer Kleinstadt.«

Stacy nickte. »Und besonders nicht in einer Stadt, in der die Anstalt über alles und jedes hinausragt, sowohl physisch als auch psychologisch. Jedenfalls ist dieses Mädchen eine echte Schönheit. Und sie ist wirklich wieder normal?«

»Ich weiß nicht, was normal in ihrem Fall bedeutet. Aber ich schätze, so kann man es bezeichnen. Sie ist freundlich, höflich und bei klarem Verstand. Sie arbeitet bei mir in der Klinik, wo sie vorläufig Aushilfsarbeiten erledigt. Sie macht sich recht gut, wenn man bedenkt, wie viel sie im Lauf der Jahre in der Schule versäumt hat. Ich setze große Hoffnungen in sie, außerdem werden unsere Antipsychotika immer besser und ausgereifter. Ich denke, Linda könnte eine von denen sein, die Glück haben.« Sie hielt inne. »Wieso reden wir eigentlich über sie? Stimmt etwas nicht?«

Stacy Wolf stieß einen Seufzer aus. »Ich habe all die Geschichten über sie gelesen, die zweimal pro Woche im *Tagesgeschehen*-Teil stehen. Es klingt, als gehe es ihr sehr gut, aber wo ist da die Sensation?«

»Wie meinen Sie das?« Kates Stimme war schärfer als beabsichtigt.

»Na ja, ich gehe davon aus, dass ein Reporter übertreibt. Also, was sagen Sie als Ärztin?«

»Es geht ihr tatsächlich sehr gut. Aber es muss doch einen Grund geben, weshalb Sie mich das fragen.«

Wieder seufzte die Anwältin. »Glauben Sie mir, wenn ich Ihnen erzähle, dass ich einen Anruf von Mrs. Cathcart erhalten habe? Mrs. Lydia Cathcart.«

»Von Ihrer *Mutter*? Von der Frau, die ihr Kind öffentlich verstoßen hat, die glaubt, Linda sei die Brut des Teufels?«

»Genau die.«

»Und was will sie?«

»Sie möchte ihre elterlichen Rechte zurückerlangen, die sie dem Staat abgetreten hat.«

»Sie will das Sorgerecht für Linda?«

Stacy zuckte die Schultern und lächelte grimmig. »Na ja ... Linda ist ja jetzt *berühmt*. Ihre Mutter kann eine Menge Geld verdienen, wenn sie die Geschichte ihrer Tochter an den *Star* oder *People* oder ein anderes landesweit erscheinendes Blatt verkauft. Und was ist, wenn Linda ein Buch schreibt? Sie würde doch gar nicht wissen, was sie mit dem Geld anfangen soll. Deshalb braucht sie jemanden, der sie berät. Und wer könnte das besser als ihre eigene Mutter? Mrs. Cathcart behauptet, sie hätte voller Inbrunst gebetet, und Gott hätte ein Wunder geschehen lassen. Und Sie hätten nichts damit zu tun.« Stacy schnitt eine Grimasse. »So wie alle Wunder wird auch dieses ausgenutzt werden, wo es nur geht.« Traurig schüttelte sie den Kopf.

»Ich glaube, mir wird schlecht«, stieß Kate hervor.

»Da sind wir schon zu zweit. Da Linda im Vollbesitz ihrer geistigen Kräfte sei, müsse sie in die Entscheidung mit einbezogen werden, habe ich Mrs. Cathcart erklärt, worauf sie einfach aufgelegt hat.«

Ein Vibrieren von Kates Mobiltelefon verriet ihr, dass jemand versucht hatte, sie zu erreichen. Austin Daveys Büro. »Entschuldigen Sie, aber ich muss rangehen.« Sie ging auf den Flur hinaus und wählte die Nummer. Zu ihrer Überraschung drang die Stimme von Austin Daveys persönlich an ihr Ohr.

»Mr. Davey?«

Er klang nervös und aufgebracht. Er müsse sie sprechen. Allein. Unter vier Augen. Ob sie in den Park kommen könne, in dem sich die Obdachlosen immer trafen? Dort gebe es einen kleinen Ententeich. »Sagen wir, in 20 Minuten?« Kate stimmte zu.

Sie kehrte in Stacys Büro zurück. »Tut mir leid, aber ich muss weg. Aber lassen Sie es mich wissen, falls Sie wieder etwas von Lindas Mutter hören, okay? Und ich werde dafür sorgen, dass bei YWCA jemand ein Auge auf sie hat. Ich habe ein ungutes Gefühl ...«

»Ich gehe sogar davon aus, dass wir von ihr hören, Kate. Wenn sie Geld riecht, wird sie sich garantiert wieder melden. Ansonsten ist das Mädchen vorläufig sicher, denke ich.«

Kate war froh, an die frische Luft zu kommen. Die Unverfrorenheit dieser Frau! Sie war außer sich, aber ihre Gefühle im Hinblick auf Mrs. Cathcart würden warten müssen. Wichtig war jetzt nur, innerlich und äußerlich ruhig zu wirken. Es war ein herrlicher Morgen, sonnig und warm. Die Luft war erfüllt vom Duft nach Blumen und Vogelgezwitscher. Als sie Davey sah, der auf einer Parkbank am Teich saß, ein Brötchen zerpflückte und die Brocken den Enten zuwarf, hatte sie ihr inneres Gleichgewicht wiedergefunden. Am anderen Ufer des Teichs saß ein Kindermädchen mit einem Baby, sonst war niemand zu sehen. Sie trat neben ihn.

»Gut«, sagte er statt einer Begrüßung. »Setzen Sie sich, bitte. Ich möchte Ihnen einen Vorschlag machen, aber zuerst muss ich Ihnen einige Hintergrundinformationen geben. Unnötig zu sagen, dass das unter uns bleibt. Einverstanden?«

»Ohne zu wissen, was Sie mir gleich erzählen? Wie kann ich mich dann schon damit einverstanden erklären? Kennen Sie mich nicht gut genug, um meinem Urteilsvermögen zu trauen?«

Er starrte sie reglos mit seinen zusammengekniffenen kalten Augen an. Nur der dünne Schweißfilm auf der Stirn verriet seine Nervosität.

»Bevor ich den Job in Hillside angenommen habe, war ich Finanzdirektor im Cadman Memorial Hospital. Kennen Sie es?«

»Es ist in Brooklyn Heights. William Bannermans Vater arbeitet dort als Chirurg.«

Er sah sie erschrocken an. »Ja. Robert Bannerman und ich sind ... Freunde. So könnte man es wohl nennen.« Er schwieg einige Momente lang, ehe er hastig fortfuhr. »Ich hatte eine Menge Geld in E-Commerce-Aktien investiert, bevor die Seifenblase geplatzt ist. Ich wollte das Ganze so lange geheim halten, also habe ich mir ... sagen wir, eine Art privates Darlehen genommen.«

Er schien darauf zu warten, dass sie etwas erwiderte. Doch sie beschloss, zunächst lieber den Mund zu halten.

»Der Zinssatz war ... ach, egal. Jedenfalls stand mir innerhalb kürzester Zeit das Wasser bis zum Hals. Als mir der Job in Hillside angeboten wurde, war klar, dass ich ein beachtliches Gehalt kassieren würde, also habe ich ihn angenommen, ohne auch nur mit meiner Frau darüber zu reden. Natürlich wusste sie nichts von unserer finanziellen Lage, und ich habe es ihr nicht erzählt.«

Wieder entstand eine lange Pause und Kate fragte sich, ob er überhaupt weitersprechen würde. »Also schulden Sie –«, sagte sie, doch er brachte sie mit einer Geste zum Schweigen.

»Ja, so könnte man es nennen. Ich schulde jemandem Geld.« Er ließ ein kurzes freudloses Lachen hören. »Ich habe mir etwas Geld aus einem Klinikfonds genommen, auf den ich Zugriff hatte. Und bevor ich Gelegenheit hatte, das Geld zurückzugeben, hat sie es herausgefunden.«

»Ihre Frau?«

Er warf ihr einen ärgerlichen Blick zu. »Gail Fortunato.«

»Aber ...«

»Sie hat überall Freunde, Dr. McKenna. Oder Feinde. Für sie spielt es keine Rolle, denn ob Freund oder Feind, sie erstatten ihr alle Bericht. Diese Frau! Sie weiß einfach alles! Und dieses Wissen benutzt sie.«

»Also ist Gail dahintergekommen, dass Sie sich Geld von der Anstalt, äh, geliehen haben, und –«

»Oh, sie war nur allzu gern bereit, mir selbst zu leihen, was ich brauchte. Als Freund. Und dann wollte sie natürlich, dass ich als ihr Freund ihr den einen oder anderen Gefallen tue. Sie war sehr wütend, geradezu außer sich, als diese Enthüllungen über Westwind in der Zeitung breitgetreten wurden. Sie wollte, dass Mr. Manheim gefeuert wird ...« Sein Gesicht verzog sich zu einem dünnen Lächeln. »Stellen Sie sich nur vor, wie bekümmert sie war, als sie herausgefunden hat, dass er bei dieser Zeitung nicht nur Chefredakteur ist, sondern auch noch ihr Besitzer und Herausgeber. Aber irgendjemanden musste sie doch bestrafen ...«

»Oh, verstehe. Und dieser Jemand war ich.«

»Ja. Offenbar hasst sie Sie. Ihre Familie, um genau zu sein. Ihren Vater. Und Sie auch, ja. Sie will, dass ich Sie rauswerfe.«

»Und, werden Sie es tun?«

»Nein, ich bin hergekommen, um mit Ihnen zu reden, also werfe ich Sie offensichtlich nicht raus, obwohl sie Ihre Kündigung ohne weiteres forcieren könnte, da sie dem Vorstand vorsitzt. Sie ist ein boshaftes Stück, Dr. McKenna. Ich möchte nichts mehr mit ihr zu tun haben. Im Moment bin ich dabei, das Geld aufzutreiben, das ich ihr schulde. Mit ein bisschen Glück sollte ich es im Lauf der Woche zusammenhaben. Und dann würde ich Sie gern bei Ihren Bemühungen unterstützen, Westwind zu schließen.«

»Das ist sehr anständig von Ihnen«, sagte Kate, deren Gedanken sich fast überschlugen. Austin Davey auf ihrer Seite? Er begab sich also ins Lager der Guten? *Muss verdammt viel Geld gewesen sein, das sie ihm geliehen hat.*

»Ich versuche nur, meinen Job und meinen Ruf zu retten. Sie rückt mir immer mehr auf den Pelz. Und ihr Freund Vandenburg setzt mich auch unter Druck. Er redet ständig davon, Hillside zu kaufen, das gesamte Anwesen einschließlich Grundstück, um es anschließend wieder zu verkaufen. Diese alten Gebäude, die Gärten, der Teich, das Ganze ist ein Vermögen wert. Die Bürgermeisterin hat mehr als nur einmal erwähnt, was für ein hübsches Plätzchen das wäre, um eine exklusive Wohnanlage mit Eigentumswohnungen zu bauen.«

Nur über meine Leiche, dachte Kate. »Ich bin froh über dieses Gespräch, Mr. Davey, und würde mich sehr über Ihre Unterstützung freuen. Aber natürlich muss ich mich fragen, was Sie als Gegenleistung erwarten.«

»Ich will Publicity«, erwiderte er eindringlich. »Alle sollen wissen, dass ich auf der richtigen Seite stehe, wenn –«

»Wenn?«

»Wenn der letzte große Artikel über die Todesfälle in Westwind erscheint. Ich wurde bereits mehrmals von Mr. Bongiorno, dem Staatsanwalt, angerufen.«

»Ja, das ist vielleicht ganz nett, Mr. Davey. Mich hat er auch angerufen. Aber die Staatsanwaltschaft hat doch nie etwas unternommen, all die Jahre nicht, trotz all der negativen Berichte der Inspektoren vom Gesundheitsministerium. Es ist nie etwas passiert, von keiner Seite aus.«

»Tja, aber diesmal liegt der Fall etwas anders«, erklärte er mit einem Lächeln, das sie nur als boshaftes Grinsen bezeichnen konnte.

»Sie wissen also etwas!«

»Alles zu seiner Zeit, Dr. McKenna. Ich würde vorschlagen, Sie rufen Ihren Freund, den Chefredakteur, an und sagen ihm, er soll sich bereithalten. Er hört bald von mir.«

»Sie haben also immer noch Geheimnisse.«

»Nicht mehr lange.«

»Sie sind ein selbstsüchtiger Mistkerl, wenn ich das so sagen darf.«

»Und immer noch Ihr Boss, wenn ich Sie daran erinnern darf«, konterte er milde.

Sie stand auf. »Nicht wenn ich kündige, Mr. Davey.« Sie wandte sich zum Gehen.

»Seien Sie nicht kindisch, Doktor. Gedulden Sie sich ein bisschen. Und vergessen Sie nicht – ich stehe auf Ihrer Seite.«

»Ach was!« Angewidert winkte sie ab und wandte sich zum Gehen.

»Und wenn Sie mit Mr. Manheim reden, dann fragen Sie ihn ruhig auch nach seiner Affäre mit Gail Fortunato«, rief er ihr nach.

Sie blieb stehen und drehte sich um. »Ich bitte Sie. Wie viele Jahre ist das her?«

»Nicht allzu lange«, erwiderte er ruhig. »Das Ganze lief jedenfalls noch, als Sie hergekommen sind, um die Leitung der Ambulanzklinik zu übernehmen.«

Lass dir deine Verblüffung auf keinen Fall anmerken. »Danke für die Neuigkeiten, aber ich denke nicht, dass ich mich in absehbarer Zeit mit ihm darüber unterhalten werde.« Sie wandte sich wieder zum Gehen. Diesmal würde sie sich nicht aufhalten lassen, egal, was Davey sonst noch zu sagen hatte. Aber was für eine Neuigkeit! Und dabei hatte Barry erst kürzlich versucht, bei ihr zu landen. Dem würde sie etwas erzählen!

Als sie die Klinik betrat, war ihre Wut ein wenig verraucht, und sie war zu dem Schluss gelangt, dass sie das Ganze im Grunde nichts anging. Doch dann fiel ihr der Abend wieder ein, als sie auf der Schaukel gesessen und ihn geküsst hatte. Hatte er nicht gescherzt, Gail hasse sie, weil sie ihr Barry in der Schule ausgespannt hatte? Dieser Mistkerl. Damals hätte er ihr die Wahrheit sagen können.

Nun stand sie in der Lobby und ließ wie immer den Blick durch den Wartebereich schweifen: zwei zerlumpte Männer, die sie nicht kannte, und Gilda. Sollte Gilda nicht an Francas Gruppensitzung teilnehmen? Gilda, die auf den Boden gestarrt und ohne Unterlass geredet hatte – wahrscheinlich mit ihren Stimmen –, hob den Kopf, kam mühsam auf die Füße, als sie Kate sah, und machte sich auf den Weg zu den Therapieräumen. Als Nächstes betrat Luke die Lobby, beugte sich über einen der beiden Männer und führte ihn weg.

Heute sollte Linda ihre Arbeit als Donnas Assistentin aufnehmen. Luke hatte Kate einige Tage zuvor ein Memo geschickt, dass Linda gut mit den andern zurechtkomme und schnell lerne. Er und die Sozialarbeiter empfänden die Zusammenarbeit mit ihr als sehr angenehm, doch sie sei nach wie vor etwas anfällig, deshalb wäre eine Aufgabe in Kates Nähe besser geeignet für sie.

Zu Kates Überraschung war Donna begeistert von ihrer Idee. »Es wäre nett, mit einer Berühmtheit zusammenzuarbeiten. Und wenn die Reporter sie fotografieren werden, komme ich vielleicht auch mit aufs Bild«, freute sie sich.

Tanisha war mittlerweile ein verantwortungsvollerer Job übertragen worden. Sie arbeitete jetzt als Assistentin der Case Manager und war glücklich über ihre Aufgabe – inmitten von Sozialarbeitern, die sie unter ihre Fittiche genommen hatten. Und Jimmy Friedman kümmerte sich sogar persönlich darum, dass sie abends die Schule besuchte und in einer anständigen

Unterkunft wohnte. Es hätte Kate nicht überrascht, wenn er ihr sogar jeden Tag das Lunchpaket vorbereitet hätte.

Kate nahm ihre Telefonnachrichten von Sonya entgegen, unter denen sich drei von Barry befanden. Wieder wurde sie daran erinnert, was für ein Lügner er war, doch sie schob den Gedanken beiseite. Sie hatte über wichtigere Dinge nachzudenken. Über Linda, zum Beispiel. Statt in ihr Büro zu gehen, eilte sie den Korridor hinunter zu Donnas Büro. Die Tür stand offen, sodass sie Linda erblickte, die, umgeben von zahllosen Ordnern, vor einem Aktenschrank kniete. Sie war völlig vertieft in ihre Arbeit. Kate hörte das Rascheln von Papier aus der anderen Ecke des Raums, konnte jedoch nicht sehen, wer dort saß. Sie beschloss, sich nicht bemerkbar zu machen. Noch nicht.

In diesem Moment hörte sie Donnas Stimme. »Linda, ich habe noch nie gehört, dass einer der Verr..., einer der Patienten hier jemals geheilt worden ist. Das muss sich toll anfühlen.«

Linda ließ sich nicht in ihrer Arbeit unterbrechen. »Das tut es auch. Manchmal habe ich gewusst, dass ich mich verrückt benehme, aber es war, als würde ich mir selbst wie aus der Ferne zusehen. Als wäre ich zu weit weg, um damit aufzuhören. Aber jetzt ist dieses Gefühl auf einmal verschwunden.«

»Wow«, meinte Donna. »Und was hattest du?«

Nun unterbrach Linda ihre Tätigkeit und wandte sich Donna zu. »Ich habe Schizophrenie.«

»Und wie ist Schizophrenie so?«

»Na ja«, meinte Linda ernst. »Man hört Stimmen, die Dinge zu einem sagen, schlimme Dinge. Manchmal sagen sie einem auch, dass man etwas tun soll.«

»Schlimme Dinge?«, erkundigte sich Donna. Linda nickte.

»Und machen sie auch, dass man nachts aufwacht?«, hakte Donna nach einer Weile nach.

»Ich bin nicht sicher. Wieso?«

»Und dann sieht man überall nach, aber es ist niemand da?« Donnas Stimme klang leicht angespannt.

»Ja, manchmal. Wieso fragst du? Hast du das auch?«

»Natürlich nicht«, herrschte Donna sie an. »Manchmal vergesse ich Sachen oder lege sie an irgendwelche seltsamen Orte. Aber ich bin nicht verrückt!«

Lindas Miene verriet Kate, dass Donnas unvermittelter Zorn sie ängstigte. Sie zog sich zurück. »Tut mir leid«, sagte sie. »Das habe ich nicht gesagt. Bitte, sei nicht böse auf mich.«

Gerade als Kate einschreiten wollte, änderte sich Donnas Tonfall wieder. »Ich bin nicht böse, Linda. Ehrlich nicht. Lass uns Freunde sein, okay?«

Hatte sich das Timbre in ihrer Stimme leicht verändert? Klang es ein wenig aufgesetzt? Kate wartete noch einen Augenblick, als sie sah, wie Linda erleichtert lächelte. »Okay. Donna. Freunde.«

Kate nahm sich vor, mit ihrer Schnüffelei aufzuhören und nicht an jeder Ecke ein Problem zu vermuten. Die beiden verstanden sich gut, also konnte sie sich wieder ihren Patienten widmen. Kaum hatte sie sich einige Schritte entfernt, drang Donnas Stimme an ihr Ohr. Kate blieb wie angewurzelt stehen. »Ich bin nicht verrückt ... aber du«, sagte sie ganz leise. War das jetzt Donna? Oder Dominique?

Sie hielt den Atem an und lauschte. Nichts. Dann hörte sie, wie Donna sich bei Linda erkundigte, ob sie bereits beim Buchstaben D angekommen sei, da sie Paulie DeSantos Akte brauche. »Da bin ich gerade. Lass mich mal sehen«, erwiderte Linda. Die beiden klangen völlig normal.

Kate ließ ihren Atem entweichen und ging weiter. Machte sie sich selbst etwas vor, wenn sie glaubte, Donna sei eine geeignete Kollegin für Linda? Konnte es nicht sein, dass Dominique sich vor Lukes eindringlichen Fragen versteckte? Seit Luke mit der Behandlung angefangen hatte, war sie nicht mehr aufgetaucht. Er hatte bereits vier Gesprächstermine mit Donna hinter sich, ohne etwas erreicht zu haben. »Fehlanzeige«, erklärte er jedes Mal. »Dominique kommt nicht heraus. Ihr gefällt die Therapie nicht, vermute ich.«

Am Vorabend waren sie zu C.J.'s auf eine Pizza und ein Bier gegangen, um über den Fall zu diskutieren. Es war das erste Mal seit einer ganzen Weile, dass sie gemeinsam ausgegangen waren, und Kate hatte befürchtet, dass sie sich unbehaglich fühlen würde. Doch ihr Interesse an dem, was er zu sagen hatte, war viel zu groß gewesen, und sie hatten einen angenehmen Abend verbracht.

In der Hoffnung auf ein wenig Privatsphäre hatten sie sich eine Nische im hinteren Teil des Restaurants gesucht, doch da das C.J.'s hauptsächlich vom Lieferservice lebte, waren sie ohnehin fast allein gewesen.

»Es gibt nicht viel Neues zu berichten, Kate«, erklärte Luke frustriert. »Also, lass uns zuerst etwas essen, dann reden wir über ein paar andere Patienten.« Das taten sie dann auch. Natürlich kamen sie dabei auch auf Linda zu sprechen

»Ich glaube, Dominique wartet auf den richtigen Augenblick«, vermutete Luke. »Sie will die Kontrolle, und ich befürchte, dass sie sie auch auf kurz oder lang übernehmen wird, aber nur zu ihren Bedingungen.«

»Obwohl sie Gelegenheit hätte, sich an dich heranzumachen? Zumindest glaubt sie das vielleicht.«

Luke lachte. »Oh ja, klar, ich dachte, ich sei unwiderstehlich für sie, aber offenbar ist es nicht so. Die arme Donna. Ich habe sie gebeten zu singen, und sie hat mich angesehen, als hätte ich den Verstand verloren. Und als ich sie zum Tanzen aufgefordert habe, dachte ich einen Moment lang, sie läuft davon!« Wieder musste er lachen. »Eigentlich ist es nicht lustig, ganz und gar nicht, aber zumindest meine Versuche sind zum Totlachen.«

»Tja, ich hätte vermutet, ihre zweite Persönlichkeit würde die Gelegenheit beim Schopf packen und sich auf dich stürzen.«

»Indem sie sich zeigt, um mit mir zu flirten? Denk nach, Kate. Ich weiß, dass sie da ist, und sie weiß, dass ich es weiß. Ich versuche dieses und jenes, mache alle möglichen Verrenkungen, locke und becirce sie, und sie sitzt da und zeigt sich nicht, sondern lacht sich stattdessen wahrscheinlich tot über mich. Sie zeigt mir, dass ich sie nicht zwingen kann, irgendetwas zu tun, was sie nicht will. Wenn das keine Kontrolle ist, dann weiß ich auch nicht.«

»Aus diesem Blickwinkel habe ich das noch gar nicht betrachtet, aber jetzt, wo du es sagst ... natürlich. Sie spielt ein Spielchen mit dir.«

»Und sie gewinnt auch noch, zum Teufel!«

Ihre Pizza war gekommen, und sie stürzten sich darauf. Danach schilderte er Kate, wie er versucht hatte, ein Stück in die Vergangenheit zu gehen, indem er Kates Mädchennamen und den des Docs erwähnt hatte. »Aber es kam nichts. Ein paar Mal habe ich geglaubt, eine Veränderung in Donnas Verhalten zu erkennen und war sicher, dass Dominique in Erscheinung treten würde, aber es ist nicht passiert.«

»Warum hast du von mir und dem Doc erzählt?«

»Das haben wir doch schon besprochen, Kate. Es besteht eine Verbindung, auch wenn du nicht weißt, welche. Ich denke, dass diese unheimlichen Anrufe bei dir, oder zumindest ein Teil davon, mit Dominique zu tun haben.«

»Nicht mit Gail Fortunato, weil sie mich hasst? Das dachte ich nämlich.« Ihren Verdacht, einige der Anrufe könnten von ihrem Bruder stammen, sprach sie lieber nicht aus. Die Situation war schon bizarr genug.

»Soll ich dir sagen, was ich glaube? Nein. Die Bürgermeisterin macht keinen Hehl aus ihren Gefühlen. Telefonnachrichten im Flüsterton sind nicht ihr Stil. Aber das ist nur eine Vermutung, Kate.«

Sie dachte einen Moment darüber nach. »Nein, wahrscheinlich hast du Recht. Aber Donna – und ihre zweite Persönlichkeit mit eingeschlossen – hatte doch praktisch noch nie in ihrem Leben etwas mit mir zu tun. Ebenso wenig mit meiner Familie. Warum sollte sie mich quälen wollen?«, fragte sie.

Kate ließ noch einmal Revue passieren, was sie über Dominique wusste. Sie war kokett, um nicht zu sagen, regelrecht auf Verführung aus, und gemein. Das hatte sie selbst erlebt. Egozentrisch und gehässig. Vielleicht machte es ihr einfach Spaß, andere zu drangsalieren. Vielleicht hinterließ sie auch bei anderen boshafte Flüsternachrichten. Mit einem Schlag wusste Kate, dass die Stimme, die anders als Donnas geklungen und leise gesagt hatte, Linda sei verrückt, keine Einbildung gewesen war. Sie griff nach ihrem Telefon, rief bei Luke an und hinterließ ihm eine Nachricht, in der sie ihren Verdacht erläuterte. Sie hoffte, dass er sie abhörte, bevor er Donna sah. Sie sollte sich jetzt aber beeilen. Ihre Patienten warteten auf sie.

Drei Patienten und einen Becher Erdbeerjoghurt statt eines Mittagessens später ging Kate noch einmal den Korridor hinunter zu Donnas Büro, blieb an einer Stelle stehen, wo sie nicht gesehen werden konnte, und lauschte. Es war sehr still im Raum. Zu still? Eilig trat sie vor und klopfte an den Türrahmen. »Hallo, meine Damen.«

Doch Linda, die an dem großen Tisch vor dem Fenster stand und sich durch einen riesigen Papierstapel arbeitete, war allein im Raum.

»Dr. Kate! Ich habe gerade an Sie gedacht.«

»Tatsächlich! Ich hoffe, es waren angenehme Gedanken.«

»Oh, natürlich. Wären Sie nicht gewesen, müsste ich heute noch an diesem grauenhaften Ort sein!« Bestürzt sah Kate, dass sich die Augen des Mädchens mit Tränen füllten.

»Linda, ist alles in Ordnung? Geht es dir gut? Gibt es etwas, das du mir sagen willst?«

Lindas Blick fiel hinter Kate, worauf diese sich umwandte. Donna war ganz leise ins Zimmer gekommen. Oh Mann, hier lief irgendetwas, das ihr gar nicht gefiel. Als Kate sich wieder Linda zuwandte, waren die Tränen einem so strahlenden Lächeln gewichen, dass es kaum aufrichtig sein konnte.

»Alles ist prima, Dr. Kate. Donna ist eine wirklich gute Lehrerin.«

»Und Linda begreift sehr schnell«, ergänzte Donna. »Sie wird mir eine große Hilfe sein.«

Kate horchte auf einen sarkastischen Unterton, doch da war nichts. Also konnten Lindas Tränen doch ihrer schrecklichen Vergangenheit gegolten haben.

»Donna ist so nett. Sie begleitet mich sogar jeden Tag zurück ins YWCA, obwohl es ein Umweg für sie ist.«

»Wirklich?« Kate bemühte sich um einen neutralen Tonfall. Es könnte tatsächlich eine nette Geste von Donna sein, andererseits hatte Kate dafür gesorgt, dass die Case Manager Linda abwechselnd nach Hause begleiteten – zumindest so lange, bis sie sich ein bisschen sicherer in der großen fremden Welt bewegte. Mit jedem Tag gewann sie an Stärke und Selbstsicherheit – es war, als wären sie alle Zeugen eines Wunders –, trotzdem wirkte sie manchmal noch ein wenig unbeholfen. »Ich habe mir aber etwas anderes für dich überlegt, Linda –«

»Ich habe den Case Managern schon gesagt, dass ich es gern tue«, warf Donna ein. »Sie haben eine Menge Arbeit, und ich begleite Linda gern nach Hause, weil wir Freundinnen sind.«

»Aber heute Abend ist Jimmy Friedman an der Reihe, und ich glaube, er hat sich schon sehr darauf gefreut«, sagte Kate zu Linda, ohne sich zu Donna umzudrehen.

»Oh, Jimmy mag ich«, sagte Linda. »Franca ist immer ein bisschen barsch, aber Jimmy erzählt mir Witze und bringt mich zum Lachen.«

»Aber du wolltest doch mit *mir* gehen.« Donna klang verletzt. »Du hast es gesagt.«

»Das stimmt auch, Donna. Weil wir Freundinnen sind.«

»Wisst ihr was?«, schaltete sich Kate ein. »Heute Nachmittag werde *ich* Linda nach Hause begleiten. Wir hatten heute noch keine Therapiestunde und könnten uns beim Gehen unterhalten.« Sie wandte sich um. »Es macht Ihnen doch nichts aus, Donna?«

Donna lächelte verkniffen. »Natürlich nicht, Dr. Kate. Sie ist meine Freundin, aber Ihre Patientin.«

»Okay, dann hole ich dich um fünf ab, Linda.«

Auf dem Rückweg ins Büro versuchte Kate sich zu beruhigen, dass Linda keine Gefahr drohte. Donna hatte sich in den vergangenen Jahren durch verschiedene Jobs in Hillside hochgearbeitet und war nie durch irgendetwas Ungewöhnliches aufgefallen. Trotzdem nahm sie sich vor, Franca, Shelby und Jimmy zu sagen, dass es ihr lieber sei, wenn die Case Manager Linda nach Hause brachten.

Als sie in ihr Büro kam, läutete das Telefon, und sie ging

ausnahmsweise gleich an den Apparat. Das war eine weise Entscheidung, denn eine Frauenstimme kündigte an, sie zu Mr. Bongiorno durchzustellen. Hatte Austin Davey die Staatsanwaltschaft so schnell mit seinen erwähnten Informationen versorgt?

Aber Mark Bongiorno wollte über etwas anderes mit ihr sprechen. »Es geht um ... Lassen Sie mich sehen ... Tanisha Bardwell. Sie arbeitet in der Ambulanzklinik, habe ich gehört. Und davor war sie in Westwind?«

»Das ist richtig.«

»Ich rufe Sie als Erste an, weil Sie das Ambulanzzentrum leiten und das Mädchen noch recht jung ist, soweit ich weiß.«

»Ja, und –«

»Wir versuchen, hier einen Fall zu klären, Dr. McKenna. Diese vielen Todesfälle in Westwind, und alle sollen auf eine natürliche Ursache zurückgehen? Wollen Sie meine Meinung hören? Ich glaube das nicht. Ich muss die restlichen Krankenakten finden, und niemand in Westwind weiß etwas von ihnen.«

»Durchaus möglich, dass sie tatsächlich nichts wissen, Mr. Bongiorno. Die Fluktuation in diesem Heim war beträchtlich.« In diesem Moment kam ihr ein Gedanke. »Wieso schließen Sie Westwind eigentlich nicht? Bevor es noch weitere Todesfälle gibt?«

Er stieß scharf den Atem aus. »Okay, Doktor, ich verstehe ja Ihre Ungeduld, aber zuerst muss ich einen hieb- und stichfesten Fall auf die Beine stellen. Diese Leute sind extrem schwer zu fassen. Bisher konnte ihnen nichts nachgewiesen werden. Wenn ich sie vor Gericht bringe, will ich, dass das Ganze Hand und Fuß hat. Dafür brauche ich alle Fakten, die ich bekommen kann.«

»Sie sind sich darüber im Klaren, dass viele der so genannten Fakten in den Krankenakten der Westwind-Patienten von den Angestellten erfunden worden sind, ja? Auf Anweisung der Leiterin.«

»Das habe ich gehört. Das ist auch genau der Grund, weshalb ich mit Miss Bardwell reden möchte. Vielleicht weiß sie ja, wo sie die Aufzeichnungen verstecken, die bei der ersten Durchsuchung nicht sichergestellt worden sind.«

»Könnte durchaus sein.«

»Vielleicht möchten Sie sie ja begleiten, da sie wie gesagt noch sehr jung ist. Das wäre gut. Morgen früh um acht bei mir im Büro?«

»Ich denke, das sollte klappen. Ich rede mit ihr, jetzt sofort, und rufe Sie zurück.«

»Einverstanden.«

Ihr Mobiltelefon läutete, als sie Linda in der Cafeteria des YWCA zurückgelassen hatte. Sie sah auf das Display. Barry. Nein, sie würde jetzt nicht mit ihm reden, sondern erst, wenn sie sich im Klaren darüber war, was sie ihm sagen wollte. Als sie Linda kurz vor fünf abgeholt hatte, war auch Donna da gewesen und hatte auf sie gewartet. Trotz Kates Andeutungen hatte Donna keine Anstalten gemacht, sie allein zu lassen, so dass Kate gezwungen gewesen war zu behaupten, sie wolle den Weg zum YWCA für ein Therapiegespräch nutzen. Donna hatte mit einem trotzigen, fast wütenden Blick in Kates Richtung den Rückzug angetreten.

Als sie nun auf die Straße trat, sah sie sich suchend um. Was sollte das! Donna würde sich wohl kaum hinter einem Laternenpfahl verstecken, um ins Haus zu laufen, sobald Kate außer Sichtweite war. Das war doch lächerlich! Hier passierte nichts Schlimmes. Wahrscheinlich sehnte Donna sich verzweifelt nach einer Freundin, vor allem einer, die sich leicht beeindrucken ließ. Und warum sollte sie diese Freundin nicht bekommen? Das wäre doch für alle Beteiligten von Vorteil.

Zum Glück läutete in diesem Moment erneut ihr Mobiltelefon und ersparte ihr die Fortsetzung ihrer Gedanken. Sie hatte das dumpfe Gefühl, dass sie ohnehin nicht das Richtige dachte. Wenn es schon wieder Barry war ... aber nein, es war Marian. »Hi«, sagte sie.

»Wo sind Sie?«

»Ich komme gerade aus dem YWCA in der Bradley Street. Warum?«

»Ich dachte, wir könnten uns vielleicht später im Elephant treffen. Sagen wir, um sieben?«

»Gute Idee. Bis dann.«

»Bis dann.«

Jetzt hatte sie also eine perfekte Ausrede, falls Barry sich noch einmal meldete. Er hatte den ganzen Tag über immer wieder angerufen und die Frage hinterlassen, ob sie abends mit ihm essen gehen wolle. Na schön, wenn kein Abendessen, dann wenigstens ein Drink, hatte er gemeint. Wie üblich waren seine Bitten sehr süß formuliert, aber sie würde sich nicht erweichen lassen. Sie ging nicht mit Schwindlern aus.

Als sie in die Ambulanzklinik zurückkam, war es halb sechs, daher ging sie geradewegs in den Trakt, in dem sich die Räume der Case Manager und der Sozialarbeiter befanden – ein halbes Dutzend kleiner Büros waren um eine große, freie Fläche angeordnet, die mit einigen Tischen, hohen Aktenschränken aus Metall, den gleichen bunten Plastikstühlen wie in der Lobby, einer Hand voll alter Armsessel und einer wettergegerbten Ledercouch bestückt war. Jimmy Friedman lag ausgestreckt auf besagter Couch und diktierte etwas in ein Bandgerät, abgeschirmt durch eine Reihe Aktenschränke, deren Schubladen herausgezogen waren.

Dahinter saß Tanisha an einem der Tische, sortierte Unterlagen und machte sich auf einem Block Notizen. Sie schien völlig in ihre Arbeit vertieft zu sein und sah richtig glücklich aus, fand Kate. Währenddessen kam Shelby Cohen mit einem Arm voller Akten aus einem der Büros gehastet, trat an Tanishas Tisch und legte den Stapel vor ihr ab. Tanisha blickte mit einem Lächeln zu ihr hoch und nickte, als Shelby etwas zu ihr sagte. *Wenigstens hier läuft alles wie geplant*, dachte Kate zufrieden und trat zu Tanisha.

»Der Staatsanwalt hat mich vorhin angerufen«, sagte sie. »Er würde gern mit Ihnen über die Todesfälle in Westwind reden, besonders über die, deren Ursache als natürlich angegeben wurde.«

»Oh, diese Goodman! Was für eine elende Lügnerin. Ich hab einige dieser so genannten natürlichen Tode mitbekommen, Dr. Kate. Leute, die in der Badewanne ausrutschen und sich das

Genick brechen, nur dass es tagelang keiner mitkriegt. Böse Zimmergenossinnen mit Messern ...« Als sie Luft holte, um fortzufahren, hob Kate die Hand.

»Heben Sie sich das für den Staatsanwalt auf.« Sie wiederholte seinen Namen, damit Tanisha ihn am nächsten Tag korrekt ansprechen konnte. »Sie kennen das große Gerichtsgebäude unten am Fluss? Das mit den Säulen?«

»Oh, Sie meinen den griechischen Tempel? Klar, natürlich kenn ich das.«

»Wir treffen uns morgen früh um acht Uhr dort. Wenn es regnet, gehen Sie hinein und warten in der Lobby auf mich. Machen Sie eine Liste der schlimmsten Fälle, an die Sie sich erinnern können, okay? Und wenn Sie eine Ahnung hätten, wo Mrs. Goodman die Akten aufbewahrt, wäre das sehr gut.«

»Oh, ich weiß schon ... alles klar. Ich erzähl ihm alles, was er wissen will. Sie können sich auf mich verlassen, Dr. Kate.«

»Natürlich kann ich das«, erwiderte Kate, machte sich auf den Weg in ihr Büro und nahm unterwegs den Stapel Telefonnotizen von Sonya mit. Paulies Vater, Barry, Marian – okay, warum Marian angerufen hatte, wusste sie inzwischen. Austin Daveys Büro. NICHTS WICHTIGES, hatte Sonya in Druckbuchstaben darauf geschrieben. Tja, wer konnte das schon sagen. Lydia Cathcart. Könnte sich als durchaus interessant erweisen, was sie zu erzählen hatte. Bei den restlichen handelte es sich um Interviewanfragen, Bitten um Termine und Auskünfte wegen Patientenüberweisungen. Sie beschloss, zuerst Lindas Mutter anzurufen.

Die Stimme der Frau war genauso, wie sie sie in Erinnerung hatte. Laut und aggressiv. »Ja?«, bellte sie in den Hörer.

»Ich möchte Lydia Cathcart sprechen«, sagte Kate.

»Das tun Sie schon. Wer ist da?«

»Dr. McKenna von der –«

»Ja, ich weiß schon, wer Sie sind. Sie haben meine Tochter.«

Kate bemühte sich um einen ruhigen Tonfall. »Ich *habe* gar niemanden, Mrs. Cathcart. Aber wie kann ich Ihnen helfen?«

»Sie wissen genau, was ich meine. Sie haben sie aus Westwind rausgeholt und ihr den Teufel ausgetrieben.«

»Ich habe Linda behandelt, ja. Wegen Schizophrenie.«

»Dann kann sie ja jetzt wieder nach Hause kommen.«

Ganz vorsichtig, Kate. »Wieso kommen Sie nicht zu mir ins Büro, Mrs. Cathcart, damit wir uns über Lindas Fortschritte und ihre Prognose unterhalten können?«

»Ich will nicht mit Ihnen reden! Ich will meine Tochter. Sie gehört mir! All die Jahre hab ich ihre Spinnereien mitgemacht! Ich hab ihr zu essen gegeben, ihr Kleider gekauft und mein Bestes getan, um den Teufel aus ihr rauszukriegen. Und jetzt ist sie berühmt, und sie gehört mir!«

»Mrs. Cathcart, Linda geht es zwar schon viel besser, aber ihr Zustand ist immer noch sehr labil –« Der Hörer am anderen Ende der Leitung wurde mit einem Knall aufgelegt.

Verbindung abgebrochen, dachte Kate, während sie dem Freizeichen lauschte. Aber es hatte nie wirklich eine Verbindung bestanden. Lindas Mutter lebte in ihrer eigenen engen, kleinen Welt. Kate war ihr nie begegnet. Niemand kannte sie, soweit sie wusste. Durchaus möglich, dass diese Frau niemals das Haus verließ. Agoraphobie? Paranoia? Beides? Aber vielleicht irrte sie sich auch, und sie würde irgendwann hier auftauchen, um Linda zu holen. Jimmy brachte sie morgens vom YWCA zur Arbeit, und abends begleitete sie jemand zurück. Im Grunde kam niemand an sie heran – Kate konnte nur hoffen, dass es tatsächlich so war. Viel mehr konnte sie nicht tun, außerdem gab es noch andere, die sie brauchten.

Etliche Telefonate später war sie auf dem Weg ins Elephant. Es war sieben Uhr, und Marian erwartete sie bereits. Der Anblick der Schwester, die so fest mit beiden Beinen auf der Erde stand, erfüllte sie mit Wärme. Marian war wahrscheinlich das, was einer Familie am nächsten kam – wenn sie Nelson nicht hinzurechnete –, und es tat gut, jemanden zu haben, dem man zu hundert Prozent trauen konnte.

Sie setzten sich in ihre Lieblingsnische im hinteren Teil des Restaurants und bestellten sich Pinot Grigio.

»Darf ich Ihnen sagen, dass Sie müde aussehen?«, meinte Marian.

»Das bin ich nicht. Aber ich mache mir Sorgen.« Sie erzählte Marian von ihrem Spaziergang mit Linda, von Donna, die sich kaum hatte abschütteln lassen, und vom Telefonat mit Lindas Mutter. »Scheint, als würde jeder an Linda herumzerren. Sie hat so große Fortschritte gemacht, und ich will nicht, dass alles ruiniert wird.«

»Ihre Medikamente schlagen hervorragend an. So einfach lässt sich das nicht ruinieren.«

»Aber was ist, wenn jemand ... jemand Böses ihr einredet, dass sie wieder Stimmen hört?«

»Jemand Böses?«, fragte Marian belustigt. »Seit wann glaubt man in der Psychiatrie denn an so etwas?«

»Ich weiß, dass es melodramatisch klingt, aber –« Sie erzählte Marian von Lukes Therapiegesprächen mit Donna und von Lindas unechtem Lächeln, als Kate bei ihnen war. »Ich könnte schwören, dass sie irgendwie verzweifelt war, und dann auf einmal dieses übertriebene Lächeln. Als ich mich umdrehte, stand Donna hinter mir. Ich habe keine Ahnung, wie lange sie schon dort gestanden hat, aber mich lässt das Gefühl nicht los, dass etwas nicht stimmt. Irgendetwas läuft da.«

»Was könnte es sein?«

»Keine Ahnung. Mir ist klar, dass das ziemlich unglaubhaft klingt, aber als ich das letzte Mal dort war, habe ich beim Weggehen eine leise Stimme gehört, die zu Linda gesagt hat, sie sei verrückt.« Sie nahm einen Schluck aus ihrem noch unberührten Glas. Jetzt war ihr schon besser.

»Vielleicht sollten Sie eine andere Aufgabe für Linda suchen. Sie sind sehr angespannt, Kate, aber wenn Sie eine Ahnung haben, dass etwas passieren könnte, wette ich, dass es so ist.« Sie tauschten einen nachdenklichen Blick.

»Luke sagt, Dominique, die zweite Person, will sich nicht zeigen. Aber das bedeutet nicht, dass sie nicht da ist.«

»Durchaus möglich, dass sie sich im Verborgenen hält«, erklärte Marian. »Ich meine, sie ist doch diejenige, die die Kontrolle über alles hat, oder nicht?«

»Genau das habe ich auch gedacht. Aber ich kann Linda nicht

Knall auf Fall aus diesem Büro wegholen. Donna betont ständig, sie seien Freundinnen. Mein Gott, ich weiß einfach nicht, was ich tun soll.« Sie barg das Gesicht in den Händen.

Marian schloss die Hand um ihre Finger. »Hey, nur die Ruhe. Uns fällt schon etwas ein. Wir suchen nach einer unauffälligen Möglichkeit, Linda aus diesem Büro zu holen. Vielleicht brauche ich sie ja für ein besonderes Projekt, und wir versprechen Donna, dass sie danach wieder zurückkommt?«

Kate ließ die Hände sinken. »Ich bin ein solcher Dummkopf. Ihre Idee mit dem speziellen Projekt klingt perfekt. Wir sagen es ihr gleich morgen.«

Marian gab der Kellnerin ein Zeichen. »Ein Glas Wein wird heute Abend wohl nicht reichen«, bemerkte sie leichthin. »Aber vorher ... oh, da ist ja unser Wein.« Sie griff nach dem vollen Glas. »Auf mein Spezialprojekt, was auch immer es sein mag.«

»Wenigstens kann ich mich bei Ihnen darauf verlassen, dass Linda in Sicherheit ist.«

»Kate, warum ist Linda Ihnen eigentlich so wichtig?«

»Sie ist meine Patientin. Natürlich ist sie mir wichtig.«

»Nein, nein, darüber hinaus. Seit Sie sie das erste Mal gesehen haben, liegt sie Ihnen besonders am Herzen. Sie hängen an ihr. Ich weiß, dass Sie das Gefühl haben, sie gerettet zu haben, und das stimmt auch. Aber sehen Sie sich doch mal all die anderen an, die so große Fortschritte machen. Paulie DeSanto hat inzwischen sogar einen Teilzeitjob, und Gilda will zwar immer noch nicht baden, aber immerhin nimmt sie ihre Medikamente. Also, was ist Besonderes an Linda?«

Kate nahm einen großen Schluck und starrte ins Leere. Konnte sie zulassen, dass sie wie eine völlige Idiotin klang? Ach, zum Teufel! »Sie ähnelt Angela so sehr. Ist Ihnen das noch nie aufgefallen?«

Marian sah sie verblüfft an. »Wie ...? Na ja, jetzt, wo Sie es erwähnen – in gewisser Weise haben Sie Recht. Ich glaube, es liegt an den Haaren und an ihrem zierlichen Körperbau.«

»Ich kann Linda nicht ansehen, ohne dabei an Angela zu denken. Also habe ich, indem ich Linda gerettet habe ... Oh Gott, es ist erbärmlich. Ich kann meine Mutter nicht retten. Sie ist tot. Und trotzdem ... « Sie sah Marian in die Augen. »Für mich ist es fast, als würde ich beide retten«, fügte sie fast trotzig hinzu.

»Ja, Kate«, erwiderte Marian mit sanfter, aber fester Stimme. »Aber Sie wissen selbst, dass es nicht so ist.«

»Natürlich haben Sie Recht«, räumte Kate ein. »Ich muss mich von meiner Vergangenheit lösen. Doch sie scheint mich immer wieder einzuholen, was ich auch tue.«

»Kate, das ist genau der Grund, weshalb ich Sie angerufen habe. Da gibt es etwas, das Sie –«

»Hallo, Ladys. Darf ich mich dazusetzen?«

Sie zuckten beide vor Schreck zusammen. Als sie aufsahen, stand Barry Manheim vor ihrem Tisch und lachte. »Hallo, ich bin nicht der Schwarze Mann! Wieso starrt ihr mich an wie ein Reh im Scheinwerferlicht?«

»Wir waren gerade mitten im Gespräch«, erklärte Marian.

»Außerdem wollten wir gerade gehen«, ergänzte Kate.

Barry lächelte sie an. »Ich habe den ganzen Tag versucht, dich zu erreichen, Kate. Und jetzt, wo ich dich endlich gefunden habe, werde ich dich bestimmt nicht gehen lassen.«

Marian legte Geld auf den Tisch. »Schon gut, ich habe ohnehin eine Verabredung. Ich rufe Sie später an«, fügte sie hinzu, als sie Kates flehenden Blick sah.

»Und ich muss zurück ins Büro und noch ein paar Dinge erledigen.« *Zum Beispiel Luke anrufen, um zu sehen, ob er meine Nachricht bekommen hat.*

»Gut. Ich begleite dich, und anschließend können wir zum Chinesen gehen. Oder uns etwas liefern lassen.« Er hob vielsagend die Brauen. War dieser Mann blind, taub und schwer von Begriff? Sah er nicht, dass sie weder mit ihm reden noch in seiner Nähe sein wollte? Wie konnte er es wagen, so etwas wie eine Romanze anzudeuten?

Während sie noch über einen passenden Kommentar nachdachte, setzte er sich auf Marians Platz und grinste sie an.

»Verdammt, Barry, bist du schwer von Begriff?«

Das Grinsen verschwand. »Was ist los?«

»Was los ist? Erinnerst du dich noch an die Zeit, als ich gerade wieder nach Waterfield gekommen war? Als wir uns zufällig in die Arme gelaufen sind? Du hast auf der Stelle versucht, dich an mich heranzumachen.«

»Ich habe erst von deiner Scheidung erfahren, als in der Zeitung darüber berichtet wurde.«

»Verdammt, Barry, du hattest eine Affäre mit Gail! Ja, sieh mich nicht so ungläubig an! Ich weiß, dass ihr beide zusammen wart. Hättest du es mir nicht sagen können?«

»Als ich dich wiedergesehen habe, war es sofort vorbei, Kate. Außerdem war das zwischen mir und Gail ohnehin nichts von Bedeutung. Sie war sauer auf ihren Freund, ich war einsam ...«

Kate knallte eine Zehndollarnote auf den Tisch und stand auf. »Es interessiert mich nicht, was es war oder wie es angefangen hat. Du hast mich angelogen ... wieder mal.«

»Wieder?«, wiederholte Barry verwirrt, doch Kate hatte beinahe die Tür erreicht und achtete nicht auf seine Rufe.

22

In dieser Nacht schlief sie nicht besonders gut. Fast jede Stunde wachte sie mit dem Gefühl auf, dass sie etwas Wichtiges vergessen hatte, ohne sich erinnern zu können, was es war. Als sie schließlich aufstand, fühlte sie sich erschöpft und ausgelaugt. Kaffee, das war jetzt das Richtige! Sie zog sich an und lief nach unten, wo das köstliche Aroma bereits aus der dampfenden Kanne aufstieg.

Mit der Tasse in der Hand ging sie auf die Veranda, hob den *Chronicle* vom Boden auf, setzte sich und blätterte ihn, begleitet von fröhlichem Vogelgezwitscher, auf der Suche nach etwas Interessantem durch.

Und da war es! Eine ganze Seite, aufgemacht wie ein Artikel, doch Kate war auf den ersten Blick klar, dass es sich um eine bezahlte Anzeige handelte. Die winzige Schrift am unteren Seitenrand verriet es. Statt Anzeige müsste man es aber eigentlich Verleumdung nennen, was es in Wahrheit war. Bösartige Gerüchte. Lügen, Lügen, Lügen.

»DER FLUCH DER SPECTORS LEBT WEITER«, prangte in großen schwarzen Lettern auf der Seite, darunter die Überschrift: *»Eine Familie von Ärzten, zerfressen von Psychosen und krimineller Energie«*. Verblüfft starrte Kate auf die Buchstaben, kaum fähig, ihren Sinn zu erfassen. Kriminelle Energie? Fluch? Wer um alles in der Welt könnte so etwas geschrieben haben?

Es gab Fotos. Von der ganzen Familie. Die Aufnahmen von ihr und Carlo stammten offenbar aus dem Jahrbuch der Highschool und zeigten ihre noch jungen, vom Leben ungeformten

Gesichter. War sie wirklich einmal so mager gewesen? Und Carlo – sie hatte völlig vergessen, wie gut er mit seinem dunklen, gewellten Haar und den Grübchen ausgesehen hatte. Außerdem gab es Fotos vom Doc und von Angela im Country Club und einen Schnappschuss von ihnen allen bei einem Picknick am Fluss. Sie glaubte sich sogar noch an den Tag erinnern zu können – es war anlässlich der Feier zum 4. Juli gewesen –, aber dieses Foto hatte sie noch nie vorher gesehen.

Als sie es jetzt genauer betrachtete – das hübsche, lächelnde Elternpaar mit einem Sohn für ihn und einer Tochter für sie, der Inbegriff der glücklichen Familie –, wurde ihr bewusst, wie sehr Familienfotos doch logen. Alle sahen so zufrieden aus, als wären sie eng miteinander verbunden. Niemand hatte es je mit der Kamera eingefangen, wenn Angela zeterte und schrie, oder den Doc, wenn er außer sich vor Sorge war. Und wenn doch einmal einer fotografiert worden war, wenn er nicht so gut aussah, hatten sie die Fotos zerrissen und weggeworfen. Das Familienalbum war nichts als Fiktion.

Sie überflog den Text. In ihren Ohren rauschte es. Es gab einen Auszug aus Angelas Krankenakte in Hillside. »Schizophrenie mit paranoiden Zügen« stand da neben einem Zitat aus dem Zeitungsartikel, der nach dem Unfall erschienen war. Kate hatte all diese Artikel nie gesehen, wahrscheinlich hatte der Doc sie weggeworfen. »Es heißt, Mrs. Spector sei betrunken gewesen, als sie sich hinter das Steuer ihres teuren Sportwagens gesetzt hat ...« Klar! Ein Morris Minor? Außerdem hieß es, Angela sei »bei einem Ausflug einer Gruppe Anstaltsinsassen in die Stadt« weggelaufen und habe ein kleines Kind ermordet. Nein, so war es nicht! Ein anderer hatte die Tat begangen. Alle wussten das!

Aber hatte nicht Gail bei dem Termin in ihrem Büro die Sprache auf diesen Vorfall gebracht? Konnte diese Ansammlung hasserfüllter Lügen das Werk der Bürgermeisterin sein? Würde sie so etwas wagen?

Da stand noch mehr, viel mehr: Der Doc hatte eine Geliebte, ein bekanntes Mitglied des Mitarbeiterstabs der Anstalt. Der Sohn war ebenfalls krank und wurde häufig beobachtet, wie er durch die Stadt lief und Selbstgespräche führte. Als Nächstes waren Auszüge aus Angelas Tagebuch abgedruckt. *Angelas Tagebuch? Was für ein Tagebuch?* Ihr Ehemann vergifte sie langsam, er habe sie zu einer Abtreibung gezwungen, ihr Tabletten gegeben, die sie verrückt machten, und nachts bringe er Huren mit nach Hause, die laut und bis in die frühen Morgenstunden kopulierten, war hier zu lesen.

Kates Herz hämmerte. Was war das? Und wie war dieses kranke Zeug in die Zeitung gekommen? Es war entsetzlich! Den letzten Absätzen widmete sie kaum mehr als einen flüchtigen Blick. Jetzt ging es um sie und ihre zahlreichen Liebhaber, um ihre Rettung von Linda Cathcart »trotz der flehentlichen Bitten der Mutter des Mädchens, ihrem Kind die Pflege zukommen zu lassen, die es braucht«. Waren das nicht genau die Dinge, die die Leute gern glauben wollten? Oh ja, sicher würden sie es glauben. Abschließend wurde eine Untersuchung von Kates Geisteszustand durch einen Expertenrat gefordert, um herauszufinden, ob sie angesichts ihrer familiären Krankheitsgeschichte und all der Lügen und Vertuschungen überhaupt in der Lage sei, Patienten zu behandeln.

Kate saß reglos da und versuchte, einen klaren Gedanken zu fassen. Sie musste Barry anrufen, sie musste Marian anrufen, nein, zunächst sollte sie die Zeitung umblättern und diese hasserfüllte Anzeige aus ihrem Blickfeld verbannen. Als sie danach griff, hatte sie den Eindruck, als fühlte sich die Seite schwerer an als gewöhnliches Zeitungspapier. Irgendwie glatter. Sie schlug sie um und stellte fest, dass die Rückseite unbedruckt war. Einen Augenblick lang wusste sie nicht, was sie davon halten sollte. Doch dann begriff sie plötzlich. Jemand hatte die Nacht damit zugebracht, diese Seite in jede einzelne Ausgabe des *Chronicle* zu heften. Sie musste dringend –

Das Telefon im Haus läutete, und ihr fiel wieder ein, dass sie am Vorabend ihr Mobiltelefon abgeschaltet hatte. Das sollte sie sich endlich abgewöhnen. Sie stand auf, lief hinein und hob ab. »Ja?«

Es war Barry. »Kate, wo zum Teufel bist du gewesen? Ich versuche seit einer Ewigkeit, dich anzurufen.«

»Tut mir leid. Mein Handy war abgeschaltet.«

»Hast du dieses verdammte Ding gesehen? Ja, natürlich hast du das. Ich höre es an deiner Stimme. Du klingst, als wärst du völlig fertig, und ich muss mich nicht darüber wundern. Ist alles in Ordnung mit dir?«

»Nein, Barry, mit mir ist nicht alles in Ordnung. Wie ist das passiert?«

»Die Polizei ist schon an der Sache dran. Sie finden garantiert Fingerabdrücke. Das Ganze sei sehr raffiniert gemacht worden, sagen sie, aber trotzdem amateurhaft. Oh Gott, Kate, es tut mir so leid. Ich verstehe gar nicht, warum ständig so etwas passiert. Hör zu, wir drucken eine ganze Seite, auf der wir erklären, dass es sich um eine Fälschung handelt, die nichts mit der Zeitung zu tun hat. Außerdem ist Mara Benotti schon auf dem Weg hierher. Oh, da ist sie ja. Ich muss Schluss machen, Kate, schalt den Fernseher an.«

Sie schaltete die Lokalnachrichten ein und tatsächlich – da stand Mara Benotti neben Barry, der grimmig in die Kamera blickte. »Es besteht kein Zweifel, dass es sich hier um eine Hetzkampagne ohne jeden Wahrheitsgehalt handelt, das stimmt doch, Mr. Manheim.«

Die Kamera schwenkte auf Barrys Gesicht, während sein Namen und sein Titel eingeblendet wurden. »Der *Chronicle* hat mit dieser verleumderischen Schmähschrift nichts zu tun. Unsere besten Reporter reden bereits mit der Polizei, mit dem Lagerhaus, in dem die frisch gedruckten Ausgaben abgelegt werden, mit den LKW-Fahrern ... mit jedem, der etwas gesehen haben könnte.«

Als er innehielt, um Atem zu schöpfen, ergriff Mara Benotti noch einmal das Wort. »Wenn Sie den oder die Täter gesehen oder zu sehen geglaubt haben, die für das hier verantwortlich sind«, erklärte sie und hielt die Zeitung in die Kamera, »rufen Sie bitte unter einer der eingeblendeten Nummern an.«

Kate starrte auf die Telefonnummern der Polizei, der Zeitung und der Fernsehstation, ohne die Ziffern zu erkennen. Dann schaltete sie den Fernseher aus, den Blick noch immer auf den schwarzen Bildschirm geheftet. Sie fühlte sich so hilflos, als hätte sie jede Kontrolle verloren. Es war entsetzlich, dass sie nicht wusste, wer das getan haben könnte und warum und was als Nächstes passieren würde.

Doch dann riss sie sich zusammen. *Komm schon, Kate, du bist Ärztin. Naturwissenschaftlerin. Du bist spezialisiert auf Menschen, deren Handlungen nicht nachvollziehbar sind. In der Regel wird das doch als psychische Erkrankung bezeichnet, und du behandelst psychisch Kranke. Mag sein, dass sie hinter dir her sind, aber sie werden dich nicht kriegen.* Sie musste versuchen, sich zu beruhigen. Niemand in der Klinik durfte sie in diesem Zustand sehen. Sie trank den Kaffee aus, packte ihre Sachen zusammen, überprüfte Make-up und Haar und machte sich auf den Weg.

Als sie vor dem Gerichtsgebäude, in dem die Büros der Staatsanwaltschaft untergebracht waren, auf Tanisha traf, war sie noch immer leicht verwirrt. Sie hatte ihren Wagen hinter dem Gericht abgestellt und war auf dem Weg um das Gebäude herum etlichen Passanten begegnet, die sie angesprochen hatten. »Wir stehen auf Ihrer Seite, Doktor«, oder: »Ich hoffe, die kriegen den Mistkerl bald, der das geschrieben hat«, versuchten sie, ihr Mut zu machen. Sie war bemüht, sich so normal wie möglich zu benehmen, zu lächeln und ihnen zu danken.

Tanisha empfing sie mit einem mitfühlenden Blick, der ihr beinahe die Tränen in die Augen trieb. »Machen Sie sich keine Sorgen, Tanisha«, beruhigte sie sie. »Alle scheinen zu wissen, dass es eine Lüge ist. Kommen Sie, wir haben wichtige Dinge mit dem Staatsanwalt zu besprechen.«

Mark Bongiorno war ein stämmiger Mann mit beginnender Glatze und einem beeindruckenden Schnurrbart. Als er Tanisha seine volle Aufmerksamkeit widmete und sie respektvoll mit Miss Bardwell ansprach, stieg er augenblicklich in Kates Achtung.

»Heute interessieren mich vor allem diese Todesfälle«, sagte er. »Wir haben einige der Krankenakten gefunden, und darin heißt es, in sämtlichen Fällen hätte eine natürliche Ursache vorgelegen.«

»Das ist Blöd- ... Entschuldigung, Mr. Bongiorno, das ist völliger Unsinn. Goodman hat uns beauftragt, das immer so zu schreiben. Meistens ist es nachts passiert, wissen Sie. Die Sterbefälle. Wenn manchmal nur ein Wachmann da war. Einmal auch nur der Hausmeister. Und einmal«, Tanisha senkte die Stimme, »sogar nur ein Patient.«

»Das heißt, ein Patient war zuständig für all die anderen Patienten?«

»Ja. Genau.«

»Wie oft kam das vor, wissen Sie das?«

»Tut mir leid, ich war an dem Abend nich' da, deshalb weiß ich's nich'. Aber einmal in der Woche bestimmt, mindestens. Und wenn ich morgens zur Arbeit gekommen bin, war wieder einer tot. Besonders im Sommer.«

»Und warum?«

»Wenn sie Klimaanlage haben wollten, mussten sie extra dafür zahlen. Und wenn sie nich' zahlen konnten, haben sie auch keine gekriegt. Ich kenn drei oder vier Leute, die sogar 'nen Herzanfall oder so was erlitten haben. Wegen der Hitze. Als ich gesagt hab, dass das nich' richtig ist, hat Mrs. Goodman gemeint, der Staat zahlt eben nicht genug, dass jeder eine Klimaanlage kriegen kann. Und ich soll mich um meinen eigenen Kram kümmern, sonst könnt ich meinen Job gleich vergessen.«

Bongiorno wandte sich Kate zu und sah sie angewidert an. »Leider sind in diesem Bundesstaat entsprechend ausgebildete Mitarbeiter während der Nachtschicht nicht gesetzlich vorgeschrieben. Ist das zu fassen? Es ist, als wüsste keiner, dass in diesen Heimen psychisch Kranke untergebracht sind. Es ist regelrecht kriminell!« Er sah wieder Tanisha an. »Genau aus diesem Grund muss ich alles erfahren, was Sie über diese Todesfälle wissen. Denn wenn es darunter viele Menschen gibt, die noch nicht so alt waren, um eines ... ähem... *natürlichen Todes* zu sterben, kann ich den Richter oder die Geschworenen davon überzeugen, dass dieses Heim geschlossen werden muss.«

»Viele sind der Meinung«, warf Kate ein, »dass Menschen mit Psychosen heutzutage keine Betreuung mehr brauchen, weil wir ja diese Wundermittel namens Psychopharmaka haben.« Sie schüttelte den Kopf.

»Aber die meisten haben ja noch nich' mal ihre Tabletten bekommen«, warf Tanisha ein. »Manchmal waren's auch die falschen! Wenn man einen Moment mal nich' aufgepasst hat, haben sie sie weggeschmissen.«

Bongiorno schien hochzufrieden mit dem zu sein, was er hörte, und setzte seine Befragung fort. Er hatte einige Krankenakten vorliegen, wenn auch bei weitem nicht alle, und auf manchen erkannte Tanisha sogar ihre eigene Handschrift wieder. Diese Patientin hatte sich in ihrer eigenen Toilette ertränkt, jene war von ihrer Zimmergenossin mit einem Messer angegriffen worden, und in einer anderen Akte stand, die Patientin sei »tot in ihrem Bett aufgefunden worden«. Es müsse ein Selbstmord vorliegen, da sie ihre Tabletten gehortet und alle auf einmal geschluckt habe.

Schließlich legte Bongiorno seinen Stift beiseite und stieß einen tiefen Seufzer aus. »Ich denke, das reicht fürs Erste. Sie waren mir wirklich eine große Hilfe. Würden Sie eventuell noch einmal vorbeikommen, Miss Bardwell, wenn ich Sie telefonisch darum bitte?«

»Klar. Aber wenn Sie noch mehr erfahren wollen, würd ich an Ihrer Stelle die Rettungssanitäter anrufen. Die sind in diesem Laden ein- und ausgegangen. Wenn wir einen Toten gefunden haben oder jemand auf'n andern losgegangen ist, waren die immer da. Manchmal auch, wenn jemand richtig verrückt gespielt hat.« Sie warf Kate einen kurzen Blick zu, doch die nickte nur. Manchmal war es völlig in Ordnung, »verrückt« zu sagen.

Als sie das Gerichtsgebäude verließen, war es kurz nach neun, und auf den Straßen herrschte reges Treiben. Auf dem Rückweg in die Klinik genehmigten sie sich ein Frühstück.

Luke erwartete sie bereits, als sie ins Büro kam.

»Das musst du dir anhören. Es könnte dir verraten, wer hinter all diesem Schwachsinn steckt, den man mit dir macht.« Er presste die Lippen aufeinander. »Ich habe dieses Stück Dreck in der Zeitung gesehen. Das Produkt eines kranken Hirns. Wenn du wissen willst, was –«

»Nicht der Rede wert, wirklich«, unterbrach Kate leichthin. »Lass uns anhören, was du da hast. Es ist Donna, vermute ich.«

Statt einer Antwort schaltete er den Kassettenrekorder an.

Zunächst hörte sie Lukes Stimme. »Kommen Sie schon, Sie wissen doch selber, dass Sie Linda Cathcart als verrückt bezeichnet haben. Eine von Ihnen weiß es.«

Donna. »Was meinen Sie damit, Mr. Montour? Eine von uns? Ich habe nie ...« Ihre Stimme wurde von Tränen erstickt. Es gab eine längere Pause, dann ergriff Dominique das Wort. Kate erkannte die Stimme augenblicklich wieder. »Was für eine beschissene Heulsuse! Natürlich erinnert sie sich an nichts! Sie sollten mit *mir* reden, Luke. Ich bin draußen. Ich mache all die wichtigen Sachen. Ich bringe Leben in die Bude!«

»Ich habe schon versucht, mit Ihnen in Kontakt zu treten, Dominique, aber Sie haben sich vor mir versteckt, stimmt's?«

»Ich wollte sichergehen, dass Sie mich auch wirklich vermissen, Luke«, erwiderte die heisere Stimme. »Und, haben Sie's?«

»Ich muss mit Ihnen reden, weil ich glaube, dass Sie eine Menge Dinge wissen, von denen Donna nichts ahnt.«

»Da haben Sie allerdings Recht. Sie ist ein solches Weichei ... Das war sie schon immer. Sie hat immer mich gebraucht, damit ich mich um die heftigeren Dinge kümmere. Und Sie können mir glauben: Bei uns zu Hause gab's eine Menge heftige Dinge.«

»Erzählen Sie mir davon.«

»Seien Sie nicht albern! Ich würde viel lieber über *uns* reden.«

Luke ging nicht darauf ein. »Wieso wollen sie Linda Cathcart quälen?«

»Na, diese Idiotin glaubt doch tatsächlich an diesen ganzen Quatsch.«

»Quatsch?«

»Sie wissen schon –« Die Stimme begann zu beben, als gebe sie eine Gespenstergeschichte zum Besten. »Böse Geister, Tote, die einen heimsuchen, solches Zeug eben. Die ist so dämlich, dass es richtig Spaß macht, sie ein bisschen zu piesacken.« Sie lachte, doch es war ein boshaftes Lachen. Dann schrie sie plötzlich auf, als hätte sie Schmerzen.

»Dominique? Dominique? Was ist los?«

Doch diesmal antwortete Donna. »Was ist passiert? Bin ich eingeschlafen? Warum schlafe ich nur ständig ein? Was ist los mit mir, Dr. Montour?«

Der Kassettenrekorder verstummte, dann war Lukes Stimme zu hören. »Ich musste die Therapiesitzung um 17.34 Uhr unterbrechen, um die Patientin zu beruhigen.« Wieder herrschte Stille, dann sagte Luke den Tag und die Uhrzeit des nächsten Tages an.

»Dominique?«

»Ja, ich bin's. In letzter Zeit muss ich nicht mehr so heftig gegen sie ankämpfen. Könnte sein, dass sie langsam aufgibt.«

»Das kann ich nicht sagen, aber Sie gewinnen definitiv an Stärke«, sagte Luke.

»Ich muss stark sein, Lukie-Baby. Ich muss dafür sorgen, dass auch noch die Letzte der Spectors verschwindet. Dr. Kate!« Sie legte eine boshafte Betonung in den Namen. »Dr. Kate, meine Fresse! Die ist doch genauso falsch und egoistisch wie ihr Daddy. Ich hasse sie alle!«

»Warum hassen Sie Kate und ihre Familie?«

»Sie wissen verdammt genau, warum.«

»Dominique, ich bin ziemlich neu in der Stadt, schon vergessen?«

»Ach ja, Sie waren ja noch nicht da, als das damals passiert ist. Der Unfall.« Sie spie das Wort förmlich aus.

»Sie meinen, als Angela Spector durch einen Unglücksfall Laurel King getötet hat?«

Dominique lachte. »Falsch, ganz falsch, Lukie. Erstens war es nicht die arme verrückte, betrunkene Mrs. Spector, und zweitens spreche ich nicht von dem Mord an Laurel King! Sondern von dem an meinem Bruder Rob!«

»Ihr Bruder?«

»Ja, niemand erinnert sich an meinen Bruder, sondern alle

nur an die beschissene kleine Laurel King. Aber Doc Spector hat Rob wie einen Hund über den Haufen gefahren, und dann hatte er auch noch die Stirn, aus dem Auto zu steigen und auf Mitleidstour zu machen und sich um ihn zu kümmern! Sie brauchen mich gar nicht anzusehen, als hätte ich nicht alle Tassen im Schrank. Rob hat es mir erzählt. Doc Spector ist auf der Fahrerseite ausgestiegen und hat seine Arzttasche vom Rücksitz genommen. Robbie hat es allen gesagt, aber keiner hat ihm geglaubt!« Kate hörte lautes Schluchzen. »Niemand, außer mir! Ich habe versucht, Donna dazu zu bringen, dass sie es ihnen sagt: Doc Spector hat unseren Bruder umgebracht. Aber sie hatte nicht genug Mumm in den Knochen! Sie wollte es nicht tun!«

Kate war sprachlos. Sie bedeutete Luke, den Rekorder anzuhalten.

»Oh Gott, Bobby Silvestri. Natürlich. Bobby Silvestri. Er war in der Highschool-Footballmannschaft. Ein etwas dicklicher Junge, aber sehr flink. Natürlich. Er und Laurel waren ein Paar. Ich hatte völlig vergessen, dass Bobby Silvestri ja verletzt worden war. All die Aufmerksamkeit lag auf dem Tod von Laurel, auf ihrer Beerdigung.« Sie runzelte die Stirn. »Meine Mutter ist gefahren. Alle im Club haben gesehen, wie sie sich hinters Steuer gesetzt hat und mit quietschenden Reifen davongefahren ist. Ich erinnerte mich sogar noch an den Polizeibericht. Dort stand, sie hätte noch auf dem Fahrersitz gesessen, als der Streifenwagen eintraf. Die Fensterscheibe sei heruntergekurbelt gewesen, sodass es in den Wagen hineingeregnet hätte und ihr Haar ganz nass gewesen sei. ›Böses Mädchen, böses Mädchen‹, hätte sie die ganze Zeit gesagt. Wir waren ja daran gewöhnt, dass sie sich selbst ausschimpfte, aber immer nur wegen Dingen, die sie in ihrer Fantasie angestellt hatte. Sie ist gefahren, Luke. Warum lässt Dominique sich nicht davon abbringen, dass der Doc –«

Er hob die Hand und schaltete den Rekorder wieder an.

»Aber seine Frau ist doch gefahren«, erklärte Luke auf dem Band.

»Nein, das ist sie nicht. Ist sie nicht! Er war's, der heilige

Doc! Robbie hat gesagt, er sei die ganze Zeit bei Bewusstsein gewesen. Man sollte meinen, er hätte vor Schmerz ohnmächtig werden müssen, aber er behauptete, es hätte nicht besonders wehgetan. Er hat seine Beine nicht gespürt und konnte sich nicht bewegen, aber er hat die ganze Zeit die Augen offen gehabt und zugesehen ...«

Mittlerweile war nicht einmal mehr ein Hauch der aufreizenden Heiserkeit in Dominiques Stimme zu hören. Stattdessen klang sie mehr und mehr wie ein Kind, und sie redete so schnell, dass sich die Worte beinahe überschlugen. Kate starrte wie gebannt aus dem Fenster, während vor ihrem geistigen Auge die gewundene Straße mit den tiefen Gräben auf beiden Seiten erschien, auf der sie Auto fahren gelernt hatte. Sie sah den Morris Minor vor sich, der mit der Schnauze im Graben stand, im strömenden Regen, und ihre Mutter, die sich aus dem Fenster beugte, stöhnte und sich als böses Mädchen bezeichnete.

»Er ist gefahren. Der Doc. Sowie der Wagen zum Stehen kam, ist er ausgestiegen und zu ihnen gelaufen. Mrs. Spector hat sich aus dem Fenster gelehnt, um zu sehen, was los ist. Robbie hat gesagt, sie hätte die ganze Zeit gerufen: ›Was ist? Was ist passiert? Sind sie tot?‹, aber der Doc hätte ihr keine Antwort gegeben, sondern nur leise geflucht. Er hätte Robbies Puls gefühlt und mit ihm geredet. Er hätte ihn beim Namen genannt und wissen wollen, wie es ihm gehe und ob er dieses oder jenes spüre. Aber Robbie hat nicht geantwortet. Er hat so getan, als wäre er bewusstlos, während sie die ganze Zeit über aus dem Wagenfenster herausschrie, bis der Doc zurückgebrüllt habe, sie solle um Himmels willen endlich den Mund halten, sie steckten schon tief genug in der Klemme. Er war also der Meinung, dass sie in der Klemme steckten. Und was war mit Laurel, die tot auf dem Boden lag? Und mit Robbie?« Wieder begann sie zu schluchzen.

Luke schaltete den Rekorder ab, worauf Kate sich ihm zuwandte. »Ist das jetzt alles?«

»Kate, beruhige dich doch. Ich dachte ... es reicht vielleicht für einen Tag.«

»Nein! Ich will alles hören. Ich will alles wissen!« Ihr

schwirrte der Kopf, und sie hatte nur einen einzigen Gedanken. *Er hat gelogen. Der Doc hat uns angelogen, mich, uns alle.*

»Okay. Aber an diesem Tag konnte ich nicht weitermachen. Sie war so außer sich, dass Donna wiederaufgetaucht ist. Und Donna war völlig erschöpft, also habe ich Schluss gemacht. Bist du bereit? Okay.« Er drückte erneut auf den Abspielknopf, trat neben ihren Stuhl, setzte sich auf die Schreibtischkante und nahm ihre Hände.

»... sind Sie da, Dominique?«

»Klar, Lukie. Und bald werde ich die Einzige sein. Keine Jammersuse Donna mehr!« Sie lachte.

»Letztes Mal mussten wir unterbrechen. Sie haben mir erzählt, Doc Spector habe Ihren Bruder und Laurel King angefahren.«

»Verdammt richtig! Aber als die Bullen kamen, hat sie auf dem Fahrersitz gesessen. Robbie hat sie reden gehört. ›Oh mein Gott, Doc, ist alles in Ordnung mit Ihnen?‹, hat der Polizist gefragt. ›Mir geht's gut‹, hat der Doc geantwortet, ›aber ich fürchte, wir haben ein Todesopfer hier. Und einen schwer verletzten jungen Mann.‹ ›Ein Todesopfer? Sie meinen, das Mädchen ist tot? Oh mein Gott, wie soll ich das ihrer Mutter beibringen? Und sie ist gefahren?‹, hat der Polizist gefragt. Damit war Mrs. Spector gemeint. ›Ich hätte sie nicht fahren lassen sollen, aber sie hat sich nicht davon abbringen lassen. Sie können die Leute im Club fragen. Alle haben gesehen, dass sie gefahren ist‹, hat der Doc daraufhin gesagt.«

Kate konnte kaum noch atmen, sie umklammerte Lukes Hand, als hinge ihr Leben davon ab. Dann ließ sie ihn los, stand auf und ging ans Fenster, bevor sie sich hinter ihren Schreibtisch setzte, als gelänge es ihr so, Klarheit in ihre Gedanken zu bringen.

»Ist das auch ganz bestimmt die Wahrheit?«

Luke sah ihr ruhig ins Gesicht, dann schaltete er den Rekorder wieder an.

»Dominique, warum sollte ich Ihnen das glauben?«

»Sie können sich ja die Krankenhausakten ansehen. Sie haben ihn in dieses große Krankenhaus gebracht ... das County General. Anfangs hat er kein Wort verlauten lassen, aber als sie ihm erklärten, dass sie ihm beide Beine amputieren müssen, hat er alles erzählt. Alles, was er gehört hatte. Mir gegenüber erklärte er, dass ein Leben ohne seine Beine für ihn nicht infrage kommt. Auf keinen Fall!«

»Das hat er nur Ihnen gesagt, nicht Donna?«

»Ihr? Diesem Angsthasen? Er wusste, dass es keinen Zweck hatte, mit ihr darüber zu reden!«

Kate bedeutete Luke, den Rekorder zu stoppen. »Hast du Donna danach gefragt?«

»Donna sagt, ihr Bruder Robbie sei an einer Infektion gestorben. Kein Wort davon, dass er sich erschossen hat.«

Kate dachte einen Moment lang nach. »Ich werde nachsehen, ob ich den Nachruf noch im Archiv der Zeitung finde.« Ein bestürzter Ausdruck erschien kurz auf Lukes Gesicht. Obwohl er augenblicklich wieder verschwand, schmerzte sie der Anblick dennoch. »Nein, ich will nicht versuchen zu beweisen, dass der Unfall nicht so stattgefunden hat, wie er ... sie ... wie es laut dieses Tonbands den Anschein hat. Ich will nur wissen, wie weit die Lügen reichen ... in meiner Familie. Wie tief sie gehen.«

Ihr Mobiltelefon läutete. Donnas Büro. »Ja?«, sagte Kate, froh über die Gelegenheit, an etwas anderes denken zu können.

»Dr. Kate, oh, ich bin ja so froh, dass ich Sie erreiche«, erklärte Linda hastig. »Ich wollte keine Nachricht hinterlassen, man weiß ja nie. Und ich bin so nervös, Dr. Kate, ich weiß nicht, was ich denken soll ...« Mit einem Mal wurde ihr Tonfall geschäftsmäßig. »In Ordnung, ich melde mich wieder bei Ihnen, sobald ich die Akte gefunden habe.«

»Linda. Lassen Sie sich eine Ausrede einfallen, um in mein Büro zu kommen«, sagte Kate und sah auf ihre Uhr. Schon halb elf? »Sagen wir, zwanzig vor elf. Ich warte auf Sie.«

»Vielen Dank«, sagte Linda und legte auf.

»Ärger?«, erkundigte sich Luke.

»Ich weiß es nicht. Kann sein. Keine Ahnung, warum ich gesagt habe, sie soll noch zehn Minuten warten. Ich hätte sie gleich kommen lassen sollen.«

»Ruf sie an und sag es ihr.«

Doch diesmal war Donna am Apparat ... Es war doch Donna, oder? »Tut mir sehr leid, aber sie ist gerade zur Toilette gegangen.«

Kate legte auf. »Ich hatte gehofft, dass sie mich mit dem Namen anspricht. Wenn sie *Dr. McKenna* gesagt hätte, wäre ich sicher gewesen, dass es Donna ist, denn Dominique nennt mich Dr. Kate. Sie sagt, Linda sei zur Toilette gegangen. Aber vielleicht ist das Lindas Ausrede, und sie ist schon unterwegs.«

Doch nachdem sie fünf Minuten geplaudert hatten und Kate bereits nervös wurde, war Linda noch immer nicht aufgetaucht.

»Bin ich schon völlig paranoid?«, meinte Kate. »Ich habe das ungute Gefühl, Donna, Dominique, oder wer zum Teufel es auch ist, führt etwas im Schilde.«

»Dann geh und such sie.«

Sie machte sich auf den Weg, doch als sie das kleine Büro betrat, saß nur Donna auf ihrem Platz. »Hatten Sie nicht gesagt, Linda sei zur Toilette gegangen? Aber sie ist nicht dort«, meinte Kate.

»Sie ist zurückgekommen, war aber sehr aufgeregt. Ich weiß nicht, warum. Also habe ich ihr erlaubt, nach Hause zu gehen.«

»Donna, es steht Ihnen nicht zu, ihr irgendetwas zu erlauben. Sie hätten mich anrufen müssen.« Kates Herzschlag beschleunigte sich. »Wann genau ist sie gegangen? Sie sollte doch nicht allein unterwegs sein. Noch nicht.«

»Tut mir leid, aber sie hat sich wirklich ziemlich seltsam benommen. Ich habe sie gefragt, ob sie lieber nach Hause gehen will, und sie hat Ja gesagt, also habe ich es ihr erlaubt. Ich wollte doch nur helfen, Dr. McKenna.«

Also war es Donna. Kate entspannte sich ein klein wenig. Es sei denn, Dominique hatte Donnas Angewohnheiten übernommen. Großer Gott, das Ganze trieb sie noch in den Wahnsinn! Sie bemühte sich um ein Lächeln. »Na schön, wahrscheinlich ist alles in Ordnung. Ich sehe später nach ihr.«

Sie verließ Donnas Büro, zog ihr Mobiltelefon aus der Tasche, sobald sie außer Hörweite war, und wählte die Nummer des

YWCA. Die Empfangsdame stellte in Miss Cathcarts Zimmer durch. »Tut mir leid, aber die Bewohnerin scheint nicht in ihrem Zimmer zu sein. Möchten Sie eine Nachricht hinterlassen?«

»Versuchen Sie es bitte noch mal, ja?«, bat Kate. Doch auch diesmal nahm niemand den Hörer ab. Sie hinterließ die Nachricht, Linda möge »Dr. McKenna so schnell wie möglich zurückrufen«.

Luke sah sie fragend an, als sie ins Büro zurückkam. »Sie ist nicht da. Verdammt, ich weiß nicht einmal mehr, mit welcher der beiden ich rede.«

»Soll ich dir sagen, wie ich das sehe? Donna weiß überhaupt nichts von Dominique. Vergiss nicht, dass Donna sich ständig über irgendwelche verlegten und fehlenden Dinge aufregt, über Gedächtnislücken und solche Sachen. Und sie scheint auch nicht zu wissen, warum sie manchmal so müde ist. Ich wette, es liegt daran, dass Dominique die ganze Nacht draußen war und gefeiert hat.«

»Sie ist ein Teufel!« Kate erschauderte.

Luke grinste sie an. »Kate, du weißt verdammt genau, dass sie kein Teufel ist. Sie hat eine multiple Persönlichkeit, was ich schon unheimlich genug finde. Ich habe noch nie jemanden kennen gelernt, der darunter leidet. Du?«

»Nicht, dass ich wüsste.« Sie holte tief Luft und ließ sie langsam wieder entweichen. »Ich habe eine Menge Arbeit, um die ich mich kümmern sollte.«

»Ja, gut. Es gibt nur noch ein paar Kleinigkeiten. Nichts, was du nicht schon wüsstest. Es sei denn, du willst alles hören.«

Sie schüttelte den Kopf. »Du kannst mich gern für einen Feigling halten, aber im Moment ... nein, lieber nicht. Morgen früh ist es bestimmt besser.«

»Ich versuche, den Spiegelraum zu bekommen, dann kannst du zusehen.« Der Spiegelraum war ein kleines Zimmer mit einem Doppelspiegel wie in einem Polizeiverhörraum. Man konnte von außen hineinsehen, die sich darin aufhielten aber nicht hinaus. Er war sehr oft belegt, aber sie hoffte, dass Luke ihn bekam. Sie würde zu gern beobachten, wie es zwischen den beiden lief. »Wirst du versuchen, bis dahin nicht ständig darüber nachzudenken, sondern dich ein bisschen auszuruhen?«, fragte Luke.

»Nie im Leben!« Beide lachten auf.

Sobald Luke gegangen war, rief sie bei Barry an, um ihn wegen des Nachrufs auf Bobby Silvestri zu fragen. Doch ärgerlicherweise war er in einem Meeting, also bat sie, mit Nancy O'Neil verbunden zu werden. »Wann war das?«, erkundigte sich die Reporterin. »So lange ist das schon her? Hmmm, ich bin nicht sicher, ob wir das noch hier haben, oder ob es auf Mikrofilm gespeichert und ins Archiv nach Tannersville geschickt worden ist. Geben Sie mir ein paar Stunden. Mal sehen, was ich herausfinden kann.«

Kate saß an ihrem Schreibtisch und starrte ein wenig verloren aus dem Fenster. Sie hatte zwei Patiententermine, und danach würde sie gern mit Marian reden, die so gut und nett zu ihrer Mutter gewesen war – und so gut und nett zum Doc, wenn auch auf völlig andere Weise. Sie war sicher, dass die Oberschwester eine ganze Menge wusste. Marian sagte ihr, sie habe noch eine Schwesternsitzung zu leiten, deshalb verabredeten sie sich für vier Uhr am Nachmittag.

»Fällt Ihnen irgendein Ort ein, wo uns niemand aus der Klinik oder aus meiner Vergangenheit über den Weg läuft?«

»Natürlich. Es ist sehr abgelegen. Früher war ich oft mit dem D... Ich war oft dort, wenn ich ungestört sein wollte. Die Hamburger sind gut, und die Drinks auch. Ich fahre, weil Sie es nicht finden würden.«

Das schmucklose Betongebäude befand sich an der Route 354, einer abgelegenen Landstraße, die sich durch die Landschaft schlängelte, ehe sie in die Boston Post Road mündete. Vor dem Haus stand ein einzelner vertrockneter Baum, und falls es einmal einen Vorgarten gegeben haben sollte, war er mittlerweile längst niedergetrampelt und einem staubigen Parkplatz gewichen. MIKE'S PLACE stand auf dem Schild über der Tür. Nur zwei weitere Autos waren davor geparkt.

Auf der Fahrt hatte Kate Marian von Lindas Verschwinden

erzählt. »Ich habe noch einige Male im YWCA angerufen, aber entweder ist sie nicht da, oder sie geht nicht an den Apparat. Wie auch immer – es macht mir Angst.«

»Wir hätten noch vorbeifahren können«, meinte Marian. »Sollen wir?«

Kate war drauf und dran, Ja zu sagen, doch in diesem Moment läutete ihr Mobiltelefon. Die Nummer des YWCA.

»Hallo?« *Bitte lass es nicht die Empfangsdame sein, die mir sagt, dass etwas Schlimmes passiert ist.*

»Dr. Kate, es tut mir so leid«, sagte Linda. »Ich habe Ihre Nachricht erst vor einer Minute bekommen. Ich bin nach Hause gekommen und sofort eingeschlafen. Deshalb habe ich nichts gehört.« Sie klang ziemlich erschöpft.

»Linda, warum bist du von der Arbeit weggegangen?«

»Wie?«

»Du hast die Klinik ohne ein Wort verlassen. Ich habe mir große Sorgen gemacht.«

»Donna hat gesagt, ich könnte gehen.«

»Linda, Donna ist nicht für dich verantwortlich. Ich bin deine Ärztin. Du hörst nur auf das, was ich sage, verstehst du mich?«

»Dr. Kate?«, fragte Linda, ehe sie in Schweigen verfiel.

»Ja?«

»Glauben Sie, dass es so etwas wie böse Geister gibt?«

Was hatte Donna – oder Dominique, was noch wahrscheinlicher war – ihr gesagt? »Nein, Linda, ich glaube nicht an Geister, welcher Art auch immer.«

»Meine Mutter hat das immer getan«, sagte sie, während ihre Stimme leiser wurde. »Sie hat immer über sie gesprochen ...«

»Linda, soll ich zu dir kommen? Willst du reden? Hast du Angst?«

Wieder herrschte Schweigen in der Leitung. »Oh nein, Dr. Kate«, fuhr Linda in einem normaleren Tonfall fort, »das ist nicht nötig. Es war albern von mir. Ich lege mich wieder hin. Aber darf ich morgen früh zu Ihnen kommen?«

»Natürlich. Wie wäre es mit acht Uhr?«

»Acht, prima, ja. Bis dann.«

Ihr fröhlicher Tonfall konnte Kates Besorgnis nicht gänzlich vertreiben, aber was blieb ihr anderes übrig? Sie konnte sich nicht 24 Stunden am Tag um das Mädchen kümmern, außerdem war es in Wahrheit Donna/Dominique, die ihr Sorgen bereitete. Aus einer spontanen Eingebung heraus rief sie im YWCA an, erklärte, wer sie war, und bat darum, dass niemand in Lindas Zimmer gelassen wurde.

Marian bog scharf nach rechts ab und fuhr auf den Parkplatz vor dem Restaurant.

»Was ist los?«, fragte sie.

»Ich bin mir nicht sicher. Linda wollte wissen, ob ich an böse Geister glaube.«

»Böse Geister? Denken Sie, sie meint die zweite Persönlichkeit?«

»Seltsam, dass Sie mich danach fragen ...« Sie blieben im Wagen sitzen, bei laufendem Motor und eingeschalteter Klimaanlage, und Kate erzählte ihr von Lukes Gespräch mit Donna, während sie durch die Frontscheibe auf die graue Betonwand starrte.

»Mein Gott, also stimmt es. Unfassbar!«

»Ja, allerdings. All dieser Quatsch, der Doc sei gefahren und –«, Marian fuhr so abrupt herum, dass Kate sich unterbrach.

»Oh nein, das habe ich nicht damit gemeint, sondern die multiplen Persönlichkeiten. Ich habe eine Menge darüber gelesen und gehört, aber noch nie selbst einen Fall erlebt«, erklärte Marian eilig.

»Luke hat noch mehr aufgenommen. Ich höre mir den Rest morgen an und dann ... keine Ahnung. Schätzungsweise werden wir Donna behandeln und ihr ihre zweite Persönlichkeit schonend näherbringen müssen. Ich will sie nicht überfordern, denn allem Anschein nach hat sie keine Ahnung von Dominiques Existenz. Und ich habe keine Ahnung, wie ich vorgehen soll.«

Marian legte ihre Hand auf Kates Finger und ließ sie einen Moment dort liegen. »In der Anstalt gibt es jemanden ... Bernard Lord. Doktor Bernard Lord, natürlich. Er hat eine Menge auf dem Gebiet der dissoziativen Identitätsstörung geforscht. Sie wissen ja selbst, dass es viele Ärzte gibt, die nicht daran glauben, aber er ist auf unserer Seite.« Sie lachte auf. »Zumindest wird er zuhören, ohne uns auszulachen. Aber jetzt kommen Sie. Wir können nicht den ganzen Nachmittag im Wagen sitzen bleiben. Lassen Sie uns etwas trinken und über dieses ... Zeug reden, das heute Morgen in der Zeitung erschienen ist.«

Von innen war Mike's Place ähnlich wie von außen – schlicht, ohne Schnickschnack und ein klein wenig schäbig. Der Raum wurde von einer langen Bar dominiert, vor der hohe Hocker aufgereiht standen. Zwei Männer saßen dort, jeder an einem Ende, und nuckelten an ihrem Bier. Doch es war sauber, und die Klimaanlage lief. Die Frau hinter der Bar begrüßte sie mit einem breiten Lächeln. »Wollen Sie hier an der Bar sitzen? Oder lieber in einer der Nischen da hinten?«

»Wir gehören eher zu den Nischen-Typen«, erklärte Marian. »Könnten wir eine gekühlte Flasche Chardonnay haben?«

»Geht auch Pinot Grigio?«

»Prima. Sollen wir sie gleich mitnehmen?«

»Auf keinen Fall«, lachte die Frau. »Das hier ist zwar kein eleganter Schuppen, aber Selbstbedienung herrscht trotzdem noch nicht!«

Sie setzten sich in eine schummrige Nische an einen Tisch mit verschiedenen eingeritzten Initialen, Herzen und irgendwelchen Botschaften. Der Wein war kühl und schmeckte köstlich. Nachdem sie sich zugetrunken hatten, wurde Marians Miene ernst. »Okay, Kate, was wollen Sie von mir wissen?«

»Stimmt irgendetwas davon?«

»Na ja, der eine oder andere Funken Wahrheit ist schon darunter. Trotzdem hat da jemand ordentlich auf den Putz gehauen. Jemand, der eigennützige Ziele verfolgt.«

»Jemand, der meine Familie hasst.«

»Na ja ... das ist unübersehbar. Ich glaube nicht, dass Ihre Mutter jemals Tagebuch geführt hat, also dürfte dieser Teil reine Erfindung sein. Aber inzwischen wissen Sie ja, dass der Doc eine Affäre mit einer Mitarbeiterin der Anstalt hatte.«

»Mit Ihnen.«

»Genau. Also ist es eine Mischung aus Gehässigkeiten, Halbwahrheiten, Gerüchten und Klatsch. Aber ...« Ihre Stimme verklang im Raum.

»Aber?«

»Was Donna oder, besser gesagt, Dominique auf dem Band gesagt hat, ist eine andere Geschichte. Sehen Sie mich nicht so an. Ich weiß nämlich, was passiert ist. Und ihre Behauptung, der Doc sei gefahren und Angela auf den Fahrersitz gerutscht, um zu sehen, was los ist, sodass die Polizei vermutete, sie sei gefahren, und dass der Doc nicht widersprochen habe ... Ich fürchte, das stimmt.«

Kate war wie vor den Kopf geschlagen. »Der Doc hat *gelogen*? Nein!«

»Oh doch, Kate. Er war kein Heiliger, sondern ein ganz normaler Mensch. Er hat Entscheidungen getroffen, die manchmal ... fragwürdig waren.«

»Fragwürdig? Er hat zugelassen, dass meine Mutter für etwas beschuldigt wird, das er getan hat.«

»Er hat eben spontan gehandelt. Hätte er zugegeben, dass er gefahren ist, wäre er festgenommen worden und wahrscheinlich dafür ins Gefängnis gewandert, zumindest aber hätte er seine Approbation verloren. Was wäre dann aus Ihnen geworden? Oder aus Ihrer Mutter? Wem hätte das genützt? Außerdem war es zum Teil ja tatsächlich ihre Schuld. Als er sie gezwungen hat, auf den Beifahrersitz zu rutschen – ein Stück vom Club entfernt, um sie nicht vor den anderen bloßzustellen –, wurde sie fuchsteufelswild. Sie wissen ja, wie sie sein konnte. Während Angela ihn mit den Fäusten traktierte, wie am Spieß schrie und versuchte, das Steuer zu fassen zu bekommen, musste er im strömenden Regen eine schmale Landstraße entlangfahren.«

Marian hielt inne, schenkte ihnen nach und hob ihr Glas an die Lippen. »Es war kein Fall von Trunkenheit am Steuer. Er hat nicht fahrlässig gehandelt. Es war ein tragischer Unfall. Und als er ausgestiegen ist und gesehen hat, dass Laurel tot ist, hätte er sich gewünscht, er wäre auch tot. Das hat er mir später selbst gesagt.«

»Er hat uns alle belogen«, sagte Kate, die den Gedanken nicht loswurde, so sehr sie sich auch darum bemühte.

»Er hat eine Entscheidung getroffen. Er wusste, dass sie Angela nicht ins Gefängnis stecken würden, sondern nur zurück in die Anstalt. Auf kurz oder lang wäre sie sowieso wieder dort gelandet. Ich weiß nicht, weshalb sie sie immer wieder nach Hause entlassen haben, wo sie nie wirklich zurechtgekommen ist.« Bei den letzten Worten klang Marians Stimme tränenerstickt, und mit einem Mal wurde Kate schmerzlich bewusst, wie sehr sie den Doc geliebt haben musste. Und dass ihre Liebe zu ihm ein Minenfeld aus Vorsicht, Problemen und Komplikationen gewesen war.

»Sie haben sie nach Hause geschickt, weil sie darauf bestanden hat«, erwiderte Kate sanft. »Und wie eigensinnig sie sein konnte, wissen wir beide.«

»Allerdings«, seufzte Marian und starrte ins Leere, ehe sie ihre Aufmerksamkeit wieder auf Kate konzentrierte. »Er hat geschwiegen und zugelassen, dass alle dachten ... na ja, Sie wissen ja, was die Leute dachten. Und ich bin sicher, das hat ihn umgebracht.«

»*Umgebracht*?«, wiederholte Kate scharf. »Ich dachte, er sei beim Segeln ertrunken.«

»Oh Gott, Kate, wer kann schon genau sagen, was passiert ist. Sie haben das Boot gefunden, als es in der Bucht trieb, aber seine L... *ihn* haben sie nie gefunden. Wir werden niemals genau wissen, ob es ein Unfall oder Absicht war. Ich weiß nur, dass er todunglücklich war.« Sie verteilte den Rest der Flasche auf die beiden Gläser. »Vielleicht war es zum Teil auch meine Schuld. Er hatte vor, sich von Ihrer Mutter scheiden zu lassen. Wir haben uns sehr geliebt, Kate, und er hat sich ein kleines bisschen Glück für sich selbst gewünscht. Meinen Sie nicht auch, dass er das verdient hätte?« Sie wartete, bis Kate nickte. »Wir wollten heiraten. Aber weil er zugelassen hat, dass die arme Angela die Schuld an Laurel Kings Tod gegeben wurde, da konnte ich es auf einmal nicht mehr. Ich ... der Unfall hat alles verändert. Und ich konnte nicht anders, als ihn deswegen zu verurteilen, Kate.«

Ihre Augen füllten sich mit Tränen, und sie musste innehalten, um sich zu sammeln. »Ich habe ihm gesagt, ich könnte ihn nicht heiraten. Niemals.«

Kate wartete, dass sie fortfuhr, doch offenbar hatte Marian nichts mehr hinzuzufügen. »Wir alle verdienen es, verurteilt zu werden, Marian«, sagte sie schließlich. »Was er getan hat, mag nachvollziehbar gewesen sein, aber es war nicht richtig. Es –«

Das Läuten ihres Mobiltelefons ersparte ihr die Suche nach den richtigen Worten. Sie wusste nicht auf Anhieb, wer der Anrufer war, obwohl die Nummer auf dem Display ihr vage bekannt vorkam. »Kate McKenna.«

»Hier spricht Adrienne Como, Mara Benottis Assistentin.«

»Ja?«

»Bei uns sind unzählige Anrufe eingegangen, Dr. McKenna. Die Leute sind außer sich über diese schreckliche Anzeige, die in die Zeitung geschmuggelt wurde –«

»Und zwar ohne das Wissen des Chefredakteurs«, unterbrach Kate mit fester Stimme.

»Das ist uns vollkommen klar. Und ich glaube, Barry Manheim hat sich schon bereit erklärt, seinen Teil zum Interview beizutragen. Mara will das Ganze richtigstellen und dafür sorgen, dass auch wirklich jeder mitkriegt, dass es sich um nichts als Lügen handelt.«

»Das ist sehr nett, aber –«

»Alle sind wütend wegen der Verleumdungen gegenüber Doc Spector, Dr. McKenna. Sie wollen nicht zulassen, dass der gute Name des Doc auf diese Weise besudelt wird. Mara hätte gern eine Live-Schaltung für die Sechs-Uhr-Nachrichten, bei denen wir am meisten Zuschauer haben. Sind Sie dabei? Können wir mit Ihnen rechnen?«

»Klar«, sagte Kate. »Ich kann zur Ambulanzklinik kommen. Wann brauchen Sie mich?«

»Spätestens Viertel vor sechs.«

»Ich werde da sein.« Sie legte auf und informierte Marian über den Inhalt des Gesprächs. »Wenn Sie nichts dagegen haben, sollten wir aufbrechen.«

»Ich habe nichts dagegen«, sagte Marian, »aber sind Sie wirklich sicher, dass Sie das tun sollten? Benotti könnte ein paar ziemlich heikle Fragen stellen. Sie ist bekannt dafür. Haben Sie sich überlegt, was Sie darauf antworten wollen? Würden Sie zum Beispiel lügen?« Sie legte einen Zwanziger auf den Tisch und stand auf.

Kate kniff die Augen zusammen, als sie in den strahlenden Sonnenschein traten. Ja, würde sie denn lügen, wenn sie gefragt würde, ob es stimmte, dass ihre Muter an dem Abend, als Laurel King ums Leben gekommen war, gar nicht am Steuer gesessen hatte? Aber das war doch völlig idiotisch. Niemand wusste etwas davon – außer Donna Silvestri, Marian und jetzt auch ihr.

»Ich weiß nicht, was ich in diesem Fall tun würde, aber machen Sie sich keine Sorgen«, sagte Kate, die mit einem Mal sehr ruhig und zuversichtlich war, auch wenn sie nicht genau sagen konnte, weshalb. »Ich sorge dafür, dass niemand zu Schaden kommt.«

23

Da war er wieder – der vertraute Übertragungswagen von WHTC mit seinen Scheinwerfern, vor dem Mara Benotti mit diversen Assistenten auf und ab ging. Und Barry und eine kleine, aber stetig wachsende Traube Schaulustiger standen natürlich auch da. Marian hielt am Straßenrand an, um Kate aussteigen zu lassen. »Ich muss mit dir reden«, gab Barry Kate lautlos zu verstehen, als er sie sah, doch Kate war sich nicht so sicher, ob *sie* auch mit *ihm* reden wollte, also schenkte sie ihm keine Beachtung.

»Was haben Sie denn?«, fragte Marian. »Er steht doch auf unserer Seite!«

»Ich weiß, ich weiß. Ich bin mir nur nicht sicher, ob ich die Pressefreiheit eigentlich noch so gut finde.« Sie tauschten einen Blick und lächelten sich an, dann stieg Kate aus dem Wagen und marschierte zu Mara Benotti hinüber.

Sie gab sich alle Mühe, nicht in Barrys Richtung zu sehen, doch im nächsten Augenblick stand er bereits neben ihr. »Du kannst wütend sein, wie du willst«, flüsterte er, »aber sie hat mich auch dazugebeten.«

In diesem Augenblick beendete Mara Benotti das Gespräch mit ihren Mitarbeitern, wandte sich ihnen zu und nickte knapp.

»Gut«, sagte sie. »Fangen wir an.« Sie wartete auf ihr Signal, dann verzog sie das Gesicht abrupt zu einem strahlenden Lächeln. »Wir stehen hier vor dem Continuing Care Center in Waterfield, um mit Dr. Kate McKenna, der Leiterin dieser Ambulanzklinik, und Barry Manheim, dem Chefredakteur und Herausgeber des *Waterfield Chronicle*, zu sprechen.«

An Kate gewandt fragte sie: »Dr. McKenna, die Anzeige in der heutigen Morgenausgabe war ein bösartiger Angriff auf Ihre Familie, vor allen Dingen auf Ihren Vater, den allseits beliebten, verstorbenen Doc Spector. Haben Sie irgendeine Ahnung, wer hinter einer solchen Tat stecken könnte? Und warum jemand so etwas tun konnte?«

Marian hatte ja so Recht, dachte Kate. *Sie hat mich gleich mit der ersten Frage eiskalt erwischt.* Natürlich hatte sie eine Idee. »Ich bin genauso schockiert und überrascht wie alle hier in der Stadt«, sagte sie laut, »vielleicht sogar noch mehr. Ich bin hier geboren worden und habe in dieser Stadt bis zum Beginn meines Medizinstudiums gelebt. Ich kann mir nicht vorstellen, dass einer meiner Nachbarn aus Waterfield für so etwas verantwortlich sein könnte.«

Sie konzentrierte sich auf das Gesicht der Reporterin, um zu verhindern, dass ihre Stimme bebte oder ihr Tränen in die Augen traten. Trotzdem registrierte sie die Geräusche hinter sich – immer mehr Menschen kamen herbei und flüsterten miteinander. Und noch bewusster war ihr Barrys Anwesenheit, der dicht neben ihr stand. Da es nicht gestattet war, vor der Klinik zu parken, musste Marian mittlerweile weitergefahren sein.

»Barry«, fuhr Mara Benotti freundlich fort, »Sie sind der Besitzer, Herausgeber und Chefredakteur des *Chronicle.* Wie konnte es dem Täter gelingen, dass diese hässliche Anzeige in einer solchen Anzahl in Ihre Zeitung kam? Gibt es denn in Ihrem Haus keine Sicherheitsvorkehrungen?«

»Gegen Irrsinn gibt es keine Sicherheitsvorkehrungen, Mara«, erklärte Barry mit ruhiger Stimme. »Und ich kann nicht glauben, dass das jemand getan hat, der halbwegs bei Verstand ist. Aber, um Ihre Frage zu beantworten, es gibt einen Sicherheitsdienst. Niemand sollte Zutritt zum Lagerhaus haben, wo die Zeitungen bis zur Auslieferung gelagert werden.«

»Heißt das, Sie gehen davon aus, dass es jemand aus Ihrem Haus war?«, hakte Mara nach.

»Das wäre möglich«, gab Barry grimmig zurück. »Die Polizei kümmert sich bereits darum, genauso wie ich selbst.« Er wandte sich Kate zu. »In der Zwischenzeit möchte ich mich in aller Form bei Dr. McKenna, die zufällig eine alte Freundin von mir ist, dafür entschuldigen, dass diese unverschämten Lügen in meiner Zeitung erschienen sind.«

»Dass es eine grausame und gemeine Tat war, ja, darüber sind wir uns wohl einig, aber können wir auch sicher sein, dass es sich wirklich nur um ... unverschämte Lügen handelt, wie Sie es bezeichnen?«

Kate sah, wie sich eine zornige Röte auf Barrys Gesicht ausbreitete, und flehte stumm, er möge einen kühlen Kopf bewahren und vernünftig bleiben. Barry setzte zur Antwort an, und es sah nicht so aus, als hätte er die Absicht, kühl und vernünftig zu bleiben. Doch in diesem Moment löste sich eine Stimme aus der Menge hinter ihnen. »Ich möchte gern etwas sagen. Darf ich? Ist es okay, wenn ich spreche? Man muss mich anhören.«

Kate, die die Stimme erkannt hatte, wirbelte herum und sah, wie sich Nelson einen Weg durch die Menschenmenge bahnte – Nelson, so wie sie ihn seit ihrer Ankunft in Waterfield noch nie gesehen hatte. Er hatte seinen Bart gestutzt und trug ein sauberes, wenn auch ungebügeltes Hemd und saubere Hosen. Er wirkte entschlossen und konzentriert. Dieser Nelson sah ... wie ihr Bruder aus.

Er trat vor die völlig verblüffte Mara Benotti und nahm ihr das Mikrofon aus der Hand. Sie überließ es ihm widerstandslos. Dann sprach er: »Ich war früher Carlo Spector, der Sohn des Doc. Jeder hier kennt meinen wahren Namen, Nelson. Kann sein, dass ich schizophren bin ... zumindest sagen das die da drin.« Er deutete mit dem Kopf Richtung Ambulanz. Vereinzelt brandete Gelächter in der Menge auf, es erstarb jedoch rasch. Alle warteten gespannt darauf, was er zu sagen hatte.

Also ist es tatsächlich Carlo, dachte Kate, *und er hat noch nicht einmal in meine Richtung gesehen.*

»Man muss mich anhören. Ich bin es leid, dass ... sie ... jede Nacht kommen, mich wach halten und Dinge über meinen Vater sagen ... und über sie.« Er deutete mit dem Mikrofon auf Kate und wandte sich zu ihr um. »Vielleicht interessiert es dich«, fuhr er fort, »dass ich die Medikamente mitgenommen habe, die du mir gegeben hast. Ich hebe sie auf. Man weiß ja nie, wozu man sie eines Tages gebrauchen kann. Jemand da draußen versucht den Ruf meines Vaters zu ruinieren, und ich glaube, ich weiß, wer es ist. Eine Frau, natürlich. Die Frauen ... sie reden in ihrer Geheimsprache miteinander und erzählen sich gegenseitig Lügen. Die Bürgermeisterin ist auch eine von denen, die Lügen verbreiten.« Er deutete mit dem Mikrofon hinter sich, wo sich das Rathaus befand. In diesem Moment ertönte in der Menge ein Rascheln wie von Blättern im Wind, weil sich alle umdrehten, um zu sehen, ob Gail Fortunato dort stand. Auch Kate sah hinüber, aber natürlich war keine Spur von Gail zu sehen.

»Ich kenne Gail Fortunato mein ganzes Leben lang, und sie war schon immer eine Lügnerin«, erklärte Nelson/Carlo nachdrücklich. »Mein Vater war kein Heiliger, trotzdem war er aber ein guter Mann und ein guter Arzt. Mit meiner Mutter ist es etwas anderes. Sie war eine Hexe der übelsten Sorte und musste zerstört werden.« Er machte eine fließende Handbewegung, als schmelze etwas. *Der Zauberer von Oz*, dachte Kate. *Er hat diesen Film immer geliebt.* Die erstaunten Bermerkungen der Umstehenden schien er nicht mitzubekommen. »Hören Sie mir genau zu, denn ich werde es nur einmal sagen. Ich lasse nicht zu, dass meine Schwester in Gefahr gerät. Ich lasse nicht zu, dass Lügen über meine Familie verbreitet werden. Ich weiß, wer die Übeltäter sind, auch wenn sie sich weigern, sich zu zeigen. Ich werde sie finden und dafür sorgen, dass sie bestraft werden.«

Unvermittelt drückte er Mara Benotti das Mikrofon wieder in die Hand, schob sich ohne ein weiteres Wort durch die dichte Menschenmenge und trat auf die Straße.

Kate lief ihm nach. Sie musste mit ihm reden, Interview hin oder her. Allein schon, ihn vorübergehend in diesem Zustand der Klarheit zu erleben, war unglaublich! Die Menge teilte sich vor ihr. Wie durch ein Wunder schien keinerlei Verkehr auf der Straße zu herrschen, und sie sah ihn mitten auf der Fahrbahn in Richtung Park davongehen. Gerade als sie in Laufschritt verfallen wollte, sah sie Donna am Rand der Menschenansammlung stehen. Sie hatte sich eine Hand auf den Mund gelegt, und Tränen strömten ihr übers Gesicht. Was um alles in der Welt ... Aber Kate konnte jetzt nicht stehen bleiben, um mit ihr zu reden. Zuerst musste sie ihn einholen, ihren Bruder. Carlo.

Vor dem Park blieb er stehen und ließ sich auf eine Bank sinken, sodass sie ihr Tempo ein wenig drosseln und wieder zu Atem kommen konnte. Sie war sicher, dass er auf sie wartete, auch wenn er nicht in ihre Richtung sah.

Vor der Bank blieb sie stehen. Einige Minuten lang saß er da, ohne den Kopf zu heben. »Tja, Katie, da wären wir also.«

»Carlo«, stieß sie mit tränenerstickter Stimme hervor.

»Nein, nein, Katie. Nicht Carlo, kein Carlo mehr. Auf Wiedersehen, Carlito, Carlino und all die anderen Carls und Charles, die aus mir hätten werden sollen. Sie sind alle fortgegangen. Oder vielleicht hat man sie verjagt. Oder sogar ... *ermordet.*« Er starrte an ihr vorbei. »Du kannst mich Nelson nennen«, fügte er fast unbeschwert hinzu.

»Okay, Nelson. Wenn du die Medikamente nimmst, ist es nicht ganz so schlimm, oder?«

»Nicht ganz so schlimm, nein. Zumindest bei Tageslicht nicht.«

»Dann komm nach Hause, Car- Nelson. Komm ins Haus. Es ist auch dein Haus. Du kannst das obere Zimmer haben, das Turmzimmer.«

»Das ist doch dein Zimmer.«

»Nicht mehr. Du kannst es haben. Niemand wird dich belästigen. Du wärest in Sicherheit.«

Er lachte bitter. »Oh, bitte, Frau Doktor. Du weißt doch, dass es nicht so ist. Ich werde nie vor ihnen sicher sein. Vor *ihr*. Sie schickt sie. Sie hat dafür gesorgt, dass ich verrückt werde, und sie will, dass es auch so bleibt.«

»Nelson, wenn du Angela damit meinst, sie ist tot. Sie kann dir nichts mehr tun.«

Er starrte sie einen Moment lang an, schien sie zu erkennen, ehe seine Augen glasig wurden und er wieder an ihr vorbeistarrte. Mit jeder Minute wurde er wieder mehr und mehr zu Nelson. Sie öffnete den Mund, doch er hob die Hand. »Nein, Dr. Katie, ich kann nicht in deinem Haus wohnen. Ich kann mich nicht in geschlossenen Räumen aufhalten. Menschen, die mich hassen, kommen nachts, hämmern gegen die Wände und kratzen. Sie halten mich wach. Nein, nein, ich bleibe lieber draußen, wo ich mich verstecken kann. Wenn es ihr schlecht ging, hat sie das Freie gehasst, weißt du noch? Das Gras war hinter ihr her, die Bäume haben böse Schatten geworfen. Manchmal hat sie wochenlang die Veranda nicht verlassen. Und dann«, fuhr er fort, »haben sie sie auf den Hügel gebracht, um ihr eine Schocktherapie zu verpassen, und wenn sie wieder herausgetorkelt kam, war sie geheilt, oh ja. Sie konnte nach draußen gehen, einen Wagen fahren, die ganze Nacht tanzen und sich vornehmen, mich zu zerstören ...«

»Nein, Nelson, sie war einfach nur eine schwer kranke Frau. Deine Mutter.«

Er starrte sie finster an. »Nur eine schwer kranke Frau? Ist dir nicht klar, dass sie die weibliche Geheimsprache erfunden hat? Sie hat Botschaften geschickt, in Rock'n'Roll-Songs, in Filmen, in Zeitschriften. Sie war überall mit ihren bösartigen Andeutungen. Nur in der Bibliothek war ich vor ihr sicher. Ich habe entdeckt, dass ich die Gabe besitze. Ich konnte irgendein Buch herausnehmen und es auf irgendeiner beliebigen Seite aufschlagen, und dort stand genau die Information, die ich gebraucht habe, um mich zu retten. Aber jetzt kann ich es nicht mehr. Ich kann nicht mehr in die Bibliothek gehen. Die Bibliothek war mein bester Freund, aber jetzt hat sie sich in einen Ort mit dicken Wänden und hellem Licht verwandelt. Sehr gefährlich. Aber ich brauche die Bibliothek auch nicht mehr. Jetzt bekomme ich die Botschaften mit Telepathie.«

Kate wollte ihn gerade fragen, was die Botschaften besagten, als er abrupt aufstand und sich hektisch umsah. »Hier bin ich nicht sicher! Ich muss in den Schatten! Im Schatten der Bäume kann man mich nicht finden!« Ohne Vorwarnung stürzte er in den Park. Er war noch immer ein schneller Läufer – auf der

Highschool, bevor ihn die Krankheit heimgesucht hatte, war er ein Leichtathletikstar gewesen. Sie glaubte ihn »Lebwohl!« rufen zu hören, ehe er im Gebüsch verschwand, war sich aber nicht ganz sicher.

Lange Zeit blieb sie auf der Bank sitzen, unfähig, sich zu bewegen. Das war es also gewesen. Für etwa zehn Minuten war ihr Bruder zurückgekehrt. Er hatte sich gerade so lange aus den Fängen seiner Krankheit befreit, um einige Dinge klarzustellen, ehe er wieder davongelaufen war, geradewegs zurück in den Sumpf des Wahnsinns. Sie konnte ihm daraus keinen Vorwurf machen. Seine Existenz als Nelson, der Prophet, hatte ihm zu einer Art Leben verholfen, einem Leben, das im Grunde gar nicht so übel war. Wie käme sie dazu, ihm vorzuschreiben, wie er leben sollte? Vielleicht war der Wahnsinn der Zustand, der ihm ein Gefühl von Sicherheit vermittelte.

Kate beschloss, zum Ambulanzzentrum zurückzugehen, mit Luke über Donnas Zustand zu reden, sich um Linda und all die anderen Patienten zu kümmern, also ihre Arbeit zu erledigen. Sie machte sich auf den Weg, diesmal ohne Eile, und ließ ihren Tränen freien Lauf.

Der Übertragungswagen fuhr gerade los, als sie kam. Offenbar war das Interview beendet. Die Menge der Schaulustigen zerstreute sich ebenfalls. Viele davon waren in angeregte Diskussionen verstrickt, wahrscheinlich über das unvermittelte Auftauchen dieses sauberen, geistig klaren Nelson. Es lag beinahe so etwas wie Ausgelassenheit in der Luft. Sie sah Barry, der an die Hauswand gelehnt stand und Ausschau nach ihr hielt. Kein Zweifel, er wartete auf sie.

In diesem Moment trat Linda an sie heran. »Hallo, Dr. Kate. Ich habe Sie im Fernsehen gesehen, deshalb bin ich hergekommen. Aber Sie sind Nelson nachgegangen. Auch das war zu sehen.«

»Ich habe versucht, ihn zum Zurückkommen zu überreden.«

»Er ist Ihr Bruder. Er hat gesagt, Sie seien seine Schwester.«

»Ja, das stimmt.«

»Ist er ... krank?«

»Sie meinen psychisch krank? Ja, Linda, er leidet an paranoider Schizophrenie.«

»So ähnlich wie ich«, bemerkte Linda. »Wieso geben Sie ihm nicht auch Ziprasidon wie mir? Ich fühle mich damit viel besser.«

Kate legte dem Mädchen eine Hand auf die Schulter. »Du bist eine gute Patientin und nimmst deine Medikamente, Linda. Nelson aber nicht. So traurig es ist, aber wir können ihn nicht dazu zwingen. Aber wie geht es dir? Donna meinte, du wärst früh nach Hause gegangen.«

»Ich habe etwas geschlafen und fühle mich wieder viel besser.« Etwas in ihrer Stimme verriet Kate, dass sie nicht die Wahrheit sagte. In diesem Moment wurde Linda stocksteif, und ihre Augen weiteten sich, als ihr Blick sich auf etwas hinter Kate richtete. Kate drehte sich um und erblickte Donna Silvestri, die auf den Park zueilte.

»Hat Donna ... etwas damit zu tun, Linda?«, fragte sie vorsichtig.

Das Mädchen wand sich. »Oh, nein, Dr. Kate, nein, nein.«

»Du siehst so verängstigt aus. Ich könnte mir vorstellen, dass Donna irgendwelche beängstigenden Dinge zu dir sagt.«

»Nein, nein! Es geht mir gut. Nichts hat mir Angst eingejagt!«

»Schon gut.« Wieder berührte Kate die Schulter des Mädchens. »Beruhige dich. Ich dachte nur ... egal.« Sie zwang sich zu einem Lächeln. »Komm, das Ambulanzzentrum schließt gleich. Ich bringe dich nach Hause, okay?«

»Ich würde gern mitkommen, wenn ihr beide nichts dagegen habt.«

Zu ihrer eigenen Überraschung freute sich Kate über Barrys Auftauchen, ja, beinahe war sie darüber erleichtert. Ein langer Tag lag hinter ihr, ein Tag voller Überraschungen, und nicht alle waren angenehm gewesen. Außerdem war es nicht Barrys Schuld, dass es jemandem gelungen war, sich Zugang zu seinem Lagerhaus zu verschaffen, um die Hasstirade in die Zeitungen zu schmuggeln. Er stand auf ihrer Seite, und sie musste mit ihm über Carlo reden. Okay, Nelson. Er kannte ihren Bruder noch von früher, deshalb wäre es gut, sich mit ihm darüber zu unterhalten. Sie sehnte sich nach einem Gesprächspartner, der keine langwierigen Erklärungen brauchte.

Nachdem sie Linda im YWCA abgeliefert hatte – sie warteten, bis sie in den Lift gestiegen war und der Pfeil anzeigte, dass er in ihrem Stockwerk angehalten hatte –, lud Kate ihn ein, mit zu ihr nach Hause zu kommen. Er hob vielsagend die Brauen. Kate lachte und gab ihm einen spielerischen Klaps auf den Arm. »Hör auf damit. Ich will mit dir reden.«

»Ich muss wohl nicht erst fragen, worüber. Was für eine Überraschung, was?«

»Ja, aber er ist nicht die einzige Überraschung hier. Was ist mit der Anzeige?«

»Oh Mann, musst du mich unbedingt daran erinnern? Ich glaube, ich weiß, wer das schwache Glied in der Kette ist. Ein Junge aus der Nachtschicht im Lager, nicht allzu schlau und noch sehr jung. Aber wer könnte mitten in der Nacht hingegangen sein, um ihn, keine Ahnung ... zu schmieren? Verführen, vielleicht? Und hat er allen Ernstes geglaubt, dass es nicht rauskommt? Inzwischen hat ihn jeder in die Mangel genommen, auch ich selbst, aber mehr als ›Ich sag nichts‹ war bisher nicht aus ihm herauszukriegen.«

»Glaubst du, jemand hat ihm das eingeimpft?«

»Garantiert.«

»Das beweist doch aber, der Täter lag richtig mit seiner Vermutung, dass er damit durchkommt.«

»Aber wer könnte genug Mumm in den Knochen haben, das auszuprobieren?«

»Die Bürgermeisterin?«

»Ich weiß, dass sie unser bevorzugtes Hassobjekt ist, aber irgendwie kann ich mir nicht vorstellen, dass sie es war.«

»Aber du kannst dir durchaus vorstellen, dass sie – und ihr Lebensgefährte, den wir hier nicht vergessen wollen – zulässt, dass kranke Menschen in Westwind vernachlässigt und misshandelt werden. Dass die beiden schamlos lügen, was die Todesursache dieser Patienten betrifft. Und dass sie die Regierung betrügen. Das kannst du dir sehr wohl vorstellen, aber nicht, dass sie einen Lagerarbeiter besticht? Das ist doch unsinnig!«

»Ja, sie sind ein übles Gespann, aber ich bezweifle, dass Gail sich jemals selbst die Hände schmutzig machen würde.«

»Das ist ein Argument. Aber wenn es nicht Gail war, die mich hasst, wer dann?« Sie wusste doch, wer es war! Aber sollte sie Barry von Donnas zweiter Persönlichkeit erzählen? Besser nicht. »Ich bin sicher, wir finden das früher oder später heraus«, fügte sie eilig hinzu, ehe sie das Thema wechselte.

Sie fuhren jeder in seinem eigenen Wagen zu Kate. Als Barrys Minivan in ihre Auffahrt einbog, standen bereits ein Krug Wodka mit Limonensaft, eine Schale mit Cashewkernen und zwei hohe Cocktailgläser auf dem Verandatisch. Sie saß auf der Schaukel und hatte den Fernseher auf das breite Geländer gestellt, wo die Abendnachrichten mit leisem Ton liefen. Sie wollte sich das Interview ansehen. Barry kam die Treppe heraufgesprungen und ließ sich in einen der gepolsterten Schaukelstühle sinken. Unvermittelt rief das eine Erinnerung an ihr gemeinsames Teenageralter hervor, als er das ganz genauso getan hatte. »Genau wie in den guten alten Tagen«, bemerkte auch er. »Nur ohne die Gimlets.«

»Natürlich«, erwiderte sie, schenkte ein und reichte ihm eines der Gläser. Worauf sollten sie wohl einen Toast ausbringen? Auf die guten alten Zeiten, die in Wahrheit gar nicht so gut gewesen waren? Auf Carlo? Sie nippte an ihrem Glas und lächelte. Der Drink schmeckte großartig.

»Harten Tag gehabt, was?«, meinte Barry, der ihre Gedanken zu erraten schien.

»Du hast ja keine Ahnung ... obwohl ... wahrscheinlich doch. Hättest du gedacht, dass Nelson –?«

»Carlo sein könnte? Ich habe mich schon manchmal gefragt, ob er es ist. Wahrscheinlich wegen irgendeiner Sache, die er mal gesagt hat, oder wegen seiner Wortwahl, keine Ahnung. Aber dann dachte ich jedes Mal, dass er es gar nicht sein kann. Trotzdem kam es nicht völlig überraschend für mich, als er heute seine Identität enthüllte.«

»Ich bin ihm nachgegangen, das hast du ja mitbekommen ...«

»Das weiß mittlerweile wahrscheinlich die halbe Stadt, Kate.« Er deutete mit seinem Glas auf den Fernseher. Sie blickte auf den kleinen Bildschirm, und da waren sie zu sehen: Carlo, der sich durch die Menge schob, einen Arm ausgestreckt wie ein Footballspieler, der seine Gegner zur Seite drängt, und sie selbst – *wie gehetzt ich aussehe,* dachte Kate –, die sich umwandte, um ihm zu folgen. »Drehst du die Lautstärke bitte hoch?«

Sie gehorchte, worauf Mara Benottis aufgeregte Stimme ertönte.

»Dr. McKenna folgt dem Mann, den alle hier als Nelson kennen, jenem Obdachlosen, von dem wir seit dieser Minute wissen, dass es sich um ihren lange vermissten Bruder Carlo Spector handelt. Carlo war Footballspieler und ein Leichtathletikstar auf der Highschool ...« Man sah, dass die Reporterin von Karten ablas. »Er war ein hervorragender Schüler und hatte vor, in die Fußstapfen seines Vaters zu treten und Medizin zu studieren.« Auf dem Bildschirm erschien Carlos Foto aus dem letzten Highschooljahr, dann eine Gruppenaufnahme vom Abschlussball. *Er sieht so glücklich aus, so ... gesund,* dachte Kate. »Aber ihm blieb eine brillante Karriere verwehrt«, fuhr Mara Benotti im Hintergrund fort, während weitere Aufnahmen auf dem Bildschirm erschienen: der Doc, als er eine Auszeichnung der staatlichen Ärztevereinigung bekam, der Doc und Angela im Country Club, ein Familienfoto, aufgenommen vom hiesigen Fotografen. Wo hatten sie all die Aufnahmen so schnell herbekommen?

»So traurig es ist, aber Carlo Spector erkrankte während seines Studiums in Yale an Schizophrenie, jener schrecklichen Krankheit, unter der auch seine Mutter litt. Und eines Tages verschwand er spurlos.« Statt der Familienfotos erschien Mara Benottis ernstes Gesicht wieder auf dem Bildschirm. »Doch nun wissen wir, dass Carlo Spector nach Hause zurückgekehrt ist – wenn auch als Nelson, der geheimnisvolle Obdachlose, den viele in Waterfield für einen Propheten halten. Heute war er wieder Carlo Spector. Aber wird er auch Carlo Spector bleiben? Das kann nur die Zeit zeigen. Das war Mara Benotti aus der Main Street vor dem Ambulanzzentrum für psychisch Kranke in Waterfield.«

Kate starrte noch auf den Fernseher, als bereits ein Werbespot von Daves Möbelhaus lief, dessen Inhaber, in die Kamera lächelte und beteuerte, seine Möbel seien hochwertiger als die von Ethan Allen. Mit einem tiefen Seufzer schaltete sie den Apparat aus.

»Wie oft werden sie das heute wohl noch bringen?«, fragte sie.

»Einige Male«, antwortete Barry. »Mir tut es nur leid, dass es so spät gesendet wurde. Die Zeitungen haben längst Redaktionsschluss. Auch im *Chronicle* wird der Vorfall nur als Randmeldung erscheinen.«

»Allmählich werde ich es leid, den Star in der Saga der Zerstörung der Spectors zu spielen.« Mitfühlend griff er nach ihrer Hand. »Es ist alles in Ordnung, ehrlich«, wiegelte sie eilig ab. »Ich weiß nicht, wieso ich annahm, es sei ein großes Geheimnis. Alle in der Schule haben doch wohl Bescheid gewusst, oder?«

»Ja, wir haben es gewusst«, erwiderte er nach einer Sekunde des Zögerns.

»Oh Gott, man hatte also *Mitleid* mit mir? Das ertrage ich nicht.«

»Kate, wenn Menschen einen bedauern, weil man in Schwierigkeiten steckt, nennt man das nicht Mitleid, sondern Menschenliebe.«

Natürlich hatte er vollkommen Recht. Und was kümmerte es sie eigentlich? Das Ganze lag so lange zurück, und es gab nichts, was sie dagegen tun konnte.

»Auf die Menschenliebe!« Sie tranken ihre Gläser aus, worauf Kate noch einmal nachschenkte. Der Verkehr war mittlerweile fast vollständig verebbt, und der Himmel nahm eine rauchig-purpurrote Färbung an. Die Dämmerung – die reizvollste Tageszeit. Allmählich fiel die Anspannung von ihr ab. Es war schön, mit einem guten alten Freund dazusitzen und die Stille nicht mit Geplauder füllen zu müssen.

»Bist du in den Ind... äh, in deinen Assistenten verliebt?«, fragte Barry nach einer Weile.

»Nein, natürlich nicht, wie kommst du denn –« *Ach, zum Teufel!* »Nein, ich bin nicht in Luke verliebt, aber –«

»Ich wette, ich weiß, wofür dieses Aber steht.«

»Außerdem spielt es ohnehin keine Rolle, weil er zurückgeht.«

»Wohin zurück?«

»Nach Afrika. Zu *Ärzte ohne Grenzen.*«

»Es macht dir bestimmt nichts aus, wenn ich sage, dass mich das freut?«

»Doch, das tut es. Abgesehen von allem anderen ist er ein hervorragender Therapeut, besser als die beiden vollwertigen Ärzte in meinem Team. Tatsache ist –« Sie unterbrach sich.

»Tatsache ist –?«

»Nichts. Nein. Wirklich. Gar nichts.«

Barry nahm einen großen Schluck aus seinem Glas. »Weißt du eigentlich, wie sehr ich versucht habe, dich dazu zu bringen, dass du mich wenigstens *siehst,* Kate.«

»Oh, ich *sehe* dich durchaus, Barry Manheim!«, platzte sie zu ihrer Überraschung aufgebracht heraus. »Als meine Mutter ... gestorben ist ... ach, verdammt, als sie Selbstmord begangen hat, bist du auf Distanz gegangen. Ich hätte mehr von dir erwartet, Barry. Ich dachte immer, wir ... lieben uns. Das dachte ich damals wirklich. Aber du warst genauso wie alle anderen!«

»Das stimmt doch gar nicht! Du hast doch keine Ahnung, wie du dich damals benommen hast, Kate. Du hast dich zurückgezogen. Es war, als hättest du dich vollkommen von der Außenwelt abgekapselt. Weißt du denn nicht mehr, dass ich ständig angerufen habe, wieder und wieder?«

»Nein«, erwiderte sie verblüfft. »Ich erinnere mich an gar keine Anrufe.«

»Zwar hat dein Vater damals allen gesagt, wir sollten dich in Ruhe lassen, aber niemand hat sich daran gehalten.«

»*Was* hat er gesagt?«

»Du wolltest mit niemandem reden und niemanden sehen, hat er behauptet. Ich sollte es allen anderen sage. Als ich mich daraufhin mit ihm angelegt habe, hatte er plötzlich diesen eisigen Tonfall – wie immer, wenn man versucht hat, ihm zu widersprechen.«

Sie war sprachlos. Das klang so gar nicht nach ihrem Vater, wie sie ihn kannte, ihrem Freund, ihrem Verbündeten, ihrem Beschützer. Aber ... der Doc hatte genau gewusst, warum sie endlose Stunden in ihrem Zimmer gesessen, geweint und sich geweigert hatte, etwas zu essen. Sie hatte es ihm doch selbst geklagt, dass alle ihre Freunde sie im Stich gelassen hätten, und er hatte sie seines Mitgefühls versichert. Währenddessen hatte er alle Welt von ihr ferngehalten? Warum hätte er so etwas tun sollen?

Doch sie glaubte die Antwort darauf zu kennen: Er wollte nicht, dass sie über Angela redete, über ihn oder über den Unfall. Alle in der Stadt wussten, dass Angela sich aus schlechtem Gewissen wegen Laurel King das Leben genommen hatte. Oh Gott! Und die ganze Zeit –! Dieser Mistkerl! Er hatte dafür gesorgt, dass sie niemanden zu sehen bekam und mit niemandem reden konnte. Dann hatte er sie davon überzeugt, an die Universität von New York zu wechseln. Damit war er in Sicherheit, da er davon ausging, dass sie bestimmt nie wieder nach Waterfield zurückkehren würde.

»Ja, so war das«, erklärte Barry. »Du hast zu Hause gesessen und warst von der Außenwelt abgeschottet. Und dann warst du auf einmal verschwunden. Du hättest nicht mehr in Waterfield zur Schule gehen wollen, hat der Doc behauptet. Er würde dich sehr vermissen, aber du hättest darauf bestanden wegzugehen. Das sei Teil des Heilungsprozesses, hat er erklärt.«

Kate barg das Gesicht in den Händen. Dort, wo sich ihr Herz befand, schien sich eine eisige Kälte eingenistet zu haben. An nur einem einzigen Tag hatte sich alles, was sie je an ihrem Vater bewundert hatte, als Trugschluss herausgestellt. Der Doc war nicht der aufrichtige, liebevolle Menschenfreund gewesen, für den sie ihn immer gehalten hatte. Er hatte gelogen, betrogen, und selbst jetzt, wo er längst tot war, hatte er ihr all das weggenommen, woran sie seit ihrer Kindheit stets geglaubt hatte.

Sie hob den Kopf. »Also noch eine weitere Lüge von diesem Mann, von dem ich sicher war, dass er mich niemals belogen hat.« Ihre Stimme klang laut und hohl, doch bevor Barry etwas erwidern konnte, fuhr sie fort. »Da gibt es etwas, das ich dir sagen muss ...« Sie erzählte ihm die ganze Geschichte von dem Unfall, der Laurel King und am Ende auch Bobby Silvestri das Leben gekostet hatte. Und Angela. Zum ersten Mal in ihrem Leben empfand sie so etwas wie Mitleid mit ihrer Mutter.

Barry war blass geworden. »Aber ... wie hast du all das herausgefunden? Nach all den Jahren?«

Sie schüttelte den Kopf. »Es gibt jemanden, der das alles weiß, Barry. Tut mir leid, aber mehr kann ich dir nicht sagen.« Unvermittelt brach sie in Tränen aus und schlug sich erneut die Hände vors Gesicht.

Er ging zu ihr, legte die Arme um sie und zog sie an seine Schulter, während er ihr zärtlich übers Haar strich. Sie küssten sich, und sie stellte überrascht fest, dass sein Mund noch genauso schmeckte wie damals, als sie jung und verliebt gewesen waren, so süß, so tröstlich. Sie ließ sich in seine Umarmung sinken, unfähig, einen klaren Gedanken zu fassen.

Nach einer Weile löste er sich von ihr. »Ich will verdammt sein, wenn ich dich nicht immer noch liebe, Katie Spector«, flüsterte er.

Abrupt kehrte sie in die Wirklichkeit zurück. Sie konnte es nicht tun. So süß und wunderbar er sein mochte, sie liebte ihn nicht. Sie entzog sich ihm. »Wir können das nicht machen, Barry. Es tut mir sehr leid. Aber es geht nicht.«

»Warum nicht, zum Teufel? Du kannst mir nicht erzählen, du hättest gerade eben nichts empfunden.«

»Doch, das habe ich. Aber ... Ich kann es einfach nicht.«

»Warum? Sag es mir.« Seine Stimme war rau ... vor Wut oder vor Leidenschaft? Sie wusste es nicht.

»Weil ich dich nicht liebe, Barry.«

»Aber das wirst du schon noch. Gib uns nur ein bisschen Zeit. Es ist immer noch da, Katie, ich schwöre, es ist immer noch da! Ich habe es gespürt!«

Sie schüttelte den Kopf. »Nein. Nein, nicht jetzt, vielleicht überhaupt nie. Ich weiß nicht, warum, aber ... Ach, verdammt, vielleicht solltest du einfach gehen.«

Er stand auf. Sie brachte es nicht über sich, ihn anzusehen. Sie wollte ihm nicht ins Gesicht sehen, Zeuge seiner Verletzlichkeit und seiner Enttäuschung werden. »Es ist dieser verdammte Indianer, hab ich Recht? Natürlich ist es so! Okay, wenn es so sein soll, dann ist es eben so! Zum Teufel mit euch beiden!«

Sie hörte, wie er die Veranda durchquerte, die Treppe hinunter und über den Hof stürmte, und hob gerade noch rechtzeitig den Kopf, um zu sehen, wie er seine Wagentür zuschlug, den Rückwärtsgang einlegte und mit quietschenden Reifen auf die Straße einbog. Großer Gott. Hatte sie vielleicht gerade den Fehler ihres Lebens begangen?

24

In dieser Nacht schlief sie nicht besonders gut. Düstere Gedanken wirbelten in ihrem Kopf umher. Schließlich stand sie auf, setzte sich auf die Veranda und sah sich sterbenslangweilige Werbesendungen an, über denen sie endlich einschlief. Das laute Zwitschern eines Rotkehlchens auf dem großen Ahornbaum im Garten weckte sie. Sie lag noch immer auf der Schaukel. Ihr Nacken fühlte sich steif an, und ihr Arm war eingeschlafen, weil der Kopf stundenlang darauf gelegen hatte. Sie musste sich endlich zusammenreißen! Sie war Ärztin und eine erwachsene Frau. Mit diesem Gedanken ging sie ins Haus, duschte und zog sich an.

Als ihr Mobiltelefon läutete, musste sie erst durchs Haus laufen und danach suchen, weil sie nicht mehr wusste, wo sie es am Vorabend hingelegt hatte. Schließlich fand sie es auf der Verandaschaukel, also hatte sie die ganze Nacht darauf gelegen. Doch als sie es aufklappte, hatte es bereits zu läuten aufgehört. Sie erkannte Lukes Nummer auf dem Display und hörte die Mobilbox ab.

»Kate, wo um alles in der Welt steckst du um diese unchristliche Uhrzeit. Oh. Wahrscheinlich unter der Dusche. Okay. Ich war gestern bei deinem Interview unter den Zuschauern. Er ist also dein Bruder? Hattest du eine Ahnung, dass er es ist? Bestimmt. Du bist zu klug, um es nicht vermutet zu haben. Jedenfalls kam Dominique eine halbe Stunde nach dem Aufruhr zu mir ins Büro gestürmt. Sie war außer sich vor Wut und enttäuscht darüber, dass Nelson sich nun ebenfalls als ein Mitglied der Spector-Familie herausgestellt hat. Also ist er nicht der Guru, für den sie ihn immer gehalten hat. Sie hat ziemlich getobt, aber ich glaube, ich konnte sie einigermaßen besänftigen. Und nun dachte ich, wir könnten uns auf ein paar Waffeln unten am Fluss treffen, aber okay ... offensichtlich bist du nicht da. Halb neun habe ich einen Termin mit einer der Silvestris – mal sehen, welche heute auftaucht. Vielleicht möchtest du ja dabei sein? Ich sehe später bei dir vorbei.«

Für einen kurzen Moment war sie in Versuchung, ihre Schuhe anzuziehen, Lippenstift aufzulegen und sich auf den Weg zu machen. Aber hatte sie sich nicht gerade eben vor Augen gehalten, dass sie Ärztin und eine erwachsene Frau war und sich vernünftig verhalten sollte? Ihr Büro war der richtige Ort, um einen aktuellen Fall zu besprechen, und wenn er mit ihr darüber reden wollte, wusste er ja, wo er sie finden konnte.

Kurz nach sieben traf sie im Ambulanzzentrum ein, um vor der Arbeit einen Blick in den *Chronicle* zu werfen. Selbst Sonya war noch nicht da, und Donnas Büro war ebenfalls leer. Also war sie allein. Das dachte sie zumindest – bis sie William Bannerman erblickte, der mit einer Ausgabe der Zeitung an der Wand vor ihrem Büro lehnte. Beim Klang ihrer Schritte hob er den Kopf und schenkte ihr ein gewinnendes Lächeln.

»Ja, ich bin's, der böse Bube. Ich hoffe, Sie freuen sich, mich zu sehen«, sagte er.

»Sie sind weder ein böser Bube noch ein schlechter Arzt. Aber Sie standen unter Stress, und das haben Ihre Patienten gespürt. So etwas ist nie gut.« Sie schloss ihr Büro auf und bedeutete ihm hereinzukommen. »Haben Sie sich gut erholt?«

»Ja, danke. Mir ist klargeworden, wie schlecht ich mich benommen habe. Ich hatte ein Problem mit meinen Aggressionen – so könnte man es wohl nennen.« Er setzte sich auf einen Stuhl ihr gegenüber. »Ich habe mir Rat geholt und denke, ich verstehe das Problem jetzt.«

»Und zwar?« Obwohl das Lämpchen auf ihrem Anrufbeantworter hektisch blinkte, konzentrierte sie sich auf sein Gesicht.

»Ich ... ich weiß nicht, wie ich es ausdrücken soll.« Es entstand eine Pause. Kate musste sich zwingen, nichts zu sagen. »Ich schätze, ich hätte überhaupt nicht Psychiater werden sollen«, fuhr er schließlich fort. »Ich ... ich habe Angst vor den Patienten!« Er lachte nervös und sank ein wenig auf seinem Stuhl zusammen, als mache er sich auf einen Ausbruch von ihr gefasst. »Ziemlich verrückt, was? Sich vor den Patienten zu fürchten, weil sie verrückt sind. Aber ich bin in ihrer Nähe immer vorsichtig ... nervös, weil ich ständig damit rechne, dass sie – keine Ahnung. Ich bin mir eben nie sicher, was sie als Nächstes tun werden!« Er sprang von seinem Stuhl auf und begann, im Raum auf und ab zu gehen. »Ich sollte keine psychisch kranken Menschen behandeln.«

»Oh, das würde ich nicht unbedingt sagen, Will. Aber möglicherweise wären Sie in einer weniger chaotischen Umgebung besser aufgehoben. In einer Privatpraxis vielleicht oder in einer Anstalt? Hier kriegen wir nur den Bodensatz ab, hat einer der Case Manager kürzlich festgestellt. Und nicht jeder kann mit schwerkranken, unkontrollierbaren Patienten umgehen. Nicht jeder will das, und es muss auch nicht jeder tun.« Sie sah ihm eindringlich in die Augen. »Es ist sehr gut, dass Sie mittlerweile wissen, was Ihnen hier so sehr zusetzt. Wenn Sie kündigen wollen, würde ich es Ihnen jetzt, wo sie mit mir gesprochen haben, nicht auszureden versuchen.«

Er blieb vor ihrem Schreibtisch stehen. »Würden Sie mich als Patienten annehmen, Dr. Kate?«, platzte er unvermittelt heraus.

»Wie bitte?«

»Nein, nein, ich denke, Sie haben Recht. Wahrscheinlich sollte ich in einem anderen Umfeld arbeiten. Ich habe gehört, dass in Hillside zwei Stellen frei sind. Ich möchte mich gern bewerben, und in der Zwischenzeit könnten Sie mir vielleicht ein, zwei Therapiestunden geben. Ich glaube, Sie könnten mir wirklich helfen. Ich habe gesehen, dass Sie sehr gut sind, und denke, dass ich mit einer Frau reden sollte.«

Das war sehr interessant. Sie hatte gedacht, er fühle sich von Frauen eingeschüchtert. »Eine oder zwei Stunden, okay, und dann sehen wir weiter. Und ich gebe Ihnen gern ein Empfehlungsschreiben für die Anstalt. Sie sagen, Sie hätten sich mit Ihren ... äh ... Aggressionen auseinandergesetzt?«

»Ja, ich weiß jetzt, dass ich die Kontrolle verloren habe. Es hat etwas mit meinem Va... äh, egal, ich werde Ihnen alles erzählen, wenn wir uns in Ruhe unterhalten.« Er lächelte. »Ich kümmere mich sofort um die Bewerbung.«

Er ging zur Tür und drehte sich noch einmal um. »Ich habe diese Geschichte im Fernsehen gesehen ... Das mit Ihrem Bruder. Nelson. Waren Sie überrascht?«

»Eigentlich nicht.« *Wie oft muss ich diese Frage heute wohl noch beantworten?*

»Okay.« Dr. Bannerman verschwand. Sie fragte sich, ob es dumm war, ihn als Patienten anzunehmen, selbst wenn es nur für ein paar Stunden war. Er hatte sie weder gemocht noch ihr vertraut. Aber es schien ihm halbwegs gut zu gehen, zumindest war er ihr gegenüber nicht feindselig aufgetreten. Und was, wenn er nur so tat?

Sie schob diesen Gedanken beiseite und wandte sich dem *Chronicle* zu, der gefaltet auf ihrem Schreibtisch lag. Wenigstens würde sie sich hier keine alten Familienfotos ansehen oder vom Aufstieg und Fall der Spectors lesen müssen.

ZU VIELE TOTE, ZU VIELE LÜGEN verkündete die dicke Schlagzeile auf dem Titelblatt, unter der die zweite Überschrift »*Westwind gab ›natürliche Ursache‹ bei sämtlichen Todesfällen an und belog schamlos die Familien der Betroffenen*« prangte, gefolgt von »*Gefälschte Krankenakten verhindern Entdeckung von Selbstmorden, Tod durch Vernachlässigung und Mord. Von Barry Manheim und Nancy O'Neil.*«

Eilig überflog sie den Artikel und lächelte beim Anblick der Zitate von »Miss Tanisha Bardwell, ehemalige Mitarbeiterin in Westwind«. Ihre Grammatik war ein wenig korrigiert worden, doch ansonsten handelte es sich um die wahrheitsgetreue Wiedergabe dessen, was Tanisha ihnen erzählt hatte. Das Mädchen platzte bestimmt vor Stolz, in der Zeitung zu stehen. Sogar ein Foto von ihr war abgedruckt, das offenbar bei einem Gespräch mit Mark Bongiorno aufgenommen worden war, der ihr ernst lauschte. Es musste sich um eine nachträglich gestellte Aufnahme handeln, denn bei ihrem gemeinsamen Termin war kein Fotograf anwesend.

»Mark Bongiorno, der zuständige Staatsanwalt, sagte sichtlich aufgebracht: ›Vor sieben Jahren hat eine Expertenkommission eine Untersuchung in Westwind und drei anderen Einrichtungen im Bundesstaat durchgeführt. *Ein Trauerspiel,* so lautete die Einschätzung der Experten damals. Aber es wurde nie etwas unternommen. In sieben Jahren hat es niemand für nötig gehalten, sich um die Dutzende junger Menschen zu kümmern, von denen einige erst in ihren Zwanzigern waren und die in der Obhut von Westwind gestorben sind – alle von ihnen eines natürlichen Todes, heißt es. Aber jetzt bin ich Staatsanwalt hier. Und in meinen Augen sind Tod durch Hitzeeinwirkung, falsche Medikamente oder ohnmächtig in einer Toilette liegen gelassen zu werden keine natürlichen Ursachen. Ganz im Gegenteil. Ich betrachte so etwas als kriminelle Handlungen und werde dafür sorgen, dass Anklage gegen die Eigentümer von Westwind erhoben wird. Dank der Bemühungen von Reportern des *Waterfield Chronicle* können sie sich nicht länger hinter dem Schutzschild der Anonymität verstecken.‹«

Ein Hoch auf Mark Bongiorno und die Reporter, dachte Kate. Ihr Blick wanderte weiter über die Seite, bis er zu ihrer Überraschung an dem Namen Kenneth Hargrave hängen blieb. »Wir werden unsere Bemühungen verstärken, um zu gewährleisten, dass alle Pflegeheime den gesetzlichen Anforderungen entsprechen und sämtliche Todesfälle an uns weitergeleitet werden«, erklärte der Regierungskommissar. *Oh ja, da bin ich mir ganz sicher, dass Sie genau das tun werden!* Was für ein Heuchler!

»Die Wertschätzung unserer psychisch kranken Mitbürger«, endete der Artikel, »durch den Staat, die Pflegeheime und die Gesundheitsbehörden, die sich um ihr Wohlergehen kümmern sollten, ist erschreckend gering. Diese Menschen wurden jeder Chance auf ein anständiges Leben beraubt, was sich hoffentlich zum Besseren wendet, wenn genug verantwortungslose Eigentümer von Pflegeeinrichtungen hinter Schloss und Riegel gebracht wurden.« Dieser Satz klang, als stammte er von Barry.

In der Mitte des Blattes gab es eine Doppelseite mit Fotos, die die düsteren Gänge und die traurigen, ausdruckslosen Gesichter in all ihrer Erbarmungslosigkeit dokumentierten. Kate drehte sich der Magen um. Bestand tatsächlich die Chance, dass sich irgendetwas verbesserte? Was war nur mit den Menschen los, die sich auf diese Weise an den Verletzlichen und Schwachen bereicherten? Allein die Vorstellung machte sie ganz krank. Sie konnte sich nur fragen, ob Menschen wie sie – mit einem Beruf, in dessen Mittelpunkt die Heilung und Hilfe anderer stand – ihren Patienten überhaupt jemals helfen oder sie heilen konnten.

Ein Klopfen am Türrahmen riss sie aus ihren trüben Gedanken. Es war Linda. Kate genoss den Anblick des Mädchens – so adrett, so hübsch, so normal.

»Entschuldigung, wenn ich störe, Dr. Kate.«

»Nein, du störst nicht.« Sie lächelte.

»Ich wollte nur fragen, ob Donna krank ist? Sie ist nicht im Büro, obwohl sie sonst immer schon vor mir kommt.«

Kate wollte gerade antworten, als ihr wieder einfiel, dass Luke in einer Viertelstunde eine Therapiesitzung mit Donna oder wahrscheinlich eher mit Dominique hatte. »Ich glaube, Donna kommt heute etwas später. Brauchst du mich?«

»Oh nein, Dr. Kate. Ich bin mit einem wichtigen Projekt beschäftigt und erst beim Buchstaben K. Ich weiß schon, womit ich weitermachen muss. Dr. Kate ...« Sie biss sich auf die Lippe.

»Ja? Stimmt etwas nicht, Linda? Du kannst mir alles sagen, was es auch ist.«

»Ja ... ach, nein, ich glaube nicht. Ich bilde mir nur etwas ein.«

»Nimmst du deine Medikamente regelmäßig?«

»Oh ja, Dr. Kate. Ich lasse nie eines aus, weil ich weiß, dass ich mich damit besser fühle.«

»Dann brauchst du dir auch keine Sorgen zu machen, dass

du dir etwas einbildest. Bist du ganz sicher, dass es nichts gibt, worüber du mit mir reden willst?«

»Es geht mir gut. Ich warte bis zu unserer nächsten Therapiesitzung.« In diesem Moment hörten sie Schritte, die im Laufschritt den Korridor herunterkamen. Linda fuhr erschrocken zusammen und drehte sich um. Ihr Körper war angespannt wie eine Feder, doch dann entspannte sie sich und lachte.

»Dr. Montour, warum rennen Sie denn?«

»Weil ich sonst nie Zeit zum Joggen finde.« Er blieb im Türrahmen stehen. »Du siehst reizend aus, Linda.«

Linda errötete ein wenig, dankte ihm und wandte sich zum Gehen. »Ich sollte mich jetzt lieber auf den Weg machen, bevor Donna mich wieder anschreit.« Und damit verschwand sie.

»Dieses Mädchen geht schneller, als ich laufe«, stellte Luke fest. »Donna schreit sie an? Donna?«

»Oh Gott, ich muss sie dringend aus diesem Büro herausholen. Ich habe das Gefühl, als bekämen wir nicht mehr allzu viel von Donna zu sehen.«

»Na ja, zumindest für den Augenblick ist Linda in Sicherheit, weil Donna beziehungsweise Dominique im Spiegelraum sitzt und auf unsere Therapiestunde wartet. Ich dachte, du willst es dir ansehen. Die ersten Male musste ich Hypnose anwenden, um Dominique herauszulocken, aber letztes Mal war sie gleich da. Mal sehen, wie es heute läuft.«

Sie hasteten den Korridor hinunter und bogen in einen kaum benutzten Gang ein, der nach knapp 20 Metern vor zwei nebeneinanderliegenden Türen endete. Luke deutete auf die zweite, während er die erste öffnete. »So, hier bin ich«, sagte er und schloss sie hinter sich.

Der Spiegelraum wurde für Forschungsprojekte und Gelegenheiten wie diese genutzt – wenn ein zweites Augenpaar vonnöten war, der Patient aber lieber nichts davon mitbekommen sollte. Kate setzte sich auf einen Stuhl vor die Scheibe, die von der anderen Seite wie ein großer Spiegel aussah. Donna/Dominique saß am Kopfende des Tisches, während Luke rechts von ihr mit dem Gesicht zum Spiegel Platz genommen hatte.

»Hi, Lukie, schön, Sie zu sehen. Ich hab einiges mit Ihnen zu bequatschen.« Es war Dominique.

»Ich werde unser Gespräch aufzeichnen. Ist das in Ordnung für Sie?«

»Klar. Was kümmert's mich? Alle sollen wissen, was diese Familie der meinen angetan hat! Diese kleine Jammersuse Donna hat beschlossen, dass sie nichts von all dem wissen will, und so ist sie bis heute – dumm und ahnungslos. Die unangenehmen Dinge hat sie immer mir überlassen.«

»Wenn Sie die Stärkere von Ihnen beiden sind, warum war dann Donna so viele Jahre dominant?«

»Woher zum Teufel soll ich das wissen?«, erwiderte Dominique scharf. »Ich bin schließlich kein Psychiater! Ich hab eine ganze Weile gebraucht, aber irgendwann hab ich's geschafft rauszukommen. Sie hat mich zwar immer wieder zurückgedrängt, aber erst nachdem ich ihr gezeigt hab, wer hier eigentlich der Boss ist!« Sie lachte.

»Ich schätze, Sie reden von den versteckten Sandwiches, den verlegten Akten und diesen Dingen.«

»Genau, Lukie. Sie verstehen das ganz richtig. Manchmal bin ich auch abends rausgekommen, um zu feiern. Meine Güte, hatten wir einen Spaß ... na ja, ich zumindest. Ich glaube, als die kleine Donna am nächsten Morgen aufgewacht ist, wäre sie am liebsten tot gewesen!« Wieder dieses boshafte Lachen.

»Das Feiern, verstehe«, sagte Luke, dessen sanfte Stimme mit dem gedehnten Tonfall keinerlei Vorwurf verriet. »Aber warum haben Sie im Büro ihre Sachen versteckt und Akten verschwinden lassen?«

»Damit sie weiß, dass ich noch da bin.«

»Aber das wusste sie doch gar nicht. Sie war verwirrt und hat sich gefragt, was los ist ...«

»Ist doch nicht meine Schuld, wenn sie dämlich ist. Sie hat alles vergessen, was diese Spectors uns angetan haben! Absolut alles!«

»Was haben Ihnen die Spectors denn getan?«

»Sind Sie etwa genauso dämlich? Verdammt, ich dachte, das

hätte ich Ihnen gesagt! Doc Spector hat meinen großen Bruder umgebracht. Bob hat mich beschützt ... er hat die von mir ferngehalten. Für Donna, diese dumme Nuss, war es zu spät, aber mich hat er beschützt. Und diese tollen, mächtigen Spectors, die haben ihn umgebracht. Als Bobby nach dem Unfall seine Beine verloren hatte, konnte er sein Leben nicht länger ertragen. Er hat sich umgebracht.« Sie verzog das Gesicht und begann heftig zu schluchzen.

Luke berührte sie nicht, doch sein Tonfall war voller Mitgefühl, als er fortfuhr. »Es tut mir sehr leid, dass Sie Ihren Bruder verloren haben. Aber es war doch ein Unfall.«

»Halten Sie die Klappe!« Sie ballte die Hände zu Fäusten und starrte ihn finster an. »Ich will das nicht hören! Er hat Bobby über den Haufen gefahren! Er hat es nie zugegeben. Keiner von denen hat je etwas getaugt!«

»Dr. McKenna hilft anderen Menschen. Sie ist sehr nett zu Donna.«

»Donna!«, stieß Dominique verächtlich hervor. »Was zum Teufel weiß die schon? Dr. Kate ist die Letzte der Spectors, außer Nelson, aber der zählt nicht, und sie wird bezahlen.« Wieder brach sie in Tränen aus.

»Beruhigen Sie sich doch!« Luke reichte ihr ein Papiertaschentuch, mit dem sie sich die Augen wischte und die Nase putzte. »Also haben Sie bei Dr. McKenna angerufen und gesagt, sie solle sich vorsehen?«

»Genau, das hab ich getan! Aber sie ist immer noch da. Einem Spector können Sie keine Angst einjagen. Die glauben doch, sie seien etwas Besseres als alle anderen. Sogar dieser Schwindler, dieser Nelson! Ich dachte, er sei ein kluger Mann, der nur so tut, als wäre er verrückt. Ich weiß, wie das ist, wenn man sich ständig hinter einer anderen Persönlichkeit verstecken muss. Er hat mir etwas bedeutet. Ich dachte, er sei klug und weise, und was ist er am Ende? Auch nur ein Spector! Vielleicht muss ich mit ihm dasselbe tun wie mit den anderen ...« Sie hielt abrupt inne, wandte den Kopf und sah in Richtung Spiegel. Erschrocken wich Kate zurück. Dominiques Augen waren zu Schlitzen verengt und glühten vor Zorn, und sie bleckte ihre Zähne wie ein wildes Tier.

Nie hätte ich hierher zurückkommen dürfen, an diesen Ort mit all seinen Geheimnissen und Schatten. Ich muss weg von hier!

»Ich glaube, für heute reicht es«, sagte Luke. »Sie müssen müde sein.«

Der Ausdruck auf ihrem Gesicht änderte sich kaum merklich, und dann war plötzlich Donna da. Kate war ganz sicher – Donnas Augen waren vor Schreck weit aufgerissen, und sie schien förmlich zu schrumpfen. »Was –?«, begann sie. »Oh, Dr. Montour. Können wir anfangen?«

Kate erkannte seinen inneren Konflikt. Er konnte es ihr nicht sagen, noch nicht. Sie war völlig unvorbereitet. »Äh ... Donna, Sie sind eingeschlafen, und ich wollte Sie nicht wecken. Aber es ist fast neun. Ich habe gleich eine Gruppentherapiesitzung, und Sie wollen doch bestimmt ins Büro.«

Die Verwirrung war ihr deutlich anzusehen, trotzdem schien sie entschlossen zu sein zu bluffen. Wahrscheinlich hatte dieses Mädchen einen Großteil seines Lebens damit zugebracht, anderen etwas vorzumachen. »Oh, es tut mir schrecklich leid. Ich habe letzte Nacht kaum ein Auge zugetan, Dr. Montour. Kann ich Sie später anrufen und einen neuen Termin vereinbaren?« Sie klang beinahe normal, doch Kate sah, dass ihre Hände leicht zitterten.

»Natürlich.«

Sie floh aus dem Raum wie ein verängstigtes Kaninchen. *Arme Donna*, dachte Kate. Es war Zeit, den berühmten Dr. Lord anzurufen und sie in seine fähigen Hände zu übergeben. Sie selbst hatte jedenfalls keine Ahnung, wie sie einen Fall wie diesen anpacken sollte, und Luke, so ruhig und verantwortungsbewusst er auch sein mochte, verfügte ebenfalls nicht über die entsprechende Erfahrung.

Sie verließ den Raum und stieß auf dem Gang zu ihm. »Tja, sehr interessant«, bemerkte sie. »All die Geheimnisse in einer einzigen Sitzung gelüftet.«

»Zumindest die meisten.« Gemeinsam gingen sie den Korridor entlang.

»Ich rufe sofort Dr. Lord an. Könntest du eine Kopie der Aufnahmen anfertigen? Ich nehme an, du kommst mit, um ihm die Sachlage zu erklären.«

Er schwieg den Bruchteil einer Sekunde zu lange, und sie sah ihn scharf an. »Wir sollten sofort einen Termin bei Dr. Lord vereinbaren«, sagte er. »Ich glaube, Dominique steht kurz davor loszubrechen. Und ... Kate ... *Was ist los?*«

»Sie ist bei Linda. Ich muss mich beeilen. Ich rufe dich an, sobald ich wieder im Büro bin.« Sie machte kehrt und lief los, so schnell sie konnte.

Zu spät. Sie hörte den Lärm bereits, bevor sie in den Flur einbog. »Weiche von mir, Satan! Ich kenne dich! Du bist böse!« Kate erkannte das boshafte Lachen auf der Stelle wieder, dann hörte sie Donnas Stimme. »Linda, ich bin's, Donna. Hör nicht auf diese schrecklichen Dinge! Lass dich nicht –« Doch dann meldete sich die andere Stimme wieder zu Wort. »Ganz genau, Schätzchen, die Inkarnation des Bösen, das bin ich! Aber du bist noch viel schlimmer! Deine Mama hat ganz Recht: Du bist die Brut des Teufels, und niemand wird dich jemals lieben! Nein, warte –«

Kate stürzte gerade rechtzeitig ins Zimmer, um mit anzusehen, wie Linda einen schweren Gegenstand von Donnas Schreibtisch packte und ihn in Richtung ihrer Peinigerin schleuderte. Es handelte sich um eine große, schwere Schneekugel mit Schneewittchen, die auf ihrem Lager lag und vom Prinzen wachgeküsst wurde. Wenn man sie aufzog, spielte sie die Melodie aus dem Disney-Film »Someday My Prince Will Come«. Die Kugel traf Donna mit einem dumpfen Schlag an der Schulter, worauf sie das Gleichgewicht verlor und mit einem Schmerzensschrei zu Boden fiel.

»Linda!«, schrie Kate. Das Mädchen fuhr herum, schien sie jedoch nicht zu erkennen. »Sie sind hinter mir her, sie wollen mich holen. Ich dachte, sie sind weg, aber sie sind wiedergekommen, so wie sie gesagt hat.« Sie sah sich hektisch um, während sie die Hände abwechselnd zu Fäusten ballte und wieder entspannte. Kate lief zu ihr und streckte die Hand nach ihr aus. »Linda, beruhige dich doch«, flehte sie eindringlich. »Bitte. Hol tief Luft. Ich bin's, Dr. Kate. Es gibt keine bösen Geister hier«, erklärte sie, obwohl sie sich keineswegs sicher war. Sie legte die Hand auf Lindas Schulter und versuchte, sie an sich ziehen, in der Hoffnung, dass sie sich durch den bloßen Körperkontakt beruhigen ließe.

Doch Linda riss sich los und starrte Kate zornig an. »Sie auch!«, fauchte sie. »Keine von diesen giftigen Tabletten mehr! Rühren Sie mich nicht an!« In dieser Sekunde stürzte sie sich auf Kate und riss sie um ein Haar zu Boden, ehe sie sich an ihr vorbeizwängte und wie von Sinnen davonstürzte.

Erst in diesem Augenblick bemerkte Kate, dass auch Donna/Dominique sich aufgerappelt und klammheimlich den Raum verlassen hatte. Kate lief los. Sie war sich selbst nicht sicher, hinter welchem der beiden Mädchen sie eigentlich her war, aber sie würde zumindest eine von ihnen finden müssen. Sie entschied sich für Linda, als sie in die Lobby gelangte und sie gerade durch die Eingangstür hinausschlüpfen sah. Sie folgte dem Mädchen auf die Straße und sah sich suchend nach ihr um, doch Linda war wie vom Erdboden verschluckt. Kate lief hin und her, spähte in sämtliche Seitenstraßen und Gassen, bis sie fast den Park erreicht hatte. Doch keine Spur von Linda. Enttäuscht machte sie kehrt und rannte zur Klinik zurück.

Als sie die Lobby betrat, gestikulierte Sonya wild in ihre Richtung. »Donna«, stieß sie schwer atmend hervor, als hätte nicht Kate einen Spurt hinter sich, sondern sie selbst. »Sie spielen verrückt. Sie sagt, ich soll rufen Polizei, schnell! Als ich rufe an. sie reißt mir Hörer aus Hand und schreit: ›Diese Verrückte, Linda Cathcart, hat mich angegriffen. Stecken Sie sie ins Gefängnis!‹ Und ich sage zu ihr: ›Donna, wovon Sie reden da?‹ Und da sie sagt zu mir. ›Ich bin nicht Donna, du dämliche Ausländerziege.‹«

Oh Gott. »Ich bin sicher, sie hat es nicht so gemeint, Sonya. Das heißt aber, die Polizei ist schon unterwegs hierher?«

»Ich glaube, ja.«

»Wenn sie kommen, rufen Sie mich sofort, ja?«

»Okay, Dr. Kate. Was ist heute nur hier los?«

»Wenn ich es weiß, sage ich es Ihnen, Sonya. In welche Richtung ist Donna gelaufen?«

»Zu ihrem Büro, natürlich.«

Eilig schlug sie den Weg zu Donnas Büro ein, während sie Lukes Nummer wählte, sie landete jedoch nur auf seinem Anrufbeantworter. »Hier ist der Teufel los«, stieß sie hervor. »Ruf mich so schnell wie möglich an.« Sowie sie aufgelegt hatte, läutete es. Es war aber nicht Sonya wegen der Polizei. Auch nicht Luke, sondern Barry.

»Ja?«, meldete sie sich. »Donna, eure Buchhalterin, hat gerade hier angerufen und behauptet, sie sei angegriffen worden. Von Linda. Sie hat gesagt, ich zitiere: ›Dieses verrückte Weib gehört in die Irrenanstalt‹.«

»Ich fürchte, es ist wahr. Aber keine Geschichte, bitte, noch nicht, ja? Ich würde dir wirklich gern alles erzählen, aber wir haben hier eine Art Notfall. Ich habe keine Ahnung, wo Linda ist. Und wo Donna ist, weiß ich auch nicht genau. Tut mir leid, aber ich muss jetzt Schluss machen. Bis später.« Sie legte auf. *In gewisser Weise stimmt das sogar,* dachte sie. Ich bin mir tatsächlich nicht sicher, wo Donna ist ... irgendwo in der Versenkung ihres armen, verwirrten Geistes verborgen.

Das Telefon läutete erneut. Bestimmt war es ... Nein, es war Nancy O'Neils Durchwahl. »Hey, Nancy, wenn Sie länger mit mir reden sollen, müssen wir es leider auf später verschieben. Ich –«

»Ich habe gerade einen anonymen Anruf bekommen. Bei Ihnen soll eine Frau mit gespaltener Persönlichkeit arbeiten. Die Anruferin will mir ein Interview geben. Stimmt das?«

»Nein, Nancy, das stimmt nicht. Jemand muss sich einen üblen Scherz erlaubt haben. Tut mir leid.« Wo zum Teufel blieb die Polizei? Es konnte doch nicht so lange dauern, bis sie hier waren!

Mittlerweile hatte sie Donnas Büro erreicht, und sie stellte überrascht fest, dass die Tür offen stand. Sie trat ein. Hinter dem großen Schreibtisch saß eine Frau, bei der es sich unübersehbar um Dominique handelte. Sie trug einen kurzen Rock, hochhackige Schuhe und war mit großer Sorgfalt geschminkt. Einen Moment lang fragte Kate sich, was Donna wohl beim Anblick der sexy Kleider denken mochte, wenn sie sie nach einer ausgiebigen Shoppingtour ihrer zweiten Persönlichkeit in ihrem Schrank vorfand.

Dominique feilte sich die Nägel und hob gelangweilt den Kopf, als Kate hereinkam. »Sie scheinen sich ja nicht allzu wehgetan zu haben, Donna«, stellte Kate fest.

»Haben Sie's immer noch nicht kapiert, Kate Spector? Und dabei sollen Sie doch so klug sein! Ich bin nicht Donna. Sie haben mich doch schon mal gesehen, oder? Ich bin Donnas bessere Hälfte, wenn man es so nennen will.« Sie lachte.

»Ach ja, ich glaube, Luke hat Sie irgendwann einmal erwähnt. Dominique?«

»Genau die bin ich.« Sie warf den Kopf in den Nacken. »Endlich stehe ich der Welt zur Verfügung und bin bereit, den Leuten von der Zeitung und vom Fernsehen Interviews zu geben.«

»Haben Sie bei WHTC angerufen, um es ihnen zu sagen?«

»Bei WHTC?«

Also hatte sie es nicht getan. Kate stieß einen lautlosen Seufzer aus. »Nancy hat gesagt, Sie hätten beim *Chronicle* angerufen und behauptet, Sie seien angegriffen worden? Für mich sehen Sie aber ganz okay aus.«

»Diese kleine Irre hat Donnas Schneekugel nach mir geworfen ... Schneewittchen! Ich meine, wie albern! Ja, das Ding hat mich getroffen, an der Schulter, aber es ist nicht so schlimm. Ich lebe noch.« Wieder dieses Lachen. »Aber vielleicht gibt es ja eine gute Story ab.«

»Welche kleine Irre?«

»Die hier der Liebling von allen ist, dieses Linda-Baby. Als wäre es so toll, dass sie neuerdings keine Stimmen mehr hört! Die ist doch immer noch total plemplem, auch wenn man das nach all diesen Geschichten in der Zeitung nicht denken würde.

Ich hab ihr mal ein paar Wahrheiten gesagt, und da ist sie völlig ausgeflippt.«

»Zufällig weiß ich, dass Sie sie schlecht behandeln, seit sie hier in diesem Büro arbeitet. Aber warum? Sie hat Ihnen doch nie etwas getan.«

»Ja, aber sie hat eben nicht alle Tassen im Schrank. Nicht mal ihre Mutter will sie bei sich haben. Sie könnte jederzeit durchdrehen – einfach so.« Sie schnippte mit den Fingern. »Donna kann sie gut leiden, aber ich nicht. Und ich bin der Boss hier.«

»Wenn auch nicht mehr lange.«

Kates Mobiltelefon läutete. Es war Sonya. »Ja?«, murmelte sie. Die Polizei sei hier, und sie habe sie in Kates Büro geschickt. »Gut«, sagte Kate.

Sie wandte sich zum Gehen. »War das die Reporterin? Ist sie hier?«, wollte Dominique wissen.

»Sie kommt bald«, erwiderte Kate. »Aber Sie müssen hier warten, in diesem Büro, damit sie Sie findet.« Dominique schien ihr diese Erklärung abzukaufen und blieb sitzen.

Ein bestürzt wirkender Beamter stand in Kates Büro, als sie eintrat, und sprach in ein Walkie-Talkie. Bei ihrem Anblick unterbrach er die Verbindung. »Dieses Mädchen, diese Linda Cathcart, war hier, als wir gekommen sind. Sie hat gezittert und geweint, war regelrecht hysterisch. Als Officer Russo mit ihr reden wollte, hat sie ihn angeschrien, irgendetwas von bösen Geistern, und ist davongelaufen. Er ist ihr gefolgt, aber – meine Güte, kann dieses Mädchen laufen. Und sie hat diese Lady hier im Haus angegriffen?«

»Das ist eine lange Geschichte, Officer, aber in Wahrheit hat sie überhaupt niemanden angegriffen. Die ›Lady‹, wie Sie sie nennen, ist Patientin hier.«

Er begriff augenblicklich. »Also ...«

»Aber ich bin sehr besorgt wegen Miss Cathcart, sie befindet sich in einem schlimmen Zustand. Sie ist weggelaufen, und ich habe Angst, jemand könnte ihr wehtun.«

»Wir finden sie«, erklärte er zuversichtlich und verfiel in Trab, während er wieder etwas in sein Walkie-Talkie sagte.

Wenige Sekunden später kam Luke hereingelaufen. »Gruppentherapie«, erklärte er. »Tut mir leid, dass ich nicht angerufen habe, aber ich dachte, es geht schneller, wenn ich gleich herkomme. Was liegt an?«

Sie schilderte ihm die Auseinandersetzung zwischen Donna/Dominique und Linda. Er stieß einen leisen Pfiff aus. »Ich schätze, jetzt ist die Kacke endgültig am Dampfen.«

»Absolut«, stimmte sie zu. »Also, wie gehen wir vor?«

»Dominique wartet auf die Reporter und Fotografen? Gut. Dann gehen wir zu ihr und überreden sie, Bernard Lord einen Besuch abzustatten.«

»Aber sie will Publicity, Luke, sie will um jeden Preis –«

»Und wir wollen, dass sie von hier wegkommt. Sie ist gefährlich, Kate. Ruf in Hillside an und sag dem berühmten Dr. Lord, wir hätten den Fall des Jahrhunderts für ihn.«

»Du bist doch derjenige, der zu ihr durchgedrungen ist.«

»Nein, *sie* ist zu *mir* durchgedrungen. Außerdem wird Dr. Lord sich wohl kaum mit dem Bericht eines einfachen medizinischen Assistenten begnügen, sondern einen ausgewachsenen Arzt mit Doktortitel verlangen. Sag ihm, wir bringen sie in etwa einer halben Stunde nach Hillside. Ich hole meine Aufzeichnungen, die du auf dem Weg lesen kannst.«

»Aber –«, wandte Kate ein, doch er war bereits verschwunden. Also rief sie in Dr. Lords Büro an, wo sie zuerst mit einer Sekretärin und dann mit einem Assistenten sprach, der ihr einen Termin gab.

Zehn Minuten später betrat sie mit Luke Dominiques Büro, die ihr Gesicht eingehend im Spiegel betrachtete, sich ihnen aber eifrig zuwandte, als sie sie hereinkommen hörte.

»Oh, Sie. Nicht dass ich mich nicht über Sie freuen würde, Lukie. Aber ich warte gerade auf mein Interview.«

»Dominique, ich habe etwas viel Besseres für Sie als ein Interview für ein kleines Provinzblatt.«

»Ehrlich? Was denn? Ein Auftritt im Fernsehen?«

»Na ja, das bestimmt auch ... aber nicht sofort. Dafür aber etwas absolut Heißes, Dominique. In Hillside gibt es einen weltberühmten Spezialisten für dissoziative Identitätsstörungen und –«

»Oh nein, vergessen Sie's! In dieses Irrenhaus da oben kriegen Sie mich nicht, auf keinen Fall!« Dominique sprach nur mit Luke, als wäre Kate nicht anwesend, die versuchte, sich noch unsichtbarer zu machen.

»Sie werden doch nicht in die Anstalt eingewiesen, Dominique, Sie treffen sich dort nur mit Dr. Lord, der Sie für den faszinierendsten Fall hält, den er in seiner gesamten Laufbahn zu Gesicht bekommen hat. Tatsache ist, er glaubt noch nicht einmal, dass es ein echter Fall ist. Er denkt, Sie spielen das nur und wollen uns zum Narren halten.«

»Ist das wahr? Tja, aber ich bin real, so viel steht fest. Ich könnte sogar Donna, diesen kleinen Angsthasen, ein paar Minuten rauslassen, damit er mit ihr reden kann. Dann wird er es schon glauben.« Doch plötzlich schwand ihre Begeisterung. »Aber ... meine Geschichte für die Zeitung, mein *Foto*!«

»Hey, sobald die mitbekommen, dass Sie von dem weltberühmten Dr. Lord befragt werden, wird jeder Ihre Geschichte hören wollen«, versicherte Luke hastig. »Nicht nur in Waterfield und bei WHTC, sondern auch die großen Stationen in Boston und Hartford – und sogar in New York, jede Wette!«

Dominiques Augen leuchteten vor Aufregung. »Auch die landesweiten Magazine?«

»Das würde mich nicht überraschen. Wahrscheinlich wird auch in sämtlichen Psychiatrie-Fachzeitschriften über Sie geschrieben werden.«

»Fachzeitschriften!« Ihre wegwerfende Handbewegung verriet, was sie davon hielt. »*People*? Was glauben Sie? Oh ja, und der *Star* und all die anderen, die man im Supermarkt bekommt. Was werden meine dämlichen Nachbarn Augen machen, wenn sie mich auf der Titelseite sehen! Also, okay, Lukie, dann bringen Sie mich mal zu Ihrem weltberühmten Experten! Ich bin bereit, selber weltberühmt zu werden!«

Luke reichte Kate einen dicken Aktendeckel, der ordentlich datierte und sortierte Notizen in großen, gut lesbaren Druckbuchstaben enthielt. Sie setzte sich auf den Rücksitz und überflog die Unterlagen, während Dominique sie nach wie vor kaum zur Kenntnis nahm. *Unglaublich*, dachte sie, *ja, aber faszinierend.* Hätte sie die ganze Sache nicht selbst erlebt, würde sie zweifellos kein Wort davon glauben.

Sie erstarrte. Zwischen zwei Seiten klebte der Ausdruck einer Flugbestätigung für Mr. Luke Montour, staatl. gepr. Krankenpfleger, von JFK in New York nach MGQ, was Mogadischu in Somalia bedeutete. Das Abflugsdatum war in einer Woche. *Eine Woche*! Sie starrte das Blatt Papier an und wünschte sich, dass das, was sie vor sich sah, nicht real war. Wann hatte er es ihr sagen wollen? Und wie um alles in der Welt hatte er 5 377,64 Dollar aufgebracht ... und zwar nur für den Hinflug. One-way, wiederholte sie im Geiste. Ohne Rückflug.

Nach einer Weile, die ihr wie eine Ewigkeit vorkam, holte sie tief Luft. Sie schob die Reservierung in den hinteren Teil des Ordners und konzentrierte sich wieder auf die Aufzeichnungen über Donna/Dominique Silvestri, Buchhalterin im Continuing Care Center in Waterfield und nun Patientin Nummer 6730. Sie würde ruhig und gefasst sein, wie man es von einer Ärztin erwarten konnte, wenn sie den Fall dem berühmten Dr. Lord präsentierte. Sie fragte sich, wie er wohl sein mochte.

Es stellte sich heraus, dass Dr. Lord so sehr nach einem Psychiater aussah, als wäre er einem TV-Casting entsprungen. Kate musste sich ein Lachen verbeißen. Er war groß und kräftig gebaut mit einem sorgfältig gestutzten Backenbart, einer Lesebrille, über deren Rand er hinwegspähte, wenn er einen ansah, und mit leicht europäischem Akzent. Außerdem trug er einen Anzug mit Weste – im Juni! *Sigmund Freuds Double*, dachte sie.

»So«, meinte er, nachdem er zuerst Kate und dann, wenn auch leicht widerstrebend, Luke begrüßt hatte. »Das ist also die junge Dame, die über mehrere Persönlichkeiten verfügt.« Er klang leicht amüsiert.

»Nicht mehrere«, korrigierte Dominique keck, »sondern nur ich, Dominique, und sie, Donna.«

»Ah«, sagte er und musterte sie. »Darf ich ... wie war noch der Name ... Donna ... denn auch kennen lernen?«

»Donna Silvestri«, erklärte Kate. Es sah ganz so aus, als bräuchte sie ihm den Fall gar nicht vorzustellen, was ihr durchaus gelegen kam. »Donna arbeitet als Buchhalterin in der Ambulanzklinik seit ihrer Eröffnung, und davor war sie in Hillside in der Registratur der Krankenakten tätig.«

»Ah«, wiederholte Dr. Lord, strich sich über den Bart und starrte Dominique an. »Die Krankenaktenregistratur. Der ideale Ort, um das Phänomen der dissoziativen Identitätsstörung zu entdecken, wie? Wurden Sie sich dort Ihres ... Zustands ... bewusst?«

»Machen Sie sich nicht lächerlich! Damals war ich noch gar nicht draußen. Na schön, immer wieder mal, wenn sie gerade geschlafen hat. Aber nie im Leben hätte ich so einen öden Job angenommen. Krankenakten sortieren! Ich bitte Sie!«

Kate bemerkte, dass Dr. Lord Dominiques Benehmen mit Erstaunen, aber keineswegs mit Missfallen zur Kenntnis nahm. Er wandte sich an Kate. »Sie haben die vollständigen Unterlagen?«

»Ja. Mr. Montour war es, der die Verbindung zu Dominique hergestellt hat.«

»*Ich* hab die Verbindung zu *ihm* hergestellt«, warf Dominique verärgert ein. »Weil er so süß ist. Ich hab das alles auf die Reihe gekriegt«, erklärte sie dem Psychiater. »Und das werde ich Ihnen auch beweisen.«

»Wie ich bereits sagte, war Mr. Montour ...«

»Ja, ja, natürlich. Mr. Montour. Sie können jetzt gehen. Ich denke, ich habe ausreichend Fakten beisammen, um mich mit Miss ...«

»Silvestri.«

»Silvestri. Ich werde mich mit Miss Silvestri unterhalten und rufe Sie später an, Dr. McKenna, um Ihnen meine Entscheidung mitzuteilen.«

Luke und Kate erhoben sich. Luke schien so sanftmütig wie immer zu sein, obwohl Dr. Lord ihn mehrere Male eindeutig beleidigt hatte. »Dann machen wir uns also auf den Weg«, sagte

Kate. »Oh, Dr. Lord, tut mir leid, aber in den Akten ist noch ein persönliches Blatt Papier. Wenn Sie nichts dagegen haben –« Sie nahm den Ordner und zog eilig die Flugbestätigung heraus. »Vielen Dank. Ich freue mich, später von Ihnen zu hören.«

Schweigend gingen sie zum Aufzug. »War dieser Kerl nicht grauenhaft?«, platzte sie nach einigen Momenten heraus und fing an zu lachen.

Luke grinste. »Tja, absolut perfekt in seiner Rolle.« Er hielt ihr die Aufzugtür auf und trat nach ihr ein. »Ein persönliches Blatt Papier?«

»Oh ja, das hier gehört dir.« Sie reichte ihm die Bestätigung.

Er stöhnte. »Meine Güte, Kate, das tut mir leid. Ich wollte warten, bis wir allein sind, um es dir zu sagen.« Er faltete das Blatt zu einem winzigen Quadrat zusammen und schob es in seine Hemdtasche. »Ich wollte nicht, dass du es auf diese Weise erfährst.«

»Ach ja? Wann wolltest du es mir denn sagen? Am Abend vor dem Abflug?« Ihre Stimme drohte zu brechen, deshalb presste sie die Lippen aufeinander.

»Heute Abend. Ehrlich. Ich habe den Flug heute Morgen gebucht. Ich hatte bisher noch keine Gelegenheit –«

»Du hattest keine Gelegenheit? Toll, einfach toll.«

»Kate, bitte. Du hast gewusst, dass ich weggehe. Ich habe es dir gesagt. Und wenn du dich erinnern willst, habe ich dich sogar gebeten, mit mir zu kommen. Aber ich schätze, das willst du nicht. Rege ich mich vielleicht darüber auf?«

»Ich brauche dich aber hier. *Wir* brauchen dich hier. Und du gehst nach Mogadischu, um dort als Pfleger zu arbeiten?«

»Kate, ich bitte dich, du weißt doch ganz genau, weshalb ich als Pfleger arbeiten muss. Du weißt, dass sie keine medizinischen Assistenten einstellen. Also erspare mir bitte die Schmach, mich daran zu erinnern, dass ich weniger wert bin als ein promovierter Arzt. Das bin ich ohnehin, was macht es dann schon aus, wie ich mich nenne?«

Der Aufzug blieb stehen, und die Türen glitten auf. Dankbar

bemerkte Kate, dass niemand davor stand. Sie war den Tränen nahe, blinzelte sie jedoch entschlossen zurück. Diese Genugtuung würde sie ihm nicht verschaffen.

»Wir bedeuten dir doch überhaupt nichts, hab ich Recht? Sondern nur deine *Ärzte ohne Grenzen*.«

»Das ist unfair, und das weißt du auch.« Er nahm ihren Arm und führte sie nach draußen. »Okay, ich frage dich jetzt noch einmal. Kommst du mit mir? Bitte!«

Sie standen vor seinem Wagen. »Du weißt, dass ich das nicht kann, solange Linda noch so in Schwierigkeiten steckt.«

»Man wird sie bestimmt bald finden. Sie kann nicht weit sein. Wirst du dann darüber nachdenken?«

»Nein, wahrscheinlich nicht«, erwiderte sie kühl. Sie hörte ihre eigene Stimme, registrierte, wie beleidigt sie klang, doch sie sah sich außerstande, etwas dagegen zu unternehmen. Sie war so verletzt, und so wütend.

»Es tut mir leid, Kate, aber mein Ticket ist bereits bezahlt. Oh Mann, was rede ich da eigentlich? Sie brauchen mich dort, deshalb gehe ich. Ich muss.« Er legte den Gang ein und fuhr los.

Während der Fahrt sprachen sie kein Wort. Schließlich hielt er am Straßenrand vor dem Ambulanzzentrum an, nahm ihre Hand, die sie ihm widerstandslos überließ, und stieß einen tiefen Seufzer aus.

»Ich verstehe ja, dass du verletzt und wütend bist. Aber es ist keine Überraschung für dich, und du kannst nicht so tun, als wäre dir mein Entschluss völlig neu.« Er zog ein zusammengefaltetes Blatt heraus, doch sie weigerte sich, es entgegenzunehmen. »Hier habe ich die verschiedenen Möglichkeiten aufgelistet, wie du mich erreichen kannst. Es steht auch eine Nummer von *Ärzte ohne Grenzen* drauf. Falls du es dir anders überlegen solltest.«

Kate stieg aus dem Wagen. Am liebsten hätte sie etwas Schmerzhaftes, Endgültiges gesagt, doch sie war sich nicht sicher, ob ihre Stimme mitspielen würde. Also zerriss sie das Blatt in zwei Hälften und ließ das Papier fallen. Luke sah sie einen

Moment lang an, dann schüttelte er traurig den Kopf und fuhr los. Wenige Augenblicke später war er verschwunden. Sowie er außer Sichtweite war, bückte sich Kate und hob die Fetzen auf. Sie würde sie später wieder zusammenkleben.

25

Auf der Titelseite der Morgenausgabe des *Chronicle* gab es ein Farbfoto von Linda aus glücklicheren Tagen mit einer dicken schwarzen Überschrift: »WO IST UNSERE LINDA?« Es war bereits der vierte Tag seit ihrem Verschwinden – *und noch drei Tage blieben bis zu Lukes Abflug.* Sie musste damit aufhören, ständig daran zu denken! Eilig überflog sie den Artikel, den sie beinahe schon auswendig kannte. Barry hatte ihr versprochen, jeden Tag dieselbe Suchmeldung zu veröffentlichen. Diesmal zeigte sich auch Lydia Cathcart kooperativ. Von ihr wussten sie, dass Linda immer denselben Ort aufgesucht hatte, wenn sie früher von zu Hause weggelaufen war – die Wälder um das Hillside Hospital. Aber wo war das genau? Mrs. Cathcart hatte keine Ahnung, da sie diesen schrecklichen Ort niemals aufgesucht hatte. Aber irgendwo dort musste sie sich versteckt haben. Was prompt zahllose Neugierige und vermeintliche Helfer auf den Plan rief, die abends durch die Wälder trampelten und mit ihrem Lärm und ihren riesigen Taschenlampen die Tiere im Unterholz zu Tode erschreckten ... und nichts fanden.

Daher endete der heutige Artikel mit der dringenden Aufforderung der Polizei an die Bevölkerung, zu Hause zu bleiben und die Experten ihre Arbeit machen zu lassen. Inzwischen irrte Linda seit Tagen ohne Nahrung und ohne ihre Medikamente herum und baute zweifellos mit jedem Tag mehr ab.

Allein beim Gedanken an das Mädchen, das allein und verängstigt war und ständig diese eindringlichen, hässlichen Stimmen hörte, fühlte sich Kate elend. Sie wusste nur zu gut, wie es war, von leisen Stimmen heimgesucht zu werden. Erst letzte Nacht war sie vom Läuten des Telefons auf dem Nachttisch aus dem Tiefschlaf gerissen worden. Schlaftrunken hatte sie auf ihren Wecker gesehen. 3.06 Uhr. Als sie den Hörer abgenommen hatte, war sofort diese leise Stimme zu hören – doch nicht das vertraute raue Flüstern ihres Peinigers, sondern eine Stimme, die ihr bekannt vorkam.

»Du glaubst, ich bin fertig mit dir, Katie? Keine Sorge, wir werden wiederkommen, und wenn du dann noch da bist ... gib Acht!«

Diesmal hatte sie die Stimme erkannt. »Wagen Sie es nicht, mir zu drohen, Gail. Sie sind die Kriminelle, nicht ich. Ich werde immer hier sein und sogar noch mehr Beweise für Ihr –« Doch die Leitung war bereits tot. Frau Bürgermeister hatte aufgelegt.

Kate hatte sich eine Zeit lang im Bett herumgewälzt und gegrübelt, warum um alles in der Welt Gail Fortunato sie zu einer so unchristlichen Uhrzeit angerufen hatte. Doch irgendwann war sie dann doch wieder eingeschlafen.

Nun saß sie an ihrem Schreibtisch, nippte an einem großen Becher Milchkaffee und wartete auf William Bannerman, der seine zweite Therapiestunde bei ihr absolvieren sollte.

Bei der ersten Sitzung hatte sich ihre Vermutung bestätigt: William war der einzige Sohn eines ehrgeizigen, perfektionistischen Vaters, der keinerlei kindliches Verhalten duldete, auch nicht bei seinem eigenen Kind. Das erklärte vieles. Bannerman sollte um acht Uhr erscheinen, das hieß, ihr blieben noch ein paar Minuten Zeit, um den *Chronicle* zu lesen.

Aber was war das? Auf der rechten Blattseite, wo die meisten Menschen bei der Zeitungslektüre zuerst hinsehen, stand eine Meldung, die ihr ein zufriedenes Lächeln entlockte. »*Eigentümer von Westwind verhaftet und wegen schweren Diebstahls in 23 Fällen und anderen Gesetzesverstößen angeklagt.*« Darunter verkündete eine zweite Überschrift: »*Weiterhin wird den Tätern geplanter Betrug, Urkundenfälschung, Fälschung von Geschäftsunterlagen und Missachtung der Menschenwürde vorgeworfen.*«

Eilig überflog sie den Artikel und runzelte die Stirn. Die beiden Beklagten waren nach Festlegung des Prozesstermins in sechs

Wochen und nach Hinterlegung einer beträchtlichen Kaution auf freien Fuß gesetzt worden. Es folgten einige Details über Gail Fortunato und Ben Vandenburg, doch Kate las nicht weiter. Sie hatte das dumpfe Gefühl, dass der Anruf von letzter Nacht eine Abschiedsgeste der Bürgermeisterin gewesen war. *Ich wette, die beiden sind inzwischen wie vom Erdboden verschluckt*, dachte sie und wählte Barrys Nummer in der Redaktion.

Er war sofort am Apparat. »Manheim!«, bellte er.

»Barry, ich habe heute Nacht einen Anruf bekommen ...«

»Kate. Hey.« Sein Tonfall wurde hörbar sanfter.

»Nein, es ist wichtig. Zumindest glaube ich es. Hör zu. Gail hat mich mitten in der Nacht angerufen. Um 3.06 Uhr, um genau zu sein. Sie hat geflüstert, aber ich weiß, dass sie es war.«

»Gail Fortunato?«

»Natürlich Gail Fortunato. Sie hat gesagt, ich solle mich vorsehen. Ich zitiere: *Wir werden wiederkommen, und wenn du dann noch da bist*, hat sie gesagt. Ich schätze, sie haben die Stadt verlassen.«

»Das denke ich allerdings auch«, sagte er nach einem Augenblick. »Danke, Katie. Hast du schon die Polizei informiert? Nein, schon gut, ich mache das. Und Mara Benotti. Und den Staatsanwalt auch. Okay, los geht's. Bis später.«

»Halt mich auf dem Laufenden«, bat sie, doch er hatte bereits aufgelegt. Wenn sie nun vorschnelle Rückschlüsse gezogen hatte? In diesem Fall käme eine weitere Prozessflut auf sie zu, kein Zweifel. Aber natürlich hatte Gail genau das mit ihren Worten gemeint. *Wir kommen wieder.* Sie und ihr Liebhaber hatten bei Nacht und Nebel die Stadt verlassen, die Kaution in den Wind geschrieben und es ihren Kumpanen überlassen, den Kopf hinzuhalten. *Und was wird aus Westwind?*, überlegte Kate. In diesem Moment erschien William Bannerman im Türrahmen.

»Guten Morgen, Will. Schön, Sie zu sehen. Machen Sie die Tür zu und setzen Sie sich.«

Sie hätte geschworen, dass sie völlig normal wirkte, deshalb war sie ziemlich überrascht, als William sie besorgt musterte. »Stimmt etwas nicht, Kate?«

»Nein, es ist alles in Ordnung«, versicherte sie ihm. *Außer dass die Bösen verduftet sind und mich die Liebe meines Lebens verlässt, um ans andere Ende der Welt zu fliegen und in Afrika Krankenschwester zu spielen.* »Wieso fragen Sie?«

»Sie sehen schrecklich aus ... Oh Mann, wie konnte ich das nur sagen! Ich bin so dämlich. Natürlich habe ich damit gemeint, dass Sie nicht wirklich schrecklich aussehen, Kate, sondern nur angespannt. Besorgt, vielleicht. Entschuldigen Sie meine Ausdrucksweise. Ich habe es nicht so gemeint. Ich hoffe, Sie verstehen mich nicht falsch.« Sein Gesicht war mittlerweile dunkelrot angelaufen.

»Will, haben wir nicht darüber geredet, dass Sie sich viel zu oft entschuldigen? Es war nicht gerade diplomatisch, aber auch kein unverzeihlicher Schnitzer. Ein einfaches ›Tut mir leid, ich habe es nicht so gemeint, wie es geklungen hat‹ hätte vollkommen ausgereicht. Versuchen Sie's noch mal.«

»Tut mir leid, Kate, Sie sehen nicht wirklich schrecklich aus, sondern nur ein wenig angespannt.« Er hielt inne. »Seit ich wieder hier bin, mache ich mir Sorgen um Sie. Irgendetwas scheint Sie zu belasten.«

»Sie haben Recht, es gibt tatsächlich einige Dinge, die mir Sorgen bereiten. Aber es ist nichts Schlimmes. Trotzdem, danke für Ihr Interesse.« Sie stellte fest, dass sie es tatsächlich so meinte. Es war gut zu wissen, dass es jemandem auffallen würde, wenn sie einen Zusammenbruch erlitte. Sie lächelten einander zu. »Also, was haben Sie heute Morgen auf dem Herzen?«

Fünfzig Minuten später war William gegangen, und Kate rief Marian an. »Hey«, sagte sie. »Haben Sie schon den Artikel über Linda gelesen?«

»Ist der Papst katholisch? Natürlich.«

»Die Polizei will nicht, dass so viele Menschen durch den Wald trampeln, um sie zu suchen.«

»Ja, ich habe es gesehen. Und –«

»Allerdings glaube ich nicht, dass auch medizinisches Personal als Menschen gilt, was meinen Sie?«

Marian lachte. »Das denke ich schon seit vielen Jahren, Kate. Besonders bei bestimmten Ärzten.«

»Okay. Wann treffen wir uns?« Sie einigten sich auf acht Uhr abends und vereinbarten, eine Flasche Wasser und eine Taschenlampe mitzunehmen. »Und ein paar Ziprasidon, falls wir sie finden«, fügte Kate hinzu.

»Gut. Sind Sie nicht auch froh, dass Bonnie und Clyde – Verzeihung, Gail und Ben – erwischt worden sind?«

Kate erzählte Marian von dem nächtlichen Anruf.

»Oh scheiße«, platzte Marian heraus. »Glauben Sie, die sind abgehauen? Gewinnen eigentlich nicht endlich auch mal die Guten?«

»Allmählich glaube ich das nicht mehr. Aber Barry ist schon an der Sache dran, und die Polizei bestimmt auch bald, hoffe ich. Außerdem wollte er Mara Benotti verständigen. Sehen Sie sich auf jeden Fall die Sechs-Uhr-Nachrichten an. Ich wette, sie senden etwas darüber. Aber wieso kommen Sie nicht einfach um sechs zu mir, und wir trinken etwas, bestellen uns Essen vom Chinesen und sehen es uns gemeinsam an?«

Marian stimmte zu, worauf Kates Stimmung etwas besser wurde. Sie ertappte sich dabei, dass sie dem Abend mit ein wenig Freude entgegenblickte. *Auch ohne Luke.*

Ihr Telefon läutete. Sonya informierte sie, Dr. Lords Sekretärin sei am Apparat. Kate ließ sich verbinden, worauf ihr die Sekretärin erklärte, Dr. Lord sei sofort für sie da. Kate wartete. Sie hätte wissen müssen, dass er sie nicht einfach so, von Arzt zu Arzt, anrufen konnte.

»Dr. McKenna«, sagte er in diesem Moment, »Ihr Fall ... die, äh, Silvestri-Damen ... finden mein großes Interesse. Ich werde sie mir genauer ansehen, um herauszufinden, welche anderen Persönlichkeiten noch zu Tage treten. Deshalb werde ich sie hier in der Anstalt behalten.« Er wartete auf Kates Erwiderung. »Fein«, sagte sie.

»Sie ... diejenige, die sich Dominique nennt ... ist nicht besonders erfreut darüber«, fuhr er fort.

»Das kann ich mir lebhaft vorstellen.« Sie wollte gerade fragen, ob sie ihm bei der Behandlung zur Seite stehen könne, um den Kontakt zu Donna und Dominique nicht zu verlieren. Aus irgendeinem Grund fühlte sie sich für sie verantwortlich.

»Ich hatte gehofft, Sie assistieren mir bei der Behandlung«, kam er ihr zuvor. »Schließlich sind Sie ja besser über den Hintergrund der Patientin informiert.«

»Ich wäre entzückt, Dr. Lord.«

»Und machen Sie sich bitte keine Sorgen, Dr. McKenna, ich werde recht behutsam vorgehen«, schloss er und legte auf. Aha. Gedankenleser und Experte für dissoziative Identitätsstörungen in einer Person. Sie wünschte, sie wüsste, was er mit *behutsam* genau meinte und was er vorhatte. Allmählich bereute sie es, ihn hinzugezogen zu haben. Warum hatte sie es getan? *Es war Lukes Idee! Und du fandest sie großartig!* Natürlich, schließlich konnte sie dadurch mehr Zeit mit Luke zusammen verbringen. Aber sie hätte sich auch allein um Donna kümmern können und ihre Sache zweifellos gut gemacht. Aber diese Überlegung war lächerlich: *Sieh doch nur, wie gut du deine Sache bei Linda Cathcart gemacht hast. So gut, dass sie sich inzwischen wie ein gehetztes Tier im Wald versteckt.*

Doch mit Selbstvorwürfen war schließlich auch niemandem geholfen. Sie warf einen Blick auf ihren Terminkalender und stellte erfreut fest, dass sie in wenigen Minuten zu einem Gruppenseminar zum Thema Aggressionsbewältigung erwartet wurde. Am besten war es, in Bewegung zu bleiben und nicht in Selbstmitleid zu versinken.

Auf diese Weise gelang es ihr, nicht länger über ihre Unzulänglichkeiten nachzugrübeln, sondern einiges an Arbeit zu erledigen. Viertel nach sechs an diesem Abend saß sie mit Marian in ihrem Wohnzimmer, sie aßen ihre Wan Tans und die Sesamnudeln und sahen sich die Lokalnachrichten an. Mara Benottis ernstes Gesicht füllte den großen Bildschirm, als sie die Liste der Straftaten verkündete, die »die hiesige Bürgermeisterin und ihr Liebhaber, Ben Vandenburg, am Bezirk, an der Gemeinde und an all den psychisch kranken und hilflosen Menschen begangen haben, die so schamlos in ihren Pflegeheimen, allen voran in Westwind im hiesigen Waterfield, misshandelt wurden«.

Ihr Gesicht wurde durch Aufnahmen von ausdruckslosen Gesichtern, halb bekleideten Gestalten und völlig verdreckten Räumen ersetzt, während sie im Hintergrund weitersprach. »Miss Fortunato und Mr. Vandenburg waren heute nicht auffindbar. Ihre Villa in einem Vorort von Waterfield ist verlassen – nicht ein einziges Mitglied ihres großzügigen Personalstabs war vor Ort anzutreffen –, und laut Polizei fehlt der Jaguar SE des Pärchens aus der Garage.«

Als Nächstes erschien das Gesicht des Polizeichefs von Waterfield, der ebenfalls ernst in die Kamera blickte. »Mittlerweile wissen wir, dass die beiden Verdächtigen mit einer Maschine von Aero Mexico nach«, er sah auf ein Blatt Papier, »Oaxaca abgeflogen sind. Wir vermuten jedoch, dass sie von dort aus ihre Reise fortgesetzt haben.«

»Haben sie Kleidung mitgenommen?«

»Das ist nicht genau zu sagen. Die Schränke sind zum Bersten voll«, erwiderte der Chief sarkastisch. »Aber wir können nicht ausschließen, dass sie etwas mitgenommen haben.«

»Glauben Sie, dass die beiden endgültig verschwunden sind?«

»Na ja, aus Mexiko bekommen wir sie nur heraus, wenn wir den Anklagepunkt ›Missachtung der Menschenwürde‹ fallen lassen. In diesem Bundesstaat kann dafür eine lebenslängliche oder sogar die Todesstrafe verhängt werden, und Mexiko liefert sie nicht aus, wenn ihr Leben in Gefahr ist. Wenn sie also dort bleiben ...« Er ließ den Gedanken unausgesprochen in der Luft hängen.

Mara Benotti, die noch grimmiger in die Kamera blickte als gewöhnlich, fuhr fort. »Nun, wenn das, was den Menschen in Westwind mit der Erlaubnis dieser beiden Täter angetan wurde, keine Missachtung der Menschenwürde darstellt, dann weiß ich auch nicht. Danke, Chief.« Als ihr Gesicht vom Bildschirm verschwunden war, stand Kate auf, um den Fernseher auszuschalten, doch Marian hielt sie zurück. »Warten Sie. Da!«

Auf dem Schirm erschien ein Bild aus den Wäldern. Es sah aus, als stolperten hunderte Menschen fluchend und schreiend umher. Der Kommentator erklärte, die Aufzeichnung stamme vom Vorabend gegen Mitternacht, als sich die Bevölkerung aus der Umgebung unbefugt auf die Suche nach Linda Cathcart gemacht und das Mädchen aller Wahrscheinlichkeit nach in Angst und Schrecken versetzt hatte. *Was heißt* aller Wahrscheinlichkeit nach*? Kapieren diese Leute denn nicht, womit sie es hier zu tun haben,* dachte sie.

»An sämtlichen Zufahrten zu den Wäldern um Hillside werden Polizeiposten eingerichtet«, fuhr der Reporter fort, »um Unbefugten den Zutritt zu verwehren. Ab heute Abend um 20.30 Uhr wird jeder wegen unerlaubten Betretens festgenommen, dessen Anwesenheit für die Suche nicht zwingend erforderlich ist.«

Kate schaltete den Fernseher aus. »Damit wäre das also geklärt«, meinte sie. »Unsere Anwesenheit ist für die Suche zwingend erforderlich, also fahren wir hin und finden sie.«

Ihnen blieb noch eine gute Stunde Zeit, sie nahmen ihre Weingläser und setzten sich auf die Veranda. Es war ein schöner Abend, warm und angenehm, am samtig tiefblauen Himmel hing ein dicker Mond.

»Arme Linda«, meinte Marian. »Ich weiß gar nicht, wie sie es schafft, nicht von all diesen Leuten niedergetrampelt zu werden.«

»Sie hat sich schon früher dort versteckt und muss irgendeinen geheimen Unterschlupf kennen. Inzwischen sind schon vier Tage vergangen, und immer gibt es noch kein Lebenszeichen von ihr. Ich fürchte –« Sie wollte ihre düsteren Gedanken lieber nicht aussprechen.

»Ich habe das Gefühl, heute Abend finden wir sie«, meinte Marian. Sie hob ihr Glas, und Kate tat es ihr nach. Sie prosteten einander zu und kreuzten die Finger.

»Ich bin noch gar nicht dazugekommen, mit Ihnen über Nelson und sein überraschendes Auftauchen als Carlo zu reden«, meinte Marian.

»Sinngemäß hat er erklärt, er könne nie wieder Carlo sein. Und ich habe ihm nicht widersprochen. Ich wollte es nicht einmal. Es war, als wäre er glücklicher damit, *geisteskrank* zu sein. Ich meine, er kommt zurecht, isst anständig. Und er hat eine regelrechte Anhängerschaft!«

»Ja, aber denken Sie nur an die schrecklichen Geister, die ihn ständig quälen. Sie hämmern nachts gegen die Wände, sprechen in einer weiblichen Geheimsprache miteinander. Und, Kate, er lebt im Freien und ist eine einfache Beute für ... keine Ahnung, im Grunde für jeden. Ganz ehrlich, glauben Sie nicht auch, er wäre besser dran, wenn er seine Medikamente nehmen würde?«

»Ich denke darüber nach«, log Kate. »Obwohl ich mir nicht sicher bin, wie leicht es werden wird, ihn zu finden.« Er sei nicht mehr ihr großer Bruder, hatte er gesagt, und das stimmte. Ihr großer Bruder war verschwunden, schon vor vielen Jahren. Und davor war er von unsichtbaren Feinden verfolgt worden, hatte an manchen Tagen in der realen Welt gelebt und an anderen – mehr und mehr – in seiner eigenen Schattenwelt. Sie konnte noch nicht einmal um ihn trauern, schließlich war er nie der Mensch gewesen, für den sie ihn gehalten hatte. Und auch der Doc, ihr Held, hatte sich als Lügner und Betrüger herausgestellt ... und als Mörder noch dazu. Wer blieb ihr also noch? Wenn sie ehrlich zu sich selbst war, hatte sie keine Familie mehr, nicht einmal den Schatten davon.

»Wie gern wüsste ich, was Sie gerade denken«, meinte Marian leichthin.

»Ich habe gerade darüber nachgedacht, wie seltsam es ist, dass ich mir als Kind und auch später noch ständig Sorgen gemacht habe, ich könnte ebenfalls krank werden, wie Angela. Ich habe förmlich darauf gewartet und bin davon ausgegangen, dass es passieren wird. Mir ist nie in den Sinn gekommen, dass es ebenso gut ein männliches Familienmitglied treffen könnte. Vielleicht habe ich deshalb die Anzeichen an Carlo nicht bemerkt. In meinem Kopf war einfach nicht vorgesehen, dass es ihm passiert.«

»Na ja, wenigstens wurde Ihre Mutter durch Barrys Geschichte in der Zeitung nach all den Jahren rehabilitiert.«

»In gewisser Weise«, bestätigte Kate. »Wie hat er es formuliert? ›Es geht das Gerücht, Angela Spector sei in jener regnerischen Nacht nicht gefahren. Stattdessen hätten Zeugen beobachtet, wie ihr Ehemann auf der Fahrerseite ausgestiegen sei.‹ Ein Gerücht! Was nützt das? Wir haben keinen Beweis dafür, dass Angela nicht gefahren ist, sondern nur die Aussage der zweiten Persönlichkeit der Schwester eines der Opfer. Und auch was sie sagt, beruht auf Hörensagen. Schon lustig, wenn man darüber nachdenkt.«

»Wieso lachen Sie dann nicht?«

»Stimmt«, meinte Kate. »Warum wohl?«

Mittlerweile dämmerte es, und sie beschlossen, zum Wald zu fahren und die Suche zu Fuß fortzusetzen. Als sie aus dem Wagen stiegen, war die Beleuchtung im Hillside-Park angeschaltet, und die Polizei hatte alles abgeriegelt. Sie suchten einen Polizisten, dem Kate ihren Klinikausweis zeigte und erklärte, sie sei die Ärztin des vermissten Mädchens. Er erlaubte ihnen, um die Absperrung herumzukommen, ermahnte sie jedoch, vorsichtig zu sein.

Der Mond schien sehr hell, sodass sie den Pfad in den Wald mühelos fanden. »Ich glaube, wenn wir hier rechts gehen, kommen wir auf den Weg, der zur Anstalt hinaufführt«, sagte Kate. »Zumindest war es so, als ich noch ein Kind war.«

»Auch als ich noch ein Kind war«, bestätigte eine Stimme direkt hinter ihnen. Es war Nelson, der wie stets aus dem Nichts aufgetaucht war. »Ich kenne diese Wälder immer noch gut. In- und auswendig. Und ich weiß, wo sich dieses Mädchen versteckt.«

»Carlo ...«, begann Kate, doch er fiel ihr hastig ins Wort. »Mein Name ist Nelson, und wenn ihr meine Hilfe wollt, müsst ihr mich auch mit meinem richtigen Namen ansprechen.«

»Tut mir leid, Nelson, natürlich wollen wir deine Hilfe. Hast du Linda in den letzten Tagen gesehen?«

»Sie erinnert mich an die Mutter von irgendjemandem, vielleicht sogar an meine eigene.«

»Angela«, rief Kate triumphierend. Nelson wich zurück.

»Der Name spielt keine Rolle«, warf Marian eilig ein. »Nur das Mädchen. Haben Sie sie heute Abend gesehen?«

»Sie hat Angst wegen all der Leute, die jeden Abend hierherkommen, die Trommeln schlagen und irgendwelche Beleidigungen schreien. Ich kenne sie, kenne sie nur zu gut! Und wenn sie glauben, sie könnten ihre dreckigen Finger nach mir ausstrecken, werden sie schon sehen, was sie davon haben.« Seine Stimme verebbte zu einem Flüstern. »Ich habe Zauberformeln und Sprüche, wisst ihr. Die Frau, die in ihrer Schwester lebt, hat sie mir verraten.«

»Dominique«, murmelte Kate.

»Ich dachte, Namen spielen hier keine Rolle«, stieß er aufgebracht hervor. »Wollt ihr das Mädchen jetzt finden oder nicht?«

»Natürlich wollen wir das«, erwiderte Marian. »Wenn Sie wissen, wo sie sich versteckt, dann zeigen Sie es uns bitte.«

»Kommt mit.« Er ging eilig den schmalen, gewundenen Pfad entlang. Es handelte sich nicht um den gepflasterten Weg, der von der Anstalt wenige Jahre zuvor angelegt worden war, sondern um einen Pfad, den zahllose Füße im Laufe von fast hundert Jahren in die Erde getrampelt hatten. Schnaufend folgten ihm Kate und Marian. Um ein Haar wäre Kate über einen Strauch gestolpert, und ein tief hängender Ast streifte ihr Gesicht, doch sie ließ sich nicht aufhalten.

Plötzlich blieb Nelson stehen. »Wer seid ihr?«, fragte er. »Und was ist euer Begehr?«

Sie wusste, welche Antwort sie ihm darauf geben musste. »Eine Ärztin und eine Schwester, die nach Linda Cathcart suchen. Du sagtest, du kennst ihr Versteck.«

»Ich weiß gar nicht, wieso ihr *mich* dafür braucht«, grummelte Nelson. »Ihr Frauen wisst doch, wie ihr über große Entfernungen hinweg miteinander reden könnt. Ihr wisst, wo sie ist, weshalb belästigt ihr mich damit?«

Kate holte tief Luft. Diesmal war sie sich nicht ganz so sicher, was sie darauf antworten sollte. Plötzlich hatte sie eine Idee.

»Wir haben den Kontakt zu dem Mädchen verloren. Ihre Stimme erreicht uns nicht mehr. Deshalb brauchen wir dich.«

»Ah, verstehe. Also seid ihr doch nicht so magische Wesen, wie ihr immer glaubt.« Lachend wand er sich weiter durch das Gebüsch und folgte dem festgetrampelten Pfad, während Kate sich fragte, wie er sich in der völligen Dunkelheit zurechtfand.

Beim Betreten des Waldes war das Jaulen der Suchhunde zu hören gewesen und das Licht der Taschenlampen blinkerte in der Nähe, doch inzwischen drang lediglich die vage Andeutung von menschlichen Geräuschen an ihre Ohren – oder von Tieren, die ihren nächtlichen Beschäftigungen nachgingen. Ansonsten herrschte eine unheimliche Stille.

Nachdem sie sich ihren Weg weiter durch das Unterholz gebahnt hatten, blieb Nelson wieder stehen. »Da drin«, verkündete er und deutete auf etwas, das wie ein Hügel aussah. »Wo drin?«, fragte sie.

»Ihr habt überhaupt keine Magie, hab ich Recht? Hab ich mir schon gedacht. Gib mir die Taschenlampe.«

Sie reichte sie ihm, und er ließ den Lichtkegel zuerst nach links und dann nach oben wandern. Da war es – der Eingang zu einer Art Höhle. »Da drin ist sie«, sagte er. »Ihr müsst aber vorsichtig sein. Sie beißt.«

»Oje«, sagte Marian und sprach damit Kates Gedanken aus. Vorsichtig erklommen sie den kleinen Abhang, wobei sie mit ihren Taschenlampen den Weg beleuchteten. Es ging überraschend leicht, da eine Art Treppe in das Erdreich getrampelt worden war, um zu verhindern, dass man abrutschte.

Schließlich erreichten sie die Öffnung der Höhle, die aus der Nähe viel kleiner wirkte. »Linda, bist du da drin? Hier ist Dr. Kate.« Weder sie noch Marian leuchteten ins Innere der Vertiefung. »Bitte, komm raus. Ich bin hier, um dir zu helfen und dich in Sicherheit zu bringen.«

Lange Zeit geschah überhaupt nichts. »Sind Sie allein?«, rief eine Stimme.

»Nein, ich habe eine Schwester dabei. Du kennst sie. Marian Morgenstern.«

Wieder Stille, dann ertönte ein Scharren. »Ich kann nichts sehen. Es ist so dunkel hier«, hörten sie Linda sagen.

Marian richtete den hellen Strahl ihrer Taschenlampe auf den Höhleneingang, und kurz darauf kam Linda auf Händen und Knien herausgekrochen. Ihr Gesicht war schmutzverkrustet und ihr Haar zerzaust und wirr.

»Dr. Kate?«

Kate war den Tränen nahe. »Hier bin ich, Linda. Hier.« Sie eilte dem Mädchen zu Hilfe. Wie damals, bei ihrer ersten Begegnung in der Ambulanzklinik, ließ Linda sich mit ihrem gesamten Körpergewicht gegen sie sinken. »Sie sind hinter mir her! Sie sind hinter mir her! Bitte, helfen Sie mir! Ich schaffe es nicht allein! Sie treten und kratzen mich und sagen, dass sie mich umbringen wollen! Bitte, helfen Sie mir!«

»Ja, ich helfe dir«, murmelte Kate, wie sie es auch damals schon getan hatte. »Shhh, mach dir keine Sorgen, wir sind hier, um dir zu helfen. Und jetzt komm, wir müssen dich dort hinunterbringen. Hinaus aus dem Wald, irgendwohin, wo sie dich nicht finden können.«

Linda war schrecklich dünn und zitterte am ganzen Leib. Kate spürte ihre zarten Knochen, als sie das Mädchen behutsam an sich drückte. Marian ging voran und leuchtete mit ihrer Taschenlampe den gewundenen Pfad an, ehe sie nach einer Weile den gepflasterten Weg erreichten. Kate hielt den Blick auf den runden Lichtkegel gerichtet, ohne darüber nachzudenken, wohin sie gingen, während sie leise auf Linda einredete, die schluchzte und wimmerte, sich aber widerstandslos von ihr führen ließ. Stück für Stück näherten sie sich den Geräuschen der Zivilisation, und als Kate den Kopf hob, stellte sie fest, dass sie den Rand des Parks erreicht hatten und sich ganz in der Nähe der Stelle befanden, wo sie ihren Wagen geparkt hatten.

Plötzlich waren sie von Polizisten umringt, die ihre gleißend hellen Taschenlampen auf sie richteten. »Wir haben sie! Wir haben sie!«, riefen sie.

Kate hob ihre freie Hand und schirmte die Augen ab. »Hey!«, protestierte sie. »Nehmen Sie die Taschenlampe herunter! Das

Licht blendet!« Die Polizisten gehorchten augenblicklich. Kate entspannte sich.

Doch sie hatte sich zu früh gefreut, denn gleich darauf traten die Beamten auf sie zu und forderten sie auf, Linda loszulassen.

»Das werde ich ganz bestimmt nicht tun! Sie braucht ihre Medikamente, etwas zu essen und jemanden, der sich um sie kümmert!«

»Wir haben unsere Befehle, Ma'am. Wir bringen sie nach Hause.«

»Was meinen Sie damit?«

»Zu ihrer Mutter.«

»Haben Sie den Verstand verloren? Ihre Mutter hat das Sorgerecht für sie abgegeben.«

»Tja, Ma'am, ich schätze, inzwischen hat sie es wieder, weil wir den Befehl haben, das Mädchen zu finden und zu ihrer Mutter zu bringen.«

»Das werde ich nicht zulassen.« Kate schäumte vor Wut. Was sollte dieser Blödsinn?

»Tut mir leid, Ma'am ...« Zwei der Beamten versuchten, Linda aus ihrem Griff zu befreien, während das Mädchen zitterte und sich weinend an sie klammerte.

»Sehen Sie denn nicht, dass Sie ihr Angst machen? Sie hat sich tagelang hier versteckt und muss medizinisch versorgt werden. Ich bin ihre Ärztin. Ich will mit Sergeant Raymond sprechen. Bill Raymond. Er weiß, dass ich die Wahrheit sage.«

»Tut mir leid, Ma'am, aber wir haben unsere Anweisungen. Wenn Sie sie nicht gehen lassen wollen, müssen wir Sie dazu zwingen.«

»Ich bin Dr. Kate McKenna und die Ärztin dieses Mädchens. Mrs. Cathcart hat dem Staat das Sorgerecht für Linda übertragen. Sie hat sie verstoßen.«

»Kommen Sie morgen früh mit den entsprechenden Papieren aufs Revier, dann bekommen Sie sie vielleicht wieder.«

»Sie ist krank, sehen Sie das denn nicht? Ihre Mutter glaubt, sie sei von bösen Geistern besessen. Sie dürfen sie nicht zu ihr bringen!«

Doch was sie sagte, spielte keine Rolle. Höflich, aber bestimmt lösten sie Lindas Umklammerung und führten sie weg. Kate blieb zurück, bebend vor Wut und Ungläubigkeit. In diesem Moment spürte sie, wie sich zwei Arme um sie legten. Marian? Nein, es war Barry, der sie an seine Brust zog. »Beruhige dich, Kate.«

»Das ist doch verrückt.«

»Ja, das ist es. Es tut mir wahnsinnig leid, ich habe keine Ahnung, wie diese Frau es geschafft hat, wieder auf der Bildfläche zu erscheinen. Aber ich werde dir helfen, Linda zurückzubekommen«, sagte er ihr leise ins Ohr. »Und jetzt nimm dich zusammen und versuch, ruhig zu wirken. Die Fernsehkameras sind schon seit einer ganzen Weile auf dich gerichtet.«

»Nein!«

»Doch, und wir werden jetzt weggehen. Ich lege dir den Arm um die Schultern, Marian bleibt neben dir, und wir werden mit niemandem sprechen, wie viele Fragen sie dir auch stellen, okay?«

»Okay.« Natürlich war es das nicht. Aber sie würde sich morgen darum kümmern. Morgen würde sie alles klären. Sie machten sich alle drei auf den Weg, und sie vergoss keine Träne mehr. Keine einzige, bis sie zu Hause im Bett lag.

26

War es tatsächlich schon Mitte August? Unglaublich. Der Sommer neigte sich dem Ende zu. *Wird auch allmählich Zeit*, dachte Kate. Waterfield befand sich in den Fängen einer erbarmungslosen Hitzewelle, die ihnen seit Tagen schier unerträgliche Schwüle und Temperaturen von über 35 Grad bescherte. Es war der neunte Tag ohne Abkühlung in Sicht. Kate saß an ihrem Schreibtisch und genoss den kühlen Luftzug der Klimaanlage, während sich der vertraute Knoten in ihrer Brust bemerkbar machte. Er war bereits seit mehreren Wochen da und wollte einfach nicht verschwinden. Sie wusste, dass sie ihn allein dem Stress zu verdanken hatte, denn mit ihrem Herzen war alles in Ordnung. Der Knoten war da, um sie daran zu erinnern, dass sie bei jedem Menschen, der ihr in ihrem Leben etwas bedeutete, versagt hatte.

Als sie Bill Raymond am Tag nach Lindas so genannter Rettung auf dem Polizeirevier anrief, zeigte er sich sehr mitfühlend. Trotzdem erklärte er ihr, Lydia Cathcart habe nie etwas Offizielles unterschrieben und somit das Sorgerecht nicht in die Hände des Staats gelegt. Sie hatte nur ständig darüber geredet, aber sie war noch immer Lindas gesetzlicher Vormund, da das Mädchen noch nicht volljährig war. Kate redete mit ihrer Anwältin, die jedoch bedauernd den Kopf schüttelte. »Tut mir leid, da ist nichts zu machen«, sagte Stacy Wolf.

Bisher war es Kate nicht gelungen, Linda ihrer schrecklichen Mutter zu entreißen. Schlimmer noch, Lydia Cathcart weigerte sich, irgendjemanden ins Haus zu lassen, und ging auch nicht ans Telefon. Und eines späten Abends hatte sie ein Taxi gerufen und ihre Tochter zurück nach Westwind gebracht. War dieses entsetzliche Heim denn immer noch offen? Und warum steckte niemand diese schreckliche Frau ins Gefängnis?

Stattdessen war sie am Vorabend in den lokalen Fernsehnachrichten zu sehen. Jemand bei WHTC hatte herausgefunden, dass Linda wieder in Westwind war, und beschlossen, der Sache nachzugehen. Lydia wurde »wegen Problemen mit den Beinen« zu Hause interviewt. *Das einzige Problem, das diese Frau mit ihren Beinen hat, ist, dass sie sie nicht tragen*, dachte Kate, als sich die Kamera auf sie richtete. Die Frau litt unter beträchtlichem Übergewicht, ihr Gesicht war irgendwo in den teigigen Massen ihres Dreifachkinns verborgen. Doch sie blickte selbstbewusst – oder war es trotzig? – in das schonungslose Auge der Kamera.

»Sie ist immerhin mein Kind, oder nicht? Ich werde wohl wissen, was das Beste für sie ist. Und kein Mensch kann mir erzählen, er wüsste es besser – auch kein Doktor.«

Kate war es völlig klar, wer damit gemeint war. Ebenso wie jedem anderen in der Stadt. Doch für den Fall, dass es jemand nicht mitbekommen hatte, folgte gleich darauf eine Aufnahme von Lindas vermeintlicher Rettung, in der Kate gezeigt wurde, wie sie zeterte wie ein Fischweib. »Haben Sie den Verstand verloren? Ihre Mutter hat das Sorgerecht für sie abgegeben.« Sie wartete nicht auf den Kommentar des Reporters, sondern schaltete auf eine Wiederholung von *Law & Order* um. Diese Folge hatte sie bereits mehrmals gesehen, aber es war so beruhigend, in einer fiktiven Welt zu sein, in der stets am Ende die Guten siegten. Es war immer noch besser als der Versuch, ein Buch zu lesen, während sie mit den Gedanken ganz woanders war, oder, was noch schlimmer war, sich ins Bett zu legen und vergeblich auf den Schlaf zu warten.

Nun saß sie an ihrem Schreibtisch, viel zu früh am Morgen, und nippte an einem Becher mit miserablem Kaffee aus dem Elephant, ohne das Eiersandwich zu beachten, das sie selbst gemacht und eingepackt hatte. In den letzten Tagen war sie sehr früh zur Arbeit gekommen, hatte ihren Job erledigt, Gruppensitzungen geleitet und ihren Patienten gelauscht und war erst spät wieder nach Hause gegangen. Es half, die Zeit totzuschlagen, und wenn sie endlich in ihrem Heim war, war sie viel zu erschöpft zum Grübeln.

Wenn sie sich morgens im Spiegel betrachtete, gelangte sie zu dem Schluss, dass sie halbwegs beherrscht und ruhig aussah, auch wenn sie es in Wahrheit nicht war. Zu vieles verfolgte und quälte sie – Linda, Nelson und ... okay, auch Luke. Ganz zu schweigen von ihrer Mutter, die sie ständig in ihren Träumen heimsuchte. All die Menschen, die sie nicht hatte halten können. Sie fühlte sich so verdammt nutzlos. Zwar versuchte Barry sie davon zu überzeugen, dass alles nicht ihre Schuld war, aber was wusste er schon? Außerdem war er verliebt in sie, deshalb zählte seine Meinung nicht.

Sie besuchte Linda fast jeden Tag – auch wenn es weder ihr noch dem Mädchen viel nützte. Aber sie musste am Ball bleiben, durfte nicht aufgeben. Anfangs hatte man versucht, sie von Westwind fernzuhalten, und zwar im wahrsten Sinne des Wortes. Sie war sofort hingefahren, als ihr das Gerücht über die nächtliche Taxi-Überführung zu Ohren gekommen war – sie hatte es von Marian erfahren, die es von ihrem Freund in der Anstalt gehört hatte, der wiederum wusste es von einer Schwester, die jemanden kannte, der Lydia Cathcart kannte. Sie hatte keine Ahnung, wie lange Linda schon den Qualen dieser Hölle ausgesetzt war, fand jedoch später heraus, dass es sich um fünf Tage handelte.

Bei ihrem ersten Besuch nahm sie einige Flaschen Wasser, Ziprasidon und eine Tüte dieser kleinen, in rotes Zellophanpapier verpackten Käse mit. Am Eingang stand breitbeinig ein stämmiger Wachmann mit rasiertem Schädel und dunkler Sonnenbrille. Er trug zwar keine Waffe über der Brust, doch es hätte sie nicht gewundert, wenn es so gewesen wäre. Er musterte sie finster und fragte nach ihrem Namen, worauf seine Miene noch finsterer wurde.

»Ich habe Anweisung, Sie nicht reinzulassen.«

»Sie wollen mich nicht hineinlassen? Sie haben also Anweisung, mich nicht hineinzulassen? Wer hat Ihnen diese Anweisung denn gegeben?«

»Der Boss.«

»Hat dieser Boss auch einen Namen?«

»Ich habe Anweisung, Ihnen keine Auskunft zu geben.«

»Auch vom Boss?«

»Hören Sie, Lady, ich brauche Ihnen gar nichts zu sagen. Sie kommen nicht rein.«

»Eine meiner Patientinnen ist hier untergebracht. Gegen ihren Willen und gegen meinen ärztlichen Rat. Ich muss sichergehen, dass mit ihr alles in Ordnung ist.«

Keine Antwort. Offensichtlich kümmerte ihn das Schicksal der Patientin nicht im Mindesten. »Sie kommen hier nicht rein«, wiederholte er, als er sah, dass sie sich nicht vom Fleck rührte. »Sie stehen auf der Liste.«

»Hmm«, sagte sie. *Zeit, meine Anwältin anzurufen.* Sie winkte ihm fröhlich zu. »Bis dann.«

»Bis dann ... Ich meine, *nein*.«

Stacy Wolf lachte, als Kate ihr die Geschichte erzählte. »Ich würde sagen, es handelt sich zwar um Privatbesitz, aber bei all dem Geld, das der Staat hineinfließen lässt ... Abgesehen davon, wo sind eigentlich die Besitzer dieser Einrichtung? Ich habe keine Ahnung, wer dafür zuständig ist – und ich rede hier nicht vom Ministerium für irgendwas, sondern von der eigentlichen Leitung des Heims –, aber Sie können jede Wette eingehen, dass ich es herausfinden werde. Eines kann ich Ihnen jetzt schon sagen: Keiner kann einer Ärztin, die eine Patientin dort betreut, den Zutritt verwehren. Ein großer, Furcht einflößender Wachmann – am Eingang zu einem Pflegeheim? Das darf doch nicht wahr sein. Ich werde ein Wörtchen mit dem Polizeichef und einem Richter reden, den ich gut kenne. Sie gehen erst einmal nach Hause und machen sich keine Sorgen. Morgen stehen Sie wieder vor dieser Tür, und wahrscheinlich werden Sie dann keine Probleme haben, Ihre Patientin zu besuchen.«

Und siehe da – am nächsten Tag war der Wachmann verschwunden, und Kate gelangte in die Lobby, ohne sich vorher anmelden zu müssen. Sie unterdrückte ein Stöhnen. Nichts hatte sich verändert. Die Böden waren noch immer verschmutzt und mit Pappbechern und Papiertaschentüchern übersät, das Mobiliar ramponiert und zerschrammt. Männer und Frauen hockten auf dem Boden, lagen zusammengerollt auf dem Fußboden oder wanderten ziellos umher und führten Selbstgespräche. Ein paar Männer stritten sich lautstark in einer Ecke des Raums. Die junge Frau, die hinter dem Tisch saß und versuchte, kleine, mit Tabletten gefüllte Pappbecher aufzureihen und sie mit der Medikamentenliste abzugleichen, hob den Kopf. »Hey! Ihr da hinten! Keine Streitereien! Sonst hole ich Bruno!«, rief sie. Sie schenkten dem Mädchen keinerlei Beachtung. Und während sie zu ihnen hinübersah, kam eine andere Patientin vor den Tresen geschlurft und packte einen der Pappbecher. »Patricia! Verdammt, stell das Ding zurück!«, schrie das Mädchen. »Hol's dir doch«, rief Patricia, die offenbar die Gelegenheit nutzen wollte, ein wenig Aufmerksamkeit zu bekommen. Sie begann herumzutänzeln, und sämtliche Tabletten flogen durch den Raum. »Scheiße, scheiße, scheiße!«, schrie das Mädchen, ehe ihr Blick auf Kate fiel.

»Oh, hoppla. Tut mir leid. Diese Verrückten treiben einen echt die Wände hoch!«, maulte sie, ehe sie unvermittelt einen anderen Ton anschlug. »Kann ich Ihnen helfen?«

»Ich habe eine Patientin hier. Linda Cathcart. Sie ist vor kurzem erst eingeliefert worden.«

»Die irre Linda, ja, ich kenne sie. Sie ist eine echte Wildkatze, dieses Weib, kratzt und beißt die ganze Zeit.«

»Bekommt sie ihre Medikamente?«

»Mal sehen... äh... Lithium?«

»Nein, sie bekommt kein Lithium. Stelazin? Thorazin?« Wahrscheinlich verabreichte man den Patienten das modernere Ziprasidon hier ohnehin nicht.

»Ich habe keine Ahnung, was sie kriegt, weil sie es sowieso nicht nimmt. Sie wirft mir die Tabletten an den Kopf. Mrs. Sugarbaker sagt, wenn sie die teuren Tabletten einfach wegwirft, dann braucht sie auch keine. Also kriegt sie nichts.«

Großer Gott. »Ich muss sie sehen. Es ging ihr ziemlich gut, bevor ... Lesen Sie eigentlich jemals Zeitung? Den *Chronicle*? Oder sehen Sie sich die Nachrichten auf WHTC an? Sie müssen doch die Berichte über Linda gesehen haben.«

»Klar, ich weiß schon, wer sie ist. Aber Mrs. Sugarbaker sagt, sie ist nur eine ganz normale Patientin. Mrs. Sugarbaker lässt sich von diesen reichen verwöhnten Fratzen nicht herumkommandieren.« Es war offensichtlich, dass das Mädchen die Worte der Heimleiterin zitierte.

»Linda ist alles andere als ein reicher ... egal. Ich bin mir sicher, ich kann sie dazu überreden, ihre Medikamente zu nehmen. Wenn sie sie nimmt, wird sie sich auch besser unter Kontrolle haben. Sagen Sie mir einfach, wo sie ist. Ich kenne mich hier aus.«

»Moment. Niemand geht ohne Mrs. Sugarbakers Erlaubnis nach oben.«

»Okay, dann möchte ich Mrs. Sugarbaker sprechen.«

»Sie ist in ihrem Büro und darf nicht gestört werden.«

Das erinnerte verdächtig an Stella Goodman. »Ist sie zufällig mit der letzten Leiterin, Mrs. Goodman, verwandt?« Die Frage war scherzhaft gemeint, doch zu ihrem Entsetzen nickte das Mädchen. »Ja, sie ist ihre Tochter.«

Es wurde immer schlimmer. Kate beugte sich zu dem Mädchen vor. »Gestern stand ein Wachmann vor der Tür«, sagte sie leise.

»Bruno, ja.«

»Er ist nicht mehr da.«

»Die Bullen haben gesagt, wir sollen –«

»Tja, ich bin diejenige, die die Polizei gerufen und dafür gesorgt hat, dass er nicht mehr dort draußen steht. Also, Sie bringen mich jetzt entweder zu Ihrer Direktorin oder sagen mir, in welchem Zimmer ich Linda Cathcart finde. Entscheiden Sie sich.« Sie musterte das Mädchen mit, wie sie hoffte, drohender Miene.

»Okay, Mrs. –«

»*Doktor*«, korrigierte Kate vielsagend.

»Okay, Doktor. Aber hören Sie, ich brauche diesen Job. Sie wirft mich hochkant raus. Nein, zuerst bringt sie mich um, und *dann* wirft sie mich raus.« Als Kate keinerlei Reaktion zeigte, gab das Mädchen nach. »Okay«, jammerte sie, »ich rufe an.« Sie drückte auf einen Knopf. »Eine Ärztin ist hier, für die irre Linda. Die, die ständig ihre Tabletten rumwirft ... Ja, ich hab es ihr gesagt, aber ... nein, warten Sie, Mrs. Sugarbaker, sie ist die, die die Polizei gerufen hat. Ja, sie will mit Ihnen reden. Jetzt gleich. Sie steht hier neben mir. Okay.« Sie legte auf und wandte sich an Kate. »Sie können in ihr Büro gehen. Wissen Sie, wo es ist?«

»Ja, das weiß ich.«

Das große, übertrieben ausgestattete Büro war unverändert. Und in gewisser Weise galt das auch für die Frau, die hinter dem Schreibtisch saß. Wendy Sugarbaker war das Abbild ihrer Mutter, bis hin zum wasserstoffblonden Haar und den zu eng sitzenden Kleidern. Sie sah noch sehr jung aus, 23, höchstens 24, jedenfalls viel zu jung, um über die für diese Aufgabe erforderliche Erfahrung zu verfügen.

»Ihr Name ist –?«, wollte sie wissen, als Kate über die Schwelle trat.

»Dr. Kate McKenna. Ich bin die Leiterin des Continuing –«

»Ich weiß, wer Sie sind, Dr. McKenna«, unterbrach sie sie. »Meine Mutter hat mir von Ihnen erzählt ... und von Ihrem Partner. Wo ist er?«

Kate ging nicht auf die Frage ein. »Ich bin hier, weil ich eine Patientin von mir sehen möchte. Linda Cathcart.«

»Lindas Mutter will nicht, dass das Mädchen Besuch bekommt.«

»Ihre Mutter hat absolut kein Recht, Anweisungen zu geben, was mit Linda passieren soll. Sie hat nichts getan, um ihrer psychisch kranken Tochter zu helfen. Als Linda noch in meiner Obhut war, ging es ihr gut. Sie hatte einen Job und ein Zimmer im YWCA. Ich halte es für wichtig, dass sie mich zu ihr lassen, damit ich sie untersuchen kann. Sonst würde ich mich gezwungen sehen, mit einem Gerichtsbeschluss wiederzukommen.

Oder möchten Sie das lieber mit meiner Anwältin klären?« Kate tat so, als greife sie in ihre Aktentasche, obwohl sich keinerlei Unterlagen darin befanden.

»Regen Sie sich ab. Ich will keinen Ärger mehr mit der Polizei haben. Aber verstehen kann ich es trotzdem nicht. Wieso interessieren Sie sich so für diese Linda? Ich glaube sowieso nicht, dass an all den Geschichten in der Zeitung etwas dran ist. Dieses Mädchen macht doch nichts als Ärger. Sie gebärdet sich wie ein wildes Tier, kein Scherz. Und sie sieht noch nicht mal aus wie das Mädchen aus der Zeitung.«

»Sie ist es, glauben Sie mir.« *Und ich wette, du würdest nach fünf Tagen in dieser Hölle auch nicht mehr wie vorher aussehen,* dachte sie. »Mrs. Sugarbaker«, fuhr Kate fort, »wenn ich mich um sie kümmern darf, wird sie sich beruhigen. Ganz bestimmt.«

»Ich weiß jetzt schon, dass ich es bereuen werden, aber ... Bitte. Zimmer 32. Ab jetzt sind Sie für sie verantwortlich. Ich nehme die Schuld nicht auf mich, wenn einem unserer Kunden etwas passiert.«

Kunden, dachte Kate angewidert, als sie immer zwei Stufen auf einmal nehmend die Treppe hinaufeilte. Mit dem mittlerweile vertrauten Stich in der Herzgegend erinnerte sie sich daran, wie sie mit Luke diese Treppe hinaufgelaufen war. Am schlimmsten jedoch war ihre Furcht vor dem, was sie in diesem Zimmer erwartete. Aber was auch immer sie vorfand, sie würde dafür sorgen, dass alles in Ordnung kam. Ganz sicher.

Man hätte dieses Heim schließen sollen, als Gail und Ben nach Mexiko geflüchtet waren. Aber nein, stattdessen hatte irgendjemand aus dem Büro des Gouverneurs der staatlichen Gesundheitsbehörde vorläufig die Verantwortung für Westwind übertragen. Mr. Hargrave versprach der Bevölkerung in sämtlichen Zeitungen und über die Radio- und Fernsehsender, demnächst würde eine neue Direktion eingesetzt werden. In der Zwischenzeit sei eine kommissarische Direktorin, eine Frau namens Wendy Sugarbaker, mit der Leitung beauftragt worden. Allem Anschein nach hatte er sich ihre Referenzen nicht angesehen, denn die einzige, die Mrs. Sugarbaker vorweisen konnte, war die Tatsache, dass sie die Tochter von Stella Goodman war!

Es hört einfach nie auf, dachte Kate verzweifelt und ging weiter die Stufen hinauf. Dieses Heim würde niemals geschlossen werden. Man hatte den Eigentümern eine enorme Geldbuße aufgebrummt, aber wer konnte schon sagen, wann sie jemals bezahlt werden würde? Die beiden hatten die Flucht ergriffen, und der Staatsanwalt war damit beschäftigt, sich durch die einzelnen Schichten des Firmenkonstrukts zu arbeiten, um jemanden zu finden, den er an ihrer Stelle zur Verantwortung ziehen konnte.

Da war es. Zimmer 32. Die Tür stand weit offen, und ihr schlug ein penetranter Gestank entgegen. Kate atmete durch den Mund, trat ein und sah Linda, die mit geballten Fäusten auf dem Boden kauerte.

»Linda? Ich bin's, Dr. Kate. Ich bin hergekommen, um dir zu helfen.«

»Sie lassen nicht zu, dass mir jemand hilft.«

»Mach dir keine Gedanken wegen Mrs. Sugarbaker. Um sie habe ich mich gekümmert.«

»Nein, nicht sie. Die ... sie sind überall ... gehen Sie lieber, sonst kriegen die Sie auch noch.«

»Nein, mich kriegt niemand, Linda«, sagte sie beschwichtigend. »Ich werde beschützt. Ich habe dir etwas zu essen mitgebracht. Hast du Hunger?«

»Sie vergiften alles.«

»Aber das hier haben sie nicht vergiftet. Hier, sieh mal ... Sie sind alle einzeln verpackt. Das ist Käse. Der, den du so gern magst. Und später bringe ich dir noch Joghurt vorbei.« *Und gebe zerdrücktes Ziprasidon hinein, falls du dich weigerst, eine Tablette zu nehmen.*

Nach einigem Zureden kam Linda aus ihrer Ecke gekrochen, wobei sie vorsichtig den Müll vermied, der den Fußboden bedeckte.

»Haben Sie auch Bananen? Ich mag Bananen.«

»Nein, aber ich bringe dir welche.«

Kate wäre am liebsten in Tränen ausgebrochen. Das hübsche Mädchen, dessen lächelndes Gesicht jeden Tag in der Zeitung abgebildet gewesen war, um die Leser des *Chronicle* auf den neuesten Stand ihres erstaunlichen Genesungsprozesses zu bringen, war verschwunden. Stattdessen hatte sie ein mageres Wrack mit fettigem Haar, verdreckten Kleidern und Tränenschlieren vor sich, die sich über ihre schmutzigen Wangen zogen. Sie riss die Verpackung vom Käse auf und verschlang ihn gierig, ehe sie Kate die Wasserflaschen aus der Hand riss, die sie ihr reichte.

»Ich kenne Sie, oder?«, fragte sie nach ein paar Minuten.

»Ja, ich bin deine Ärztin, Linda. Erinnerst du dich? Ich habe dich ins Krisenzentrum gebracht und von dort aus ins YWCA. Und du hast in meiner Ambulanzklinik gearbeitet.«

Das Mädchen starrte sie an. »Ich dachte, das hätte ich nur geträumt. Meine Mutter hat gesagt, ich soll es vergessen, es sei nur ein Traum gewesen. Aber es war wirklich so?« Sie riss den Kopf herum. »Halt den Mund! Ich rede mit der Frau Doktor.«

»Deine Stimmen sind also wieder da?«

»Wer sie auch sind, ja, sie sind wieder da. Und sie werden immer lauter. Können Sie sie umbringen?« Kate kramte in ihrer Tasche nach den Tabletten. »Das hier wird dir helfen, sie loszuwerden. Weißt du noch, dass du diese hier immer genommen hast?«

Linda starrte die Tablette einen Moment lang an, dann schlug sie sie Kate aus der Hand. »Alles Gift! Sie versuchen, mich zu vergiften. Alle hier!«

»Es ist kein Gift, Linda, das verspreche ich dir. Es ist – «

»Raus! Los! Raus hier!« Linda stürzte sich so unvermittelt auf Kate, dass die das Gleichgewicht verlor, rückwärts auf den Korridor taumelte und dabei um ein Haar in Bananenschalen, gebrauchte Papiertaschentücher und sonstigen Unrat gefallen wäre. Linda hatte sich wieder in ihre Ecke verkrochen und hielt grollend die Tüte mit dem Käse umklammert. Kates Blick fiel auf Lindas grauhaarige Zimmergenossin, die die ganze Zeit reglos auf dem Bett gelegen hatte. *Vielleicht ist sie tot*, dachte

Kate, und trat einen Schritt auf sie zu. »Halt! Ich habe doch gesagt, Sie sollen rausgehen!«, schrie Linda, ehe sie etwas ruhiger fortfuhr. »Sie bewegt sich nie. Es sei denn, sie steht auf, wenn ich schlafe. Aber ich schlafe nicht, ich kann nicht, weil sie warten! Und jetzt lassen Sie mich endlich zufrieden, Herrgott noch mal!«

Es war sinnlos, es weiter zu versuchen, zumindest für den Augenblick. Kate ging die Treppe hinunter ins Erdgeschoss, informierte die junge Frau über die Patientin in Zimmer 32, die reglos auf ihrem Bett lag und anscheinend nicht mehr atmete.

»Meine Güte, als hätte ich nicht hier unten schon genug zu tun! Na ja, sie ist depressiv und rührt sich manchmal nicht.«

»Sie sah aus, als wäre sie in einer ziemlich üblen Verfassung. Soll ich die Polizei rufen?«

Zu ihrer Überraschung schien das Mädchen erleichtert zu sein. »Würden Sie das tun? Ich hab in den letzten Wochen so oft dort angerufen, dass sie wahrscheinlich sowieso nicht mehr kommen würden.«

Kate wählte die Nummer des Notrufs und erklärte, jemand in Westwind sei sehr krank und brauche einen Notarzt. Am Ende gab sie ihren Namen mit Wendy Sugarbaker an, ehe sie sich auf den Weg machte. Sie konnte diesen Ort gar nicht schnell genug hinter sich lassen.

Doch wie abstoßend sie das Heim auch fand, sie ging jeden Tag hin. Seit zwei Wochen. Linda bekam eine neue Zimmergenossin, eine stämmige, kleine Frau, die ständig strickte und jedem, der sie ansprach, mit einem freundlichen Lächeln erklärte, sie würde ihn mit der Stricknadel erstechen, wenn er ihr zu nahe kam. Kate lernte, ihre Gegenwart zu ignorieren, ebenso wie Linda. Manchmal gelang es dem Mädchen, sich den Fängen ihrer Psychose zu entziehen. An diesen Tagen flehte sie Kate an, sie aus Westwind wegzubringen. »Ich werde auch ganz brav sein, versprochen. Aber bitte, holen Sie mich hier raus.«

Kate versuchte, sie auf legalem Weg aus Westwind zu holen, doch die Mühlen der Justiz mahlen bekanntlich langsam. Mittlerweile war sie drauf und dran, sie einfach mitzunehmen, so wie an jenem Abend, als sie mit Luke dort gewesen war. Ein- oder zweimal schluckte Linda brav ihre Medikamente und schien sich auf dem Weg der Besserung zu befinden, doch dann passierte irgendetwas, und Kate fand sie am nächsten Morgen wieder in ihrer Ecke vor, wo sie sich zusammenkauerte und jeden beschimpfte, der sich ihr zu nähern versuchte. Sie fürchtete, Lindas Zimmergenossin – Nancy, wie sie mittlerweile herausgefunden hatte – könnte eines Tages mit ihren Nadeln auf sie losgehen.

Sie bettelte und flehte Mrs. Sugarbaker an, die beiden zu trennen, doch die Leiterin erklärte, es gebe nicht genug Platz. »Wir sind völlig ausgebucht«, erklärte sie voller Stolz, als leite sie ein Luxushotel.

Ein Geräusch an ihrer Bürotür riss Kate aus ihren düsteren Gedanken. Es war Susan Fortier, die neue Buchhalterin, die mit einem Stapel Rechnungen zum Abzeichnen in der Tür stand. Susan war eine sachliche und wohl organisierte Frau mittleren Alters. Einerseits war es gut, die Buchhaltung endlich in verlässlichen Händen zu wissen, andererseits vermisste Kate Donna. Und wenn sie ehrlich war, fehlte ihr sogar Dominique.

Kaum war Susan gegangen, betrat eine erhitzt und leicht erschöpft aussehende Marian das Büro. »Wie geht es Linda?«, erkundigte sie sich – wie jeden Tag, wofür Kate ihr sehr dankbar war.

»Alles beim Alten. Ich frage mich, warum ich nicht hingehe und sie einfach mitnehme, wie ich es schon einmal getan habe.«

»Weil Sie inzwischen älter und klüger sind? Wahrscheinlich würde es Sie Ihren Job kosten, und was könnten Sie dann noch für sie tun?« Sie setzte sich auf einen Stuhl Kate gegenüber und nippte an ihrem Becher Kaffee. »Ich könnte auch Eiswürfel hineingeben, denn bis ich hier bin, ist er sowieso jedes Mal kalt.«

»Ich bin mir gar nicht so sicher, dass es mir etwas ausmachen würde, wenn ich meinen Job verlieren würde.«

»Vielleicht nicht. Aber was ist mit Ihrem Ruf, Ihrer Karriere? Ich bitte Sie, Kate, beim ersten Mal mag es ein guter Trick gewesen sein, aber ich würde es kein zweites Mal versuchen.«

»Ich habe aber das dumpfe Gefühl, dass Linda irgendetwas Schreckliches zustößt. Die Zustände in diesem Heim sind schlimmer als vorher, falls das überhaupt möglich ist. Dort herrscht das völlige Chaos. Lindas Zimmergenossin war bereits seit 48 Stunden tot, und niemand hat etwas davon mitbekommen. Es hat keinen interessiert, verdammt noch mal! Am Ende war der Gestank so schlimm, dass sie etwas unternehmen mussten.«

»Ich weiß, es ist entsetzlich. Aber uns sind die Hände gebunden.«

»Und wieso habe ich Nelson nie gefragt, was mit seiner Hand passiert ist? Als er Carlo war, hätte er es mir vielleicht gesagt.«

»Wie kommen Sie denn darauf?«

»Keine Ahnung. Es gibt so viele lose Enden in meinem Leben, so vieles, das ungeklärt ist, und das macht mich noch –«

Marian lachte. »Wollten Sie ›verrückt‹ sagen?«

»Stimmt.« Auch Kate musste lächeln. »Aber Linda geht es immer schlechter. Und ich kann nur zusehen und darf sie nicht dort herausholen, weil ich nicht das Recht dazu habe. Ich bin ernsthaft in Versuchung, noch eine nächtliche Rettungsaktion zu wagen.«

»Dieses Mal wandern Sie dafür ins Gefängnis, Liebes.«

»Ich weiß, ich weiß, aber ich bin so frustriert. Seit vier Tagen hat sie mich nicht mehr an sich herangelassen, und, was noch viel schlimmer ist, die letzten beiden Male hat dieses entsetzliche Mädchen am Empfang gesagt, dass Linda mich nicht sehen will. Angeblich hätte sie es ihr selbst gesagt. Ich weiß nie, ob ich ihr glauben kann. Aber bei meinem letzten Besuch bin ich trotzdem nach oben gegangen, und Linda hat sich auf mich gestürzt, hat gekratzt und mich an den Haaren gezogen. Also könnte es durchaus sein, dass das Mädchen nicht gelogen hat. Ich lasse jedes Mal Wasser, abgepackten Käse, Joghurt und Schokoladenkekse für sie da.«

»Und ich wette, dass nichts davon jemals bei ihr ankommt.«

»Wem sagen Sie das? Aber ich muss doch etwas tun, oder?«

»Offensichtlich«, bemerkte Marian trocken.

Bevor Kate Einwände erheben konnte, läutete das Telefon auf ihrem Schreibtisch. Um halb neun Uhr früh? Sie hob ab. »Ja?« Ihr Herz hämmerte. *Bitte lass es niemand aus Westwind sein, der mir sagt, dass Linda etwas –*

»Kate. Gut, dass du da bist.« Es war Barry, der ziemlich aufgeregt klang. »Hier sind die neuesten Nachrichten aus Mexiko. Die Behörden haben Gail Fortunato und Ben Vandenburg in einem Hotel in der Nähe von Xel Ha, einem Naturpark, aufgestöbert.«

»Werde ich das in der neuesten Ausgabe lesen?«

»In der Spätausgabe, aber nicht in der, die du nach Hause geliefert bekommst. Man hat sie – tut mir leid, jemand piept mich gerade an. Bis später!«

Marian hob fragend eine Braue. »Wenigstens passiert noch ab und zu irgendetwas Gutes auf der Welt«, erklärte Kate. »Die mexikanische Polizei hat Gail und Ben verhaftet. Nein, mehr weiß ich auch nicht. Barry wurde mitten im Gespräch angepiept.«

Das Telefon läutete erneut, und Kate schaute auf das Display. Es war noch einmal Barry. »Ja?« Sie schaltete auf Lautsprecher.

»Oh Mann«, sagte er ohne Begrüßung. »Habe ich gerade behauptet, sie hätten Ben und Gail geschnappt? Tja, das haben sie aber gar nicht, sondern Bens Chauffeur und dessen Freundin, die mit den Pässen der beiden unterwegs waren. Offenbar hatten sie sich wie deren Doppelgänger angezogen. Natürlich hat Bens Backenbart es dem Kerl einfacher gemacht. Und mit dem entsprechenden Haarschnitt, der richtigen Farbe und dem passenden Make-up für das Mädchen konnte es durchaus klappen. Verdammt, genau das *hat* es ja auch! Sie sind durch die Sicherheitskontrollen gekommen. Also können sie nicht wie Terroristen ausgesehen haben ... obwohl Terror schon immer Gails Spezialgebiet war.«

»So was nennt man wohl Galgenhumor«, bemerkte Kate. »Und was jetzt? Hat irgendjemand eine Ahnung, wo sich die echte Gail und ihr Ben aufhalten?«

»Ich warte auf den nächsten Anruf. Vielleicht finden sie es ja heraus. Wenn du mich fragst, haben sie eine völlig andere Richtung eingeschlagen. Es gibt nicht allzu viele Länder, mit denen kein Auslieferungsabkommen besteht, und die meisten davon sind nicht gerade ideal, wenn man auf der Flucht ist. Saudi-Arabien. Äthiopien. Libyen. Aber es könnte ebenso gut Vietnam, Kambodscha oder Laos sein. Vielleicht auch Marokko. Oder sie sind nach Kanada gefahren und von dort aus weiter nach Kuba geflogen. Oder nach Tahiti. Ach, verdammt, sie sind weg, mehr gibt es dazu nicht zu sagen.«

»Klingt, als würdest du am liebsten heulen«, meinte Kate.

»Wenn ich kein Junge wäre, würde ich es auch tun. Ich muss auflegen. Jemand steht in meiner Tür und hüpft herum, das bedeutet, er hat eine Story. Bis später!«

Marian hatte Patienten, Kate musste sich um ihren Papierkram kümmern, den sie seit Lindas erneuter Einlieferung in Westwind ziemlich vernachlässigt hatte. Als Marian gegangen war – nachdem sie vereinbart hatten, sich zum Mittagessen zu treffen –, rief Kate Sonya an. »Keine Anrufe und kein Besuch. Und das heißt, niemanden ... Es sei denn, es handelt sich um einen Notfall«, sagte sie zu ihr. Sie hasste Verwaltungsarbeit, aber es mussten nun einmal Formulare ausgefüllt und abgeheftet und die Unterlagen anderer Mitarbeiter durchgesehen und abgesegnet werden. Für diesen Vormittag waren keine Patiententermine vorgesehen. Im August war in der Regel weniger los, und bei dieser Hitze ging sowieso niemand, der halbwegs bei Verstand war, freiwillig ins Freie. Sie rief Franca an und meinte, sie würde es nicht zur Gruppentherapie schaffen, sei sich jedoch sicher, dass Franca auch ohne sie zurechtkomme. Sie zeigte sich lediglich bei den Gruppenstunden, damit die Patienten sahen, dass sie ihr am Herzen lagen. Ihre Mitarbeiter waren großartig. Okay, Zeit, sich auf den 30 Zentimeter hohen Papierstapel mit Krankenversicherungsunterlagen zu stürzen.

Als sie das nächste Mal den Kopf hob, war es fast Mittag, und Barry stand vor ihrem Schreibtisch. Er hatte die Tür hinter sich geschlossen. Beim Anblick seiner betroffenen Miene blieben ihr die Begrüßungsworte im Halse stecken.

»Was ist?«, fragte sie. »Was ist mit Linda?« Doch er stand

einfach da und starrte sie an. »Du machst mir Angst, Barry. Sag es mir!«

»Linda ist gestern Nacht gestorben.«

»Linda ist ... *was*? Sie ist gestorben? Wer sagt das?«

Sie musste schrecklich aussehen, denn augenblicklich war er neben ihr, ging auf die Knie und schlang die Arme um sie. »Die Hitze, Kate. Vier von ihnen sind an Hitze und Dehydrierung gestorben. Alle im dritten Stock. Ich war gerade dort. Man bekam keine Luft.«

Sie fing an zu weinen, wurde von lauten Schluchzern geschüttelt, während Barry beschwichtigende Worte murmelte, sie fest an sich drückte und ihr mit der freien Hand die Tränen abwischte. »Sie ist tot«, stieß sie erstickt zwischen zwei Schluchzern hervor. »Sie ist tot. Sie haben sie wie ein Tier verrecken lassen! Ich bringe sie um! Ich bringe diese grauenhafte Frau um, die sie dorthin gesteckt hat!«

»Ich helfe dir dabei. Ich denke genauso darüber wie du. Wir werden dafür sorgen, dass dieses Heim geschlossen wird. Ein für allemal. Die Fernsehleute sind schon dort. Diesmal werden sie es tun müssen. Kate, ist alles in Ordnung? Du hättest wirklich nichts dagegen tun können. Niemand hätte das.«

»Sie sind einfach abgehauen, was weiß ich, wohin ... Sie sind einfach davongelaufen und haben diese armen Leute zurückgelassen, ohne dafür zu sorgen, dass jemand da ist, der ihnen hilft.«

»Ja, das haben sie. Aber wir werden sie finden und zurückholen und ...«

»Und sie aufhängen!«, schluchzte Kate.

»Liebes, heutzutage werden die Leute nicht mehr aufgehängt!«

»Aber bei ihnen sollte man eine Ausnahme machen!« Wieder brach sie in Tränen aus.

Barry blieb bei ihr, bis sie sich wieder ein wenig gefangen hatte. Als ihre Schluchzer allmählich verebbten, erzählte er ihr, Westwind habe von jedem Patienten 135 Dollar pro Monat für eine Klimaanlage verlangt, die natürlich kaum jemand bezahlen konnte. »Und diejenigen, die das Geld gehabt hätten, wussten nicht, was sie brauchen«, endete er.

»Ich hätte ihr doch ein Zimmer mit Klimaanlage bezahlt. Mir ist nie in den Sinn gekommen, dass –« Die Worte blieben ihr im Halse stecken, und sie begann erneut zu weinen.

»Dir ist nie in den Sinn gekommen, wie man hilflose Menschen in ihren Zimmern sitzen und sterben lassen kann? Nein, ich schätze, auf diese Idee würde auch niemand mit einem Funken Verstand im Kopf kommen.«

»Oh Gott, ich hätte sie retten können. Ich hätte sie retten können!«

»Kate, hör zu, das hättest du nicht. Sie war dem Untergang geweiht, und schuld daran sind ihre Mutter und ein System, in dem sich niemand um das Wohlergehen psychisch Kranker kümmert. Du hast es versucht, wieder und wieder. Du bist eine großartige, hilfsbereite Ärztin, aber auch du kannst keine Wunder vollbringen. Nichts von all dem ist deine Schuld, Kate, bitte sieh das ein. Bitte glaub mir.«

Er war so geduldig und blieb fast eine Stunde bei ihr, bis ihr klar wurde, wie egoistisch sie war. Sie riss sich zusammen und erklärte ihm, es gehe ihr gut. Sie komme schon zurecht. Schließlich gab dieser Vorfall eine große, wichtige Geschichte für den *Chronicle* ab.

Als er gegangen war, sah sie auf den Stapel Papier, der noch immer auf sie wartete. Sie schüttelte den Kopf, stand auf und packte ihre Sachen zusammen. In der Lobby blieb sie kurz bei Sonya stehen, um ihr zu sagen, dass Linda gestorben war.

»Ja, Dr. Kate. Ich weiß. Alle hier wissen. Ist sehr traurig.«

»Ja. Sehr traurig. Ich gehe jetzt nach Hause, Sonya. Sie erreichen mich dort. Morgen früh bin ich zurück.«

»Ich sorge dafür, dass niemand Sie belästigt, Dr. Kate. Versuchen Sie zu schlafen.«

»Danke, Sonya.«

Sie ging nach Hause und nahm die Wodkaflasche mit nach oben ins Schlafzimmer, wo sie den Fernseher anschaltete. Bei den meisten Sendern aus der Gegend war Westwind die Story des Tages, doch sie blieb bei WHTC hängen. Mara Benotti war angemessen blass und sprach mit leiser und bedrückter Stimme in ihr Mikrofon, während im Hintergrund Polizisten und Nationalgardisten das Gebäude räumten und behutsam Patienten nach draußen führten. Immer wieder fing die Kamera vereinzelte Gesichter ein, ehe sie weiterschweifte. *Wie schrecklich muss es für die Bevölkerung sein, all diese ausdruckslosen Gesichter mit den leeren Augen zu sehen, die wie arme Seelen in der Hölle dahinschlurfen,* dachte Kate. Doch sie brachte es nicht über sich, den Fernseher abzuschalten. Sie musste hinsehen, sich alles genau anschauen. In diesem Moment wurde eine Liste der Namen der Toten eingeblendet. *Darcy Gallant.* Der Name fiel ihr ins Auge. Woher –? Und dann fiel es ihr wieder ein. Die junge Frau, die geistig völlig gesund gewesen und irrtümlich in Westwind eingesperrt worden war. Und auch sie war in der Hitze umgekommen? Es war grauenhaft! Kate rollte sich auf dem Bett zusammen und blieb einen Moment lang reglos in der Dunkelheit liegen, während sie ein stummes Gebet für Darcy Gallant, die nicht verdient hatte zu sterben, gen Himmel sandte.

Wo waren die Leichen?, fragte sie sich. »Die Leichen der vier Opfer wurden bereits abgeholt und in vier Bestattungsunternehmen in der Gegend gebracht«, erklärte Mara Benotti in diesem Moment. Kate hob die Wodkaflasche an die Lippen und nahm einen Schluck. Ihr wurde leicht schwindlig, also ließ sie den Kopf gegen das Kissen sinken und schloss die Augen.

Das war das Letzte, woran sie sich erinnern konnte, bis sie das beharrliche Läuten der Türglocke aus dem Schlaf riss. Verdammt! Aber niemand konnte ihr befehlen, dass sie aufstehen und aufmachen musste. Das schwummrige Gefühl war verschwunden, stattdessen tobte ein heftiger Schmerz in ihrem Kopf. Sie spähte auf die Uhr am Fernseher. Sechs Uhr. Sie konnte ebenso gut aufstehen und nachsehen, wer an der Tür war. Sollte es ein Reporter sein, würde sie ihm einen ordentlichen Tritt verpassen.

Es war Barry.

»Großer Gott, Kate, du siehst aus wie aus dem Wasser gezogen.«

»Vielen Dank. Ich wollte gerade schlafen gehen.«

Er trat ein. »Nein, das wirst du nicht. Wir sorgen jetzt dafür, dass du schnell wieder nüchtern wirst und etwas in den Magen bekommst. Ich habe Pizza mitgebracht.«

Sie stöhnte. »Ich kann jetzt nichts essen.«

»Doch, du kannst.« Er ging in die Küche, und sie folgte ihm auf bloßen Füßen. »Geh, spritz dir Wasser ins Gesicht und kämm dir die Haare«, sagte er, als sie neben ihn trat. »Du wirst dich sofort besser fühlen. Geh schon, los. Ich kümmere mich um die Pizza und mache uns einen Eistee. Du wirst begeistert sein.«

Und genau das war sie dann auch. Sie hatte einen Bärenhunger, und nichts hatte ihr jemals so herrlich geschmeckt wie C.J.'s supergroße Pizza mit extra Käse und geröstetem Knoblauch. Stück um Stück schob sie sich in den Mund, bis sie keinen Bissen mehr hinunterbekam.

»Danke, Barry. Wer hätte gedacht, wie gut Pizza für die Seele sein kann?«

»Ich, wie man sieht. Bin ich nicht in der Stunde der Not damit zu dir gekommen?«

»Das bist du. Du bist einfach wunderbar.« Sie sah zum Küchenfenster hinaus und bemerkte überrascht die Schlieren auf der Fensterscheibe. »Es regnet.«

»Ja, endlich. Es heißt, ein Tief zieht heran, das kühleres und feuchteres Wetter bringen soll.«

»Zu spät für Linda!« Ihre Augen füllten sich mit Tränen, und Barry sah sie erschrocken an. »Nein, ich breche nicht schon wieder zusammen. Ich komme schon zurecht. Halbwegs zumindest.«

»Westwind ist leer, Kate. Es ist geschlossen worden.«

»Dann hat ihr Tod wenigstens *etwas* bewirkt.«

»Ja, und zwar Beachtliches.«

»Ja, etwas sehr Wichtiges. Trotzdem fühle ich mich nicht besser, Barry. Nein, ich werde mich nicht gehen lassen und mich wie eine Nervensäge aufführen. Lach nur, aber ich meine es ernst. Es geht mir besser. Ich werde zwar immer um sie trauern, um die Frau, die sie hätte werden können, und um das Mädchen, das auf so vielfältige Weise verraten wurde. Ganz zu schweigen von Darcy Gallant ...«

»Wer ist das?«

»Eine andere Patientin. Das ist eine lange Geschichte, die ich dir irgendwann einmal erzählen werde. Jetzt will ich nach vorn sehen.«

Er nahm ihre Hände. »Ich will dich nicht drängen, aber ich hoffe, dass du auch in meine Richtung siehst, wenn du das tust.«

Kate betrachtete ihn, sein attraktives Gesicht, seine klugen Augen. Wie wohl und geborgen sie sich in seiner Gegenwart fühlte und was für ein reizender Mann er inzwischen war! Sie lächelte. Er erwiderte ihr Lächeln und verstärkte den Griff seiner Hände. »Katie, gib uns eine Chance, was hältst du davon«, meinte er leichthin. »Es könnte funktionieren, ernsthaft.«

Sie holte tief Luft und blinzelte ihre aufsteigenden Tränen zurück. »Nein, ich glaube nicht, dass es funktionieren würde. Ich wünschte, es wäre anders. Wirklich. Aber es geht nicht.«

»Nicht mal ein Jahr gibst du uns? Einen Monat? Eine Woche?« Er bemühte sich um einen scherzhaften Tonfall, doch sein Lächeln strafte ihn Lügen.

Sie schüttelte den Kopf. »Ich werde das Haus verkaufen, Barry.« In diesem Augenblick wusste sie, was sie zu tun hatte. »Und wenn es dich nicht stört, würde ich jetzt gern Gute Nacht sagen.«

»Ich weiß, wer –« Sie legte ihm den Finger auf die Lippen. »Shh. Sag es nicht.«

Als er fort war, rief sie Marian an, doch es ging niemand an den Apparat. Sie hasste es, eine Nachricht auf dem Anrufbeantworter zu hinterlassen, doch es war nicht anders möglich. »Marian, ich bin zu einem Entschluss gelangt. Ich kann hier nichts tun. Nicht mehr. Ich werde Mr. Davey morgen früh meine Kündigung zukommen lassen. Ich hoffe, wir sehen uns noch, bevor ich gehe, aber vielleicht bleibt mir nicht viel Zeit. Ich melde mich, versprochen.«

Sie lief nach oben, suchte ihre Handtasche und kramte darin herum. Nach einer Weile zog sie einen zusammengefalteten Zettel hervor. Als sie ihn auseinanderklappte, kam das Klebeband zum Vorschein, mit dem sie die zerrissenen Teile wieder zusammengefügt hatte. Sie nahm ihr Mobiltelefon und wählte.

»Ah, ja. Hallo«, sagte sie, als am anderen Ende abgehoben wurde. »Wie ich höre, werden von Ihnen Ärzte gesucht. Ja, ich bin Psychiaterin, aber ich würde auch alles andere tun. Wo? Na ja, ich dachte an Afrika.«